잃어버린 시절을 찾아서 5

게르망뜨 쪽 1

마르셀 프루스트

잃어버린 시절을 찾아서 5

게르망뜨 쪽 1

이형식 옮김

펭귄클래식코리아

옮긴이 이형식

서울대학교 불어교육과를 졸업하고 파리대학에서 마르셀 프루스트에 대한 연구로 석사, 박사학위를 받았다. 현재 서울대학교 명예교수이다. 지은 책으로는 『마르셀 프루스트』, 『프루스트의 예술론』, 『작가와 신화프루스트의 신화 세계』, 『프랑스 문학, 그 천년의 몽상』, 『그 먼 여름』이 있다. 옮긴 책으로는 『레 미제라블』, 『쟈디그·깡디드』, 『모빠상 단편집』, 『웃는 남자』, 『93년』, 『미덕의 불운』, 『사랑의 죄악』, 『중세의 연가』 등이 있다.

잃어버린 시절을 찾아서 5 게르망뜨 쪽 1

초판 1쇄 발행 2015년 11월 20일
초판 5쇄 발행 2022년 4월 18일

지은이 | 마르셀 프루스트   옮긴이 | 이형식

발행인 | 이재진   단행본사업본부장 | 신동해
편집장 | 김경림   마케팅 | 최혜진 이은미
홍보 | 최새롬   국제업무 | 김은정   제작 | 정석훈

브랜드 펭귄클래식 코리아
주소 경기도 파주시 회동길 20
문의전화 031-956-7066 (편집) 02-3670-1123 (마케팅)
홈페이지 http://www.wjbooks.co.kr
페이스북 www.facebook.com/wjbook
포스트 post.naver.com/wj_booking
발행처 ㈜웅진씽크빅
출판신고 1980년 3월 29일 제406-2007-000046호

펭귄클래식 코리아는 유리장 에이전시를 통해 펭귄북스와 제휴한 ㈜웅진씽크빅 단행본사업본부의 브랜드입니다.
펭귄 및 관련 로고는 펭귄북스의 등록 상표입니다. 허가를 받아야만 사용할 수 있습니다.
Penguin Classics Korea is the Joint Venture with Penguin Books Ltd.
arranged through Yu Ri Jang Literary Agency. Penguin and the associated logo
are registered and/or unregistered trade marks of Penguin Books Limited.
Used with permission.
이 책은 저작권법에 따라 보호받는 저작물이므로 무단 전재와 무단 복제를 금지하며,
이 책 내용의 전부 또는 일부를 이용하려면 반드시 저작권자와 ㈜웅진씽크빅의 서면 동의를 받아야 합니다.

한국어 판 ⓒ ㈜웅진씽크빅, 2015
ISBN 978-89-01-20502-1 04800
ISBN 978-89-01-08204-2 (세트)

• 잘못된 책은 바꾸어 드립니다.
• 책값은 뒤표지에 있습니다

차례

게르망뜨 쪽 1부 · 7

옮긴이 주 · 468

▶ 일러두기

1. 모든 외래어는 현지 발음에 가깝도록 표기하고, 라틴어는 추정되는 고전 라틴어 발음 규범을, 고대 그리스어는 에라스무스의 발음 체계를 따른다.
2. [f]음은 한글 음운 체계에 존재하지 않는지라, 혼동 여지의 유무, 인접한 철자와의 관련 및 관행 등을 고려하여 [ㅎ]음이나 [ㅍ]음으로 표기한다.
3. [th]음 또한 [f]음과 같은 기준으로 고려하여 [ㄸ]음이나 [ㅆ]음 혹은 [ㅌ]음으로 표기한다.
4. 특정 교단들이 변형시켜 사용하는 어휘들(수단, 가톨릭, 그리스도, 모세 등)은 원래의 발음에 가깝게 적는다(쏘따나, 카톨릭, 크리스토스, 모쉐 등).
5. 우리말 어휘들 중 많은 것들은 실제로 통용되는 형태로 적는다(숫소, 생울타리, 우뢰 등).

1부

레옹 도데에게,

『셰익스피어의 여행』,『아이의 몫』,『검은 별』,
『유령들과 살아있는 이들』,『영상들의 세계』등
숱한 걸작품들의 저자에게,
비길 데 없는 벗님에게,

감사와 찬미의 증거로.

― M. P.

이른 아침에 들려오는 어린 새들의 지저귐도 프랑수와즈에게는 즐겁지 않은 것 같았다. 그녀는 위층 '하녀들'이 무슨 말을 할 때마다 소스라쳤고, 그녀들의 발소리가 들릴 때마다 불편해져, 그 소리가 무슨 곡절인지 궁금증에 사로잡히곤 하였다. 우리가 새로운 거처로 이사를 하였기 때문이다. 물론 우리의 옛집 '7층' 하인들이 덜 부산스러웠던 것은 아니나, 그녀가 그들을 잘 알고 있었던지라, 그들의 부산한 오고 감도 그녀에게는 우정 어린 무엇이었다. 하지만 이제는 그녀가 고요함에조차 괴로운 관심을 쏟게 되었다. 또한 우리의 새 동네가, 전에 살던 동네를 스치고 지나는 대로가 시끄러웠던 것과는 정반대로 조용해 보였던지라, 어떤 행인의 노래가 (오케스트라 연주곡의 주제처럼 나지막하지만 멀리서도 선명히 들리는) 유배 상태에 놓이게 된 프랑수와즈의 눈에 눈물이 그렁거리게 하곤 하였다. 그리하여, 우리가 '모든 이들로부터 그토록 존경 받던' 건물을 떠나게 된 것이 애석하여, 꽁브레의 습속에 따라 눈물을 흘리면서, 그리고 그때까지 살던 집이 이 세상에 존재할 수 있는 모든 집들보다 훌륭하다고 선언하면서 이삿짐을 싸던 그녀를 내가 놀렸지만, 반면, 과거의 것들을 쉽사리 내동댕이치되 새로운 것들에는 몹시 어렵게 적응하던 나였던지라, 아직 우리를 모르던 건물 수위로부터 그녀의 충분한 심적 섭생(攝生)에 필요한 예우를 받지 못한 집에 이사하게 된 것이 그녀를 거의 고사(枯死) 상태에 처박는 것을 보았을 때, 나는 우리의 그 늙은 하녀에게서 친밀감을 느꼈다. 오직 그녀만이 나를 이해할 수 있을 것 같았다. 나를 이해할 수 있었을 사람이 분명 그녀의 어린 심부름꾼은 아니었다. 꽁브레와 전혀 이질적이었던 그에게는, 이사를 하여 다른 동네에 거주한다는 것이 마치 휴가를 즐기는 것과 같았을 것이고, 그곳에서 조우하는 매사의 새로움이 여행지에서 느끼는 것과 같은 휴식을 그에게 주었을 것이다. 그는 따라서 자신이 어느 시골에 여행 삼아 온 것으로 믿었을 것이다. 또한 이사한 동네에서 코감기에 걸리더라도, 그것이 오히려 유리창 제대로 닫히지 않은 열차 안에서 쏘인 한 가닥 '바깥 공기'처럼, 자기가 그 고장을 구경하였다는 감미로운 인상을 그에게 가져다 주었을 것이다. 또한 코감기 때문에 재채기를 하게 될 때마다, 여행 자주 하는 주인 모시기를 열망하였던 터라, 자기가 드디어 멋진 일자리를 얻었다고 기뻐하였을 것이다. 그리하여 그는 염두에 두지도 않고, 내가 프랑수와즈에게 곧바로 새 집에서 느끼던 괴로움을 토로하였다. 그러나 옛 집 떠나는 것에 무심했던지라 내가 그녀의 눈물을 비웃었던 것처럼, 그녀는 나의 슬픔에 공감하였던지라 그것에 냉랭한 반응을 보였다. 신경질적인 사람들의 이른바 '감수성'이라는 것과 함께 그들의 이기주의도 증대된다. 그리하여 자기들의 점증되는 관심 대상이 된 불편함을 다른 이들이 과시하듯 드러내는 것을 견디지 못한다. 자기가 느끼던 괴로움들 중 가장 경미한 것조차도 간과하지 않던 프랑수와즈였건만, 내가 괴로워할 경우, 그녀는 나의 괴로움이 동정을 받거나, 하다못해 누구의 눈에 띄는 기쁨조차 나에게 돌아오지 않도록 하기 위해, 아예 나에게서 고개를 돌리곤 하였다. 그녀는 내가 우리의 새 집에 대해 말을 꺼냈을 때에도 즉시 그렇게 처신하였다. 뿐만 아니라, 이사한지 이틀 후, 옛 집에 잊고 남겨둔 옷들을 가지러 가더니, 이사 후유증으로 내가 아직 '신열'에 시달리고, 이제 막 황소 한 마리를 삼킨 보아처럼, 나의 눈이 '소화시켜야'[1] 할 긴 시골풍 찬장 하나 때문에 나의 몸에 울룩불룩 혹이 솟은 듯 괴로워하고 있건만, 프랑수와즈는 훼절한 여인들처럼 돌아와 말하기를, 우리가 살던 동네 옆 대로에서 자기가 질식해 죽는 줄 알았고 '길을 잃어' 헤매었으며, 그 옛 집의 층계들처럼 불편한 것들은 일찍이 보지 못하였노라고 하면서, 이제는 누가 '제국 하나를 준다 해도' 그리고 자기에게 수백만 금을 준다 해도─개연성 없는 가정들이다─그곳에 돌아가 살지 않을 것이며, '모든 것'이 (즉 부엌과 복도에 관련된 것들이) 우리의 새 집에 훨씬 잘 '배열되어 있다'고 하였다. 그런데 이제, 그 새 집이 게르망뜨 저택에 딸려 있던 아파트였다는 사실을 밝혀야 할 것 같다(할머니의 건강이 좋지 않아져 더 맑은 공기가 필요했던지라 우리가 그곳으로 이사하였으며, 그 이유를 할머니에게는 철저히 함구하였다).

어떤 명칭들이, 전에 우리가 그것들 속에 첨가하였던 불가지(不可知)한 것의 영상을 우리에게 제공하면서 동시에 실재하는 어느 장소를 가리키고, 그러한 작용을 통해 우리로 하여금 그 장소를 우리가 첨가하였던 영상과 동일시하지 않을 수 없게 하여, 어느 도시가 비록 실제로 내포할 수는 없으되 그 도시의 명칭으로부터 우리가 더 이상 축출할 수 없게 된 하나의 영혼을 찾으러 떠날 지경이 되는 나이에 이르면, 그 명칭들이, 우의화(寓意畫)들이 그러듯, 도시들이나 강들에게만 하나의 개별성을 부여하지 않고, 즉 물리적 세계만을 상이함들로 알록달록하게 치장하며 경이로움으로 가득 채우지 않고, 사회적 세계 또한 그렇게 만든다.[2] 그러면 각각의 성들과 유명한 저택들 혹은 궁정들 또한, 숲들이 자기네 정령들을 그리고 강과 바다가 고유의 신들을 가지듯, 자기네의 귀부인 혹은 요정을 갖게 된다. 그리고 때로는 요정이, 그러한 이름 속에 숨겨진 채, 자기에게 자양분을 제공하는 우리 상상력의 삶과 뜻에 따라 변신한다. 나의 내면에 존재하던 게르망뜨 부인을 감싸고 있던 환경 또한, 여러 해 동안 환등 유리 한 조각의 혹은 교회당 그림 유리창의 반사광에 불과하다가, 전혀 다른 몽상들이 그 환경에 급류들의 거품 이는 습기가 스며들게 하였을 때, 그렇게 자기의 그 색깔들을 흐릿하게 지우기 시작하였다.

하지만 어느 명칭에 상응하는 실존 인물 곁으로 우리가 다가갈 경우, 그 명칭 속에 숨어 있던 요정은 시들어 버리는 바, 그러면 명칭이 그 인물을 반사하기 시작하건만 그 인물이 요정다운 그 무엇도 간직하고 있지 않기 때문이다. 물론 우리가 그 인물로부터 멀어지면 요정이 부활할 수도 있으나, 만약 그 인물 곁에 머물 경우, 요정 멜뤼진느가 사라지는 날 뤼지냥 가문의 혈통이 단절되어야 했던 것처럼,[3] 명칭 속에 있던 요정이 영영 죽어 버리고 요정과 함께 그 명칭도 죽는다. 또한 그러면, 그 명칭에 끊임없는 덧칠을 가하여, 우리가 단 한 번도 만난 적 없었을 낯선 여인의 아름다운 원래 모습을 결국 다시 발견할 수는 있을 것이로되, 그 명칭은, 우리 앞으로 지나가는 어떤 사람이 우리와 아는 사이인지, 그리하여 인사를 해야 할지 말아야 할지를 결정하기 위하여 참고해야 할, 사진 곁들인 단순한 신분증에 불과하다. 하지만 예전 어느 해에 경험한 하나의 느낌이 ─ 연주를 맡았던 서로 다른 음악가들 고유의 음색과 주법을 보존하는 기록 장치 갖춘 악기들처럼[4] ─ 우리의 기억력에게, 우리들로 하여금 그 시절 우리의 귀에 들리던 특유의 음색 갖춘 그 명칭을 다시 듣게 해주도록 허락할 경우, 그 명칭이 겉보기에는 비록 변하지 않은 것 같아도, 우리는 그것의 동일한 음절(소리 마디)들이 우리에게 여러 시기에 걸쳐 연속적으로 환기시켜 주던 몽상들 사이에 존재하는 거리를 느낀다. 그리하여 한 순간, 그 명칭이 어느 옛 봄날에 간직하고 있던 새들의 지저귐을 다시 들으면서, 그 지저귐으로부터, 작은 그림 물감 튜브들에서처럼, 우리가 회상하였다고 믿은 그 옛날의 정확한, 망각하였던, 신비한, 그리고 생생한 색조들을 이끌어낼 수 있건만, 그럴 때마다 우리는, 변변찮은 화가들처럼, 하나의 같은 화포 위에 펼쳐 놓은 우리의 과거 전체에, 임의적 기억이 가지고 있는 상투적이고 천편일률적인 색조들이나 부여한다. 그런데, 그와는 반대로, 우리의 과거를 구성하고 있는 순간들 각각은, 유일한 조화 속에서 이루어지는 최초의 창조를 위하여, 이제는 우리가 더 이상 알지 못하는 그 당시의 색깔들을 사용하였고, 그리하여, 예를 들자면, 어떤 우연 덕분에 게르망뜨라는 명칭이 그토록 오랜 세월 후, 오늘의 것과는 전혀 다른, 뻬르스삐에 아가씨의 혼례식 거행되던 날 나의 귀에 들리던 음색을 한 순간이나마 다시 띠면서, 젊은 공작 부인의 부푼 스카프가 벨벳처럼 부드럽게 보이도록 해주던 그토록 포근하고 화려하며 신선한 그 연보라색과, 하늘색 미소가 햇살처럼 어린 그녀의 두 눈을 마치 다시 피어났으되 채취할 수 없는 빈카꽃인 양[5] 나에게 돌려줄 경우, 그 색깔들이 나를 문득 황홀경에 들게 한다. 또한 그 시절에 듣던 게르망뜨라는 명칭은, 산소나 다른 어떤 기체를 넣어 둔 작은 풍선들 중 하나와 같기도 하다. 그리하여 그것을 터뜨려 그 속에 있는 것이 분출되도록 하는데 성공할 경우, 나는, 그 해 바로 그 날, 광장 한 구석에서 일던, 그리고 비가 내릴 조짐이었던 그 바람에 실려 나부끼던 산사나무꽃 향기 섞인 꽁브레의 대기를 다시 호흡하곤 하는데, 그 시절 바람은, 햇빛이 먼지처럼 날아올라 흩어지게 하다가는 다시 교회당 제의실(祭衣室)에 있던 붉은 양모 융단 위에 내려앉아, 제라늄의 분홍색에 가까운 화려한 살색으로, 그리고 이를테면 바그너적이라 할 수 있는 다정함으로, 즉 환희 속에서도 축하연에 그토록 고결함이 감돌게 하는 다정함으로,[6] 그 융단을 감싸도록 내버려두기도 하였다. 그러나 이제는 죽어 버린 음절들 속에서 최초의 실체가 파르르 떨면서 본래의 형태와 자기 고유의 섬세한 끝 자국이 되살아나게하는 것을 우리가 문득 느끼곤 하는, 그처럼 희귀한 순간들 이외의 경우에도, 즉 명칭들이, 너무 빠르게 회전하여 회색으로 보이는 무지개빛 칠한 팽이처럼 색체를 몽땅 잃어, 순전히 실용성밖에 갖지 않게 된 일상생활의 현기증 일으키는 소용돌이 속에서도, 그럼에도 불구하고 우리가 몽상에 잠겨 곰곰이 생각하고, 과거로 되돌아가기 위하여, 우리를 휩쓸어 마구 이끌어가는 끊임없는 움직임의 속도를 늦추거나 잠정적으로 중단시키려 노력할 경우, 우리는, 하나의 같은 명칭이 우리의 생애 동안에 차례차례 우리에게 보여준 색조들이, 나란히 놓였으되 각각 완전히 분별되는 상태로 우리 앞에 다시 조금씩 나타나는 것을 보게 된다.

  물론, 나의 유모가―누구를 찬양하기 위하여 그 노래를 지었는지, 오늘에 이르러서도 내가 모르듯, 아마 몰랐을 그녀가―옛 노래 〈게르망뜨 후작 부인에게 영광 있으라〉를 자장가 삼아 나를 다독거려 재우곤 하였을 때, 혹은 몇 해 후 샹젤리제에서, 늙은 게르망뜨 대원수가 걸음을 멈추고, '잘생긴 아이로군!' 이라고 하면서 작은 휴대용 은제 과자통에서 동그란 초콜릿 덩어리 하나를 꺼내어, 나를 데리고 나왔던 우리집 하녀가 한껏 자랑스러워 하였을 때, 그 게르망뜨라는 명칭 속에 어떤 형태가 뚜렷한 윤곽을 드러내며 나의 눈에 비쳤는지, 내가 지금은 모른다. 나의 그 유년시절이 더 이상 나의 내면에 없고, 나와는 무관하며, 그 시절에 대해서는, 우리의 출생 이전에 있었던 일들에 대해서처럼, 다른 이들의 이야기를 통하지 않으면 아무것도 알 수 없다. 그러나 유년시절 이후에 그 명칭이 나의 내면에 존속되던 상태 속에서는, 서로 다른 일곱 혹은 여덟 개의 연속적인 형상들을 발견할 수 있는데, 초기의 것들이 가장 아름다웠지만, 현실의 억압 때문에 더 이상 지탱할 수 없는 지점을 포기할 수밖에 없었던 나의 몽상이, 다시 조금씩 움츠러져 뒤로 더 물러서기에 이르렀다. 또한 게르망뜨 부인과 함께, 여러 해에 걸쳐 나의 몽상들을 변화시키던 이런저런 말들이 풍요롭게 해주던 그 명칭으로부터 나온 그녀의 거처 역시 변하여, 그 거처가, 구름 한 조각이나 호수의 수면처럼 반사기능을 갖게 된 그곳 돌들 속에도 나의 몽상이 반사되게 하였다. 그리하여 오렌지색 띤 한 가닥 빛에 불과하고 그 꼭대기에서 영주와 그의 부인이 가신(家臣)들의 생사를 결정하던 밀도 없는 주루(主樓)가, ─청명한 날 오후면 그토록 자주 우리집 어른들과 함께 비본느 개천을 따라 걷던 '게르망뜨 쪽' 산책길 끄트머리에서─공작 부인이 나에게 송어 잡는 법을 가르쳐주고 인근의 담장들 밑부분을 치장하는 보라색이나 불그스름한 무더기들을 이룬 꽃들의 명칭을 알게 해주던, 급류 흐르는 땅으로 대체되었다. 그러더니 그 땅이 다시, 숱한 시대를 거쳐 항해하는 노란색 띠고 상단을 꽃 문양[7]으로 장식한 탑처럼, 빠리의 노트르-담므나 샤르트르의 노트르-담므가 훗날 치솟게 되어 있던 하늘이 아직 텅 비어 있던 시절에,[8] 신의 진노가 가라앉나 보려고 창문 밖으로 상체를 숙인 족장들과 의인들로 가득 차고, 훗날 지상에 번성할 온갖 종류의 식물들을 잔뜩 실었으며, 황소들이 지붕 위로 평화롭게 거닐면서[9] 그 높은 곳으로부터 샹빠뉴 평원을 바라보는 종루에까지 뻗쳐나오는 짐승들로 넘치는, 아라랏 산정에 안착한 노아의 방주처럼, 랑의 동산 꼭대기에 대교회당이라는 선박이 아직 내려앉지 않았던 시절에,[10] 그리하여 저녁나절에 보베를 떠난 나그네의 눈에 석양의 황금빛 장막 위로 대교회당의 검고 가지 무성한 익면(翼面)이 펼쳐져 빙글빙글 돌면서 그를 따라오는 것이 아직은 보이지 않던 시절에,[11] 이미 프랑스 하늘로 치솟고 있던 게르망뜨라는 도도한 혈족의 세습적이고 시정(詩情) 가득한 영지로 변하였다. 어느 소설의 배경과 같은 그 '게르망뜨'는, 내가 뇌리에 떠올려보기 어려웠고 또 그리하여 그만큼 더 그 비밀을 알아내기 갈망하던, 그러나 단숨에 어떤 문장(紋章)의 특징들을 띠게 될 수도 있고, 기차역에서 두어 리으밖에 되지 않는 곳에 실재하는, 상상 속 풍경이었다. 그리하여 그 인근 마을들이 파르나쏘스 산이나 헬리콘 산의 발치에 있기라도 한 듯[12] 그 명칭들을 거듭 나의 기억 속에 떠올렸고, 그러자 그 마을들이 어떤 신비한 현상을 생산하는데 필요한—지형학에서처럼—물질적 조건들인양 매우 소중하게 보였다. 또한 그럴 때마다 꽁브레 교회당의 그림 유리창 하단부에 그려져 있고, 4등분된 각 부분이 여러 세기에 걸쳐 혼인이나 기타 다른 방법을 통해 취득한 온갖 영주권들,[13] 즉 그 찬연한 가문이 게르마니아와 이딸리아와 프랑스의 모든 구석들로부터 자기에게로 날아오게[14] 한 영주권들로 가득 찬 방패꼴 문장들이 나의 상상 속에 거듭 되살아났으며, 그 영주권들이란, 스스로 와서 서로 합류하여 게르망뜨라는 명칭을 구성하고, 자기들 각개의 물질적 구체성을 상실하면서 자기들 성의 주루(主樓)를 녹색 도안이나 혹은 성 전체를 은색 도안으로 게르망뜨 가문 문장의 짙은 하늘색 바탕 위에 우의적으로 그려 넣은, 북방의 광막한 강역들과 남방의 강력한 도시국가들이었다.[15] 게르망뜨 가문의 유명한 장식용 융단에 관해 사람들이 하던 이야기들을 내가 일찍이 들었던지라, 또한 그리하여 중세적이고 하늘색이며 조금 투박한 그것들이, 쉴드베르[16]가 그토록 자주 사냥하던 태고적 숲 발치에서 맨드라미빛[17] 띤 전설적 명칭 위로 한 점 구름처럼 떠오르는 것이 나의 눈 앞에 어른거리곤 하였던지라, 나는, 빠리에서라도, 그 숲의 지배자이며 호수의 귀부인[18]이었던 게르망뜨 부인에게 다가가기만 하여도, 그녀의 얼굴과 그녀가 하는 말이 울창한 숲과 호반의 향토적 매력 및 그녀의 고문서 보관소에 있는 옛 관례집과 같은 시대적 특징을 간직하고 있기라도 한 듯, 내가 먼 여행길에 오르는 것 못지않게, 그 영지의 신비한 구석과 까마득한 세기들의 비밀에 침투할 수 있을 것 같았다. 하지만 그 무렵에 내가 쌩-루와 사귀게 되었고, 그 성이 게르망뜨라고 불리우게 된 것은 다만 그것이 자기 가문의 수중으로 들어온 십칠 세기부터라고 그가 나에게 알려주었다. 또한 그때까지는 자기의 가문이 그 성 인근에 살았고, 작호(爵號)도 그 지역 명칭에서 유래한 것이 아니라고 하였다. 성이 들어선 후에 생긴 게르망뜨라는 마을의 명칭 역시 그 성의 명칭에서 비롯되었으며, 마을이 성의 전망을 해치지 못하도록 하기 위하여, 아직 효력을 유지하고 있던 성의 지역권(地役權)에 의해 도로가 개설되고 마을 건물들의 높이가 제한되었다고 하였다. 융단들의 경우, 19세기에 게르망뜨 가문의 어느 애호가가 구입하여, 싸구려 붉은 무명과 플러시 천으로 벽을 감싼 지극히 초라한 응접실에, 자기가 사냥 장면을 손수 그린 하찮은 화폭들 곁에 걸어 두었던, 부쉐[19]의 작품들이었다고 하였다. 나에게 그러한 사실들을 밝힘으로써 쌩-루가 게르망뜨라는 명칭과 상관없는 요소들을 그 성에 이입시켰고, 그것들이, 내가 성의 형상을 오직 명칭을 구성하고 있던 음절들의 음색에서만 계속 추출하는 것을 더 이상 허락하지 않았다. 그러자 그 명칭의 심층부에서 호수의 수면에 반사되던 성이 지워졌고, 게르망뜨 부인의 주위에 그녀의 거처처럼 나타나 내 앞에 어른거린 것은, 그녀의 이름처럼 투명한, 빠리에 있던 그녀의 저택 즉 게르망뜨 저택이었으니, 어떠한 질료적 요소도, 불투명한 요소도, 그 저택의 투명함을 흐리거나 가리지 않았기 때문이다. 교회라는 말이 신전뿐만 아니라 신도들의 모임도 의미하는 것과 같이,[20] 그 게르망뜨 저택이 내가 보기에는 공작 부인의 생활을 공유하는 모든 사람들을 내포하고 있었으나, 내가 단 한 번도 보지 못한 그녀의 친지들이 나에게는 명성 높고 시적인 이름들일 뿐이었고, 내가 아는 이들 또한 이름들일 뿐이었던지라, 그들은 공작 부인의 주위에 기껏 점점 어두워지는 후광이나 펼치면서 그녀의 신비를 증대시키고 감쌀 뿐이었다.

그녀가 베풀던 연회에 초대된 사람들의 어떠한 몸뚱이도, 어떠한 콧수염도, 어떠한 반장화도, 그들의 입에서 나온 진부했을 혹은 독창적이었다 해도 인간적이고 논리적일 뿐이었을 어떠한 말도, 내가 그것들을 상상조차 할 수 없었던지라, 이름들의 그 소용돌이가, 게르망뜨 부인이라는 작센 지방산 작은 도자기 입상(立像) 둘레에서 벌어지던 유령들의 만찬이나 환영들의 무도회보다도 질료적인 것을 오히려 더 적게 이입시켰고, 그녀의 유리 저택을 상점의 진열창처럼 보이게 하였다. 그리고 얼마 후 쌩-루가 자기 외숙모[21]의 전속 사제나 정원사들과 관련된 일화들을 나에게 들려주었을 때에는, 게르망뜨 저택이―옛날 루브르 궁의 한 부분이 그럴 수 있었던 것처럼[22]―빠리 한복판에 있건만, 기이하게 존속하는 태곳적 권리 덕분에 세습되어 그녀가 아직도 봉건적 특권을 행사하는 영지에 둘러싸인, 일종의 성으로 변하였다. 하지만 그 마지막 상상 속의 거처 마저도, 저택 익면(翼面)에 위치한 게르망뜨 부인의 아파트와 이웃해 있는 아파트들 중 하나로 우리가 이사하여 빌르빠리지 부인과 아주 가까이에서 살게 되었을 때 스스로 자취를 감추었다. 그 새로운 거처는, 오늘날에도 더러 남아있을, 그리고 그 앞뜰 양쪽 측면에―민주주의라는 밀물에 실려 온 충적토인지[23] 혹은 다양한 생업에 종사하는 사람들이 영주의 주위에 몰려 살던 더 오랜 옛날의 유습[24]인지는 모르되―가게 뒷방들이나 작업실들, 심지어 대교회당 옆구리에 기대어 있으되 문화재청 토목기사들의 심미안이 철거하지 않은 것들과 같은 제화공이나 재봉사의 구멍가게들, 닭을 키우고 꽃들을 가꾸며 신발을 수선하기도 하는 수위 등을 갖추었고, 더 안쪽 '저택의 본채'에는, 말 두 필이 끄는 낡은 무개 사륜 마차를 타고 모자에 수위의 작은 정원에서 도망쳐 나온 듯 보이는 한련꽃 몇 송이를 꽂은(마부 옆자리에, 그 동네의 귀족 저택들 앞을 지날 때마다 내려서 명함을 돌리는 시종을 거느린), 그리고 마침 자기 앞으로 지나가던 수위의 어린 자식들과 건물에 사는 평민 세입자들에게 미소와 살짝 쳐든 손짓을 구별 없이 보내어, 자기의 멸시 어린 친절과 평등주의적 거만함으로 그들을 뒤섞어 버리는, '귀부인' 하나가 군림하고 있을 전형적인 옛 거처들 중 하나였다.

우리가 이사한 집 본채 깊숙한 곳에 살던 '귀부인'은 우아하고 아직 젊은 공작 부인이었다. 그녀는 게르망뜨 부인이었고, 프랑수와즈 덕분에 내가 그 저택에 관해 금방 많은 것들을 알게 되었다. 게르망뜨 저택 사람들이(프랑수와즈는 그들을 자주 '저 밑에' 혹은 '저 아래'라는 말로 지칭하였다) 아침부터 저녁까지 그녀의 한결같은 관심거리였기 때문인데, 아침에는 그녀가 엄마의 머리를 손질해 드리는 동안, 금지되었으나 억제할 수 없는 눈길을 안뜰로 슬쩍 던지면서 이렇게 말하곤 하였다. "수녀들이 보이네. 틀림없이 '저 밑으로' 갈 거야." 혹은 이런 말도 하였다. "오! 부엌 창문에 있는 저 멋진 꿩들 좀 봐. 저것들이 어디서 났는지 물을 필요도 없어. 공작이 사냥하러 갔었던 거야." 그리고 저녁이면, 나의 잠자리를 보아주는 동안, 피아노 소리나 가벼운 노래 소리를 듣고 다음과 같이 결론을 내리곤 하였다. "'저 아래에' 사람들이 모였군, 모두들 즐거운 모양이야." 또한 그러한 순간이면, 이제는 하얗게 변한 그녀의 머리카락 아래에 있는 그녀의 반듯한 얼굴에서, 젊은 시절의 활기차고 점잖은 미소가 잠시나마 그녀의 이목구비 하나하나를 제자리에 돌려놓았고, 4인조 춤을 시작하기 직전처럼 그것들 사이에 섬세하게 멋을 부린 조화를 부여하곤 하였다.

하지만 게르망뜨 댁 사람들의 일상 중 프랑수와즈의 관심을 가장 강렬하게 유발하고 그녀에게 가장 큰 만족감을 주면서 동시에 가장 큰 괴로움을 주는 순간은, 대문이 활짝 열리고 공작 부인이 사륜 무개 마차에 오르는 순간이었다. 그 순간은 보통 우리집 하인들이, 그 누구도 중단시켜서는 아니 되며, 소위 점심식사라고 하는, 일종의 엄숙한 성체 배령식을 마친 직후였는데, 그 의식이 거행되는 동안에는 그들이 어찌나 '신성불가침적' 존재였던지, 심지어 아버지조차도, 초인종을 한 번 누르건 다섯 번을 누르건 그들 중 아무도 꿈쩍하지 않을 것이며 오히려 그로 인해 부질없이 결례만 범하시고 틀림없이 해를 입으시리라는 것을 아시는지라, 감히 초인종을 눌러 그들을 부르시지 못하였을 것이다. 왜냐하면 프랑수와즈(늙은 여인의 모습을 띠기 시작한 이후에는 어떤 말에도 싫은 표정을 짓곤 하던 그녀가), 그녀의 긴 청원서와 불만의 심오한 이유들을 밖으로 그러나 거의 해독할 수 없는 식으로 펼치는, 설형문자 모양이며 붉은색인 작은 징후들로 뒤덮인 얼굴을 온종일 아버지에게 보일 것이 틀림없었기 때문이다. 게다가 그녀는 불특정인에게 말하듯 그것들을 푸념조로 길게, 그리고 우리가 분별할 수 없는 말로 늘어놓곤 하였다. 그녀는 그것을—우리에게 절망감을 느끼게 하고 '괴로움을 주며' 우리의 '기분을 상하게 하는' 것이라고 그녀가 믿던—가리켜 우리를 위해 신성한 날에 온종일 '소미사'를 드린다[25]고 하였다.

마지막 의식이 끝나자, 초기 교회에서처럼, 미사 집전자이며 동시에 신도들 중 하나였던 프랑수와즈가 마지막 포도주 한 잔을 마신 다음, 자기의 턱받이 냅킨을 목에서 풀어, 입술에 남은 붉어진 물과 커피를 닦으면서 그것을 접어 고리에 꽂았고, 구슬픈 눈으로 '자기의' 어린 심부름꾼에게—그는 열성을 보이기 위하여 그녀에게 말하곤 하였다. "제발, 부인, 포도를 조금이라도 더 드세요. 아주 감미로워요."—고마움을 표하고 나서, 그 '초라한 부엌이' 너무 덥다고 하며 즉시 창문을 열러 가곤 하였다. 그녀는 창문 손잡이를 돌려 바깥 공기를 쐬면서 동시에 안뜰 깊숙한 곳으로 무심한 듯한 눈길을 능란한 솜씨로 던져, 공작 부인의 외출 준비가 아직 끝나지 않았다는 확신을 은밀하게 훔쳐낸 다음, 이미 말을 매어 놓은 마차를 경멸감과 열정 어린 시선으로 지긋이 바라보곤 하였고, 자기의 눈으로 지상의 것들에 대한 관심을 한 순간 보이고 나서 눈을 하늘로 돌렸지만, 그녀는 대기의 부드러움과 햇빛의 따스함을 느끼면서 하늘이 맑다는 것을 미리부터 짐작하고 있었다. 또한 그럴 때마다, 꽁브레에 있는 자기의 부엌 근처에서 구구거리던 것들과 유사한 비둘기들이 봄이면 와서 둥지를 트는, 나의 침실 벽난로 바로 위 지붕 한 구석 자리를 유심히 바라보곤 하였다.

"아! 꽁브레, 꽁브레." 그녀가 한탄하듯 소리치곤 하였다. (또한 거의 노래하는 듯한 어조로 그러한 하소연을 늘어놓을 때에는, 그 어조가, 그녀 얼굴의 아를르적 순수함[26]만큼이나, 듣는 이로 하여금 프랑수와즈가 프랑스 남부지역 출신 아닐까, 따라서 그녀가 눈물 흘리며 그리워하는 고장이 제2의 고향에 불과하지 않을까 짐작하게 할 수도 있었다. 하지만 그것이 아마 틀린 짐작일 수도 있으리니, 나름대로의 '프랑스 남부 지역'[27]을 가지고 있지 않은 지방이 없는 듯하기 때문이며, 예를 들어 싸부와 지방이나 브루따뉴 지방 사람들 중에서도 프랑스 남부 지역 사람들의 특징인 장모음과 단모음의 부드러운 치환(置換)[28] 현상을 드러내는 이들이 얼마나 많은가!) "아! 꽁브레, 가엾은 땅, 내가 언제나 너를 다시 보랴! 반시간이 멀다하고 나로 하여금 이 마귀처럼 고약한 복도를 뛰어다니게 하는 우리 젊은 주인의 그 불쌍한 초인종 소리를 듣는 대신, 방울새들의 노래와 속삭이는 사람처럼 졸졸거리는 비본느 냇물 소리에 귀를 기울이면서, 너의 산사나무들과 가엾은 라일락들 밑에서 내가 언제 쯤에나 신성한 하루하루를 보낼 수 있으랴! 내가 그렇게 달음박질을 하건만 우리의 젊은 주인께서는 내가 꾸물댄다고 하시니, 그 분이 종을 누르시기 전에 그 소리를 미리 들어야 할 지경이요, 단 일분만 늦어도 젊은 주인께서는 무시무시하게 화를 내시는구나! 애석하도다! 가엾은 꽁브레! 아마 죽은 후에나, 사람들이 나를 돌맹이처럼 무덤 구덩이 속에 던져 넣을 때에나, 내가 너를 다시 보게 되리로다. 그러면 너의 온통 하얀 그 아름다운 산사나무꽃을 내가 더는 느끼지 못하리라. 하지만 죽음의 잠 속에 잠겨서도, 내 믿거니와, 이승에서 나를 저주하듯 괴롭히던 그 세 번 연속되는 초인종 소리는 여전히 들으리라!"

그러나 안뜰에서 그녀를 부르는 조끼 재단사의 음성에 그녀의 푸념이 중단되곤 하였는데, 그는 할머니께서 언젠가 빌르빠리지 부인을 방문하셨을 때 할머니의 호감을 얻은 바로 그 사람으로, 이제는 그에게로 향한 프랑수와즈의 호감이 할머니에게로 향한 것 못지않았다. 우리의 창문 여는 소리를 듣고 고개를 쳐든 채, 그는 벌써 한 동안 전부터 자기의 이웃 여자인 프랑수와즈에게 인사를 하기 위하여 그녀의 주의를 끌 방도를 찾고 있었다. 그러면 프랑수와즈의 소녀 시절 교태가, 쥐뻬앵 씨를 위하여, 우리집 늙은 요리사의 연노함과 좋지 않은 심기와 화덕의 열기로 인해 둔중해진, 불평 가득한 얼굴을 곱게 다듬어 주었고, 그리하여 조끼 재단사에게 그녀가 우아한 인사를 하는 순간에는 그녀의 얼굴에 조심성과 친근감과 수줍음이 뒤섞여 감돌곤 하였으되, 그의 인사에 그렇게 답례를 하면서도 자기의 음성이 들리지 않게 하였으니, 그녀가 비록 안뜰을 기웃거림으로써 엄마의 당부를 어기곤 하였어도 감히 창문을 통해 누구와 이야기를 나눌 지경으로 그 당부를 무시하지는 못하였을 것이기 때문인데, 만약 그럴 경우, 프랑수와즈에 의하면, 그녀가 주인 마님으로부터 '긴 설교'를 한 바탕 듣게 되어 있었다. 그녀가 '멋진 말들이군요!' 라고 말하는 기색으로 대기중인 사륜 무개마차를 가리켰으나 동시에 '몹시 낡은 안장 덮개군!' 이라고 중얼거렸는데, 그것은 특히, 그가 자기의 입을 손으로 가린 채, 그녀에게 들릴 만큼 나지막한 음성으로 다음과 같이 대꾸할 것을 알고 있었기 때문이다. "댁에서도 원하시기만 하면 저러한 것들을, 아마 더 좋은 것들이라도, 가지실 수 있으나 저렇게 번다한 것들을 좋아하시지 않지요."

그러면 프랑수와즈가 대략 다음과 같은 뜻이 담긴 겸허하고 모호하며 황홀해진 듯한 신호를 보내고 나서, 엄마가 오시지 않을까 두려워 창문을 다시 닫곤 하였다. "각자 나름대로의 생활방식이 있지요. 이 댁에서는 소박함을 좋아하시지요." 게르망뜨 댁보다 더 많은 말들을 소유할 수도 있을 그 '댁' 이 우리 가족을 가리켰으나, 쥐뻬앵이 프랑수와즈에게도 '댁' 이라고 한 것이 옳았으니, 순전히 개인적인 자존심을 만족시키는 특정 즐거움을 위해서인 경우를 제외하면(가령 그녀가 쉴새없이 기침을 해서 모든 식구들이 그 감기에 감염되지 않을까 두려워할 때면 그녀가 귀에 거슬리게 낄낄거리면서 자기는 감기에 걸리지 않았다고 주장하는 자존심과 같은), 어떤 짐승과 완전히 한 몸을 이룬, 그리하여 그 짐승이 포획하여 먹고 소화시켜 다른 생체에 흡수될 수 있을 마지막 단계에 이른 찌꺼기를 제공 받아 영양분으로 삼는 식물들처럼, 프랑수와즈가 우리와 공생(共生) 관계를 이루고 있었기 때문이다. 그리하여 그녀의 삶에 불가결한 그녀 몫의 만족감을 구성하던 자존심의 소소한 충족들은 ― 그것이 끝났을 때 창문 곁에서 바깥 공기를 한 모금 호흡하는 것도 내포된, 옛 전통에 따른 점심식사라는 의식을 자유롭게 거행할 수 있는 공인된 권리와, 그녀가 장을 보러 가는 도중에 거리에서 잠시 즐기는 약간의 산책 및 일요일에 그녀의 조카딸을 보러 가기 위한 외출 등을 그것들에 추가하여 ― 우리가 우리의 미덕과 재산과 생활방식과 사회적 지위를 가지고 정성껏 이루어내야 할 의무를 가지고 있었다. 그러니 이사한 초기에 ― 아버지의 모든 명예 칭호들이 아직 사람들에게 알려지지 않은 건물에서 ― 프랑수와즈가, 자신의 입으로 '우수'라고 칭하던, 즉 꼬르네이유의 작품 속에서 혹은 약혼녀 고향 마을이 너무나 '그리워' 결국 자살하는 병사들의 펜 끝에서 그 말이 사용될 경우 강렬한 의미를 지니던[29] 그 '우수' 라는 고통에 휩싸여, 시들어갈 수 있었다는 점을 누구나 이해할 것이다. 프랑수와즈의 그 '우수' 가 바로 쥐뻬앵에 의해 치유되었으니, 우리가 혹시 마차 한 대를 구입하기로 결정하였을 경우에 그녀가 맛보았을 기쁨보다 더 강렬하고 우아한 기쁨을 그가 그녀에게 마련해 주었기 때문이다. "선량한 사람들이야, 쥘리앵(프랑수와즈에게는 새로운 낱말들을 자기가 이미 알고 있는 낱말들과 선뜻 동일시하는 버릇이 있었다)³⁰⁾ 이라는 사람들은 정말 순박해, 얼굴에 그렇다고 쓰여 있지." 쥐뻬앵이 정말 우리의 입장을 파악하였고, 우리가 마차를 소유하지 않는 것은 그것을 원하지 않기 때문임을 모든 사람들에게 알렸다.

프랑수와즈의 그 친구는 정부의 어느 부처에서 고용직 일자리 하나를 얻었던지라 집에는 별로 머물지 않았다. 원래는 나의 할머니께서 그의 딸이라고 생각하셨던 '말괄량이' 와 함께 조끼를 만들었으나, 언젠가 할머니께서 빌르빠리지 부인을 방문하셨을 때 벌써, 아직 어린 아이 티를 벗지 못하였건만 할머니의 치마를 능숙하게 꿰매 드린 그 어린 소녀가, 귀부인들을 위한 양재 쪽으로 눈을 돌려 어엿한 스커트 재단사로 변신하였던지라, 그가 더 이상 그녀와 함께 그 직업에 매달릴 필요가 없어졌다. 그 소녀가 처음에는 어느 양장점에 '조수' 로 고용되어, 간단한 시침질을 하거나, 스커트의 주름 장식을 꿰매거나, 단추 혹은 '똑딱단추' 를 달거나, 훅을 이용하여 스커트 허리끈을 조절하는 등의 일을 맡았으나, 신속히 부재봉사를 거쳐 수석 재봉사가 되더니, 최상류층 귀부인들을 고객으로 확보하여 자기의 집에서, 즉 우리가 이사한 건물의 안뜰에서, 양장점 동료였던 소녀들 중 한둘을 도제로 고용하여 함께 일하는 경우가 잦았다. 그 이후로는 쥐뻬앵이 그녀 곁에 머물 필요가 적어졌다. 물론 그 소녀가 성장한 후에도 조끼를 만들어야 할 경우가 잦았다. 하지만 자기 친구들의 도움을 받고 있었던지라 더 이상 다른 누구도 필요하지 않게 되었다. 그리하여 그녀의 숙부 쥐뻬앵이 다른 일자리를 찾은 것이다. 그가 일을 시작한 초기에는 점심때에도 자유롭게 집에 돌아왔으나, 자기가 보좌하던 사람의 직책을 확정적으로 맡은 이후에는 저녁식사 때에나 돌아왔다. 그의 '정식

임명'이 다행히 우리가 이사한지 몇 주 후에나 이루어졌고, 그리하여 쥐뻬앵의 친절이, 프랑수와즈를 도와 그토록 어려운 이사 초기를 지나치게 괴로워하지 않고 넘길 수 있도록 충분한 기간 동안, 영향을 끼칠 수 있었다. 하지만 그가 '과도기 치료제'로서 프랑수와즈에게 유용했다는 점을 부인하지 않으면서도, 나는 초기에 쥐뻬앵이 나의 마음에 별로 들지 않았음을 시인하지 않을 수 없다. 그를 몇 걸음 밖 가까이에서 바라볼 경우, 그의 살집좋은 뺨과 홍안과 동정적이고 쓸쓸하며 꿈꾸는 듯한 시선 흘러 넘치는 두 눈 등이, 그러지 않으면 그것들이 자아냈을 인상을 완전히 파괴하면서, 그가 중병에 걸렸거나 이제 막 큰 슬픔을 겪었으리라 믿게 하였다. 하지만 그가 전혀 그렇지 않았을 뿐만 아니라, 말을 하기 시작하면—게다가 완벽하다 할 만큼 달변이었다—오히려 차갑고 빈정거리는 편이었다. 그의 시선과 언변 사이의 그러한 부조화로부터 일종의 허위 비슷한 무엇이 초래되었고, 그것은 상대에게 호감을 주지 못하였을 뿐만 아니라, 그것으로 인하여 자신도, 모든 사람들이 정장 차림으로 참석한 야회에 일상복 차림으로 들어선 초대객만큼이나, 혹은 어느 왕족 인사의 질문에 대답해야 할 처지에 놓였으나 어떤 어투로 말해야 할지 정확히 알지 못해 아예 말을 거의 하지 않음으로써 그 난관을 벗어나려는 사람만큼이나, 거북함을 느끼는 기색이었다. 하지만 쥐뻬앵의 언사는—언사만을 비교하거니와—반대로 매력적이었다. 실제로 나는, 그의 눈에서 넘쳐 얼굴을 뒤덮고 있던 그 시선에(그와 일단 친숙해지면 아무도 그 시선의 범람 현상에 유의하지 않았다) 상응할 듯한 희귀한 총명함을 얼마 아니 되어 그에게서 발견하였고, 그것은, 필시 교육을 제대로 받지 못하였으련만, 서둘러 대강 읽은 단 몇 권 책의 도움만으로 가장 창의적인 언어적 기교를 소유 내지 체득하게 되었다는 측면에서,

내가 우연히 알게 된 가장 자연스러운 문학적 총명함들 중 하나였다. 내가 일찍이 친교를 맺은 사람들 중 재능 탁월했던 이들은 아주 젊은 나이에 세상을 떠났다. 그리하여 나는 쥐삐앵도 얼마 아니 가서 삶을 마감할 것이라 확신하였다. 그에게는 선량함과 연민 등, 가장 섬세하고 가장 고결한 감정들이 있었다.

프랑수와즈의 생활 속에서 그가 차지하고 있던 역할이 얼마 아니 되어 불가결하기를 멈추었다. 그녀가 그의 역할 대신하는 법을 터득하였기 때문이다. 심지어 어느 물품 조달업자나 어느 집 하인이 물건 보따리 하나를 가져왔을 때에도, 그에게 별로 관심을 보이지 않는 기색으로, 또한 자기의 일을 계속하는 동안 무심한 표정으로, 의자 하나를 가리켜 앉으라고 권하면서, 그 사람이 어머니의 답변을 기다리느라고 부엌에서 보낸 몇 순간을 프랑수와즈가 어찌나 능란하게 이용하였던지, '우리에게 어떤 것이 없다면, 그것은 우리가 그것을 원하지 않기 때문' 이라는 지워지지 않을 확신을 그가 마음 속에 새기지 않고 돌아가는 일은 매우 드물었다. 한편 그녀가 우리에게 '돈푼께나' 있음을 다른 사람들이 알기를 그토록 바랐던 것은(그녀는 쌩-루가 부분관사라 부르던 어법을 몰라, '돈푼께나 있다' 는 뜻으로 'avoir d'argent' 혹은 '물을 좀 가져온다' 는 뜻으로 'apporter d'eau'라고 말하곤 하였다)[31], 즉 우리가 부자임을 다른 사람들이 알기를 바랐던 것은, 다른 것 곁들이지 않은 부유함 즉 미덕 결여된 부유함이 프랑수와즈의 눈에 지고의 선으로 보였기 때문이 아니라, 부유함 결여된 미덕 또한 그녀의 이상이 아니었기 때문이다. 부유함이 그녀에게는, 그것이 결여될 경우 미덕에 장점도 매력도 없어질, 하나의 필요조건과 같은 것이었다. 그녀는 부유함과 미덕을 어찌나 혼동하였던지, 미덕에게 편안함을 요구하고 부유함 속에서 교훈적인 무엇을 발견할 만큼, 결국 그 둘에게 각각 반대편의 장점들을 부여하기에 이르렀다.

창문이 상당히 신속히 다시 닫히면(그러지 않아서 엄마가 일찍이 그녀에게 '상상할 수 있는 온갖 꾸지람을 퍼부으시기라도' 하였다는 기색이었다), 프랑수와즈가 한숨을 지으면서 부엌의 식탁을 정돈하기 시작하곤 하였다.

"쉐즈 로에 사는 게르망뜨 가문 사람들이 있어요." 시중꾼 녀석이 그녀에게 말하였다. "저의 친구 하나가 그곳에서 일한 적 있어요. 그 댁의 마부 보조였어요. 그리고 제가, 그 친구 아닌 다른 사람, 그러니까 그의 매형도 아는데, 그는 게르망뜨 남작의 구종(驅從)과 함께 군복무를 하였어요. 하지만 그 사람에 대해서는 신경 쓰지 마세요. '그가 저의 아버지는 아니에요!'" 최신 유행곡 후렴을 흥얼거리듯 새로운 농담들을 자기가 하는 말 여기저기에 끼워 넣는 버릇 가지고 있던 시중꾼 녀석이 그렇게 한 마디 덧붙였다.[32]

모든 것을 이미 연노한 여인의 피로한 눈으로, 게다가 꽁브레적 시각으로 까마득한 희미함 속에서 보던 프랑수와즈는, 시중꾼 녀석이 사용하던 단어들 속에 실제로 있던 것이 아니라 그 속에 틀림없이 있을 법한 농담을 알아들었으니, 그 단어들이 다음에 이어지던 그의 말과 연관이 없었고, 그녀가 알기로 장난꾸러기였던 아이의 입에서 힘차게 나왔기 때문이다. 그리하여, 마치 다음과 같은 말이라도 하는 듯, 우호적이고 경탄하는 기색으로 미소를 지었다. "저 빅또르 녀석, 항상 저 모양이군!" 하지만 그녀가 행복감을 느꼈으니, 그러한 종류의 재담을 듣는 것 자체가, 모든 계층 사람들이 서둘러 몸치장을 하고 감기에 걸릴 위험을 무릅쓰며 찾아나서는 사교계의 점잖은 즐거움과도 다소나마 관련되어 있음을 알고 있었기 때문이다.[33] 여하튼 그녀는 시중꾼 아이가 자기의 친구라고 생각하였으니, 공화국이 사제들에 대하여 취하려고 하던 무시무시한 조치들을[34] 그가 분개한 어조로 그녀에게 끊임없이 고발하듯 폭로하였기 때문이다. 프랑수와즈는 아직, 우리의 가장 잔인한 적들이란, 우리의 주장을 반박하고 우리를 설득하려 하는 이들이 아니라, 우리를 비탄에 잠기게 할 수 있을 소식들을 부풀리거나 꾸며내되, 그것들에게, 우리의 괴로움을 완화시키고, 자기들이 기필코 우리의 눈에 잔혹하며 동시에 난공불락인 듯 보이게 하려는 집단에 대한 우리의 가벼운 존경심이나마 혹시 태동시킬 수 있을 정당성의 기미조차 부여하는 일이 없도록, 스스로를 철저히 경계하며 조심하는 이들이라는 사실을 깨닫지 못하고 있었다.

"공작 부인이 그 모든 것과 인척 관계에 있을 거야." 프랑수와즈가, 마치 어떤 소품을 다시 느리게 연주하기 시작하듯, 쉐즈 로에 산다는 게르망뜨 가문 사람들 이야기를 다시 꺼내며 그렇게 말하였다. "그들 중 하나가 종자매를 공작과 혼인시켰다고 누가 나에게 이야기해 주었는데, 그런 말을 한 사람이 누구인지 잊었어. 여하튼 같은 혈족간의 혼인이었어. 게르망뜨 가문이 정말 위대한 가문이야!" 빠스깔이 예수교의 진실을 이성 위에 그리고 성서들의 권위 위에, 그것들을 토대 삼아 구축하였듯이,[35] 그 가문의 위대함을 그 혈족들의 수와 명성의 찬연함에서 찾으면서, 그녀가 경의섞인 어조로 덧붙였다. 그것은, 혈족들의 수와 명성의 찬연함이라는 두 개념을 가리키는 수단으로 그녀가 '위대한'이라는 단 하나의 단어만을 가지고 있었던지라,[36] 그녀에게는 그 둘이 일체를 이루고 있는 것처럼 보였고, 따라서 그녀의 항용 어휘가, 어떤 보석들처럼, 그녀의 사념 속에까지 모호함을 투영하는 단점을 군데군데 드러내곤 하였기 때문이다.

"혹시 그들이 꽁브레에서 10리으 떨어진 게르망뜨에 성을 가지고 있는 그 사람들인지 모르겠는데, 그렇다면 알제에 사는 종자매와도 그들이 같은 집안일 거야. (어머니와 나는 그 알제의 종자매가 도대체 누구일까 한동안 의아해하였으나, 프랑수와즈가 말하던 알제가 앙제 시를 가리킨다는 사실을 결국 깨닫게 되었다. 멀리 있는 것이 가까이에 있는 것보다 우리에게 더 잘 알려질 수 있다. 우리가 새해 선물로 받은 그 끔찍한 대추야자 때문에 알제라는 지명을 알게 된 프랑수와즈가 앙제라는 지명은 모르고 있었다. 그녀의 언어가, 프랑스어 자체처럼, 특히 지명에 있어서는 더욱 심하게, 오류 투성이었다.) 내가 그 댁 집사와 그 이야기를 하려고 하였는데… 참, 그 사람 이름이 무엇이더라?" 의전례에 관한 질문을 자신에게 던지듯 그녀가 잠시 멈칫하더니, '앙뚜완느'가 하나의 직함이라도 되는 듯, 자신이 던진 질문에 답하였다. "아! 그래, 사람들이 그를 앙뚜완느라고 부르지. 나에게 그 이야기를 해 줄 수 있을 사람은 그이지만, 그가 영락없는 나리, 아니 지엄하신 선생 시늉을 하고 있어서, 누가 그의 혀를 잘라 버렸거나 그에게 말가르치기를 깜빡 잊은 것 같아. 말을 걸어도 그는 대꾸조차 하지 않아." 쎄비녜 부인처럼 '대답하다'(회신하다)라는 표현을 사용하며 프랑수와즈가 덧붙였다.[37] 그러더니 진실성 결여된 어조로 다시 말하였다. "나의 냄비 속에서 무엇이 익어가고 있는지 아는 이상, 나는 다른 사람들의 냄비에 신경 쓰지 않아. 여하튼 그 모든 것이 카톨릭적[38]이지 않아. 게다가 그는 용감한 사람도 아니야(그러한 평가에 입각해 보면, 용맹함이 인간을 사나운 짐승으로 실추시킨다고 꽁브레 시절에 프랑수와즈가 생각하던[39] 그 견해가 바뀌었다고 혹시 믿을 수도 있겠으나, 전혀 그렇지 않았다. 그녀가 사용한 '용감하다'는 말은 '근면하다'는 뜻밖에 가지고 있지 않았다). 또한 그가 까치처럼 훔치는 버릇을 가지고 있다고들 하지만, 모든 험담을 그대로 믿어서는 아니 되지. 저 아래 댁 고용인들이 수위실 때문에 몽땅 떠나곤 하는데, 수위들이 질투가 심해 공작 부인으로 하여금 그들에게 화를 내도록 한다는군. 하지만 그 앙뚜완느가 진정 게으름뱅이라는 것은 장담할 수 있고, 그의 '앙뚜와네쓰'도 그보다 나을 것 없지." 집사의 아내를 지칭할 수 있을 법한 '앙뚜완느'의 여성형 명칭을 찾기 위하여, 자기의 그러한 문법적 창조 과정에서 틀림없이 무의식적으로 샤누완느(Chanoine, 주교좌 교회당의 참사원)와 샤누와네쓰(Chanoinesse, 수녀)를 뇌리에 떠올렸을 프랑수와즈가 그렇게 덧붙였다. 그녀의 그러한 어법이 전적으로 틀린 것은 아니었다. 아직도 노트르-담므 교회당 근처에 샤누와네쓰라는 길 하나가 있는데, 그 명칭은(그 길에 오직 샤누완느들만 살았던지라) 옛 프랑스 사람들이 부여한 것으로,⁴⁰⁾ 기실 프랑수와즈는 현대에 살아 있으되 그들과 동시대인이었다. 뿐만 아니라 그 직후, 그러한 식으로 여성형을 만드는 새로운 예를 듣게 되었던 바, 프랑수와즈가 다음과 같이 말하였으니 말이다. "하지만 게르망뜨 성이 공작 부인의 소유임에 틀림없어. 그리고 그 고장에서는 그녀가 메레쓰(mairesse 읍, 면, 구, 시 등의 여자 행정 책임자)야.⁴¹⁾ 상당한 것이지."

"저도 그렇다고 생각해요." 프랑수와즈의 빈정거림을 알아차리지 못하고 심부름꾼 아이가 확신을 갖고 말하였다.

"얘야, 그것이 상당한 것이라고 생각하느냐? 하지만 '그들' 같은 사람들에게는 읍(면)장이나 여자 읍장이라는 것이 정말 아무것도 아니란다. 아! 만약 게르망뜨 성이 내것이라면, 사람들이 나를 빠리에서는 자주 볼 수 없을 거야. 하지만 우리의 나리와 마님처럼 부족함 없는 주인들께서, 그러실 수 있고 아무도 말리지 않건만, 즉시 꽁브레로 가시지 않고 이 비참한 도시에 죽치고 계실 생각을 하시다니, 그게 말이나 되느냐. 부족한 것 없는 분들이 조용히 물러가지 않고 무엇을 기다리실까? 돌아가시기를? 아! 나에게 끼니를 때울 마른 빵과 겨울에 나를 덥혀 줄 장작만 있어도, 나는 이미 오래전에 꽁브레에 살고 있는 내 오라비의 초라한 집으로 돌아갔을 거야. 그곳에서는 적어도 '자기가' 살아 있음을 느끼지. 온갖 건물들이 앞을 가리지도 않고, 소음도 거의 없어서, 밤에는 2리으 밖에서도 개구리들이 노래하는[42] 소리가 들리지."

"정말 아름답겠어요, 부인." 어린 심부름꾼이, 프랑수와즈의 마지막 구절에 언급된 특징이 마치, 곤돌라 위에서의 생활이 베네치아 특유의 것이듯 꽁브레 특유의 것인 양, 열광적으로 소리쳤다.

게다가, 시중꾼보다 우리 집에 더 늦게 들어온 그는, 자신보다 그녀와 더 관련이 있을 이야기들을 프랑수와즈에게 하곤 하였다. 그리하여, 누가 자기를 요리사라고 부를 때마다 얼굴을 찡그리곤 하던 프랑수와즈가, 자기를 가리켜 '관리인'이라고 하던 심부름꾼 아이에게는, 방계 왕족들이, 자기들을 직계 왕족으로 대우하는 호의적인 젊은이들에 대해 느낄 법한, 특별한 호감을 가지고 있었다.

"그곳에서는 적어도 자기가 무엇을 하고 있는지, 또 어느 계절에 살고 있는지는 모두들 알지. 성스러운 부활절에도 성탄절에와 다름없이 보잘것없는 미나리아재비 한 송이 구경할 수 없고, 잠자리에서 이 늙은 몸뚱이를 일으킬 때에도 삼종기도 시각 알리는 희미한 종소리조차 들리지 않는 이곳 같지는 않지. 그곳에서는 매 시각을 알리는 종소리가 들리고, 비록 초라한 종이기는 하지만, 그 소리를 들으면 '오라비가 밭에서 돌아오겠군' 하는 생각에 잠기게 되며, 해가 지고 있음을 알 수 있지. 이 지상의 유익함을 위하여 종을 울리는지라, 등에 불을 밝히기 전에 주위를 한 번 둘러볼 시간도 있지. 이곳에서는 낮이 지나고 밤이 오면 서둘러 잠자리에 들고, 그리하여 자기가 그날 하루 무엇을 하였는지조차 모르기는 짐승들보다 나을 것 없어."

"메제글리즈 역시 매우 아름다운 곳인 모양입니다, 부인." 대화가 조금 추상적으로 변한다고 여긴, 그리고 언젠가 우리가 식탁에서 메제글리즈에 관해 이야기하는 것을 우연히 들었다가 그것을 기억해낸, 심부름꾼 아이가 그녀의 말을 그렇게 중단시켰다.

"오! 메제글리즈…" 메제글리즈와 꽁브레와 땅송빌 등의 지명을 누가 입 밖에 내기만 하여도 입술에 미소가 활짝 피어나는 프랑수와즈가 말하였다. 그 지명들이 그녀의 삶 자체와 어찌나 깊숙이 일체를 이루고 있었던지, 그것들이 자신의 밖에서, 즉 어떤 대화에서, 다른 이들의 입을 통해 들려올 때마다, 그녀는 어느 선생이 교실에서, 그 이름이 강단 위로부터 들려올 수 있으리라고는 생각하지 못하던 자기 학생들의 내면에, 현대의 저명 인사를 암시하면서 촉발시키는 것과 유사한 기쁨을 느끼곤 하였다. 그녀의 기쁨은 또한, 다른 이들에게는 그렇지 않지만 그 고장들이 그녀에게는 특별한 무엇, 함께 많은 일을 겪은 옛 동료들과 같은 무엇을 느끼는 데서 비롯되기도 하였으며, 따라서 그녀가 그 고장들 속에서 자신의 많은 부분을 다시 발견하곤 하였던지라, 그것들에서 재치 넘치는 무엇이라도 발견한 듯 그것들에게 미소를 보내곤 하였다.

"그래, 그렇다 할 수 있지, 나의 아들아,[43] 메제글리즈라는 곳이 상당히 아름답단다." 그녀가 다정하게 웃으며 다시 말을 이었다. "그런데 네가 메제글리즈에 대해 이야기하는 것을 어떻게 들었느냐?"

"메제글리즈에 대해 이야기하는 것을 제가 어떻게 들었느냐고요? 하지만 잘 알려진 이야기예요. 누가 저에게 그 이야기를 해주었어요. 그것도 여러 차례나." 우리와 관련된 어떤 것이 다른 이들에게 얼마나 중요성을 가질 수 있을지 객관적으로 판단하려고 할 때마다, 우리를 그 일에 성공할 수 없을 상태에 처박는 보고자들의 범죄적인 부정확성만큼이나 그가 모호하게 대꾸하였다.

"아! 내가 자네들에게 장담하거니와, 그곳의 버찌나무 밑에 있는 것이 이곳의 화덕 곁에 있는 것보다는 좋다네."

그녀는 하인들에게 을랄리에 대해서조차 착한 사람이었던 것처럼 이야기하였다. 집에 먹을 것이 없어 '굶어죽게' 되면, 아무짝에도 쓸모없는 주제에, 부유한 사람들의 선량함을 믿고 그들에게 와서 '갖은 아양을 떠는' 사람들은 그것이 누구든 별로 좋아하지 않았듯이, 그녀가 을랄리를 생전에 좋아하지 않았건만, 을랄리가 죽은 이후에는 그러한 사실을 까마득히 잊었기 때문이다. 을랄리가 매 주마다 나의 숙모님으로 하여금 자기에게 '푼돈을' 주시도록 교묘하게 유도한다는 생각이 그녀를 더 이상 괴롭히지 않았기 때문이다. 나의 숙모님에 대해서는 프랑수와즈가 찬양을 멈추지 않았다.

"그러면 부인께서 꽁브레에, 우리 마님의 종자매 댁에 사셨나요?" 심부름꾼 아이가 물었다.

"그래, 옥따브 부인 댁에 살았지. 아! 진정한 성녀이셨단다, 내 가엾은 아이들아, 그 댁에는 항상 무엇이든, 아름다운 것이든 좋은 것이든 풍부했지. 정말 착하신 여인이었다고 장담할 수 있어. 자고새건 꿩이건 그 무엇이건 '한탄하지' 않으셔서, 저녁식사에 다섯 사람이 불쑥 나타나건 여섯 사람이 나타나건 고기가 부족한 적 없었고, 게다가 최고급인데다, 백포도주건 적포도주건 필요한 것은 다 있었지(프랑수와즈는 '한탄한다'는 동사를 라 브뤼에르와 같은 의미로 사용하였다.)[44] 이 댁 가족이 여러 달 심지어 여러 해 동안 머무셔도 그 부인께서 항상 비용을 감당하셨지. (그러한 지적에 우리의 마음을 상하게 할 만한 무례함은 전혀 없었으니, 프랑수와즈가 '비용'이라는 말이 '소송 비용'이라는 뜻에 한정되지 않고 단순히 '지출'이라는 뜻으로 사용되던 시절 사람이었으니 말이다.) 아! 내가 자네들에게 장담하거니와, 그 부인 댁에 왔다가 시장한 채 돌아가는 사람은 없었지. 주임사제께서 여러 차례 강조하셨다시피, 착한 신 곁으로 가기를 기대할 수 있을 여인이 있다면, 내가 장담하고 확신하거니와, 바로 그 부인이야. 가엾은 부인, 연약한 음성으로 나에게 하시던 말씀이 아직도 들리는 것 같아. '프랑수와즈, 자네도 알다시피, 나는 아무것도 먹지 않지만, 마치 내가 먹는 듯 음식이 모든 사람들의 입에 맞으면 좋겠어.' 물론 당신 자신을 위해 그런 말씀을 하신 것이 아니야. 자네들도 그분을 뵈었다면 체중이 버쩌 한 꾸러미 무게에 불과하셨음을 알았을 거야. 오히려 그 무게도 아니 되셨지. 내가 드리는 말씀을 믿으려 하시지 않았고, 그래서 의사에게는 결코 가시지 않았어. 아! 그곳에서는 무엇이든 서둘러 먹는 법이 없었어. 그분께서는 하인들을 잘 먹이려 하셨지. 그런데 여기서는, 오늘 아침에도 그랬듯이, 빵 부스러기 하나 입에 넣을 시간이 없어. 모든 일을 부랴부랴 해 치워야 하기 때문이야."

그녀는 특히 아버지가 잡수시던, 조각내어 굽는 빵 때문에 짜증이 난다고 하였다. 아버지께서 그런 빵을 잡수시는 것은, 공연히 티를 내어 자기로 하여금 '왈츠를 추게'[45] 하기 위해서임을 확신한다고 하였다. "제가 장담하지만, 저도 그런 일은 일찍이 본 적이 없어요." 심부름꾼 아이가 그녀의 말에 맞장구를 쳤다. 그는 마치 자기가 모든 것을 직접 목격하기라도 한 듯, 그리고 수천년에 걸친 경험에서 얻은 지식들이 모든 나라들과 관습들을 망라하고 있으나 조각낸 빵을 다시 구워서 먹는 관습은 어디에도 없다는 듯, 그렇게 말하였다. "그래요, 옳은 말씀이에요." 집사가 중얼거렸다. "하지만 그 모든 것이 바뀔 수 있어요. 캐나다에서 노동자들이 파업을 하기로 되어 있대요. 그리고 지난번 저녁에 장관이 주인 나리께 말하기를, 그 일 덕분에 20만 프랑을 수중에 넣었다고 하더군요."[46] 집사는 그 일로 장관을 나무라는 것 같지 않았는데, 그 역시 온전히 정직하지 못하였기 때문이 아니라, 모든 정치인들이 부패했다고 믿는지라, 공금횡령죄가 그의 눈에는 가장 경미한 절도죄보다도 가벼워 보였기 때문이다. 그는 심지어 자기가 그 역사적인 [47]말을 정확히 들은 것인지 의문조차 품지 않았고, 범인이 직접 그 말을 아버지에게 하였건만 아버지께서 그를 내쫓지 않으셨다는, 그 있음직하지 않은 일에 놀라지도 않았다. 그러나 꽁브레의 사고방식은, 프랑수와즈로 하여금, 캐나다의 파업이 조각낸 빵 구워 먹는 관행에 영향을 끼치리라는 희망을 갖지 못하게 하였다. 그리하여 그녀가 이렇게 말하였다. "세상이 이대로 존속하는 한, 우리들로 하여금 종종거리게 할 상전들과 그들의 변덕에 영합할 하인들은 언제나 있을 거예요." 그 영원한 종종걸음이라는 주장에도 불구하고, 벌써 15분 전부터, 하인들의 점심 시간을 측정함에 있어 프랑수와즈의 것과는 필시 다른 척도를 가지고 계실 어머니께서는 한편 이런 말씀을 하고 계셨다.[48] "식탁 앞에들 앉은지 두 시간이 지났는데, 도대체 무엇들을 하고 있단 말인가?" 그러시고 나서 초인종을 서너 번 조심스럽게 울리셨다. 프랑수와즈와 그녀의 심부름꾼 아이 및 집사는, 초인종 소리를 듣고도 그것을 호출하는 소리로 여기지 않아 즉시 달려갈 생각을 하지 않았으나, 그럼에도 불구하고 그 소리가 그들에게도 어떤 연주회가 곧 재개되려 할 때 조율하는 악기들이 내는 최초의 음들, 그리고 누구든 들으면 중간 휴식 시간이 단 몇 분밖에 남지 않았음을 느끼는, 그 음들처럼 들렸다. 그리하여, 초인종 소리가 반복적으로 변하고 더 집요해지기 시작할 때면, 우리의 하인들이 그것에 주의하기 시작하였고, 다른 것들보다 조금 더 쟁쟁한 종소리를 들으면, 자기들 앞에 시간이 얼마 남지 않았고 일을 다시 시작할 때가 가까워졌음을 짐작하였던지라, 한 차례 깊은 한숨을 지은 다음, 각자 방침을 세운 듯, 심부름꾼은 내려가 출입문 앞에서 담배 한 가치를 피웠고, 프랑수와즈는 우리 가족에 대해 '틀림없이 좀이 쑤셔 잠시도 가만히 있지 못한다'는 생각을 하다가, 자기의 소지품 및 의류 등을 정돈하기 위하여 7층에 있는 자기의 거처로 올라갔으며, 집사는 나의 침실로 편지 용지를 얻으러 와 신속히 자기의 사적인 편지를 써서 보내곤 하였다.

게르망뜨 댁 집사가 비록 거만한 기색을 드러냈지만, 프랑수와즈는 이사 초기에 벌써 나에게, 게르망뜨 댁 사람들이 어떤 태곳적 권리에 근거해서 그 저택에 사는 것이 아니라 근래에 저택을 임대하였으며, 저택의 측면에 있는, 내가 아직 모르던 정원 역시, 상당히 작고 인접한 다른 모든 정원들과 유사하다는 사실을 알려주었다. 또한 나는 결국, 그곳에 영주가 설치한 교수대도, 방어 시설 갖춘 물방앗간도, 양어장도, 높직한 기둥 위 비둘기장도, 공용 빵가마도, 십일조 곡식 저장고도, 요새도, 고정교(固定橋)나 조교(吊橋)도, 하다못해 구름다리나 유료 다리도, 첨탑도, 벽에 새긴 헌장이나 기념비적 돌무더기도 없다는 사실을 알게 되었다. 그러나 발백의 내포(內浦)가 그 신비성을 상실한 후, 지구상에 있는 다량의 바닷물 중 평범한 한 부분으로, 그리고 어느것과도 호환될 수 있는 것으로 내 눈에 비치기 시작하였을 때, 엘스띠르가 나에게, 그 포구가 바로 휘슬러가 자기의 「하늘색과 은색의 조화」[49] 속에 그린 오팔빛 포구라고 말함으로써, 문득 발백의 포구에 하나의 개성을 돌려주었듯이, 게르망뜨라는 이름이, 자신의 그 명칭에서 유래한 마지막 거처가 프랑수와즈의 말에 일격을 당하고 죽어가는 것을 속절없이 바라보고만 있을 때, 아버지의 오래된 친구 한 분이 어느 날 게르망뜨 공작 부인에 대해서 다음과 같이 말씀하셨다. "그 여자가 쌩-제르맹 구역 사교계에서 가장 중요한 지위를 누리고 있다오. 그녀의 집이 쌩-제르맹 구역에서 으뜸가는 곳이라오." 물론, 쌩-제르맹 구역에서 으뜸가는 집, 즉 으뜸가는 응접실이, 내가 일찍이 연속적으로 몽상하였던 거처들에 비하면 보잘것없는 것이었다. 하지만 그 거처 역시, 그리고 틀림없이 나의 마지막 몽상 대상일 그 거처 역시, 비록 아무리 소박하다 할지라도, 그것의 물질적 자재를 초월하는 무엇을, 즉 감추어진 고유의 특질을 가지고 있었다.

또한, 그녀가 아침에 걸어서 외출하거나 오후에 마차를 타고 외출하는 것을 보면서도 내가 그녀의 용모에서 그 이름 속에 있을 신비를 발견하지 못하였던지라, 그 신비를 게르망뜨 부인의 '응접실' 내지 그녀의 친구들 속에서 찾을 수 있어야 하는 것이, 그만큼 나에게 더 필요해졌다. 물론 이미 꽁브레의 교회당에서, 번개같은 순식간의 변신을 통해 그녀가, 게르망뜨라는 명칭의 색깔과 비본느 냇가에서 맞곤 하던 오후의 색깔로 환원될 수 없는, 즉 그 색깔 속으로 스며들 수 없는 두 볼을 가지고,[50] 벼락 맞아 흩어져 버린 내 몽상 대신에, 한 마리 백조나 한 그루 수양버들로 변하여 차후로는 자연법칙에 예속되어 물 속으로 미끄러지듯 들어가거나 바람에 흔들리는 어느 신이나 님파처럼[51] 내 앞에 한번 나타났던 것은 사실이다. 그럼에도 불구하고, 그 순간 잠적하였던 몽상의 잔영들이, 내가 그녀 곁을 떠나자 마자, 이미 진 석양의 홍색과 초록색 잔광이 자기를 산산조각낸 나뭇가지 뒤에서 그러듯, 스스로 다시 형성되었고, 그 명칭이 나의 고독한 사념 속에서 그녀 얼굴의 추억을 신속하게 자기의 것으로 만들었다. 그러나 이제 내가, 창가에 나타나거나 안뜰 혹은 길에서 걷고 있는 그녀를 자주 보게 되었고, 그리하여 내가 최소한 게르망뜨라는 명칭을 그녀 속에 통합시키거나 그녀가 게르망뜨 부인이라고 생각하는 것에조차 이르지 못할 경우, 나는 나의 그러한 요구를 받고도 일을 완수하지 못한 내 오성의 그러한 무능력을 나무라곤 하였다. 하지만 우리의 이웃인 그녀 역시 같은 잘못을 저지르는 것 같았고, 게다가 태연히, 나에 대한 하등의 가책감도 없이, 심지어 그것이 하나의 잘못일 수 있음을 짐작조차 하지 못한 채 저지르는 것 같았다. 그렇게 게르망뜨 부인은 자기의 옷차림에 있어서, 자신이 다른 여인들처럼 평범한 여인으로 변한 줄로 믿고, 어떤 여인들이라도 그녀와 대등하거나 그녀를 능가하게 해줄 수도 있을 일반적인 치장의 우아함을 열망하기라도 하는 듯, 유행을 따르는 데 제 마음을 썼다. 나는 실제로 그녀가 거리에서 옷 잘 차려입은 어느 여배우를 찬탄하듯 바라보는 것을 목격하였다. 또한 아침에 그녀가 걸어서 외출할 즈음이면, 일반인들이 범접하기 어려운 자신의 생활을 행인들 사이에 친숙하게 드러냄으로써 그들의 상스러움을 부각시키던 그녀이건만, 그 행인들의 견해가 마치 그녀에게는 어떤 재판정이라도 될 수 있다는 듯, 그녀가 자기의 집 거울 앞에서, 궁중 희극에서 하녀역 맡기를 수락한 어느 왕비처럼, 겉치레나 빈정거림 섞이지 않은 진지함과 열정과 좋지않은 심기와 자긍심을 드러내면서, 자기보다 그토록 신분 낮은 '멋쟁이 여인'이라는 역을 맡아 연기에 임하는 것이 내 눈에 포착되곤 하였다. 그럴 때면, 자신의 태생적 위대함을 망각한 신화적 존재들처럼, 즉 신성한 백조가 자기가 하나의 신이라는 사실을 상기하지 못한 채, 진정한 백조답게, 자기의 부리 양쪽에 있는 채색된 두 눈에 어떠한 시선의 움직임도 부여하지 않다가, 별안간 어떤 장식단추나 우산에게로 달려드는 등 그 짐승 특유의 움직임을 보이듯, 그녀가 자신의 베일이 잘 드리워져 있는지 유심히 살피는가 하면, 소매의 주름을 펴고 외투의 매무새를 고치곤 하였다. 그러나 어떤 도시에서 받은 첫 인상에 실망한 여행자가, 그곳 박물관을 방문하거나 그곳 주민들과 친분을 맺거나 그곳 도서관들을 찾아 그 도시에 대해 연구함으로써 혹시 그곳 고유의 매력을 간파할 수 있으리라 생각하듯, 나 또한, 만약 내가 게르망뜨 부인 댁에 초대되어 그녀의 친지들 축에 속하고 그녀의 일상생활 속으로 깊숙이 침투할 수 있다면, 그녀의 이름이 오렌지색 반짝이는 표피 밑에 실제로 감추고 있는, 그리고 아버지의 친구분께서 언젠가 게르망뜨 가문 사람들이 이루고 있는 집단은 쌩-제르맹 구역 사교계에서도 특별한 무엇이라 하신 적 있으니, 다른 사람들의 눈에도 객관적으로 보일, 그것을 간파할 수 있으리라 생각하였다.

그댁에서 영위되리라고 내가 추측하던 생활이, 내가 경험한 세계와 하도 다른 근원에서 유래하여 나에게는 틀림없이 그만큼 특별할 것처럼 보였던지라, 나는 공작 부인이 베푸는 야연에, 일찍이 나와 교류하였을 인물들이, 즉 실존하는 인물들이, 참석하리라고는 상상조차 할 수 없었을 것이다. 왜냐하면, 그럴 경우, 그 참석자들이, 자기네들의 본성을 급작스럽게 바꿀 수 없어, 그곳에서도 내가 알고 있던 것과 유사한 언사를 펼쳤을 것이고, 그들의 대화 상대자들 또한 아마 스스로를 낮춰 인간의 언어를 사용하면서 그들의 말에 응대하였을 것이며, 따라서 쌩-제르맹 구역에서 으뜸가는 응접실이 베푼 야연이 계속되는 동안에 내가 이미 경험한 순간들과 동일한 순간들이 있었을 것인데, 그 모든 것이 발생할 수 없는 일들이었기 때문이다. 물론 나의 오성이 몇몇 난관 앞에서 당황하였던 것은 사실이며, 성체병(聖體餠, 호스티아) 속에 구세주 예수의 몸이 존재한다는 주장도, 쎈느 강 우안에 자리잡았고 그 댁 실내 바닥에 깔았던 카페트[52]를 두드려 터는 소리가 아침마다 나의 침실에서 들린다는 사실 보다는 더 모호한 신비가 아니었다.[53] 그러나 쌩-제르맹 구역과 나를 갈라놓던 경계선이, 순전히 공상적인 것이었던지라, 그로 인해 오히려 나에게는 더 실재하는 듯 여겨졌고, 어느 날 게르망뜨 댁 문이 열려 있어, 마침 펼쳐 놓은 신바닥 흙 털개를 나처럼 언뜻 보신 어머니께서 감히 상태가 좋지 않다고 하신, 바로 그 물건이 적도(赤道)와 같은 경계선 저편에 있는 것이 보이기만 해도, 나는 그것에서 벌써 쌩-제르맹 구역을 느끼곤 하였다. 뿐만 아니라, 우리의 부엌 창문을 통해 내가 가끔 볼 수 있었던, 붉은색 플러시 천으로 벽을 장식한 그 댁의 식당과 어둑한 응접실 등이 어찌, 쌩-제르맹 구역의 신비한 매력을 지니고, 본질적으로 그 구역의 일부를 이루며, 지리적으로 그곳에 자리잡은 것처럼 보이지 않을 수 있었겠는가? 그 식당에 받아들여졌다는 사실이 곧 쌩-제르맹 구역에 가서 그곳 공기를 호흡하였다는 뜻이며, 식당으로 이동하기 전, 응접실에 있는 가죽 씌운 까나뻬 위에 게르망뜨 부인과 나란히 앉아 있었던 이들이 모두 쌩-제르맹 구역 사람들이었으니 말이다. 물론, 쌩-제르맹 구역 이외의 곳에서도, 이런저런 야회에서, 고상한 척하는 상스러운 군중 한가운데에 위엄있게 군림하는, 그리고 이제는 이름뿐이며 그들을 뇌리에 떠올려 보려 할 경우 중세 기사들의 무술 시합이나 영주의 숲이 연상되는, 그러한 사람들[54] 중 하나를 가끔 볼 수 있다. 그러나 이곳 쌩-제르맹 구역에서 으뜸가는 응접실에는, 그 어둑한 갤러리에는, 오직 그러한 사람들만 있었다. 그들은 신전을 지탱하고 있는, 진귀한 자재로 깎은 원주들이었다. 친근한 모임을 위해서도 게르망뜨 부인은 오직 그들 중에서만 초대할 손님들을 고를 수 있었으며, 그리하여 12인 만찬에 참석하여 식탁 주위에 둘러앉은 그들은, 주제단 앞에 있는 상징적이고 축성하는 기둥인, 쌩뜨-샤뻴 교회당의 황금빛 사도상들과 흡사했다.[55] 게르망뜨 부인이 여름이면 저녁식사 후에 감미로운 술과 오랑쟈드를 대접하던 저택 뒤 높은 담벼락 사이로 펼쳐져 있던 작은 정원에 대해 말하거니와, 저녁 아홉 시와 열한 시 사이에 그곳의 철제 의자들―가죽 씌운 까나뻬 못지않게 위력을 지닌―위에 앉으면서 동시에 쌩-제르맹 구역 특유의 미풍을 호흡하지 못하는 것은, 휘귀그[56]의 오아시스에서 낮잠을 자면서 아프리카에 있지 않는 것 만큼이나 불가능한 일이라고, 내가 어찌 생각하지 않을 수 있었겠는가? 특정 사물들이나 인물들을 다른 것들과 구별하여 하나의 독특한 대기를 창조해낼 수 있는 것은 상상력과 믿음뿐이다. 애석한 일이었다! 쌩-제르맹 구역의 화려한 경관, 자연의 다양함, 그곳 특유의 진기한 물건들, 예술품들 사이로 발을 들여놓는 것이 나에게는 영영 허락될 것 같지 않았다. 그리하여 나는, 난바다에서(해안에는 도달할 희망도 없이) 바다로 불쑥 나와 있는 어떤 등대나, 최초로 눈에 띈 종료수나, 이국적 생활이나 식물군의 최초 징후를 발견하듯, 그 피안의 낡은 신바닥 흙털개를 발견하고 전율하는 것으로 만족하였다.

그러나 게르망뜨 저택이 내가 보기에는 그 현관의 문에서야 시작되었던 반면, 모든 세입자들을 소작인들이나 시골뜨기 평민이나, 국유재산 취득자들[57]로 여겨 그들의 견해 따위는 아랑곳하지 않던 공작이 판단하기에는, 저택의 부속 건물들이 훨씬 멀리까지 분포되어 있었던지, 그가 아침이면 잠옷 차림으로 창문 곁에서 자기의 수염을 다듬게 하거나, 조금 덥다고 느끼면 셔츠 바람으로 혹은 헐렁한 실내옷만 걸치고 안뜰로 내려오거나 하였고, 어떤 때에는 색깔 희귀하고 보풀 긴 스코틀랜드식 웃옷에 그것보다 더 짧고 색깔 밝은 외투를 걸치고 내려와, 자기의 구종(驅從)들 중 하나를 시켜, 새로 구입한 말을 고삐를 잡은 채 자기 앞에서 속보로 걷게 하기도 하였다. 그 말이 쥐뻬앵의 가게 진열대에 손상을 입히기 한두번 아니었고, 쥐뻬앵이 배상을 요구하여 공작이 격분하기도 하였다. "공작 부인이 이 집과 교구에 베푼 것만을 고려하더라도, 하찮은 자가 우리에게 무엇을 요구한다는 것은 파렴치한 짓이야." 게르망뜨 씨가 그렇게 말하곤 하였다. 하지만 쥐뻬앵은, 공작 부인이 무엇을 베풀었는지 전혀 모른다는 듯, 꿋꿋이 버티었다. 그녀가 실제로 사람들에게 베푼 것은 사실이지만, 그러한 선행이 모든 사람들에게 미칠 수 없는지라, 어떤 사람에게 베풀었다는 기억이 다른 사람에게 베풀기를 자제하는 이유가 되었고, 그것이 그 사람의 불만을 고조시키는 법이다. 게다가 그러한 선행과 무관한 다른 관점에서 보더라도, 그 동네가 공작에게는—상당히 멀리까지—자기 저택 안뜰의 연장선 위에 있는, 자기의 말들을 위한 경주로쯤으로밖에 보이지 않았다. 그리하여, 새로 구입한 말이 홀로 빠르게 걷는 모습을 살핀 다음에는 그것을 마차에 달아, 구종으로 하여금 고삐를 잡고 마차 옆을 따라 인근의 모든 길들을 질주하게 하였고, 그러면서, 밝은색 정장 차림으로 엽권련을 입에 문 채 고개를 쳐들고 외알박이 안경을 통해 유심히 살피면서 보도 위에 서 있던 체구 거대하고 우람한 그의 앞으로 그 마차가 여러 차례 반복해 지나가게 한 다음, 어느 순간 마부석 위로 뛰어 올라 시험삼아 손수 말을 몰아 본 후, 그 새로 꾸민 마차를 타고 샹젤리제로 자기의 정부를 만나러 떠나곤 하였다. 게르망뜨 씨가 어느 정도 자기의 계층에 속하는 부부 두 쌍에게는, 안뜰에서 마주칠 경우, 인사를 건네곤 하였다. 그들 중 그와 친척 관계인 두 내외는, 노동자 계층 가정의 부부처럼, 아이들을 돌보기 위하여 집에 머무는 법이 없었는데, 아내는 대위법(對位法)과 둔주곡(遁走曲, fuga)을 배우기 위하여 '스콜라'[58)]로, 남편은 목각 및 돌을 무늬 가죽 세공품을 만들기 위하여 자기의 작업실로, 아침 일찍 가곤 하였기 때문이다. 그리고 다른 한 쌍은 노르뿌와 남작과 남작 부인이었는데, 아내는 공원에서 의자 대여하는 여인처럼, 그리고 남편은 장의사 고용원처럼 항상 검은색 옷차림이었고, 교회당에 가기 위하여 두 사람이 하루에도 여러 차례 외출하곤 하였다. 그 두 내외는 우리와 교분이 있던 전직 대사의 조카들이었던지라, 층계의 원형 천장 밑에서 그들과 마주치신 아버지께서는 그들이 도대체 어디에서 오는 길인지 의아해 하셨다. 왜냐하면 아버지께서는, 유럽에서 가장 걸출한 인사들과 관계를 맺고 있었던지라 허울뿐인 귀족 칭호 따위에는 필시 무관심했을 그토록 중요한 인물이, 한미하고 교권주의적이며 편협한 그 귀족들과는 교류할 리가 없을 것이라 생각하셨기 때문이다. 두 내외가 그 건물로 이사한지 얼마 아니 된 어느 날, 마침 안뜰에서 게르망뜨 씨에게 인사를 하고 있던 남편에게 무슨 말을 하기 위하여 다가온 쥐뻬앵이, 그의 정확한 성씨를 아직 몰랐던지라 그를 단지 '노르뿌와 씨'라고만(de를 생략하고) 불렀다. 그러자 게르망뜨 씨가 남작을 향해 돌아서면서 언성을 높였다.

"아! 그냥 노르뿌와 씨라니, 아! 정말 독창적이군! 두고 봅시다! 저 녀석이 머지않아 당신을 '씨뚜와이앵[59)] 노르뿌와'라고 부를 것이오." 그가 드디어, 자기를 공작님(Monsieur le Duc)이라 부르지 않고 형식적인 존칭일 뿐인 머씨으(Monsieur)만을 사용해 부르던, 쥐뻬앵에게로 향한 좋지않은 심기를 그렇게 분출시킬 수 있었다.

어느 날, 아버지의 직업과 관련된 일에 대해 여쭐 필요를 느꼈음인지, 게르망뜨 씨가 한껏 우아한 거조로 자신을 아버지에게 소개하였다. 그 이후로 그는 자기의 이웃인 아버지에게 자주 도움을 청하곤 하였는데, 아버지께서 어떤 일에 대한 생각에 잠기신 채 그 누구와도 마주치고 싶지 않으신 마음으로 층계를 내려오시는 것을 보기 무섭게, 그가 마굿간 하인들 곁을 떠나, 안뜰로 내려오신 아버지 곁으로 다가와, 옛 국왕 침실 시종들로부터 유산처럼 물려받은 싹싹함을 발휘하여 아버지의 외투 깃을 매만져 드리고,(60) 아버지에게 악수를 청한 다음, 자기의 귀한 살과 접촉하는 것에 까다롭게 굴지 않는다는 것을 고급 매춘부처럼 외설스럽게 입증하기 위하여, 아버지의 손을 감싸잡고 심지어 그것을 애무까지 하면서, 몹시 귀찮아 빠져나가실 생각뿐인 아버지를 줄에 맨 사냥개처럼 끌고 마차 드나드는 정문 밖까지 나가곤 하였다. 어느 날 자기의 아내와 함께 마차를 타고 나가던 순간 우리와 마주쳤을 때, 그가 한껏 예의를 갖춰 우리에게 인사를 하였다. 그가 틀림없이 자기의 아내에게 나의 이름을 말하였을 것이지만, 그녀가 나의 얼굴은 물론 그 이름이나마 기억에 떠올릴 가능성이 얼마나 있었겠는가? 게다가 자기의 저택 부속 건물 세입자들 중 하나일 뿐이라고 지칭된다는 것이 얼마나 보잘것없는 추천사였겠는가! 그보다 더 무게 있는 추천사는 빌르빠리지 부인 댁에서 공작 부인과 마주치는 일이 었을 것인데, 마침 빌르빠리지 부인이 할머니를 통해 자기를 보러 오라는 말을 얼마 전에 나에게 전하셨고, 아울러 내가 문학의 길로 들어서려는 것을 아시는지라, 자기의 집에 오면 문인들을 만날 수 있으리라는 말씀도 덧붙이셨다. 그러나 아버지께서는 내가 사교계에 출입하기에는 나이가 아직 너무 어리다고 여기셨으며, 나의 건강 상태를 끊임없이 근심하셨던지라, 나에게 부질없이 새로운 외출 기회를 마련해 주고 싶어하지 않으셨다.

게르망뜨 부인의 심부름꾼들이 프랑수와즈와 자주 한담을 나누었던지라, 나는 그녀가 드나드는 응접실들의 명칭 몇을 그들의 입을 통해서 듣긴 하였다. 그러나 그것들을 나의 상상 속에 떠올리지는 못하였다. 그 응접실들이 그녀의 생활을, 오직 그녀의 이름을 통해서만 나에게 보이던 그 생활을 구성하는 한 부분이었으니, 그것들이 나의 상상이 미치지 못하는 곳에 있지 않았겠는가?

"오늘 저녁 빠르마 대공 부인댁에서 그림자 연극을 공연하는 성대한 야회가 있지만 우리는 참석하지 않아요." 심부름꾼이 말하였다. "주인 마님께서 오말 공작 댁에 가시기 위하여 다섯 시에 샹띠이행 기차를 타시지만,[61] 침실 시녀와 시중꾼 시종만 그곳에 가요. 저는 이곳에 남아요. 빠르마 대공 부인께서 못마땅해 하실 거예요. 공작 부인에게 네 차례도 넘게 편지를 보내셨으니까요."

"그러면 올해는 게르망뜨 성에 아니들 가시나요?"

"우리가 그곳에 가지 않는 것은 처음일 거예요. 공작님의 류머티즘 때문인데, 그곳에 난방장치가 구비되기 전에는 가시지 말라고 의사가 만류하였어요. 하지만 전에는 매년 우리가 그곳에 가서 1월까지 머물렀어요. 난방장치가 준비되지 않으면 주인 마님께서는 아마 깐느에 있는 기즈 공작 부인[62] 댁에 가셔서 며칠 머무실지 모르지만, 아직은 확실치 않아요."

"그리고 댁에서도 극장에들 가시나요?"

"우리들은 가끔 '오페라'에 가는데, 때로는 빠르마 대공 부인의 정기 회원권을 이용해 야간 공연을 관람하며, 여드레에 한 번씩 가지요. 그곳에서 구경하는 것들이 매우 멋진 모양이에요.[63] 연극이며 가극 등 온갖 것들이 있어요. 공작 부인께서는 정기 회원권을 구입하시지 않았지만, 어떤 날에는 마님 친구분의 칸막이 좌석에, 또 다른 날에는 다른 좌석에 앉고, 공작님의 사촌이신 분의 아내이신 게르망뜨 대공 부인의 욕조형 칸막이 특별석[64]을 사용하는 경우가 잦아요. 대공 부인은 바이에른 공작의 누이 되시는 분이에요… 그런데 그렇게 다시 댁으로 올라가시려고요?" 비록 자신은 게르망뜨 댁 사람들과 일체감을 느끼지만, '상전들' 일반에 대하여는 정치적 개념을 가지고 있었던지라, 프랑수와즈가 어느 공작 부인 댁에 고용되기라도 한 듯 예우하던 심부름꾼이 말하였다. "부인, 참으로 정정하십니다."

"아! 이 저주 받은 다리만 아니면 그렇지요! 평야에서는 아직 괜찮아요('평야에서'라는 말은 안뜰이나 거리 등 프랑수와즈가 산책하기를 마다하지 않던 곳, 한 마디로 평지를 뜻하였다), 그러나 이 고약한 층계들이 문제예요. 또 봅시다. 오늘 저녁에도 아마 다시 댁을 볼 수 있겠지요."

그녀가 게르망뜨 댁의 그 심부름꾼 시종과 그토록 한담 나누기를 원하였던 것은, 공작들의 아들들이 자기네들의 부친이 타계할 때까지는 대공 작위를 간직하는 경우가 빈번하다는 사실을, 그가 그녀에게 알려주었기 때문이다. 의심할 나위 없이, 귀족에 대한 특정 형태의 반항정신과 융통성 있게 혼합된 귀족 숭배 습성은, 프랑스의 농경지에서 대를 이어 퍼올려져 그 백성들 속에 깊이 스며들었음에 틀림없다. 나뽈레옹의 천재성이나 무선 전신에 대하여 혹시 어떤 사람이 프랑수와즈에게 이야기하더라도, 그녀의 주의를 끌지 못하였고, 벽난로에서 재를 긁어내거나 식탁을 차리던 그녀의 동작을 단 한순간도 늦추지 못하였건만, 그녀가 그러한 특징과 게르망뜨 공작의 작은 아들이 일반적으로 올레롱 대공이라 불리운다는 사실을 알게 되었을 때에는, 다음과 같이 소리친 다음, 마치 교회당의 그림 유리창 앞에서처럼 넋을 빼앗긴 듯 우두커니 서 있었으니 말이다. "그것 정말 아름답군!"

프랑수와즈는 또한, 공작 부인 댁에 서신을 가지고 자주 오는지라 그녀와 친해진 아그리쟝뜨 대공의 시종으로부터, 사교계에서 쌩-루 후작과 앙브르싹 아가씨 간의 혼인 이야기가 한창이며 혼인이 거의 확정되었다고들 한다는 말도 들었다.
 게르망뜨 부인이 액체를 다른 그릇에 옮겨붓듯 자기의 생활을 옮겨 무대로 삼던 특정 별장이나 오페라의 욕조형 칸막이 특별석이 나에게는, 그녀의 저택 못지않게 신비스러워 보였다. 빠르마, 게르망뜨-바이에른, 기즈 등 명칭들로 인하여, 공작 부인이 가서 머물던 휴양지들이나 그녀의 마차 지나간 항적(航跡) 같은 자국이 그녀의 저택과 연결시키던 일상적인 축연들이, 나의 눈에는 다른 모든 휴양지들이나 축연들과 전혀 다르게 보였다. 그 명칭들이 나에게 그 휴양지들과 축연들 속에 게르망뜨 부인의 생활이 연속적으로 내포되어 있다고 말해 주기는 하였으되, 그 각 생활 자체에 대해서는 전혀 밝혀 주지 못하였다. 휴양지들이나 축연들 각개가 공작 부인의 그곳 생활에 서로 다른 특징적 한계는 부여하였으되, 그 생활의 신비만 바꾸었을 뿐, 하나의 칸막이에 의해 보호되고 하나의 단지 속에 밀폐되어 일반인들의 삶이라는 물결 가운데서 이동할 뿐인 그 각 생활 속의 신비로부터는 아무것도 발산되는 것을 허용하지 않았다. 공작 부인이 사육제 기간에 지중해를 바라보며 점심식사를 하되 그 장소가 기즈 부인의 별장이기만 하면, 흰색 골무늬 천으로 지은 드레스를 입은 그 빠리 사교계의 여왕이 비록, 여러 대공 부인들 사이에 섞인, 그리고 다른 여인들과 유사한, 일개 초대 손님에 불과할지라도, 바로 그러한 사실 때문에 나에게는 그녀가 더욱 감동적으로 보였고, 일시적인 변덕에 이끌려 동료 발레리나들의 역들을 차례로 몇 스텝씩 밟아 보는 스타 발레리나처럼 참신해져 더욱 그녀답게 보였다. 또한 그녀가 그림자 연극을 관람하더라도 그것이 빠르마 대공 부인 댁 야회에서거나, 어떤 비극 작품이나 가극 공연을 관람하더라도 그것이 게르망뜨 대공 부인의 욕조형 칸막이 특별석에서일 경우애도 역시 그러했다.

우리가 흔히, 어떤 사람이 영위하는 생활의 모든 가능성과, 그가 아는 이들 및 이제 막 헤어진 이들 혹은 만나러 가는 이들의 추억을 그 사람의 몸뚱이 속에 위치시키는지라, 게르망뜨 부인이 빠르마 대공 부인 댁 오찬에 참석하기 위하여 걸어서 갈 것이라는 이야기를 프랑수와즈로부터 들은 후, 그녀가 정오 무렵 자신이 즐겨 입는 살색 새틴 드레스 차림으로 자기의 거처에서 내려오는 것이, 그리고 드레스 위에서 그녀의 얼굴이, 일몰 직후 햇빛 스며든 구름덩이처럼, 드레스와 같은 색조를 띠는 것이 보일 때면, 그 순간 내 앞에 떠오르곤 하던 것은, 그 작은 체적 속에, 마치 조개 속 분홍색 진주질층(眞珠質層)의 윤기 도는 판막 사이에 감추어진 듯 내포되어 있던, 쌩-제르맹 구역의 온갖 즐거움들이었다.
　아버지가 봉직하시던 부처에 A. J. 모로라는 친구분 하나가 있었는데, 그 분은 모로 성씨 가진 다른 사람들과 자신을 구분하기 위하여 자기의 성씨 앞에 이름의 그 두 첫 글자들을 항상 아울러 사용하였고, 그러다 보니 사람들이 그 분을 간략하게 A. J. 라고 불렀다. 그런데, 그 A. J.라는 분이, 어떻게였는지는 모르지만, 오페라 극장에서의 특별 공연 관람권 하나를 얻어 그것을 아버지에게 보냈고, 나의 첫 실망 이후 더 이상 공연하는 것을 보지 못한 여배우 베르마가 『화이드라』의 한 막을 공연하게 되어 있었던지라, 할머니께서 아버지에게 말씀하시어 그 좌석표를 나에게 주시도록 하였다.
　사실대로 말하거니와, 몇 해 전에는 나를 그토록 흥분시켰던 베르마의 공연을 볼 수 있다는 그 가능성에, 내가 어떤 가치도 부여하지 않게 되었다. 그리하여, 지난날 나의 건강과 휴식보다도 더 귀중하게 여기던 것에 대한 나의 무관심을 확인하며 나는 우수에 젖지 않을 수 없었다. 물론 나의 상상력이 언뜻 포착하는 실체의 귀중한 편린들을 가까이에서 응시할 수 있기를 바라던 나의 욕구가 그 시절보다 덜 열렬했다는 말은 아니다. 하지만 나의 상상력이 그 편린들을 이제는 더 이상 일개 위대한 여배우의 낭송법에서 찾지 않았다. 엘스띠르의 화실을 방문한 이후부터는, 옛날 내가 베르마의 그 연기, 즉 그 비극 예술에 대하여 가지고 있던 내적 믿음을, 특정 융단이나 현대 화폭으로 옮겼다. 나의 믿음과 열망이 더 이상 베르마의 낭송법과 연기 자세에 부단한 경배를 드리지 않았던지라, 나의 가슴 속에 내가 간직하고 있던 그것들의 '분신'이, 생명을 유지시키기 위해서는 한결같이 영양을 공급해야 했던 고대 이집트의 죽은 사람들의 '분신들'처럼 쇠약해졌다.[65] 그 예술이 어느새 보잘 것 없고 초라해졌다. 어떤 심오한 영혼도 더 이상 그 속에 없었다.

아버지로부터 받은 좌석표의 힘을 빌어 오페라 극장의 거대한 중앙 계단을 오르던 순간, 그 거조로 인하여 처음에는 내가 샤를뤼스 씨라고 여겼던 남자 하나가 앞에 올라가는 것이 보였다. 하지만 그가 어느 고용원에게 무엇을 물으려고 고개를 돌렸을 때, 나는 내가 잘못 보았음을 깨달았다. 그럼에도 불구하고 한편 나는, 그의 복장뿐만 아니라 특히 그에게 잠시 기다리라고 한 검표원과 좌석 안내원 여자들에게 말을 건네던 그의 어투에 미루어, 그를 샤를뤼스 씨와 같은 사회적 계층에 위치시키기를 망설이지 않았다. 왜냐하면, 다양한 개인적 특징들에도 불구하고, 그 시절에는 아직도, 귀족 계층에 속하는 젠체하고 부유한 남자와, 금융인이나 기업가들 세계에 속하는 젠체하고 부유한 남자 사이에, 매우 현격한 차이가 상존하고 있었기 때문이다. 금융인이나 기업가들 세계에 속하는 이들 중 하나가 자기의 멋을 단호하고 오만한 어조로 드러내려 하였을 것임에 반해, 부드럽고 미소 가득한 표정을 짓는 지체높은 귀족은, 겸손함과 인내로 자신을 꾸미고 자신이 평범한 관람객들 중 하나인 척하는 것을, 자기가 갖춘 탁월한 교양의 특권으로 여기는 듯하였다. 그러한 귀족이, 순박한 미소 밑에, 자신 속에 간직하고 있던 작은 특수 세계의 범접하지 못할 문지방을 그렇게 감추고 있을 경우, 그 순간 극장으로 들어서다가 그를 본 부유한 은행가의 아들들 중, 마침 그 무렵 빠리에 체류하고 있던 오스트리아 황제의 조카 즉 작센 대공의 최근 여러 신문에 게재되었던 초상화와 그 사이의 놀라운 유사성을 발견하지 못하였다면, 그 지체높은 귀족을 하찮은 남자로 취급하였을 사람이 아마 한둘 아니었을 것이다. 나는 작센 대공이 게르망뜨 가문과 매우 친하다는 것을 알고 있었다. 내가 검표원 가까이에 이르렀을 때, 작센 대공이―혹은 그렇게 여겨지는 사람이―미소를 지으며 하는 말이 들려왔다. "칸막이 좌석의 번호는 모르겠소만, 나의 사촌 누이가 나에게 말하기를, 자기의 칸막이 좌석이 어디에 있느냐고 묻기만 하면 된다고 하였소."

그는 아마 작센 대공이었을 것이며, '사촌 누이가 자기의 칸막이 좌석이 어디에 있느냐고 묻기만 하면 된다' 고 하였다는 말을 하던 순간 그가 뇌리에 떠올린 사람은 아마 게르망뜨 공작 부인이었을 것인지라(그렇다면 자기의 사촌 동서 게르망뜨 대공 부인의 욕조형 칸막이 좌석에서 보내던, 평소에는 상상조차 할 수 없었던 그녀 생활의 생생한 순간들 중 하나를 내가 목격할 수 있게 될), 그의 미소 띤 특이한 시선과 소박한 말들이 하나의 가능성 있는 행복의 더듬이와 불확실한 영광의 더듬이로(어떤 추상적인 몽상도 그렇게 해주지 못하였을 것이다) 나의 가슴을 번갈아 어루만져 주었다. 적어도, 그러한 말을 검표원에게 함으로써, 그가 내 일상생활의 속된 하루 저녁에다 새로운 세계로 이어질 수도 있을 잠재적인 통로 하나를 연결시켜 주었다. 욕조형 칸막이 좌석이 라는 말을 한 다음 검표원이 가리킨, 그래서 그가 접어든 복도는 습하고 금이 갔으며, 해변의 동굴들로, 즉 수중 님프들의 신화적 왕국으로 이어지는 것 같았다.[66] 내 앞에는 야회복 차림으로 멀어져 가던 신사 하나밖에 보이지 않았다. 그러나 나는, 정확치 못한 반사경 같아 그를 정확하게 조명하지 못하는 상념을, 즉 그가 작센 대공이며 게르망뜨 공작 부인을 만나러 간다는 상념을, 그의 주위에 어른거리게 하였다. 그러자, 비록 그가 홀로였지만, 마치 하나의 사영(射影)처럼 촉지할 수 없고 거대하며 불규칙한, 그를 외부에서 감싸고 있던 그 사념이, 그리스 전사 곁을 항상 지키되 나머지 다른 사람들의 눈에는 보이지 않는 신처럼[67] 그를 앞장서서 인도하는 것 같았다.

나는, 정확하게 기억하지 못하던 『화이드라』의 한 구절을 다시 뇌리에 떠올리려 노력하면서, 나의 좌석에 도달하였다. 내가 읊조리던 구절의 형태는 필요한 음절의 수를 갖추지 못하였지만, 내가 그 음절들을 헤아려 보려 노력하지 않았던지라, 그 구절의 불균형과 고전적 구절 사이에는[68] 어떠한 공통적인 운율 단위도 존재하지 않는 것 같았다. 내가 읊조리고 있던 구절을 고전적 12음절 시구로 만들기 위해서는 그 흉측한 구절에서 여섯 음절 이상을 삭제해야 한다고 누가 말하였다 해도, 나는 놀라지 않았을 것이다. 그러나 문득 내가 그 12음절 시구를 기억해 내었고, 그 순간 비인간적인 세계의[69] 완강했던 거슬림이 기적적으로 자취를 감추더니, 내가 읊조리던 구절의 음절들이 즉각 하나의 12음절 시구가 요구하던 길이와 합치되어, 잉여분의 음절들은, 수면 위에서 이제 막 터져버린 물거품처럼, 쉽고 유연하게 빠져나갔다. 그리고 내가 맞서 싸우던 그 거대한 흉측함은 기실 단 하나의 음절일 뿐이었다.[70]

오케스트라 앞 1등석들 중 일정분은 극장 매표소에서 팔았던지라, 그곳 이외의 다른 곳에서는 가까이에 두고 바라볼 기회가 없을 사람들을 보고 싶어하던 스놉들이나 호기심 많은 이들에게 그 표들이 팔렸다. 사실, 평소에는 감추어져 있던, 그 사람들이 영위하는 사교계 생활의 일단이나마 공개리에 볼 수 있었던 것은 그곳에서였으니, 빠르마 대공 부인이 2층 칸막이 좌석과 발코니 좌석 및 욕조형 칸막이 특별석 등을 친구들에게 내놓았던지라, 공연실이 마치, 누구든 자리를 바꾸고, 이리저리 돌아다니며 친구 곁에 가서 앉기도 하는 응접실 같았기 때문이다.

내 옆에는 평범한 관람객들이 있었는데, 그들은 특별석에 있던 정기 예약자들이 누구인지 모르면서도, 자기들이 그들을 알아볼 수 있음을 과시하려고 그들의 이름을 큰 소리로 떠들어댔다. 또한 그 정기 예약자들이 마치 자기네들 응접실에 가듯 그 극장에 온다는 말을 덧붙였으며, 그것은 공연되는 작품 자체에는 그들이 별 관심을 쏟지 않는다는 뜻이었다. 하지만 실제 일어난 일은 그 반대였다. 베르마의 공연을 관람하기 위하여 오케스트라 앞 1등석에 앉으려는 멋진 발상을 한 듯한 어느 학생 하나가, 장갑을 더럽히지 않고, 다른 이들에게 불편을 주지 않고, 우연이 자기 곁으로 데려온 옆 사람의 환심을 사고, 도망치는 어느 시선을 간헐적인 미소로 추적하고, 관람석에서 우연히 발견한 지인의 시선을 불손한 기색으로 피하는 등의 짓들에만 몰두하다가, 한동안 어쩔 줄 모르던 끝에 그 사람에게 인사를 하러 다가가기로 결심을 하였지만, 그가 미처 그 사람 앞에 이르기 전에, 바로 그 순간 무대 바닥을 세 번 치는 소리가 개막을 알리자, 홍해로 뛰어든 히브리인들처럼,[71] 자기로 인하여 자리에서 일어섰던 남녀 관람객들의 넘실거리는 물결을 뚫고 도망치듯 자기의 자리로 돌아올 수밖에 없었으며, 그러면서 그들의 드레스를 찢고 반장화를 짓밟았다. 그들과는 반대로, 사교계 사람들은, 마치 한쪽 벽이 제거되었음직한 허공에 매달린 작은 응접실 속에서처럼, 혹은 그들이 바이에른 젤리를 맛보러 가되 나뽈리풍 건물의 황금빛 테 두른 거울들과 붉은색 의자들에 주눅 들지 않는 작은 까페들 속에서처럼, 자기들의 칸막이 좌석(테라스형 발코니 좌석 뒤의)에 있었기 때문에, 또한 사교계 사람들은 그 서정적 예술의 전당을 떠받치고 있었다. 원주들의 황금빛 주간(柱幹, 몸체)에 무심히 손 하나를 얹어놓고 있었기 때문에, 혹은 자기들의 칸막이 좌석 쪽으로 종려수 가지와 월계수 가지를 내밀고 있던 두 조각상이 자기들에게 바치는 듯한 과분한 영광에 감격하지 않았기 때문에, 오직 그들만이—물론 그들에게 그럴 수 있을 지적 능력이 있다면—공연되는 극작품에 귀를 기울일 수 있는 자유로운 지성을 가질 수 있었을 것이다.

처음에는 모호한 암흑밖에 없었지만, 그 속에서 문득, 보이지 않는 보석의 미광 같은 유명한 두 눈의 인광(燐光)과, 혹은 어둔 배경 위로 떠오른 앙리 4세의 메달 같은 오말 공작의 비스듬한 옆모습과 마주쳤고, 모습 보이지 않는 어떤 귀부인이 공작에게 소리쳤다. "전하, 제가 외투 벗겨 드리는 것을 허락하소서." 그러자 왕자가 대꾸하였다. "하지만 앙브르싹 부인, 어찌 차마." 그 애매한 사양에도 불구하고 그녀가 자기의 뜻대로 하였고, 그녀의 그러한 영광을 모두들 부러워하였다.

그러나 다른 욕조형 칸막이 특별석들에서는, 거의 모든 곳에서, 그 어두운 거처에 사는 하얀 여신들이 침침한 내벽 벽면 근처로 피신하여 보이지 않았다. 하지만 공연 시각이 다가옴에 따라, 그녀들의 어렴풋이 인간적인 형태들이, 숨어있던 어둠의 심연에서 하나씩 나른하게 떨어져 나와 빛을 향해 상승하면서, 자신들의 반나체가 수면 위로 드러나게 내버려두었고, 수직적 상승 한계선 즉 희미한 표면에 이르러 멈추었으며, 그곳에서, 그녀들이 들고 있던 깃털 부채들의 생글거리고 거품 일며 가벼운 펄럭거림 뒤로부터, 밀물의 일렁임에 곱슬거리게 된 듯하고 진주들 뒤섞인 자주빛 모발 밑으로부터, 그녀들의 반짝이는 얼굴들이 나타났다. 그 특별석 밖에서 오케스트라 앞 1등석이, 즉 침침하고 투명한 왕국으로부터 영영 격리된 인간들의 거처가 시작되었고, 액상이며 평평한 특별석 표면 여기저기에 있던 수중 여신들의 맑고 반짝이는 눈들이 그 왕국의 경계를 이루고 있었다. 왜냐하면, 예를 들어 어떤 광물질들이나 우리와 교분이 없는 사람들처럼 우리의 영혼과 유사점이 티끌만큼도 없는 외부 현실의 그 두 부분에게, 그러한 사실을 알면서도 미소나 시선을 보내는 것이 무분별하다고 우리가 생각하는 경우가 있듯이, 그 왕국 연안의 보조의자들과 오케스트라 앞 1등석에 앉아 있던 괴물들의 형태가, 그녀들의 눈 속에는 오직 광학적 법칙에 따라 그리고 입사각(入射角)의 크기에 의해서만[72] 그려졌기 때문이었다. 그와는 반대로, 그들의 영지 경계선 안에서는, 눈부시게 고혹적인 바다의 딸들[73]이, 그 심연의 굴곡부에 매달려 있던 수염 덥수룩한 트리톤들[74] 쪽으로, 혹은 물결이 미끈한 해초 한 가닥을 이끌어다 그 위에 얹어 놓은 반들반들한 자갈 같은 두개골과 수정 원반 같은 시선을 가진 수중 신인(神人)들 쪽으로, 미소를 지으며 수시로 고개를 돌리곤 하였다. 그녀들은 그들 쪽으로 상체를 기울이면서 봉봉사탕을 권하곤 하였다. 가끔 물결이 살짝 갈라지면, 늦게 도착하여 송구스러운 듯 미소를 지으면서 어둠 깊숙한 곳에서 막 피어난 네레이스 하나가 보이기도 하였다. 그리고 한 막이 끝나면, 그녀들을 수면 위로 유인하였던 아름다운 선율 가득한 지상의 소음이 들려오리라 더 이상 기대하지 않아, 일제히 잠수하면서, 그 다양한 자매들이 어둠 속으로 동시에 사라지곤 하였다. 하지만 인간들의 일을 언뜻이나마 살피고자하는 가벼운 호기심에 이끌려

입구까지 나오되 접근을 허락지 않는, 여신들의 그 모든 은거지들 중 가장 유명했던 것은, 게르망뜨 대공 부인의 욕조형 칸막이 특별석이라는 이름으로 알려졌던, 그 여명빛 덩어리였다.

 하위 여신들의 놀이를 멀찌감치 떨어져 주재하는 세력 큰 여신처럼, 대공 부인은, 햇살 한 줄기가 수정처럼 눈부신 물 속에 만들어 놓았을 수직의, 희미한, 그리고 액상인 어떤 단면을 연상시키는, 필시 하나의 거울이었을, 널찍한 유리질 반사광 옆에 있으며 조금 안쪽에 위치한, 산호초처럼 붉은 측면의 까나뻬 위에 즐겨 머물렀다. 일부 바다 식물이 그렇듯, 깃이면서 동시에 꽃부리이며 새의 날개처럼 솜털로 덮인 커다란 흰색 꽃 한 송이가, 대공 부인의 이마로부터 한쪽 볼 위로 늘어지면서 볼의 굴곡을, 요염하고 활기찬 유연함을 드러내며 따라 내려오다가, 알퀴온[75]의 안온한 둥지 속에 있는 분홍색 알인 양 그 볼을 반쯤 감싸는 것 같았다.[76] 대공 부인의 머리채 위에서부터 그녀의 눈썹 위까지 늘어지다가 더 아래로 내려와 목 부위까지 연장되면서, 일부 남쪽 바다에서 잡히는 하얀 조개 껍질들과 진주들이 뒤섞여 이루어진 헤어네뜨 하나가 펼쳐져 있었으며, 이제 막 파도 밑으로부터 올라온 그 바다의 모자이크가 이따금씩 어둠 속으로 우연히 다시 잠기곤 하였는데, 그러한 순간에도 대공 부인의 눈에서 발산되는 형형한 생리적 운동성에 의해 인간적 존재가 드러나곤 하였다. 그 미광 속에 있던 다른 신화적 딸들보다 그녀를 훨씬 우월하게 부각시킨 아름다움이, 그녀의 목덜미와 어깨와 팔과 허리에 몽땅 질료적으로 또 포괄적으로 새겨져 있었던 것은 아니다. 그와는 반대로, 허리의 감미롭고 완성되지 않은 선이 그 아름다움의 정확한 출발점이었다. 다시 말해, 그 선이, 바라보는 이의 눈이 연장시키지 않을 수 없고 경이로우며, 어둠 위로 투영된 이상적인 얼굴의 환영처럼 여인의 둘레에 생성된, 보이지 않는 선들의 필연적인 실마리였다.

"저 여자가 게르망뜨 대공 부인이에요." 내 옆자리에 있던 여자가 함께 온 신사에게 말하였다. 그러면서, 그러한 호칭이 우스꽝스럽다는 뜻으로, 대공 부인(princesse)이라는 단어를 발음하며 'p'를 여러 차례 반복하였다. "그녀는 자기의 진주들을 절제하지 않았어요. 저에게 못지않게 많은 진주가 있다면 저렇게 드러내 놓고 자랑하지는 않을 것 같아요. 저러는 것이 품위있어 보인다고는 생각하지 않아요."

하지만 그러는 동안에도, 어떤 인사가 관람석에 있는지 알려고 하던 모든 사람들은, 대공 부인을 발견하는 순간, 미의 합법적인 옥좌가 자기들의 가슴 속에서 선명히 떠오름을 느끼고 있었다. 사실 뤽상부르 공작 부인이나 모리앙발 부인, 쌩-으베르뜨 부인 등, 다른 숱한 여인들의 경우, 그녀들의 얼굴을 확인할 수 있게 해주던 것은, 뭉툭하고 붉은 코와 토끼 주둥이[77] 간의 밀접한 연관성, 혹은 주름진 두 볼과 솜털 같은 콧수염[78] 간의 밀접한 연관성 등이었다. 하지만 그러한 용모들이 사람들의 마음을 사로잡기에 충분하였으니, 그것들이 어떤 글의 관례적인 가치밖에 가지고 있지 않은지라, 사람들로 하여금 명성 높으며 경외심 일으키는 이름들을 읽을 수 있게 하였기 때문이다. 하지만 또한 그러한 용모들은 결국, 추함이란 것에는 귀족적인 무엇이 수반되며, 어떤 귀부인의 얼굴이 고상하기만 하면 그것의 아름다움은 상관없다는 생각을 갖게 하였다. 그러나, 자기들이 그린 화폭 하단에 자기들의 이름 대신 나비나 도마뱀이나 꽃 등, 자체로 아름다운 형태 하나를 그려 넣는 일부 화가들처럼, 대공 부인이 자기의 칸막이 좌석 한 귀퉁이에 첨부하고 있던 것은 감미로운 몸매 및 얼굴의 형태였으며, 그렇게 미가 가장 고아한 서명일 수 있음을 입증해 보여주고 있었다. 왜냐하면, 평소 자기 사생활의 일부를 이루는 사람들만 극장에 데리고 오던 게르망뜨 부인의 존재가, 귀족 계층에 관심을 가지고 있던 사람들의 눈에는, 그녀의 욕조형 칸막이 특별석이 보여주던 화폭의 가장 신빙성 큰 감정서, 혹은 대공 부인이 뮌헨과 빠리에 있는 자기의 저택들에서 영위하던 사적이고 특별한 생활 풍경의 환기 같은 것이었기 때문이다.

우리의 상상력이란, 지시된 것이 아닌 엉뚱한 곡을 연주하는 고장난 바르바리 오르간[79]과 같아서, 게르망뜨-바이에른 대공 부인에 대하여 이야기하는 것을 들을 때마다 16세기의 몇몇 작품들에 관련된 추억이 나의 내면에서 노래를 부르기 시작하곤 하였다. 그런데 이제, 그녀가 어느 연미복 차림의 뚱뚱한 신사에게 얼음사탕을 권하는 것이 보이는 순간, 그녀로부터 그러한 추억을 제거할 수밖에 없었다. 물론 그렇다 해서, 그녀와 그녀가 초대한 사람들이, 다른 일반인들과 유사하다는 결론을 내릴 생각은 전혀 없었다. 나는 그들이 그곳에서 하던 짓들이 하나의 놀이에 불과하고, 자기들의 진정한 생활(그 중요한 부분을 극장에서 영위하지 않음은 의심할 여지가 없는) 속 행동들의 서막을 열기 위하여, 나에게는 전혀 알려지지 않은 의식들에 근거해서 봉봉사탕을 권하고 또 사양하는 척하기로 합의하였음을, 그리고 일반적인 의미가 배제된 그 행동이, 발가락 끝으로 서면서 몸을 솟구치다가는 하나의 스카프 주위를 맴도는 발레리나의 스텝처럼 미리 조정된 것이었음을 분명히 깨달았다. 누가 알겠는가? 자기의 봉봉사탕을 권하던 순간, 여신은 아마 빈정거리는 어조로(그녀가 미소 짓는 것이 보였으니 말이다) 이렇게 말하였을 것이다. "봉봉사탕을 드시겠어요?" 하지만 그것이 나와 무슨 상관이었겠는가? 나는 하나의 여신이 하나의 신인(神人)에게 건넨 그 말에서 메리메나 메이약 특유의 감미로운 세련됨 넘치는 의도된 냉담함[80]을 발견하였을 것이며, 의심할 나위 없이 자기들의 진정한 삶으로 되돌아갈 순간을 위하여 두 사람 모두 자기들의 심중에 가지고 있는 숭고한 생각이 무엇인지 알고 있었던 신인은, 그 놀이에 기꺼이 자신을 내맡기면서 역시 신비한 빈정거림을 곁들여 대꾸하였을 것이다. "고맙습니다, 버찌 봉봉사탕 하나 기꺼이 들겠습니다." 그리하여 나는, 그 두 사람의 대화에, 『사교계에 갓 진출한 여인의 남편』[81]이라는 작품 중 어느 한 장면의 대화를 들을 때처럼 게걸스럽게 귀를 기울였을 것이며, 나에게 그토록 친숙하고 메이약이 능히 작품 속에 내포시킬 수 있었을 것이라 짐작되던 시와 위대한 사상들이 그 대화에 결여되어 있다는 사실 자체가 곧 하나의 우아함 즉 관례적인 멋인 듯 여겨졌고, 그리하여 더욱 신비하고 교훈적인 듯 보였다.

"저 뚱보가 가낭쎄 후작이요." 자기 뒤에서 누가 속삭이는 것을 잘못 들은 내 옆 좌석 관람객이 사정에 밝다는 기색으로 말하였다.

빨랑씨 후작이 자기의 크고 둥근 눈을 외알박이 안경에 접착시킨 채 목을 길게 늘이어 얼굴을 비스듬히 옆으로 돌리고 투명한 그늘 속에서 천천히 이동하고 있었으며, 수족관의 유리벽 뒤에 몰려든 호기심 가득한 구경꾼들이 있음을 전혀 모르고 지나가는 한 마리 물고기처럼, 오케스트라 앞 일등석에 있던 관객들을 보지 못하는 것 같았다. 이따금씩 그가 존엄한 모습으로 숨을 헐떡이며 이끼로 뒤덮인 채 걸음을 멈추곤 하였는데, 그러한 모습을 본 사람들은 그가 고통에 시달리는지, 잠을 자는지, 헤엄을 치는지, 알을 낳고 있는지, 혹은 단지 호흡만 하고 있는지 알 수 없었을 것이다. 그 누구도 그만큼은 나의 부러움을 자극하지 못하였으니, 그가 그 욕조형 칸막이 특별석에 익숙해진 듯했고 대공 부인이 자기에게 봉봉사탕을 건네도 무심한 듯한 기색을 보였기 때문이다. 그럴 때면 그녀가 다이아몬드 덩이에서 떼어낸 아름다운 눈에서 발산되는 시선 한 줄기를 그에게 던지곤 하였고, 그러한 순간에는 그녀의 지성과 우정이 다이아몬드를 액화시키는 듯하였으되, 그 두 눈이 휴식 상태에 들어가 그것들의 순수 질료적 아름다움으로, 즉 광물적 섬광만으로 남게 되었을 때에는, 아주 작은 반사적 행동이 그것들을 살짝 이동시키기만 해도, 그것들이 자기들의 비인간적이고 수평적이며 휘황찬란한 불길로 1층의 일반 관람석 후미까지 화염에 휩싸이게 하였다. 어느덧 베르마가 공연할 『화이드라』의 지정된 막이 시작되려고 하였던지라 대공 부인이 욕조형 칸막이 특별석 전면으로 이동하였고, 그러자 마치 그녀 자신이 극중 출현 인물인 듯, 그녀가 건너온 다른 빛의 권역 속에서 그녀의 치장물들이 그 색깔뿐만 아니라 물질까지도 변하는 것이 보였다. 그리하여 수면 위로 올라와 더 이상 수중 세계에 속하지 않고 건조해진 욕조형 칸막이 특별석 속에서는, 대공 부인이 네레이스이기를 멈추고, 쟈이르나 혹은 오로스만느로 분장한[82] 어느 경이로운 비극 여배우처럼, 흰색과 하늘색 섞인 터번을 쓰고 나타났다. 그런 다음 그녀가 좌석 전열에 앉았을 때 보자니, 그녀 볼의 분홍색 진주질층을 어루만지듯 보호하던 부드러운 알퀴온의 둥지는, 보들보들하고 색깔 화려하며 벨벳 질감 도는 거대한 극락조였다.

    그러나 젊은이 둘을 뒤따르게 하고 나로부터 몇 좌석 떨어진 자리에 와서 앉은, 옷차림 남루하고 용모 추하며 분기 때문에 두 눈이 이글거리는 어느 체구 작은 여인으로 인하여, 나의 시선이 게르망뜨 대공 부인의 욕조형 칸막이 특별석을 떠났다. 그 다음 순간 막이 올랐다. 나는 극예술과 베르마에 대하여 지난날 내가 가지고 있던 심적 경향들 중 아무것도 나에게 남아있지 않음을 깨닫고 구슬픈 감회에 잠기지 않을 수 없었으니, 그 시절에는, 내가 그것을 응시하기 위하여 세상의 끝까지라도 갔을 그 경이로운 현상 중 아무것도 놓치지 않기 위하여, 천문학자들이 어떤 혜성이나 일(월)식의 정확한 관찰을 위하여 아프리카나 안띠야스 제도[83]에까지 가서 설치하는 감지판[84]처럼 나의 오성을 준비된 상태로 유지하였고, 어떤 구름 덩이가(가령 그 여배우의 언짢은 심기나 관중석에서 생길 뜻밖의 사고 등) 혹시 공연이 절정에까지 이르는 것을 방해하지 않을까 몹시 두려워하였으며, 그 여배우에게 마치 하나의 제단처럼 헌정된 극장에, 그리하여 그녀가 직접 임명한 하얀 카네이션 꽂은 검표원들과, 옷차림 허술한 사람들 가득한 일반 관람석 위의 둥근 천장과, 여배우의 사진 곁들인 프로그램을 팔던 좌석 안내 맡은 여자들과, 극장 앞 작은 구석정원에 있던 마로니에 등, 그 시절 내가 받은 인상들의 비밀을 간직하고 극장과 불가분의 관계에 있던 것처럼 보이던 그 모든 친구들까지도 작은 붉은색 장막 밑으로 나타나던 그녀의 출현 중 한 부분을 이루고 있는 것 같던 그 극장에 가지 않으면, 내가 가장 좋은 조건하에서 관람하는 것이 아니라고 믿었을 것이니 말이다.『화이드라』와 '사랑의 고백 장면'[85]과 베르마가 그 시절 나의 눈에는 일종의 절대적인 존재였다. 일상적 경험으로 이루어진 세계로부터 멀리 떨어져 독립적으로 존재하였던지라, 내가 그것들에게로 다가가야 했고, 그 속으로 최대한 깊숙이 침투하며 나의 눈과 영혼을 아무리 활짝 열어도 그것들로부터 지극히 적은 것밖에 흡수하지 못할 것 같았다. 하지만 생이 나에게 얼마나 유쾌했던가! 내가 영위하던 생의 무의미함도, 정장을 차려 입고 외출을 준비하는 순간들처럼, 아무 중요성이 없었으니, 그 모든 것들 저너머에『화이드라』와 그것을 공연하던 베르마 특유의 낭송법이라는, 접근하기 어렵고 몽땅 수중에 넣기 불가능한, 더 견고한 실체들이 절대적인 영상으로 존재하였기 때문이다. 그 시절에는 극예술의 완벽성에 대한 나의 몽상이 포화상태에 도달해 있었던지라, 누가 나의 뇌리를 낮이건 밤이건 어느 순간에라도 분석하였다면 상당량의 극예술에 대한 몽상을 추출할 수 있었을 것이며, 나는 마치 스스로 충전되는 전지와 같았다. 그리하여, 내가 병 때문에 비록 죽으리라 생각하면서도 베르마의 공연은 관람하러 가야만 했을 때도 있었다. 그러나 이제, 멀리서 보면 짙푸른 하늘색으로 이루어진 듯 보이다가도 가까이 다가가서 보면 우리의 시야에 들어오는 뭇 사물들의 평범한 모습처럼 보이는 하나의 동산처럼, 그 모든 것들이 이미 절대의 세계를 떠나, 내가 우연히 그곳에 있었던지라 알게 된 다른 것들과 유사한 것에 불과했고, 배우들 역시 내가 일상적으로 교류하던 이들과 같은 본질로 이루어졌으며, 더 이상 숭고하고 개별적이며 모든 것으로부터 분리된 정수를 형성하지 못하는 『화이드라』의 구절들이나, 즉 그것들이 속한 '프랑스의 운문'이라는 거대한 분야 속으로 다시 들어가 섞일 준비가 되어 있으며 그럭저럭 성공적으로 주조된 구절들이나, 최선을 다해 낭송하는 사람들이었다. 고집스럽고 적극적이었던 내 열망의 대상이 더 이상 존재하지 않았던 반면, 해마다 변하되 나를 느닷없고 무분별한 충동으로 이끌어가곤 하던 변함없는 몽상벽은 여전히 존속하였던지라, 내가 그만큼 더 깊은 실망에 휩싸이곤 하였다. 내가 몸이 아픈 상태로, 어느 성에 있는 엘스띠르의 어떤 화폭이나 고딕풍 융단을 보기 위하여 떠나던 날 저녁이, 내가 베네치아로 떠나야 했던 날이나 베르마의 공연을 관람하러 갔던 혹은 발백으로 떠나던 날과 어찌나 흡사했던지, 나는 미리부터, 나의 희생을 요구하는 그러한 대상들에게 내가 머지않아 무관심해 질 것이고, 그러면 당장은 그토록 많은 불면의 밤들과 고통스러운 병세의 악화조차 무릅쓰고 보려 하던 그 화폭이나 융단들을 보러 가지 않은 채,

그 성 곁을 무심히 지나칠 수 있을 것이라 직감하였다. 또한 그러한 내 노력의 대상이 무상하다는 사실을 통하여 그 노력의 헛됨을 직감하였고, 아울러 일찍이 내가 깨닫지 못하던 그 노력의 엄청남을, 자기들이 지쳤다고 누가 지적해 주면 피곤을 배로 느끼는 신경 쇠약중 환자들처럼 느꼈다. 그러나 한편 나의 몽상은, 자기와 관련될 수 있던 모든 것에 특별한 매력을 부여하였다. 그리하여, 항상 특정 방향으로만 향하고 같은 몽상 주위에 집결된 나의 가장 관능적인 욕망들 속에서조차, 그것들의 최초 동인(動因)으로서 하나의 사념을, 그것을 위해서라면 나의 생애까지도 바칠 수 있을 하나의 사념을, 내가 식별해낼 수 있었을 것이며, 그 사념의 가장 핵심적인 중심에는, 꽁브레의 정원에서 숱한 오후에 독서를 하며 펼치던 몽상들 속에서처럼, 완벽이라는 사념이 있었다.

나는 지난 날 아리키아와 이스메네 밑 히폴뤼토스의[86] 어조에서 발견되던 애정이나 분노를 표현하려던 정당한 의도들에 대하여 더 이상 관용을 베풀지 않았다. 물론 그 배우들이—지난날의 그 배우들이었다—전과 다름없이 총명하게, 자기들의 음성에 애무하는 듯한 억양이나 계산된 모호성을, 혹은 동작에 비극적인 폭이나 하소연하는 부드러움을 부여하려 노력하지 않았다는 말은 아니다. 그들의 어조는 전과 다름없이 그들의 변함없는 음성에 이렇게 명령을 내렸다. "부드러워져요, 나이팅게일처럼 노래해요, 쓰다듬어요." 혹은 반대의 명령도 내렸다. "맹렬해져요." 그러면서 자기의 강렬함으로 압도하기 위하여 음성을 향해 돌진하였다. 그러나 반항적이며 그들의 낭송에는 무심한 국외자였던 음성은, 자기 고유의 단점들이나 생체적인 매력들 및 일상적인 상스러움이나 가식을 간직한 자기들의 선천적인 모습으로 굳건히 버티었고, 그렇게, 낭송된 구절들 속에 스며 있는 감정이 변질시키지 못한 음향적 혹은 사회적 현상의 복합체[87] 하나를 관객들 앞에 보란 듯이 펼쳐 놓고 있었다.

마찬가지로, 그 배우들의 동작 또한, 그들의 팔과 그들이 걸치고 있던 페플론[88]에게 말하였다. "장엄해져요." 그러나 그 말에 복종하지 않는 팔들은, 자신의 역을 전혀 모르는 이두근(二頭筋) 하나가 어깨와 팔꿈치 사이를 꺼떡거리며 오가게 내버려두었으며, 그리하여 그 팔들이 일상생활의 무의미한 것들을 표현하고 라씬느적 분위기 대신 근육들간의 관련성이나 드러내기를 계속하였고, 팔들이 쳐들어 올린 직물 또한 수직선을 따라 다시 떨어졌으되, 그 운동에서 물체의 낙하법칙에 도전하던 것은 진부하고 섬유질적인 유연함뿐이었다. 그 순간 내 근처에 있던 그 체구 작은 여인이 소리쳤다.

"박수 하나 없군! 저 기괴한 옷차림 좀 봐! 하지만 너무 늙었어. 더 이상은 불가능해. 그러면 포기하는 법이야."

근처에 있던 관람객들이 '쉿!' 소리를 내며 조용히 하라고 하자, 함께 있던 두 젊은이가 그녀를 애써 진정시켰고, 그리하여 그녀의 맹렬한 노기가 두 눈 속에서만 이글거렸다. 하지만 그 노기가 오직 성공과 영광만을 향한 것이었으리니, 베르마가 그토록 많은 돈을 벌었건만 그녀에게 남은 것은 빚뿐이었으니 말이다. 그녀가 이행할 수 없었던 사업상의 혹은 친교적인 약속들을 끊임없이 정하였던지라, 예약해 두었으되 단 한번도 사용하지 않은 호텔 특실들이나 그녀의 암캐들을 씻기기 위하여 주문하였던 엄청난 양의 향수, 혹은 숱한 지배인들에게 지불해야 할 위약금 등 때문에, 그녀의 사과하는 편지를 지닌 심부름꾼들이 모든 길들을 누비고 다녔다. 그녀가 다른 더 많은 경비를 지출하지 않고, 클레오파트라만큼 향락적이지 않았다 하더라도, 속달우편 요금 및 마차 임대료만을 지불하기 위해서 몇 개 지방이나 왕국들의 재정을 거덜냈을 것이다. 그러나 체구 작은 여인은 성공할 기회를 얻지 못한 여배우였고, 그리하여 일찍이 베르마에 대하여 극도의 증오심을 품은적 있었다. 그 베르마가 조금 전 무대에 등장한 것이다. 그러자, 오! 기적이여, 우리가 저녁에 헛되이 기운을 소진하며 외우려 애를 쓰다가 다음 날 아침에 잠을 깨는 순간 이미 외우고 있음을 알게 되는 어느 학과 내용처럼, 또한 우리 기억력의 열정적인 노력이 아무리 추적하여도 되찾지 못하였으나, 우리가 더 이상 그 생각을 하지 않게 된 순간, 우리의 눈앞에 생전의 모습으로 어른거리는 죽은 이들의 얼굴처럼, 내가 그 정수를 포착하려고 그토록 간절하게 애쓰던 때에는 나를 피하던 베르마의 재능이, 망각의 세월이 흐른 후 이제, 내가 무관심에 도달한 시각에, 하나의 자명성처럼 나의 찬탄을 자아내었다. 지난날에는 그 재능만을 분리해 보려는 노력의 일환으로, 화이드라의 역을 맡은 모든 여배우들에게 공통적인 부분이며, 내가 그것을 제외시키고 잔존물로는 오직 베르마 부인의 재능만을 거두어들일 수 있도록 하기 위하여 미리 연구해 두었던 그 역 자체를, 나의 귀에 들리는 것에서 공제하곤 하였다. 그러나 그 역 밖에서 내가 포착하려 애쓰던 재능은 그 역과 일체를 이루고 있었다. 마찬가지로, 어느 위대한 음악가의 경우(뱅뙤이유가 피아노를 연주할 때의 경우였던 것 같다), 그의 연주가 하도 위대한 피아니스트의 솜씨인지라, 듣는 이들은 그 연주자가 피아니스트라는 사실조차 까맣게 잊는 바, (여기저기에서 화려한 효과로 장식된 손가락의 노고라는 그 도구를, 즉 분별력 없는 청중이 그 물질적이고 촉지할 수 있는 실체에서 적어도 재능을 발견한다고 믿게 하는 흙탕물처럼 마구 튀는 음들의 흔적을, 일체 개입시키지 않음으로써) 그 연주가 하도 투명해져서, 또한 그가 해석해 내는 것으로 하도 가득

차서, 그 자신은 더 이상 청중의 눈에 보이지 않고, 하나의 걸작품 쪽으로 난 하나의 창문에 불과하기 때문이다. 아리키아와 이스메네와 히폴뤼토스의 음성 및 동작을 장엄한 혹은 섬세한 테두리처럼 감싸고 있던 의지들은 내가 선명히 분별할 수 있었으나, 화이드라는 그것들을 몽땅 내면화하였던지라, 나의 오성은 그녀의 화법과 몸짓에서, 그것들의 매끈한 표면이 가지고 있는 인색한 단순성속에 하도 깊이 흡수되어 있어 그 표면 밖으로 불거져 나오지 않던, 그녀 특유의 독창성과 그 효과를 포착하지도, 밖으로 이끌어내지도 못하였다. 그 속에 무기력하고 오성에 반항적인 질료적 찌꺼기가 단 하나도 잔존하지 않던 베르마의 음성은, 아리키아나 이스메네의 대리석질 음성 속으로 스며들지 못하여 그 표면으로 흐르던 눈물의 잉여분이 자기 주위에서 발견되도록 내버려두지 않았고, 그 소리가 아름답다고 하면서 사람들이 물리적 독특성이 아니라 영혼의 우월성을 찬양하고자 하는 위대한 바이올린 연주가의 악기처럼, 혹은 사라진 어느 님파의 자리에 생명 없는 샘터 하나가 있고, 그곳에서 감지될 수 있는 구체적인 의지 하나가, 어떤 색조나 기이하고 깨끗하며 차가운 청중함으로 변해 있음을 보여주는 태고의 풍경화[89]) 속에서처럼, 그 음성의 가장 작은 세포들까지 섬세하게 유연해졌다. 그녀가 낭송하던 구절들 자체가, 그녀의 입술 사이로 그녀의 음성이 나오게 하는데 사용한 것과 같은 방출력으로, 고여있던 물이 빠지면서 옮겨 놓는 초목의 잎들처럼 그녀의 젖가슴 위로 쳐들어 올리는 듯 보이던 베르마의 두 팔, 그녀가 서서히 구성하였고 아직 더 수정할 것이며 그녀의 동료 배우들이 보이던 몸짓 속에 그 흔적을 남긴 사유(思惟)들과는 다른 깊이를 가졌으되 그 의도적 근원을 상실한지라 일종의 광휘로움 속에 용해되어, 그 속에서 화이드라라는 인물 주위로 풍요롭고 복합적인, 그러나 황홀해진 관객은 그 예술가의 성공적인 연기가 아니라 현실의 한 부분으로 여기는, 요소들이 고동치게 하는 사유들로 이루어진 그녀의 연기 태도, 기진하였으되 변함없이 살아 있는 질료로 만들어진 듯하고, 반쯤 이교도적이고 반쯤 얀센주의적인90) 괴로움으로 짜여진 듯 보이며, 그 괴로움에 연약하고 추위에 떠는 고치처럼 휘감긴 하얀 너울들까지, 그 모든 것들이, 즉 음성과 태도와 동작과 너울 등이, 하나의 구절이라는 사념의 덩어리 둘레에서는(인간의 몸뚱이와는 반대로, 불투명한 장애물이 아니라 정화되고 물질성이 제거된 의복과 같은 덩어리이다) 보충적인 포장들에 불과했고, 그 포장들은, 그것들을 자신과 동화시키면서 그것들 속에 스스로를 퍼뜨려 스며들게 한 영혼을 감추는 대신, 여러 광물질들이 혼합된 주물용 용액이 반투명으로 변하여, 광물질들의 중첩이 오히려, 자기들을 투과하는 중앙에 갇혀 있던 광선을 더욱 풍요롭게 굴절시키고, 그 광선의 칼집 역할 하는 불꽃 머금은 물질을 더욱 폭넓고 더욱 진귀하며 더욱 아름답게 만드는 것처럼, 그녀의 영혼을 더욱 광휘롭게 만들었다. 베르마의 그러한 해석은 라씬느의 작품 주위에 하나의 천부적 재능이 소생시킨 제2의 작품이기도 했다.

사실대로 말하거니와, 내가 받은 인상이 지난날 받았던 것보다 더 마음에 들긴 했지만, 그것과 다르지는 않았다. 다만 내가 그 인상을 전과는 달리 미리 정해 놓은 추상적이고 그릇된 연극적 정수의 개념과 대질시키지 않았고, 그 덕분에 연극적 정수라는 것이 바로 그것이라는 점을 깨달았다. 조금 전 나는, 처음 베르마의 공연을 관람하였을 때 기쁨을 느끼지 못하였던 것은, 옛날 샹젤리제에서 질베르뜨를 다시 만났을 때처럼, 내가 너무 큰 열망을 품고 베르마에게 다가갔기 때문이라고 생각하였다. 그 두 실망 사이에 아마 그러한 유사성뿐만 아니라 더 깊은 다른 유사성도 있었던 모양이다. 강한 특징을 가지고 있는 어떤 인물이나 작품(혹은 작품의 해석)이 우리에게 주는 인상은 그것들에 내재하는 그것들 고유의 것이다. 우리는 어떤 재능이나 단정한 얼굴의 진부함 속에서 발견할 수 있으리라는 환상을 품을 수도 있을 '아름다움'이나 '문체의 활달함' 혹은 '비장함' 등과 같은 개념들을 품고 왔는데, 첨예한 관심을 기울이고 있던 우리의 오성 앞에는, 그 속에 지적 등가물[91]이 없어 그것으로부터 미지의 존재를 추출해내야 할 하나의 형태가 고집스럽게 버티고 있다. 날카로운 음 하나가, 이상하게 질의적인 어조 하나가, 오성에게 들려온다. 오성이 자신에게 묻는다. "이것이 아름다운가? 내가 지금 느끼는 것, 이것이 찬탄인가? 색채의 풍부함, 고결함, 힘참등이 이것인가?" 그러자 그에게 다시 답하는 것은, 하나의 날카로운 음성, 기이하게 질의적인 어조, 미지의 존재에 의해 야기된 폭군적이고 온통 질료적이며 그 속에 '해석의 활달함'을 위해 남겨진 빈 공간이 전혀 없는 하나의 인상이다. 또한 그러한 이유로 인하여, 진정 아름다운 작품들이란, 그것들에게 진지한 관심을 기울일 경우, 우리가 가지고 있는 개념들의 목록 속에 하나의 개인적 인상에 상응하는 개념이 하나도 없기 때문에 우리를 가장 실망시키게 되어 있는 작품들이다.

베르마의 연기가 나에게 선명히 보여주던 것은 바로 그 현상이었다. 그녀의 낭송법이 가지고 있다는 고결함이나 재능은 바로 그 현상이었다. 이제 드디어 내가 하나의 활달하고 시적이며 힘찬 해석의 가치들을 깨닫게 되었다. 혹은 그보다는, 그것에 그러한 용어들을 부여하기로 사람들이 합의하였으되, 신화와는 아무 상관 없는 별들에게 마르스나 베누스나 싸투르누스[92]등과 같은 명칭을 부여하듯 하였다. 우리가 어떤 하나의 세계 속에서 느끼지만, 생각하거나 사물에 명칭을 부여하는 행위는 다른 세계 속에서 이루어진

다. 따라서 우리가 그 두 세계 사이에 하나의 일치점을 정립시킬 수는 있으되 두 세계 사이에 존재하는 간극을 메우지는 못한다. 베르마의 연기를 처음으로 보러 갔던 날, 나의 두 귀를 활짝 열고 그녀의 낭송을 경청한 후에도, 내가 '해석의 고결함'이라든가 '독창성'이라는, 전부터 가지고 있던 개념과 합류하는데 다소간의 어려움을 겪었을 뿐만 아니라, 공백의 한 순간 후에나, 그리고 그것이 내가 받은 인상 자체에서 태동한 것이 아니라, 마치 내가 그것을 전부터 가지고 있던 개념들이나 혹은 '드디어 베르마의 공연을 관람하게 되었구나' 하고 내 자신에게 말하는 기쁨 등에 연관시키고 있었던 것처럼, 나의 박수가 뒤늦게야 터져나왔을 때, 내가 건너뛰어야 했던 것은 그러한 간극 혹은 틈 비슷한 것이었다. 또한 하나의 인물이나 개성 강한 작품과 미의 개념 사이에 존재하는 차이가, 그 인물이나 작품이 우리에게 주는 느낌과 사랑이나 찬미의 개념 사이에도 같은 크기로 존재한다. 그리하여 사람들이 그것들을 식별하지 못한다.[93] 내가 전에는 베르마의 공연을 관람하며 기쁨을 느끼지 못하였다(질베르뜨를 사랑할 때 그녀를 만나며 느끼던 기쁨보다 더하지 못하였다). 그리하여 나 자신에게 말하였다. "따라서 나는 그녀를 찬미하지 않아." 하지만 그러면서도 나는 그 순간 여배우의 연기를 샅샅이 검토할 생각에만 잠겨 있었고, 오직 그 일에만 골몰하여, 그 연기에 내포되어 있던 모든 것을 받아들이기 위하여 나의 사념을 최대한 활짝 열려고 애를 쓰고 있었다. 그런데 이제, 그것이 바로 찬미하는 것이라는 사실을 깨닫게 되었다.

베르마의 해석이 그것의 현시(顯示)였을 뿐이었다는, 그 천부적 재능이 정말 라씬느만의 천부적 재능이었을까?

내가 처음에는 그렇게 믿었다. 그러나 『화이드라』의 한 막이 끝나고 관객들이 박수갈채를 보내기 위하여 그녀를 무대 위로 수차례 다시 불러낸 후 나의 잘못을 깨닫게 되어 있었는데, 그러는 동안 내 곁에 있던 화가 잔뜩 난 노파는, 자기의 왜소한 몸을 꼿꼿이 세워 상체를 비스듬히 돌려 앉은 다음, 자기는 다른 이들과 섞여 박수를 치지 않는다는 것을 사람들에게 보여, 파문을 일으키리라 생각한 자기의 항의가 더 명백하게 드러나도록 하기 위해, 자기 얼굴의 근육들을 몽땅 고정시키고 두 팔을 십자형으로 엇갈리게 하여 자신의 가슴팍 위에 얹어놓고 있었으나, 아무도 그 항의를 알아채지 못하였다. 다음에 이어진 작품은, 옛날 내가 보기에, 명성을 얻지 못하여 공연되던 순간 이외에는 그 존재조차 없어 보잘것없고 이상하게 보일 수밖에 없었을 듯했던 신작들 중 하나였다. 그러나 또한 그리하여, 하나의 걸작품 속에 있는 영원성이 일시적인 변변찮은 작품처럼 기껏 무대의 길이와 공연의 지속 시간밖에 점하지 못하는 것을 보는 환멸은 느끼지 않았다. 그리고 또한, 관객들이 좋아하고 언젠가는 유명해질 것이라고 내가 어렴풋이 느끼던 그녀 특유의 긴 낭송에, 그 낭송이 과거에는 누리지 못하던 명성 대신에, 일찍이 아무도 들어본 적 없는 제목들이 훗날 같은 작가의 다른 작품들의 제목들과 함께 같은 조명을 받으며 나란히 놓일 것 같아 보이지 않던 시절에 가냘프게 처음 모습을 보이던 걸작품들을 뇌리에 떠올리는 것과는 반대의 정신적 노력을 동원하여, 그 낭송이 미래에 누릴 명성을 추가하였다. 또한 그 작품 속에서 그녀가 맡은 역이 언젠가는 그녀가 맡았던 가장 아름다운 역들의 목록에 포함되어, 화이드라 역과 나란히 놓일 것 같았다. 물론 그 역 자체에 일체의 문학적 가치가 결여되었다는 뜻은 아니며, 베르마가 그 작품 속에서도『화이드라』에서처럼 탁월한 재능을 보였다는 말이다. 그러면서 나는, 일찍이 발백에서 알게 된 위대한 화가 엘스띠르가 훌륭한 두 화폭의 소재를 별 특징 없는 학교 건물과 자체로 걸작품인 어느 대교회당에서 발견하였듯, 문인의 작품이 비극 여배우에게는 자기의 연기적 걸작품을 위한, 그리고 자체로는 별 것 아닌, 자재에 불과하다는 사실을 깨달았다. 또한 화가가 건물과 수레와 인물들을, 그것들이 균질의 존재로 보이게 하는 빛의 효과 속에 용해시키듯, 베르마는 모두 밋밋해졌거나 부각된 상태로 동등하게 용해된, 그러나 변변찮은 여배우라면 하나씩 따로 떼어놓았을, 모든 단어들 위로 공포의 혹은 다정함의 광막한 층을 펼쳐 드리웠다. 물론 각 단어가 자기 고유의 억양을 가지고 있었으며, 베르마의 화법이 각 구절의 식별을 방해하지도 않았다. 하나의 운을 들으면서, 즉 선행운(先行韻)과 유사하면서 동시에 상이하고, 그 선행운에 의해 유발되었으되 새로운 사념이라는 변화를 이끌어들이는 무엇을 들으면서, 두 체계가, 즉 사유체계와 운율 체계가, 서로 중첩되는 현상을 느끼는 것이 벌써 정연한 복합성의, 다시 말해 미의, 첫째 요소 아닌가? 그러나 베르마는 그러면서도 단어들과 심지어 구절들 혹은 '긴 독백들'까지도 그것들보다 더 광대한 그리고 조화를 이룬 집합체들 속으로 들어가게 하였고, 그것들이 집합체들의 경계선에서 어쩔 수 없이 멈추고 중단되는 것을 보는 것이 하나의 매력이었다. 시인도 그렇게, 도약할 단어가 정해진 운에 이르러 잠시 머뭇거리게 하는 것에서 즐거움을 느끼고, 작곡가 역시 가극 대본에 있는 다양한 말들을, 그것들을 제약하고 이끌어가는 하나의 같은 리듬 속에 뒤섞는 것에서 기쁨을 맛본다. 마찬가지로 베르마 역시, 라씬느의 운문 구절 속에다 그랬던 것처럼, 현대 극작가의 구절들 속에, 그녀 특유의 걸작품들이었던 괴로움과 고결함과 정염의 방대한 영상들을 도입할 줄 알았고, 서로 다른 모델들을 보고 그린 여러 초상화들 속에서 그것들을 그린 화가를 알아볼 수 있듯, 그 영상들 속에서 그녀를 알아볼 수 있었다.

나는 더 이상 옛날처럼 베르마의 자태들을, 그리고 즉시 사라져 재생되지 않는 조명 속에 그녀가 단 한 순간 동안만 부여하던 색깔의 아름다운 효과를 정지시킬 수 있기를, 또한 그녀로 하여금 하나의 구절을 백 번이라도 반복 낭송하도록 할 수 있기를 바라지 않았을 것이다. 나는 나의 옛날 열망이 작품을 쓴 시인과 비극 여배우와 연출가였던 위대한 무대 장식가의 의지보다도 더 까다로웠고, 어떤 구절에 스치듯 신속히 퍼진 그 매력이나, 끊임없이 변형된 그 불안정한 동작들이나, 연속적인 그 화폭들이, 극예술이 추구하던 그러나 지나치게 매료된 어느 관객의 관심이 고정시키려다 파괴할 수 있을, 덧없는 결과이고 순간적인 목표이며 유동적인 걸작품이라는 등의 사실을 깨닫게 되었다. 그리하여 나는 심지어, 다른 어느 날 베르마의 공연을 다시 관람하러 올 생각조차 하지 않았으니, 그녀에게로 향한 열망이 충족되었기 때문인데, 내 찬미의 대상에 실망하지 않기 위하여, 그 대상이 질베르뜨였건 베르마였건, 전날의 인상이 나에게 거절하였던 기쁨을 내가 다음 날의 인상에 미리 요청하곤[94] 하였던 것은, 내가 그 대상을 지나치게 찬미하였을 때였다. 내가 이제 막 느꼈고 그리하여 아마 더 풍요롭게 이용할 수도 있었을 기쁨의 본질을 깊이 생각해 보려 하지도 않은 채, 나는 옛날 나의 중등학교 동료들이 그랬듯이 나 자신에게 다음과 같이 중얼거렸다. "내가 최고로 여기는 배우는 정말 베르마야." 하지만 그러면서도, 베르마의 천부적 재능이, 나의 선호나 나에 의해 부여된 '최고'라는 위치에 대한 나의 그러한 확언에 의해—비록 그러한 확언이 나에게 다소간의 평온을 가져다 주긴 하였지만— 정확하게 표현되지는 않았음을 어렴풋이 느꼈다.[95]

그 두 번째 작품의 공연이 시작되던 순간 내가 게르망뜨 부인이 있던 쪽을 바라보았다. 그 대공 부인이, 허공에서 나의 오성이 추적하던 매력적인 윤곽선을 발생시키는 동작으로, 이제 막 자기의 욕조형 칸막이 특별석 안쪽으로 고개를 돌렸고, 그러자 초대객들 역시 모두 일어선 채 안쪽 출입문을 향해 고개를 돌렸으며, 그들이 형성한 두 겹 울타리 사이로, 득의양양한 자신감과 여신의 위대함을 과시하면서, 그러나 그토록 늦게 도착하여 공연 도중에 모든 사람들이 좌석에서 일어서게 하였다는, 짐짓 꾸민 그리고 미소 가득한 송구스러워하는 기색 덕분에 생긴, 일찍이 볼 수 없었던 부드러움을 띠고, 게르망뜨 공작 부인이 온통 하얀 모슬린에 감싸여 들어섰다. 그녀가 곧바로 자기의 사촌 동서에게로 가서 전면 첫 줄에 앉아 있던 금발의 젊은 남자에게 허리를 깊숙이 숙여 예를 표한 다음, 그 동굴 안 깊숙한 곳에서 부유하던 바다의 신성한 괴물들을 향해 돌아서더니, 죠키 클럽의 그 신인들에게—그 순간 나는 무엇보다도 그 사람들, 특히 빨랑씨 씨이고 싶었다—오랜 친구의 격의 없는 인사를 건넸고, 그 인사는 그녀가 십오 년 전부터 그들과 맺어온 관계의 일상성에 대한 암시였다. 나는, 그녀가 이 사람 저 사람에게 손을 내맡기듯 그들과 악수를 나누는 동안 그녀의 시선을 반짝이게 하던, 그리고 내가 그 프리즘을 분해하고 그 결정체들을 분석할 수 있었다면 아마 그 순간 그 속에 나타났던 미지의 삶이 지니고 있는 정수를 나에게 드러냈을, 그 하늘색 감도는 강렬한 광채 속에서, 그녀가 자기의 친구들에게 던지던 미소 어린 시선의 신비를 어렴풋이 느꼈지만 그것을 해독할 수는 없었다. 게르망뜨 공작이 자기의 아내를 따라 들어섰는데, 그가 쓴 외알박이 안경의 경쾌한 반사광과, 치아가 몽땅 드러난 그의 웃음, 그의 가슴팍에 꽂은 카네이션인지 셔츠 가슴판인지의 하얀색 등이, 그의 눈썹과 입술과 정장 자락을 멀찌감치 쫓아 자기들의 빛이 돋보이게 하였고, 그는 비켜서던 하위 트리톤들 어깨 위로 쭉 펴서 낮춘 손동작으로,

고개를 까딱도 하지 않고, 그들에게 다시 앉으라고 분부한 다음, 금발의 젊은 남자 앞에서 허리를 깊숙이 숙였다. 한편 공작 부인은, 소문에 의하건대, 자기가 과장(그녀의 기지 발랄한 프랑스적이고 절제된 관점에서 보면 게르만적인 시와 열광에 쉽게 부여되던 명칭이다)이라고 지칭하던 것을 꼬집어 놀리곤 하던 자기의 사촌 동서96)가 그 날 저녁에, 자기가 '배우의 분장'이라고 여기던 치장을 하고 나타날 것을 미리 알아차리고, 그녀에게 우아한 취향이라는 것이 무엇인지 가르쳐 주려 하였던 것 같았다. 대공 부인의 머리로부터 목까지 늘어진 경이롭고 부드러운 깃털 대신, 조개껍질과 진주로 온통 장식한 대공 부인의 헤어네트 대신, 공작 부인은 자기의 매부리코와 그녀의 퉁방울눈 위에 있어 어떤 새의 도가머리처럼 보이던 단순한 깃털 묶음 장식 하나만을 머리에 꽂고 있었다. 그녀의 목과 어깨는 백조의 깃털로 만든 부채가 이따금씩 와서 부딪치는 모슬린의 눈처럼 흰 물결 위로 드러났으나, 곧이어 그 몸통부분에 유일한 장식물로, 막대형 혹은 알갱이 형태의 금속이나 반짝거리도록 세공한 다이아몬드가 보이던 그녀의 드레스는, 그녀의 몸매를 브리튼적 정확성으로 선명하게 드러내고 있었다. 하지만 두 여인의 치장이 서로 그토록 달랐건만, 대공 부인이 그때까지 자기가 앉아있던 의자를 사촌 동서에게 양보한 후에는, 두 여인이 서로를 향해 고개를 돌린 채 찬미하는 눈길을 주고 받는 것이 보였다.

게르망뜨 공작 부인이 다음 날, 대공 부인의 조금 지나치게 복잡한 머리 매무새에 대해 이야기하면서, 아마 빙긋이 미소를 한 번 짓기는 하였겠으나, 대공 부인이 그것으로 인해 덜 고혹적으로 보이지는 않았다고, 또한 머리 매무새가 경이로웠다고, 틀림없이 사람들에게 말하였을 것이며, 대공 부인 또한, 자기의 취향 때문에,

사촌 동서의 복색에서 조금 차갑고 조금 건조하며 양장점 냄새가 조금 풍기는 무엇을 발견하였으면서도, 그 엄격한 절제 속에서 하나의 그윽한 세련미를 찾아냈을 것이다. 게다가 그녀들 사이에서, 조화와 그녀들이 받은 교육에 의해 숙명적으로 예정된 만유인력이, 치장뿐만 아니라 태도에서도 드러나던 대조를 중화시키고 있었다. 태도의 우아함이 그녀들 사이에 드리워 놓은 보이지 않으되 자성을 띤 경계선들에, 대공 부인의 외향적 천성이 와서 소멸하는 반면, 공작 부인의 엄정성은 그 경계선의 자력에 스스로 이끌려가서 유연해진 다음, 부드러움과 매력으로 변하였다. 마침 공연 중이던 극작품에서 베르마가 이끌어내던 그녀 고유의 시가 무엇인지를 이해하기 위해서는, 그녀가 연기하고 있던 역을, 오직 그녀만이 연기할 수 있던 그 역을, 다른 여늬 여배우에게 맡겨 보기만 하면 되었던 것처럼, 발코니 쪽으로 혹시 고개를 쳐든 관객이 있었다면, 그가 두 칸막이 좌석에서,[97] 게르망뜨 대공 부인의 것을 연상시키리라고 모리앙발 남작 부인이 믿고 있던 머리 '매무새'가 단지 그녀에게 엉뚱하고 거드름피우며 예의 바르지 못한 기색만을 부여하고, 게르망뜨 공작 부인의 치장과 멋을 모방하기 위한 힘들고 비싼 경비 요하는 노력이 깡브르메르 부인으로 하여금, 영구차의 깃털 장식을 머리에 수직으로 꽂고 안절부절못하는, 경직되고 무뚝뚝하며 성마른 어느 시골 출신 기숙 여학생이나 닮게 하였다는 사실을 간파하였을 것이다. 모든 칸막이 좌석들이(밑에서 쳐다보면 인간꽃들을 꽂았고, 벨벳 씌운 구획선의 붉은 고삐로 극장 안 천장에 매단듯한 거대한 사냥감 운반용 광주리 같은, 가장 높은 층들에 있는 칸막이 좌석들 조차도) 그 해에 가장 화려한 여인들만으로, 죽음과 추문과 질병과 불화 등이 머지않아 변모시킬 것이로되, 그 순간에는, 무의식적인 기다림과, 돌이켜보면 어떤 포탄의 폭발이

나 어느 화재의 첫 불꽃에 선행되었던 것처럼 보이는 고요한 마비 상태로 일관되는 영원하고 비극적인 일종의 찰라 속에, 첨예한 관심과 열기와 현기증과 먼지와 우아함과 권태 등에 의해 움직이지 못하도록 정지당한 하나의 덧없는 파노라마를 구성하고 있던 그 극장에, 아마 깡브르메르 부인의 자리는 없었을 것이다.

깡브르메르 부인이 그 칸막이 좌석에 있었던 이유는, 대부분의 진정한 왕족들이 그렇듯 태부림이라는 것을 모르되 반면 자기가 '예술'이라고 믿는 것에 대한 취향만큼이나 강렬하게 그녀를 사로잡고 있던 자선행위에 대한 긍지와 열망에 이끌린 빠르마 대공 부인이, 깡브르메르 부인처럼 상류 귀족사회에 속하지 않으나 자선사업 때문에 자기와 관계를 맺게 된 여인들에게 여기저기에 칸막이 좌석 몇을 넘겨주었기 때문이다. 깡브르메르 부인이 게르망뜨 공작 부인과 대공 부인으로부터 잠시도 눈을 떼지 않았는데, 그러한 행위가 그녀에게 수월했던 것은, 자기와 그녀들 사이에 진정한 교분이 없었던지라, 자기가 그녀들의 인사를 구걸한다는 인상을 사람들에게 줄 리 없었기 때문이다. 하지만 그 두 지체높은 귀부인 댁에 받아들여지는 것이 그녀가 십 년 전부터 지칠 줄 모르고 집요하게 추구하던 목표였다. 그녀는 자기가 오 년 안에는 틀림없이 그 목표에 도달할 수 있으리라 계산하였다. 그러나 치유될 수 없는 병에 걸렸고, 자기의 의학적 지식을 자부하는 지라 그 피할 수 없는 결말을 믿던 그녀는, 그럴 수 있을 때까지 살 수 없을까 두려워하고 있었다. 하지만 그녀가 적어도 그 날 저녁에만은, 자기와 별로 친분 없는 여인들이, 자기들의 친구들 중 하나인 남자가, 즉 아르쟝꾸르 부인의 오라비인 젊은 보쎄르쟝 후작이, 자기 곁에 있는 것을 보리라는 생각에 행복했는데, 젊은 후작은 두 사교계를 차별하지 않고 드나들었으며, 그리하여 2급 사교계의 여인들은 최고급 사교계 여인들 앞에서 그의 존재로 자신들 치장하기를 매우 좋아하였다. 그는, 다른 칸막이 좌석들을 곁눈질로 살피기 위하여, 깡브르메르 부인 뒤에 비스듬히 놓인 의자 위에 앉아 있었다. 그는 그곳에 있던 모든 사람들과 교분을 맺었던지라, 그들에게 인사를 하기 위하여 자기의 뒤로 약간 젖혀진 아름다운 몸매와 금발과 어울린 섬세한 얼굴 등의 매혹적인 우아함을 드러내면서, 푸른 눈에 존경심과 건방짐 뒤섞인 미소를 띤 채 꼿꼿해진 상체를 반쯤 일으켜 새웠고, 그러면서 자신이 놓여져 있던 비스듬한 도면의 장방형 속에, 어떤 오만한 조신(朝臣) 세력가 나리의 모습을 담은 옛 판화들 중 하나를 정확하게 새겨 넣었다. 그는 자주 그렇게 깡브르메르 부인과 함께 극장에 가기를 기꺼이 수락하였고, 극장 안에서나 출구에서 그리고 로비에서, 자기 주위에 있던 그녀보다 더 화려한 친구 여인들 사이에서도 꿋꿋하게 그녀 곁에 머물러 있었으며, 자기가 마치 품위 없는 사람과 동행하기라도 한 듯, 그녀들을 거북하게 하지 않으려 아예 그녀들에게 말을 건네지 않았다. 그리고 혹시 그 순간에, 디아나처럼 아름답고 날렵한 게르망뜨 대공 부인이 비할 데 없는 자기의 외투 자락을 끌면서, 그리하여 모든 이들로 하여금 자기를 향해 고개를 돌려 그들의 눈길이 일제히 자기에게 쏠리게 하면서(깡브르메르 부인의 눈길이 다른 어느 사람들의 눈길보다 더 심하게 쏠렸다) 지나갈 경우, 보쎄르쟝 씨는 자기와 동행한 여인과의 대화에 열중하였고, 대공 부인의 다정하고 눈부신 미소에는 마지못해 그리고 억지로, 또한 그 친절이 순간적으로 거북해질 수 있을 어떤 사람의 예의 바른 삼감과 호의적인 냉담함을 드러내면서 겨우 답례하곤 하였다.

　욕조형 칸막이 특별석이 대공 부인의 것이라는 사실을 깡브르메르 부인이 비록 몰랐다 하더라도, 그녀는 게르망뜨 공작 부인이 그 좌석의 여주인에게 상냥함을 보이기 위하여 무대와 극장 안의 모든 광경에 각별한 관심을 쏟는 듯한 기색에 미루어, 그녀가 초대된 사람임을 알 수 있었을 것이다. 하지만 그러한 원심력과 동시에, 같은 상냥함을 보이고자 하는 열망에 의해 태동된 반대 방향의 힘이 공작 부인의 주의를 자신의 옷치장과 깃털 묶음 장식과 목걸이와 드레스의 몸통 부분 쪽으로, 그리고 또한 대공 부인의 옷치장 쪽으로도, 다시 이끌어갔으며, 대공 부인의 그 사촌 동서는, 자신이 마치 오직 그녀를 만나기 위해서만 극장에 온, 그리고 칸막이 특별석의 주인이 어떤 변덕에 이끌려 그곳을 떠나 다른 곳으로 간다면 따라갈 준비가 되어 있고, 극장 안에 있는 나머지 모든 사람들은—하지만 그들 중에는 자기의 많은 친구들이 있었고 다른 여러 주 동안에는 자기가 그들의 칸막이 좌석에 앉곤 하였으며, 그럴 때에는 전폭적이고 상대주의적이며 매주 반복되는 열성을 그들에게 입증해 보이기를 소홀히 하지 않았다—관찰하기에 흥미로운 이방인들의 집합체로밖에 간주하지 않는, 그녀의 신하이며 노예임을 선포하는 것 같았다. 깡브르메르 부인은 그 날 저녁에 공작 부인을 보고 놀랐다. 그녀가 게르망뜨에 아주 늦게까지 머물곤 한다는 사실을 알고 있었던지라, 그 시각에도 아직 그곳에 있으리라 짐작하고 있었기 때문이다. 그러나 어떤 사람이 그녀에게 이야기해 주기를, 빠리에서 재미있다고 여겨지는 공연이 있을 때면, 게르망뜨 부인이 사냥꾼들과 함께 차를 마신 직후 자기의 마차들 중 한 대를 준비시킨 다음, 해가 뉘엿뉘엿 할 무렵에 말을 급히 몰아 황혼 짙은 숲을 통과해 시골길을 따라 달려서, 저녁에 빠리에 닿을 수 있도록 꽁브레에서 기차를 탄다고 하였다. "그녀가 아마 베르마의 공연을 관람하려고 일부러 왔을 거야." 깡브르메르 부인이 찬탄하면서 그러한 생각에 잠겼다. 또한 언젠가 스완이 샤를뤼스에게 자기들끼리만 사용하는 모호한 은어로 한 다음 말을 기억해 내었다. "공작 부인은 빠리에서 가장 고결한 존재들 중의, 가장 세련되고 가장 정선된 정예 중의 하나요." '게르망뜨'나 '바이에른' 및 '꽁데' 등의 명칭들에서[98] 두 사촌 동서의 삶과 생각 등이 발원(發源)되게 하던 나로서는(내가 이미 보았기 때문에 그녀들의 얼굴은 더 이상 그렇게 할 수 없게 되었다), 『화이드라』에 대한 그녀들의 평가를 이 세상에서 가장 위대한 평론가의 평가보다 더 알고 싶었다. 왜냐하면 그 평론가의 평가에서는 내가 지성만을, 나의 것보다는 우월하되 본질은 같은 지성만을 발견하였을 것이기 때문이다. 반면 게르망뜨 공작 부인과 대공 부인이 생각하던 것, 그리하여 그 두 시적인 여인들에 관련된, 그 가치를 이루 헤아릴 수조차 없을 자료를 나에게 제공해 주었을 그것, 나는 그것을 그녀들의 이름에 의지하여 상상하였고, 그 이름들 속에 이성으로는 설명할 수 없는 매력이 있으리라 추측하였던지라, 내가 열병에 시달리는 사람의 갈증과 그리움에 휩싸여 『화이드라』에 대한 그녀들의 견해에 나에게 돌려 달라고 요구하던 것은, 옛날 게르망뜨 성 쪽으로 산책길에 오르던 여름날 오후에 느끼곤 하던 매력이었다.

깡브르메르 부인은 두 사촌 동서의 옷치장이 어떤 종류의 것인지 분별하려 노력하였다. 나의 경우, 그 옷치장들이 그녀들 특유의 것들임을 의심하지 않았으며, 그것도, 붉은 깃 달린 혹은 안감 하늘색인 시종들의 제복이 옛날에는 오직 게르망뜨 및 꽁데 가문에서만 사용되었다는 의미로 뿐만 아니라, 그보다는 오히려, 어느 새의 깃털이 단지 아름다움을 돋보이게 하려는 치장물이 아니고 몸뚱이의 연장 부분이라는 의미에서였다. 그 두 여인의 치장이 나에게는 그녀들의 내면에서 이루어지던 활동의, 눈처럼 흰 혹은 알록달록한 질료적 구현처럼 보였고, 내가 본 그리고 어떤 감추어진 사념에 상응하고 있음을 의심하지 않았던 게르망뜨 대공 부인의 몸짓들처럼, 대공 부인의 이마로부터 늘어져 있던 깃털들과 그녀의 사촌 동서가 입은 드레스의 눈부시고 반짝이는 장식 달린 몸통 부분 등이 하나의 특별한 의미를 지닌 것 같았으며, 두 여인이 각각 가지고 있는 고유한 그리하여 내가 그 의미를 알고 싶었던 하나의 상징 같았다. 즉, 공작새가 유노와 불가분의 관계에 있었듯이[99] 극락조가 그녀들 중 한 여인과 불가분의 관계를 가지고 있는 것처럼 보였다면, 미네르바의 눈부시고 술 장식 달린 방패[100]를 그럴 수 없었을 것처럼, 나머지 다른 여인이 입은 드레스의 금속 장식 반짝이는 몸통 부분을 어떤 여인도 감히 찬탈할 수 없을 것 같았다. 또한 내가, 생명감 없어 차가운 우의화들이 그려져 있던 극장의 천장보다, 그 욕조형 칸막이 특별석으로 더 자주 눈길을 보낼 때에는, 내가 마치, 일상적인 구름의 기적적인 찢김 덕분에, 붉은색 장막 아래로 또 천국의 두 기둥 사이로 잠시 들어온 빛 속에서, 인간들이 펼치는 광경을 묵묵히 응시하고 있는 신들의 모임[101]을 목격한 것 같았다. 나는 순간적인 그 숭고한 신격화 현상을, 내가 그 신들에게 알려지지 않았으리라는 감정에서 비롯된 평온함 섞인 불안감을 느끼면서 응시하였다. 공작 부인이 자기의 남편과 함께 언젠가 나를 본 적 있으나 틀림없이 그 사실을 기억하지 못할 것이 분명했고, 다행히 오케스트라 앞 1등석 관람객들 속에 나의 존재가 혼융되어 있다고 느꼈던지라, 나는 욕조형 칸막이 특별석에 앉아 있던 그녀가 혹시라도 그 이름없고 집단적인 석산호(石珊瑚) 무리를 유심히 바라보지 않을까 하는 근심은 하지 않았는데, 바로 그 때, 개체적 존재태 결여된 원생 동물과 같은 나의 어렴풋한 형태가, 굴절의 법칙에 의하여, 푸른 두 눈에서 발산되던 흔들림 없는 흐름[102] 속에 가서 그려졌을 그 순간에, 그녀의 두 눈에서 한 줄기 광채가 번쩍이는 것이 보이더니, 여신이었다가 일개 여인으로 변하여 나에게는 문득 천배나 더 아름다워 보이는 공작 부인이, 칸막이 좌석 가장자리를 짚고 있던 하얀 장갑 낀 손을 나를 향해 쳐들었고, 반가움의 표시로 그것을 흔들었으며, 그 순간 나의 시선은, 대공 부인의 눈에서 발산되던 무의식적인 열광 및 불빛과 자신이 교차됨을 느꼈는데, 그녀는 자기의 사촌 동서가 지금 막 누구에게 인사를 하였는지 알아내려고 눈을 움직였을 뿐이건만 그 열광과 불빛이 큰 화재처럼 번쩍이게 하였고, 나를 알아본 공작 부인은 내 위로 자기 미소의 눈부신 천상의 소나기가 쏟아지도록 하였다.

이제 매일 아침, 그녀가 외출하는 시각 훨씬 이전에, 나는 먼 우회로를 지나, 그녀가 평소 따라 내려오던 길의 어귀 모퉁이에 가서 보초처럼 자리를 잡고 서 있다가, 그녀가 지나갈 순간이 가까워졌다고 여겨질 때, 엉뚱한 방향을 바라보며 방심한 기색으로 그 길을 거슬러 올라갔고, 그녀와 마주칠 때쯤 눈을 그녀에게로 돌렸으되 내가 그녀 만나기를 전혀 예상하지 못한 것처럼 하였다. 심지어 초기에는 그녀 볼 기회를 놓치는 일이 없도록 하기 위하여 내가 집 앞에서 기다리기도 하였다. 그리하여 마차 출입문이 열릴 때마다 (내가 기다리던 사람이 아닌 다른 숱한 사람들이 연속적으로 통과하도록 내버려두면서) 그것의 세찬 흔들림이 곧이어 나의 가슴 속에서 진동의 형태로 연장되었고, 진동이 가라앉는 데 긴 시간이 걸리곤 하였다. 왜냐하면, 자신과 친분이 없는 어느 위대한 희극 여배우를 좋아하여 배우들이 나오는 출구에 가서 '두루미처럼 꼼짝도 하지 않고 기다리는' 광적인 숭배자도, 감옥 안쪽으로부터 혹은 저택 안으로부터 나오는 소음을 들을 때마다 곧 자기들 앞으로 지나갈 것이라 예측되는 죄수나 위대한 인물을 모욕하기 위하여 혹은 열렬히 환영하기 위하여 몰려든 격노한 혹은 우상 숭배적인 군중도, 소박한 차림에, 걸음걸이(그녀가 어느 응접실이나 극장의 칸막이 좌석으로 들어갈 때의 걸음걸이와는 전혀 다른)의 우아함으로 자기의 아침나절 산책을—나에게는 이 세상에 산책을 할 수 있을 사람이 그녀밖에 없는 것 같았다—몽땅 우아함이라는 시로, 가장 세련된 치장으로, 아름다운 날씨 속에 피어나는 가장 신기한 꽃으로 변형시키던 그 지체 높은 귀부인이 산책길에 오르길 기다리던 내가 그랬던 것만큼은 흥분되지 않았을 것이기 때문이다. 그러나 사흘 후, 정문 수위가 나의 그러한 수작을 눈치채지 못하도록 하기 위하여, 나는 훨씬 더 멀리 가서 공작 부인의 일상 산책로의 한 지점을 선택하기도 하였다. 그 저녁 공연을 관람하러 가기 전에는, 날씨가 좋을 때마다, 내가 점심 먹기 전에 그렇게 잠시 외출하곤 하였다. 또한 비가 온 날이면, 일시적인 햇빛이 보이기 무섭게 몇 걸음 걷기 위하여 집을 나서곤 하였는데, 아직 젖어 있어 햇빛으로 인해 황금빛 수지 광택제 바른 듯한 보도를 따라가던 중, 태양이 무두질하여 황금빛으로 변화시킨 안개 뒤덮여 신성해진 어느 교차로에서, 내가 문득 자기의 여자 가정교사를 대동한 어느 기숙 여학생이나 소매 하얀 옷을 입은 우유 판매점 여자 점원 하나를 발견하고는, 이미 하나의 낯선 삶 쪽으로 도약하고 있던 나의 가슴 위에 손 하나를 얹어 놓은 채 꼼짝도 하지 않고 서 있곤 하였고, 어린 소녀가(가끔 내가 그 뒤를 따라가기도 했던) 들어가 다시 나오지 않은 집의 출입문과 그것이 있던 길과 그 시각을 다시 기억해 내려 애를 쓰기도 하였다. 내가 어루만지면서 다시 만나려 노력하겠노라 나 자신에게 약속하던 그 영상들의 덧없음이, 다행히 그것들이 나의 추억 속에 강력하게 고정되는 것을 막아 주었다. 하지만 그것이 아무 상관없었으니, 빠리의 길들에, 발백의 시골길들에서럼, 일찍이 내가 그토록 자주 메제글리즈의 숲으로부터 불쑥 나타나기를 갈망하였고 또 그 각개가 오직 자기만이 충족시켜 줄 수 있을 듯 보이는 관능적 욕구를 나의 내면에 촉발시키던 그 미지의 아름다움들[103]이 만발한 것을 간파한 이후로는, 내가 질병에 시달리고, 아직 단 한 번도 일에 착수하여 어떤 책 쓰기를 시작할 용기를 내지 못하였다는 사실이 덜 슬펐고, 이 지상 세계가 살기에 더 쾌적한 듯 보였으며, 삶이라는 것이 주파하기에 더 흥미로운 듯 보였다.

오페라 극장에서 돌아오면서 나는, 다음 날을 위하여, 며칠 전부터 다시 만나기를 희원하던 영상들에, 자기 사촌 동서의 욕조형 칸막이 특별석에서 나에게 보내던 미소 속에 약속된 애정이 어린, 황금빛 가벼운 머리채를 높직이 틀어 올린 커다란 게르망뜨 부인의 영상을 추가하였다. 그러면서, 공작 부인이 산책을 나설 때마다 따라 걷는다고 프랑수와즈가 나에게 이미 가르쳐 준 길로 나 역시 산책을 나가기로 작정하였고, 하지만 아울러 이틀 전에 본 두 소녀를 다시 보기 위하여 그녀들이 수업과 교리 문답 강의가 끝나는 시각을 놓치지 않으려 애를 썼다. 그러나 그렇게 기다리는 동안, 게르망뜨 부인의 반짝이는 미소와 그것이 나에게 주던 다정함의 느낌이 가끔 다시 내 앞에 나타나곤 하였다. 그리하여 내가 무슨 짓을 하는지조차 정확히 모르는 채, 나는 그것들을(누가 자기에게 준 보석류 단추 하나가 자기의 특정 드레스에 주는 효과를 유심히 살피는 어떤 여인처럼), 내가 오래전부터 가지고 있던 그러나 알베르띤느의 냉랭함과 지젤의 너무 이른 떠남, 그리고 그 이전에 있었던 질베르뜨와의 의도적이었으며 너무 길게 연장되었던 이별 등이 놓아버린 소설적인 사념들(예를 들자면 어떤 여인의 사랑을 받거나 그녀와 함께 공동의 삶을 영위한다는 것과 같은 사념이다) 곁에 놓아 보려 하였다. 그런 다음 그 소설적 사념들과 근접시키려 하였던 것은 이틀 전에 본 두 소녀들 중 하나의 영상이었고, 그 바로 직후에는 공작 부인의 추억을 그 사념들에 조화롭게 접합시키려 하였다. 그 사념들 곁에 놓고 비교하면, 오페라 극장에서 본 게르망뜨 부인의 추억은 정말 하잘것없어, 활활 타는 어느 혜성의 긴 꼬리 곁에 있는 하나의 작은 별에 불과했고, 게다가 나는 게르망뜨 부인을 알기 훨씬 오래 전부터 그 사념들에 아주 친숙해져 있었던 반면, 내가 간직하게 된 그녀의 추억은 매우 불완전해서, 그것이 매순간 나로부터 도망칠 뿐만 아니라, 그것이 나의 내면에서 다른 예쁜 여인들의 영상과 대등한 자격으로 부유하다가, 그것보다 훨씬 오래 전에 생긴 나의 소설적 사념들과 유일하고 결정적인―즉 다른 모든 여인들의 영상을 배제시킨 상태로―연합체를 조금씩 형성하는데 여러 시간이 걸렸고, 그 추억이 어떤 것이었는지를 정확히 알고자 하는 생각을 내가 품게 된 것은 필시 그 몇 시간이 흐르는 동안이었지만, 그 동안에는 그 추억이 장차 나에게 얼마나 중요할지를 전혀 모르고 있었으며, 그 추억은 단지 나의 내면에서 이루어진 게르망뜨 부인과의 첫 만남처럼 달콤했고, 그것은 곧 그녀의 생활 자체를 모델로 삼은 최초의 그리고 유일하게 진실한 초벌그림, 정말로 게르망뜨 부인이었을 유일한 초벌그림이었는데, 내가 특별한 주의를 기울이지 않은 채 그것을 붙잡고 있는 행운을 누리던 그 몇 시간 동안에도 그 추억이 무척 매력적임에 틀림없었으니, 사랑에 대한 나의 사념들이 그 순간에도 자유롭게, 서두르지 않고, 피로를 느끼지 않고, 필요한 것도 근심거리도 없이, 그 추억 곁으로 한결같이 되돌아오곤 하였음이며, 그 이후에는, 그 사념들이 추억을 더 확정적으로 고정시킴에 따라 추억이 사념들로부터 더 큰 힘을 얻었으되, 추억 자체는 더 희미해져, 얼마 아니 되어 내가 그것을 더 이상 되찾을 수 없게 되었고, 그리하여 이어지던 나의 몽상 속에서 내가 그것을 완전히 변형시켰음에 틀림없으니, 게르망뜨 부인을 볼 때마다, 내가 상상하던 것과 실제 내 눈에 보이는 것 사이에 존재하는 그리고 항상 변하는 하나의 편차를 확인할 수 있었기 때문이다. 물론 이제 매일 게르망뜨 부인이 길 저쪽 끝에 나타나던 순간에, 내가 그곳에 가서 보려고 하던 모든 것, 즉 그녀의 늘씬한 몸매와 가벼운 모발 밑에 있는 맑은 시선 구비한 얼굴 등이 아직도 보였던 것은 분명했으나, 반면 몇 초 후, 내가 찾으러 갔던 그 마주침을 기대하지 않는 척하기 위하여 다른 쪽으로 돌렸던 눈을, 그녀와 마주치는 순간 그녀에게로 다시 돌렸을 때 내 눈에 보이던 것은, 내가 놀란 기색으로 날마다 그녀에게 보내던 그리고 그녀의 마음에 기껍지 않은 것 같던 인사에, 몹시 건조한 그리고 『화이드라』를 공연하던 저녁에 보여주었던 그 상냥함과는 전혀 다른 표정으로 답하던 하나의 침울한 얼굴을 덮고 있는, 바깥 공기에 기인한 것인지 혹은 농창(膿瘡)에 기인한 것인지 알 수 없는 붉은 흔적들이었다. 하지만, 두 소녀의 추억이 사랑에 관한 나의 사념들을 지배하기 위하여 게르망뜨 부인의 추억을 상대로 절대적 열세 속에서 투쟁을 벌이던 며칠 후, 자기의 경쟁자들이 스스로 떨어져 나가는 동안, 마치 스스로 그러듯, 더 자주 부활하던 것은 게르망뜨 부인의 추억이었고, 따라서 내가 결국, 단적으로 말해 기꺼이, 또 나의 선택에 따라, 내 의지대로 사랑에 대한 나의 모든 사념들을 옮겨 놓은 곳은 게르망뜨 부인의 추억 속이었다. 나는 교리문답 강의를 듣는 소녀들도, 어느 우유 판매점의 점원도, 더 이상 생각하지 않았다. 하지만 또한, 한 가닥 미소를 통해 극장에서 나에게 약속되었던 애정도, 멀리서 볼 때에만 그럴듯한 몸매와 금발 아래에 있는 맑은 얼굴도, 즉 내가 찾으러 갔던 것을, 그 길에서 다시 만날 수 있으라 더 이상 기대하지 않았다. 이제 게르망뜨 부인이 어떻게 생겼는지, 무엇을 기준으로 그녀를 식별할 수 있는지조차 모르게 되었으니, 그 인물 전체 속에서 그녀의 얼굴이, 마치 드레스와 모자처럼, 날마다 변하였기 때문이다.

  도대체 왜, 어떤 날에는, 하늘 색 두 눈 주위에 매력들이 균형을 이루며 분포되어 있고 콧날 훨씬 누그러진 온화하고 매끈한 얼굴 하나가 연보라색 부인모 밑으로 모습을 드러낸 채 나의 정면으로 다가오는 것을 보면서 기쁨의 충격을 느끼고서야, 내가 게르망뜨 부인을 못보고 돌아가지는 않을 것이라는 사실을 깨닫곤 하였단 말인가? 도대체 왜, 어느 샛길에 그리고 감색 부인모 밑으로 보이던, 이집트의 어느 여신처럼 날카로운 눈이 횡선을 긋고 있는 붉은 한쪽 볼과 평행을 이룬 매부리코 등으로 이루어진 옆모습의 출현에, 내가 전날과 같은 내면의 동요를 느꼈고, 같은 무심함을 가장하였으며, 방심한 듯한 태도로 눈을 다른 곳으로 돌렸단 말인가? 언젠가 한번은, 내가 본 것이 단지 매부리코 가진 여인이 아니라, 그 새 자체처럼 보였다. 즉, 게르망뜨 부인의 옷과 심지어 그녀가 쓴 부인모까지 몽땅 모피로 만들어져 천이라곤 전혀 보이지 않았던지라, 깃털 두툼하고 촘촘하며 엷은 황갈색 돌고 부드러워 마치 길짐승의 모피를 연상시키는 몇몇 종류의 독수리[104]처럼, 그녀의 몸이 천연적으로 털에 감싸인 듯했다. 그 천연의 깃털 한가운데서 작은 머리통이 안쪽으로 휘어진 부리를 드러내고 있었으며, 퉁방울눈은 날카롭고 하늘색이었다.

  어떤 날에는, 게르망뜨 부인을 발견하지 못한 채 내가 길에서 여러 시간 동안을 오락가락한 직후였는데, 그 때 문득, 귀족들과 평민들이 섞여 살던 그 구역의 두 저택 사이에 가려 보이지 않는 유제품 상점 안으로부터, 마침 '꼬마 스위스인'이라고들 부르던 스위스산 치즈를 보여달라고 하던 어느 우아한 여인의 모호하고 낯선 얼굴이 떠오르듯 나타나더니, 내가 미처 그녀가 누구인지 식별하기도 전에, 공작 부인의 시선이, 영상의 나머지 다른 어느 부분보다도 신속히 나에게 도달하였을 한 줄기 번개처럼 나를 후려쳤고, 또 어떤 때에는, 그녀와 아직 마주치지 못하였건만 정오를 알리는 종소리가 들리는지라, 더 이상 머물러 기다릴 필요가 없음을 깨닫고 구슬픔 마음으로 집을 향해 발길을 돌려, 실망감에 사로잡힌 채, 내 곁을 지나 멀어져가는 어느 마차를 향해 건성으로 시선을 던지는데, 어느 귀부인이 마차의 창문을 통해 보여준 머리 동작이 나에게로 향하였으며, 흩어지고 창백한 혹은 반대로 긴장되고 발랄한 자기의 윤곽선들로, 둥근 모자 밑에 혹은 높은 깃 묶음 장식 밑에, 내가 알아볼 수 없다고 생각한 어느 낯선 여인의 얼굴을 구성하고 있던 그 귀부인이, 지나가면서 나에게 인사를 하였으나 내가 답례조차 하지 않은, 게르망뜨 부인이었음을 문득 깨닫기도 하였다. 또한 때로는 집으로 돌아오는 길에 그녀를 수위실 모퉁이에서 만나기도 하였는데, 마침 그 탐색하는 듯한 눈길 때문에 내가 몹시 싫어하던 가증스러운 수위가 그녀에게 한껏 허리를 굽혀 인사를 하는 중이었으며, 의심할 나위 없이 그러면서 '온갖 보고'도 하였을 것이다. 왜냐하면, 수위가 그럴 때마다, 게르망뜨 댁의 모든 고용인들[105]이 창문 커튼 뒤에 몸을 숨긴 채, 자기들에게 들리지 않는 두 사람의 대화 장면을 두려움에 떨며 엿보곤 하였으며, 그러한 대화 후에는 공작 부인이 어김없이 그 '삐쁠레'[106]가 '팔아 넘긴' 이런 혹은 저런 하인의 외출을 금지시키곤 하였으니 말이다.

게르망뜨 부인이 제공하던 서로 다른 얼굴들의 출현으로 인하여, 즉 그녀의 몸치장 전체 속에서 때로는 좁고 때로는 넓은 상대적이고 다양한 하나의 면적을 점하던 얼굴들의 그 모든 연속적인 출현으로 인하여, 나의 사랑은 살과 옷감의 끊임없이 변하는 부분들 중 어느 특정 부분에 묶여 있지 않았고, 그 부분들은 그날그날 다른 것들의 자리를 차지하곤 하였으며, 그녀가 나의 연정을 변질시키지 않은 채 그것들을 거의 몽땅 수정하거나 새 것으로 바꿀 수 있었으니, 그 부분들을 통하여, 즉 새로운 깃이나 미지의 새로운 볼을 통하여 내가 느끼던 것은 항상 게르망뜨 부인이었기 때문이다. 내가 사랑하던 것은 그 모든 것들을 작동시키던 보이지 않는 인물, 나에게 적대감을 표하면 내가 슬퍼했고, 나에게 다가오면 내가 온통 뒤흔들려 당황하였으며, 내가 그 삶을 나의 수중에 넣고 주변의 친구들을 멀리 쫓아 버리고 싶었던 그 인물이었다. 그녀가 하늘색 깃털을 과시하듯 높직이 머리에 꽂건, 타오르듯 빨간 안색을 드러내건, 그녀의 그 모든 행동들이 내가 보기에는 그 중요성을 추호도 상실하지 않았다.

내가 그러한 아침나절 외출을 준비할 때마다 나를 도와주던 프랑수와즈의 냉랭함과 나무라는 기색과 딱하게 여기는 듯한 표정 가득한 얼굴을 통해 간접적으로 그 사실을 알지 못하였다면, 게르망뜨 부인이 날마다 나와 마주치는 것을 짜증스럽게 여긴다는 점을 나 스스로는 느끼지 못하였을 것이다. 내가 외출에 필요한 물건들을 달라고 하기 무섭게, 그녀 얼굴의 쪼그라들고 피로한 윤곽선들 속에서 역풍이 일어남을 느낄 수 있었다. 내가 프랑수와즈의 신뢰를 얻어 보려는 노력조차 시도해 보지 않았으니, 성공하지 못할 것임을 직감하였기 때문이다. 그녀는 우리들에게, 즉 나의 부모님과 나에게, 닥칠 수 있는 불쾌한 모든 일들을 즉각 알아차릴 수 있는 능력을 가지고 있었는데, 그러한 능력의 본질이 나에게는 항상 모호했다. 그러한 능력이 아마 초자연적인 것은 아니고 특유의 정보수집 수단들로 설명될 수 있으리니, 미개한 원주민들이 특정 소식들을, 우편이 식민지의 유럽인들에게 그것들을 전하기 여러 날 전에 미리 아는 것은, 정신 감응을 통해서가 아니라, 실제로는 봉화(烽火) 덕분인 것과 같다. 마찬가지로, 나의 아침나절 산책이라는 그 특이한 경우, 게르망뜨 부인의 하인들이 아마, 길을 나서기만 하면 불가피하게 나와 마주치는 것에 지쳤다고 토로하는 자기들 마님의 말을 듣고, 그것을 프랑수와즈에게 옮겼을 수도 있었다. 또한 나의 부모님께서 프랑수와즈 대신 다른 하인을 시켜 나의 시중을 들게 하셨다 해도, 그러한 조치가 나에게 더 이로울 것 없었음은 사실이다. 어떤 의미에서는 프랑수와즈가 다른 하인들에 비해 하인답지 못했다. 그녀의 느끼는 방식, 선량하고 인정 많게 처신하며 무정하고 도도하게 구는가 하면 섬세하고 고집스러운 모습을 드러내는 태도, 그녀의 하얀 피부와 붉은 손 등을 보면, 그녀가, '자기들 고향의 진정한 토박이'이되 몰락하여 그녀를 남의 집에 고용살이 시킬 수밖에 없게 되었던 부모를 둔, 어느 시골 마을의 어엿한 아가씨였음에 틀림없었다. 우리 집에 들어온 그녀의 존재는, 오십 년 전, 휴양지가 여행자에게로 가는 일종의 역방향 여행 덕분에 우리 가문으로 옮겨진, 전원의 대기이며 어느 농장에서 영위되던 사회생활이었다. 아직도 몇몇 지방에서는 촌여인들이 손수 만들어 장식끈을 단 신기한 작품들로 지역 박물관의 전시창을 치장하듯, 우리의 빠리풍 아파트가, 지극히 유구한 규범에 복종하는 전통적이고 향토적인 어떤 감정에 의해 영감을 받은 프랑수와즈의 언사들로 장식되어 있었다. 또한 그녀는 그 언사에다, 자기가 어린 시절에 보았던 버찌나무들과 새들, 자기의 모친이 임종하신 침대 등, 아직도 눈앞에 선한 그 모든 것들을, 마치 색실을 이용해 수놓듯 생생하게 되새겨 그려놓곤 하였다. 하지만 그녀의 그 모든 특징에도 불구하고, 그녀가 빠리에 와서 우리에게 봉사하기 시작한 직후부터—또한 다른 어느 하녀라도 그녀의 처지였다면 말할 나위 없이 그랬겠지만—우리가 살던 건물의 다른 여러 층 하인들이 가지고 있던 생각 및 관례적 행동양식에 동의하였고, 5층의 요리 담당 하녀가 자기의 주인 마님에게 하였다는 상스러운 말을 우리에게 그대로 옮김으로써 자기가 우리에게 표해야 할 존경을 벌충하였는데, 그러면서 어찌나 하녀 특유의 만족감을 드러내던지, 우리가 생전 처음으로 5층의 그 고약하다는 세입자와 연대감을 느끼면서 우리도 아마 정말 상전들일 것이라 생각하였다. 프랑수와즈의 성격이 그렇게 변질된 것은 아마 불가피했을 것이다. 어떤 생활 방식들은 어찌나 비정상적인지, 그것들이 숙명적으로 특정 결함들을 태동시킬 수밖에 없는데, 예를 들자면 프랑스 국왕이 궁정인들에 둘러싸여 베르사이유 궁에서 영위하던 생활이, 즉 어느 파라오나 베네치아(제노아)의 어느 총독이 영위하던 것만큼이나 기이했던 그의 생활이 그러했으며, 그 궁정인들의 생활은 국왕의 생활보다 오히려 더 심한 결함들을 태동시켰다.[107] 하인들의 생활 방식은 의심할 나위 없이 궁정인들의 것보다 더욱 기괴하며, 오직 습관 때문에 그것이 우리의 눈에 보이지 않는다. 내가 비록 프랑수와즈를 해고하였다 해도, 나는 여전히 같은 하인을, 그리고 그의 더 특이한 점들까지 함께 곁에 둘 수밖에 없었을 것이다. 왜냐하면, 훗날 다른 다양한 하인들이 나에게 봉사하기 위하여 나의 집에 들어왔으나, 그들이 하인들의 보편적인 단점들을 이미 가지고 있어, 나의 집에서도 역시 신속한 변형을 겪지 않을 수 없었기 때문이다. 반격의 법칙은 공격의 법칙에 순응하여 생기는 법, 내 성격의 우툴두툴함에 의해 상처를 입지 않기 위하여, 모든 하인들이 자기들의 성격에, 그리고 정확히 같은 지점에, 상응할 수 있을 만큼 똑같은 요각(凹角) 하나씩을 파 놓았고, 반면에 나의 빈 틈들을 놓치지 않고 그곳에 전진초소를 설치하였다. 나는 그 빈 틈들을 물론, 그것들이 바로 빈 틈들이기 때문에 그것들의 중간부로 인해 생겨나게 된 철각(凸角)들의 존재를 까맣게 몰랐다. 그러나 나의 하인들은 스스로 조금씩 변질되면서 나의 빈 틈들을, 즉 나의 단점들을 나에게 가르쳐 주었다. 내가 나의 선천적이고 변함없는 단점들을 알게 된 것은 그들이 꾸준히 얻은 단점들을 통해서였으니, 결국 그들의 성격이 나에게, 내 성격을 찍은 일종의 음화(陰畫)를 제시하였다. 전에는 어머니와 내가, 하인들을 가리켜 '그 종족, 그 별종'이라고 하던 싸즈라 부인을 자주 비웃곤 하였다. 하지만 이제 내가 시인해야 하거니와, 프랑수와즈를 다른 하녀로 대체하기 원할 이유가 나에게 없었던 것은, 그 다른 하녀 역시 하인들이라는 보편적인 종족에 그리고 내 하인들이라는 독특한 종(種)에, 그녀 못지않게 또 필연적으로 속하였을 것이기 때문이다.

다시 프랑수와즈의 이야기로 돌아오거니와, 내가 어떤 모욕감을 느낄 때마다 프랑수와즈의 얼굴에서 이미 준비된 애도의 뜻을 먼저 발견하지 않은 적은 단 한번도 없었으며, 그리하여 그녀의 동정을 얻는 것에 화가 나서, 그녀가 생각하는 것과는 반대로 내가 어떤 성공을 거두었노라고 허세를 부려 보았지만, 그럴 때마다 나의 거짓말들은, 그녀의 정중하되 겉으로 드러나는 의심 및 그녀의 의식이 가지고 있던 자신에 대한 확신에 가서 보람없이 부딪쳐 산산조각 나곤 하였다. 그녀가 진실을 알고 있었기 때문이었는데, 그녀는 하지만 그것을 입밖에 내지 않고, 마치 아직도 자기의 입에 맛있는 덩어리 하나를 가득 물고 있는 듯, 다만 입술을 조금씩 움직일 뿐이었다. 그녀가 정말 진실에 대해 함구하였을까? 적어도 한동안은 내가 그렇게 믿었으니, 그 시절 나는 아직도, 사람들이 다른 이들에게 진실을 알려주는 것은 말이라는 수단을 통해서라고 생각하고 있었기 때문이다. 심지어, 사람들이 나에게 하는 말들이 나의 민감한 뇌에 어찌나 변질될 수 없는 의미를 위탁하곤 하였던지, 나는, 나를 사랑한다고 말한 어떤 사람이 나를 사랑하지 않는다는 것은 있을 수 없는 일이라고 믿었으며, 그러한 믿음은, 프랑수와즈가 신문에서 어느 사제나 어떤 신사가, 우편으로 요청만 하면, 우리에게 만병통치약과 우리의 수입을 백배로 늘릴 수 있는 방도를 무료로 보내준다는 기사를 읽고 그것을 의심할 수 없었을 것보다도 더 확고했다. (반면 우리의 의사가 그녀에게 코감기에 효험 있다는 간단한 연고를 줄 경우에는, 평소 극심한 고통도 꿋꿋이 견디는 그녀이건만, 그것이 자기의 코를 '새의 깃털 뽑듯 쥐어뜯는다'고 하면서 또 어디로 도망쳐 살아야 할지 모른다고 하면서, 그 약을 코로 흡입하는 동안 비명을 질러대곤 하였다.) 그러나 진실이 드러나기 위해서 그것이 반드시 명시적인 말로 표현되어야 할 필요는 없으며, 오히려 누가 하는 말을 기다리지 않을 뿐만 아니라 심지어 그 말을 아예 고려하지조차 않은 채, 수천의 외적 징후들 속에서, 한 걸음 더 나아가 그의 성격 속에 있는—물리적 세계 속에서 일어나는 대기의 변화와 유사한—보이지 않는 특정 현상들 속에서, 우리가 아마 더 확실하게 진실을 거둘 수 있다는 실례를(모두들 보게 되겠지만, 이 책의 마지막 몇 권에서, 나에게는 프랑수와즈보다 더 소중했던 사람에 의해 훗날 나에게 다시 그리고 더욱 고통스럽게 주어졌을 때에나 내가 이해하게 되어 있던)[108] 프랑수와즈가 처음으로 나에게 보여주었다. 내가 아마 그러한 사실을 어렴풋이나마 짐작할 수도 있었으리니, 그 시절 나의 몸과 행동(그것들이 프랑수와즈에 의해 매우 정확하게 해석되곤 하였다)에 나의 뜻과는 상관없이 담긴 숱한 속내 이야기로 내가 진실을 드러내는 동안, 진실이라고는 전혀 섞여 있지 않은 말들을 내가 늘어놓는 일이 빈번했으니 말이다. 하지만 또한, 그러한 사실을 짐작할 수 있기 위해서는, 내가 그 시절 가끔 거짓말을 하고 교활했음을 내 자신이 알았어야 할 것이다. 그런데 거짓말과 교활함이 나의 내면에서는, 모든 사람들에게서 그렇듯, 어떤 특정 이권에 의해 어찌나 즉각적이고 우발적인 방법으로, 또 자기 방어를 위하여, 조정되었던지, 아름다운 이상을 향해 고정되어 있던 나의 오성은, 나의 품성이 어둠 속에서 그 긴급하고 초라한 작업을 완수하도록 내버려둔 채, 그것들이 어찌 되어가건 그것들에게는 눈길조차 던지지 않았다.

프랑수와즈가 저녁에 나를 친절하게 대하면서 나의 방에 잠시 머무는 것을 허락해 달라고 청할 때에는 그녀의 얼굴이 투명해지는 것 같아, 내가 그녀에게서 착함과 솔직성을 발견하곤 하였다. 그러나 내가 훨씬 훗날에나 알게 된 경솔한 측면을 가지고 있던 쥐삐앵이 그 직후에 폭로하기를, 나는 나의 목을 매다는데 쓸 밧줄 한 가닥만큼의 가치도 없는 사람이고 또 내가 일찍이 자기에게 온갖 괴로움을 안겨주려 하였다는 등의 말을 그녀가 자기에게 하였다는 것이다. 쥐삐앵의 그러한 말들이 즉시 내 앞에, 내가 자주 즐겨 그 위에서 나의 시선이 휴식을 취하게 하였고 또 그 위에서는 프랑수와즈가 조금도 주저하지 않고 나를 찬양하면서 치켜세울 기회를 단 하나도 놓치지 않던, 나와 프랑수와즈의 관계를 그린 판화와 어찌나 심하게 다른 판화 한 장을 미지의 색조로 찍어 내놓았던지, 내가 그 순간 깨달은 것은, 우리의 눈에 보이는 모습과 다른 것이 물리적 세계만이 아니고, 나무들이나 태양이나 하늘이 우리의 눈과 다른 식으로 구성된 눈을 가진(혹은 보는 일을 위하여 눈과는 다른, 그리하여 나무들과 태양과 하늘의 등가물들만을—그러나 시각적이지 않은—제공할 기관들을 소유한) 존재들에 의해

인지될 경우, 그것들이 우리의 눈에 보이는 모습을 띠지 않을 것과 마찬가지로, 모든 실체가 아마, 우리가 직접적으로 지각한다고 믿는 그러나 스스로를 드러내지는 않되 엄연히 작용하는 사념들의 도움을 받아 우리가 합성하는 실체와, 못지않게 다를 것이라는 점이었다. 쥐삐앵이 나에게 한 번 급작스럽게 열어 준, 진실의 세계 위로 뚫린 그 틈 자체가 나를 공포에 사로잡히게 하였다. 아직은 기껏 나의 관심 대상이 아니었던 프랑수와즈와 관련되었을 뿐이었다. 모든 사회적 관계에서 그렇단 말인가? 사랑에서도 그렇다면 그것이 훗날 나를 어떤 절망으로 이끌어갈 것인가? 그것은 미래가 감추고 있던 비밀이었다. 그 시절에는 아직 프랑수와즈에게만 관련되어 있었다. 그녀가 쥐삐앵에게 한 말이 그녀의 진정한 생각이었을까? 혹시 우리가 그녀 대신 쥐삐앵의 딸을 고용하는 일이 생기지 않도록 하기 위하여, 쥐삐앵과 나 사이에 불화가 생기도록 할 심산만으로 그러한 말을 하였을까? 프랑수와즈가 나를 좋아하는지 혹은 몹시 싫어하는지를 직접적이고 확실한 방법으로 알기가 불가능함을 내가 깨달은 것은 모든 경우에서였다. 또한 그렇게, 하나의 인물이란, 내가 일찍이 믿던 것처럼 자기의 장점들과 단점들과 계획들과 우리에게로 향한 의도들을 지니고(우리가 철책을 통하여 모든 화단들까지 훤히 들여다보는 하나의 정원처럼) 우리 앞에 명료하고 부동의 상태로 나타나는 존재가 아니라, 우리가 결코 그 속으로 침투할 수 없고, 직접적으로 인지할 수단이 없으며, 말과 심지어 행동들(그 말과 행동 모두 우리에게 고작 불충분할 뿐만 아니라 상호 모순적인 정보들만을 제공한다)의 도움을 얻어 그것에 대한 숱한 믿음들을 우리가 멋대로 만들어 갖는 하나의 어둠, 그 속에서 증오 혹은 사랑이 반짝인다고 우리가 번갈아 그럴싸하게 상상할 수 있는 어둠이라는 생각을 최초로 나에게 심어 준 사람도 그녀였다.
  나는 진정 게르망뜨 부인을 사랑하고 있었다. 그리하여 내가 절대신에게 간구할 수 있었을 최대의 행복은, 그녀를 온갖 재앙이 덮치도록 해주십사 하는 것이었으며, 그 결과 파산하여, 신용을 잃고 나를 그녀와 갈라놓던 모든 특전을 상실한 후, 기거할 집도 그녀에게 인사를 건네려 할 사람도 없어, 그녀가 나에게로 와서 피난처를 간청하게 되는 것이었다. 나는 그렇게 간청하는 그녀의 모습을 상상하곤 하였다. 그리하여, 대기나 내 건강에 일어난 변화가, 과거에 내가 받았던 인상들이 적혀 있던 어느 망각되었던 두루마리를 나의 의식 속으로 다시 이끌어오던 저녁에조차, 이제 막 나의 내면에 태동한 쇄신의 힘을 한껏 이용하는 대신, 평소 나로부터 도망치곤 하던 사념들을 나의 내면에서 해독하는데 그 힘을 사용하는 대신, 한 마디로, 드디어 나의 작업에 착수하는 대신, 나는 장광설을 늘어놓고, 기복 심하며 피상적인 방법으로 생각하는 편을 택하였는데, 그것은 헛된 연설과 요란스러운 몸짓에 불과했으며, 그것들은 곧 불모의 그리고 진실 결여된 순전한 모험 소설로서, 그 속에서는, 비참한 처지로 전락한 공작 부인이, 전도된 상황 덕분에 부유하고 세력 당당해진 나를 찾아와 애원하곤 하였다. 그런데, 내가 그렇게 여러 상황들을 상상하고 공작 부인을 나의 지붕 밑으로 받아들이면서 그녀에게 할 말을 지껄이는데 여러 시간을 바쳤건만, 나의 처지는 전과 다름없었다. 애석하게도 내가 현실 속에서는, 다양한 특혜를 가장 많이 누리고 있어, 그것 때문에, 나에게서 그녀가 어떤 매력이나마 발견하리라고는 기대할 수 없었던, 바로 그러한 여인을 하필 사랑의 대상으로 고른 격이니, 왜냐하면 그녀를 모든 여인들 중의 여왕 같은 사람으로 만들면서 인기의 절정에 올려놓은 그녀의 독특한 매력은 차치하고라도, 그녀가, 귀족이 아니었을 가장 부유한 사람[109] 못지않게 부유했기 때문이다.

나는 매일 아침 그녀를 마중이라도 하듯 그녀와 마주치는 짓이 그녀에게 불쾌감을 주리라 어렴풋이 느꼈지만, 그러한 짓을 이틀이나 사흘 동안 그만둘 용기가 비록 나에게 있었다 할지라도, 나에게는 커다란 희생이었을 그러한 삼감을, 게르망뜨 부인은 아마 눈치채지 못하였거나 나의 의지와는 상관없는 어떤 장애에 기인된 것으로 여겼을 것이다. 그리하여 사실상, 그러한 짓이 불가능한 처지에 내가 놓이도록 조치하지 않고는, 그녀의 산책길에 나타나기를 멈추는데 성공할 수 없었으리니, 그녀와 마주치고, 잠시 동안이나마 그녀의 관심 대상이 되며 그녀의 인사를 받는 사람이고 싶은, 끊임없이 되살아나던 그 욕구가, 그녀에게 불쾌감을 주지 않을까 하는 근심보다 더 강했기 때문이다. 한 동안이나마 내가 멀리 가야 했건만, 나에게 그럴 용기가 없었다. 내가 가끔 그 생각을 하였다. 그럴 때마다 프랑수와즈에게 여행 가방을 꾸리라고 하였다가, 이내 그것을 풀라고 하였다. 그러자 모방의 귀신에 사로잡힌 사람이, 낡은 구식으로 보이지 않기 위하여, 가장 자연스럽고 확실한 자기의 어투를 변질시키듯, 프랑수와즈가 자기의 딸이 자주 사용하는 어휘에서 표현을 빌려, 내가 '댕고'[110]라고 하였다. 그녀는 내가 그러는 것을 좋아하지 않았고, 내가 항상 '좌우로 흔들거린다'[111]고 하였는데, 현대인들과 경쟁하고 싶지 않을 때에는 그녀가 쌩-시몽의 언어까지 이용하였다. 내가 상전 티를 내며 말할 때에는 그녀가 더욱 못마땅하게 여긴 것이 사실이다. 그녀는 그것이 나에게 자연스럽지 않고 어울리지도 않는다는 것을 알고 있었으며, 그 사실을, '의도한 것이 나에게 어울리지 않는다' 는 말로 표현하였다. 나는 나를 게르망뜨 부인에게로 접근시켜 줄 방향으로밖에 떠날 용기를 낼 수 없었을 것이다. 그것은 불가능한 일이 아니었다. 만약 내가 게르망뜨 부인으로부터 아주 먼 곳으로 떠나되, 그녀가 알만한 사람, 교분 맺을 대상을 고름에 까다롭건만 나를 높이 평가한다는 사실을 그녀가 알게 되도록 해 줄 사람, 그녀에게 내 이야기를 할 수 있을, 그리하여 내가 원하던 것을 그녀로부터 얻지는 못한다 하더라도 최소한 그 원하는 것을 그녀에게 알릴 수 있는 사람, 여하튼, 다른 모든 것은 제쳐두고라도, 이런 혹은 저런 사연을 자신이 그녀에게 직접 전할 수 있을지 여부를 나와 더불어 상의할 수 있으리라는 사실로 인하여, 덕분에 내가 고독하고 말없는 나의 몽상에, 나에게는 하나의 실현에 가까운 진전처럼 보일, 말로 표현되고 역동적인 새로운 형태 하나를 부여하게 될, 그러한 사람에게로 간다면, 그것이 실제로는, 아무 진전도 이루지 못하고 무한히 계속 될 내 반복되는 산책의 답보 상태 속에서, 내가 그녀에게 전하고 싶었던 생각들 중 단 하나도 그녀에게 도달하지 못한다는 것을 느끼면서 아침마다 길에서 외롭게 또 모욕감에 사로잡혀 서성거리는 것보다는, 그녀 곁으로 더 가까이 다가가는 것 아니겠는가? 그녀로 집약되던 '게르망뜨 가문'의 신비한 삶이 전개되는 동안 그녀가 하던 것들, 즉 내 한결같은 몽상의 대상이었던 그것들에, 공작 부인의 저택과 그녀가 베푸는 야회와 그녀와의 긴 대화 등이 허락된 어떤 사람을 지렛대 삼아, 비록 간접적으로나마 참여하는 것이, 아침마다 길에서 응시하기만을 반복하는 것보다는 더 원거리에서 이루어지되 더 실질적인 접촉 아니겠는가?

일찍이 쌩-루가 나에게 표하였던 우정과 찬탄의 정이 과분한 것 같았고, 따라서 나는 그것들에 무심했었다. 그런데 문득 내가 그것들에게 큰 가치를 부여하게 되었고, 그가 그것들을 게르망뜨 부인에게 밝히기를 바라게 되었으며, 그렇게 해달라고 그에게 요청할 수 있으면 좋겠다고 생각하였다. 누구든 연정에 사로잡히게 되면,

일상생활에서 불운하거나 귀찮게 구는 사람들이 그러듯, 자기에게 있는 알려지지 않은 모든 소소한 특전들을 사랑하는 여인에게 보란 듯이 드러낼 수 있기를 바라는 법이기 때문이다. 우리는 그녀가 혹시 그 특전들을 모르지 않을까 괴로워하며, 하지만 그러면서도 다른 한편으로는 그것들이 결코 사람들의 눈에 띄지 않는다는 바로 그 이유 때문에, 그녀가 아마 우리에 대하여 가지고 있는 견해에 아직 드러나지 않은 잠재적 우월성을 덧붙일지도 모른다고 애써 생각하면서, 우리 자신을 위로하려고 한다.

그가 말하곤 하였듯이 자기 직업상의 제약 때문이었는지, 그것보다는, 이미 두 번이나 헤어질 지경까지 갔던 그의 정부가 안겨주는 괴로움 때문이었는지, 쌩-루가 오래전부터 빠리에 올 수 없었다. 그는 일찍이, 내가 그의 부대 주둔지로 자기를 보러 오면 자기에게 큰 기쁨이 될 것이라는 말을 자주 하였으며, 그가 발백을 떠난 다음 다음 날, 나의 벗님으로부터 받은 그 최초의 편지 겉봉에 적힌 주둔지 명칭이 나에게 커다란 기쁨을 안겨주었던 바 있었다. 전형적인 내륙 풍경이 짐작케 할 수도 있을 것과는 달리, 발백 해안으로부터 멀지 않은 그곳은, 맑은 날이면 훈련 중인 연대의 병력 이동을 알려주는 소음 스민 일종의 간헐적인 얇은 안개가—미루나무들로 형성된 하나의 커튼이 그 굴곡으로 우리의 눈에 보이지 않는 어느 개천의 흐름을 그려 드러내듯—어찌나 자주 부유하던지, 도로들과 가로수길들과 광장들 위의 대기조차 결국에는 일종의 끊임없는 음악적이고 전투적인 진동성을 띠고야 말고, 짐수레나 전차 등의 가장 거친 소음조차, 전원의 고요로 인하여 환각 상태에 놓인 귀에는 한없이 반복되는 나팔의 희미한 여운 형태로 연장되는, 넓게 펼쳐진 전원으로 둘러싸인 귀족적이고 군사적인 소도시들 중 하나였다. 그 도시는, 내가 당일로 그곳에 다녀온다 해도, 특급열차에서 내려 집으로 돌아와 나의 어머니 및 할머니와 재회하고 나의 침대에서 잠들 수 있을 만큼, 빠리에서 그리 먼 곳에 있지 않았다. 그러한 사실을 깨닫기 무섭게, 하나의 괴로운 욕망에 마음이 어수선해져, 빠리로 되돌아오지 않고 그 도시에 머물겠다는 결단을 내리는데 필요한 나의 의지가 너무 약해졌으나, 또한 아울러, 그곳 역의 고용원이 나의 여행 가방을 어느 삯마차까지 가져가지 못하게 하고, 그의 뒤를 따라 걸으면서 자기의 물건들을 감시하는 그리고 어떤 할머니도 기다리지 않는 어느 여행자의 삭막한 영혼을 갖지 않으며, 자기가 진정 원하는 것이 무엇인지 생각하기를 이미 멈춘지라 자기가 원하는 바를 안다는 기색으로 경쾌하게 마차에 올라 기병대 병영의 주소를 마부에게 가리키지 않는데 필요한 의지 역시 너무 약해져 있었다.[112] 나는, 그 낯선 도시와의 내 첫 접촉이 나에게 줄 괴로움을 완화시켜 주기 위하여, 쌩-루가 내가 투숙할 호텔에 와서 잘 것이라 생각하였다. 위병 한 사람이 그를 찾으러 갔고, 그 동안 나는 병영 입구에서, 즉 11월의 세찬 바람에 온통 큰 소리로 울리는 그 거대한 선박 앞에서, 그를 기다렸는데, 마침 저녁 여섯 시였던지라, 그 선박으로부터는, 자기들이 잠시 정박한 어느 이국적인 항구에서 상륙하듯 비척거리면서, 남자들이 둘씩 짝을 지어 거리로 나오고 있었다.

쌩-루가 자기의 외알박이 안경이 자기 앞에서 나부끼게 내버려둔 채 온몸을 뒤흔들 듯 부산스럽게 도착하였다. 내가 위병에게 나의 이름을 밝히지 않았던지라, 나는 그의 놀라움과 기쁨을 보고 즐거워할 순간을 초조히 기다리고 있었다.

"아! 난처한 일이군!" 불시에 나를 발견하고 귀까지 빨개지면서 그가 소리치듯 말하였다. "이제 막 한 주 동안의 휴가를 써 버린지라 여드레 안에는 나갈 수가 없으니!"

그러더니, 자기가 발백에서 자주 간파하였고 또 완화시켜 주기도 하였던, 내가 저녁이면 겪는 극심한 불안증을 그 누구보다도 잘 아는지라, 그 첫 날 밤을 내가 홀로 보내는 것을 보아야 한다는 생각에 몰두한 채 그가 탄식을 멈추더니, 다시 나를 쳐다보면서 나에게 작은 미소와 다정하되 불규칙한 시선을 보냈는데, 어떤 것들은 그의 눈으로부터 직접 나에게 이르렀고 다른 것들은 그의 외알박이 안경을 통과하여 나에게 이르렀으되, 그것들 모두가 나를 보면서 그가 느끼던 감동에 대한 암시였으며, 또한 내가 항상 이해하지 못하였으나 이제 나에게 중요해진 우리의 우정에 대한 암시이기도 했다.

"이를 어쩌나! 어디에 투숙하실 생각이오? 정말이지 우리가 자주 식사하는 호텔은 권하지 않겠어요. 곧 축제가 시작될 전람회장 옆에 있는지라 사람들이 들끓을 것이오. 그곳은 아니 되고, 홀랑드르 호텔이 나을 듯한데, 옛 융단으로 실내를 꾸민 18세기의 작은 궁전이라오. 그것이 상당히 '역사적인 옛 거처'를 '형성해요'."

쌩-루는 무슨 이야기를 할 때건 '닮았다'는 뜻으로 '형성한다'는 단어를 사용하곤 하였는데,[113] 구어(口語) 역시 문어처럼 가끔은 단어들의 의미 변화에 대한, 즉 표현의 세련됨에 대한 욕구를 느끼기 때문이다. 그리하여 신문 기자들이 '맛'[114]이라는 말을 항용하면서도 그것이 어느 문에 유파에서 왔는지를 모르는 경우가 잦듯이, 쌩-루가 사용하던 어휘는 물론 어법까지도, 그에게는 단 한 사람도 알려지지 않은 서로 다른 세 탐미주의자들[115]을 모방하여 만들어졌고, 그들의 언어 양태가 그에게 간접적으로 주입되어 있었다.

그가 자기의 말을 다음과 같이 맺었다. "게다가 그 호텔은 당신의 청각적 과민성에 맞추어 지어졌어요. 당신의 방 근처에 다른 투숙객들은 없을 거예요. 물론 그것이 지극히 보잘것없는 장점이고, 내일이라도 어느 다른 여행객이 들이닥칠 수 있으니, 그러한 덧없는 장점만을 염두에 두고 그 호텔을 선택할 필요가 없음은 시인해요. 내가 그 호텔을 당신에게 추천하는 것은, 그 점 때문이 아니라 호텔 내부의 면모 때문이오. 방들이 상당히 쾌적하며, 모든 가구들이 고풍이고 편안하여, 안도감을 주는 무엇을 갖추고 있다오." 그러나 쌩-루만큼 예술품 애호가가 아니었던 나에게는, 예쁜 집이 나에게 줄 수 있는 즐거움은 피상적으로, 아니 거의 아무것도 아닌 것으로 여겨졌고, 그 즐거움이, 옛날 꽁브레에서 나의 어머니가 나에게 잘 자라는 인사를 하러 오시지 않았을 때 느꼈던, 혹은 처음 발백에 도착하던 날, 베띠베루 냄새 풍기던 지나치게 높은 방에서 느끼던 것만큼이나 고통스러운, 이미 시작되고 있던 나의 불안감을 가라앉혀 줄 수 없었다. 쌩-루가 나의 고정된 시선을 보고 그것을 눈치챘다.

"하지만 당신은, 나의 가엾은 아가, 그 예쁜 궁전 따위는 무시하는 것 같아요. 안색이 온통 창백해졌어요. 내가 멍청한 짐승이지, 당신에게는 바라볼 마음조차 없을 융단 이야기를 꺼내다니. 그 호텔에서 당신에게 드릴 방을 제가 잘 알고, 나로서는 그 방이 매우 명랑하다고 여기지만, 당신과 같은 감수성을 가진 분에게는 그렇지 않다는 것을 충분히 짐작해요. 내가 당신을 이해하지 못한다고는 믿지 말아요. 내가 같은 것을 느끼지는 못하지만 당신의 입장을 잘 알아요." 마침 그 순간, 마당에서 말 한 마리를 시승하면서 그 말로 하여금 도약하게 하는 데만 몰두하여, 병사들의 인사에 대꾸조차 않음은 물론, 자기의 진로에 들어서는 병사들에게는 욕설을 축포처럼 퍼붓던 어느 부사관 하나가 쌩-루에게 미소를 보냈고, 그가 친구 하나와 함께 있음을 알아차리더니 그에게 경례를 하였다.

하지만 그의 말이 입으로 거품을 뿜으면서 뒷다리로 벌떡 일어섰다. 쌩-루가 말의 머리를 향해 자신의 몸을 날리더니 고삐를 움켜잡았고, 말을 진정시킨 다음 내 곁으로 돌아왔다.

"그래요," 그가 나에게 말하였다. "당신에게 단언하거니와, 나도 충분히 짐작하며, 당신이 겪을 것 때문에 괴로워요." 그러더니 자기의 손을 나의 어깨 위에 다정하게 얹으면서 덧붙였다. "내가 당신 곁에 머물 수 있다면, 아마 당신과 함께 아침까지 이야기를 나누면서 당신의 슬픔을 조금이나마 덜어 드릴 수 있으리라는 생각을 하니 마음이 아파요. 내가 당신에게 기꺼이 책들을 빌려드릴 수 있겠으나, 그러한 상태로는 당신께서 그것들을 읽으실 수 없을 거요. 그렇건만 대리근무자를 구할 수 없을 것 같으니, 나의 어린 소녀가 오는 바람에 벌써 두 번이나 연속하여 그 방법을 썼기 때문이라오."

그러더니 그가 자기의 근심 때문에, 그리고 또한, 의사처럼, 나의 통증에 어떤 치유책을 응용해야 할지 고심하느라고, 눈살을 찌푸렸다.

"달려가서 내 방에 불 지펴." 마침 우리들 곁을 지나가던 어느 병사에게 그가 말하였다. "서둘러, 더 빨리, 잽싸게 무너져!"[116]

그런 다음 그가 다시 나를 향해 돌아섰고, 외알박이 안경과 근시인 시선에 우리의 깊은 우정이 어른거렸다.

"이럴수가! 내가 그토록 자주 당신 생각에 잠기곤 하던 이곳, 이 병영에, 당신이 오시다니, 내 눈을 믿을 수 없다오. 내가 꿈을 꾸고 있는 것 같소. 여하튼, 건강은 나아졌소? 잠시 후에 그 모든 이야기를 나에게 해 줘요. 내 방으로 올라갑시다. 마당에 너무 오래 머물지 맙시다. 몹쓸 바람이 지독해요. 나는 이제 그것에 둔감해졌으나, 익숙하시지 않은 당신이 추위하시지 않을까 두렵소. 그리고 책

쓰는 일은 시작하셨소? 아직 아니라고? 참으로 이상한 분이시오! 나에게 당신의 재능이 있었다면 나는 아침부터 저녁까지 글만 쓸 것 같소. 아무것도 아니 하는 것이 당신에게는 더 재미있는 모양이오. 나처럼 보잘 것 없는 사람들은 항상 글을 쓸 준비가 되어 있는 반면, 글을 쓸 수 있는 이들은 정작 원하지 않으니, 얼마나 애석한 일이오! 그런데 내가 아직 당신 할머님의 안부도 묻지 않았소. 그분께서 주신 프루동의 편지들은 항상 곁에 간직하고 있다오."

키 크고 용모 수려하며 위풍당당한 장교 한 사람이, 느리고 엄숙한 걸음으로 어느 층계로부터 밖으로 나왔다. 쌩-루가 그에게 경례를 하였고, 자기의 손을 께삐[117]에 가져다대고 있는 동안에는 자기 몸의 끊임없는 이동성을 고정시켰다. 하지만 그가 자기의 손을 어찌나 힘차게 서두르듯 그곳에 가져다 대었던지, 그러면서 어찌나 단호하게 자신의 몸을 꼿꼿이 세웠던지, 그리고 경례가 끝나기 무섭게, 어깨와 다리와 외알박이 안경 등의 위치를 바꾸면서 어찌나 급작스럽게 그 손을 다시 내렸던지, 그 순간이 부동의 순간이기보다는 오히려, 조금 전에 막 일어났던 과도한 움직임들과 곧 이어 시작될 움직임들이 서로를 중화시키던 진동하는 팽팽함이었다. 그러는 동안, 평온하고 호의적이고 품위있고 위풍당당한, 한 마디로 쌩-루와 모든 면에서 상반되는 그 장교 역시, 우리에게로 다가오지 않고 그러나 서두르지 않으면서, 손을 처들어 자기의 께삐로 가져갔다.

"중대장에게 잠시 드릴 말씀이 있어요." 쌩-루가 나에게 속삭였다. "내 방에 가서 나를 기다려 주시면 고맙겠소. 4층 오른쪽 두 번째 방이오. 나도 곧 가겠소."

그러더니, 사방으로 휘둘리는 자기의 외알박이 안경을 앞세운 채, 돌격하는 병사의 걸음으로 급히 내 곁을 떠나, 위엄있고 거조

느린 중대장을 향해 곧장 걸어갔고, 마침 그 순간 자기의 말이 당도하자, 중대장은 그것에 오를 준비를 하기 전에, 어느 역사적 사건을 그린 화폭 속에서처럼, 그리고 제1제정 시절의 어느 전장으로 떠날 채비라도 하는 듯, 몸짓의 계산된 위엄을 한껏 두드러지게 하면서[118] 이런저런 지시를 하였는데, 실은 그가 단지, 동씨에르에 머무는 기간 동안만을 위하여 빌린, 그리고 마치 그 나뽈레옹의 후예[119]를 미리 빈정거리기라도 하듯 '공화국 광장' 이라고 명명된[120] 광장 주변에 위치한, 자기의 거처로 돌아가려는 참이었다. 못들이 박힌 계단들 위로 발을 옮겨 놓을 때마다 자칫 넘어질 뻔하면서, 또한 침대들과 병사들의 정돈된 장구들이 두 줄을 이루며 배치된 벽장식 없는 방들을 언뜻 보면서, 내가 층계를 올라갔다. 어떤 사람이 나에게 쌩-루의 방을 일러주었다. 나는 닫힌 출입문 앞에서 잠시 걸음을 멈추었다. 부산히 움직이는 소리가 들렸기 때문이다. 어떤 사람이 무엇을 옮기는가 하면 다른 물건을 떨어뜨리는 것 같았다. 방이 비어 있지 않고 안에 누가 있는 것처럼 느껴졌다. 하지만 그것은 이제 막 지펴서 활활 타오르는 불길일 뿐이었다. 불길이 안절부절 못하고 장작개비들을 몹시 서툴게 이동시키고 있었다. 안으로 들어가 보니, 불길이 장작개비를 굴러 떨어지게 하는가 하면, 다른 장작개비에서는 연기가 솟게 하고 있었다. 그리고 움직이지 않을 때에도 불길은 상스러운 사람들처럼 소음을 내고 있었으며, 그 소음들은, 내가 불꽃이 치솟는 것을 본 순간부터, 자기들이 불길에 기인하였음을 나에게 보여주었으되, 내가 벽의 다른 편에 있었다면, 그 소음들이 코를 풀거나 방 안에서 오락가락하는 어떤 사람에 기인한다고 믿었을 것이다. 이윽고 내가 방 안에 앉았다. 리버티[121] 천과 18세기 도이칠란트산 낡은 천으로 이루어진 벽포(壁布)가 건물의 나머지 부분에서 발산되던, 밀기울빵 냄새처럼 거칠고 역겨우며 불쾌한 냄새로부터 그 방을 보호해 주고 있었다. 그 매력적인 방에서라면 내가 행복하게 또 평온하게 저녁을 먹고 잠들 수 있을 것 같았다. 탁자 위에 놓인 사진들 옆에 있던 교과서들과 벽난로의 불 덕분에, 쌩-루가 그 순간에도 거의 방에 들어와 있는 것 같았으며, 내가 보자니 사진들 중에는 나의 것과 게르망뜨 부인의 사진도 섞여 있었고, 결국 벽난로에 길들여져 열렬하고 조용하며 충직하게 기다리는 자세로 엎드려 있는 짐승같은 불은, 잘게 부스러지던 숯덩이가 이따금씩 떨어지게 내버려두거나 한 가닥 불꽃으로 벽난로 내벽을 핥을 뿐이었다. 쌩-루의 회중시계가 재깍거리는 소리가 들렸는데, 그것이 나로부터 별로 멀리 떨어져 있지 않았음은 분명했다. 그 재깍거리는 소리가 매순간 자리를 바꾸었다. 시계가 내 눈에 보이지 않았기 때문이다. 그 소리가 나의 뒤에서, 앞에서, 오른쪽에서, 왼쪽에서 들리는 듯하다가는, 마치 아주 멀리에 있는 듯 가끔 사라지기도 하였다. 내가 문득 탁자 위에서 시계를 발견하였다. 그러자 고정된 자리에서 재깍거리는 소리가 들렸고, 그 소리가 더 이상 그곳을 떠나지 않았다. 혹은 소리가 그 자리에서 들린다고 내가 믿었을 뿐, 실은 내가 그 자리에서 소리를 들은 것이 아니라 보았을 것이니, 소리들이란 공간 속에 고정된 지점을 가지고 있지 않기 때문이다. 하지만 우리는 적어도 소리들을 움직임들과 연관시키며, 그리하여 소리들은, 우리에게 움직임들을 예고해 주고, 그것들을 필요하고 자연스러운 것으로 만들어 주는 것처럼 보이는 유용성을 가지고 있다. 그리고 정말이지, 두 귀를 완전히 막은 어느 환자가, 지금 쌩-루의 방 벽난로 속에서 열심히 불똥과 재를 만들어 벽난로의 바구니[122] 속으로 떨어뜨리면서 같은 짓을 반복하는 불길과 유사한 불의 소음을 듣지 못하고, 동씨에르의 중심부 허공으로 그 음악[123]이 일정한 간격으로 날아

오르게 하면서 지나가던 전차들의 소리를 듣지 못하는 경우가 가끔 생긴다. 그럴 때에는, 환자가 책을 읽는다면, 마치 어느 신이 책장들을 뒤적이는 듯, 그것들이 스스로 고요히 넘어간다. 또한 목욕을 위해 누가 준비하는 욕조의 육중한 소음도, 천상의 지저귐처럼 완화되고 가벼워져 스스로 멀어진다. 소음의 후퇴와 가늘어짐이, 우리에게로 향하던 공격적인 힘을 소음으로부터 몽땅 박탈하는 법, 그리하여 조금 전까지도 우리 머리 위 천장을 뒤흔드는 듯한 망치 소리에 미칠 지경이 되었던 우리가, 귀를 막은 이제는, 도로변의 허공에서 미풍과 어울려 노는 잎새들의 웅얼거림처럼 가볍고 애무하는 듯하며 아련한 그 망치 소리를 기꺼이 받아들인다. 그 소리가 들리지 않는 카드들을 가지고 '혼자 하는 카드 놀이'를 즐길 경우, 우리는 우리가 그것들을 뒤적였다고 생각하지 않으며, 그것들 스스로가 움직여, 자기들과 놀고자 하는 우리의 욕구에 미리 응하여 그것들이 우리와 함께 놀기 시작하였다고 믿는다. 또한 그러한 현상과 관련시켜 말하거니와, 우리가 사랑에 대해서도(연정이라는 사랑에, 삶에 대한 사랑과 영광에 대한 사랑 등도 덧붙이자. 그 두 유형의 감정들과도 친숙한 사람들이 있는 모양이니), 소음에게 멈춰 달라고 애원하는 대신 아예 자기의 귀를 막아버리는 이들처럼 처신해야 하지 않을지, 그리고 그들을 본보기로 삼아, 우리의 관심과 방어태세를 우리의 내면으로 돌려, 진정한 정복 대상은 우리가 사랑하는 외적 존재가 아니라 그 존재로 인하여 우리가 감당하는 괴로움의 총량임을 우리의 관심과 방어태세에게 제시해야 하지 않을지, 각자 스스로에게 물을 수도 있을 것이다.

   다시 소리에 관한 이야기로 되돌아오거니와, 우리가 귀마개를 더 촘촘한 재질로 만들 경우, 그것들이 우리의 머리 위에서 소란한 곡을 연주하던 소녀로 하여금 최약음으로 연주할 수밖에 없도록 하며, 그 귀마개에 점성 물질을 입히면, 집 전체가 즉시 귀마개의 횡포에 복종할 뿐만 아니라, 그것의 지배력이 밖으로까지 연장된다. 귀마개는 최약음에 만족하지 못하고 즉각 피아노의 건반을 아예 닫아 버리며, 음악 교습이 문득 끝난다. 우리의 머리 위에서 걷고 있던 남자도 서성거리기를 단번에 멈춘다. 마차들과 전차들의 운행 역시, 마치 모두들 어느 국가원수를 기다리기라도 하듯 일제히 중단된다. 또한 소리의 그러한 약화가 때로는 수면을 보호하는 대신 방해한다. 어제까지만 해도, 끊임없는 소음들이 거리에서나 집에서 일어나던 움직임들을 지속적인 방법으로 우리들에게 묘사해 줌으로써, 결국에는 지루한 책들이 그러듯 우리들을 잠들게 하였건만, 오늘은 우리의 수면 위로 펼쳐진 고요의 표면에, 한숨 소리처럼 가볍고 다른 어떤 소리와도 무관하며 신비한 소리 하나가, 다른 것들보다 더 강하게 와서 부딪칠 경우, 그것에서 발산되는 의문이 우리의 잠을 깨우기에 충분하다. 반대로, 환자의 고막 위에 중첩되어 있던 솜을 잠시 뽑아내면, 빛이, 즉 소리의 작열하는 태양이, 문득 자신의 모습을 다시 드러내고 세계 속에 눈부시게 부활하며, 추방당하였던 소음의 백성들이 전속력으로 돌아오고, 우리는 마치 천사 음악가들의 기도에 감싸인듯한 음성들의 부활을 목격하게 된다. 텅 비었던 길들은 잠시 동안이나마 노래하는 전차들의 빠르고 연속적인 날개들로 가득찬다. 방 안에서도 환자가 이제 막, 프로메테우스처럼 불이 아닌, 불의 소음을 창조하였다.[124] 또한 귀마개의 솜을 더 촘촘하게 만들거나 느슨하게 하는 것은, 외부 세계의 음향에 달아놓은 두 페달을 교대로 작동시키는 것과 같다.

다만 소음의 제거 상태가 잠정적이지 않은 경우도 있다. 완전히 귀머거리가 된 사람은 자기의 곁에다 우유 주전자 하나를 놓고 데울 때라도, 열린 뚜껑 위로 시선을 던져, 북극 지방에서 발생하는 눈폭풍과 유사한 하얀 반사광을 감시해야 하며, 그 반사광은 하나의 전조로서, 주님께서 물결을 멈추게 하시듯,[125] 전기 플러그들을 뽑아 그 전조에 따르는 것이 현명하다. 왜냐하면, 끓고 있는 우유의 상승하는 그리고 경련하는 계란형 일렁임이 벌써 비스듬한 용솟음 형태로 그 범람 수위에 이르고, 크림으로 인해 이미 주름진 반쯤 기울어진 몇몇 돛들을 부풀려 둥글게 만드는가 하면, 그것들 중 하나를 진주질층 빛으로 솟구치게 하는데, 전류를 단절시켜 전기 폭풍이 적시에 우리의 간청을 받아들이면, 그 돛들이 모두 제자리에서 선회하다가 목련의 꽃잎들로 변형되어 표류하게 할 것이기 때문이다. 환자가 만약 필요한 예방조치를 신속히 취하지 않는다면, 바다가 삼켰던 그의 책들과 회중시계 등이, 만조 때 하구에 이는 그 우유빛 높은 파도가 멈춘 후 하얀 바다로부터 겨우 모습을 드러내는지라, 그는 자기의 늙은 하녀에게 도움을 청할 수밖에 없을 것이고, 그가 비록 저명한 정치가나 위대한 문필가라 할지라도, 하녀는 그에게 다섯 살 짜리 아이만큼이나 철부지라고 할 것이다. 또 다른 순간에는, 마법에 걸린듯한 방의 닫힌 출입문 앞에, 조금 전까지만 해도 그곳에 없던 사람이 출현하는데, 그는 들어오는 소리가 들리지 않았던 방문객이며, 그가 꼭두각시극에서처럼 오직 몸짓들만을 보이지만, 그것이 입으로 하는 말에 혐오감을 느끼는 이들에게는 편안함을 준다. 또한 그 완전한 귀머거리의 경우, 그 감각기능의 상실이 그것의 획득에 못지않게 세계에 아름다움을 추가해 주는지라, 그가 이제, 아직 소리가 창조되지 않은 거의 에덴과 같은 대지 위를 거닐 때에는 커다란 환희를 느낀다. 가장 높은 폭포들도, 오직 그의 눈만을 위하여, 미동도 하지 않는 바다보다 더 고요하고 낙원의 폭포들처럼 맑은 수정 보자기들을 길게 펼친다. 그의 귀가 먹기 전, 그에게는 소리라는 것이 어떤 움직임의

원인이 띠는 지각될 수 있는 원인이었던지라, 소리 없이 움직이는 대상들은 원인 없는 존재처럼 여겨지며, 그것들에게서 일체의 음향적 특질이 제거된지라, 그것들은 자발적인 움직임을 보여 마치 살아있는 것 같다. 또한 그것들 스스로 움직이고 멈추며 벌컥 흥분한다. 그것들은 선사시대의 날개 달린 괴물들처럼 스스로 날아 오르기도 한다. 귀머거리의 외롭고 이웃 없는 집에서는, 불구 상태가 심화되기 이전부터 이미 각별히 삼가고 조용히 이루어지던 하인들의 시중이, 몽환극 속의 어느 왕을 위하여 그러듯, 벙어리들에 의해 은밀한 무엇 속에서 이루어진다. 또한 극장의 무대 위에서처럼, 귀머거리가 자기의 방 창문에서 바라보는 건물은—병영이건, 교회당이건, 시청이건—하나의 치장물에 불과하다. 그 건물이 혹시 어느 날 무너지는 일이 생겨, 그것에서 먼지 구름이 피어오르고 눈에 보이는 잔해들이 흩어질 수도 있다. 그러나 무대 위의 궁전보다 작지 않되 그것만큼도 질료적이지 못한 그 건물은, 육중한 석재 돌덩이들의 추락이 어떤 소음의 상스러움으로도 고요함의 순결을 훼손케 하지 않으면서 마법의 세계 속에서 무너질 것이다.

내가 잠시 전부터 들어가 있던 병영의 그 작은 방에 감돌고 있던, 상대적으로 완전치 않은 고요가 깨졌다. 문이 열리더니 쌩-루가 외알박이 안경을 늘어뜨린 채 급히 들어섰다.

"아! 로베르, 당신의 방에 있으니 정말 편안해요." 내가 그에게 말하였다. "이곳에서 저녁을 먹고 자는 것이 허락된다면 얼마나 좋을까!"

그리고 정말, 그러는 것이 금지되지 않았다면, 수천의 질서 정연하고 두려움 모르는 의지들, 수천의 태평스러운 영혼들이 항상 같은 상태로 유지하던 태연함과 세심함과 쾌활함 감도는 분위기에 감싸여 보호 받으면서, 병영이라는 그 거대한 집단 속에서, 시간이 행동이라는 형태를 띠는지라 시각을 알리는 교회당의 서글픈 종소리가 유쾌한 집합 나팔 소리(그것의 쟁쟁한 추억이 그 도시의 포석들 위에 잘게 부서져 분말상태로 끊임없이 감도는—그 나팔 소리는 누구나 틀림없이 경청할 음악적인 음성이었으니, 그 음성이 단지 복종을 요구하는 지휘계통의 명령일 뿐만 아니라 행복에 이르라는 지혜의 명령이기도 했으니 말이다)로 대체된 그곳에서, 내가 슬픔 섞이지 않은 휴식을 얼마나 한껏 맛보았겠는가!

"아! 당신 홀로 호텔로 가기보다 여기 내 곁에서 주무시는 편을 택하시는군요." 쌩-루가 웃으면서 나에게 말하였다.

"오! 로베르, 그 문제를 놓고 빈정거리듯 말씀하시다니, 정말 잔인하십니다. 당신도 아시다시피, 나에게는 그것이 거의 불가능하고, 내가 호텔에서 몹시 괴로워할 것이니 말입니다."

"좋습니다!" 그가 나에게 말하였다. "저를 우쭐하게 만드시는군요. 저 역시, 당신이 오늘 저녁 이곳에 머무는 편을 택하시리라는, 바로 그러한 생각을 하였으니 말입니다. 또한 제가 중대장에게 요청하러 간 것이 바로 그것입니다."

"그가 허락하였나요?" 내가 큰 소리로 물었다.

"아무 이의 없이."

"오! 그를 열렬히 좋아해요."

"아니오, 지나친 말씀이오. 이제 저의 당번병을 불러 우리의 저녁 식사를 준비하도록 해야겠어요." 눈물을 감추기 위하여 내가 돌아서는 동안 그가 그렇게 덧붙였다.

여러 차례에 걸쳐 쌩-루의 동료들이 방으로 들어섰다. 그가 그들을 번번이 내쫓았다.

"어서들 꺼지시지."

그들이 우리와 함께 머물러 있도록 허락하라고 내가 그에게 말하였다.

"가당치 않소. 그들이 당신을 질리게 만들 것이오. 글겅이질 아니면 경마에 대한 이야기밖에 모르는 야만인들이오. 게다가, 내 경우만 놓고 보더라도, 그들은 내가 그토록 갈망하던 소중한 순간들을 망칠 것이오. 하지만 내가 비록 내 동료들이 보잘것없다고 말하더라도, 군인들 모두에게 지성이 결여되어 있다는 뜻은 아님을 유의해 주시오. 그 정반대라오. 우리 부대에 소령 하나가 있는데 매우 찬탄할만한 사람이오. 그가 언젠가 강의를 하였는데, 그 강의에서 전쟁사가 하나의 논증처럼, 일종의 대수학처럼 다루어졌다오. 미학적인 관점에서 보더라도, 귀납적인 아름다움과 연역적인 아름다움이 번갈아 드러나는 강의였고, 그것을 들었으면 당신도 감동하지 않을 수 없었을 것이오."

"혹시 내가 여기에 머물러도 좋다고 허락한 그 중대장 아니오?"

"다행스럽게도 아니오. 왜냐하면, 당신이 하찮은 일로 '열렬히 좋아한다'고 하신 그 사람은, 일찍이 지구가 자신의 등에 짊어졌던 적이 없었을[126] 가장 위대한 멍청이라오. 그가 자기 부하들의 통상적인 식단과 의복을 돌보는 데는 완벽하여, 주임상사 및 피복계 선임하사와 어울려 몇 시간씩 보내곤 하오. 그의 사고방식이 그러하오. 그는 게다가, 이 부대의 다른 모든 사람들이 그러듯, 내가 당신에게 말한 그 찬탄할만한 소령을 몹시 멸시한다오. 그가 프리메이슨단원이고 고해하러 가지도 않는지라, 아무도 그와 가까이 교류하지 않아요.[127] 보로디노 대공이 그 소시민을 자기의 집에 초청하는 일은 결코 없을 것이오.[128] 자기의 증조부가 이름없는 농사꾼이었고, 나뽈레옹이 벌인 전쟁들이 없었다면 필시 자신도 농사꾼이련만, 그러한 사람으로서는 대단히 뻔뻔스러운 배짱이오. 하지만 자신의 사회적 처지가 생선도 아니고 육류도 아니어서 어정쩡

하다는 사실은 조금이나마 분명히 깨닫는 것 같소. 그 자칭 대공께서 '죠키 클럽'에는 거의 모습을 드러내지 않는데, 그곳에 가면 그가 심하게 거북해지기 때문이라오." 같은 모방정신에 의해 자기 스승들의 사회주의적 이론들과 자기 친척들의 사교계 편견을 수용하기에 이르렀던지라, 민주주의에 대한 사랑에, 자신도 깨닫지 못한 채, 제정 시절 귀족으로 향한 멸시를 결합시키던[129] 로베르가 그렇게 덧붙였다.

내가 그의 숙모 사진을 유심히 들여다보았으며, 쌩-루가 그 사진을 소유하고 있으니 혹시 그것을 나에게 줄 수도 있으리라는 상념이, 나로 하여금 그를 더욱 소중한 사람으로 여기게 하였고, 그에게 수천 가지 도움을 주고 싶은 희원을 품게 하였지만, 그러한 도움들이 그 사진에 비하면 하찮은 것들처럼 보였다. 그 사진이 게르망뜨 부인과 나 사이에 이루어진 마주침들에 추가된 일종의 만남이었기 때문이며, 한 걸음 더 나아가, 우리 관계의 급작스러운 진전으로 말미암아, 그녀가 마치 정원용 모자를 쓴 채 내 곁에 머물러, 처음으로 나로 하여금, 자기 볼의 고 통통한 부분과 목덜미의 곡선 및 눈썹의 귀퉁이(이제까지는 그녀의 신속한 지나침과 내가 받은 인상들의 현기증과 추억의 일관성 결여로 인해 나에게는 가려져 있던) 등을 느긋이 관조하도록 내버려두기라도 한 듯, 하나의 연장된 만남이었기 때문인데, 그것들을 느긋이 바라본다는 것이 나에게는, 깃을 세운 부인복 차림인 상태로만 볼 수 있었던 어느 여인의 목 언저리와 팔을 느긋이 바라보는 것 못지않은 하나의 관능적인 발견 혹은 하나의 호의였다. 나에게는 바라보는 것이 거의 금지되어 있는 것 같았던 그 선들을, 그녀의 사진 속에서, 마치 나에게 가치 있어 보일 유일한 기하학 논문 속에서처럼 연구할 수 있을 것 같았다. 한참 후, 로베르를 바라보던 중, 나는 그 역시 자기 숙모의 사진과 조금 비슷함을, 그리고 나에게는 거의 못지않게 감동적인 신비로 인해 그러함을 간파하였는데, 그의 얼굴이 비록 그녀의 얼굴에서 직접 도출되지는 않았다 해도 그 두 얼굴이 같은 근원을 가지고 있었기 때문이다. 내가 꽁브레에서 얻은 영상에 핀으로 꽂아 고정시켰던 게르망뜨 공작 부인의 용모와 메부리코와 날카로운 눈들이, 자기 숙모의 얼굴과 거의 중첩될 수 있는 로베르의 얼굴을 재단하는데—유사하되 홀쭉하며 피부 섬세한 또 다른 하나의 견본 속에—사용된 것 같았다. 나는 그에게서 발견되는 게르망뜨 가문 사람들의, 신화 시절에 어느 여신과 어느 새의 결합[130]으로 말미암아 탄생한 듯 보이는지라 오늘날의 세계 속에서도 소멸하지 않고 자기의 신성한 조류적 영광[131] 속에 고립되어 남아 있는 그토록 특이한 종족의, 그 특징들을 부러운 마음으로 응시하곤 하였다.

로베르는 내가 왜 감동하였는지 그 원인도 모르는 채 그것에 감명을 받았다. 나의 감동은, 불의 온기와, 나의 이마에 땀방울들이 맺게 함과 동시에 나의 눈에 눈물이 고이게 한, 샹빠뉴 지방 포도주로 말미암은 편안함으로 인해 증대되었고, 포도주에 자고새가 곁들여졌으며, 나는 어느 문외한이, 그가 어떤 유형의 문외한이든 간에, 자신이 모르던 생활 속에서 그곳에서는 제외되었을 것이라고 일찍이 믿었던 것을(예를 들자면 어느 자유 사상가가 사제관에서 감미로운 저녁 식사를 하면서 그러듯) 발견하면서 느끼는 경이로움에 휩싸여 자고새를 먹었다. 그리고 다음 날 아침, 잠에서 깨어난 즉시, 상당히 높이 있어 인근 전지역이 내려다 보이는 쌩-루의 방 참문으로 다가가서, 나의 이웃과, 즉 전원지역과, 첫 대면을 하기 위하여 호기심 어린 시선을 던졌는데, 전날 저녁에는 내가 너무 늦게 도착하여, 즉 전원지역이 이미 어둠 속에 잠든 시각에 도착하여, 내가 그것을 바라볼 수 없었다. 그러나 전원지역이 비록 그토록 이른 시각에 잠에서 깨어났다 해도, 창문을 여는 순간 나의 눈에 보이던 것은, 어느 성의 창문에서 연못이 있는 쪽의 전원지역이 그렇게 보이듯, 나에게 아무것도 분간할 수 없게 하던 안개의 부드럽고 하얀 아침 드레스에 아직도 포근하게 감싸인 전원지역뿐이었다. 그러나 또한 나는 그 전원지역이, 마당에서 말들을 돌보고 있던 병사들이 글겅이질을 마치기 전에 그 드레스를 벗어 던지리라는 것도 알고 있었다. 그 이전에는 내가, 이미 어둠을 벗어 던졌고 가냘프며 까칠까칠한 자신의 등을 몽땅 병영에 기대고 서 있던 수척한 동산 하나밖에 볼 수 없었다. 처음으로 나를 바라보고 있던 그 낯선 존재가 햇빛으로 장식된 서리 장막을 통해 보이는데, 나는 그것에서 눈을 뗄 수가 없었다. 그러나 내가 병영에 드나드는 습관을 갖게 되었을 때에는, 동산이 그곳에 있다는 의식이, 따라서 그것이 내 눈에 보이지 않을 때조차 내가 부재(不在)하는 이들 즉 죽은 이들인 듯 생각하던 발백의 호텔이나 빠리에 있는 우리 집 보다도 더 실재적인 존재로 변한 그 동산이 그곳에 있다는 의식이, 심지어 내가 그 사실을 깨닫지 못한 상태에서도, 동산의 반사된 형태가 동씨에르에서 내가 받은 모든 그리고 가장 미미한 인상들 위에 조차, 그리고 그 날 아침의 일부터 이야기하자면, 동산을 바라보는데 필요한 시각적 중심 같았던(동산을 단순히 바라보는 것 이상의 다른 일을 시도하여 가령 그 동산에서 산책을 한다는 등의 생각은 그곳에 있던 안개 때문에 불가능해 보였던지라) 그 편안한 방에서 쌩-루의 당번병에 의해 준비된 초콜릿이 나에게 준 따스함의 인상 위에도, 그 동산의 윤곽이 항상 스스로 드러나게 하였다. 그 초콜릿의 맛과 그것을 마시면서 내가 펼치던 사념들의 골조에 연계되어 동산의 형태를 적시면서, 그 안개가, 내가 그것을 전혀 생각하지 않아도, 내가 발벡에서 받은 인상들과 결합된 변질될 수 없고 순도 높은 황금처럼, 혹은 거무스름한 외부 사암 층계가 가까이에 있었다는 사실이 내가 꽁브레에서 받은 인상들에 일종의 회색 계통 단색화를 부여하듯, 그 시절에 품었던 나의 모든 사념들에게로 다가와 그것들을 적셨다. 하지만 안개가 아침나절 늦게까지는 버티지 않았으니, 태양이 처음에는 그것을 향해 부질없이 화살 몇 대를 쏘아 낭비하면서 그것에게 황금빛 반짝이는 장식끈이나 달아 주었으되, 곧 이어 안개를 이겼기 때문이다. 동산이 햇살들에게 자기의 회색 엉덩이를 내맡길 수 있게 되었고,[132] 한 시간 후 내가 시내로 내려갔을 때에는, 그 햇살들이 나뭇잎들의 붉은색에, 벽들에 붙어 있던 선거 벽보들의 붉은색과 하늘색에, 일종의 열광을 부여하여, 그 열광이 나 마저도 들뜨게 하는지라, 나로 하여금, 기쁨에 경둥거리지 못하도록 내가 나 자신을 붙들어 세워 놓고 있던 포석 위에서, 발을 구르며 노래하게 하였다.

  하지만 두 번째 날부터는 호텔에 가서 자야 했다. 또한 나는 내가 그곳에서 숙명적으로 슬픔을 만나리라는 것을 미리 알고 있었다. 그 슬픔은 내가 이 세상에 태어난 이래 모든 새로운 침실이, 즉 모든 침실이, 나를 위해 발산하던 견디기 어려운 향과 같았으며, 반면 내가 일상적으로 기거하던 방에는 내가 있지 않았고, 다시 말해 나의 사념이 다른 곳에 머물렀고, 그러면서 자기 대신 '습관'[133]을 그 방으로 보낼 뿐이었다. 하지만 내가 습관이라는 그 하녀에 앞서 홀로 도착하여, 여러 해 동안의 간격을 두고서야 다시 만나는, 그러나 꽁브레 시절 이후, 혹은 처음 발벡에 도착하여 위로 받을 길 없어, 풀어 놓은 여행가방 귀퉁이에 앉아 울던 시절 이후, 조금도 성장하지 않아 여전히 같은 상태에 있던, 나의 '자아'로 하여금 그곳의 사물들과 접촉하도록 해야 했던 그 새로운 고장에서는, 나만큼 감수성 예민하지 못한 그 하녀에게 나의 일들을 맡길 수 없었다.

그런데 내가 잘못 생각하였다. 나에게 슬퍼할 겨를이 없었으니, 내가 단 한 순간도 홀로 있지 않았기 때문이다. 사실인즉, 현대식 호텔에서는 사용될 수 없어 일체의 실용적 직무로부터 해방된 덕에, 한가함 속에서 일종의 생명을 얻은 사치의 잉여분이 그 옛 궁궐에 남아 있었으니, 예를 들어, 아무 목적 없이 오락가락하다가 수시로 우리와 엇갈려 지나가는 항상 되돌아오는 듯한 통로들, 복도처럼 길고 응접실처럼 치장되었으며, 주거용 건물의 한 부분이기 보다는 오히려 그곳에 기거하는 듯 보이고, 어느 객실 안으로도 들어가게 할 수 없었으되 내가 투숙한 객실 주위에서 어슬렁거리다가 즉시 나에게로 와서 곁에 있어 주겠다고 나서던 부속실 등이 그것이었으며, 그것들은 한가하나 소란스럽지 않은 일종의 이웃, 투숙객들이 자기들의 객실 입구에 조용히 머물도록 허락한 과거의 하위직 유령들이었는데, 그들은 내가 지나가다가 자기들과 마주칠 때마다 나에게 말없이 세심한 배려를 보이곤 하였다. 요컨대, 우리의 현재 생활을 담아 감추어 우리를 추위와 다른 이들의 시선으로부터 보호해 주기만 하는 단순한 용기(容器)라는 거처의 개념을, 하나의 인간 집단 못지않게 실재하는, 즉 아무 말 없는 것은 사실이되 우리가 외출하였다가 돌아올 때마다 우리와 마주치거나 우리를 회피하거나 맞이하는 생활 집단 못지않게 실재하는 방들의 조화로운 집단의 그 거처에는 결코 적용할 수 없었다. 누구든, 천장화의 구름들 밑에 있는 안락의자들의 바랜 금빛 팔걸이들 사이로 스스로를 넓게 펼치는 버릇을 18세기부터 가지고 있던 대응접실을 흐트러뜨리지 않으려 노력하였고, 그것을 바라보면서 존경심을 느끼지 않을 수 없었다. 또한, 대칭을 이루지 못할까 하는 따위의 근심은 하지 않고 그 응접실 주위를 마구 질주하다가 이 빠진 계단들 셋을 거쳐 쉽게 내려갈 수 있는 정원까지 무질서하게 도망치기도 하는, 놀란 듯 보이는 무수한 작은 방들에 대하여 누구든 더 친근한 호기심을 느꼈다.

혹시 내가 승강기를 타지 않고 중앙 층계에도 모습을 드러내지 않으면서 출입하고 싶으면, 더 이상 사용되지 않는 보다 작고 은밀한 층계 하나가 나에게 계단들을 넌지시 내밀곤 하였는데, 그 계단들이 어찌나 정교하게 차례대로 놓여 있었던지, 그것들의 완만하고 점진적인 변화 속에는, 색깔들과 향기들과 맛들 속에서 우리의 내면에 특이한 감각적 즐거움을 자주 불러일으키는 것들과 같은 유형의 완벽한 변화 비율이 존재하는 것 같았다. 그러나 올라가고 또 내려가는 즐거움을 내가 그 호텔에 가서야 비로소 알게 되었으니, 그것은 평소에 지각되지 않는 호흡 행위가 하나의 지속적인 즐거움일 수 있음을 알게 된 것이 옛날에 갔던 어느 고산 지역 휴양지에서였던 것과 마찬가지이다. 내가 처음으로 그 계단들―내가 아직은 얻지 못하였고 심지어 나의 것이 된 후에는 약화될 수밖에 없을 습관에서 비롯되는 안온함이 예전에 날마다 맞이하던 주인들에 의해 아마 그것들에게 위탁되고 그것들과 합일된지라, 그것들이 마치 그것을 소유하고 있기라도 한 듯, 나에게 아직 알려지지 않았건만 친숙해 보이는―위에 발을 올려 놓았을 때, 나는 우리가 오랜 기간 사용하던 물건들만이 우리에게 허락하는 그 노력의 면제 혜택을 받았다.[134] 내가 어느 방의 출입문을 열었고, 방 안으로 들어서자 이중의 문이 내 뒤에서 닫혔으며, 모직 벽포와 장막이 고요함을 불러들이자 나 자신이 일종의 도취한 왕권을 그 고요함에 행사함을 느꼈는데, 끌로 새긴 구리 조각품들로 장식된 대리석 벽난로―벽난로가 그 구리 조각품들로 5인 집정관 정부 시절의 예술을[135] 상징할 줄밖에 모른다고 누가 믿었다면 그것은 잘못이었을 것이다―하나가 나를 위해 불을 마련해 주었고, 그곳에 서 있던 작고 낮은 안락의자가 나를 도와, 내가 융단 위에 앉은 것에 못지않게 편안히 불을 쬐도록 해주었다. 벽들이 방을 외부 세계와 단절시키면서, 그리고 그것을 완벽하게 만들어 줄 것이 그 안으로 들어가게 한 다음 그 속에 가두기 위하여, 방을 조이듯 포옹하는가 하면, 책장 앞에서는 스스로 넓어졌고, 침대를 위하여 움푹 들어간 공간을 마련해 놓았는데, 침대 양쪽에서는 그 알꼬바 위로 훨씬 더 높게 올라간 천장을 기둥들이 살짝 떠받치고 있었다. 그리고 방이 안쪽으로 그것과 같은 폭을 가진 작은 방 둘로 연장되어 있었는데, 마지막 방의 벽에는, 그곳에 와서 시작하는 경건한 명상을 향기롭게 하기 위하여 불꽃 씨앗으로 만든 관능적인 묵주[136] 하나가 걸려 있었으며, 한편 문들은, 내가 그 마지막 은신처로 물러가 있는 동안 그것들을 모두 열어 놓을 경우, 방들 간의 비율적 조화를 깨뜨리지 않은 채 그 은신처의 면적을 세 배로 늘리는 것에 만족하지 않고, 또한 나의 시선으로 하여금 집중하는 기쁨 다음에 연장(延長)의 기쁨만을 맛보게 하지 않고, 범접할 수 없으되 더 이상 갇히지 않은 내 고독의 기쁨에다 자유의 감정을 덧붙여 주었다.[137] 그 골방의 창문은 어느 정원에 면해 있었는데, 다음 날 아침, 그 창문 이외의 다른 어떤 창문도 그곳으로 향해 있지 않으며 맑은 하늘에 연보라색 부드러움을 부여하기에 족한 노랗게 물든 나무 두 그루밖에 없는, 그리고 높은 벽들 사이에 포로 상태에 있던 외로운 여인 같은 그 정원을 발견하였을 때, 나는 그것과 내가 이웃하게 된 것에 행복해졌다.

잠자리에 들기 전, 나는 요정 세계와 같은 나의 영지 전체를 탐사하기 위하여 나의 방 밖으로 나가고 싶은 욕구를 느꼈다. 내가 긴 회랑 하나를 따라 걸었고, 회랑은 나에게 한 구석에 있던 안락의자, 스피넷 하나, 탁자형 시렁 위에 놓인 씨네라리아[138] 가득 꽂은 하늘색 도자기 항아리 하나, 그리고 옛날 액자 속에 있는, 하늘색 꽃들과 뒤섞이고 분가루 뿌린 머리에 패랭이꽃 한 다발을 손에 들고 있는 어느 옛 귀부인의 유령 등, 내가 졸리지 않을 경우 나에게 자기가 제공할 수 있는 모든 것들을 연속적으로 보여주며 경의를 표하였다. 그 끝에 이르자, 문 하나 없는 휑뎅그렁한 벽이 나에게 천진스럽게 말하였다. "이제 발걸음을 돌려야 해. 보다시피 자네는 자네의 집에 와 있어." 그러는 동안 폭신한 융단은 지지 않으려는 듯, 혹시 그날 밤 내가 잠들지 못하면 맨발로 와도 좋다고 덧붙였으며, 전원지역을 바라보고 있던 덧창 없는 창문들은, 자기들이 밤을 꼬박 지새울 것이며 내가 원하면 어떤 시각에 오더라도 그 어떤 사람도 깨울 염려가 없다고 나에게 단언하였다. 그리고 어느 휘장 뒤에서 내가 뜻밖에 작은 방 하나를 발견하였는데, 외벽에 막혀 도망치지 못하고 그곳에 숨어 몹시 당황한 그것이, 달빛으로 인해 하늘색을 띤 자기의 '황소눈'[139]으로 두려운 듯 나를 바라보았다. 내가 침대에 누웠으나, 북극 오리의 털을 넣은 발치 덮개와 가느다란 원주들과 작은 벽난로 등이, 나의 긴장 상태를 빠리에서는 일찍이 없었던 정도로까지 고조시키면서, 내가 몽상의 습관적인 흐름에 나 자신을 맡기지 못하게 하였다. 또한 수면이라는 현상을 감싸서 그것에 영향을 끼치고, 그것을 변경시키고, 그것을 우리의 이런 혹은 저런 일련의 추억들과 대등한 위치에 놓는 주체가 바로 긴장의 그 특별한 상태인지라, 그 첫날 밤에는, 나의 꿈들을 가득 채운 영상들이, 평소 나의 잠이 이용하던 기억과는 완전히 구별되는 전혀 다른 기억에서 차용되었다. 내가 만약 자는 동안, 나 자신이 나의 일상적인 기억 쪽으로 다시 이끌려 가도록 내버려두고 싶은 유혹을 느꼈다면, 나에게 낯설었던 침대와 내가 돌아누울 때 내 몸의 자세에 쏟아야 했던 기분좋은 관심만으로도 내 꿈들의 새로운 맥락을 수정하거나 유지시키기에 충분했을 것이다. 꿈 속의 세계를 지각하는 것 역시 외부 세계를 지각하는 것과 같다. 외부 세계가 시적으로 보이도록 하기 위해서는 우리의 습관들 중 하나만 바꾸더라도 충분하며, 수면 세계의 차원들이 바뀌고 그 아름다움이 느껴지게 하기 위해서는 우리가 옷을 벗자 마자 우리의 의지와는 상관없이 침대 위에서 즉시 잠드는 것으로 족하다. 그렇게 잠들었다가 깨어나 보면 회중시계가 네 시를 가리키고 있으며, 이제 겨우 새벽 네 시이건만, 우리는 하루가 몽땅 지나간 것으로 믿는데, 그 몇 분 동안의 잠, 그리고 우리가 애써 이루려 하지 않았던 그 잠이, 그만큼 신성하고 거대하며 어느 황제의 황금 지구의(地球儀)[140]만큼이나 묵직한 어떤 권리의 이름으로 하늘로부터 내려온 듯 보인 것이다. 그리고 아침에, 메제글리즈 쪽으로 출발하기 위하여 할아버지는 이미 준비를 마치셨고 모두들 나를 기다린다는 생각에 귀찮아진 상태로,[141] 날마다 내 방의 창문 밑으로 지나가던 어느 연대의 요란한 군악 소리에 내가 잠에서 깨어났다. 그러나 두 번인가 혹은 세 번인가―그리고 내가 지금 이 말을 하는 것은, 인간의 삶이 뛰어드는 잠 속의 세계, 그리고 하나의 작은 반도를 바닷물이 포위하듯 인간의 삶을 밤마다 거듭 에워싸는 잠 속의 세계, 그 세계 속에 인간의 삶을 잠기게 하지 않고는 그 삶을 충분히 묘사할 수 없기 때문이다―그 순간 개입한 잠이 나의 내면에서 음악의 충격에 견딜 만큼 충분히 꿋꿋해서, 나는 아무 소리도 듣지 못하였다. 다른 날에는 잠이 잠시 물러서기도 하였으나, 충분한 수면을 취한 덕분에 부드러워진 나의 의식은, 미리 마취된 신체 기관들처럼—마취 덕분에 소훼(燒燬)요법조차 처음에는 느끼지 못하다가 거의 끝날 무렵에야 가벼운 화상처럼 그것을 지각하는—아침 나절의 아련하고 선선한 지저귐으로 자기를 애무하는 군악대 피리[142] 소리의 뾰족한 끄트머리들로부터 부드러운 충격을 받을 뿐, 고요가 음악으로 변하는 그 폭 좁은 중단[143] 후에는, 용기병(龍騎兵)들이 다 지나가기도 전에, 쟁쟁하게 분출되던 음향 꽃다발의 활짝 핀 마지막 묶음들을 나에게서 빼앗으면서, 고요가 나의 잠과 다시 합류하였다. 또한 음향 꽃다발의 분출하는 줄기들이 스치고 지나간 내 의식의 구역이 어찌나 좁고, 잠에 의해 어찌나 심하게 농락당하였던지, 얼마 후 쌩-루가 나에게 음악 소리를 들었느냐고 물었을 때, 나는 그 군악대 소리가, 낮 동안 지극히 작은 소음에 뒤이어 내 귀에 들려오던, 그 도시의 포석들 위로 치솟던 군악대 소리만큼이나 순전히 상상적인 것이 아니었을까 하는 의혹에 사로잡혔다. 아마 내가 그것을, 잠에서 깨어나지 않을까 하는 염려 때문에, 혹은 그와는 반대로, 잠에서 미처 깨어나지 못하여 군대 행진을 놓치지 않을까 하는 염려 때문에, 꿈 속에서만 들었을지도 모른다. 왜냐하면, 소음이 반대로 나를 깨웠을 것이라고 생각하였던 순간에도 내가 잠든 상태에 있었을 때에는, 실제로는 잠든 상태에서도 내가 깨어났다고 한 시간 동안이나 더 생각하는 일이 잦았고, 나는 내 수면 세계의 영사막 위에다 다양한 광경들을 엷은 그림자 형태로 투영하면서 즐기듯 나 자신을 농락하였으며, 잠이 나로 하여금 그 광경들을 관람하지 못하게 하였으되 나는 내가 그것들을 관람한다고 믿었으니 말이다.

우리가 낮 동안에 하였을 일을, 잠이 우리를 덮치는 바람에 꿈 속에서야, 즉 잠에 기인한 굴절이 생긴 후에야, 깨어 있는 상태에서는 그러지 않았을 그 다른 길을 따라가면서 하는 경우가 실제로 생긴다. 같은 이야기가 선회하여 다른 목표를 지향한다. 여하튼 우리가 잠든 동안에 겪는 세계는 하도 달라서, 불면증에 시달리는 이들은, 다른 모든 것에 앞서, 우선 우리의 일상적 세계로부터 뛰쳐나갈 방도부터 찾는다. 여러 시간 동안, 눈을 감은 채, 자기들이 두 눈을 뜬 상태에서 품었을 것과 유사한 사념들을 절망적으로 반추하던 끝에, 혹시 바로 앞서 흘러간 순간이 논리적 법칙 및 현재의 자명성 등과 모순되는 추론으로 인하여 온통 둔중해졌음을 지각할 경우, 그 짧은 '논리적 부재(不在)' 현상이, 잠시 후에는 아마 자기들이 통과하여 현실의 인지상태로부터 탈출하여 그것으로부터 비교적 멀리 떨어진 곳에 가서 멈출 수 있도록 해 줄 문이 열려 있음을 의미하는지라, 그들은 다시 용기를 얻고, 그러한 사실이 그들에게 다소나마 '편안한' 잠을 허락할 것이다. 그러나 우리가 현실에 등을 돌린 다음, 소위 '자기 암시'라는 것들이 마녀들처럼 온갖 가공적 질환들이나 신경성 질환의 재발이라는 지옥의 저질 스튜를 준비하면서, 무의식적인 수면 상태가 지속되는 동안에 다시 발작적으로 도진 병세가 수면을 중단시킬 만큼 강력하게 시작될 시각을 엿보고 있는 그 최초의 동굴에 도달하는 순간에는, 우리가 커다란 한 걸음을 이미 내딛은 것이다. 그 지점으로부터 멀지 않은 곳에, 서로 현격히 다른 다양한 잠들이 미지의 꽃들처럼 자라고 있는 특별히 마련된 정원이 있고, 독말풀[144], 인도 대마[145], 에테르의 다양한 추출물, 벨라도나,[146] 아편, 쥐오줌풀[147] 등에 의해 유발된 잠이라는 그 꽃들은, 그럴 숙명 지워진 어느 낯선 이가 와서 그것들을 건드려 피어나게 하고, 그것들 특유의 꿈이라는 향기들이 경이로움에 사로잡히고 놀란 하나의 존재로 변하여 장시간 동안 발산되게 할 날까지 그곳에 닫힌 상태로 머물러 있다. 정원 후미진 안쪽에는 창문들을 열어 놓은 수도원이 있고, 잠들기 전에 배웠으되 우리가 잠에서 깨어난 후에나 이해하게될 학과목들을 복습하는 소리가 그곳에서 들리는데, 그 동안, 깨어남의 예고자인 우리 내면의 자명종 시계는 자기의 재깍거리는 소리가 계속 울리게 하고, 우리의 염려가 그것을 어찌나 정확히 맞추어 두었던지, 우리에게 아침 일곱 시가 되었음을 알려주러 온 가정부는, 우리가 이미 일어나 있음을 발견할 것이다. 우리의 꿈들을 향해 열려 있으며, 그 속에서 사랑의 슬픔을 잊으려는 망각 의지가 작용을 멈추지 않는지라 그것의 노력이 가끔 어렴풋한 추억 가득한 악몽에 의해 중단되고 흐트러지기는 하나 신속히 재개되는 그 방의 어두운 내벽에는, 그 꿈들의 추억들이 심지어 우리가 잠에서 깨어난 후에도 매달려 있으되, 그것들이 어찌나 짙은 암흑으로 둘러싸여 있는지, 유사한 사념의 햇살이 우연히 들어와 그것들을 후려치는 오후 한낮에야 우리가 그것들을 처음으로 발견하는 경우가 잦으며, 그것들 중 몇몇은, 우리들이 잠든 동안에도 조화롭게 선명했건만, 벌써 어찌나 알아볼 수 없을 만큼 심하게 변하였던지, 우리는 그것들을 알아볼 수 없는 나머지, 지나치게 부패한 시신들 혹은 심하게 와해되어 먼지나 다름없게 된지라 가장 솜씨 좋은 복원 기술자라도 하나의 형태를 되돌려주거나 더 이상 손을 쓸 수 없게 된 물건들인 양, 서둘러 그 추억들을 대지에 돌려주는 수밖에 없다.

정원의 철책 근처에는, 깊은 잠이, 잠든 사람의 머리에 스며들게 해 줄 물질을 구하러 오는 채석장이 있고, 머리에 스민 도료가 어찌나 단단한지, 잠든 사람을 깨우려면, 잠든 사람 자신의 의지가, 황금빛 아침이 비록 밝았어도, 젊은 지그프리트처럼 거센 도끼질을 할 수밖에 없다.[148] 그 너머에는 아직도 악몽들이 있는데, 의사들은 멍청하게 주장하기를 그것들이 불면증보다 더 우리를 피곤하게 한다고 하지만, 그와는 반대로, 그것들이 생각하는 사람으로 하여금 긴 잠으로부터 탈출하게 해주는 바, 악몽에는 특유의 사진첩이 있어, 그 속에서는 이미 타계한 우리의 혈육들이 이제 막 심한 사고를 당하지만 신속한 쾌유도 배제되지 않는다. 치유를 기다리면서 우리는 그들을 작은 쥐장 안에 넣어 두며, 그 속에서는 그들이 흰쥐보다도 작아지는가 하면, 깃털 한 가닥씩 솟아난 붉은 여드름으로 뒤덮인 그들이 우리에게 키케로의 웅변을[149] 쏟아낸다. 그 사진첩 옆에는 깨어남의 회전판이 있어, 그것 덕분에 우리는, 이미 50년 전에 파괴되었고 그 영상이 (회전판이 일단 멈춘 다음에야 모습을 드러내고 우리의 뜬 눈으로 보게 될 것과 일치하는 영상에 우리가 도달하기 전에, 잠이 멀어짐에 따라 다른 여러 영상들에 의해)[150] 지워진 어느 집으로 곧 들어가야 하는 귀찮음을 잠시 겪는다.

때로는, 어느 구덩이 속으로 들어가듯 우리가 빠져드는 잠 속에 있었던지라 내가 아무 소리도 듣지 못하였는데, 그러한 경우, 어린 헤라클레스에게 젖을 먹이던 님파들과 비슷한 식물성의 날렵한 힘[151]이 우리가 자는 동안 훨씬 증가된 활동으로 우리에게 가져다 준 모든 것을 소화하면서, 무거워진 상태로 또 영양 과잉 상태로 조금 뒤에 그 잠으로부터 이끌어 올려짐을 우리는 큰 다행으로 여긴다.

흔히들 그러한 잠을 가리켜 납덩이의 잠이라고 하며, 그러한 잠에서 깨어난 후 몇 순간이 지난 후에도 우리가 마치 하나의 단순한 납덩이 인형처럼 여겨진다. 그러한 상태에서는 우리가 더 이상 그 누구도 아니다. 그럴 경우, 마치 분실한 물건 찾듯 자기의 사념과 자기 고유의 인격체를 찾다가, 도대체 어떻게 다른 것이 아닌 자신의 '자아'를 다시 발견하기에 이른단 말인가? 우리가 다시 사유하기 시작할 때 우리 속에 강생하듯 구현되는 것이 도대체 왜 다른 인격체가 아닌 이전의 인격체일까? 무엇이 그러한 선택을 우리에게 시사하고, 우리가 화신(化身)할 수 있을 수백만의 인간들 중 무엇 때문에 잠들기 전의 그 존재를 다시 정확히 선택하는지, 우리는 이해하지 못한다. 진정 중단이 있었다면(잠이 완벽했기 때문에 혹은 그 속에 펼쳐지던 꿈들이 우리 자신과 완전히 다르기 때문에), 무엇이 우리를 인도한단 말인가? 심장의 박동이 멈추었을 경우 인공 호흡법으로 우리를 소생시킬 때처럼, 잠든 동안에 발생한 현상은 진정 죽음이다. 의심할 나위 없이, 우리의 몸뚱이가 잠들어 있는 그 방을 우리가 단 한 번만 보았다 할지라도, 그 방이, 더 오래된 추억들이 매달려 있는 추억들을 일깨우거나, 몇몇 추억들이 우리 몸 속에 자고 있어, 우리가 그것들을 의식하는 것이다. 우리가 잠에서 깨어나는 순간 이루어지는 그 부활이,—잠이라는 유익한 정신 이상 증세 후에 생기는—그 현상의 본질을 생각하면, 우리가 망각하였던 하나의 명칭이나 시 한 구절이나 어느 노래의 후렴을 다시 기억해낼 때 발생하는 현상과 닮았음에 틀림없다. 또한 아마, 죽음 후에 이루어질 영혼의 부활을 하나의 기억 현상처럼 상상할 수도 있을 것이다.[152]

내가 잠에서 깨어나, 햇빛 가득한 하늘에 이끌리되 다른 한편으로는 겨울이 시작되는 그토록 빛나고 차가운 (계절의) 마지막 아침들의 신선함에 의해 억제된 채, 보이지 않는 망상체에 걸려 허공에 남아있는 듯했던 황금빛 혹은 분홍색 붓질 흔적 두셋에 의해서만 겨우 그 잎들이 암시된 나무들을 바라보기 위하여, 몸뚱이는 반쯤 담요 속에 감춘 채 머리를 쳐들고 목을 길게 늘일 때면, 변신 과정에 있는 어느 곤충처럼, 나는 몸의 서로 다른 여러 부분들이 같은 환경에 적응하지 못하는 일종의 이중적인 생물체였으니, 나의 시선에게는 온기 없어도 색깔이면 충분했으되, 반대로 나의 폐가 근심하며 관심을 갖던 것은 색깔이 아니라 온기였다. 나는 내 방의 벽난로에 불이 지펴진 후에야 잠자리에서 일어났고, 결여되었던 온기의 부분들을 이제 막 내가—좋은 담뱃대처럼 연소시키고 연기를 발산하며, 또 담뱃대가 그랬을 것처럼,[153] 물질적 편안함에 좌우되는지라 상스럽기도 하고, 그 편안함 뒤에 희미해진 순수한 영상 하나가 보이는지라 섬세하기도 한, 기쁨 하나를 나에게 안겨주던 불을 뒤적이면서—인위적으로 추가해 덧붙여 놓아 연보라색과 황금색 띤 아침나절의, 그토록 투명하고 안온한 화폭을 바라보았다. 나의 화장실은 검은색 꽃들과 흰색 꽃들이 여기저기 뒤섞여 그려진 강렬한 붉은색 벽지로 도배되어 있었고, 내가 그 꽃들에 익숙해지려면 상당한 어려움을 겪어야 할 것 같았다. 그러나 그 꽃들이 나에게 그저 새로워 보일 뿐이었고, 나로 하여금 그것들이 자기들과 분규를 일으키며 충돌하는 것이 아니라 자연스럽게 접촉하도록 하였을 뿐이었고, 내가 잠자리에서 일어날 때 느끼고 듣던 명랑함과 노래를 변화시킬 뿐이었고, 나를 억지로 일종의 개양귀비꽃 심장부로 밀어넣었을 뿐이었고,[154] 그곳으로부터 세상을 바라보게 하였을 뿐이었고, 내 부모님의 집과는 다르게 배치된, 그리고 순수한 공기가 넘치는, 새로운 집이었던 그 명랑한 차폐물로부터 바라보면, 세상이 빠리에서 보던 것과는 전혀 다르게 보이도록 할 뿐이었다. 어떤 날에는 할머니를 보고 싶은 욕구나 할머니께서 편찮으시지 않을까 하는 두려움에 내가 동요되었고, 혹은 완료되지 않은 채 진척되지 않는 상태로 빠리에 내버려둔 어떤 일이 생각나서, 때로는 그 도시에서조차 내가 휩쓸려게 된 어려움들 때문에도 그러했다. 그러한 근심들 중 이런 혹은 저런 것 하나가 나로 하여금 잠들지 못하게 하였고, 나는 그로 인한 나의 슬픔 앞에서 속수무책이었으며, 그 슬픔이 순식간에 나의 전존재를 가득 채우곤 하였다.

그럴 때면 내가 호텔에서 심부름꾼 하나를 구하여 병영으로 보내면서, 그곳 사정이 허락하면—그것이 매우 어려움을 내가 알고 있었다—잠시 나를 보러 오라는 말을 쌩-루에게 전하도록 하였다. 한 시간 후 그가 도착하였고, 초인종 소리가 들리면 나는 내가 근심으로부터 해방됨을 느꼈다. 나는 나의 근심들이 나보다 강했고, 그가 그것들보다 강함을 알고 있었던지라, 나의 관심이 그것들로부터 분리되어, 그것들을 가라앉혀 줄 그에게로 돌아섰다. 그가 이제 막 들어섰건만, 그는 자기가 아침부터 그토록 많은 활동을 펼치던 야외에서 몰고 온 신선한 대기를 벌써 내 주위에 펼쳐 놓았고, 그 대기는 곧 나의 방과는 다른 생명력 넘치는 환경이었으며, 나 또한 합당한 반응을 보이면서 즉시 그것에 적응하였다.

"당신의 일과에 차질을 빚게 한 것에 대하여 나를 탓하시지 않기를 기대할 뿐이오. 나를 괴롭히는 일이 있는데, 그것이 무엇인지 아마 짐작하셨을 것이오."

"천만에, 나는 다만 당신이 나를 보고 싶어한다고 생각하였으며, 그것이 매우 친절하다고 여겼소. 나를 부르신 것에 황홀했소. 여하튼, 그래 문제가 무엇이오? 어떤 도움이 필요하오?"

그가 나의 설명을 유심히 들은 다음 나에게 구체적으로 대답하곤 하였다. 하지만 그는, 자기가 말을 하기도 전에, 나를 자기와 비슷하게 만들어 놓곤 하였다. 그를 그토록 바쁘고 활기 넘치며 만족스러워하는 사람으로 만들던 그의 책무들에 비하면, 조금 전까지 나를 단 한 순간도 괴로움에서 벗어나지 못하게 하던 근심들은, 그에게처럼 나에게도 하찮게 보였다. 나는, 여러 날 전부터 눈을 뜰 수 없어 의사를 부른 환자와 흡사했다. 의사가 뛰어난 솜씨로 부드럽게 환자의 눈꺼풀을 벌린 다음, 모래 한 알을 눈에서 꺼내어 그것을 환자에게 보여주면, 환자는 자신이 치유되었다고 안심한다.

나의 모든 근심들이 쌩-루가 몸소 보낸 전보 한 통으로 해결되곤 하였다. 삶이 어찌나 다르고 아름다워 보였던지, 그리하여 내가 활력의 과잉으로 어찌나 넘쳤던지, 나 역시 활동을 시작하고 싶었다.

"이제 무엇을 하실 생각이오?" 내가 쌩-루에게 물었다.

"당신과 이만 헤어져야겠소. 45분 후에 행군을 시작해야 하는데, 나를 필요로 하오."

"그렇다면 이곳에 오시는 것이 몹시 곤란하셨겠군요."

"아니오, 곤란하지 않았소. 중대장이 매우 호의적이어서, 당신을 위해서라면 제가 호텔에 가야 한다고 말하였소. 하지만 그의 호의를 악용하는 듯한 모습을 보이고 싶지는 않소."

"하지만 내가 서둘러 일어나, 당신들이 훈련할 예정인 곳으로 홀로 간다면 매우 재미있을 것 같고, 휴식 시간에 당신과 이야기를 나눌 수도 있을 것 같소."

"그러시라고 권할 생각은 없소. 단언하거니와 당신은 별것 아닌 일로 근심에 사로잡혀 뜬 눈으로 밤을 지새우셨으나, 이제 그것이 더 이상 당신을 뒤흔들지 않으니, 당신의 베개로 돌아가 주무시오. 그러시는 것이 당신의 신경성 세포들의 무기질 상실을 막는 훌륭한 방도일 것이오. 그러나 너무 빨리 잠들지는 마시오. 우리의 잡년 같은 군악대가 당신의 방 창문 밑으로 지나갈 것이기 때문이오. 하지만 그것이 지나간 후에는 당신이 즉시 편안해지실 것이며, 오늘 저녁 식사할 때 다시 만납시다."

그러나 얼마 후, 쌩-루의 친구들이 저녁 식탁에서 펼치던 군사 이론들에 관심을 가지기 시작하였을 때에는 내가 연대의 야전 훈련을 자주 참관하러 갔고, 음악을 전공하는지라 연주회장에서 살다시피 하는 사람이 오케스트라 단원들의 생활에 뒤섞일 수 있는 까페들을 즐겨 출입하듯, 그들의 각급 지휘관들을 더 가까이에서 보는 것이 내 그날그날의 욕망이었다. 훈련장에 가려면 먼 거리를 걸어야 했다. 그런 날 저녁이면, 저녁 식사 후, 자고 싶은 욕망이 마치 현기증처럼 나의 머리가 끄덕거리게 하였다. 그리고 다음 날에는, 발백에서 쌩-루가 저녁에 나를 리브벨에 데려갔던 다음 날 오전 해변의 연주회를 듣지 못하였던 것처럼, 내가 군악대 소리를 듣지 못하였음을 알아차리곤 하였다. 그리고 잠자리에서 일어나고자 하던 순간에는 나에게 그럴 능력이 없음을 감미롭게 느끼곤 하였다. 피곤으로 인하여 내가 느낄 수 있게 된, 근육질적이고 영양을 공급하는 잔뿌리들의 유기적 작용에 의해, 내가 보이지 않고 깊숙한 토양에 접착되어 있음을 느꼈기 때문이다.[155] 나는 활력이 나를 가득 채우고 생이 내 앞에 더욱 길게 펼쳐짐을 느꼈다. 즉, 우리가 게르망뜨 성 방면으로 산책길에 올랐던 다음 날 아침 꽁브레에서 느끼던, 내 어린 시절의 유익한 피곤까지 내가 뒷걸음질로 되돌아간 것이다. 시인들은 주장하기를, 우리가 젊은 시절에 살았던 특정한 집에, 특정한 정원에, 다시 들어감으로써 옛날의 우리를 잠시 동안이나마 되찾는다고 한다. 그러한 것들은 지극히 불확실한 순례로서, 그것들 끝에 우리가 맛보는 환멸은 우리가 거두는 성공에 못지않다. 서로 다른 여러 시절에 존재했던 고정된 장소들은 우리 자신의 내면에서 발견하는 것이 낫다. 편안한 밤을 뒤따르게 하는 심한 피곤이 우리에게 어느 정도까지 공헌할 수 있는 것은 그러한 발견에서이다. 우리로 하여금, 전날의 어떤 반사광도 기억의 어떤 미광도 더 이상 우리의 내적 독백을—그것이 그곳에서도 멈추지 않는다면—조명해 주지 않는 곳으로, 즉 잠의 가장 깊은 지하 갤러리들 속으로 내려가도록 하기 위하여, 그 피곤이 우리 몸뚱이의 토양과 그 밑에 있는 심층토까지 어찌나 능숙하게 갈아 엎던지, 그것이 우리로 하여금, 우리의 근육들이 무수한 잔뿌리들을 내려 꿈틀거리면서 새로운 생명을 들이마시는 그곳에서, 우리가 어린 시절을 보냈던 정원을 다시 발견하게 한다. 그 정원을 다시 보기 위해서 여행을 떠날 필요는 없다. 그것을 다시 발견하기 위해서는 내려가야 한다. 지표면을 덮고 있던 것이 더 이상 그곳에 있지 않고 그 밑에 있다. 사라진 도시를 방문하려면, 가벼운 여행으로는 충분하지 않고, 발굴 작업이 필요하다. 그러나 우리는, 순간적이고 우발적인 몇몇 특정 인상들이, 그러한 생리적 와해 현상보다 얼마나 더 섬세한 정확성으로, 얼마나 더 가볍고 더 비질료적이고 더 현기증 일으키고 더 필연적이고 더 영원한 날갯짓으로, 우리를 과거의 어느 시절로 다시 데려가는지 보게 될 것이다.[156]

때로는 나의 피곤이 더욱 심했다. 내가 여러 날 동안 연속적으로 잠자리에 들지 못하고 훈련지를 따라 다녔기 때문이다. 그럴 경우에는 호텔에 돌아오는 것이 얼마나 큰 축복이었던가! 나의 침대 속으로 들어가는 순간에는, 우리의 17세기 사람들이 좋아하던 '소설들'[157]을 가득 채우던 마법사들이나 주술사들의 손아귀로부터 내가 드디어 빠져나온 것 같았다. 나의 깊은 잠과 다음 날 아침에도 계속되던 늦잠이 곧 매력적인 요정 이야기였다. 매력적일 뿐만 아니라 아마 유익하기도 했을 것이다. 나는 가장 혹독한 괴로움들에게도 나름대로의 피신처가 있으며, 여하튼 차선책으로 휴식을 발견할 수 있다고 생각하였다. 그러한 사념들이 나를 아주 멀리까지 이끌어가곤 하였다.

훈련이 없으나 쌩-루가 외출할 수 없는 날이면 내가 그를 만나러 병영으로 가곤 하였다. 병영이 멀리 있었던지라 우선 도시를 벗어나야 했고, 육교 하나를 건너야 했는데, 육교 양쪽으로 광막한 풍경이 펼쳐졌다. 그곳 고지대에는 거의 항상 강한 바람이 불었고, 병영 마당 삼면에 축조된 막사들이 마치 바람의 동굴처럼 끊임없이 으르렁거렸다. 로베르가 어떤 일에 몰두해 있는 동안, 내가 그의 방 출입문 앞이나 구내 식당에서, 그가 나에게 소개한 바 있는 (그래서 그가 병영에 없을 때에도 내가 가끔 보러 갔던) 그의 몇몇 친구들과 이야기를 나누면서, 또한 창문을 통해, 이미 헐벗었으나 여기저기에, 대개는 아직 빗물에 젖어 있으되 햇빛을 받은 새로 파종한 땅뙈기들이, 반짝이는 그리고 에나멜의 반투명성 맑음을 간직한 초록색 지대 몇을 늘어 놓고 있는[158] 백여 미터 아래 전원지역을 바라보면서, 그를 기다리고 있노라면, 다른 사람들이 그에 관해 이야기하는 것이 나에게 들리는 경우가 있었고, 나는 즉시 그가 병영에서 얼마나 애호를 받으며 인기를 얻고 있는지 짐작할 수 있었다. 자원하여 입대하였고, 그와는 다른 여러 중대에 배속되었으며, 상류 귀족사회 속으로는 들어가 본 적 없이 그 사회를 오직 밖에서만 바라보던, 부유한 중산층 출신 병사들 몇몇의 내면에서는, 그들이 알고 있던 쌩-루의 성격이 불러일으킨 그에 대한 호감이, 휴가를 얻어 그들이 빠리에 왔을 때 토요일 저녁이면 그가 위제스 공작[159] 및 오를레앙 대공[160]과 함께 '까페 들 라 뻬'[161]에서 저녁식사 하는 것을 자주 보게 되어, 그 젊은이가 누리고 있는 것으로 여겨지던 명성에 의해 더욱 증대되었다. 또한 그러한 현상으로 인하여, 그 병사들은 그의 우아한 얼굴에, 그의 헐렁한 걸음걸이와 경례 자세에, 그의 외알박이 안경의 끊임없는 덜렁임에, 지나치게 우뚝한 그의 께삐 모자들 및 지나치게 올 곱고 지나치게 발그레한 천으로 지은 그의 바지에서 두드러지는 '기발함' 등에, 연대에서 가장 우아하다고들 하는 장교들에게도, 심지어 덕분에 내가 병영에서 잘 수 있었던 그 위풍당당한 중대장(그는 쌩-루에 비해 지나치게 엄숙하다 못해 거의 평범하다고들 하였다)에게도 없다고 그들이 단언하던, '멋'이라는 개념을 부여하였다.

어느 병사가 말하기를 중대장이 새로 말 한 필을 구입하였다고 하였다. "원하면 모든 말들을 사들이시라 하지. 내가 일요일 아침 아카시아 산책로에서 우연히 쌩-루와 마주쳤는데, 말을 타는 모습이 유별나게 멋지더군!" 다른 병사가 대꾸하였는데, 그 분야에 대한 일가견을 가지고 하는 말이었다. 왜냐하면 그러한 젊은이들은, 비록 귀족들과 같은 사교계를 드나들지는 않지만, 부유함과 여가 덕분에, 돈으로 살 수 있는 모든 우아함을 경험함에 있어서는 귀족과 다름없는 계층에 속해 있었기 때문이다. 물론 그들의 멋이라야 고작, 의복과 관련시켜 예를 들자면, 나의 할머니께서 그토록 좋아하시던 쌩-루의 자유분방하고 소홀한듯한 그 독특한 멋[162]에 비해, 더 정성 들이고 더 완벽한 무엇을 가지고 있었다는 점에서 찾을 수 있었다. 부유한 은행가들이나 증권 중개인들의 아들들에게는, 극장의 공연이 끝난 후, 자기들의 식탁 근처에 있는 다른 식탁에서 부사관 쌩-루가 굴을 먹고 있는 모습 보는 것 자체가 하나의 작은 감동이었다. 그리하여, 휴가에서 돌아온 직후 월요일에는 병영에서 얼마나 많은 이야기들이 오가곤 하였던가! 그런 이야기를 하던 병사들 중 하나는 로베르와 같은 중대 소속이었는데, 로베르가 그에게 '아주 친절하게' 인사를 건넸다고 하였으며, 다른 어느 병사는, 같은 중대 소속은 아니지만, 그럼에도 불구하고 쌩-루가 자기를 알아보았다고 하였다. 그가 자기 쪽으로 외알박이 안경을 마치 조준하듯 두세 번이나 향하게 하였다는 것이다.

"맞아, 내 동생(형)이 그를 '까페 들 라 뻬'에서 언뜻 보았다고 하는데, 너무 헐렁하여 잘 어울리지 않는 옷차림이었던 모양이야." 온종일 자기의 정부 집에 틀어박혀 있던 또 다른 병사가 말하였다.

"그의 조끼는 어떠했나?"

"그가 흰색 조끼를 입지 않고 종려수 잎 문양 비슷한 것들이 있는 연보라색 조끼를 입었는데, 정말 놀라웠어!"

고참 병사들에게는(죠키 클럽이라는 것이 무엇인지 까맣게 모르는 평민 출신이어서 쌩-루를 단지 매우 부유한 부사관들의 범주에, 즉 파산하였건 그렇지 않건 상당히 호사스러운 생활을 영위하고, 상당한 수입이나 빚을 지고 있으되 병사들에게 관대한 모든 이들이 속한다고 믿는 그 범주에 넣어 분류하던 병사들이다), 쌩-루의 걸음걸이와 외알박이 안경과 바지와 께삐 모자 등이, 그것들에서 그들이 비록 귀족적인 그 무엇을 전혀 발견하지 못한다 하더라도, 귀족적인 것 못지않게 호기심을 일깨우고 어떤 의미를 지닌 것처럼 보였다. 그들은 그러한 특징들 속에서 자기들이 연대의 부사관들 중 가장 유명한 그 부사관에게 이미 확고부동하게 부여하였던 성격과 인간 유형을, 그 누구의 것과도 닮지 않은 태도를, 지휘관들이 생각할 수 있을 것에 대한 멸시를(그것 또한 그들에게는 병사들에게로 향한 그의 친절에서 말미암은 필연의 결과로 보였다) 다시 확인하였다. 내무반에서 아침에 마시는 커피나 오후에 침대 위에서 취하는 휴식도, 어떤 고참 병사 하나가 게걸스럽게 호기심 많고 게으른 분대원들에게 쌩-루가 쓰고 다니던 께삐 모자에 관한 재미있는 이야기 하나를 들려주면 더 감미로워 보였다.

"나의 군장 보따리만큼이나 높지."

"보시게, 늙은이, 자네 우리에게 싱아국 먹일[163] 심산인 모양인데, 그 모자가 자네의 군장 보따리만큼은 높을 수 없네." 그러한 방언을 사용함으로써 신참처럼 보이지 않고, 아울러, 감히 반론을 제기함으로써 자기를 황홀하게 만드는 사실 하나를 재확인하고 싶어하던 젊은 문학 학사 소지자 병사가, 그의 말을 끊으면서 끼어들었다.

"아! 그 모자가 나의 군장 보따리만큼 높지 않다고? 자네가 아마 그 높이를 자로 재어 본 모양이군. 내 자네에게 알려주네만, 중령이 그를 당장 영창에 처넣을 기세로 노려본 적 있다네. 하지만 그렇다고 우리의 그 유명한 쌩-루가 납작해졌다고 믿어서는 아니 되네. 그럼에도 불구하고 그는 오락가락 하면서 머리를 숙였다가 다시 쳐들었고, 외알박이 안경이 계속 덜렁거렸지. 중대장이 무슨 말을 할지 두고 보아야겠어. 아! 그가 아무 말 하지 않을 가능성이 크지만, 틀림없이 유쾌하지는 않을 거야. 하지만 그 께삐 모자도 그리 기막힌 것은 아니라네. 시내에 있는 그의 거처에는 그러한 것들이 서른 개 이상 쌓여 있는 모양일세."

"이보시게 늙은이, 그걸 자네가 어떻게 아나? 우리의 그 멍청한 하사를 통해서인가?" 배운지 얼마 아니 되는 새로운 문법적 형태들로[164] 자기의 대화를 치장하는 것이 자랑스러워, 그것들을 한껏 과시하면서 젊은 학사 학위 소지자가 현학적으로 물었다.

"내가 그것을 어떻게 아느냐고? 그의 당번병을 통해서지, 당연히!"

"그 운수 좋은 녀석 이야기군!"

"무슨 뜻인지 알겠네! 녀석의 주머니가 틀림없이 내 주머니보다 두둑할 걸세! 게다가 녀석에게 그가 자기의 물건들을 깡그리 준다더군. 녀석이, 구내식당에서 먹는 것이 충분하지 못하다고, 그에게 말했다더군. 드디어 우리의 쌩-루 공께서 몸소 나타나셨고, 취사병의 귀에 이러한 말이 들렸다더군. '그에게 잘 먹이기를 바라네. 비용은 얼마나 되든 상관없네.'"

그리고 나서 고참 병사가, 쌩-루의 말을 서툴게 흉내내면서, 강한 어조로 자기가 한 말의 하찮음을 벌충하였고, 큰 성공을 거두었다.

병영에서 나와 잠시 주위를 거닌 다음, 쌩-루와 그의 친구들이 정해 놓고 식사를 하는 호텔에서 날마다 저녁식사를 하러 가던 시각을 기다리면서, 해가 진 직후, 나는 두 시간쯤 쉬고 책을 읽기 위하여 내가 묵고 있던 호텔로 향하였다. 광장에서는 저녁 하늘이 원추형 망루 모양의 지붕들 위에다 벽돌들의 색깔과 어울리는 작은 분홍색 구름 조각들을 올려놓아, 벽돌들의 색깔을 반사광으로 부드럽게 만들면서 덧칠을 마무리하고 있었다. 어찌나 힘찬 생명의 흐름이 나의 신경들에게로 밀려와 넘치던지, 나의 어떠한 움직임도 그것을 고갈시킬 수 없었고, 내딛는 나의 발이 광장 바닥의 포석에 닿을 때마다 다시 튀어올라, 나의 발뒤꿈치에 메르쿠리우스[165]의 날개가 달린 것 같았다. 급수장들 중 하나는 붉은색 미광으로 가득했고, 다른 급수장에서는 벌써 달빛이 물을 오팔빛으로 바꾸어 놓고 있었다. 급수장들 사이에서는, 칼새들이나 박쥐들처럼 특정 시각에 발동하는 어떤 필요에 복종하여, 아이들이 뛰어놀고 소리를 지르는가 하면 마구 달리면서 커다란 원을 그리고 있었다. 내가 투숙한 호텔 옆에 있던, 이제는 각각 저축은행과 주둔군 사령부가 들어앉은 옛날의 법원과 루이 16세 시절의 오렌지 온실 건물들은, 이미 점화된 창백하고 황금빛 띤 가스등에 의해 안으로부터 조명을 받고 있었으며, 가스등의 불빛은, 아직 밝은 대기의 잔광 속에서, 바다거북의 등껍질로 만든 황금빛 머리 장식품들이 붉게 상기된 안색과 어울렸을 것처럼, 석양의 마지막 반사광이 아직 지워지지 않은 18세기의 높고 폭 넓은 창문들과 멋지게 어울렸으며, 또한 그러한 상태에서, 어서 나의 벽난로 곁으로, 그리고 나의 호텔 정면에 홀로 서서 밀려오는 황혼을 상대로 싸우고 있던, 또한 나로 하여금 완전히 어두워지기 전에 기꺼이, 간식을 먹으러 집에 돌아가듯, 호텔로 돌아가게 한 나의 램프 곁으로, 서둘러 돌아가라고 나를 설득하고 있었다. 나는 호텔 안에서도 밖에서 느낀 감각적 충만함을 계속 간직하였다. 그 충만함이, 평소 우리의 눈에 밋밋하고 비어 있는 듯 보이던 각종 표면들의 외양을 어찌나 불룩하게 부풀렸던지, 벽난로 속의 노란색 불꽃, 석양이 어느 중학생처럼 그 위에 분홍색 연필로 코르크마개 뽑이들을 대강 그려 놓았던 하늘의 투박한 남색 종이, 기이한 문양의 융단 원탁보 및 그 위에서 베르고뜨의 소설 한 권과 함께 나를 기다리고 있던 학생용 연습장 한 묶음과 잉크병 하나 등, 그 시절 이후 여일하게, 그것들이 나에게는 일종의 독특한 존재적 형태를 간직한 것처럼 보였던지라, 그것들을 다시 대할 기회가 나에게 허락된다면, 내가 그것들에서 그 독특한 존재적 형태를 추출할 수 있을 것 같다. 나는 내가 막 떠나온 병영과 그곳에서 모든 방향으로부터 불어 오던 바람에 돌고 있던 바람개비를 생각하며 즐거워하였다. 수면 위까지 올라온 튜브를 통하여 호흡하는 잠수부처럼, 그 병영을, 초록색 에나멜 운하들[166]이 긴 선을 긋고 있는 들판이 내려다보이는 그 높은 관측소를, 그리고 나로 하여금 그곳에 있는 헛간들의 추녀 밑이나 기타 건물들 안에서, 언제든 원하기만 하면 항상 환영 받을 것이라는 확신을 가지고 갈 수 있다는 사실이 하나의 소중한 특전(오래 지속되기를 내가 희원하던) 이라는 생각에 잠기게 하던 그 병영을 튜브의 부착점(附着點)처럼 느끼는 것이 곧 나에게는, 건강에 유익한 대기에, 자유로운 대기에, 내가 연결되는 것처럼 여겨졌다.

저녁 일곱 시에 나는 정장을 하고, 쌩-루가 정해 놓고 식사를 하는 호텔에 가서 그와 함께 저녁을 먹기 위하여, 다시 밖으로 나갔다. 나는 그곳까지 걸어서 가는 것을 좋아하였다. 그 시각이면 어둠이 짙었고, 도착한 지 사흘째 날부터는 밤이 되기 무섭게 눈을 예고하는 듯한 차가운 바람이 세차게 불곤 하였다. 그렇게 걷는 동안에 내가 아마 단 한 순간도 게르망뜨 부인 생각하기를 멈추는 일이 없었어야 할 것이니, 내가 로베르의 부대가 주둔하고 있던 도시에 간 것은 오직 그녀에게 더 가까이 다가가기 위해서였으니 말이다. 그러나 하나의 추억이나 하나의 슬픔, 그것들은 모두 유동적이다. 그것들이 하도 멀리 가 버려 우리에게 잘 보이지 않는지라, 그것들이 영영 떠나 버린 것으로 우리가 믿는 날들도 있다. 그러면 우리는 다른 것들에게 관심을 갖는다. 게다가 그 도시의 길들이 아직 나에게는, 우리가 습관적으로 살던 곳에서처럼, 한 장소에서 다른 장소로 이동하기 위한 단순한 통로가 아니었다. 그 미지의 세계에 사는 주민들이 영위하던 삶이 나에게는 틀림없이 경이로울 것처럼 보였고, 그리하여 어느 거처의 유리창들이, 내가 침투할 수 없는 생활의 진실하고 신비한 광경들을 내 눈앞에 펼침으로써, 나를 어둠 속에 꼼짝도 하지 못하는 상태로 오랫동안 붙잡아 두는 일이 빈번했다. 내가 걸음을 멈춘 곳에서는, 불의 정령이 군밤 파는 선술집을 붉게 물든 한 폭의 그림 형태로 보여주었는데, 그곳에서는 부사관 두 사람이 군장용 벨트를 풀어 의자 위에 내던져둔 채, 어느 마법사가 무대에 동장시키듯 자기들을 어둠으로부터 불쑥 솟아나게 하여 자기들의 그 순간 못습을 있는 그대로, 자기들의 눈에는 보이지 않는 걸음 멈춘 어느 행인의 눈 앞에 되살려 놓고 있다는 사실을 짐작조차 하지 못한 채, 카드놀이를 하고 있었다. 또한 어느 작은 골동품 상점 안에서는, 반쯤 탄 양초 한 자루가 자기의 붉은색 미광을 어느 판화 위로 발산시켜 그것을 황적색 그림으로 변형시키고 있었는데, 그러는 동안 커다란 램프의 밝은 불빛은, 어둠을 상대로 힘든 싸움을 벌이면서 가죽 한 장을 구리빛으로 만들고, 단검 한 자루에 번쩍이는 금속 조각들을 상감하며,[167] 저질 복사본에 불과한 그림들 위에다 창연(蒼然)한 고색(古色)이나 어느 거장이 사용한 광택제 못지않게 진귀한 금박을 입혀, 오직 모조품들과 서툰 그림들밖에 없던 그 초라한 구석을 렘브란트의 지극히 귀한 화폭[168]으로 변화시키고 있었다. 때로는 내가 덧창들 닫히지 않은 어느 거대한 옛날식 아파트로까지 시선을 던지는 일이 있었는데, 그곳에서는 양서류 남자들과 여인들이, 저녁마다 낮 동안과는 다른 질료 속에 사는데 적응하면서, 어둠이 내려앉을 때에 맞춰 램프들의 기름통으로부터 끊임없이 솟아나와 방들을 그 석재 내벽 및 유리 내벽 상단까지 채우는 걸죽한 액체 속에서 천천히 헤엄치고 있었으며, 그 속에서 각자의 몸뚱이들을 이동시키면서 기름지게 번들거리는 그리고 황금빛 띤 소용돌이를 널리 파급시키고 있었다. 내가 다시 걷기 시작하였고, 옛날 메제글리즈로 이어지는 길에서 그랬던 것처럼, 주교좌 교회당 앞을 지나는 컴컴한 골목길에서, 내 욕망의 강력한 힘이 나를 붙잡아 걸음을 멈추게 하는 일이 잦았다. 그 욕망을 충족시켜 주기 위하여 당장 여인 하나가 불쑥 튀어나올 것 같았다. 그리하여 혹시 어둠 속에서 문득 지나가는 드레스 하나를 느끼면, 내가 느끼던 쾌락의 격렬함으로 인하여 그 스침이 우발적이라는 생각을 하지 못하였고, 따라서 내가, 지나가던 어느 기겁한 여인을 두 팔로 감싸안으려 시도하곤 하였다. 그 고딕풍 골목[169]이 나에게는 어찌나 실질적인 무엇을 간직하고 있는 것처럼 보였던지, 내가 만약 그곳에서 여인하나를 유혹하여 수중에 넣을 수 있었다면, 우리 두 사람을 결합시켜 줄 것이 태고의 관능일 것이라고 내가 믿지 않기란 불가능했을 것이며, 그 여인이 비록 저녁마다 그곳에서 손님을 기다리는 평범한 매춘부라 할지라도, 겨울과 낯설음과 어둠과 중세가 그녀에게 자기들의 신비를 위탁하였을 것이라 믿지 않는 것 역시 불가능 했을 것이다. 나는 앞날의 일들을 곰곰이 생각해 보았다. 게르망뜨 부인을 그만 잊어야 한다는 것이 끔찍해 보이긴 했으나 사리에 맞는 것 같았고, 그것이 처음으로 가능할 듯했을 뿐만 아니라 아마 의외로 수월할 듯도 했다. 그 거리의 절대적인 고요 속에서, 내가 향하던 쪽으로부터, 반쯤 취해 돌아오는 산책꾼들의 것일 듯한 이야기 소리와 웃음소리가 들려왔다. 내가 그들의 모습을 보려고 걸음을 멈춘 채 소리가 들리는 쪽을 유심히 살폈다. 그러나 오랫동안 기다려야 했다. 주위를 감싸고 있던 고요가 어찌나 깊었던지, 그 고요가 아직 멀리 있던 소리들이 선명하고 극도로 쟁쟁한 상태로 통과하도록 내버려두었기 때문이다. 드디어 산책꾼들이 가까이 다가왔는데, 내가 생각하던 것과 같이 내 앞쪽으로부터가 아니라, 나의 뒤쪽 먼 곳으로부터였다. 길들의 교차 및 건물들의 중첩이 굴절 작용으로 그러한 청각적 오류를 유발하였거나, 혹은 그 위치가 우리에게 알려지지 않은 하나의 소리를 정확히 어느 지점에 위치시키는 것이 매우 어렵기 때문이었음인지, 여하튼 내가, 나와 그 소리 간의 거리는 물론 방향도 착각하였다.

바람이 점점 거세어지고 있었다. 바람에는 눈발이 서려, 마치 가시가 돋은 듯 꺼칠꺼칠했다. 나는 다시 큰길로 접어들어 작은 전차 안으로 뛰어올랐다. 전차의 승강구에서는, 추위 때문에 울긋불긋해진 얼굴로 인도를 따라 걸어가는 서툴고 둔중해 보이는 병사들의 인사에, 그들을 보지 못한 듯하던 장교 하나가 일일이 답례를 하고 있었다. 가을이 초겨울 속으로 급속히 뛰어들면서 더 북쪽으로 끌어다놓은 듯한 그 도시에서는, 병사들의 그러한 얼굴이, 자기 화폭들 속의 쾌활하고 호식(好食)하기 좋아하며 추위에 꽁꽁 언 농부들에게 브뢰겔이 부여한 새빨간 얼굴들을 연상시켰다.[170]

그런데 내가 쌩-루 및 그의 친구들과 만나기로 약속한 그리고 마침 시작된 축제가 인근 및 타지역 사람들을 불러들인 바로 그 호텔에서, 꼬챙이에 꿰어 굽던 닭들이 빙글빙글 돌아가고, 돼지고기가 숯불 위에서 지글지글 구워지고, 아직 살아 있는 바닷가재들이 호텔 주인의 말처럼 '영원한 불' 속에 던져지던, 불그레한 빛 어른거리던 부엌 쪽으로 트인 안뜰을 내가 곧바로 건너가는 동안 빚어진 광경은, 호텔 주인에게 혹은 그의 보조원들(그들은 들어선 손님들의 행색이 마음에 차지 않으면 그들에게 시내에 있는 다른 숙박시설들을 일러주었다) 중 하나에게, 종업원 소년 하나가 몸부림치는 가금류의 목을 틀어 잡고 자기들 곁으로 지나가는 동안에도, 그곳에서 숙식할 수 있느냐고 물으며 그 안뜰에서 여러 무리를 이루고 있던, 이제 막 도착한 사람들의 범람(옛 플랑드르의 거장들이 즐겨 그리곤 하던 「베들레헴의 인구 조사」와 같은 화폭에 못지 않은)[171] 이었다. 또한 나의 벗님이 나를 기다리던 작은 방에 도달하기 전에 내가 첫날 가로질렀던 대연회장에서도, 더욱 신속히 이동하기 위하여 마루바닥 위에서 미끄럼질을 하면서 종업원들이 숨이 넘어갈 지경으로 급히, 온갖 양념 곁들여 김이 나는 상태로 가져와 거대한 탁자형 시렁 위에 올려놓고 즉시 잘게 썬, 그러나—내가 도착하였을 때에는 대부분의 식사가 거의 끝나가던 무렵이었던지라—아무도 손대지 않은 채 쌓여 있던 무수한 생선들과 암평아리들과 뇌조들과 멧도요들과 비둘기 등이 연상시키던 것 역시, 옛 시절의 솔직함과 플랑드르 지방 특유의 과장 넘치는 필치로 그린 복음서 속의 어느 식사 장면[172]이었으며, 음식의 풍성함과 그것을 가져오던 이들의 서두름이 마치, 식사하던 이들의 요구 자체보다는 오히려, 글자 그대로 추호도 어긋나지 않게 따르던, 그러나 그 지역의 일상생활에서 빌려 온 실제적인 세부사항들로 천진스럽게 삽화를 넣은 성스러운 글에 대한 경외심 및 사람들의 눈에 음식의 풍성함과 종업원들의 열의로 향연의 화려함을 과시하고자 하는, 미학적이고 종교적인 관심에 더 부응하고 있는 것 같았다. 종업원들 중 하나가 연회실 끝 식기대 옆에서 꼼짝도 하지 않는 자세로 몽상에 잠겨 있었고,[173] 따라서 내 질문에 대답할 수 있을 만큼 동요되지 않은 유일한 사람처럼 보이던 그에게 우리의 식탁이 어느 방에 마련되었는지를 묻기 위하여, 늦게 도착하는 사람들의 음식이 식지 않도록 불을 피워 냄비를 올려놓은 풍로들 사이를 헤치면서(그럼에도 불구하고 가끔 연회실 중앙에서는, 어느 조각가-요리사가 전형적인 플랑드르 지방 취향에 따라 뜨거운 쇠로 깎아 조각한, 수정처럼 보이지만 실은 얼음이었던 모형 오리의 날개 위에서, 거대한 남자 인형 하나가 디저트 접시를 두 손으로 받쳐 들고 있었다), 바쁘게 움직이던 다른 종업원들과 부딪혀 넘어질 위험을 무릅쓰고 내가 그 종업원에게로 다가갔으며, 나는 그에게서 관례적으로 그 신성한 일들을 맡은 인물을 발견한 것으로 믿었고,[174] 그가 그러한 인물의 코 납작하고 천진스러우며 윤곽 선명치 않은 얼굴을, 즉 다른 사람들은 아직 짐작조차 못한 신성한 존재의 출현이라는 기적을 이미 반쯤은 예감한 꿈꾸는 듯한 표정을,[175] 추호도 차질없이 재현하고 있었다. 또한 의심할 나위 없이 다음 축제들에 대비하기 위하여, 그러한 인물들에다, 몽땅 케루빈[176]들과 세라핌[177]들로 구성된, 천상에서 모집해 온 보충 종업원 집단이 추가되었다는 말도 덧붙여 두자. 열네 살 얼굴이 그림틀 같은 금발에 감싸인 어린 음악가 하나가, 실제로는 어떤 악기도 연주하지 않고 징 앞에서, 아니 접시 더미 앞에서, 몽상에 잠겨 있는 동안, 그보다 덜 앳된 다른 천사들은, 원초주의파 화가들이 그린 끝 뾰족한 날개들[178] 형태로 자기들의 몸뚱이를 따라 흘러내리던 냅킨들의 끊임없는 전율로 그곳의 공기를 뒤흔들면서, 연회실의 광막한 공간을 오가고 있었다. 종려수 커튼에 가려져 있으며 천상의 종업원들이 마치 먼 궁창(穹

蒼)으로부터 오는 듯한 인상을 주던, 그 정체 모호한 지역을 피하면서,[179] 내가 길을 하나 열어 쌩-루의 식탁이 있던 작은 방에 도달하였다. 나는 그곳에서 항상 그와 함께 저녁 식사를 한다는 그의 친구들 몇을 만났는데, 그들 중 한둘을 제외하고는 모두 귀족 가문 출신이었으되, 그들은 이미 중등학교 시절부터 그 평민 출신 급우들에게로 향한 우정을 느껴 그들과 기꺼이 관계를 맺었으며, 그렇게 함으로써 자기들이 원칙적으로는 부르주와 계층에, 그 계층 사람들이 비록 공화주의자라 할지라도 정직하고 미사에 참석하기만 하면, 적대적이지 않음을 입증해 보여주었다. 그러한 회동 첫 날, 모두들 식탁 앞에 앉기 전에, 내가 쌩-루를 식당 한 구석으로 데려가, 다른 모든 사람들이 보는 앞에서, 그러나 우리 두 사람 사이에 오가는 말이 들리지 않을 거리에서, 그에게 말하였다.

"로베르, 당신에게 이런 말 하기에는 때와 장소가 합당치 않으나, 한 순간이면 족하오. 병영에 갈 때마다 묻기를 잊었던 일이오만, 당신의 방 탁자 위에 놓인 사진이 혹시 게르망뜨 부인의 것이 아니오?"

"물론이오, 나의 착하신 숙모님이시오."

"이런, 내가 정말 미쳤군, 전에 이미 그 사실을 알았건만, 그 생각은 못 해보았소. 맙소사, 당신의 친구들이 기다리겠소. 이야기를 얼른 끝냅시다. 그들이 우리들을 바라보고 있소. 혹은 다음에 이야기하도록 합시다. 중요한 일이 아니니."

"천만에, 아무 염려 말고 계속하시오, 그들에게는 우리들 기다리는 것 이외에 다른 할 일이 없소."

"그럴 수는 없소, 그들에게 예의를 갖추고 싶소. 그들이 그만큼 친절하기 때문이오. 게다가, 아시겠지만 나에게 그리 중요한 일도 아니오."

"당신이 그 친절한 오리안느를 아시나요?"

그 '친절한 오리안느'라는 말이 그가 할 수 있었을 '착한 오리안느'라는 말과 다름없이, 쌩-루가 게르망뜨 부인을 특별히 착한 사람으로 간주한다는 뜻은 아니었다. 그러한 경우 '착한', '탁월한', '친절한' 등과 같은 말들은, 어떤 사람을 두 대화자가 공히 알되 그 사람에 대하여 이야기하는 사람이, 아직 충분히 친밀하지 못한 대화 상대자에게 무슨 말을 해야 좋을지 몰라서 사용하는, 지시사 '그'의 보강어들일 뿐이다. '착한'이라는 말에서는 전채(前菜)의 냄새가 풍기며, 그것이 다음과 같은 말들을 찾아낼 때까지 잠시 기다리는 것을 허용한다. "그녀를 자주 만나십니까?", "그녀를 만나지 못한지 여러 달 되었습니다", "저는 그녀를 화요일에 만납니다", "그녀가 더 이상은 한창 나이가 아닐 겁니다."

"그것이 그녀의 사진이라니, 정말 재미있는 일입니다. 우리가 현재 그 분 소유의 저택에서 살고 있으며 내가 그녀에 관련된 놀라운 일들을(혹시 어떤 일들이냐고 누가 물었다면 내가 몹시 당황했을 것이다) 알게 되었기 때문입니다. 그러한 일들이 그녀에 대한 나의 관심을, 이해하시겠지만, 문학적인 관점에서, 뭐라 할까, 발자크의 관점에서, 고조시켰고, 당신은 비범하게 총명하시니 운만 떼어도 이해하실 것이오. 하지만 이야기를 얼른 마칩시다. 당신의 친구들이 나를 얼마나 교양 없는 사람으로 여기겠소!"

"하지만 그들에게는 아무 생각도 없소. 내가 그들에게 당신이 경이롭다 하였고, 따라서 그들이 당신보다 훨씬 더 주눅들어 있다오."

"당신의 친절이 나에게는 과분하오. 하지만 내가 여쭙고 싶었던 바는 이것이오. 게르망뜨 부인께서는 내가 당신과 친교를 맺고 있음을 짐작조차 못하시는 것 아니오?"

"그 점에 대해서는 전혀 모르겠소. 숙모님께서 빠리로 돌아오신 이후에는 휴가를 얻어 내가 빠리에 간 적이 없는지라, 지난 여름 이후 숙모님을 뵙지 못하였기 때문이오."

"사실대로 말씀 드리거니와, 누가 나에게 확언하기를, 그녀가 나를 완전한 얼간이로 여긴다는 것이오."

"나는 그러한 말을 믿지 않아요. 오리안느가 비록 참수리는 아닐지라도[180] 그렇다 하여 우둔하지는 않소."

"아시다시피 나는 당신이 나에 대하여 가지고 있는 좋은 감정들을 널리 알리시는 것에는 별로 관심이 없어요. 나에게 자만심이라는 것이 없기 때문이오. 따라서 나에 관하여 당신의 친구들에게(잠시 후 우리와 합류할) 호의적인 말씀을 하신 것에 대해 조금은 아까운 생각이 듭니다. 그러나 게르망뜨 부인을 만나실 경우에만은, 나에 대한 당신의 생각을 그대로, 심지어 조금 과장하시더라도, 부인께 인지시켜 드릴 수 있다면, 그것이 곧 나에게는 큰 기쁨이 될 것이오."

"물론 기꺼이 그러겠소. 나에게 요청할 것이 고작 그것이라면, 전혀 어려울 것 없소. 하지만 그녀가 당신에 대하여 어떻게 생각할지가 당신에게 무슨 중요성이 있는지 모르겠소. 내가 추측하기로는 그러한 것 따위에 당신이 개의하지 않는 것 같은데. 여하튼 고작 그런 일이라면 우리가 다른 친구들 앞에서라도 그것에 관해 이야기할 수 있고 혹은 후에 우리 단 둘이 있을 때 이야기할 수도 있소. 그렇게 선 채 또 그토록 거북한 상태에서 말씀하시느라고 당신이 지치지 않으실까 저어되오."

로베르에게 그러한 말을 할 수 있는 용기를 나에게 준 것이 바로 그 거북함이었고, 다른 사람들이 우리 곁에 있었다는 사실이 나에게는 내가 하던 말에 간략하고 일관성 없는 어투를 부여할 하나의 구실이 되었으며, 그러한 어투 덕분에, 내가 나의 벗님에게 그와 공작 부인 간의 인척관계를 잊었다고 한 그 거짓말을 더 수월하게 감출 수 있었을 뿐만 아니라, 나와 그 사이에 친교가 있으며 내가 영리하다는 사실 등을 게르망뜨 부인이 알기를 왜 그리도 갈망하는지, 그 동기에 대해 나에게 질문을 던질 시간이 그에게 허여되지 않았는데, 그러한 질문들은 내가 그것들에 답변할 수 없었을 것임에 그만큼 나를 더 당황케 하였을 것이다.

"로베르, 친구에게 기쁨을 줄 수 있는 일이라면 그것이 무엇이든 따지지 않고 선뜻 그 앞에 착수해야 한다는 사실을, 당신처럼 총명한 사람이 이해하지 못하시다니 놀랍소. 나라면, 당신이 나에게 무엇을 요청하시든—더 나아가 당신이 나에게 무엇을 요청하신다는 사실 자체를 매우 소중하게 여길 것이지만—장담하거니와, 나는 당신에게 어떤 설명도 요구하지 않을 것이오. 나는 내가 실제로 원하는 것 이상으로 말하는 버릇을 가지고 있소. 나는 게르망뜨 부인과 교분 맺는 것에 집착하지 않소. 하지만 당신을 시험해 보기 위하여, 내가 게르망뜨 부인과 함께 저녁 식사 하기를 갈망하노라고 당신에게 말씀 드렸어야 마땅했고, 당신은 물론 그 일을 주선하지 않았을 것이오."

"주선하였을 것은 물론, 요청하시지 않아도 그리 하겠소."

"언제?"

"내가 빠리에 가는 즉시 틀림없이 3주 후쯤 될 것이오."

"여하튼 두고 봅시다. 하지만 그녀가 원하지 않을 거요. 당신에게 고맙다는 말 이루 다 할 수 없소이다."

"그 말씀 거두시오, 별것 아니오."

"그런 말씀 하지 마시오, 그것은 엄청난 일이오. 당신이 어떤 친구인지를 이제 내가 알 수 있으니 말이오. 내가 당신에게 요청하는 것이 중요하건 그렇지 않건, 불쾌감을 주는 것이건 그렇지 않은 것이건, 내가 그것을 실제로 중요시하건 혹은 단지 당신을 시험해 보기 위한 것이건, 그런 것들은 별로 중요하지 않으니, 당신은 그것을 행하겠다 하시며, 그렇게 당신의 지성과 심성의 섬세함을 보여 주시니 말이오. 우둔한 친구였다면 이것저것 따졌을 것이오."

그가 이제 막 저지를 짓이 바로 그렇게 따지는 짓이었으나, 내가 그 말을 덧붙인 것은 아마 그의 자존심을 볼모로 잡고 싶어서였을 것이다. 아마 또한 그것이 나의 솔직한 말일 수도 있었을 것이니, 어떤 사람의 장점을 입증하는 유일한 시금석이, 나에게 중요하게 보였을 유일한 일에 있어서는, 즉 사랑이라는 것에 있어서는, 그 사람의 유용성으로 보였을 것이기 때문이다. 여하튼 그 다음 순간, 나의 이중적인 성격 때문이었는지, 감사의 정에서 태동한 다정함의 진정한 중대에 이끌렸음인지, 이권 때문이었는지, 혹은 자연이 로베르의 용모에 되살려 놓은 게르망뜨 부인의 윤곽선들 때문이었는지, 내가 다음과 같이 덧붙였다.

"하지만 이제 다른 사람들과 합류해야겠소. 내가 당신에게 두 가지 중 하나만, 덜 중요한 것 하나만 요청하였소. 나에게는 다른 것이 더 중요하지만, 당신이 혹시 거절하실까 저어된다오. 우리가 서로에게 말을 놓는 것이 어떻겠소? 곤란하겠소?"

"곤란하다니, 도대체 무슨 말씀이오! '기쁨! 기쁨의 눈물! 미지의 유열!'"[181] "당신에게……그대에게로 향하는 이 고마운 마음! 당신이 나에게 말을 놓기 시작하시기만 하면! 그것이 나에게는 어찌나 큰 기쁨인지, 원하시면 게르망뜨 부인에 관련된 일은 덮어두셔도 좋소. 우리 두 사람이 서로에게 말을 놓는 것만으로 나에게는 충분하오."

"그 두 일을 모두 할 것이오."

"오! 로베르! 내 말 들어보시오." 식사 도중에 내가 다시 쌩-루에게 말하였다. "오! 우리가 중단한 그 이야기가, 이유는 모르겠으나 조금은 우습지만…조금 전 내가 당신에게 이야기한 그 부인 기억하시오?"

"물론이오."

"내가 누구 이야기를 하려는지 아시오?"

"이것 보시오, 나를 발레 지방의 멍청이[182]로, 하나의 지진아로 여기시오?"

"그녀의 사진을 나에게 주시지 않겠소?"

나는 단지 그에게 사진을 잠시 빌려달라고 요청할 생각이었다. 그러나 그 말을 꺼내는 순간, 나는 수치심을 느꼈고 나의 요청이 경솔하다고 여겼던지라, 그러한 생각을 내색하지 않으려고, 그러한 요청이 마치 당연하다는 듯 불쑥 그 말을 꺼냈고 허풍 떨 듯 과장하였다.

"아니 되오. 먼저 그녀의 허락을 얻어야 하오." 그의 대꾸였다.

그렇게 대답한 후 그가 즉시 얼굴을 붉혔다. 나는 그에게 어떤 저의가 있음을, 나에게도 그것이 있다고 그가 추측함을, 나의 사랑에 그가 몇몇 윤리적 준칙 때문에 반쯤밖에 도움이 되지 못할 것임을 깨달았으며, 따라서 그에 대해 유감스러운 마음을[183] 품었다.

그러나 한편, 내가 자기와 단 둘이만 있지 않고 자기의 친구들과도 함께 어울릴[184] 때에는, 나를 대함에 있어 어찌나 다른 모습을 보이던지, 쌩-루의 그러한 모습에 내가 깊은 감명을 받곤 하였다. 그의 친절이 더 컸다 해도, 그것이 의도된 것이었다고 내가 생각하였다면, 내가 그것에 무심했을 것이지만, 나는 그것이 무의식적이었음을, 또한 내가 자기와 단 둘이 있을 때에는 함구하되 내가 없는 자리에서는 그가 나에 대하여 다른 사람들에게 이야기하였을 것들로만 이루어졌음을 직감하곤 하였다. 물론 우리 단 둘이만 있을 때에도, 나와 한담을 나누며 그가 느끼던 기쁨을 내가 짐작하곤 하였지만, 그 기쁨이 거의 항상 표출되지 않은 상태로 머물러 있었다. 그런데 이제는, 그가 평소에 내색하지 않고 즐겨 듣곤 하던 나의 말들을, 그것들이 자기의 친구들에게서도 자기가 기대하던 반응을 촉발시키는지, 그리고 그 반응이 자기가 그들에게 이미 예고한 것에 상응하는지를, 곁눈질로 감시하곤 하였다. 딸을 처음으로 사교계에 등장시킨 어머니라 할지라도, 자기의 딸이 대화 중에 하는 말들과 딸을 대하는 사람들의 태도에 그보다 더 큰 관심을 쏟지는 않을 것이다. 내가 어떤 말을 하면, 우리가 단 둘이만 있을 경우에는 그가 단지 미소를 짓는 것으로 그쳤으련만, 혹시 다른 사람들이 정확히 이해하지 못하였을까 저어한 나머지, 나로 하여금 같은 말을 반복하도록 하기 위하여, 다른 사람들의 주의를 환기시키기 위하여, 나에게 말하곤 하였다. "뭐라고? 뭐라고?" 그러고는 즉시 다른 사람들을 향해 고개를 돌려 흔쾌히 웃으며 자신도 모르게 스스로 그들의 웃음을 선도하면서, 자기가 나에 대하여 가지고 있던 그리고 그들에게 자주 표출하였을 생각을 처음으로 내 앞에 드러냈다. 그리하여 나 또한 문득, 자신의 이름을 어느 신문에서 읽는 사람처럼 혹은 자신의 모습을 거울 속에서 발견하는 사람처럼, 나 자신의 모습을 밖으로부터 바라보게 되었다.

어느 날 저녁 나는 블랑데 부인[185]에 관한 상당히 우스꽝스러운 이야기 하나를 하고 싶은 욕구를 불현듯 느꼈으나, 그 이야기를 꺼내다가 즉시 중단하였다. 쌩-루가 이미 그 이야기를 알고 있었으며, 동씨에르에 도착한 다음 날 내가 그 이야기를 시작하려 하자 그가 다음과 같이 말하면서 나를 중단시킨 사실이 뇌리에 떠올랐기 때문이다. "이미 발백에서 나에게 들려주신 이야기예요." 나는 따라서, 그러한 이야기를 모른다고 하면서 또 그것이 매우 재미있을 것이라고 하면서, 나에게 이야기를 계속하라고 나를 부추기는 그를 보고 몹시 놀랐다. 내가 그에게 말하였다.

"잠시 잊으신 모양인데, 하지만 곧 알아차릴 것이오."

"천만에, 단언하거니와, 자네가 혼동하는 것이야. 나에게 이야기한 적이 없네. 어서 이야기하시게."

그리고 이야기가 계속되는 동안 내내 그는 열에 들뜬 듯, 자기의 매료된 시선을 때로는 나에게로, 때로는 자기의 동료들에게로 던졌다. 모든 사람들의 웃음 소리에 휩싸여 내가 이야기를 마쳤을 때야 비로소, 나는 그가 자기의 동료들로 하여금 나의 기지를 높게 평가하게끔 할 생각을 하였고, 그러기 위하여 그 이야기를 모르는 척하였음을 깨달았다. 우정이란 그러한 것이다.

사흘째 저녁, 앞서 이틀 동안 내가 말을 건네지 못했던 그의 친구 하나가 나와 한동안 이야기를 나누게 되었고, 어느 순간, 그가 쌩-루에게 나와 이야기하는 것이 즐겁다고 속삭이는 소리가 들렸다. 또한 실제로 우리 두 사람은, 우리가 마시기를 잊은 채 내버려둔 쏘떼르느산 백포도주[186] 잔 앞에서, 육체적 매력이 그 근저에서 배제될 경우 온전히 신비롭다고 할 수 있을 유일한 교감인 남자들 간의 그 교감들 중 하나로 마름질된, 멋진 너울에 의해 다른 이들로부터 격리되고 보호 받으면서, 거의 저녁 내내 한담을 나누었다. 본질이 수수께끼 같은, 쌩-루가 나에 대하여 어렴풋이 느끼던 그러한 감정이 발백에서 내 앞에 같은 형태로 일찍이 나타난 바 있었는데, 그러한 감정은 우리 대화의 관심사와 섞이지 않았고, 일체의 물질적 관계와 분리되어 있었고, 우리의 눈에 보이지 않았고, 촉지할 수 없었으되, 그것에 대하여 미소를 지으면서 이야기할 수 있을 만큼 그 존재가 일종의 플로지스톤[187]이나 가스처럼 자신 속에 있음을 그가 충분히 느끼고 있었다. 그리고 아마, 그 작은 실내의 열기 속에서 단 몇 분 만에 개화하였을 한 송이 꽃처럼 단 하루 저녁에 그곳에서 태동한 그 교감 속에는, 더욱 놀라운 무엇이 있었을지도 모른다.[188]

로베르가 발백 이야기를 꺼냈던지라, 나는 그가 정말 앙브르싹 아씨와 결혼하기로 결정하였느냐고 묻지 않을 수 없었다. 그가 나에게 선언하듯 말하기를, 그것이 결정되지 않았음은 물론, 그러한 논의가 있었던 적도 없고, 자기가 그녀를 본 적도 없으며, 그녀가 누구인지조차 모른다고 하였다. 그 혼인 소식을 유포시킨 사교계 사람들 중 몇몇을 내가 그 순간에 만났다면, 그 사람들은 이번에도 쌩-루가 아닌 다른 사람과 앙브르싹 아씨와의 혼인이나, 앙브르싹 아씨 아닌 다른 아가씨와 쌩-루와의 혼인 소식을 나에게 전하였을 것이다. 그랬을 경우, 불과 얼마 전에[189] 한 그들의 예언이 그토록 빗나갔음을 상기시켜 줌으로써, 내가 그들에게 큰 놀라움을 안겨 주었을 것이다.[190] 그 유치한 장난이 계속될 수 있어 각 인물들의 이름 위에 최대한의 거짓 소식들이 연속적으로 쌓이게 하면서 증식되도록 하기 위하여, 자연은 그러한 장난꾼들에게 그들의 고지식함에 비례하는 짧은 기억력을 부여하였다.

쌩-루가 일찍이 또 다른 자기 동료에 대한 이야기를 나에게 해 준 적이 있었는데, 자기와 특별히 뜻이 잘 통한다고 했던 그 동료도 그 날 저녁 자리를 함께하였다. 그 두 사람이 의기투합할 수 있었음은, 그들이 그 병영에서 드레퓌스 사건의 재심에 찬동하는 유일한 사람들이었기 때문이다.

"오! 그 친구는 쌩-루와 같지 않아요. 시류에 편승해서 미친 듯 열광하고 소리나 질러대지요. 소신에 따라 말할 수 있는 위인도 못 돼요." 그날 저녁에 사귄 새 친구가 나에게 말하였다. "드레퓌스 사건 초기에는 그가 이렇게 말하곤 하였어요. '기다리는 수밖에 없어. 내가 잘 아는 섬세하고 선량한 사람 하나가 있는데, 그는 부와데프르 장군이고, 그의 견해라면 서슴지않고 받아들일 수 있을 거야.' 그러나 부와데프르가 드레퓌스의 유죄를 선포한 사실을 알고 난 후에는 그를 하찮은 인물로 취급하였어요. 우리의 그 친구 역시 자기가 옹호하던 그 드레퓌스 사건이 터지기 전에는 적어도, 지금도 그렇지만, 이 세상 그 누구보다도 교권주의자였건만, 참모총장의 교권주의와 편견으로 인해 판결이 정직하지 못했다는 거예요.[191] 그리고 우리들에게 말하기를, 여하튼 사건이 쏘씨에의 손으로 넘어갈테니 진실이 밝혀질 것이라고 하면서, 공화파 군인인 쏘씨에는 청동처럼 굳건한 사람이며 흔들림 없는 양심의 소유자라 하였어요(우리의 그 친구는 과격 왕당파 집안 출신이에요). 그러나 쏘씨에가 에스테르하지의 무죄를 선고하자,[192] 그는 그의 판결에서 새로운 논쟁거리를 찾아냈고, 그것들은 드레퓌스가 아니라 쏘씨에 장군에게 불리한 것들이었어요. 쏘씨에의 눈을 멀게 한 것이 그의 군국주의적 사고방식이었다는 거예요(하지만 그 역시 교권주의적인 것 못지않게 군국주의자예요. 혹은 적어도 전에는 그랬어요. 여하튼 종잡을 수가 없어요). 그의 가문에서는 그의 그러한 생각에 모두들 낙담하고 있어요."

"아시다시피 우리가 환경에서 비롯된다고 추측하는 영향이 지성적인 환경에서 비롯될 경우 특히 사실인 듯하오." 내가 그를 도외시한다는 기색을 보이지 않고 또 그로 하여금 우리의 대화에 참여하도록 하기 위하여, 내가 쌩-루에게로 고개를 반쯤 돌린 채 그에게 말하였다. "우리는 모두 각자의 사상에 의해 지배되오. 그런데 사람들보다는 사상의 수가 훨씬 적어요. 따라서 같은 사상을 가진 사람들은 모두가 서로 유사하오. 하나의 사상에는 물질적인 것이 전혀 없는지라, 어떤 사상을 가진 한 사람에게 오직 물질적으로만 연계된 사람들은 그 사람의 사상을 추호도 변모시키지 못하오."
　그 순간 나의 말이 쌩-루에 의해 중단되었다. 어느 젊은 군인 하나가 미소를 지으면서, 쌩-루에게 나를 가리키며 이렇게 말하였기 때문이다. "뒤록이야, 영락없는 뒤록이야." 나는 그 말이 무엇을 뜻하는지 몰랐으나 그 군인의 수줍은 얼굴 표정이 호감 이상인 것을 느꼈다. 쌩-루는 그 군인의 그러한 비교에 만족하지 않았다. 자기의 친구들 앞에서 내가 돋보이도록 하는 기쁨으로 인해 틀림없이 배로 증대되고 있던 열광적인 기쁨에 휩싸인 채, 결승선에 제일 먼저 도달한 말을 짚수세미로 문질러 주듯 나를 다독거리면서, 그가 거듭 소리쳤다. "이거 알아? 자네는 내가 아는 이들 중 가장 총명한 사람이라네." 그러더니 말을 바꾸어 이렇게 덧붙였다. "엘스띠르와 함께. 그와 나란히 놓는 것에 화가 나는 것은 아니겠지? 이해하시겠지만, 나는 정확히 말하려는 것일세. 이를테면 어떤 사람이 발쟉에게 이렇게 말한 셈이지. '당신은 스땅달과 함께 금세기의 가장 위대한 소설가입니다.' 지나친 세심함이겠으나, 자네도 이해하겠지만, 엄청난 찬사이지. 아니라고? 자네는 스땅달에 대해 동의하지 않는다고?" 나의 평가에 대한 순박한 신뢰를 보이면서 그가 그렇게 덧붙였고, 그러한 신뢰가 그의 초록색 눈에 어린 미소 가득하고 거의 아이 같은 매력적인 질문으로 표현되었다. "아! 좋아, 이제 보니 자네도 나와 같은 생각이군. 블록은 스땅달을 몹시 싫어한다네. 나는 그러는 것이 멍청이짓이라고 생각하네. 『빠르마의 수도원』, 여하튼 그것은 엄청난 무엇 아닌가? 나는 자네가 나와 같은 견해라는 것에 만족스러워한다네. 『빠르마의 수도원』에서 가장 좋아하는 것이 무엇인가? 대답해 보시게." 그가 청춘의 격렬함을 발산하며 나에게 물었다. 또한 위협적인 그의 육체적 활기가 그의 질문에 거의 공포감을 일으키는 무엇을 가미하였다. "모스까? 화브리스?" 나는 모스까에게 노르뿌와 씨 비슷한 무엇이 있다고 조심스럽게 대답하였다.[193] 그러자 젊은 지그프리트[194] 같은 쌩-루의 폭풍 같은 웃음이 터졌다. "하지만 모스까가 훨씬 더 영리하고 덜 현학적이지…." 내가 그렇게 덧붙이기를 미처 마치기도 전에, 로베르가 손뼉을 치고 숨이 넘어갈 듯 웃으면서 '브라보!'라고 소리치는데, 아울러 이러한 말도 들려왔다. "정확한 지적이야! 탁월해! 자네 정말 놀라워!" 내가 말을 하는 동안에는 다른 사람들의 찬동한다는 말조차 불필요하다는 듯, 쌩-루가 그들에게 침묵을 강요하였다. 그리고 어떤 사람이 소음을 내었을 때 지휘봉을 휘둘러 악사들의 연주를 중단시키는 교향악단의 지휘자처럼, 그가 교란자를 나무랐다. "지베르그, 누가 말을 할 때는 입을 다물어야 하오. 하실 말씀은 뒤로 미루시오." 그렇게 말한 다음 나에게 말하였다. "자, 계속하시오."

나는 숨을 가다듬었다. 처음부터 다시 시작하라고 하지 않을까 두려웠기 때문이다. 그리고 말을 속개하였다.

"그리고 하나의 사상이란 인간적 이권에 간섭할 수 없는 그 무엇인지라, 그리하여 이권이 가져다주는 특전들을 향유할 수 없는지라, 하나의 사상을 가지고 있는 사람들은 이권에 의해 영향 받지 않습니다."

"보시게, 나의 아가들, 정말 그대들의 말문이 막힐 걸세." 내가 팽팽한 밧줄 위를 걷기라도 하는 듯 염려 가득한 눈빛으로 나를 시종 바라보고 있던 쌩-루가, 나의 말이 끝나기 무섭게 소리쳤다. "그래, 지베르그, 무슨 말을 하시려 하였나?"

"신사분께서 뒤록 소령을 생생히 연상케 하신다는 말을 하려 하였소. 그의 음성을 듣는 것 같았소."

"나 또한 자주 그런 생각을 하였소." 쌩-루가 대꾸하였다. "많은 유사점들이 있긴 하지만, 뒤록에게는 없는 무수히 많은 것들을 이 신사분께서 가지고 계시오."

쌩-루의 그 친구와 형제지간이며 스콜라 칸토룸 음악원에 재학 중인 청년이, 새로 작곡된 모든 작품에 대하여, 자기의 부친이나 모친, 자기의 사촌들, 자기가 속해 있는 클럽의 회원들과는 달리, 스콜라 칸토룸의 다른 모든 학생들과 정확히 같은 생각을 가지고 있듯이, 귀족 출신인 그 부사관 역시(내가 그에 관한 이야기를 하였을 때 블록이 그에 대하여 매우 기이한 견해를 갖게 되었으니, 그 부사관이 자기와 같은 편에 속한다는 사실을 알고 감동하였으되, 자기와는 완전히 다른 그의 귀족 혈통 및 종교적 그리고 군사적 교육으로 인하여, 그가 아주 먼 고장 출신이 가지고 있는 것과 같은 매력을 지니고 있는 것으로 그를 상상하였기 때문이다), 당시 유행하기 시작한 시쳇말로 표현하자면, 일반적인 모든 드레퓌스파의, 특히 블록의, 것과 유사한 '사고방식'을 가지고 있었으며, 그러한 그의 사고방식에는, 자기 가문의 전통도 자신의 장래 이권도 하등의 영향을 끼치지 못하였다. 그리하여 유사한 경우로 다음과 같은 일도 있었으니, 쌩-루의 사촌 하나가 일찍이 중동의 어느 젊은 왕녀를 아내로 맞아들였는데, 사람들이 평하기를 그녀가 빅또르 위고나 알프레드 드 비니의 것들에 못지않게 아름다운 시구들을 짓는다고 하였으나, 그럼에도 불구하고 모두들, 그녀에게는 일반적으로 흔히 상정할 수 있는 지적 유형이 아닌,『천일야화』의 어느 궁궐 속에 유폐된 전형적인 동방 왕녀의 지적 유형이 있으리라고 추측하였다. 그리하여 그녀에게 가까이 다가갈 특전을 누린 문인들에게는, 쉐헤라자드[195]가 아닌 알프레드 드 비니나 빅또르 위고와 같은 유형의 재능을 소유한 존재를 연상시키는 대화를 듣는 실망이, 아니 그보다는 기쁨이, 예비되어 있었다.

    나는 그 젊은이와 함께, 로베르의 나머지 다른 친구들 및 로베르 자신과 그러는 것처럼, 그곳 병영과, 주둔군의 장교들과, 군대 전반에 관한 이야기 나누는 것을 특히 좋아하게 되었다. 그것들이 아무리 작다 하여도, 우리가 그 속에서 먹고 이야기하며 실제 생활을 영위하는 사물들의 우리 눈에 보이는 엄청나게 확대된 규모 덕분에, 그 사물들이 겪는 그 기막힌 확장 덕분에, 그리고 이 세상에서 잠시 자취를 감추는 나머지 것들은 그것들과 경쟁할 수 없어 옆으로 비켜서서 한 자락 꿈의 허황함만을 띠게 하는 그 기막힌 확장 덕분에, 나는 병영의 다양한 인물들과, 내가 쌩-루를 만나러 갔을 때 병영 안뜰에서 혹은 잠에서 일찍 깨었을 경우 나의 방 창문 밑으로 연대 병력이 지나갈 때 언뜻 본 장교들에 관심을 갖기 시작하였다. 나는 쌩-루가 그토록 찬미하던 소령과, 나를 '미학적으로나마' 매료시킬 것 같아 보이던 전쟁사에 관한 그의 강의에 대하여 더 상세한 사항들을 알고 싶었다. 나는 로베르가 사용하는 특정 기교 위주의 언사가 텅 빈 경우가 잦다는 것을 알고 있었지만, 때로는 그것이 그가 능히 이해할 수 있는 심오한 사상들의 체득을 의미한다는 사실도 알고 있었다. 불행하게도 군대에 관련해서는 로베르가 그 무렵 드레퓌스 사건에 특히 몰두해 있었다. 식탁에 함께 앉은 사람들 중 그가 유일한 드레퓌스파였던지라 그 사건에 대해서는 그가 거의 말을 하지 않았다. 내 옆자리에 앉아 있었던, 견해가 상당히 유동적으로 보이던 내 새로운 친구를 제외하고는, 나머지 다른 사람들이 사건의 재심에 격렬히 반대하는 입장이었기 때문이다. 탁월한 장교라는 명성을 얻고 있었으며, 자기의 지휘권을 발동하여 군에 대한 동요를 제압한 바 있어, 반드레퓌스파로 지목되었던 연대장을 깊이 존경하고 있던 내 옆자리 친구는, 자기의 그 지휘관이 일찍이, 드레퓌스의 혐의에 대해 의심을 품었음은 물론 삐까르를 높이 평가하는 듯한 주장을 내비쳤다는 말을 들었노라고 하였다.[196] 그러나 여하튼, 삐까르를 높이 평가하였다는 점에 있어서는, 그 연대장에 관련된 드레퓌스 사건의 그러한 소문이, 모든 큰 사건들의 주위에 발생하는 출처 모호한 모든 소문들처럼, 잘못된 근거에서, 비롯되었다. 왜냐하면, 얼마 후 그 연대장이 지난날의 정보처장[197]을 신문(訊問)하는 역할을 맡았을 때, 일찍이 유례가 없었던 난폭함과 경멸감을 드러내며 그를 마구 다루었다니 말이다. 사실이야 어떻든, 그리고 자신이 직접 연대장에게 감히 사실을 확인하지는 못하였겠지만, 나의 옆자리 친구가—어느 카톨릭 신도인 귀부인이, 어느 유대인 귀부인에게, 자기의 교구 사제가 러시아에서 벌어진 학살 사건을 비난하며, 이런저런 유대인들의 관대함을 칭찬한다고 말할 때의 어조로—쌩-루에게, 자기의 연대장이 드레퓌스 지지 운동에 대하여(적어도 특정 드레퓌스 지지 운동에 대하여는) 사람들이 이야기하는 것만큼 광신적이고 편협한 적대감은 가지고 있지 않다고 말하는 예의를 지켰다.

"놀라운 일은 아니오. 총명한 사람이니까. 하지만 그래도 태생적인 편견과 특히 교권주의가 그의 눈을 멀게 하오." 쌩-루가 그렇게 대꾸하고 나서 나에게 말하였다. "아! 그 뒤록 소령, 내가 자네에게 이야기한 그 전쟁사 담당 교수 말일세, 그 사람은 우리의 생각에 깊이 동감하는 모양이야. 만약 그렇지 않다면 내가 놀랐을 걸세. 그가 경이로운 지성일 뿐만 아니라 급진사회주의자이며 프리메이슨 단원 같은 사해동포주의자이니까."

쌩-루가 드레퓌스를 지지한다고 자기의 생각을 공표하는 것에 괴로워하는 그의 친구들에 대하여 예의를 표하려는 뜻에서 뿐만 아니라, 그 소령의 다른 측면이 나의 호기심을 더 자극하였던지라,

나는 나의 옆자리 친구에게, 그 소령이 전쟁사를 가지고 진정한 미학적 논증을 펼친다는 것이 사실이냐고 물었다.

"그것은 틀림없는 사실이라오."

"하지만 어떠한 측면에서?"

"예를 들자면 이러합니다! 추측하거니와, 전쟁 역사가의 글에서 당신이 읽으시는 가장 미미한 사실들이나 가장 작은 사건들도, 대개의 경우에는 우리가 추출해야 할 하나의 사념, 그리고 무수히 지우고 다시 글자를 써 넣은 양피지처럼[198] 다른 많은 사념들을 감추고 있는, 사념의 징후들일 뿐입니다. 그리하여 당신은 그러한 글에서, 어떤 과학이나 기예에 못지않게 이지적인 하나의 총체적인 체계를 발견할 수 있으며, 그것이 우리의 지성에 만족감을 줍니다."

"지나친 요구가 아니라면, 구체적인 예를 들어 설명해 주시겠습니까?"

"그렇게 설명하긴 어렵다네." 쌩-루가 참견을 하며 끼어들었다. "예를 들어 어떤 단위 부대가 공격을 시도하였다는 구절을 자네가 읽었다고 할 경우⋯더 이상 읽지 않더라도 그 부대의 명칭과 부대의 편성 등이 상당한 의미를 내포함을 알 수 있다네. 만약 작전이 시도된 것이 처음 아니고, 같은 작전을 위하여 다른 부대가 출현한다면, 앞서 투입된 부대들이 작전 수행 중에 궤멸되었거나 심한 타격을 받아 더 이상 작전을 수행할 형편이 못된다는 뜻이라네. 따라서, 이제는 완전히 궤멸된 그 부대가 어떤 부대였는지를 검토해야 하네. 만약 그 부대들이 강습을 위해 예비되었던 돌격대였다면, 그보다 못한 새로 투입되는 부대가 성공할 가능성은 매우 희박하다네. 게다가 작전의 초기가 아닌 경우에는, 그 새로운 부대 자체가 오합지졸들로 편성될 수 있을 것이고, 그러한 사실이, 그 부대가 아직 보유하고 있는 전투력 및 그 전투력이 적의 전투력보다 약해질 순간 등에 관한 일련의 정보를 제공할 수 있을 것이며, 그 정보들이 새로운 부대가 시도할 작전 자체에 하나의 다른 의미를 부여할 것인 바, 만약 그 부대가 더 이상 손실을 회복할 수 있는 상태가 아닐 경우, 거둔 성공 자체가 산술적으로는 그 부대를 최종적인 궤멸로 이끌어갈 뿐이기 때문이라네. 뿐만 아니라 그 부대에 맞서 방어하던 부대를 지칭하는 고유번호가 갖는 의미 역시 적지 않다네. 만약, 예를 들어, 그 맞서던 부대가 훨씬 약하되 적의 여러 주력 부대들의 전력을 소모시킨 부대라면, 작전 자체의 성격이 변한다네. 왜냐하면, 그 작전이 비록 방어하던 거점의 상실로 귀결된다 할지라도, 지극히 적은 병력으로 적의 여러 주력 부대들을 궤멸시키는 데 충분하였다면, 그 거점을 단 얼마 동안이나마 사수한 것 자체가 하나의 큰 성공일 수 있기 때문이라네. 전투에 참가한 부대들을 분석하여 그토록 중요한 점들을 발견하면, 거점 자체 및 도로들, 그 거점이 통제하는 철로들, 그 거점이 보호하고 있는 병참선 등에 대한 연구가 더욱 중요함을 이해할 것일세. 내가 이름하여 '지리적 배경'이라고 하는 모든 것을 연구해야 하네." 그가 웃으면서 그 마지막 말을 덧붙였다. (또한 실제로 자기가 사용한 그 표현에 어찌나 만족했던지, 그 이후에도, 심지어 여러 달 후에도, 그 표현을 사용할 때마다 그는 같은 웃음을 터뜨리곤 하였다.) "교전 당사자들 중 한 편에 의해 공격이 준비되고 있는 동안, 그 편에서 보낸 정찰대 하나가 적의 거점 근처에서 적에 의해 몰살당하였다는 글에서 자네가 도출할 수 있는 결론들 중 하나는, 공격을 준비하고 있던 측이, 자기네들의 공격을 저지할 의도로 강구하고 있던 적의 방어 수단들을 파악하려 하였다는 사실일세. 어느 한 지점에 대한 유난히 맹렬한 공격이, 그 지점을 점령하고자 하는 욕망을 의미할 수 있지만, 또한 적을 그 지점에 붙잡아 두고, 공격 받은 지점에서 응수하지 않으려는 욕망도 의미할 수 있으며, 혹은 심지어 그 가열된 공격이 그 지점에서 병력을 빼내기 위한 속임수에 불과할 수도 있다네. (나뽈레옹의 전쟁에서는 그것이 고전적인 속임수라네.) 한편, 하나의 작전이 내포하는 의미를, 그것의 개연적인 목적을, 또한 따라서 그것과 병행될 혹은 그것에 이어질 다른 작전들을 이해하고 짐작하기 위해서는, 적을 속이거나 어떤 작전의 실패를 감추기 위한 것일 수 있는 지휘부로부터의 훈령을 그 당사국의 야전 수칙보다 가볍게 고려하는 것이, 상황을 잘못 짚는 것은 아니라네. 하나의 군대가 시도한 작전은, 어느 경우에든, 유사한 상황에 대비하여 제정된 그 나라의 야전 수칙에 따른 것이라고 짐작할 수 있네. 예를 들어, 야전 수칙이 어느 정면 공격에 측면 공격을 병행시키라는 명령을 내렸는데, 만약 그 측면 공격이 실패하여 지휘부가 주장하기를, 그 공격은 정면 공격과 아무 관련이 없고 단지 하나의 교란작전에 불과했노라고 한다면, 진실을 발견할 수 있는 가능성은 지휘부의 그러한 주장이 아닌 야전 수칙 속에 있네. 또한 우리는 각 군의 야전 수칙뿐만 아니라 그들의 전통과 관습과 신조들도 고려해야 하네. 군사적 행동에 항상 어떤 작용을 가하거나 반응하는 외교적 행동에 대한 연구 또한 소홀히 해서는 아니 되네. 외견상 하찮고 당시에는 잘못 해석된 사소한 사건들도, 어떤 지원을 기대하던 적에게 그 지원이 허락되지 않았음을 드러내는 그 사소한 사건들도, 그 적이 실은 전략의 일부분만을 수행하였음을 자네에게 밝혀 줄 걸세. 그리하여 자네가 만약 전쟁사를 읽어낼 줄 안다면, 평범한 독자들에게는 어수선한 이야기일 뿐인 그것이 자네에게는, 미술관을 찾은 어리둥절한 관람객이 모호한 색채들로 인해 얼이 빠지고 두통에 시달리는 반면 그림 속 인물이 입고 있는 의복이나 손에 들고 있는 물건을 제대로 볼 줄 아는 애호가에게 하나의 화폭이 그렇듯이, 하나의 논리적인 맥락의 연속으로 보일 걸세. 그러나 특정 화폭들에서 성배(聖杯) 하나를 들고 있는 인물을 간파하는 것으로는 충분하지 않고, 화가가 왜 그 인물의 손에 성배를 들려 주었는지, 그리고 그것이 무엇을 상징하는지를 알아야 하는 것처럼, 그러한 군사행동들 또한 같은 식으로 읽어야 할 걸세. 그 군사행동들이, 그것들의 일차적인 목적은 차치하고, 작전을 지휘하는 장군의 뇌리에서는 통상적으로, 이러한 말이 가능할지 모르겠으나, 새로운 전투들의 과거나, 도서관이나, 교양이나, 어원이나, 귀족 등과 같은, 더 오래된 옛 전투들의 탁본(拓本)일 경우가 흔하다네. 또한 내가 지금 전투들 간의 지역적 유사성, 다시 말해, 공간적 유사성에 대해 말하는 것이 아님을 유의하시게. 그러한 유사성 역시 물론 존재한다네. 하나의 싸움터가, 여러 세기가 흐르는 동안, 단 한 번만의 전투 장소인 적 없었고 또 앞으로도 그럴 리 없네. 그곳이 싸움터였다면, 그곳을 좋은 싸움터로 만든 지리적 상황이나 지질학적 특성, 혹은 적에게 장애가 되는(예를 들어 적을 둘로 분산시키는 하천 같은) 특정 조건들을 갖추고 있었다는 뜻일세. 따라서 그곳이 전에 싸움터였다면 앞으로도 그럴 것이네. 아무 방이나 화실로 사용하지 않듯, 아무 지점이나 싸움터로 삼지는 않는다네. 숙명지워진 장소들이 있는 법이라네. 하지만 다시 말하거니와, 내가 말하던 것은 그것이 아니라 흔히들 흉내내는 전투의 유형, 일종의 전략적 모방, 전술적 모작(模作)이라 할 수 있는 것에 관한 이야기일세. 예를 들자면 울름 전투나 로디 전투, 라이프찌히 전투, 칸나이 전투 등이 그러한 것들이라네.[199] 앞으로 또 전쟁이 일어날지, 또 그렇다면 어떤 나라들 사이에 전쟁이 벌어질지, 나는 모르겠네. 그러나 만약 전쟁이 발발한다면, 다른 것들은 차치하더라도, 또 다시(적어도 지휘관은 그것을 의식하는 상태에서) 하나의 칸나이 전투나 슬라브코프 전투,[200] 로쓰바하 전투,[201] 워털루 전투가 벌어질 걸세. 몇몇 사람들은 터놓고 그러한 말을 한다네. 슐리펜[202] 원수와 활켄하우젠[203] 장군은 프랑스를 상대로 하여 미리부터, 적을 모든 전선에 걸쳐 꼼짝 못하도록 붙잡아 놓은 다음 양쪽 날개를 전진 시키는 한니발 식으로 또 하나의 칸나이 전투를 준비해 두었으며, 특히 오른쪽 날개로 하여금 벨기에로 직접 진군하게 하는 편을 택하였는데, 베른하르디[204]는 칸나이 전투 방식보다는 프리드리히 2세가 로이텐(리싸) 전투[205]에서 사용한 우회 전술을 택하였다네. 다른 사람들은 자기들의 견해를 나보다 덜 생경하게 개진하네만, 나의 벗님이시여, 내가 자네에게 장담하거니와, 일전에 내가 자네를 그에게 소개하였고 가장 촉망 받는 장교인 보꽁세이유 기병중대장은, 자기의 그 작은 프라쓰(프라첸)[206] 공격을 천천히 조리듯 열심히 연구하여 그것을 구석구석 알며 비축물처럼 간직하고 있는지라, 만약 그것을 실전에 적용할 계기를 얻는다면, 그가 결코 실패하지 않을 것이며 그것으로 우리에게 크게 공헌할 걸세. 리볼리 전투[207]에서 있었던 중앙 돌파를, 전쟁이 다시 발발한다면 또 볼 수 있을 걸세. 그것이 『일리아스』보다 더 구식은 아니라네.[208] 덧붙여 말하거니와, 70년의 오류[209]에 다시 빠지지 말고 오직 공격하기만을, 다른 것 제쳐두고 오직 공격만을, 모두들 원하는지라, 우리에게는 정면 공격이 거의 강요될 것일세. 단 하나 나의 마음을 흔드는 것은, 그 멋진 전략에 반대하는 이들이 비록 둔중한 두뇌들뿐이라 할지라도, 내가 스승으로 여기는 젊은 전략가들 중 하나이며 천재적 재능을 갖춘 망쟁[210]이, 물론 잠정적이라고는 하지만 우리의 거점에서 우선 방어태세에 들어가기를 바란다는 것일세. 방어태세가 곧 공격과 승리의 전주곡에 불과했던 슬라브코프 전투를 그가 예로 들 때에는, 그의 주장을 반박하기가 매우 난처하다네."
 쌩-루의 그러한 이론들이 나로 하여금 행복감에 잠기게 하였다. 그 이론들이 또한 나로 하여금, 동씨에르에 머무는 동안, 내가 쏘떼른느산 백포도주를 마시면서 그 이야기를 듣던, 그 포도주의 매력적인 반사광[211]에 감싸여 화제에 올랐던 장교들에 대하여 아마, 발백에서 '오세아니아의 왕과 왕비' 및 네 사람으로 이루어진 그 작은 집단, 도박꾼 젊은이, 르그랑댕의 매제 등, 이제는 내가 보기에 하도 미미해져 심지어 존재하지도 않는 것 같게 된 그 사람들이 굉장해 보이도록 하였던 그 확대 현상에 의해, 내가 더 이상 속지 않을 것이라 기대하게 하였다. 오늘 나에게 기쁨을 주던 것에, 그 때까지 항상 그랬듯이, 내일이면 무관심해지는 일이 아마 없을 것이고, 그 순간의 내가 머지않아 파괴될 운명에 아마 놓이지는 않을 것 같았으니, 그들과 함께 보낸 며칠 저녁, 내가 군생활에 관련된 모든 것에 쏟던 뜨겁고 덧없는 열정에, 쌩-루가, 전쟁의 기술에 관하여 나에게 이야기해 준 것으로, 항구적인 본질을 가졌으며, 내가 나 자신을 속이지 않더라도, 그곳을 떠난 후에도 동씨에르의 내 친구들이 하는 일에 지속적으로 관심을 가져, 머지않아 그들 곁으로 다시 돌아오게 할 것이라고 믿을 만큼 나를 상당히 강력하게 사로잡을 수 있는, 하나의 지적인 근거를 추가해 주었으니 말이다. 하지만 그 전쟁 기술이 단어의 정신적 의미 그대로 정말 하나의 기예라는 확신을 갖기 위하여, 내가 쌩-루에게 말하였다.
 "당신의 말씀이, 아니 미안하네, 자네의 말이 매우 흥미롭네. 하지만 말씀해 주시게, 의아한 점이 하나 있다네. 내가 전쟁 기술에 아마 열광할 수 있으리라 느끼기는 하네만, 그러기 위해서는, 터득한 규범이 전부는 아니라고 할 수 있을 만큼 그것이 다른 기예들과 다르지 않음을 내가 확신해야 할 것 같네. 자네는 사람들이 전투들을 정확히 베낀다고 하네. 나는, 자네가 말하였듯이, 현대의 어느 전투 밑에서 옛날의 어느 전투를 발견하는 것에 사실 미학적인 무엇이 있다고 생각하며, 자네의 그러한 생각이 얼마나 내 마음에 드는지 이루 다 말할 수 없을 지경이라네. 하지만 그렇다면 지휘관 특유의 천부적 재능은 아무것도 아니란 말인가? 그는 정말 규범들을 적용할 뿐인가? 혹은 그렇지 않다면, 외견상 같은 두 질환이 드러내는 징후들 앞에서 그야말로 아무것도 아닌, 아마 경험에 입각한 그러나 새로 관찰하여 해석한, 하나의 작은 증상 때문에 어떤 경우에는 이런 치료를 다른 경우에는 저런 치료를 해야겠다고, 다시 말해 이런 경우에는 오히려 수술을 하되 다른 경우에는 수술을 자제하는 것이 합당하다고 느끼는 위대한 외과의사가 있듯, 못지않은 지혜를 갖춘 장군들이 있는가?"

"물론 있다고 믿네! 모든 전투 규범에 의하면 당연히 공격해야 할 때, 어떤 모호한 예감 때문에 나뽈레옹이 공격을 유보한 경우를 자네가 발견할 수 있을 걸세. 예를 들자면, 슬라브코프에서 혹은 1806년에 그가 란느에게 보낸 훈령들을 보시게.[212] 하지만 나뽈레옹의 작전을 형식적으로 모방하였으되 정반대의 결과에 이른 장군들의 경우를 무수히 발견할 수 있을 걸세. 그러한 예들 10여개를 1870년 전투에서 발견할 수 있네. 하지만 적의 의도를 해석함에 있어서도, 적이 보이는 실제 행동 또한 다른 많은 것들을 의미할 수 있는 하나의 징후에 불과할 수 있다네. 그 많은 다른 것들 하나하나 또한, 추론이나 전쟁 기술에 입각해 볼 경우, 까다로운 특정 질환 앞에서 온세계의 의학을 다 동원해도, 보이지 않는 종양이 섬유질인지 아닌지, 수술을 해야 할지 말아야 할지를 결정하는데 충분하지 못한 것처럼, 어느 것이든 사실일 가능성이 있네. 위대한 의사의 경우처럼 위대한 장군으로 하여금 어떤 결단을 내리게 하는 것은 하나의 직감, 떼브 부인[213] 같은 부류의(내 말을 자네도 이해하겠지) 예감이라네. 하나의 예를 들어 보여주기 위하여 내가 자네에게 전투 초기의 정찰활동이 의미할 수 있는 것을 말하였네. 하지만 그 정찰이 십여개의 다른 것들을 의미할 수도 있으니, 예를 들자면, 다른 어느 지점을 공격하고 싶지만 적으로 하여금 엉뚱한 특정 지점을 공격하려는 듯 믿게 한다든가, 실제로 이루어지고 있는 작전 준비 과정을 적이 볼 수 없도록 은폐막을 펼친다든가, 적으로 하여금 정말 필요한 지점이 아닌 다른 지점으로 부대들을 이동시켜 그곳에 고정시켜 꼼짝도 못하게 한다든가, 적의 병력을 가늠한다든가, 적을 슬쩍 건드려 적으로 하여금 작전 계획을 노출시키게 하는 것 등이라네. 심지어 때로는, 어느 작전에 대규모 병력을 투입한다는 사실 자체가 그 작전이 진정한 작전이라는 증거일 수 없네. 왜냐하면, 그것이 비록 기만 작전일지라도, 그 기만 전술에 적이 속을 가능성이 커지도록 하기 위하여 진정한 작전처럼 그것을 펼치기 때문이라네. 만약 나에게 나뽈레옹의 전쟁들에 대하여 그러한 관점에서 자네에게 이야기해 줄 시간이 허락된다면, 자네에게 단언하거니와, 우리가 연구하는 그 단순한 고전적인 부대 이동을 야전에서 실습하는 광경을, 어린 돼지여,[214] 간단한 산책 삼아 자네가 구경할 수 있을 걸세. 아니야, 미안하네, 자네의 건강이 좋지 않다는 것을 내가 아네. 여하튼 전쟁에서는, 자기의 뒤에 고위 지휘부의 세심한 경계와 추론과 심화된 연구가 있음을 느낄 때, 그것들 앞에서, 질료적 빛이지만 지성의 발산물이며 선박들에게 위험을 알리기 위하여 공간을 샅샅이 뒤지는 등대의 단순한 불빛들 앞에서처럼 감동한다네. 자네에게 단지 전쟁에 관한 허구적인 이야기만 늘어놓는 것이 아마 잘못일 수도 있네. 실제로는, 토양의 성분 및 바람과 햇빛의 방향 등이 한 그루 나무가 어느 쪽으로 성장할지를 가리키듯, 하나의 작전이 펼쳐질 조건들이나 그것이 수행되는 고장의 특성들이, 어떤 면에서는 사령관이 선택할 수 있는 작전계획들을 좌우하고 제약한다네. 그리하여 산맥을 따라, 계곡들의 어떤 구조 속에서, 특정 평원을 거쳐, 어떤 군대가 진격할 것을 자네가 예견하는 것은, 하나의 눈사태가 지니는 불가피성과 거대한 아름다움을 발견하는 것과 거의 같다네."

"그렇다면 이제 자네는 조금 전 나에게 말하던 지휘관의 자유와, 그의 작전 계획을 읽어내려 하는 적의 예감을 부인하는 것 아닌가?"

"전혀 그렇지 않다네! 자네는 우리가 발백에서 함께 읽은 그 철학 서적과, 실제의 세계에 비해 가능성의 세계가 갖는 풍요로움을 기억할 걸세.[215] 그렇다네! 전쟁의 기술 또한 그렇다네. 하나의 질병이 다양한 형태로 변할 수 있어 의사가 그 모든 가능성에 대비해야 하듯, 주어진 하나의 상황에서 불가피하게 대두되는 작전 계획 넷이 있을 경우 사령관은 그것들 중 하나를 선택할 수 있네. 그런데 그 일에 있어서도 인간의 나약함과 위대함이 모두 새로운 불확실성의 원인이라네. 왜냐하면, 그 네 작전 계획 중, 우발적인 이유들(달성해야 할 부수적인 목표들이라든가, 촉박한 시간, 혹은 병력의 열세와 병참선의 여의치 못함 등과 같은)이 사령관으로 하여금, 덜 완벽하지만 더 적은 대가를 요구하고, 더 신속하게 수행할 수 있으며, 자기의 군대에게 식량을 보급할 수 있는 풍요로운 고장이 작전지역에 포함되는, 첫 번째 계획을 선택하도록 하는 경우를 가정해 보세. 그는, 적이 처음에는 의아해하다가 머지않아 커다란 장애물—그것이 내가 이르는 소위 인간적 나약함에서 비롯된 돌발사건이라네—때문에 그가 성공하지 못할 것임을 간파하게 될 그 첫 번째 작전을 포기하고, 두 번째 혹은 세 번째 혹은 네 번째 작전을 시도할 수 있을 것이네. 하지만 또한, 적이 전혀 예상하지 못한 지점을 기습할 목적으로 적을 묶어두기 위한 연막작전을 위해서만—그것을 가리켜 내가 인간적인 위대함이라고 한다네—그가 첫 번째 작전을 수행하였을 수도 있네. 적이 서쪽으로부터 내습하리라 예상하던 막크가 울름에서, 아무 일 없으리라 믿던 북쪽으로부터 몰려온 적에게 포위당한 것이 그러한 예라네.[216] 하지만 이 예가 썩 좋은 것은 아니네. 또한 울름 전투는, 훗날 장군들에게 영감을 줄 하나의 고전적인 예일 뿐만 아니라, 어떤 의미에서는 구체화의 전형으로서 필연적인 형태(약간의 선택과 다양성의 여지가 있는) 인지라, 미래의 세대가 다시 보게 될 가장 탁월한 포위 전투의 전형이라네. 하지만 내가 이야기하는 상황은 여하튼 인위적인 것들이니 그 모든 것이 별 문제 없네. 우리가 함께 읽은 철학 서적에 관한 이야기로 돌아오자면, 그것이 논리적 원칙들이나 과학적 법칙들 같은 것인데, 현실이 그것들에 거의 순응하지만, 위대한 수학자 뿌엥까레의 말을 상기해 보게나. 그는 수학이 엄밀히 정확하다고는 확신하지 못하네.[217] 내가 앞서 자네에게 말한 규범들의 경우, 요컨대 그것들은 부차적인 중요성밖에 갖지 못할 뿐만 아니라, 그것들을 수시로 바꾼다네. 예를 들자면 우리 기병대원들은 1895년의 〈야전 복무 수칙〉에 의거해 생활하네만, 그것이, 기병대 전투라는 것은 급작스러운 돌격이 적에게 야기시키는 두려움이라는 심리적 결과밖에 거두지 못한다고 여기는, 낡고 구태의연한 이론에 입각한 것이라, 시대에 뒤진 수칙이라 할 수 있네. 그런데 반대로, 기병대에서 가장 탁월한 인물들이라 할 수 있는 우리의 가장 영리한 교관들께서는, 특히 내가 자네에게 이야기하던 그 소령께서는, 전투의 결말이, 군도와 창이 난무하며 가장 집요한 측이 공포감을 조성하여 얻는 단순한 심리적 승리뿐만 아니라 실질적 승리도 얻는, 진정한 백병전에 의해 판가름된다는 견해를 가지고 있다네."

"쌩-루의 말이 옳아요. 그리하여 다음에 발간될 〈야전 복무 수칙〉에는 그러한 진전된 견해의 흔적이 담길 거예요." 내 옆자리 친구가 말하였다.

"자네의 동의가 불쾌하지 않네. 자네의 견해가 나의 견해보다 내 벗님에게 더 큰 인상을 주는 것 같으니 말일세." 자기의 동료와 나 사이에 태동하는 그러한 친근감이 마음에 조금 거슬렸음인지, 혹은 그 친근감을 그렇게 공식적으로 시인하는 것이 친절한 거조라고 여겼음인지, 쌩-루가 크게 웃으며 말하였다. "그리고 아마 내가 복무 수칙의 중요성을 과소평가 하였는지 모르겠네. 그 수칙들을 바꾸는 것은 사실이네. 하지만 그것들이 엄연히 군사적 상황과 작전 계획들과 부대의 배치 등을 통제하네. 그 수칙들에 만약 어떤 그릇된 전략적 개념이 반영되었다면, 그것들이 패전의 최초 원인이 될 수도 있네. 그 모든 것이 자네에게는 조금 지나치게 기술적인 이야기이네." 그가 나에게 말하였다. "사실은, 전쟁의 기술을 급속도로 발전시키는 것은 전쟁들 자체라는 점을 염두에 두게. 어떤 전투가 계속되는 동안, 그것이 조금 길어질 경우, 쌍방 중 한 편이 상대 측의 성공과 오류가 주는 교훈을 이용하고, 상대 측이 사용하던 방법들을 더욱 완벽하게 만들며, 상대방 또한 그것을 개선하는 양상을 볼 수 있네. 하지만 그 모든 것은 과거의 이야기라네. 대포의 무시무시한 발전으로 인하여, 만약 또 전쟁이 일어난다면, 미래의 전쟁들은 하도 짧아서, 그러한 교훈을 이용할 생각조차 하기 전에 종전이 선포될 걸세."

"너무 민감하게 굴지 말게나." 마지막 말에 앞서 한 것에 대한 답변으로 내가 쌩-루에게 한마디 하였다. "내가 자네의 말을 상당히 열심히 들었네."

"자네가 더 이상 파리를 잡지[218] 않고 나에게 그것을 허락한다면, 전투들이 서로를 모방하고 중첩되듯 반복되는 것이, 유독 지휘관의 탁월한 지략 때문만이 아니라는 점을 자네가 조금 전 한 말에 덧붙이겠네." 쌩-루의 친구가 말하였다. "사령관의 오류도(적의 전력을 정확히 가늠하지 못하는 것이 그 한 예이네) 그로 하여금 자기의 군대에 터무니없는 희생을 요구하는 결과를 초래할 수 있으며, 그러한 희생을 특정 단위부대들이 어찌나 숭고한 자기 부정으로 감수하는지, 그들의 역할이 그로 인하여 다른 전투에서 다른 하나의 단위부대가 담당하는 역할과 유사해져, 그러한 희생들이 역사학자들에 의해 호환성 있는 예들로 인용될 걸세. 1870년의 예만 보더라도, 쌩-프리바 전투에 임했던 프러시아 군과, 후뢰슈빌러 및 비쎔부르크에서 싸운 알제리 저격수들이 그러한 경우라네."[219]

"아! 호환성이라, 매우 정확한 말이야! 탁월해! 자네 정말 통찰력이 뛰어나네." 쌩-루가 말하였다.

어떤 사람이 나에게 특정 현상 밑에 있는 보편적인 것을 보여줄 때마다 그랬던 것처럼, 나는 그 마지막 사례들에 무심하지 않았다. 하지만 나의 관심을 끌던 것은 지휘관의 천재적 재능이었고, 그 재능이라는 것이 구체적으로 무엇이며, 재능 없는 지휘관이 더 이상 적의 공격을 감당할 수 없게 된 특정 상황에서 재능 뛰어난 지휘관은 위태로워진 전투를 만회하기 위하여 어떻게 대응하는지를 알고 싶었는데, 쌩-루의 말에 의하면 그것이 가능하며 나뽈레옹에 의해 여러 차례 실현되었다고 했다. 또한 군사적 재능이라는 것이 무엇인지 정확히 이해하기 위하여, 아무 내색 하지 않고 지칠 줄 모르는 호의를 보이면서 나의 질문에 대답하던 나의 새로운 친구들을 성가시게 할 것을 무릅쓰고, 나에게도 이름이 잘 알려진 장군들 중 누가 가장 뛰어난 지휘관의 자질을 갖추었는지, 그리고 전술적 재능을 구비하였는지, 비교해 설명해 달라고 내가 그들에게 요청하였다.

나는—그 식당에 앉아 있는 즐거움을 더욱 실감하게 해주는 기차의 기적 소리가 가끔 들려오던, 혹은 나와 함께 있던 젊은이들이 다시 각자의 군도를 집어들고 돌아가야 할 시각까지는 다행히 아직 멀 듯한 시각을 알리는 종소리가 들리던, 멀리까지 펼쳐져 있던 차갑고 광막한 어둠으로부터 뿐만 아니라—쌩-루의 호의 및 그것에 덧붙여져 그것에 일종의 두께를 추가해 주던 그의 친구들이 보이던 호의와, 그 작은 식당 안의 열기와, 우리의 식탁에 올린 정선된 음식들의 풍미 덕분에, 일체의 세속적 근심으로부터, 심지어 게르망뜨 부인과 관련된 추억들로부터도, 내가 거의 분리되었음을 느꼈다. 그 음식들이 나의 식탐중에 못지않게 나의 상상력에도 즐거움을 주어, 때로는 그것들을 제공한 자연의 작은 부스러기가, 가령 아직도 소금기 머금은 물 몇 방울이 남아있는 굴의 꺼칠꺼칠한 성수반이, 혹은 마디 투성이인 포도덩굴의 잔 가지가, 즉 포도 송이에 매달린 노란색 잔 가지와 잎 등이, 먹을 수는 없으되 하나의 풍경처럼 시적이고 아득한 그것들이, 만찬이 계속되는 동안 포도밭 그늘에서의 낮잠이나 해변에서의 산책을 상기시키면서 그 음식들을 둘러싸고 있었으며, 다른 여러 날 저녁에는, 요리사가 마치 하나의 예술품처럼 자연적인 틀 속에 담아 식탁에 올린 각 요리의 원초적 독특성이 오직 그에 의해서만 부각되어, 튀김용 수프에 익혀 기다란 도기 접시에 담아 가져온 물고기는, 견고한 듯 온전하나 산채로 끓는 물에 던져졌던지라 아직도 뒤틀렸고, 원을 이룬 조개들과 위성들처럼 늘어놓은 게, 새우, 홍합 등 극미 동물들에 둘러싸인 채, 푸르스름한 풀 무더기 위해 부각되듯 얹혀 있었던지라,

그것이 마치 베르나르 빨리씨의 도자기 그릇[220] 속에 나타난 것 같았다.

"몹시 부럽군요, 화가 치밀어요." 나와 자기의 친구 간에 별도로 끝없이 이어지던 대화를 두고, 반은 웃으면서, 반은 진지하게, 쌩-루가 나에게 말하였다. "그가 나보다 더 총명하다고 생각해요? 나보다 그를 더 좋아해요? 그렇다면, 그러한 상태라면, 다른 사람은 얼씬도 못하겠지요?" (어떤 여인을 열렬히 사랑하는, 즉 여인을 추구하는 남자들 집단에 속하는 남자들은, 다른 사람들이 별로 순수하지 못하다고 여겨 감히 입에 올리지 못하는 농담도 서슴지 않는다.)

대화가 일반적인 주제로 옮겨가기 무섭게, 혹시 쌩-루의 기분을 상하게 하지 않을까 저어하여, 모두들 드레퓌스에 관한 이야기는 피하였다. 그러나 일주일 후, 그의 동료 두 사람이 나에게 말하기를, 그토록 전형적인 군벌 계층 속에 살면서 그가 드레퓌스파이다 못하여 심지어 반군벌주의자인 것이 신기하다고 하였다. 내가 자세한 이야기는 하기 싫어 그들에게 말하였다. "계층의 영향이라는 것이 사람들이 흔히 생각하듯 그리 중요하지는 않다는 뜻이지요…" 물론 나는 그 말만 하고, 며칠 전 내가 쌩-루에게 개진하였던 견해를 다시 말할 생각은 없었다. 그럼에도 불구하고, 그 두 사람에게 한 그 말을 내가 그에게 거의 베낀 듯 이미 하였던지라, 다음과 같이 덧붙여 그의 양해를 얻으려 하였다. "며칠 전 제가 그에게 한 바로 그 말…" 그러나 일찍이 나는, 나와 몇몇 다른 사람에게로 향한 로베르의 다정한 찬탄이 가지고 있던 이면을 감안하지 못하였다. 그의 그러한 찬탄이 다른 이들의 생각을 어찌나 전적으로 흡수하여 스스로를 완결시켰던지, 그는 채 48시간이 지나지 않아 그 생각들이 자기의 것이 아니라는 사실을 까마득히 잊곤 하였다. 그리하여 나의 그 변변찮은 견해에 관해서도, 그것이 애초부터 자기의 뇌수에 거주하였다는 듯, 그리고 내가 고작 그것을 자기의 영지에서 사냥한 것 뿐이라는 듯, 쌩-루는 자기가 나를 따뜻하게 환영하고 나에게 동의를 표하는 것이 도리라고 생각하였다.

"물론이지! 계층은 중요하지 않아."

그리고, 내가 혹시 자기의 말을 중단시키지 않을까, 혹은 이해하지 못할까 저어하는 듯, 다시 힘주어 말하였다.

"진정한 영향은 지성적 계층의 영향이야. 누구든 자기 사상의 종이니까!"

그가 먹은 것 잘 소화한 사람의 흐뭇한 미소를 지으면서 잠시 말을 중단하더니, 외알박이 안경을 앞으로 늘어뜨린 다음, 자기의 시선을 나사송곳처럼 나에게 고정시키더니, 도발적인 기색으로 말하였다.

"같은 사상을 가진 사람들은 모두 비슷해." 그는 자기가 그토록 완벽하게 다시 뇌리에 떠올린 그것을 내가 불과 며칠 전에 자기에게 말하였다는 사실은 전혀 기억하지 못하는 모양이었다.

나는 쌩-루가 다니는 그 음식점에 매일 저녁 같은 기분으로는 도착하지 않았다. 어떤 추억이나 슬픔이, 우리가 더 이상 그것들을 지각하지 못할 만큼 우리를 내버려둘 수도 있다면, 그것들이 되살아나 오랫동안 우리를 떠나지 않기도 한다. 그 식당에 가기 위하여 시가지를 가로지르면서, 내가 어찌나 게르망뜨 부인을 그리워하였던지, 내가 호흡 곤란 증세를 겪은 저녁들도 있었다. 내 흉부의 일부가 솜씨 능란한 해부학자에 의해 잘려 제거되고, 동등한 크기의 비질료적 괴로움으로, 그리움과 사랑의 등가물로, 대체된 것 같았다. 또한 봉합부가 아무리 완벽해도 소용없으니, 슬픔이 내장들의 자리에 대신 놓여, 그것들보다 더 큰 자리를 차지하는 것 같고 그것을 끊임없이 느끼면, 삶이 상당히 불편할 뿐만 아니라, 자기 육신의 일부분에 '골몰해야' 한다는 것이 얼마나 마음 산란한 일인가! 다만 자신이 더 진실하고 가치 있는 것처럼 여겨진다. 그럴 경우 우리는 한 가닥 미풍에도, 답답함 때문에, 또한 구슬픔 때문에, 한숨짓는다. 내가 하늘을 응시하곤 하였다. 하늘이 맑으면 홀로 이렇게 중얼거리곤 하였다. "아마 그녀가 시골에 가 있을 것이고, 그녀 역시 같은 별들을 바라보고 있을 것이며, 누가 아랴, 식당에 도착하면 혹시 로베르가 이렇게 말하지 않을지. '좋은 소식이 있네. 나의 숙모님께서 나에게 편지를 보내셨네. 자네를 보고 싶다고 하시며, 이곳으로 오시겠다 하시네.'" 내가 게르망뜨 부인에 대한 상념을 창공에만 연관시킨 것은 아니다. 나를 스쳐 지나가던 조금 부드러운 미풍 한 가닥도, 옛날 메제글리즈의 밀밭으로 질베르뜨의 소식을 나에게 전하는 듯 했던 것처럼, 그녀의 소식을 나에게 가져오는 것 같았다. 즉, 우리는 변하지 않으며, 그리하여 우리가 어떤 사람과 연관시키는 감정 속에, 그 사람이 일깨우지만 그 사람과는 무관한, 잠들어 있던 많은 요소들을 이입시킨다. 그러면 우리 내면에 있는 무엇이 항상 그 특이한 감정들을 더 많은 진실에게로 이끌어가려고, 다시 말해 그것들로 하여금 모든 인류에게 공통된 더 보편적인 감정, 우리에게는 특정 개인들이나 그들이 우리에게 주는 괴로움들조차도 그것과 공감할 하나의 계기에 불과한 그 감정과 재합류하게 하려 노력한다. 나의 괴로움에 약간의 기쁨이나마 섞이게 하였던 것은, 그 괴로움이 보편적 사랑의 작은 일부분임을 내가 알고 있었다는 사실이었다. 물론, 질베르뜨와 관련해서 혹은 꽁브레 시절 엄마가 저녁에 나의 침실에 머무시지 않을 때 내가 일찍이 느꼈던 슬픔을, 그리고 또한 베르고뜨의 특정 페이지들에 대한 추억을, 내가 이제 느끼고 있던, 그리고 게르망뜨 부인과 그녀의 냉랭함과 그녀의 부재(不在)가(어느 학자의 뇌리에서 원인이 결과에 연관되듯) 명료하게 연관되어 있던, 그 고통에서 내가 알아본 것처럼 여겨졌다는 그 사실 때문에, 내가 게르망뜨 부인이 그 고통의 원인이 아니리라는 결론은 내리지 않았다. 환부로부터 사방으로 퍼져 나가다가 의사가 정확히 그 원점을 짚기 무섭게 말끔하게 사라지는 모호한 통증이 있지 않은가? 하지만 그러기 전에는, 우리가 보기에 통증의 확산 현상이 통증에게 어찌나 모호하고 숙명적인 성격을 부여하는지, 우리가 그 원인을 설명할 수 없음은 물론 통점(痛點)조차 짐작할 수 없어, 그것을 치유할 수 없으리라고 믿는다. 식당으로 향하면서 내가 홀로 중얼거렸다. "내가 게르망뜨 부인을 못본지 벌써 열나흘이나 되었어." 열나흘이라는 것이, 게르망뜨 부인과 관련되었을 때에는 분 단위로 헤아리던 나에게만 엄청난 무엇으로 보였다. 나의 눈에는, 별들과 미풍뿐만 아니라, 시간의 산술적 구분들까지도 괴롭고 시적인 무엇을 띤 것처럼 보였다. 이제 하루하루가 불분명한 어느 동산의 유동적인 능선 같아서, 한 쪽 경사면을 따라가면 내가 망각을 향해 내려갈 수 있으리라 느꼈고, 다른 쪽 경사면으로 들어서면 공작 부인을 다시 보고 싶은 욕구에 휩쓸렸다. 그리하여, 안정된 균형을 얻지 못한 채, 내가 이쪽 혹은 저쪽으로 더 다가가곤 하였다. 어느 날 내가 이러한 생각에 잠겼다. '오늘 저녁에는 아마 편지가 도착했을 거야.' 그리하여 저녁 식사 장소에 도착하는 즉시, 내가 용기를 내어 쌩-루에게 물었다.

"혹시 빠리에서 무슨 소식 없었소?"

"있었으나 좋지 않은 소식이라네." 그가 침울한 기색으로 대꾸하였다.

나는 그 소식이 그에게만 슬픔을 가져다주었고, 그것이 그의 연인으로부터 온 것임을 알아채면서, 안도의 한숨을 내쉬었다. 하지만 그 나쁜 소식의 후유증이 로베르로 하여금 나를 한동안 자기의 숙모에게로 데려가지 못하게 할 것임을 즉시 깨달았다.

　나는 그와 그의 연인 사이에, 서신으로든 혹은 그녀가 어느 날 아침 잠시 그곳을 방문하였든, 심한 말다툼이 있었음을 알게 되었다. 또한, 그 때까지 두 사람 사이에 벌어졌던 말다툼들이, 비록 덜 심했던 경우에도, 항상 해결될 수 없었던 것 같았다. 왜냐하면 그녀가, 어둔 구석방에 틀어박혀 저녁을 먹으러 나오지도 않고, 아무 설명도 하지 않은 채 더욱 흐느끼기만 하여, 결국에는 따귀를 자초하는 아이들처럼, 이해할 수 없는 이유들 때문에 심기가 상하여 발을 구르는가 하면 눈물을 흘리곤 하였기 때문이다. 쌩-루가 그 불화로 인하여 혹독한 괴로움을 겪었다. 그러나 그것은 지나치게 단순한 화법이며, 그 괴로움에 대한 이해를 왜곡시킨다. 그가 다시 홀로 있을 때에는, 그토록 강력한 그를 보고 느낀 그에 대한 존경심을 품고 돌아간 자기의 연인 생각에만 잠겼던지라, 말다툼이 시작되던 처음 몇 시간 동안 그가 느끼던 불안이 돌이킬 수 없는 상황 앞에서 결국 멎었고, 불안의 중단이라는 것이 어찌나 달콤한지, 그 불화가, 일단 확실해진 다음에는, 하나의 화해에 수반될 수 있을 법한 유형의 매력을 띤 것처럼 여겨졌다. 하지만 조금 뒤에 그를 괴롭히기 시작한 것은, 그녀가 아마 자기에게 더 가까이 다가오려 하였을지 모르고, 그녀가 자기로부터 오는 말 한 마디를 기다리는 것이 불가능한 일이 아니고, 그러는 동안, 보복하려는 심정으로, 그녀가 아마 어느 날 저녁 어떤 곳에서 어떤 짓을 저지를지도 모르고, 그러한 일이 발생하지 않도록 하기 위해서는 자기가 달려가겠노라 그녀에게 전보를 보내면 그만일 것이고, 자기가 낭비한 시간을 아마 다른 남자들이 이용할 것이고, 결국 며칠 후에는 그녀가 다른 남자들의 수중으로 들어가 너무 늦을 것이라는 등의 상념에 부수되는, 그리고 그 흐름이 그의 내면으로부터 끊임없이 분출하는, 또 하나의 다른 고통이었다. 그 모든 가능성들 중 그는 아무것도 알 수 없는데, 그의 연인이 고집스러운 침묵으로 일관하여, 그의 고통이 광증을 띠게 되었고, 결국 그는 그녀가 동씨에르에 숨어 있는 것이 아닌지 혹은 인도로 떠나버렸는지 자문하기에까지 이르렀다.

흔히들 말하기를 침묵이 강력한 무기라고 하였으나, 그것이 사랑 받는 이들의 수중에 있을 경우에는 전혀 다른 의미에서 무시무시한 무기이다. 그 무기가, 기다리는 사람의 불안감을 고조시킨다. 어떤 이를 격리시키는 장벽만큼 그 사람에게 다가가고자 하는 유혹을 불러 일으키는 것은 없는데, 침묵보다 더 돌파하기 어려운 장벽이 또 있겠는가? 사람들이 또한 말하기를, 침묵은 일종의 고문이며, 감옥에서 그것을 강요당한 사람을 능히 미치게 할 수 있다고들 하였다. 그러나—스스로 침묵을 지키는 것보다 더 혹독한—사랑하는 이의 침묵을 견뎌야 하는 것은 얼마나 가혹한 고문인가! 로베르가 홀로 중얼거리곤 하였다. "이토록 입을 다물고 있다니, 그녀가 도대체 무슨 짓을 하고 있단 말인가? 틀림없이 다른 사내들과 어울려 나에게 오쟁이를 지우고 있겠지." 그러다가 이렇게도 말하였다. "내가 도대체 무슨 잘못을 저질렀길래 이토록 입을 봉하고 있단 말인가? 그녀가 아마 나를 증오하며, 그 마음을 영영 돌이킬 수 없을 거야." 그러고는 자신을 나무라곤 하였다. 그렇게 침묵이 실제로, 질투심과 가책감을 동원하여, 그를 미치광이로 만들고 있었다. 게다가, 감옥에서 강요되는 침묵보다 더 가혹한 그 침묵은, 그 자체가 감옥이었다. 물론 비질료적 담장이되 침투할 수 없고, 텅 빈 대기로 이루어진 가로막이되 버려진 연인의 시선이 투과할 수 없었다. 우리 곁에 없는 한 여인을 보여주지 않으면서, 각자 서로 다른 배신에 몰두하는 수천의 여인을 우리에게 보여주는 그 침묵보다 더 무시무시한 조명이 있겠는가? 때로는, 급작스러운 정신적 이완 상태에서, 로베르는 그 침묵이 즉시 멈추리라, 또 기다리던 편지가 오리라, 믿기도 하였다. 그의 눈에 편지가 보였고, 그것이 도착하는 것 같았으며, 부스럭 소리가 들릴 때마다 주위를 살폈는데, 벌써 갈증을 해소한 그가 웅얼거리곤 하였다. "편지야! 편지야!" 그렇게 애정의 상상적인 오아시스를 언뜻 본 후, 그는 끝없는 침묵의 실제적인 사막 속에서 답보하는 자신을 다시 발견하곤 하였다.

그는, 실행되지 않을 망명을 염두에 두고 모든 일들을 정리하되, 사념은 다음 날 자신이 어디에 있을지 몰라, 환자로부터 떼어내었으되 몸에서 분리된 상태에서도 박동을 계속하는 심장처럼, 그들로부터 떨어진 채 이따금씩 동요하는, 그러한 사람들이 그러듯, 다른 때에는 항상 피할 수 있다고 믿던 특정 결별에 수반되는 모든 고통들을 단 하나도 잊지 않고 미리 감수하였다. 여하튼 자기의 연인이 돌아올 것이라는 특유의 희망이, 전투에서 살아 돌아올 수 있으리라는 믿음이 죽음에 과감히 맞서도록 돕듯, 그에게 결별 상태에서도 끈질기게 버틸 용기를 주었다. 또한 '습관' 이라는 것이, 인간의 내면에서 자라는 모든 식물들 중 생존에 필요한 자양분 토양을 가장 덜 요구하며 외견상 가장 삭막한 암석 위에도 제일 먼저 모습을 드러내는 식물인지라, 그가 아마, 우선 결별을 짐짓 실천함으로써, 그것에 진지하게 자신을 익숙하게 하기에 이르렀을 것이다. 하지만 불확실성이 그의 내면에, 그 여인의 추억에 연계되어 사랑을 닮은, 하나의 상태를 유지하고 있었다. 그럼에도 불구하고, 자기의 연인 없이 사는 것이 그녀와 함께 특정 조건들 속에 사는 것보다는 아마 겪을 고초가 적으리라 생각하여, 혹은 자기들이 최근 헤어질 때 그녀가 드러낸 태도를 보건대, 그녀가 그에 대하여 품고 있으리라 믿어지는 것을, 즉 비록 사랑까지는 아닐지라도 최소한 호의적인 평가와 존경을, 그녀가 온전히 간직하도록 하기 위해서는 그녀의 사과를 기다리는 것이 필요하다고 생각하여, 그는 그녀에게 편지를 쓰지 않으려고 자신을 심하게 억제하고 있었다. 그러면서, 얼마 전 동씨에르에 설치한 전화국으로 가서, 자기가 연인을 위해 고용한 침모에게 이런저런 소식을 묻거나 필요한 지시를 내리는 것으로 만족하였다. 그러한 통화 마저 매우 번거로웠고 그에게서 많은 시간을 빼앗았으니, 대도시인 수도가 지저분하다는 문학 친구들의 견해에 따라, 하지만 특히, 그녀가 기르던 개들, 원숭이, 카나리아들, 앵무새 등, 그 짐승들의 끊임없는 울음 소리를 빠리의 집주인이 더 이상 참지 못하는지라, 그 짐승들을 위하여 로베르의 연인이 얼마 전 베르사이유 근처에 작은 저택 하나를 빌렸기 때문이었다. 그러는 동안에도 그는 동씨에르에서 밤이면 잠시도 잠을 이루지 못하였다. 그가 한 번은 나의 방에 왔다가 피로를 견디지 못하고 가벼운 잠에 휩쓸린 적이 있었다. 그러나 문득 그가 무슨 말을 하기 시작하였고, 서둘러 무엇을 제지하려 하는데 그가 이렇게 웅얼거렸다. "그녀의 음성이 들리오, 당신이…당신이 차마…" 그가 잠에서 깨어났다. 그리고 나에게 말하기를, 자기가 꿈을 꾸었는데, 전원에 있는 기병대 상사의 집에 갔었노라고 하였다. 그런데 그 상사가 그를 자기 집의 특정 부분으로부터 멀리 떼어놓으려 애를 쓰더라는 것이다. 쌩-루는, 자기의 연인을 몹시 갈망하는 것으로 자기가 알고 있던, 매우 부유하고 매우 방탕한 어느 중위 하나를 그 상사가 자기의 집에 데려다 놓았음을 알아챘다고 하였다. 그리고 문득, 자기의 연인이 관능적 절정의 순간이면 버릇처럼 내지르던, 간헐적이되 규칙적인 비명 소리가 꿈 속에서 들리더라는 것이다. 그가 상사를 겁박하여 자기를 그 방으로 데려가게 하려 하였으나, 그가 자기를 제지하여 그곳으로 가지 못하게 하였고, 몹시 무례한 짓이라는 듯 불쾌한 표정을 지었는데, 로베르는 그 표정을 결코 잊을 수 없을 것 같다고 하였다.

"내 꿈이 정말 멍청해." 아직도 숨을 헐떡이면서 그가 덧붙였다.

그러나 내가 보자니, 그 이후에도 한 동안은, 그가 화해를 요청하기 위하여 자기의 연인에게 전화를 할 듯한 기색을 여러 차례 드러냈다. 나의 아버지께서 얼마 전부터 전화를 가지고 계셨으나, 그러한 사실이 쌩-루에게 큰 도움이 될 수 있었을지는 나도 모르겠다. 게다가, 나의 부모님께, 아니 두 분 댁에 놓인 하나의 기계에게 그럴 뿐이라 해도, 쌩-루와 그의 연인 사이의(그녀가 아무리 기품 있고 성정 고결하다 할지라도) 중계자 역할을 안겨드리는 짓이 그리 합당하지는 않을 것 같았다. 쌩-루가 꾼 악몽이 그의 뇌리에서 조금 지워졌다. 그 잔혹한 날들이 계속되는 동안 그가 멍하고 고정된 시선으로 날마다 나를 보러 왔으며, 그 날들이 꼬리를 물고 이어지면서, 로베르가 자기의 연인이 어떤 결심을 할지 자문하며 머물러 있곤 하던, 고통스럽게 벼려 만든 어떤 난간의 장엄한 곡선 같은 것을 나의 내면에 그려 놓았다.[221] 드디어 그녀가 자기를 용서해 주겠느냐고 그에게 물었다. 결별을 피할 수 있게 되었음을 깨닫기 무섭게, 화해에서 비롯될 온갖 난관들이 그의 눈 앞에서 어른거렸다. 게다가 그는 이미 덜 괴로워하고 있었으며, 관계가 다시 시작될 경우 아마 단 몇 달이 지나지 않아 그 깨무는 듯한 상처를 다시 느껴야 할 고통을 벌써 거의 받아들였다. 그는 오랫동안 머뭇거리지 않았다. 그리고 잠시나마 머뭇거렸던 것은 아마, 자기가 드디어 연인을 다시 수중에 넣을 수 있다고, 그럴 능력이 있다고, 그러리라고 확신하였기 때문이었을 것이다. 다만 그녀가 그에게 요청하기를, 자기가 마음의 평정을 되찾을 수 있도록, 1월 초하루에는 빠리에 오지 말라고 하였다. 그런데 그에게는 빠리에 가서 그녀를 만나지 않을 용기가 없었다. 한편 그녀가 그와 함께 여행을 떠나겠노라고 일찍이 동의한 적은 있으나, 그러기 위해서는 정식 휴가가 필요했는데 보로디노 대위가 그에게 후가를 허락하려 하지 않았다.

"나의 숙모님을 방문하려는 우리의 계획이 뒤로 미루어지는 것이 마음에 걸리네. 내가 부활절에는 틀림없이 빠리에 돌아갈 수 있을 걸세."

"그 무렵에는 우리가 함께 게르망뜨 부인 댁에 갈 수 없을 걸세. 내가 벌써 발백에 가 있을 테니 말이야. 하지만 전혀 문제될 것 없네."

"발백에? 하지만 그곳에는 8월에나 가지 않았던가?"

"그랬지. 그러나 금년에는 나의 건강 때문에 나를 더 일찍 그곳으로 보내기로 되어 있다네."

그는 자기가 나에게 들려준 이야기로 인해 내가 자기의 연인에 대해 좋지않은 견해를 가지지 않을까 노심초사하였다. "그녀가 다만, 너무 솔직하고 자기의 감정에 너무 충실하기 때문에 격렬한 편이지. 하지만 감탄할 만한 사람이라네. 그녀 속에 있는 시적 섬세함을 자네는 상상조차 할 수 없을 걸세. 그녀는 매년 망자들의 날[222]을 브뤼즈에 가서 보낸다네.[223] 참으로 '착하지' 않은가? 자네가 혹시 그녀를 만나게 된다면, 그녀에게 일종의 고귀함이 있음을 알게 될 걸세…" 또한 그 여인의 주변에서 문인들이 사용하던 특정 언어에 물들어 있었던지라, 그가 이런 말도 하였다. "그녀에게는 별들과 같은, 심지어 바테스[224]와 같은 무엇이 있는데, 내가 하는 말의 뜻을 자네도 이해하겠지만, 바테스는 거의 사제와 다름없는 시인을 가리켰다네."

나는 저녁 식사 동안 내내, 쌩-루가 자기의 숙모에게, 자기가 빠리에 갈 때까지 기다리지 말고 나를 초대해 달라고 요청하게 할 구실을 찾으려 궁리하였다. 그런데 그 구실이, 쌩-루와 내가 발백에서 알게 된 위대한 화가 엘스띠르의 화폭들을 다시 보고자 하는 나의 욕구에 의해 나에게 제공되었다. 게다가 얼마간의 진실이 내포된 구실이었으니, 왜냐하면, 발백에서 엘스띠르를 방문하던 동안, 내가 그의 그림들에게 나를 그것들 자체보다 더 나은 사물들에 대한 이해와 사랑에게로, 그리하여 하나의 진정한 긴장 완화[225]에게로, 어느 지방의 실제적인 장소로, 해변에 나타나는 생생한 여인들에게로(그리고 기껏해야, 산사나무 있는 어느 오솔길처럼 내가 그 근저까지 밝힐 수 없었던 현실 속 사물들의 모습을, 그것들의 아름다움을 그가 나에게 고스란히 보존해 주도록 하기 위해서가 아니라 나에게 드러내 주도록 하기 위하여, 나에게 그려 달라고 하였을 것이다) 인도해 달라고 요청하였다면, 이제는 반대로, 나의 욕망을 자극하게 된 것이 그 그림들 자체의 독창성과 매력이었고, 내가 특히 보고자 하였던 것이 엘스띠르의 다른 여러 화폭들이었으니 말이다.

그뿐만 아니라 그의 미미한 화폭들까지도 나에게는, 그보다 더 유명한 화가들의 대표작들과는 다른 무엇처럼 보였다. 그의 작품은, 닫혀 있고 그 국경을 넘을 수 없으며 비길 데 없는 질료로 이루어진 하나의 왕국 같았다. 그에 관한 연구 논문들을 게재한 흔치않은 잡지들을 열심히 수집하면서, 나는 그가 근래에 와서야 풍경화와 정물화들을 그렸고, 애초에는 신화적 화폭들을 그리는 것으로 시작하였으며(내가 그의 화실에서 그러한 화폭을 찍은 사진 두 장을 이미 보았다), 오랫동안 일본 예술에서 깊은 인상을 받았다는 등의 사실을 알게 되었다.

그의 다양한 기법들 중 가장 특징적인 몇몇 작품들은 지방에 있었다. 그의 가장 아름다운 풍경화들 중 하나가 있다는 앙들리[226] 지역의 어느 집이 나에게는, 하나의 영광스러운 그림유리창 박혀 있는 규석(硅石) 건축물을 가지고 있는 샤르트르 지역의 어느 마을[227]만큼이나 소중하게 보였고, 그 마을 못지않게 강렬한 여행 욕구를 나의 내면에 촉발시켰다. 또한 그 걸작품을 소유하고 있는 사람에게로, 어느 신작로에 면한 자기의 투박한 집 속에 점성술사처럼 깊숙이 들어앉아, 아마 수천 프랑을 지불하고 구입하였을, 엘스띠르의 화폭이라는, 세계를 반사하는 그 거울들 중 하나에게 질문을 던지고 있을 그 사람에게로, 나는 가장 중요한 주제에 대하여 우리와 같은 식으로 생각하는 사람들의 마음은 물론 성격까지도 우리와 결합시켜 주는 그 특이한 호감에 의해, 내가 이끌려감을 느꼈다. 그런데, 내가 특별히 좋아하던 그 화가의 주요 작품 세 점이 게르망뜨 부인의 소유라고 그 잡지들 중 하나에 언급되어 있었다. 그리하여 결국, 쌩-루가 나에게 자기 연인의 브뤼즈 여행을 알리던 날 저녁에, 식사를 하는 동안, 내가 진지하게, 그의 친구들 앞에서, 마치 느닷없이 그러듯, 다음과 같이 말할 수 있었다.

"내 말 들어 보시겠나? 우리가 이야기하던 그 귀부인에 대한 이야기일세. 내가 발벡에서 교분을 맺은 화가 엘스띠르를 기억하시는가?"

"물론이지."

"그를 내가 찬미하던 일 기억하시겠나?"

"생생히 기억하며, 우리가 종업원을 시켜 그에게 우리의 편지를 전하게 한 일도 기억하네."

"그런데, 가장 중요한 이유는 아니네만, 그 이유들 중 하나 때문에, 부수적인 이유지만, 내가 그 귀부인과 교분을 맺고 싶네. 어느 귀부인을 두고 하는 말인지 아시겠나?"

"물론이지! 그런데 어인 여담이 그리도 긴가!"

"그녀가 엘스띠르의 가장 아름다운 그림을 적어도 한 점은 자기의 집에 간직하고 있다네."

"정말인가? 나는 모르고 있었네."

"엘스띠르가 부활절에 틀림없이 발백에 있을 거요. 그가 이제는 연중 거의 대부분을 그 해안에서 보낸다오. 발백으로 떠나기 전에 내가 그 그림을 한 번 볼 수 있으면 좋겠소. 당신이 당신의 숙모님과 그럴 만큼 친숙한 사이인지는 모르겠소만, 그녀가 거절하지 않도록 그녀에게 나를 상당히 그럴듯한 사람처럼 능란하게 소개하여, 당신 없이도 내가 그 화폭을 보러 가게 해주십사 요청하실 수 있겠소? 어차피 당신은 빠리에 없을 테니 말이오."

"알겠네, 내가 장담하지, 나에게 맡기게나."

"로베르, 내가 당신을 얼마나 좋아하는지, 이루 말로 표현할 수 없소."

"나를 좋아하신다니 친절한 말씀입니다만, 약속하신대로 또 이미 시작하신대로, 저에게 말씀을 놓으시는 것 또한 친절한 거조일 것입니다."

"지금 두 분께서 모의하고 계시는 것이 당신의 떠남이 아니기를 바랍니다." 로베르의 친구들 중 한 사람이 나에게 말하였다. "쌩-루가 휴가를 떠난다 해도, 우리들이 있으니 아무것도 바뀔 것은 없습니다. 당신에게는 혹시 흥미로움이 덜할지 모르겠으나, 우리가 수고를 아끼지 않고 노력하여, 당신이 그가 없다는 사실조차 깨닫지 못하시도록 하겠습니다!"

실제로, 로베르의 연인이 홀로 브뤼즈에 갈 것이라고 모두들 믿고 있던 순간에, 그 때까지 동의를 하지 않던 보로디노 대위가, 부사관 쌩-루에게 브뤼즈에 갈 수 있도록 장기 휴가를 허락하는데 동의하였다는 사실을 알게 되었다. 그 경위는 다음과 같았다. 자신의 풍성한 모발을 자랑스러워하던 보로디노 대공은, 지난 날 나뽈레옹 3세의 이발사였던 사람의 심부름꾼이었으며, 그 도시에서 가장 유명한 이발사의 변함없는 고객이었다. 그는 이발사와 사이가 좋았다. 그의 위엄있는 거조에도 불구하고, 그가 이름없는 백성들은 지극히 소박한 태도로 대하였기 때문이다. 그러나, '뽀르뚜갈 화장수' [228] 및 '군주들의 화장수' [229], 고대기,[230] 면도칼, 가죽 띠 비용에 덧붙여진 이발 및 샴푸 비용 등, 적어도 다섯 해 분의 연체금을 대공으로부터 받지 못한 이발사는, 이발비를 즉석에서 현금으로 지불하며 마차 여러 대와 승마용 말들을 가지고 있던 쌩-루를 대공보다 더 높이 평가하였다. 자기의 연인과 함께 떠날 수 없는 쌩-루의 고충을 알게 된 이발사가, 마침 하얀 보자기에 결박당하듯 온몸이 감싸인 채 머리를 뒤로 젖히고 그의 손에 들린 면도날 앞에 자기의 목젖을 위험스럽게 내맡기고 있던 대공에게, 그 사연을 열에 들뜬 사람처럼 이야기하였다. 한 젊은이의 그 파란 많은 사랑 이야기에 중대장-대공께서 보나빠르뜨적 관용[231]의 미소를 지었다. 그가 그 순간에 자기의 연체된 이발료를 뇌리에 떠올렸을 가능성은 희박하나, 어느 공작의 부탁이 그의 기분을 상하게 하였을 만큼, 그 이발사의 부탁이 그의 기분을 유쾌함 쪽으로 기울게 하였다. 턱에 비누 거품이 수북한 상태에서 그가 휴가를 허락하겠노라 약속하였고, 그날 저녁에 즉시 허가서에 서명하였다. 한편, 끊임없이 허세를 부리는 버릇을 가지고 있으며, 그러기 위해서 범상치 않은 거짓말 수완을 동원하여 몽땅 지어낸 공적들을 자기에게로 돌리곤 하던 이발사는, 모처럼 쌩-루에게 괄목할만한 도움을 주고 나서, 자기의 공을 입밖에 내지 않았을 뿐만 아니라, 마치 허풍이라는 것이 거짓말을 필요로 하는데 거짓말 할 여지가 없을 경우 겸손함에 자리를 내어주기라도 하는 듯, 그 이야기를 로베르 앞에서 결코 꺼내지 않았다.

로베르의 모든 친구들이 나에게 말하기를, 내가 아무리 오랫동안 동씨에르에 머물러도, 혹은 어느 시기에 그곳에 다시 오더라도, 그가 혹시 동씨에르에 없으면, 자기들의 마차와 말과 집과 여가를 나에게 바치겠노라 하였고, 그리하여 나는 그 젊은이들이 자기들의 사치품과 젊음과 정력을 나의 허약함을 위해 기꺼이 희생함을 느꼈다.

"덧붙여 말씀 드리거니와, 매년 이곳에 오시지 않을 이유가 뭐 있습니까?" 나에게 더 머물라고 강변한 후에 쌩-루의 친구들이 다시 말하였다. "이곳의 소박한 생활이 당신의 마음에 드는 모양인데! 게다가 심지어, 당신은 마치 노병처럼, 이 연대에서 일어나는 모든 일에 관심을 가지고 계십니다."

그들이 그러한 말을 한 것은, 옛날 중등학교 재학 시절에 국립극장 떼아트르-프랑세 소속 배우들을 놓고 급우들에게 그랬듯이, 나에게 이름이 알려진 장교들을, 그들이 받을 수 있을 찬사의 크고 작음에 따라 등급을 매겨 달라고, 내가 그들에게 계속적으로 끈질기게 요구하였기 때문이다. 그리고 혹시, 갈리페[232]라든가 네그리에[233] 등 항상 다른 사람들보다 먼저 인용되던 장군들을 상등급에 놓는 대신, 쌩-루의 어떤 친구가 '하지만 네그리에는 가장 보잘것없는 장군들 중 하나' 라고 하면서, 뽀[234]라든가 겔랭 드 부르고뉴[235] 같은 순진무구하고 감미로운 이름들을 툭 던져 놓으면, 옛날 띠롱[236]이라든가 훼브르[237] 등과 같은 진부해진 이름들이 아모리[238]라는 이례적인 이름의 급작스러운 피어남에 의해 구석으로 밀려났을 때처럼, 내가 행복한 놀라움을 느끼곤 하였다. "네그리에보다도 뛰어납니까? 하지만 어떤 면에서? 예를 하나 들어 말씀해 주시지요." 나는 그 연대의 위관급 하위 장교들 사이에도 깊은 차이가 있다는 말을 듣고 싶었으며, 그러한 차이들의 논거에서 군사적 우월성이라는 것의 본질을 포착할 수 있으리라 기대하였다. 그 장교들에 관한 이야기들 중 나의 관심을 가장 고조시켰을 이야기는, 내가 가장 자주 본 사람이었던지라, 보로디노 대공에 관한 것이었다. 하지만 쌩-루도 그의 친구들도, 자기 중대의 기강을 완벽하게 확립하는 그 멋진 장교의 자질은 인정하면서도, 그 사람 자체는 좋아하지 않았다. 그들이 물론 그에 대하여, 사병 출신의 특진 장교들이며 프리메이슨 단원들처럼 자기들끼리만 어울리는 고압적이고 사나운 몇몇 장교들에 관해 이야기할 때와는 다른 어조로 이야기를 하였지만, 보로디노 씨를 세습 귀족 출신 장교들 축에는 넣지 않는 것 같았으며, 그가, 사실대로 말하거니와 심지어 쌩-루를 대함에 있어서도, 귀족 출신 장교들과는 현격하게 다른 태도를 보였다. 세습 귀족 출신 장교들은, 로베르가 부사관에 불과하여 그의 세력 당당한 가문이—그런 이유가 아니라면 멸시하였을—상관들 집에 그가 초대되는 것을 다행으로 여길 수 있다는 사실을 이용하고자, 그 젊은 부사관에게 유익할 수 있는 어떤 거물이 참석하는 연회에는 결코 기회를 놓치지 않고 그를 초대하였다. 로베르와 공식적인 관계만을—게다가 그 관계가 매우 원만했다—유지하던 장교는 보로디노 대위뿐이었다. 자기의 조부께서 황제의 의해 프랑스 대원수에 임명되시고 대공 및 공작 작위를 받으셨으며 곧 이어 혼인을 통해 황족이 되신 다음, 부친께서도 나뽈레옹 3세의 사촌 자매와 혼인하시고 꾸데따[239] 이후 두 차례나 재상 직에 오르셨건만, 보로디노 대공은 그럼에도 불구하고 자기가 쌩-루 및 게르망뜨 가문 측 사람들에게는 하찮게 보인다는 것을 느끼고 있었으며, 그들 또한, 그의 관점이 그들과는 같지 않았던지라, 그에게는 별것 아닌 것처럼 보였기 때문이다. 그는 자기가—호언촐러른 왕가[240]와 인척인 자기가—쌩-루에게는 진정한 귀족이 아니라 일개 소작농의 손자로밖에 보이지 않는다는 사실을 짐작하고 있었으나, 반면 그 역시, 쌩-루를 그 백작령이 황제에 의해 추인되었을 뿐인—쌩-제르맹 사교계에서는 그러한 사람들을 가리켜 헝겊 덧대어 수선한 백작들이라 하였다—사람의, 즉 황제에게 도지사 자리나, 편지에서 '각하'로 칭하며 군주의 조카뻘인 국무장관 보로디노 대공 전하가 임명권을 가지고 있는 하위직 등을 구걸하는 사람의, 아들쯤으로 간주하고 있었다.

보로디노 대위의 부친이 아마 군주의 조카 이상이었을지도 모른다. 보로디노 가문의 첫 번째 대공녀는 유배지인 엘바 섬까지 나뽈레옹 1세를 따라갈 정도로 그에게 호의를 가지고 있었으며, 두 번째 대공녀 역시 나뽈레옹 3세에 대한 호의가 컸던 것으로 알려져 있었다. 또한 보로디노 대위의 평온한 얼굴에서 나뽈레옹 1세의 자연스러운 용모는 아니더라도 최소한 표정의 꾸민듯한 장중함을 다시 발견할 수 있었고, 특히 그 장교의 우수 어리고 선량한 시선과 처진듯한 코밑수염에는 나뽈레옹 3세를 연상시키는 무엇이 있었다. 또한 그것이 어찌나 충격적이었던지, 쎄당 전투[241] 후, 그를 비스마르크의 집무실로 데려갔을 때, 그가 황제를 따라갈 수 있게 허락해 달라고 하자 그 소청을 거절한 비스마르크가, 물러가려는 그 젊은이를 우연히 쳐다보는 순간, 그 닮은 모습에 하도 놀라, 생각을 바꾸어 그를 다시 불렀고, 다른 모든 사람들에게 그랬듯이 그에게도 거절했던, 그의 소청을 받아들였다고 한다.

보로디노 대공이 쌩-루나 같은 연대에서 복무하는 쌩-제르맹 구역 귀족 계급에 속하는 다른 사람들에게 다가가려 하지 않은 이유는(반면 그가 평민 출신이며 인품 좋은 중위 두 사람은 자주 초대하였다), 자기의 황족 신분이라는 입장에서 모든 사람들을 내려다보고 있었던지라, 자기보다 하위 신분 출신이라 여기던 그들 중, 스스로 신분이 낮음을 아는 사람들과는, 그의 표면적인 엄숙함 밑에 있는 순박하고 명랑한 기질을 드러내면서 어울리기를 좋아한 반면, 자신들의 신분이 높다고 생각하던 다른 부류의 하위 신분 출신들은 엄밀히 구별하여 용납하지 않았기 때문이다. 또한 그리하여, 연대의 모든 장교들이 쌩-루를 열렬히 환대했던 반면, X대원수가 쌩-루를 자기에게 천거하였건만, 보로디노 대공은, 물론 쌩-루가 모범적이었던 공무에서, 그에게 호의를 보이는 것으로 그쳤고, 그를 결코 자기의 집에 초대하는 일은 없었는데, 그가 어떤 면에서는 그를 초청할 수밖에 없게 된 특수한 상황이 발생하였고, 그 일이 내가 그곳에 머무는 동안에 생겼던지라, 나도 함께 오라고 그에게 요청하였다. 그날 저녁 나는, 자기 중대장의 식탁 앞에 앉은 쌩-루를 보면서, 전통적 세습 귀족과 제정 시절 귀족 사이에 존재하는 상이점을, 그 두 사람의 예절과 우아함에서도 쉽사리 분별할 수 있었다. 자신의 지성을 총동원하여 떨쳐버리려 함에도 불구하고 그 단점들이 이미 그의 핏줄 속으로 침투하였고, 적어도 한 세기 전부터 실질적인 권한 행사하기를 멈추었던지라, 받는 교육의 일부를 이루던 보호자인 척하는 친절 속에서, 자기들의 친근함에 우쭐하고 자기들의 격의없음에 영광스러워할 것이라 믿을 만큼 자기들이 멸시하는 평민들의 생각과는 반대로, 승마나 검술처럼 진지한 목적 없이 파적 삼아 쌓는 훈련 이상의 것을 발견하지 못하게 된, 그러한 세습 귀족 출신이었던 쌩-루는, 자기에게 누가 어떤 평민을 소개하든 그 이름조차 제대로 듣지 못한 그 사람의 손을 가리지 않고 친절하게 덥썩 잡았으며, 그와 한담을 나누면서(끊임없이 다리를 포갰다가 다시 푸는가 하면, 상체를 뒤로 젖히는 등, 단정치 못한 자세로 발을 자신의 손바닥 위에 올려놓기도 하면서) 그 사람을 '여보게'라고 부르곤 하였다. 하지만 그와는 반대로, 영광스러운 공훈을 포상하는, 그리고 많은 사람들을 지휘하며 따라서 인간을 잘 알아야 하는 고도의 직무를 수행하던 추억을 상기시키는, 많은 세습 재산을 갖춘지라 그 작위들이 아직도 각각의 의미를 간직하고 있던 제정 시절 귀족 계급에 속해 있던 보로디노 대공은—그의 개인적이고 명료한 의식 속에서 명확하게는 아니지만, 적어도 그의 태도와 거조를 통해 그를 드러내던 그의 몸뚱이 속에서—자기의 신분을 하나의 실질적인 특권으로 여겼고, 따라서 쌩-루라면 그 어깨를 툭 치거나 팔을 친근하게 잡았을 같은 평민들에게도(고귀함 가득한 일종의 삼감이 그의 천성인 미소 감도는 순박함을 완화시키고 있던 장중한 친절을 보이면서), 진정한 호의와 의도적인 자긍심이 동시에 선명하게 새겨진 어조로 말을 건네곤 하였다. 그러한 특징은 의심할 나위 없이, 그의 부친께서 일찍이 최고위직 책무를 담당하셨고, 팔꿈치를 탁자 위에 올려놓는다든가 손으로 자기의 발을 감싸잡는 등 쌩-루가 보인 거조는 금기시되었을 주요 대사관저나 궁정으로부터 그가 쌩-루보다 덜 멀어져 있었던 것에도 연유할 것이나, 특히 무엇보다도, 그 평민 계급을 그가 덜 멸시하였던 것은, 그 계급이 첫 황제에게는 그의 대원수들과 귀족들을, 두 번째 황제에게는 풀트나 루에르 같은 이들을 제공한, 거대한 저수지였다는 사실에 연유하였다.[242]

물론, 그가 황제의 아들이었건 혹은 손자였건, 그에게는 일개 기병 중대를 지휘하는 일밖에 없었으니, 그의 부친과 조부를 항상 사로잡고 있던 심려가, 더 이상 대상이 없어, 보로디노 씨의 사념 속에 실질적으로 존속할 수 없었다. 그러나 한 예술가의 영혼이, 그가 죽은 여러 해 후에도, 그가 조각한 인물상에 형태 부여하기를 계속하듯,[243] 그들의 심려들이 그의 내면에서 형체를 얻어 구체화되었고, 마치 강생한 듯하여, 그의 얼굴이 반사하던 것은 바로 그 심려들이었다. 그가 어느 하사를 꾸짖을 때에는 그의 음성에서 첫 번째 황제의 격렬함이 느껴졌고, 반면 두 번째 황제의 몽상에 잠긴 듯한 우수를 드러내며 담배 연기를 내뿜기도 하였다. 그가 사복 차림으로 동씨에르의 거리를 지나갈 때에는, 그의 눈에 어린 강렬한 광채가 중산모 밑으로 발산되어, 대위의 주위에서 어느 군주의 잠행과 같은 것이 어른거리게 하였으며, 한편 부관과 보급관을 마치 베르띠에와 마쎄나처럼[244] 뒤따르게 하고 주임상사의 사무실로 들어갈 때에는 모두들 벌벌 떨었다. 그가 자기 중대원들의 바짓감 천을 고를 때에는, 딸레랑[245]의 간계를 좌절시키고 알렉상드르[246]를 속일 수 있을 시선으로 피복 담당관을 뚫어지게 응시하였으며, 때로는 장구 정돈 상태를 검열하던 중 문득 걸음을 멈추고, 찬탄할만한 하늘색 눈이 몽상에 잠기도록 내버려둔 채, 자기의 코밑 수염을 만지작거리곤 하였으며, 그러한 순간에는, 새로운 프러시아와 새로운 이딸리아를 건설하는 기색이었다.[247] 하지만 이내, 그러한 나뽈레옹 3세로부터 다시 나뽈레옹 1세로 되돌아와, 장비들의 손질이 제대로 되어 있지 않다고 지적하는가 하면 병사들의 식단을 시식해 보겠다고 하였다. 그리고 자기의 집에서는, 즉 사생활에서는, 어느 대사를 초대할 때에나 어울릴 감청색 쎄브르산 식기들[248](나뽈레옹이 자기의 부친에게 하사하였고, 번창한 농가로 개조된 옛 영주의 저택에 있는 투박한 찬장 속에서 관광객들이 발견하고 더 큰 기쁨을 느끼며 찬탄하는 희귀한 도자기들처럼, 그가 사는 산책장 근처의 시골풍 집에 있어 더욱 진귀해 보이던) 뿐만 아니라, 황제의 다른 선물들도 평민 출신 장교들(물론 그들이 프리메이슨 단원들이 아니라는 조건에서)의 부인들을 위하여 내놓게 하였는데, 황제의 다른 선물들이란, 명문가 출신이라는 사실 때문에 평생 동안 가장 부당한 배척을 받아야 하는 처지에 놓이는 일을 피한 몇몇 사람들을 위해서는,[249] 해외 주재 외교 공관에서도 경이로운 효과를 낼 수 있을 고결하고 매력적인 예의범절, 격의없는 거조, 선량함, 우아함, 역시 감청색인 에나멜 밑에 감싸인 영광스러운 영상들, 반짝이며 여전히 존속하던 그 시선의 신비한 성유물 등이었다. 그리고 대공이 동씨에르에서 평민 출신 장교들과 맺은 관계에 대하여 다음 이야기도 해 두는 것이 마땅할 것이다. 중령의 피아노 연주 솜씨는 찬탄할 만했고, 수석 군의관의 부인의 노래 솜씨는 마치 국립음악원을 수석으로 졸업한 사람의 솜씨 같았다. 군의관 내외는 중령과 그의 부인처럼 매주 보로디노 씨 댁에서 저녁 식사를 하였다. 그 두 내외는, 대공이 휴가를 얻어 빠리에 갈 때마다 뿌르딸레스 부인[250] 댁이나 뮈라[251] 집안 사람들 댁에서 저녁 식사를 한다는 사실을 아는지라, 물론 우쭐했다. 하지만 그들은 자기들끼리 이렇게 말하곤 하였다. "그는 일개 대위에 불과한지라, 우리가 자기의 집에 드나드는 것에 감지덕지할 거야. 그렇더라도 우리에게는 그가 하나의 진정한 친구야." 그러나 오래 전부터 빠리로 더 가까이 다가가기 위하여 교섭을 벌이던 보로디노 씨가 보베 지역으로 전근 명령을 받았을 때, 이사를 한 후에는 동씨에르의 극장과 자기가 자주 사람을 보내어 점심 식사를 주문하던 음식점처럼 음악가들 내외 역시 완전히 잊어, 자기의 집에서 그토록 자주 저녁 식사를 하던 중령과 수석 군의관이 다시는 그의 소식을 접하지 못하였고, 그리하여 몹시 분개하였다.

어느 날 아침 쌩-루가 나에게 털어놓기를, 나의 소식을 전하기 위하여, 또 동씨에르와 빠리 사이에 전화가 개통되었으니 나와 대화를 하시는 것이 어떻겠느냐는 자기의 생각을 말씀드리기 위하여, 자기가 나의 할머니에게 편지를 드렸노라고 하였다. 간단히 말해, 바로 그날, 할머니께서 나에게 전화를 하시게 되어 있으니, 오후 4시 15분 전쯤 전화국에 가 있으라고 하였다. 그 시절에는 전화 사용이 아직 오늘날처럼 일반적이지 않았다. 그렇건만 우리가 접촉하고 있는 신성한 힘에서 습관이 그 신비를 어찌나 신속하게 박탈해 버리는지, 즉각 통화가 이루어지지 않아 내가 품게 된 유일한 사념은, 전화라는 것이 매우 더디고 몹시 불편하다는 것이었으며, 내가 거의 불만을 제기하려는 의도를 품기까지에 이르렀다. 오늘날 우리 모두가 그러듯, 나는, 우리가 전화로 말을 건네고자 하던 사람이, 그리고 자기가 사는 도시에서(내 할머니의 경우는 빠리였다), 우리와는 다른 하늘 아래에서, 반드시 같지 않을 수도 있는 날씨 속에서, 우리가 모르는(그 사람이 우리에게 이야기해 줄) 상황과 근심거리들에 둘러싸여, 자기의 탁자 앞에 앉아 있는 그 사람이, 우리의 변덕이 그것을 명령하는 순간에 문득 수백 리으 밖으로부터 옮겨져(그와 그가 잠겨 있던 환경도 몽땅) 문득 우리의 귓전에 와서, 보이지는 않되 엄존하는 상태로 우리 곁에 출현하게 하는데 몇 순간이면 충분한 그 찬탄할 만한 마법이, 그것의 급작스러운 작용에 있어 나의 마음에 흡족할 만큼 신속하지 못하다고 생각하였기 때문이다. 또한 우리들은, 통화가 이루어질 경우, 곁에 있는 듯하나 까마득히 멀리서, 즉 실제로 있는 장소에서, 눈물을 흘리거나 책을 뒤적이거나 꽃을 꺾고 있는 그의 할머니나 약혼녀를, 어느 마녀가 그의 소원대로 초자연적인 선명함 속에 나타나게 해주는, 옛날 이야기[252] 속의 어느 젊은이와 같다. 그러한 기적이 이루어지도록 하기 위해서는 우리가 작은 판에 입술을 가져다 대고—때로는 조금 지나치게 오랫동안 그래야 하는 것이 사실이다—얼굴은 영영 모르는 채 날마다 그 음성만 듣는, 경계 게을리 하지 않는 처녀들을 부르기만 하면 되는데, 그녀들은, 현기증 일으키는 암흑세계의 문들을 빈틈없이 감시하는 우리의 수호천사들, 우리가 직접 모습을 보는 것은 허락되어 있지 않되, 부재(不在)하는 이들이 불쑥 우리 곁에 나타나게 해주는 절대권 가진 여인들, 소리의 단지들을 끊임없이 비우고 다시 채우며 서로에게 건네는 보이지 않는 세계 속의 다나이스들,[253] 아무도 듣지 않으리라는 기대를 가지고 우리가 어느 사랑하는 여인에게 은밀한 말을 속삭이는 순간에 '듣고 있어요'[254]라고 잔인하게 소리치는 냉소적인 후리아[255]들, 신비한 의식 집전을 돕는 항상 화가 나 있는 하녀들, 보이지 않는 존재를 모시는 성미 까다로운 여사제들, 즉 전화 교환수 아가씨들이다!

그리고 오직 우리의 귀만이 그 위로 열려 있는 유령들 가득한 어둠 속에서 우리의 호출 전화벨 소리가 울리기 무섭게, 가벼운 소음 하나가,—모호한 소음 하나가—거리가 삭제되어 가까워진 소음 하나가 들린 다음,[256] 뒤이어 다정한 이의 음성이 우리에게 말을 건넨다.

저쪽에 있는 이는 그 정다운 사람이고, 우리에게 말을 건네는 것은 그의 음성이다. 하지만 그 음성은 얼마나 멀리 있는가! 그토록 내 귀 가까이에서 들리던 음성의 주인인 그 여인을 장시간 동안 여행하지 않고는 볼 수 없다는 사실 앞에서 내가 마치, 가장 달콤한 접근의 허상 속에 있는 기만적인 것을, 그리고 손을 뻗기만 하면 붙잡을 수 있을 듯 보이는 순간에도 사랑하는 이들로부터 우리가 얼마나 멀리 떨어져 있을 수 있는지를, 더욱 절실하게 느끼기라도 하는 듯, 극도의 괴로움 없이는 그 음성에 귀를 기울일 수 없었던 때가 그 몇 번이던가! 그토록 가까이에서 들리는 음성은 엄연한 이별 상태 속의 실질적인 현존이다! 그러나 영원한 이별의 예행이기도 하다! 그토록 멀리에서 나에게 말을 건네는 여인이 보이지 않는 상태에서 그렇게 귀를 기울이노라면, 그 음성이 마치 아무도 다시는 빠져나올 수 없는 심연으로부터 외치는 소리처럼 여겨지는 경우가 잦았으며, 그럴 때마다 나는, 하나의 음성이 언젠가는 그렇게 돌아와(홀로, 그리고 내가 영영 다시 볼 수 없게 되어 있는 어느 몸뚱이에 더 이상 연관되지 않은 상태로), 영영 먼지로 변해 버린 입술을 떠나는 순간 내가 열렬히 포옹하고 싶어하게 될 말을 나의 귀에다 속삭일 때 나의 가슴을 심하게 압박할, 극심한 불안 상태를 맛보곤 하였다.

그날에는 애석하게도 동씨에르에서 그러한 기적이 일어나지 않았다. 전화국에 도착하자 할머니께서 이미 나를 호출하셨다고 하였다. 전화 박스 안으로 들어가 보니 전화는 통화 상태에 있었고, 어떤 사람의 말 소리가 계속 들렸는데, 자기의 말에 응답할 사람이 없다는 사실을 틀림없이 모르고 있는 듯하였다. 왜냐하면, 내가 수화기를 나의 귀 가까이 가져가자 그 나무조각이 뽈리쉬넬[257]처럼 말을 하기 시작하였고, 꼭두각시에게 그러듯 내가 그것을 다시 그것의 자리에 놓음으로써 입을 다물게 하였으나, 그것을 다시 내 가까이 가져오게 무섭게 뽈리쉬넬처럼 다시 잡담을 시작하였으니 말이다. 나는 하는 수 없이, 마지막 순간까지 재잘거리던 그 소리내는 나무조각의 경련을, 다시 수화기를 제자리에 걸어 완전히 멈추게 한 다음, 전화국 직원을 부르러 갔으며, 그가 나에게 조금 기다리라고 하였다. 그 이후 내가 다시 수화기에 대고 말을 하였으며, 몇 순간 침묵이 흐르더니 문득 내가 평소에 잘 안다고 잘못 생각하던 — 그 때까지는 할머니께서 나와 이야기를 하실 때마다 나에게 하시던 말씀을 내가 항상, 두 눈이 맑은 자리를 차지하고 있던 할머니 얼굴의 활짝 펼쳐진 악보에 의지해 따라갔으되, 할머니의 음성 자체에는 그날 처음으로 귀를 기울였으니 말이다—그 음성이 문득 들렸다. 또한 그 음성이 하나의 온전한 독립체로 변하는 순간부터 그 구성비율이 변한 것처럼 보였고, 그렇게 홀로, 얼굴의 모습을 대동하지 않은 채 나에게 도달하였던지라, 나는 그 음성이 얼마나 부드러운지를 발견하게 되었다. 뿐만 아니라 그 음성이 아마 일찍이 그 정도로까지는 실제로 부드러웠던 적이 결코 없었을 것이니, 내가 멀리서 슬퍼하리라 느끼신 할머니께서, 평소에는 교육적 '원칙들' 때문에 억제하시고 감추시던 애정의 분출에, 이번만은 당신 자신을 내맡기실 수 있다고 생각하셨을 것이니 말이다. 그 음성이 부드러웠으나 또한 얼마나 슬펐던가! 우선, 일찍이 인간의 음성 중 전례가 없었을 만큼, 일체의 무정함이나 다른 이들에게 저항하는 일체의 요소나 일체의 이기심이 거의 완전히 제거된 그 음성의 부드러움 자체 때문이었다. 또한 하도 섬세하여 그 음성이 어찌나 여렸던지, 그것이 하시라도 부서져 한 줄기 맑은 눈물로 변하여 사라질 것 같았고, 게다가 오직 그 음성만을, 얼굴이라는 가면 없이 가까이에서 대하는 동안, 나는 처음으로 그것에서, 생애 동안 그것에 금이 가게 한 슬픔들을 간파하였다.

나의 가슴을 찢던 그 새로운 인상을 나에게 주던 것이, 고립상태에서 들린 그 음성뿐이었던가? 전혀 그렇지 않았다. 그보다는 오히려, 그러한 음성의 고립이, 처음으로 나와 헤어지신 할머니의 고립, 그 다른 고립의 상징이고 암시이며 직접적인 결과처럼 보였기 때문이다. 할머니에게로 향하던 나의 애정을 약화시키던, 일상생활에서 할머니가 나에게 수시로 하시던 당부나 이러저러한 금지사항들, 그러한 것들에 복종하기 싫은 마음이나 반항하고픈 욕망 등, 그 모든 것들이 그 순간에는 말끔히 자취를 감추었을 뿐만 아니라 이제 장래에도 그럴 수 있을 것 같았다(할머니께서 나를 더 이상 당신의 통제하에 두시려 하지 않았고, 내가 아예 동씨에르에 머물기를 혹은 나의 건강과 일에 유익하다면 내가 그곳에서의 체류를 연장하기를 바라시는 뜻을 통화중에 표시하셨으니 말이다). 그리하여 나의 귀 가까이에 근접해 있던 그 작은 종(鍾) 속에 내가 가지고 있던 것은, 서로에게로 향하던 우리의 애정, 날마다 그것을 억제하던 역방향의 압력을 떨쳐버렸던지라 나를 몽땅 격동시키게 된 그 애정이었다. 할머니께서는 그곳에 계속 머물라고 말씀하심으로써, 나에게 오히려 빠리로 돌아가고 싶은 초조하고 미친듯한 욕구를 안겨주셨다. 이제부터 할머니가 전적으로 나에게 맡기신 그 자유, 그리고 그것을 허락하시리라고는 내가 일찍이 짐작조차 하지 못하던 그 자유가, 할머니의 별세 이후에나 그럴 수 있을 만큼 문득 슬프게 여겨졌다(내가 아직도 할머니를 사랑하고 있을 때 할머니께서 내 곁을 영영 떠나시게 될 때처럼). 내가 소리쳐 불렀다. "할머니, 할머니." 그러자 할머니를 포옹하고 싶어졌다. 그러나 내 곁에 있던 것은 그 음성뿐, 그것은 할머니께서 돌아가신 후 혹시 나를 보러 다시 올지도 모를 유령만큼이나 촉지할 수 없는 하나의 유령이었다. "나에게 말을 해보세요." 하지만 그러자, 나를 더욱 홀로 남겨두면서, 그 음성조차 문득 들리지 않았다. 할머니께서는 내가 하는 말을 더 이상 듣지 못하셔서 나와 더 이상 교신을 못하셨고, 우리 두 사람은 서로에게로 향하기를, 그리하여 서로에게 들리기를 멈추었으며, 나는 할머니께서 부르시는 소리 역시 길을 잃고 방황하고 있을 것이라 느끼면서, 그리하여 어둠 속을 더듬으면서, 계속 할머니를 불렀다. 나는, 아주 오래전, 내가 어린 아이였던 시절 어느 날, 군중 속에서 할머니를 잃었을 때 느꼈던 바로 그 극심한 불안감에 내 심장이 두근거림을 지각하였고, 그 불안감은, 할머니를 다시 만나지 못할까 하는 것보다는, 할머니가 나를 애타게 찾고 계시며 내가 당신을 찾고 있으리라 생각하실 것이라는 막연한 느낌에서 비롯되었던 것이었으며, 또한 훗날, 우리가 하는 말에 더 이상 대답할 수 없게 된 이들에게, 적어도 우리가 아직 그들에 대하여 하지 못한 말들과 우리가 이제 괴로워하지 않는다는 확언이나마 들려주고 싶어 말을 건네려 할 때, 내가 느낄 것과 유사한 불안감이었다. 그 음성이 나에게는 벌써 무수한 망령들 사이로 사라지게 내버려둔 사랑하는 이의 망령 같았고, 따라서 전화기 앞에 홀로 서서, 홀로 남겨진 오르페우스가 죽은 여인의 이름을 반복해 외치듯,[258] 내가 다음과 같이 외치기를 계속하였으나 허사였다. "할머니, 할머니…" 나는 전화국을 떠나 로베르가 자주 드나드는 음식점으로 가서, 나로 하여금 빠리로 돌아가게 할 전보를 아마 받게 될지 모르니, 만약에 대비해서 기차 시간표를 알아두어야겠다고 로베르에게 말하기로 작정하였다. 하지만 그러한 결단을 내리기 전에 마지막으로, 그 암흑 속 처녀들에게, 우리의 말을 전달해 주는 그 처녀 전령들에게, 얼굴 없는 그 여신들에게 다시 한 번 더 애원해 보고 싶었다. 그러나 변덕스러운 문지기 아가씨들은 경이로운 세계의 출입문을 열려고 하지 않았다. 혹은, 의심할 나위 없이, 그럴 수 없었을 것이다. 그녀들이 자기들의 습관대로, 그 존경할 만한 금속활자 발명가에게, 그리고 인상파 회화 애호가이며 자동차 운전 즐기시는(그는 보로디노 대위의 조카였다) 젊은 대공에게[259] 지칠 줄 모르고 간원하였건만 헛 일, 구텐베르크와 바그람은[260] 그녀들의 탄원에 아무 응답이 없었고, 그 보이지 않는 존재가 귀머거리 상태를 고수하리라는 것을 직감한 나는 결국 전화국을 떠났다.

로베르와 그의 친구들 곁에 이르렀을 때, 나는 내 심정이 더 이상 그들과 함께 있지 않으며, 나의 떠남이 이미 돌이킬 수 없게 결정되었다는 사실을 그들에게 분명한 말로 고백하지 않았다. 쌩-루는 내가 하는 말을 믿는 듯한 기색을 보였으나, 내가 훗날 알게 된 일이지만, 내가 말을 꺼내던 첫 순간부터 나의 주저함이 가장된 것이었음을, 따라서 자기가 다음 날에는 나를 다시 만나지 못할 것임을, 이미 깨닫고 있었다. 식탁 위에 차려놓은 음식이 식도록 내버려둔 채, 그의 친구들이 그와 함께 열차 시간표에서 내가 빠리로 돌아가기 위하여 탈 수 있을 기차를 찾는 동안, 그리고 별 총총하며 차가운 어둠 속에서 기관차들의 증기 배출음이 들리는 동안, 내가 물론, 그토록 여러 날 저녁에 그들의 우정이나 멀리서 지나가던 기관차들의 소리가 그곳에서 나에게 안겨주던 것과 같은 평화를 느끼지는 못하였다. 하지만 그날 저녁, 그 친구들과 기관차들이, 나에게 다른 형태로 같은 역할을 해주는데 소홀하지 않았다. 내가 나의 떠남에 대하여 더 이상 홀로 생각해야 할 필요가 없어졌을 때, 로베르의 동료들인 원기 왕성한 내 친구들의 더 정상적이고 더 건강한 활동이 이제 나에게 일어난 일에 활용됨을 느꼈을 때, 그리고 동씨에르와 빠리 사이를 왕복하면서 아침 저녁으로, 나와 할머니 간의 오랜 이별 상태 속에 있던 답답하고 견디기 어려운 것을 뒤늦게나마 부서뜨려 날마다 돌아갈 수 있다는 가능성으로 변화시켜 주게 된 그 다른 강력한 존재들의—즉 기차들의—활동이 나에게 일어난 일에 활용됨을 느꼈을 때, 나의 떠남이 나를 훨씬 덜 괴롭혔다.

"나는 자네가 하는 말이 진실이며 자네가 아직은 떠날 생각이 아님을 의심하지 않네." 쌩-루가 웃으며 나에게 말하였다. "하지만 자네가 정말 떠나는 것처럼 내일 아침 일찍 나에게 작별 인사를 하러 오시게.²⁶¹⁾ 그러지 않으면 내가 자네를 다시 못 볼 위험이 있네. 공교롭게도 내일 시내에서 점심을 먹을 일이 생겼는데, 중대장께서 그것을 허락하셨다네. 오후 두 시까지는 병영에 돌아와야 하는데, 오후 내내 행군을 해야 하기 때문일세. 이곳으로부터 3킬로미터 되는 곳에 사시는, 나를 초대하신 그 나리께서, 틀림없이 두 시까지 병영에 도달하도록 나를 데려다 주실 걸세."

그가 막 그 말을 마쳤을 때, 내가 묵고 있던 호텔에서 사람을 보내어 나를 찾으면서, 전화국에 가서 전화를 받으라고 하였다. 전화국이 곧 닫힐 시각이었던지라 그곳으로 급히 달려갔다. 직원들이 나에게 하던 대답에 '도시간의'²⁶²⁾라는 단어가 끊임없이 섞였다. 나는 불안의 극치에 도달해 있었다. 나를 호출한 분이 나의 할머니였기 때문이다. 사무실 문을 닫기 직전이었다. 드디어 통화를 할 수 있게 되었다. "할머니야?" 잉글랜드 억양 짙은 어느 여인의 음성이 나에게 대꾸하였다. "그래, 하지만 당신의 음성이 낯설군요." 나 또한 나에게 들리는 음성이 낯설다 여겼고, 게다가 할머니는 평소 나에게 '당신'이라고 하지 않으셨다. 이윽고 모든 것이 밝혀졌다. 자기의 할머니가 전화로 호출한 젊은이는 그 이름이 나의 이름과 거의 같았고, 내가 묵고 있던 호텔 별관에 투숙한 사람이었다. 내가 할머니에게 전화를 드리고 싶었던 날 나를 호출하였던지라, 나는 그것이 할머니로부터 온 전화이리라는 것을 단 한 순간도 의심하지 않았다. 그런데 전화국과 호텔이 두 번이나 실수를 저지른 것은 단순한 우연 때문이었다.

다음 날 아침, 내가 늑장을 부려, 나는 인근의 성으로 점심을 먹으러 이미 떠난 쌩-루를 만나지 못하였다. 오후 한 시 반 경, 나는 만일을 생각하여, 그가 돌아오기 전에 그곳에 도착하기 위하여 병영으로 향하였는데, 병영 쪽으로 이어진 대로들 중 하나를 건너려는 찰라, 나와 같은 방향으로 가는 틸버리[263] 한 대가 내 가까이 지나가는지라 내가 급히 비켜설 수밖에 없었고, 외알박이 안경 쓴 부사관 하나가 그 마차를 모는데, 그가 쌩-루였다. 그의 옆자리에는 그를 초대한, 그리고 로베르가 자주 저녁 식사를 하는 호텔에서 내가 한 차례 만난 적 있는, 그의 친구가 앉아 있었다. 나는 그가 홀로 있지 않았던지라 감히 큰 소리로 로베르를 부르지는 못하였으나, 그가 마차를 멈추고 나를 태워 주었으면 하는 마음에서, 모르는 사람과 함께 있기 때문에 그러리라 여겨질 수 있는 정중한 인사로 그의 시선을 끌었다. 나는 로베르에게 근시가 있음을 알고 있었으나, 그가 나를 향하여 고개를 돌리기만 하면 나를 알아볼 수 있을 것이라 믿었다. 그런데 그가 나의 인사하는 동작을 분명히 보았고 답례까지 하면서도 마차를 세우지 않았다. 그리고 전속력으로 멀어져 가면서, 미소조차 짓지 않고, 안면근육 한 가닥 움직이지 않은 채, 마치 모르는 병사의 경례에 답례하듯, 손을 쳐들어 께삐모 언저리에 잠시 가져다 대는 것으로 만족하였다. 내가 병영을 향해 달음박질하기 시작하였으나, 그곳은 아직 멀었다. 병영에 도착해 보니 연대 병력이 안마당에 정렬해 있었고, 내가 그곳에 머무는 것이 허락되지 않았던지라, 나는 쌩-루에게 작별 인사를 할 수 없어 가슴이 몹시 아팠다. 그의 방으로 올라가 보았으나 그는 더 이상 그곳에 없었다. 나는, 대학 입학 자격을 취득하였다는 어린 병사 및 어느 고참병 등, 몸이 아프거나 신참병이라 행군 훈련에서 제외된, 그리하여 부대가 정렬하는 것을 구경하고 있던, 한 무리의 병사들에게 쌩-루의 소식을 물었다.

"혹시 쌩-루 부사관을 못보셨습니까?"

"그는 벌써 아래로 내려갔습니다." 고참병이 대꾸하였다.

"나는 못보았어요." 대학 입학 자격증 취득한 병사가 말하였다.

"그를 못보았다고, 우리의 그 유명한 쌩-루를? 그의 새 바지가 얼마나 인상적인데! 중대장이 그 꼴을 보면, 그 장교의 복장을 보면, 뭐라고 할지 두고 보게나!" 나에게는 아예 신경도 쓰지 않으면서 고참병이 말하였다.

"아! 장교의 복장이라니, 농담 좋아하시네! 그건 장교의 복장이 아니라 그저 평범한 옷이야." 몸이 아파서 방에 남아 행군 훈련에 참가하지 않은 어린 대학 입학 자격 취득한 병사가, 약간의 불안감을 떨쳐버리지 못한 채, 고참병들에게 과감히 맞서려 애를 쓰며 그렇게 말하였다.

"뭐라고?" 바지 이야기를 처음 꺼낸 고참병이 화를 내며 물었다.

그 바지가 장교용 천으로 지은 것이라는 자기의 말에 신참병이 의혹을 제기한 사실에 그가 분개하였지만, 뻰구에른-스떼레덴[264] 이라는 마을에서 태어난 브르따뉴 지방 사람인지라 프랑스어를 마치 자기가 잉글랜드인이나 도이칠란트인이기라도 한 듯 어렵게 배운 탓에, 자기가 격한 감정에 사로잡혔다고 느끼면, 합당한 말을 발견할 시간을 얻기 위하여, '뭐라고?' 라는 말을 두세 번쯤 반복하곤 하였으며, 그렇게 준비를 끝낸 다음, 자기가 비교적 잘 아는 몇몇 단어들을, 서두르지 않고 또 익숙하지 못한 발음에 유의하며 반복해 말하는 것으로 만족하면서, 나름대로의 웅변에 전념하곤 하였다.

"아! 평범한 옷감이라고?" 그가 화를 내면서 같은 말을 반복하였고, 그 노여움으로 인하여, 그의 언사에 스민 강도와 느림이 점진적으로 증대되었다. "아! 평범한 옷감이라니! 내가 자네에게 그것이 장교 전용 옷감이라고 하건만, 내가-자네에게-그렇게-말하건만, 내가-자네에게-그렇게-말하니, 내 생각에는 내가 안다는 말이야. 내 앞에서 그 조잡한 거짓말 늘어놓지 말게."

"아! 좋아요, 그렇게 말하니." 그러한 논증에 굴복한 신참 병사가 대꾸하였다.

"보게나, 마침 중대장이 지나가네. 아니 그보다는 쌩-루를 좀 보게, 저 다리 내뻗는 방식과 저 머리를. 누가 그를 가리켜 일개 부사관이라 하겠는가? 그리고 저 외알박이 안경을 좀 보게. 아! 저것이 사방으로 활개를 치고 다니네."

나는, 내가 곁에 있음에도 개의치 않던 그 병사들에게, 나 또한 창문을 통해 밖을 바라보아도 좋겠느냐고 물었다. 그들이 나에게 그것을 금하지는 않았으나 창문에서 비켜서지도 않았다. 보로디노 대위가 자기의 말을 속보로 걷게 하면서, 또 자신이 슬라브코프 전투 현장에 있다는 환상에 사로잡힌 기색으로, 엄숙하게 지나가는 것이 보였다. 행인 몇이, 군대가 나오는 것을 구경하기 위하여, 병영 철책 앞에 모여 있었다. 약간 살집 좋은 얼굴에, 두 볼이 황제처럼 위풍당당하게 통통하며, 총명한 눈빛으로 말 위에 상체를 똑바로 세우고 있던 대공 또한, 매번 전차가 지나간 다음 그 바퀴 소리에 이어지던 적막 위로, 어떤 음악적 박동이 지나가면서 줄무늬를 남긴 듯 여겨질 때마다 내가 그랬듯, 어떤 환각의 노리개였음이 틀림없었다. 쌩-루에게 작별인사를 하지 못한 것이 매우 애석했으나, 그럼에도 불구하고 나는 그곳을 떠났다. 나의 유일한 근심이 할머니 곁으로 서둘러 돌아가는 것이었기 때문이다. 그날까지는, 그 작은 도시에 머물면서, 할머니께서 홀로 하시고 계실 일을 생각할 때마다, 나는 할머니가 나와 함께 계실 때의 모습을 그대로 뇌리에 떠올리곤 하였으되, 나 자신을 삭제하면서, 그리고 그러한 삭제가 할머니에게 끼칠 영향을 감안하지 않고 그렇게 하였다. 하지만 이제는 내가 할머니의 품에 가능한 한 조속히 안겨, 그때까지는 전혀 상상조차 못하였으나 할머니의 음성에 의해 환기된 유령으로부터, 즉 나와 실제로 헤어져 체념하신, 일찍이 내가 생각하지 못하였던 상당한 연령에 이르신, 그리고 발백으로 떠났을 때 내가 이미 엄마가 앉아 계시리라 상상하였던 그 텅 빈 아파트에서 이제 막 편지 한 통을 받으신, 그러한 할머니의 유령으로부터 나 자신을 해방시켜야 했다.

그러나 아! 슬프다! 나의 귀환 소식을 할머니께서 모르시는 상태에서 내가 거실로 들어서며 책을 읽고 계신 모습을 뵈었을 때, 나의 눈에 띈 것은 바로 그 유령이었다. 내가 그곳에 있었건만—아니, 할머니가 그 사실을 모르셨으니 아직 그곳에 없었다 함이 옳을 것이다—누가 들어오면 얼른 감출 일을 한창 하고 있는, 그리하여 우리가 뜻밖의 순간에 발견하기도 하는 어느 여인처럼, 할머니는 일찍이 내 앞에서 결코 드러내시지 않던 상념에 당신을 내맡기고 계셨다. 그 순간 나 자신 중 그곳에 있던 부분은—오래 지속되지 않으며, 귀환하는 그 짧은 순간 동안 문득 우리 자신의 부재 상태를 목격할 능력을 갖게 되는 그 특전 덕분에—하나의 증인, 여행용 모자와 외투 차림의 관찰자, 그 집 사람이 아닌 이방인, 다시는 보지 못할 장소들의 사진을 찍으러 온 사진사뿐이었다. 내가 할머니를 발견하였을 때 그 순간, 기계적으로, 나의 눈 속에서 이루어진 것은 한 장의 사진이었다. 우리는 사랑하는 이들을 오직 살아있는 체계 속에서만, 즉 우리의 멈추지 않는 애정의 한결같은 움직임 속에서만 보는지라, 그 애정은, 그들의 얼굴이 제시하는 영상들이 우리들에게까지 이르도록 내버려두기 전에 그것들을 자기의 소용돌이 속에 품었다가, 우리가 그들에 대하여 항상 가지고 있는 사념 위로 그것들을 다시 던져, 그것들이 그 사념에 접합되고 일치하게 만든다. 내가 할머니의 이마와 두 볼로 하여금 할머니의 영혼 속에 있는 가장 섬세하고 가장 한결같은 것만을 의미하게 하는데, 일상 대하는 시선 하나하나가 일종의 강신술이고 우리가 좋아하는 각 얼굴이 과거의 거울인데, 심지어 우리 생활의 가장 하찮은 광경들 속에서도, 사념 가득 실린 우리의 눈이, 어느 고전극 한 편이 그러듯, 행동에 기여하지 않는 모든 영상들을 무시하고 오직 그 행동이 지향하는 목표를 이해하기 쉽게 만들 수 있는 영상들만을 채택하는데, 도대체 내가 어떻게, 할머니 속에서 둔중해지고 변할 수 있을 것을 누락시키지 않을 수 있었겠는가? 그러나 우리의 눈 대신 사진 건판과 같은 전적으로 물질적인 렌즈를 통해서만 사물을 바라볼 경우, 예를 들어 프랑스 학사원 앞마당에서 우리에게 보이는 것은, 지나가는 삯마차를 손짓해 부르려는 어느 학술원 회원이 그곳을 나서는 모습 자체가 아니라, 마치 그가 술에 취했거나 지표면이 빙판으로 덮이기라도 한 듯, 그의 비척거리는 모습과 뒤로 넘어지지 않으려는 조심스러운 동작과 그가 넘어지면서 그리는 포물선 등일 것이다. 우연의 어느 잔인한 간계가 우리의 총명하고 경건한 애정을 가로막아, 우리의 시선이 결코 보아서는 아니 될 것을 보지 못하도록 그 애정이 적시에 달려와 감추는 것을 방해할 때, 그리고 현장에 먼저 도착하여 사진기 속의 필름 돌아가듯 기계적으로 작동하게 내버려져, 오래전부터 더 이상 존재하지 않으나 그 죽음[265]이 우리에게 드러나는 것만은 우리의 애정이 결코 원하지 않던, 사랑하는 존재 대신, 우리의 애정이 하루에도 수백번이나 거듭 사랑스러운 거짓 모습으로 감싸 치장하던 새로운 존재를 우리에게 폭로하듯 보여주는 우리의 시선에 의해 그 애정이 앞지름 당할 때에도, 같은 현상이 일어난다. 그리하여, 오래전부터 자신의 모습을 바라보지 않은 채, 자기의 사념 속에 간직하고 있던 자신의 이상적인 영상에만 입각해 자기의 보이지 않는 얼굴을 수시로 구성하였던지라, 거울 속에서, 삭막해진 얼굴 중앙에 이집트의 어느 피라미드처럼 거대한 코가 분홍색을 띤 채 비스듬히 불쑥 솟은 것을 발견하고 움찔 놀라며 뒤로 물러서는 어느 환자처럼, 아직도 할머니를 곧 나 자신으로 여기고 있던 내가, 할머니를 오직 나의 영혼 속에서만, 항상 과거의 같은 자리에서, 인접되고 중첩된 추억들의 투명성을 통해서만 뵙던 그러한 내가, 문득, 시간의 세계[266]라는, 그리고 사람들로부터 '잘도 늙어간다'는 말을 듣는 낯선 이들[267]이 사는, 그 새로운 세계의 한 부분을 이루고 있던 우리집 거실에서, 처음으로 그러나 잠시 동안만(그러한 할머니가 신속히 자취를 감추셨던지라), 램프 아래에 있는 까나뻬 위에 앉아, 붉어진 얼굴과 둔중하고 평범하며 병색 짙은 모습으로, 몽상에 잠긴 듯, 펼쳐 놓은 책 위로 약간 광기 어린 눈을 천천히 이동시키는, 나에게 낯선 지친 노파 하나를 발견하였다.

게르망뜨 부인이 소장하고 있던 엘스띠르의 작품들을 볼 수 있도록 주선해 달라고 한 나의 요청에, 쌩-루가 이렇게 대꾸한 바 있었다. "내가 그녀 대신 대답하네."[268] 그런데 불행하게도 실제로는 그녀를 대신하여 그 혼자만이 대답을 한 꼴이 되었다. 우리는 사념 속에 다른 이들의 형상을 구성하는 작은 영상들을 준비해 두고 있는지라, 우리가 그것들을 우리 뜻대로 조종할 때에는, 그들을 대신해 쉽사리 대답한다. 물론 그러한 순간에도, 우리들은 우리의 천성과 다른 각각의 천성에서 비롯되는 여러 어려움들을 감안하며, 따라서 이권이나 설득이나 감동 등, 그 천성에 강력한 영향을 끼쳐 반대쪽으로 기우는 성향을 무력화시킬, 이러저러한 수단 동원하기를 소홀히 하지 않는다. 그러나 우리의 천성과 다르다는 그 차이들을 상상하는 주체 역시 우리의 천성이고, 어려움들을 제기하는 주체가 우리들이며, 그 실효성 있는 동기를 조제하는 당사자도 우리들이다. 그리하여 우리가 우리의 뇌리에서 다른 사람으로 하여금 우리를 따라 되풀이 하게 한, 그리고 그 사람으로 하여금 우리의 뜻대로 움직이게 하는, 그 행동들을 그로 하여금 실제 생활에 옮기도록 할 경우, 모든 것이 바뀌고, 우리는 극복하기 불가능할 수도 있을 예상치 못한 저항에 부딪친다. 가장 강력한 저항들 중 하나는, 의심할 나위 없이 연정을 느끼지 못하는 한 여인 속에 그녀를 연모하는 남자가 불러일으키는, 극복할 수 없고 역한 냄새 풍기는 혐오감이 증대시킬 수 있는 저항이다. 그리하여, 쌩-루가 빠리에 오지 않은 여러 주 동안의 그 긴 기간에도, 그가 편지를 보내어 그렇게 해 달라고 간곡히 청하였음에 틀림없으련만, 그의 숙모는 단 한번도 엘스띠르의 그림들을 보러 자기의 집에 오라고 나를 청하지 않았다.

　나는, 우리가 살던 그 건물에서, 또 다른 한 사람으로부터 냉대를 받았다. 그 사람은 쥐삐앵이었다. 내가 동씨에르에서 돌아오는 길에, 우리집으로 올라가기에 앞서, 자기의 집에 먼저 들러 인사를 해야 했다고 생각한 것일까? 어머니께서 나에게 그렇지 않다고 말씀하시면서, 놀랄 필요 없다고 하셨다. 프랑수와즈가 이미 어머니에게, 그가 원래 그런 사람인지라 아무 이유 없이 불쑥 언짢은 심기를 드러낸다고 말씀드렸기 때문이다. 그러한 심기가 얼마 아니되어 누그러진다고 하였다.

　어느덧 겨울이 그 끝자락으로 접어들고 있었다. 몇 주 동안 눈과 비가 쏟아지고 폭풍이 몰아친 후 어느 날 아침, 나의 방 벽난로를 통해―해변으로 떠나고 싶은 욕구로 나를 뒤흔들곤 하던 형태 고르지 않고 유동적이며 음울한 바람 소리 대신―바깥 벽에 둥지를 튼 비둘기들이 구구거리는 소리가 들려왔다. 영양분 풍부한 자신의 심장으로부터 연보라색에 윤기 돌며 종소리 쟁쟁할 듯한[269] 자기의 꽃이 분출하도록, 자기의 심장을 부드럽게 찢는 최초의 휘아킨토스처럼 아롱거리고 예측하지 못하던 그 소리가, 마치 하나의 열린 창문처럼, 아직 닫혀 있고 어둡던 나의 방 안으로, 아름다운 계절 초기의 따스함과 눈부심과 혼곤함이 들어오게 해주었다. 그날 아침 나는, 내가 휘렌체와 베네치아에 가기로 되어 있던 해 이후에는 잊어버리고 있던, 음악-까페에서나 들을 수 있는 노래 한 구절을 내가 흥얼거리는 것을 깨닫고 깜짝 놀랐다. 그만큼 대기가, 그날그날의 우연에 좌우되어, 우리의 신체조직 깊숙이까지 작용하여, 그 어둑한 저장소에 우리가 새겨둔 채 망각한, 그리하여 우리의 기억작용이 해독하지 못한, 멜로디들을 이끌어낸다. 의식 더 또렷한 몽상꾼 하나가 이내, 나의 내면에 있는 그 음악가가 무엇을 연주하고 있는지조차 알아채지 못한 상태에서, 즉시 그와 합주를 시작하였던 것이다.

발백에 도착하였을 때, 내가 직접 보지 못하던 시절 그곳 교회당이 가지고 있던 것처럼 여겨지던 매력을 발견하지 못한 이유들이 발백 특유의 것이 아님을 내가 분명히 직감하였듯이, 휘렌체에서, 빠르마에서, 혹은 베네치아에서도, 사물을 바라봄에 있어, 나의 상상력이 나의 눈을 발백에서와 마찬가지로 대신하지 못할 것임을 직감하였다. 내가 그것을 분명히 느꼈다. 마찬가지로, 어느 해 1월 초하루 해질녘에, 어느 벽보용 원기둥 앞에서, 나는 특정 축제일들이 다른 날들과 본질적으로 다르다고 믿는 것이 환상일 뿐이라는 사실을 이미 깨달았다. 하지만 그랬음에도 불구하고 나는, 내가 성주간을 휘렌체에서 보냈다고 믿었던 그 시절의 추억이, 그 성주간을, 꽃들의 도시를 감싸고 있는 대기와 같은 그 무엇으로 계속 변화시키고, 아울러 휘렌체에 부활절 같은 무엇 부여하는 것을 막을 수 없었다. 부활절 주간이 아직은 멀었으나, 내 앞에 길게 뻗어 있던 숱한 날들의 열에서, 성스러운 날들이 그 이전 날들 끝으로 더 밝게 뚜렷이 드러나고 있었다. 그날들은 한 줄기 햇살에 닿아, 멀리 그늘과 빛의 효과 속에 보이는 어느 마을의 특정 집들처럼, 자기들 위로 태양 전체를 붙잡고 있었다.

날씨가 더 포근해졌다. 그리하여 나의 부모님께서 산책을 나가라고 권하심으로써, 나에게 나의 아침나절 외출을 계속할 명분을 제공하셨다. 앞서 나는 그 외출을 중단하였으며 하는 생각도 품은 적도 있었다. 그 외출 도중에 게르망뜨 부인과 마주치곤 하였기 때문이다. 하지만 바로 그것 때문에 내가 항상 그 외출에 대한 생각에 잠겨 있었고, 그러한 생각이 나로 하여금 매순간 외출할 새로운 이유 하나를 찾아내게 하였으며, 그렇게 찾아낸 이유는, 게르망뜨 부인과 하등의 관계가 없었던지라, 그녀가 비록 존재하지 않는다 할지라도 내가 그 같은 시각에 산책을 줄이는 일은 없을 것이라고, 나를 쉽게 설득하곤 하였다.

하지만 애석하게도, 그녀 이외의 다른 어느 사람과 마주쳐도 그것이 나에게는 무관심한 일이었던 반면, 그녀에게는 나를 제외한 다른 어떤 사람과 마주쳐도 그것이 견딜 수 있을만하다는 것을 내가 느끼고 있었다. 아침나절의 산책 도중에, 그녀가 많은 멍청이들로부터, 또한 그녀 역시 그렇게 취급하는 사람들로부터 인사를 받는 일이 생기곤 하였다. 하지만 그들의 출현을 그녀는 기쁨의 전조로 여기거나, 적어도 우연의 결과 쪽으로 간주하였다. 따라서 그녀가 때로는 그들을 불러 세우는 일도 있었으니, 누구든 자신으로부터 빠져나와서, 다른 이들의 영혼이—그 영혼이 아무리 변변찮고 추할지라도 낯설기만 하면—표하는 친절을 받아들이고픈 욕구를 느끼는 순간들이 있기 때문이다. 반면 그녀가 나의 가슴 속에서 다시 발견할 수 있으리라고 느끼던 것은, 그리고 그녀의 짜증을 돋운 것은, 그녀 자신이라는 존재였다. 그리하여, 내가 그녀를 보고자 하는 것이 아닌 다른 이유 때문에 같은 길로 접어들었을 때에도, 그녀가 내 곁으로 지나가는 순간에는 마치 죄 지은 사람처럼 두려움에 떨곤 하였으며, 때로는, 나의 반기는 태도가 혹시 지나치게 보일 수도 있을 가능성을 약화시키기 위하여, 그녀의 인사에 답례를 하는둥 마는둥 하거나 아예 인사도 하지 않고 그녀를 응시하기만 하였으나, 그러한 나의 행동이 오히려 그녀의 신경을 건드려, 그녀로 하여금 나를 발칙하고 버릇없는 사람으로 간주하기 시작하도록 하는 데에만 성공하였다.

 이제 그녀가 더욱 가벼운, 혹은 적어도 색깔이 더 밝은, 드레스 차림으로 길을 따라 내려오곤 하였고, 그 길에는 벌써, 마치 봄철이 된 듯, 옛 귀족들의 저택들 사이에 끼어있는 좁은 상점들 앞이나, 버터와 과일과 야채를 파는 여자 상인의 점포 처마에는 차양막이 드리워져 있었다. 나는 멀리서 걸어오며 자신의 양산을 펼치고 길을 건너는 것이 보이는 그 여인이, 해박한 전문가들의 눈에는, 그러한 동작들을 이행하고 그것들을 감미로운 무엇으로 만드는 기예에 있어서 현존하는 가장 위대한 예술가로 보일 것이라고 생각하였다. 그러는 동안에도 그녀가 계속 다가왔다. 널리 퍼져 있던 그러한 명성을 전혀 모르는 채, 폭 좁고 뻣뻣하며 그 명성을 전혀 흡수하지 못한 그녀의 몸뚱이는, 인도의 수라트산 보라색 비단 스카프 밑에서 비스듬히 휘어져 있었고, 침울하고 맑은 그녀의 두 눈이 무심히 앞을 바라보고 있었으며 아마 나를 발견하였을 것이다. 그녀가 자기 입술 한 구석을 깨물 듯 꼭 다물고 있는데, 소매를 쳐들더니 어느 가난한 사람에게 적선을 하고 나서, 나라면 어느 위대한 화가의 붓놀림을 주시하며 품었을 호기심을 드러내면서, 어는 여자 상인으로부터 제비꽃 한 다발을 사기도 하였다. 또한 내가까이 이르러 그녀가 나에게 인사를 할 때에는 가끔 여린 미소 한 가닥이 덧붙여졌고, 그것은 마치 그녀가 나를 위하여 헌사를 곁들인 담채화 한 폭을 그린 것 같았으며, 그 화폭은 하나의 위대한 걸작품이었다. 그녀의 드레스들 하나하나가 나에게는, 그녀의 영혼이 가지고 있는 고유한 모습의 투영도처럼 자연스럽고 필연적인 하나의 환경으로 보였다. 그녀가 시내에서 점심을 먹으러 가던 중이었던 사순절 기간의 어느 날 오전, 나는 목 아래 가슴팍이 초승달 모양으로 가볍게 파인 담홍색 벨벳 드레스 차림의 그녀와 마주쳤다. 금발 아래로 보이던 게르망뜨 부인의 얼굴이 몽상에 잠긴 듯하였다. 나의 슬픔이 평소보다는 가벼워졌다. 그녀의 표정에 어린 우수와, 드레스 색깔의 강렬함이 그녀를 다른 사람들로부터 분리시킨 일종의 유폐 상태가, 그녀에게 불행한 무엇과 나를 안심시키는 무엇이 감돌게 하였기 때문이다. 그 드레스가 나에게는, 그녀에게 있으리라고는 생각하지 못하였고 내가 위무해 줄 수도 있었을 심정의 진홍색 방사선들이, 그녀의 주위에서 질료적으로 구현되는 현상처럼 보였다. 그리하여, 결 부드러워진 천의 신비한 빛 속으로 피신한 그녀가 초기 예수교 시절의 어느 성녀를 연상시켰다. 그러자 내 모습을 드러내어 그 순교자 성녀를 괴롭힌 것이 수치스럽게 여겨졌다. "그러나 누가 뭐라고 하든 길은 모든 이들의 것이야."

"길은 모든 이들의 것이야." 나는 그 말에 다른 의미[270] 하나를 부여하면서, 그리고, 자주 빗물에 젖어, 이딸리아의 고대 도시들에서 가끔 그러듯 진귀해지는[271] 행인 많은 길에서 게르망뜨 부인이 실제로, 자신을 그렇게 모든 이들에게 노출시킴으로써, 은밀하고 신비하되 모든 이들과 팔꿈치가 서로 닿을 만큼 가까이 있는 자기

삶의 순간들을, 위대한 걸작품들이 무료로 찬연하게 관람자들 앞에 자신들을 내놓듯, 대중의 삶 속에 뒤섞는 것을 찬미하면서 그 말을 다시 중얼거렸다.

내가 뜬 눈으로 밤을 지새운 후 아침마다 외출하는 것을 보시고, 어른들께서 오후면 나에게 자리에 누워 잠을 청해 보라고 말씀하시곤 하였다. 잠들기 위해서는 많은 성찰이 필요한 것이 아니라 습관이, 심지어 성찰의 결여가, 유용하다. 그런데 내가 잠을 청하려 하던 시각에는 나에게 그 둘이 없곤 하였다. 잠들기 전에 나는 어찌나 오랫동안 내가 잠들 수 없으리라 생각하였던지, 잠든 후에도 나에게는 약간의 그 생각이 남아 있곤 하였다. 그 생각이라야 기껏 거의 암흑과 같은 세계 속에 있는 미광에 불과했으나, 그것이 나의 수면 속 세계에 자기의 반사광을 투영하기에 충분했으며, 그것은 우선 내가 잠들 수 없으리라는 생각이었고, 그 다음, 그 반사광의 반사광이었던 다른 생각은, 내가 잠들지 않았다는 생각을 자면서도 계속하였다는 것이었으며, 그런 다음, 그 반사광이 새롭게 굴절하여 내가 깨어나듯 하나의 새로운 수면 상태로 진입하였으며, 나는 그 속에서, 나의 침실로 들어온 친구들에게, 조금 전 잠을 자면서도 내가 잠들지 않은 줄로 믿었노라는 이야기를 해주고 싶었다. 그 그림자들은 겨우 분별할 수 있을 정도여서, 그것들을 포착하려면 하나의 커다란, 그러나 헛된, 지각적 섬세함이 필요했다. 마찬가지로, 훗날 베네치아에서, 일몰 한참 후, 밤이 완전히 내려앉은 것 같았을 때, 어떤 시각적 페달의 효과에 힘입은 듯[272] 운하들 위에 무한히 연장되어 걸려 있던 빛의 마지막 색조에서 비롯된 그러나 보이지 않는 반향 덕분에, 나는 운하들의 황혼 깃든 회색 위로 숱한 궁전들의 그림자가 더욱 검은 벨벳 모양으로 마치 영원히 그럴 듯 펼쳐져 있는 것을 보았다. 내가 꿈에서 본 광경들 중 하나는,

나의 상상력이 내가 잠들지 않았을 때 뇌리에 자주 떠올리려 하던 것, 즉 특정 해양 풍경 및 그것의 중세적 과거등을 종합한 것이었다. 나의 꿈 속에서는 고딕 시대 도시[273] 하나가, 마치 그림 유리창 위에 그려진 듯, 물결 움직이지 않는 바다 한가운데에 나타나곤 하였다. 해협 하나가 도시를 둘로 나누고 있었으며, 초록색 물이 나의 발치까지 이르렀는데, 건너편 연안에서는 어느 동방풍 교회당 하나와 14세기까지도 아직 존재하였던 인가들까지 적시고 있어, 그 집들에게로 다가가는 것이 마치 세월의 흐름을 거슬러 올라가는 것처럼 여겨질 지경이었다. 그 속에서는 자연이 예술을 이미 배워 바다가 고딕풍으로 변하였고, 따라서 내가 그 속에서 불가능한 것을 갈망하며 그것에 접근하였다고 믿던 그 꿈, 내가 이미 그러한 꿈을 자주 꾸었던 것처럼 여겨졌다. 그러나 우리가 잠든 상태에서 상상하는 것의 속성이란, 그것이 과거 속에서 증가되고 또 비록 새롭되 친숙하게 보이는지라, 나는 내가 착각한 것으로 생각하였다. 하지만 반대로, 내가 실제로 자주 그러한 꿈을 꾸었다는 사실을 깨달았다.

수면 세계를 특징짓는 다양한 형태의 축소 현상들이 나의 수면 세계에 그러나 상징적인 방법으로 표출되었다. 나는 어둠 속에서 그곳에 있던 친구들의 얼굴을 분별할 수 없었으니, 우리가 눈을 감은 채 잠을 자기 때문이고, 꿈을 꾸면서 끊임없이 구두로 추론을 펼치던 내가, 그 친구들에게 말을 건네려 하기 무섭게, 소리가 나의 목구멍 속에서 멈춤을 느꼈으니, 수면 세계 속에서는 우리가 분명하게 말하지 않기 때문이며, 내가 그들에게로 다가가려 하였으나 나의 두 다리를 옮길 수 없었으니, 수면 세계 속에서는 우리가 걷지도 않기 때문이다. 그리고 문득 그들 앞에 나타나는 것이 수치스러웠으니, 우리가 옷을 벗은 상태로 자기 때문이다. 그렇게 나의 잠이 스스로 투영한, 눈 멀고 입술 봉해지고 다리 묶이고 벌거벗은 몸뚱이 등, 수면 세계 속의 그러한 형상은, 일찍이 스완 씨가 나에게 선사한,[274] 독사 한 마리를 입에 물고 있는 '질투'가 죠또에 의해 상징된, 그 위대한 우의적 형상들을 방불케 하였다.

쌩-루가 빠리에 왔다가 단 몇 시간 동안만 머물렀다. 그는 자기의 외숙모[275]에게 나에 관해 이야기할 계기를 얻지 못하였노라 단언하고 나서, 자신의 속셈을 천진스럽게 드러내면서 다음과 같이 말하였다. "오리안느가 전혀 상냥하지 않다네. 더 이상 지난날의 내 오리안느가 아니야. 내가 보기엔 많이 변하였어. 자네에게 확언하네만, 자네가 관심을 가질만한 가치가 있는 여자가 아닐세. 자네가 그녀에게 베푸는 명예가 너무 지나치네. 내가 자네를 나의 사촌 형수 뿌와띠에 부인에게 소개하는 것은 원치 않는가?" 그것이 나에게 하등의 기쁨도 줄 수 없다는 사실을 깨닫지 못한 채 그가 덧붙였다. "매우 총명하여 자네의 마음에 들 젊은 여인이라네. 그녀가, 착하기는 하나 그녀가 보기에는 조금 어리숙한, 나의 사촌 뿌와띠에 공작과 결혼하였지. 내가 그녀에게 자네 이야기를 하였네. 그녀가 자네를 데려오라고 나에게 요청하였네. 그녀가 오리안느와는 다른 면으로 예쁘고 더 젊지. 상냥하다고 할 수 있는, 자네도 알겠지만, 착한 사람일세." 마지막 구절은 로베르가 근자에―그리하여 더 열렬히―사용하기 시작한 표현들이었으며, 어떤 사람이 섬세한 천성을 구비하였다는 뜻이었다. "그녀가 드레퓌스파라고 자네에게 말하지는 않겠네. 그녀가 처한 사회적 환경도 고려해야 하네. 하지만 그녀는 이렇게 말한다네. '그가 결백하다면, 악마의 섬[276]으로 유배된다는 것이 얼마나 끔찍한 일인가요!' 이해하겠지, 그렇지 않은가? 그리고 여하튼 자기의 옛날 여자 가정교사들에게 많은 호의를 베푸는 사람이어서, 그녀들이 하인들 전용 층계로 오르내리게 하는 것을 금하였다네. 자네에게 단언하네만 매우 착한 사람이라네. 오리안느가 내심으로는 그녀를 좋아하지 않는데, 그녀가 자기보다 더 총명하다고 느끼기 때문일세."

게르망뜨 댁의 심부름꾼 하나가 불러일으키는 연민에 비록 흠뻑 젖어 있었건만[277]—공작 부인이 집을 비웠을 때에도 그가 자기의 약혼녀를 만나러 갈 수 없었으니, 그 사실이 수위에 의해 즉각 보고되곤 하였기 때문이다—프랑수와즈는 쌩-루가 나를 방문하던 순간에 자기가 집에 없었던 것을 매우 유감스럽게 여겼다. 그녀가 집에 없었던 것은, 그녀 또한 이제 다른 사람들을 자주 방문하게 되었기 때문이다. 나에게 그녀가 필요한 날에는 그녀가 어김없이 외출하곤 하였다. 항상 자기의 오라비나 조카딸, 그리고 특히 빠리에 온지 얼마 아니 되는 자기의 딸을 보러 가기 위해서였다. 프랑수와즈의 그러한 방문들이 갖는 가족적 성격 자체가, 그녀의 시중을 받지 못하는 것에 기인한 나의 역정을 증대시켰으니, 그녀가 각 방문에 대하여, 마치 그것이 소홀히 할 수 없었던 일인 양, 쌩-앙드레-데-샹 교회당에서 배운 법칙에 따라[278] 이야기를 늘어놓을 것이 예상되었기 때문이다. 그리하여 그녀의 변명을 들을 때마다 내가 지극히 부당한 신경질을 내지 않을 때가 없었는데, 그 신경질이 극도에 이르도록 한 것은 프랑수와즈의 화법이었다. 그녀는 '저의 오라비를 보러 갔었어요, 저의 조카딸을 보러 갔었어요'라고 말하지 않고, '오라비를 보러 갔었어요, 조카딸에게(혹은 정육점에서 일하는 저의 조카딸에게) 안부를 물으러 뛰어 들어갔어요'라고 말하곤 하였다. 그녀의 딸에 대해 말하자면, 프랑수와즈는 자기의 딸이 꽁브레로 돌아가 사는 것을 보고 싶어하였을 것이다. 하지만 이제 막 '빠리 여인'으로 변신한 그 딸은, 멋쟁이 여인처럼 축약형 단어들을—그러나 상스러운—남용하면서 말하기를, 자기가 〈앵

트랑〉[279]조차 읽지 못하고 꽁브레에서 보낼 한 주간이 너무 길게 느껴질 것 같다고 하였다. 그녀가 또한 산악 지방에 사는 프랑수와즈의 자매 집에는 더욱 가고 싶지 않다고 하였다. "산들은 별로 '흥미롭지' 않아요." 흥미롭다는 말에 몹시 추한 새로운 의미를 부여하면서[280] 프랑수와즈의 딸이 한 말이다. 그녀는 '사람들이 그토록 미련하고', 장터에 가면 '어수룩한 시골 아낙들'이 자기와의 인척 관계를 드러내며 다음과 같이 말할 것이 뻔한 메제글리즈로 선뜻 돌아갈 결단을 내리지 못하였다. "저기 좀 봐요, 저거 죽은 바지로의 딸 아닌가요?" 그녀는, 자기가 '이제 빠리 생활의 맛을 보았던지라', 그곳에 돌아가 처박히느니 차라리 죽는 편을 택하겠다고 하였으며, 프랑수와즈는, 자신이 전통주의자이건만, 딸이 다음과 같이 말할 때에는, 그 새로운 '빠리 여인'으로 구현된 혁신적인 사고방식에 찬동하는 듯한 미소를 짓곤 하였다. "좋아요, 어머니, 외출하실 수 없는 날에는 저에게 속달 편지를 보내시면 그만이에요."

날씨가 다시 추워졌다. "외출이라고? 무엇 하러? 감기에 걸리기 위해서지." 자기의 딸과 오라비와 정육점에서 일하는 조카딸이 꽁브레에 가서 머무는 주간 동안에는, 집에 머무는 편을 택하던 프랑수와즈가 하던 말이다. 게다가, 자연과학에 관한 레오니 숙모님의 지론을 희미하게나마 간직하고 있던 마지막 신봉자로서, 프랑수와즈가 계절에 어울리지 않는 그 날씨에 대해 이야기하면서 이렇게 덧붙이곤 하였다. "신의 노여움이 아직 남은 것이야!" 하지만 나는 그러한 푸념에 우수 가득한 미소 한 가닥으로밖에 응답하지 않았고, 여하튼 내가 보기에는 날씨가 더 청명해질 것인지라, 그러한 예언에 그만큼 더 무심했다. 벌써 나의 눈에는 휘에솔레[281] 동산 위로 떠오른 아침 해가 보였고, 나는 그 햇살에 몸을 덥히고 있었다. 그 햇살에 못이겨 내가 미소를 지으면서 눈꺼풀을 열었다가 반쯤 닫을 수밖에 없었고, 그러면 눈꺼풀들이 백대리석 등잔처럼 분홍색 미광으로 가득차곤 하였으며, 그러면 종 모양의 꽃들282)만이 이딸리아에서 돌아오는 것이 아니라 이딸리아가 그것들과 함께 돌아왔다. 한결같이 충직한 나의 두 손에, 내가 옛날에 떠났어야 했을 여행 기념일을 영광스럽게 할 꽃들이 없지 않을 것이니, 그해 사순절 끝무렵에 우리가 출발 준비를 하던 때처럼 빠리의 날씨가 다시 추워진 이래, 마로니에들과 대로변의 버즘나무들과 우리집 안마당에 서 있는 나무를 적시고 있던 액상의 차가운 대기 속에서, 뽄떼 베키오의 백색 수선화들과 황수선화들과 아네모네들283)이 맑은 물 담긴 반구형 굽 달린 유리잔 속에서 그러듯,284) 이미 자기들의 잎눈을 살짝 열고 있었기 때문이다.

아버지께서는, 당신께서 저택 안뜰에서 마주치곤 하시던 노르뿌와 씨가 어디로 가는지, A.J. 씨를 통해 이제 알게 되었노라고 우리에게 이야기해 주셨다.

"빌르빠리지 부인 댁에 가는 것이며 그가 그녀와 매우 친하다는데, 나는 그 사실을 전혀 몰랐구나. 그녀가 매력적인 인물이며 비범한 여인 같더라. 네가 그녀를 뵈러 가야 할 것 같구나." 아버지가 나에게 말씀하셨다. "뿐만 아니라 내가 몹시 놀랐다. 그가 나에게 게르망뜨 씨에 대하여 매우 기품 있는 사람처럼 이야기하더구나. 나는 그를 항상 교양 없는 사람으로 여겼는데. 그가 박식하고 나무랄 데 없는 취향을 가졌으나, 다만 자기의 가문과 인척 관계에 대한 자부심이 매우 큰 모양이더라. 그러나 노르뿌와 씨의 말에 의하면, 그의 지위가 이곳에서 뿐만 아니라 유럽 어디에서나 굉장하다는구나. 오스트리아의 황제와 러시아의 황제가 그를 막역한 친구처럼 대하는 모양이다. 노르뿌와 영감께서 나에게 말하기를, 빌르빠리지 부인이 너를 무척 좋아하시며, 네가 그녀 댁에서 훌륭한 사람들과 친분을 맺을 수 있을 것이라 하더구나. 그가 나에게 너를 극찬하는 말을 하였으며, 네가 그를 그녀 댁에서 다시 만날 수 있을 것이니, 네가 장차 글을 쓰게 된다 할지라도 너에게는 그가 좋은 조언을 해 줄 것이다. 이런 말을 하는 것은, 내가 보기에 네가 다른 일을 할 것 같지 않기 때문이다. 그것도 아름다운 길이라 할 수 있을 것이다. 그것이 너를 위하여 내가 바라는 길은 아니다만, 네가 머지않아 성인이 될 것이고, 우리가 언제까지나 네 곁에 있을 것은 아닌지라, 네가 너의 적성에 따르는 것을 막지 말아야 할 듯하다."

내가 최소한 글 쓰기를 시작할 수나마 있었다면 오죽이나 좋았겠는가! 하지만 어떠한 조건에서 내가 그 계획에 착수하여도(더 이상 술을 마시지 않고 일찍 잠자리에 들며 충분한 수면을 취해 건강을 유지하겠다는 등의 계획처럼, 애석하게도!), 예를 들어 열광적으로, 체계적으로, 기쁜 마음으로, 하고 싶은 산책을 포기하여 뒤로 미루고 또 그것을 훗날의 보상처럼 여축해 두면서, 나의 건강 상태가 호전된 동안을 놓치지 않고, 몸이 불편한 날의 어쩔 수 없는 활동정지 상태를 이용하면서 그 계획에 착수하여도, 나의 그러한 노력의 결과는 항상, 특정 카드 놀이에서 어떤 식으로 카드들을 미리 뒤섞어 놓아도 결국 숙명적으로 뽑고 마는 정해진 패만큼이나 불가사의한, 글씨의 흔적조차 없는 백지 한 장뿐이었다. 나는, 글 쓰는 작업에 착수하지 않고, 잠자리에 들지 않으며, 충분한 수면을 취하지 않는 등, 어떠한 대가를 치르더라도 행동에 옮겨지게 되어 있던 습관들의 도구에 불과했던지라, 내가 그 습관들에 저항하지 않을 경우, 즉 그것들로 하여금 멋대로 작용하도록 내버려두기 위하여 그날그날이 그것들에게 제공하는 최초의 상황으로부터 그것들이 이끌어내는 평계에 내가 만족할 경우, 나는 지나친 해를 입지 않고 난관을 벗어나 밤을 지새운 끝에 그럭저럭 몇 시간이나마 휴식을 취하고 책을 조금 읽으며 무리를 범하지 않았으되, 반면 내가 그 습관들에 역행하려 하였을 경우, 즉 내가 고집스럽게 침대에 눕겠다 하고 물만 마시겠다 하며 작업에 착수하겠다고 섣불리 주장할 경우, 그것들이 화를 내며 더 심각한 수단들을 동원하여 내가 아예 병석에 눕게 만들어, 내가 알코올 섭취량을 배로 늘릴 수밖에 없게 되고, 이틀 동안이나 연속 잠자리에 들지 못하며, 더 이상 책도 읽을 수 없게 되었던지라, 다음부터는 내가, 저항하면 살해당할까 두려워 선선히 도둑맞는 편을 택하는 폭력의 희생자처럼 더 합리적으로, 다시 말해 덜 현명하게, 처신하겠노라고 나 자신에게 다짐하곤 하였다.

그 이후 아버지께서 게르망뜨 씨와 한두 차례 마주치셨고, 노르뿌와 씨가 당신에게 공작이 괄목할만한 사람이라고 이미 말한 바 있었던지라, 공작이 하는 말에 전보다 더 유의하셨다. 마침 두 분이 안뜰에서 빌르빠리지 부인에 관한 이야기를 나누셨던 모양이다. "그가 나에게 말하기를 그 부인이 자기의 숙모라고 하더구나. 그는 '비빠리지'라 발음하더군. 그녀가 비범하게 총명하다는구나. 그가 심지어 덧붙여 말하기를, 그녀가 '재치 사무실'[285]을 운영한다고 하였다." 이런 혹은 저런 회고록에서 한두 번 읽으신 적이 있으나 구체적인 의미를 단 한 번도 부여하신 적 없는 아버지께서, '재치 사무실'이라는 표현의 모호함에 인상을 받으신 듯 마지막 말씀을 덧붙이셨다. 어머니는 아버지에 대하여 어찌나 큰 존경심을 품고 계시던지, 빌르빠리지 부인이 '재치 사무실'을 운영한다는 사실에 아버지가 무심하시지 않은 것을 보시고, 그것이 상당히 중요한 무엇일 것이라 판단하셨다. 할머니의 말씀을 통해 비록 전부터 그 후작 부인이 어떤 분인지를 정확히 알고 계셨음에도 불구하고, 어머니는 아버지의 말씀을 들으신 후 즉시 그녀를 더 높게 평가하셨다. 몸이 조금 불편하셨던 할머니는, 후작 부인의 초대에 응하는 것을 달가워하시지 않다가, 아예 그것에 무관심해지셨다. 우리가 새 아파트로 이사한 이후 빌르빠리지 부인이 여러 차례 할머니에게 자기를 보러 오시라고 하였다. 그럴 때마다 할머니는 번번이, 근자에 이르러 외출을 하지 않게 되었다는 회신을 보내셨고, 그 편지들을, 전에 없던 새로운 그리고 이해할 수 없는 습관에 따라, 당신께서 손수 봉인하시지 않고 그 일을 프랑수와즈에게 맡기셨다. 한편 나는, 그 '재치 사무실'이라는 것이 무엇인지 정확히 뇌리에 떠올리지 못한 채, 발백의 그 노부인이 어느 '사무용 책상'[286] 앞에 앉아 계신 것을 발견하더라도 별로 놀라지 않을 것이라 생각하였고, 후에 그러한 일이 실제로 일어났다.

아버지는 게다가, 당신께서 자유회원으로 지원하려 생각 중이시던 프랑스 학사원에서, 전직 대사의 지지가 많은 표를 확보해 줄지 알고 싶어 하셨다. 사실 아버지는, 노르뿌와 씨의 지지를 전혀 의심하시지 않으면서도 확신을 갖지 못하셨다. 외무성 내의 어떤 사람이 아버지에게 말하기를, 노르뿌와 씨가 외무성에서 자기 홀로 프랑스 학사원을 대표하기 원하는지라, 누가 입후보자로 나서더라도 모든 방해 공작을 가리지 않을 것이며, 특히 그가 어떤 사람을 마침 각별히 지지하고 있던 차라, 아버지의 입후보가 그를 몹시 곤란하게 할 것이라고 하였을 때에도, 아버지는 그것이 험구에 불과하다고 생각하셨다. 하지만 르루와-볼리으 씨가 아버지에게 후보로 나서실 것을 권하며 성공을 예견하였을 때, 아버지는 그 저명한 경제학자가 지지를 기대할 수 있다고 거명한 학술원 내의 동료들 명단에 노르뿌와 씨가 없음을 보시고 몹시 놀라셨다. 아버지가 전직 대사에게 감히 직접 묻지는 못하셨지만, 내가 빌르빠리지 부인댁으로부터 당신께서 선출되시리라는 확신을 가지고 돌아오기를 기대하셨다. 내가 빌르빠리지 부인 댁을 방문하기로 한 날이 임박해 있었다. 전직 대사의 호의가 정평이 나 있었고, 그를 좋아하지 않는 사람들조차 그 누구도 그처럼은 도움 주기를 좋아하지 못한다는 점을 시인하던 차라, 그만큼 아버지에게는 노르뿌와 씨의 선전활동이 학술원 회원들 중 삼분의이의 지지를 확보해 줄 것처럼 보였다. 뿐만 아니라 외무성 내에서도, 아버지에 대한 그의 배려가 다른 어느 공무원에게 보이던 것보다 훨씬 각별했다.

아버지께서 또 다른 한 사람과도 우연히 마주치셨는데, 그 순간 매우 놀라셨고, 곧 이어 몹시 분개하셨다. 길에서 어느 날 싸즈라 부인과 우연히 마주치셨는데, 그녀가 비교적 가난한 편이었던지라, 빠리에서 지낼 때에는 아주 가끔 친구들을 방문하는 형편이었다. 게다가 아버지에게는 그녀가 그 누구보다도 성가신 사람으로 보였던지라, 엄마가 매년 한번쯤은, 아버지에게 부드럽고 애원하는 듯한 음성으로 다음과 같이 말씀하실 수밖에 없을 지경이었다. "나의 벗님, 제가 아무래도 한번 싸즈라 부인을 초대해야 할 것 같아요. 그녀가 온다 해도 늦게까지 머물지는 않을 거예요." 심지어 이런 말씀도 하셨다. "보세요, 나의 벗님, 제가 당신에게 큰 희생 하나를 간청하거니와, 싸즈라 부인을 잠시 방문하세요. 제가 당신에게 성가신 말씀 드리기 싫어하는 것 당신도 잘 아시지만, 그것이 당신의 친절한 거조일 거예요." 엄마가 그러실 때마다 아버지는, 웃으시며 역정을 조금 내신 다음, 그러한 방문길에 오르시곤 하였다. 그리하여, 싸즈라 부인 대하는 것이 조금도 기껍지 않으셨건만, 그날 우연히 그녀와 마주치시게 된 아버지가 모자를 벗으시며 그녀에게로 다가가셨는데, 놀랍게도 싸즈라 부인은, 못된 짓을 저질렀다는 판결을 받았거나, 그리하여 이제 지구의 반대편에 가서 사는 형벌에 처해진 어떤 사람에게로 향한, 차갑고 마지못해 하는 답례로 그쳤다. 아버지는 몹시 노하고 어안이 벙벙해지셔서 돌아오셨다. 다음 날에는 어머니가 어느 댁 응접실에서 싸즈라 부인과 마주치셨다. 싸즈라 부인이 어머니와 악수 하기를 거부하였을 뿐만 아니라, 어린 시절을 함께 보냈으되 방탕한 생활에 빠져, 어느 도형수나 그보다 더 못된 어느 이혼한 남자와 혼인하였던지라, 그 이후 일체의 관계를 끊은 어느 여인에게 그러듯, 어머니에게 모호하고 서글픈 기색으로 미소를 지어 보였다. 그런데 나의 부모님과 싸즈라 부인은 아주 오랜 시절부터 서로에게로 향한 깊은 존경심을 품고 있었다. 하지만(나의 어머니는 까맣게 모르시던 사실이다) 싸즈라 부인은, 꽁브레의 유사한 부류 여인들 중 유일한 드레퓌스파였다. 멜린느[287] 씨의 친구이신 아버지는 드레퓌스의 유죄를 확신하고 계셨다. 그리하여 드레퓌스 사건의 재심 청원서에 서명해 달라고 찾아온 같은 부처 동료들을 화를 내시며 돌려보내기도 하셨다. 또한 내가 당신과 다른 노선을 따른다는 사실을 아시고는 나에게 여드레 동안이나 아무 말씀 하지 않으셨다. 아버지의 견해는 널리 알려져 있었다. 사람들이 아버지를 거의 국가주의자[288] 취급할 지경이었다. 가족들 중, 하나의 관대한 의혹으로 인해 흥분할 유일한 인물로 여겨지던 할머니의 경우, 혹시 드레퓌스가 무죄일지 모른다고 누가 말씀 드릴 때마다 머리를 갸우뚱하셨고, 그 의미를 이해할 수 없었던 우리들 눈에는, 그러한 동작이, 심각한 사념에 잠겨 있던 사람이 방해를 받았을 때 보이는 동작처럼 보였다. 아버지에 대한 사랑과 내가 총명하기를 바라시던 희망 사이에서 갈라져 있던 어머니는 유보적일 수밖에 없었고, 그것이 침묵으로 표현되곤 하였다. 끝으로 할아버지의 경우, 군대를 열렬히 좋아하시는지라(국민병 제도의 각종 의무사항들이 비록 할아버지의 장년기에 악몽이긴 했어도),[289] 꽁브레에서 연대 행렬이 정원 철책 앞을 지날 때마다 모자를 벗으시며 연대장과 군기에 예를 표하시곤 하였다. 싸즈라 부인이 아버지와 할아버지의 공평함과 정직함을 누구보다도 잘 알고 있었음에도 불구하고, 우리 집 어른들의 그 모든 거조 때문에 그분들을 불의의 앞잡이로 여겼다. 흔히들 개인적인 범행은 용서하되, 집단적 범행에 동조하는 행위는 용서하지 못한다. 아버지가 반드레퓌스파라는 사실을 알게되자, 그녀는 즉시 자기와 아버지 사이를 대륙들과 세기들로 갈라놓았다. 세월과 공간 속에 존재하는 그 먼 거리에서는, 그녀의 인사가 아버지의 눈에 포착되지 않았을 것이고, 그녀 또한 악수를 나누거나 말을 건넬 생각을 하지 않았을 것이니, 악수나 대화가 그들을 갈라놓고 있던 광막한 세계들을 건너뛸 수 없었음은 이해할 만하다.

쌩-루가, 빠리에 오게 되어 있어, 나를 빌르빠리지 부인 댁에 데리고 가겠노라 약속하였고, 나는 그곳에서, 물론 그에게는 말하지 않았지만, 우리가 게르망뜨 부인과 마주칠 수 있을 것이라 기대하였다. 그가 나에게 자기의 연인과 함께 시내 음식점에서 점심을 먹자고 하였으며, 그런 다음 그녀를 공연 예행 연습장까지 데려다 주자고 하였다. 그날 아침에는 우리 두 사람이 빠리 근교에 사는 그녀를 데리러 가기로 하였다.

그에 앞서 나는 쌩-루에게, 우리가 점심을 먹을 음식점은(부유한 귀족 청년의 생활에서는 음식점이, 아라비아의 옛날 이야기들 속에 등장하는 피륙 궤짝들만큼이나 중요한 역할을 맡는다),[290] 에메가 발백의 휴가철을 기다리면서 급사장으로 일하게 되었다고 나에게 전에 알려준 그 음식점으로 정하자고 요청하였다. 그토록 숱한 여행을 꿈꾸면서도 그토록 여행길에 오르지 못하던 나에게는, 내가 간직하고 있던 발백의 추억뿐만 아니라 그 발백 자체의 일부를 형성하고, 그곳에 매년 가며, 피곤이나 학교 수업이 나를 빠리에 붙잡아둘 때에도 그러한 일에 얽매이지 않고, 칠월의 긴 오후 동안 내내, 손님들이 저녁 식사 하러 오기를 기다리면서, 커다란 식당의 유리판들을 통해 태양이 기울어 바다 속으로 뉘엿뉘엿 지는 것을—태양이 꺼지는 시각에는 그 유리판들 뒤로 보이는 멀리 있고 푸르스름한 선박들의 정지된 날개들이 마치 진열창 속에 있는 이국적인 야행성 나비들 같았다—바라볼 수 있는 사람을 다시 만나는 것이, 나에게는 커다란 매력이었다. 발백이라는 강력한 자석과의 접촉으로 인해 자성을 띠게 된 그 급사장 자신이 나에게는 하나의 자석이었다. 나는 그와 이야기를 나눔으로써, 내가 그것만으로도 벌써 발백과 교신 상태에 들어가, 즉석에서 여행이 주는 약간의 매력을 현실화할 수 있기를 기대하였다.

나는, 전날 저녁에도 약혼녀를 만나러 가지 못하였다고 하며 게르망뜨 댁 심부름꾼 시종이 딱하다고 탄식하는 프랑수와즈를 남겨둔 채, 아침 일찍 집을 나섰다. 프랑수와즈가 보자니 그가 눈물을 흘리고 있었으며, 자칫 수위의 따귀를 때릴 기세였으나, 자기의 일자리에 애착하는지라 참았다고 했다.

나를 자기의 집 대문 앞에서 기다리게 되어 있던 쌩-루의 집에 도달하기 전에, 꽁브레 시절 이후 다시 볼 수 없었던, 그리고 이제 머리가 희끗희끗하건만 젊고 순진한 기색을 여전히 간직하고 있던 르그랑댕과 우연히 마주쳤다. 그가 걸음을 멈추더니 나에게 말하였다.

"아! 당신이군, 멋쟁이 양반, 프록코트까지 차려입으셨군! 나의 자주성은 도저히 받아들이지 못할 시종의 정복이지. 당신이 사교계 인사가 되어 이리저리 사람들을 만나러 다니는 것이 사실이군.

나처럼, 반쯤 무너진 어느 무덤 앞에 가서 몽상에 잠기려면, 나의 나비넥타이와 상의가 제격이지. 내가 당신의 영혼이 가지고 있는 아름다운 자질을 얼마나 귀하게 여기는지 당신이 잘 아시지. 그 말은 곧, 당신이 '이방인들' 속에 섞여 그 아름다운 자질을 부정하는 것이 애석하다는 뜻이오. 나로서는 호흡조차 할 수 없는, 이런 저런 응접실들의 구역질 일으키는 공기 속에 잠시나마 머물 수 있음으로 인해, 당신은 당신의 장래에, 선지자의 단죄를, 그가 내리는 저주를, 초래하고 있소. 내 눈에는 그것이 여기에서도 보이는 바, 당신은 '경박한 심정들'을, 세습 귀족들의 집단을, 찾아다니고 있는데, 그것이 오늘날의 부유한 평민이 가지고 있는 못된 버릇이오. 아! 세습 귀족들, 그들의 목을 깡그리 자르지 않은 것은 '공포정치'의 명백한 잘못이오. 그들이 단지 음침한 멍청이들이 아니라면, 그들 모두 음산한 개자식들이오. 여하튼, 가엾은 젊은이, 그것이 마음에 즐겁다면 어쩔 수 없는 일! 당신이 어느 '다섯 시 모임(five oclock)'[291]에 가는 동안, 당신의 늙은 친구는 당신보다 더 행복하리니, 그가 홀로 성 밖 어느 변두리에서 보라색 하늘로 떠오르는 분홍색 달을 응시하고 있을 것이기 때문이오. 진실대로 말하자면, 이토록 고립감을 처절하게 느끼게 하는 이 지구에는 내가 별로 어울리지 않으며, 나를 이곳에 고정시켜 다른 권역으로 탈출하지 못하도록 하기 위해서는, 지구의 인력이 몽땅 필요할 것이오. 나는 다른 혹성 출신이오. 안녕히 가시오, 그리고 다뉴브 강변의 농부[292]와 다름없는 비본느 냇가 농부의 해묵은 솔직성을 나쁘게 해석하지 마시오. 내가 당신을 존중한다는 사실을 입증하기 위하여, 나의 최근 작품인 소설 한 권을 보내드리겠소. 하지만 당신은 그것을 좋아하지 않을 것이오. 그것이 충분히 퇴폐적이지 못하고 충분히 세기말적이지 못한데다, 지나치게 솔직하고 지나치게 정직하니 말이오. 당신에게는, 당신이 고백한 것처럼, 베르고뜨의 작품 따위나 어울릴 것이니, 세련된 향락주의자들의 무감각해진 입천장에게는, 썩은 냄새 감돌 지경으로 숙성된 고기가 제격이기 때문이오. 당신네 패거리는 틀림없이 나를 늙은 허풍꾼 취급 할 것이오. 내가 나의 글에 진심을 담은 것은 잘못이었소. 그런 것은 더 이상 유행하지 않소. 그리고 민중의 생활은 당신네 조무래기 스놉들의 관심을 끌 만큼 고상하지 않소. 자, 구세주의 이 말이나 가끔 상기하도록 노력하시오. '그대로 행하거라. 그러면 영생할 수 있느니라.'[293] 친구여, 안녕히 가시게."

나는 르그랑댕에 대하여 언짢은 마음을 별로 품지 않고 그의 곁을 떠났다. 어떤 추억들은 모두 친구들 같아서, 그것들이 스스로 화해할 줄 안다. 봉건시대 잔해들 쌓여 있고, 미나리아재비꽃들 그득한 들판 한가운데에 놓인 작은 목재 다리가, 비본느의 양안을 이어주듯 르그랑댕과 나를 이어주고 있었다.

봄기운 완연함에도 불구하고 대로변 나무들의 첫 잎들이 겨우 보이기 시작하던 빠리를 떠난 외곽 순환 열차가, 쌩-루와 나를 그의 연인이 살고 있던 교외 마을에 내려놓았을 때, 꽃들 한창 피어나던 과일나무들로 이루어진 거대한 흰색 제단형 시렁들이 작은 정원들을 깃발처럼 장식하고 있는 것을 보는 순간 나는 경탄을 금할 수 없었다. 정해진 시기에 사람들이 아주 먼 곳으로부터 구경하러 오는, 특이하고 시적이되 아주 짧고 특정 지역에 한정된 축제들 중 하나 같았으되, 우리 앞에 펼쳐진 축제는 자연이 준비한 것이었다. 버찌나무 꽃들은 가지에 어찌나 촘촘하게 밀착되어 있었던지, 가지들이 하얀 칼집 같았고, 멀리서 바라보자니, 꽃도 잎도 거의 피어나지 않은 다른 나무들 사이에 있던 그것이, 햇볕 화창하나 아직도 상당히 추운 날씨로 인해, 다른 곳의 것은 이미 다 녹았으되 여전히 작은 관목들 위에 쌓여 있는 눈과 흡사했다. 그러나 커다란 배나무들은 더 폭넓고 단조로우며 더 눈부신 흰색으로 집들 하나 하나와 소박한 앞뜰을 감싸고 있었던지라, 그 마을의 모든 집들과 울타리로 둘러싸인 채마밭들이, 같은 날에 자기들의 성체배령 의식에 참여하고 있는 것 같았다.

빠리 근교에 있는 그러한 마을들은 아직도 어귀에 17세기와 18세기의 울타리 둘러진 넓은 정원들을 간직하고 있는데, 그것들이 옛날에는 왕실 집사들이나 총희들의 '별장'에 딸려 있었다. 그런데 어느 원예가 한 사람이, 그것들 중 도로 아래쪽에 있는 것 하나를 과수 재배하는데 사용하였다(혹은 아마 옛날에도 있었던 어느 넓은 과수원의 윤곽이 보존되었을지도 모른다). 주사위의 5점형으로 배치하여 심었고, 내가 전에 본 것들보다 더 넓은 간격을 확보하였으나 돌출한 것이 적은 그 배나무들은, 하얀 꽃들로 이루어진 거대하고 변이 볼록한 사각형들을—낮은 담장들로 분리된—형성하고 있었으며, 그것들의 각 측면에 빛이 어찌나 서로 다르게 어른거리고 있었던지, 지붕 없어 한데에 노출된 그 모든 방들이 마치, 크레타 섬과 같은 곳에서 다시 찾아낼 수 있었을 것과 같은 '태양궁'의 방들과 같아 보였다.[294] 또한 그 방들은, 그것들이 빛에 노출됨에 따라, 빛이 봄철의 수면 위에서 그러듯 과수 버팀대들 위에 와서 놀고, 성긴 철책 모양으로 얽히었고 푸른 하늘 가득한 가지들의 격자 사이에서 번쩍이면서, 햇빛을 받아 부드럽고 가벼워진 꽃의 점점 희어지는 거품을 여기저기에 펼치는 것을 보노라면, 어느 양어장의 수조들이나 특정 어업을 위해 혹은 굴을 양식하기 위하여 인간이 분할해 놓은 바다의 특정 부분들을 연상시키기도 하였다.

그것은 햇볕에 구워져 황금빛을 띤 낡은 읍사무소를 갖춘 옛 마을이었고, 사무소 앞에는, 보물 기둥²⁹⁵⁾이나 장식용 깃대라도 되는 듯, 커다란 배나무 세 그루가, 마치 고장 특유의 민간 축제를 위해 서인 듯, 하얀 새틴 깃발들로 멋지게 치장되어 있었다.

로베르가 자기의 연인에 대하여, 그녀의 집으로 가는 동안처럼 그토록 다정한 어조로 나에게 이야기한 적은 일찍이 없었다. 오직 그녀만이 그의 가슴 속에 뿌리를 내리고 있었다. 물론 군에서 자기에게 보장된 미래, 자기의 가문, 사교계에서의 위치 등 그 모든 것에 그가 무심했던 것은 아니지만, 그것들도 자기의 연인과 관련된 가장 하찮은 일들 앞에서는 아무것도 아니었다. 그것들만이 그에게는 중요했고, 게르망뜨 가문과 지상의 모든 왕들보다도 한없이 더 중요했다. 그녀가 모든 것보다 우월한 본질로 이루어졌다고 명확히 생각하고 있었는지는 모르나, 그가 그녀와 관련된 것에 대해서만 배려와 근심을 할애하고 있었다는 사실은 내가 잘 안다. 그녀로 말미암아 그는, 고통을 감수하고 행복해지고 아마 누구를 죽일 수도 있었을 것이다. 진정 그의 흥미를 유발하고 그를 열광시킬 수 있었던 것은, 그의 연인이 원하며 따라서 그녀가 하고자 할 일, 고작 순간적인 표정을 통해서나 인지될 수 있더라도, 그녀의 좁은 안면 공간이나 그녀의 특전 받은 이마 밑 뇌리를 스치는 생각뿐이었다. 나머지 모든 일에 있어서 그토록 민감하고 양심적인 그가 호화로운 결혼을 생각해 보았던 것은 오직, 그녀를 거느리고 곁에 둘 수 있도록 하기 위함이었다. 그가 그녀에게 부여하던 가치를 혹시 어떤 사람이 추정해 보려 하였다 해도, 내가 믿거니와, 아무도 그것에 미칠 가치는 상상하지 못하였을 것이다. 그가 그녀와 결혼하지 않았던 것은, 하나의 실용적 본능이 그로 하여금, 그에게서 더이상 기대할 것이 없어지기 무섭게 그녀가 자기 곁을 떠나거나 적어도 그녀 멋대로 살 것이니, 그녀를 다음 날에 대한 기대라는 미끼로 붙잡아 두어야 한다고 어렴풋이 느끼게 하였기 때문이다. 왜냐하면 그녀가 아마 자기를 사랑하지 않을 것이라 추측하곤 하였으니 말이다. 흔히들 사랑이라고 칭하는 보편화된 심리적 증상이―모든 남자들에게 그러듯―그로 하여금, 그녀가 자기를 사랑한다고 가끔은 믿지 않을 수 없게 하였던 것은 사실이다. 그러나 실제로는 그가, 자기에게로 향한 그녀의 그 사랑에도 불구하고 그녀가 오직 자기의 돈 때문에 자기 곁에 머물러 있으며, 따라서 자기로부터 더 이상 기대할 것이 없어지면(하지만 그녀의 문학적 친구들에게 속아, 자기를 여전히 사랑하건만 그럴 것이라는 것이 그의 생각이었다) 서둘러 자기의 곁을 떠날 것이라 직감하고 있었다.

"그녀가 착하게 굴면 내가 오늘 그녀에게 마음에 들 선물을 줄 걸세." 그가 나에게 말하였다. "선물이란, 그녀가 부슈롱 보석상점에서 보았다는 목걸이라네. 현재의 내 형편으로는 좀 비싼 가격이며, 3만 프랑이라고 하더군. 하지만 그 가엾은 늑대의 삶에는 별 기쁨이 없다네. 그녀가 상당히 만족스러워할 걸세. 그녀가 나에게 그 목걸이 이야기를 이미 하였으며, 그것을 아마 자기에게 선사할지도 모를 어떤 사람을 안다고 하였네. 나는 그것이 사실이라고는 믿지 않지만, 우리 가문에 물건을 조달하는 부슈롱과 우연히, 그것을 내가 사기로 합의해 두었네. 나는 자네가 그녀를 곧 보게 되었다는 생각만으로도 행복하다네. 용모는 특이하다고 할 것 없네만(나는 그가 정반대의 생각을 하면서도 나의 찬탄이 더욱 커지도록 하기 위하여 그렇게 말하는 것임을 간파하였다), 무엇보다도 그녀의 감식력이 경이롭다네. 자네 앞에서는 그녀가 감히 많은 말을 하지 못하겠지만, 그녀가 뒤에 자네에 대하여 할 말을 생각하면 미리부터 기쁘다네. 이보게, 그녀는 사람들이 무한히 심화시킬 수 있을 말들을 하며, 그녀에게는 진정 퓌티아[296]적인 무엇이 있다네!"

그녀가 사는 집으로 가지 위하여 우리 두 사람이 작은 정원들을 따라 걷고 있었는데, 나는 걸음을 멈추지 않을 수 없었다. 정원들이 한창 피어나고 있던 벚꽃들과 배꽃들로 가득했기 때문이다. 의심할 나위 없이, 그 정원들이 어제까지만 하여도, 임대되지 않은 집처럼 아무도 살지 않고 비어 있었겠으나, 어제 저녁에 도착한 새 여주인들로 문득 가득 채워지고 아름답게 꾸며져, 철책들 사이로 오솔길 모퉁이에 서 있는 그 여인들의 아름다운 흰색 드레스들이 보였다.

"이보게, 자네가 저 모든 것들을 응시하며 시인 되기를 원하니, 여기에서 기다리게. 나의 연인은 이곳으로부터 아주 가까운 곳에 사네. 내가 그녀를 데리러 가겠네." 로베르가 나에게 말하였다.

그를 기다리면서 나는 소박한 정원들 앞을 조금 거닐었다. 고개를 쳐들면 가끔 창가에 있는 소녀들이 보였으나, 나지막한 2층 높이 허공에도 여기저기에서, 연보라색의 싱싱한 치장 속에 유연하고 가벼워져 잎들 사이에 매달린 라일락의 어린 꽃타래들이, 자기들이 있던 초록색 중이층까지 눈을 쳐들어 바라보고 있던 행인은 아랑곳하지 않은 채, 자신들의 몸뚱이를 미풍에 맡겨 한들거리고 있었다. 나는 그 꽃타래들 속에서, 어느 봄날의 뜨거운 오후, 고혹적인 시골풍 융단을 치장하기 위하여 스완 씨 댁의 넓은 정원 입구에 배치되었던—어떤 것은 작은 흰색 살문 밖으로까지 나와 있었던[297]—보라색 꽃타래들을 알아보았다. 내가 오솔길 하나를 따라 걷자니 그것이 어느 초원으로 이어졌다. 그곳에는 꽁브레에서처럼 차가운 바람이 세차게 일고 있었으나, 그럼에도 불구하고, 비본느 냇가에서 그럴 수 있었을 것처럼 기름지고 축축하며 전원적인 땅 한가운데에, 바람 때문에 경련하되 햇살로 인해 매끄러워지고 은색 윤기 도는 자기의 꽃들을, 마치 질료화되어 촉지할 수 있는 빛의 커튼인 양, 미소를 지으며 뒤흔들고 태양 앞에 당당히 내세우는 희고 거대한 배나무 한 그루가, 자기 동료들 무리 전체가 그러듯 약속을 정확히 지키기 위하여 불쑥 치솟아 있었다.

문득 쌩-루가 자기의 연인을 대동하고 나타났는데, 나는 그 순간, 그에게는 전적인 애정의 대상이었고 생이 가져다 줄 수 있는 모든 감미로움이었던 그 여인 속에서, 제단의 감실(龕室) 속에 감추어진 듯 하나의 몸뚱이 속에 신비하게 감추어진 그녀의 인격체를 내 벗님의 상상력이 끊임없이 추적하였으되 나의 벗님은 자기가 아마 영영 알 수 없으리라 느끼던, 그리하여 그녀 자체의 본질이 무엇일까 항상 자문하던 그 여인 속에서, 시선과 살이라는 너울 뒤에 있던 그 여인 속에서, 나는 즉각 '라셀 깡 뒤 쎄뉘에르'[298]를, 즉 몇 해 전에—그 세계에서는 여인들이 자기의 신분을 바꿀 때 그토록 신속하다—뚜쟁이 여자에게 다음과 같이 말하던 그 여인을 알아보았다. "그러면 약속된 거예요. 내일은 제가 한가로우니, 혹시 손님이 오면 저를 부르는 것 잊지 마세요."

그리하여 정말 누가 그녀를 '부르러 와서' 그녀가 '손님'과 단둘이 방 안에 있게 되면, 그녀는 손님이 자기에게서 무엇을 원하는지 어찌나 잘 아는지, 신중한 여인이 취하는 예방책으로 혹은 의식적 관례상, 열쇠를 돌려 출입문을 잠근 다음, 자신을 진찰할 의사 앞에서 사람들이 그러듯, 자기의 모든 옷들을 벗기 시작하였고, 귀 매우 예민하고 자기들의 환자가 혹시 감기에 걸리지 않을까 우려하는 일부 의사들이 천을 통해 들려오는 호흡과 심장의 박동에 귀를 기울이는 것으로 만족하듯, 그 '손님'이, 알몸 상태를 좋아하지 않는지라, 그녀에게 내의는 입고 있어도 좋다고 말해야만 중도에 멈추곤 하였다. 그 여인에게, 그 생활 일체와 모든 생각들과 모든 과거와 그녀를 수중에 넣었던 모든 남자들이 나에게는 하도 무관심한 것들이었던지라 그녀가 나에게 그것들 이야기를 세세히 들려주었다 하더라도 그저 예의상 귀를 기울일 뿐 한 귀로 흘려 들었을 그 여인에게, 쌩-루의 불안과 괴로움과 사랑이 어찌나 골몰하였던지, 나는 그가, 나에게는 하나의 기계식 장난감에 불과했던 것을, 즉 그 여인을, 자신의 생명과도 바꿀 수 있을만한 가치를 지닌 끝없는 번민의 대상으로까지 변화시켰음을 직감하였다. 근본적으로 다른, 서로 유리된, 그 두 심정적인 요소를 발견하고(그와 달리 내가 '라쉘 깡 뒤 쎄뉘에르'를 일찍이 매음굴에서 알게 되었으니) 나는, 남자들로 하여금 모든 정성을 바치고 괴로워하며 심지어 자살에까지 이르게 하는 많은 여인들의 진정한 본래 모습이, 혹은 다른 사람들에게 보인 모습이, 내 눈에 비친 라쉘과 같을 수 있음을 깨달았다. 그러한 라쉘의 일상생활에 대하여 어떤 사람이 고통스러운 관심을 품을 수도 있다는 상념이 나를 아연실색케 하였다. 상대를 가리지 않는 그녀의 숱한 성관계 사실을 내가 로베르에게 알려줄 수도 있었으며, 그러한 짓들이 나에게는 이 세상에서 가장 무의미한 것으로 여겨지기도 했다. 하지만 그 짓들이 그를 얼마나 괴롭혔겠는가! 또한 그 성관계들을 일일이 알아내고자, 물론 헛되이, 그가 무엇인들 선뜻 내놓지 않았겠는가! 나는, 한 여인을 처음 알게 된 주체가 상상력일 경우, 그 여인의 것과 같은 작은 얼굴 덩어리 뒤에다 하나의 인간적 상상력이 어떤 것들을 두루 상정해 놓을 수 있는지를, 그리고 반대로 그것이 정면으로 상반되는 방법으로, 즉 가장 범속한 접촉을 통해 지각되었을 경우, 그토록 숱한 몽상의 대상이었던 것이 물질적이고 하등의 가치도 없는 얼마나 초라한 요소들로 분해될 수 있는지를 간파하였다. 즉, 나의 눈에는 단지 20프랑을 벌기 원하는 한 여인으로만 보이던 매음굴에서 그녀가 나에게 20프랑에 제공되었을 때 20프랑 가치도 없어 보이던 그 물건도, 혹시 누가 그녀 속에 신비하고 호기심 촉발하며 포착하여 곁에 두기 어려운 존재가 있으리라 상상하는 것으로 시작하였을 경우, 그 물건이 백만 프랑 이상의, 누구나 부러워하는 신분 이상의, 심지어 가족이 자신에게 쏟는 애정 이상의 가치를 가질 수 있다는 사실을 깨달았다. 물론 로베르와 내가 바라보고 있던 것은 그 여위고 좁은 같은 얼굴이었다. 그러나 우리 두 사람은 영영 서로 통하지 못할 서로 상반된 두 길을 따라 그 얼굴에 도달하였고, 따라서 우리는 결코 얼굴의 같은 측면을 볼 수 없도록 되어 있었다. 나름대로의 시선과 미소와 입의 움직임 등을 갖춘 그 얼굴을 나는 외부로부터, 즉 20프랑을 벌기 위하여 내가 원하면 무슨 짓이든 할 평범한 여인의 얼굴로 처음 대하였다. 따라서 그 시선과 미소와 입의 움직임 등이, 개인적 독특성이라고는 전혀 없는, 일반적 행위만을 의미하는 요소들로 보였고, 따라서 내가 그것들 밑에서 하나의 인격체를 찾고 싶은 호기심을 품을 수 없었을 것이다. 하지만 어떤 면에서는 아예 처음부터 나에게 제공되었던 것이, 즉 선선히 승낙하던 그 얼굴이, 로베르에게는 최종 도착지였고, 얼마나 많은 희망과 의구심과 의심과 몽상에 휩싸여 그가 그곳을 향해 나아갔던가! 그렇다, 누구에게나처럼 나에게도 단 20프랑에 제공되던 것을 얻기 위하여, 또 그것이 다른 사람들 수중으로 들어가지 못하도록 하기 위하여, 그는 백만 프랑 이상을 내놓았다. 무슨 이유 때문에 그러한 가격을 치르고도 그가 그녀를 수중에 넣지 못하였는지, 그것이 한 순간의 우연에 기인할 수 있다. 즉, 스스로를 내맡길 준비가 되어 있던 것 같은 여인이, 혹시 다른 약속이 있어, 혹은 마침 그날 그녀를 유난히 까다로운 사람으로 만들 수 있을 어떤 이유 때문에, 몸을 피해 버리는 그러한 순간의 우연에 기인할 수 있다. 그녀가, 비록 그 사실을 모르고라도, 감상적인 남자를 상대하게 될 경우,

그러나 특히 그녀가 그 사실을 눈치챌 경우, 무시무시한 게임이 시작된다. 실망감을 극복하고 그녀를 깨끗이 단념할 능력이 없어진 그 남자가 그녀를 사냥감인양 다시 쫓으면, 그녀는 더욱 필사적으로 도주하며, 결국 그가 감히 기대하지 못하던 미소 한 가닥을 얻기 위해 지불한 금액이 여인의 마지막 호의를 얻기[299] 위해 일반적으로 지불되는 금액의 천배에 이른다. 심지어 그러한 경우 때로는, 판단의 어수룩함과 괴로움 앞에서의 비겁함이 뒤섞인 상태에서, 남자가 어떤 여자를 영영 손에 넣을 수 없는 우상으로 만드는 미친 짓을 일단 저지르면, 그 마지막 호의는 물론 최초의 입맞춤조차 영영 얻지 못할 뿐만 아니라, 자기가 그녀에게 플라톤적 사랑이라고 단언한 것이 허위로 드러나도록 하지 않기 위하여, 더 이상 감히 입맞춤을 요구하지도 못하는 일까지 생긴다. 그러면, 가장 열렬히 사랑하였던 여인의 입맞춤이 어떤 것인지 영영 모르는 채 생을 하직하는 것이, 하나의 커다란 괴로움으로 변한다. 하지만 쌩-루는 운이 좋아 라쉘의 호의를 모두 얻는데 성공하였다. 물론 그런 후에, 그 호의들이 모든 사람들에게 단 1루이[300]에 제공되었다는 사실을 그가 알았다면, 그가 혹독한 괴로움에 휩싸였을 것은 의문의 여지가 없으나, 그렇다 해서 그 호의들을 자기의 것으로 간직하기 위하여 백만 프랑 지불하기를 망설이지는 않았으리니, 그가 알게 되었을 그 모든 사실들조차 그를 그가 들어선 길에서 이끌어낼 수 없었을 것이며—남자에게 있어 중요한 일은 어떤 위대한 자연법칙의 작용에 의해, 그의 뜻에도 불구하고, 닥칠 수밖에 없다—그 길에서 보면, 그녀의 얼굴이 오직 그가 일찍이 구축하였던 몽상을 통해서밖에 나타날 수 없었기 때문이다. 그 파리한 얼굴의 부동성이, 두 기류의 거대한 압력 사이에 놓인 종이 한 장의 부동성처럼, 내가 보기에는, 그 부동성에 이르렀으되 서로 마주치지 않는 두 절대자로 인해 균형을 유지하는 것 같았으니, 그 부동성이 두 절대자를[301] 분리시키고 있었기 때문이다. 로베르와 나 두 사람 모두 그녀를 바라보고 있었으나, 우리가 그 불가사의한 대상의 같은 측면을 보고 있었던 것은 아니다.

나에게는 '라셸 깡 뒤 쎄뉘에르'가 하찮게 보이기 보다, 인간의 상상력 및 사랑의 괴로움에 그 근거를 제공하는 환상이 위대해 보였다. 로베르가 나의 동요된 기색을 알아챘다. 나는 맞은편 정원에 있는 배나무들과 벚나무들 쪽으로 눈을 돌렸다. 나를 감동시킨 것이 그것들의 아름다움일 것이라고 그로 하여금 믿도록 하기 위해서였다. 또한 실제로 그 아름다움이, 우리가 눈으로만 보지 않고 가슴 속에서도 느끼는 것들을 우리 곁에 가져다 놓음으로써, 어떤 면에서는 조금이나마 같은 식으로 나를 감동시켰다. 정원에서 발견한 그 나무들을 낯선 신들이라고 여기던 나 역시, 일찍이 다른 정원에서, 기념일이 멀지 않은 어느 날, 막달라 마리아가 인간의 형체 하나를 발견하고 '그것이 정원지기라고 믿었을' 때처럼 착각한 것 아니었을까?[302] 황금기 추억들의 수호자들이며, 현실이란 우리가 흔히 믿는 그것이 아니라고 역설하며 시의 광휘와 순진무구함의 경이로운 광채가 현실 속에서 반짝일 수 있고 그것들이 곧 우리가 현실 속에서 얻으려 애쓰는 보상일 수 있다고 약속하는 보증인들인, 낮잠과 낚시질과 독서에 적합한 그늘 위로 경이롭게 상체를 숙인 그 커다란 백색의 존재들, 그것들이 오히려 천사들 아니었던가? 내가 쌩-루의 연인과 몇 마디 이야기를 나누었다. 우리들이 마을을 직선으로 가로질렀다. 집들이 불결했다. 그러나 가장 초라한 집들 곁에, 유황비를 맞아 탄 듯한 집들 곁에, 저주 받은 도시에 하루 동안 머물기로 한 신비한 나그네 하나가, 광휘로운 빛 발산하는 천사 하나가, 그 도시 위로 자기의 순결한 날개들을 펼쳐 눈부신 보호막을 드리우고 있었다.303) 그 나그네는 꽃 만발한 배나무 한 그루였다. 쌩-루가 나와 함께 몇 걸음 앞에서 걸으며 나에게 말하였다.

"자네와 나 우리 둘이서 함께 기다리고 싶었으며, 자네하고만 단 둘이 점심을 먹고 나서 나의 숙모님 댁으로 갈 순간까지 단 둘이서만 있으면 내가 더 만족스러울 걸세. 하지만 나의 가엾은 저 어린 것에게는 큰 기쁨인지라, 게다가 나에게 어찌나 상냥하게 구는지, 이해하겠지만, 내가 그녀의 소청을 거절할 수 없었다네. 뿐만 아니라 그녀가 자네 마음에도 들 걸세. 문학 애호가이고 감수성 예민할 뿐만 아니라, 그녀가 어찌나 상냥하고 소박하며 항상 모든 것에 만족스러워하는지, 그녀와 함께 음식점에서 점심을 먹는 것이 유쾌한 일이라네."

하지만 이제 생각해 보니, 바로 그날 아침에, 그리고 아마 단 한 번, 자기가 끊임없이 애정을 쏟으며 서서히 구성하였던 여인으로부터 로베르가 한 순간 밖으로 탈출하여, 자기로부터 조금 떨어져 있는 하나의 다른 라쉘을, 그녀의 분신 하나를, 그러나 완전히 다르며 단지 작고 평범한 두루미304)의 모습을 드러내는 분신을, 문득 발견한 것 같다. 아름다운 정원을 떠나, 빠리로 돌아가기 위하여 우리들이 기차를 타러 가고 있었는데, 역에 이르렀을 때, 로베르와 나 두 사람으로부터 몇 걸음 떨어져 걷고 있던 라쉘을 발견한, 그녀 부류에 속하는 상스러운 '암탉들' 305)이 그녀를 불렀고, 처음 그녀가 혼자인 줄로 믿었던지, 그녀에게 목청을 높여 외쳤다. "이봐 라쉘, 우리와 함께 타겠니? 뤼씨엔느와 제르멘느는 객차 안에 있고, 마침 좌석이 아직 남았어. 어서 와, 우리 스케이트306) 타러 모두 함께 가자." 그녀들이 자기들과 동행하던 자기들의 연인들인 듯한 '깔리꼬' 307) 녀석들 둘을 그녀에게 소개하려던 찰라, 라쉘의 조금 거북한 듯한 기색을 보자, 호기심 가득한 눈을 쳐들어 그녀 주위를 살폈고, 우리 두 사람을 발견하였으며, 그러자 그녀에게 미안하다고 하면서 작별 인사를 하였다. 그녀 또한 조금 거북하지만 다정한 작별 인사로 대꾸하였다. 그녀들은 모조 수달피 깃을 단 옷을 입은, 쌩-루가 처음 만났을 때 라셀에게서 발견하였던 것과 거의 유사한 모습을 한, 가엾은 어린 두 암탉들이었다. 그는 그녀들이 누구인지, 또 그녀들의 이름조차 몰랐으나, 그녀들이 자기의 연인과 매우 친밀한 듯한 기색을 보는 순간, 자기의 연인이, 아직까지 생각조차 못하였던 삶 속에, 자기가 그녀와 영위하던 삶과는 전혀 다르며, 1루이만 지불하면 여인들을 수중에 넣을 수 있는 그러한 삶 속에, 아마 자신의 자리를 가지고 있었으며 아마 아직도 가지고 있을지 모른다는 생각을 하게 되었다. 그가 그러한 삶을 언뜻 발견하기만 한 것이 아니라, 그 삶 한가운데에 있는, 자기가 알고 있던 것과는 전혀 다른 하나의 라셀을, 그 두 어린 암탉들과 유사한 하나의 라셀을, 20프랑에 살 수 있는 하나의 라셀을 발견한 것이다. 요컨대 라셀이 한 순간 그의 앞에서 둘로 나뉘어져, 그가 자기의 라셀로부터 조금 떨어져 있던 어린 암탉 라셀을, 즉 실제의 라셀을—물론 암탉 라셀이 다른 라셀보다 더 실제적이라고 말할 수 있을지 모르나—발견한 것이다. 로베르가 그 순간 아마, 매년 지속적으로 라셀에게 10만 프랑을 줄 수 있도록 하기 위하여 자신의 가문 이름을 팔아 부유한 가문 여자와 결혼할 필요를 느끼면서 그럴 가망성을 염두에 두고 살던 그 지옥으로부터, 자기도 아마 쉽사리 빠져나와, 그 깔리꼬들이 자기들의 두루미들이 허락하는 호의를 누리듯, 약간의 비용만을 지불하고 자기 연인의 호의를 얻을 수 있으리라는 생각을 품었을 것이다. 하지만 어찌 한단 말인가? 그녀가 아직은 하등의 비난 받을 짓은 저지르지 않았다. 또한 그녀의 욕구가 덜 충족될 경우 그녀가 덜 상냥할 것이며, 그를 그토록 감동시키던 말을 더 이상 하지 않을 것임은 물론, 그것이 얼마나 상냥한 그녀의 거조인지를 부각시키려 세심하게 주의하면서, 그러나 자기가 그녀를 호화롭게 건사하고, 심지어 자기가 그녀에게는 무엇이든 다 주며, 그녀가 하나의 사진에다 적어 보낸 헌사나 전보 끝에 덧붙인 인사말 등이 실은 가장 빈약하되 소중한 형태로 변환된 황금이라는 사실등은 누락시켜 감추면서, 그가 자기의 동료들 앞에서 조금은 과시하듯 인용하던 그 감동적인 편지도 더 이상 쓰지 않을 것이 뻔했다. 라쉘이 가끔 드물게 보여주던 그 친절들을 얻기 위해 자기가 비용을 지불하였다는 말을 그가 하지 않은 사실을 두고, 그것이 자존심 때문이니 혹은 허영심 때문이니 하는 것은—하지만 지나치게 단순한 그따위 생각을, 사람들은 어처구니 없게도, 덫에 걸려 돈을 지불하는 모든 연인들과 숱한 남편들에게 적용한다—정확한 말이 아닐 것이다. 쌩-루는, 허영심에서 비롯되는 어떠한 즐거움도, 자기가 그것들을 자기의 가문이나 자기의 잘 생긴 얼굴 덕분에 사교계에서 쉽사리 또 아무 비용 지불하지 않고 얻을 수 있으며, 라쉘과의 관계가 반대로, 그를 조금은 사교계 밖으로 밀어내고 그가 그 속에서 저평가되게 하는 요소임을 깨달을 수 있을 만큼 충분히 총명한 사람이었다. 결코 허영심 때문이 아니었다. 자기가 사랑하는 여인으로부터 특별한 애정의 가시적인 표명을 아무 비용 지불하지 않고 얻은 듯 보이고 싶은 그 자존심, 그것은 단지 사랑의 부산물로서, 자기가 그토록 사랑하는 것으로부터 자신이 사랑 받는 것처럼 자신에게 그리고 다른 이들에게 보이고자 하는 욕구일 뿐이다. 두 암탉은 자기들의 열차칸으로 올라가게 내버려두고 라쉘이 우리 두 사람 곁으로 다가왔다. 그러나 그 두 여자의 모조 수달피 깃과 두 깔리꼬들의 어줍잖은 기색 못지않게, 뤼씨엔느와 제르멘느라는 이름들이 로베르 앞에 새로운 라쉘을 잠시 동안 고정시켰다. 그는 자기가 모르는 그녀의 친구들, 불결한 행운들, 산책이나 오락 등 분별없는 즐거움들로 점철된 오후 등으로 짜여지던 삐갈 광장[308]에서의 생활을 잠시 상상해 보았고, 그러자 끌리쉬 대로[309]에서 시작되는 길들 위로 쏟아지는 햇살이, 자기가 연인과 함께 산책할 때의 햇볕과 전혀 다르게 보였으니, 사랑 및 그것과 일체를 이루는 괴로움은, 취기처럼, 우리들을 위해 사물들을 세세히 구별해 주는 능력을 가지고 있기 때문이다. 그 순간 빠리는, 자기가 추측한 빠리 한가운데에 있는 미지의 빠리와 거의 다름없었고, 그러자 그녀와의 애정관계가 하나의 기이한 삶을 탐험하는 것처럼 보였으니, 자기와 함께 있을 때에는 라쉘이 자기와 조금이나마 비슷했다 해도, 라쉘이 자기와 함께 영위하던 삶 역시 틀림없는 그녀의 실제적인 삶의 한 부분, 자기가 그녀에게 주던 막대한 금액으로 인해 그녀에게는 가장 소중하다고도 할 수 있을 한 부분, 그녀의 친구들이 그토록 부러워하며, 뭉칫돈이 마련된 후 언젠가는 그녀로 하여금 전원으로 물러나 살거나 대형 극장의 무대로 진출하게 해줄 수도 있을, 실제적인 삶의 한 부분이었기 때문이다. 로베르는, 뤼씨엔느와 제르멘느가 누구인지, 그녀가 그녀들의 열차칸으로 올라갔다면 그녀들이 무슨 말을 그녀에게 하였을지, 만약 자기와 내가 마침 그녀 곁에 없었다면, 스케이트를 탄 후 마지막 유희 장소가 올리피아 선술집[310]으로 귀착되었을 그 오후를, 그녀와 동료들이 무엇을 하며 보냈을지 등을, 자기의 연인에게 묻고 싶었을 것이다. 그 때까지는 진부하게만 보이던 올림피아 선술집 주변이 잠시 그의 호기심과 괴로움을 자극하였고, 만약 로베르와 사귀지 않았다면 라쉘이 아마 얼마 후 1루이를 벌기 위해 갔을 꼬마르땡 로[311] 위로 쏟아지는 그 봄날의 햇살이 그에게 한 가닥 막연한 그리움을 안겨 주었다. 그러나 대답이라야 고작, 막무가내의 침묵이나 거짓말, 혹은 그에게 심한 괴로움을 안겨주되 아무것도 밝혀 주지 못할 무엇에 불과하리라는 것을 미리 아는데, 라쉘에게 질문들을 던지는 것이 무슨 소용 있었겠는가? 라쉘이 둘로 나뉘어 보이는 동안이 너무 오래 지속되었다. 승무원들이 열차 출입문들을 닫고 있었던지라 우리들이 신속히 일등칸으로 올라갔고, 라쉘의 아름다운 진주 치장물들이 로베르에게 그녀가 큰 가치를 지닌 여인이라는 사실을 상기시켜, 그가 그 때 까지―어느 인상파 화가의 〈삐갈 광장〉이라는 화폭 속에서 그녀를 발견하였던 그 짧은 순간을 제외하고는―항상 그랬듯이, 그녀를 다정하게 쓰다듬어 자신의 가슴 속으로 다시 들어가게 한 다음, 그렇게 내면화된 그녀를 그윽히 응시하였고, 기차가 출발하였다.

그녀가 '문학 애호가'라는 말은 사실이었다. 그녀가 나에게 책들과 새로운 예술과 똘스또이주의 등에 대하여 쉴 새 없이 이야기를 하다가, 술을 지나치게 마신다고 쌩-루를 나무라기 위해서만 이야기를 중단하였다.

"아! 당신이 나와 한 해만 함께 살 수 있다면, 두고 보면 알겠지만, 내가 당신으로 하여금 물만 마시게 할 것이며, 당신이 훨씬 나아질 거예요."

"좋아요, 그러니 아주 멀리 함께 떠납시다."

"하지만 나에게 할 일이 많다는 것을 당신도 잘 알잖아요(그녀가 극예술을 진지하게 연구하고 있었기 때문이다.) 게다가 당신의 가문에서 뭐라고 하겠어요?"

그러더니 나에게 그녀가 로베르의 가문을 비난하는 말들을 쏟아냈고, 그 비난들이 내가 보기에는 지극히 당연한 듯했으며, 술 문제에 있어서는 라쉘에게 고분고분하지 않던 쌩-루도 그녀의 비난에 전적으로 찬동하였다. 그 젊은 여인의 눈에 눈물이 고였다. 내가 경솔하게 드레퓌스 이야기를 꺼냈기 때문이다.

"가엾은 순교자, 저들이 그를 그곳에서 죽게 내버려둘 거예요." 그녀가 흐느낌을 억제하며 말하였다.

"진정해요, 제제뜨, 그는 돌아올 것이고, 혐의를 벗을 것이며, 오류가 밝혀질 거요."

"하지만 그 전에 그가 죽을 거예요! 하지만 적어도 그의 아이들만은 흠절 없는 이름을 갖겠지요. 그러나 그가 겪어야 할 고통을 생각하면 제가 죽을 것 같이 괴로워요! 그리고 신심 깊은 여인이신 로베르의 어머니가, 비록 결백하다 해도 그는 마땅히 '악마의 섬'에 남아 있어야 한다고 말씀하신 것을 믿으실 수 있겠어요? 끔찍한 말씀 아닌가요?"

"그래요, 틀림없는 사실이오, 그런 말씀을 하셨소." 로베르가 시인하였다. "나의 어머니께서 그런 말씀을 하셨고, 나로서는 추호도 이의를 제기할 수 없으나, 그분에게는 제제뜨의 감수성이 없음이 틀림없소."

그토록 '오손도손하다'는 그 점심식사도 사실은 항상 불쾌하게 끝나곤 하였다. 왜냐하면, 자기의 연인과 함께 어느 공공 장소에 들어서기 무섭게, 쌩-루는 그녀가 그곳에 있는 모든 사내들에게 시선을 준다고 상상하여 침울해졌고, 그의 언짢은 심기를 간파한 그녀는 아마 재미로 그러한 심기를 들쑤시려 하였겠으나, 그보다는 오히려, 멍청한 자존심에 이끌려, 그의 어조에 상처를 입은 나머지 그 심기를 누그러뜨리려 애쓰는 기색을 보이려 하지 않았기 때문이다. 그럴 때마다 그녀가 한 술 더 떠서, 이런 혹은 저런 사내에게서 눈을 떼지 않는 척하기도 하였으며, 게다가 그것이 항상 순수한 장난만은 아니었다. 실제로, 극장이나 까페에서 우연히 그 두 사람

근처에 앉게 된 어떤 신사나, 그들이 무심히 잡아 탄 삯마차의 마부가 호감 가는 무엇을 가지고 있을 경우, 자기의 질투심에 의해 즉시 경고를 받은 로베르가, 자기의 연인보다 먼저 그러한 점을 간파하곤 하였고, 그러면 즉시 그들 속에서, 자기가 나에게 발백에서 이야기해 준 바 있는, 오직 즐기기 위하여 여인들을 타락시켜 명예를 실추시킨다는 그 추잡한 존재들 중 하나를 발견하곤 하였으며, 자기의 연인에게 그들로부터 시선을 돌리라고 애원하듯 말함으로써 오히려 그들을 그녀에게 천거하는 꼴이 되기도 하였다. 그런데 때로는, 그러한 질투의 대상을 고르면서 로베르가 어찌나 탁월한 취향을 발휘하였다고 여겼던지, 그녀가 심지어 그를 짓궂게 놀려 괴롭히는 짓까지 멈추어, 그로 하여금 평온을 되찾고 나아가 선선히 심부름까지 하도록 만들어, 그녀가 낯선 남자와 대화를 나누거나, 대개의 경우 만날 약속을 하거나, 때로는 심지어 짧은 사랑을 신속히 나눌 시간까지 그녀에게 허락하도록 하였다.

우리가 음식점 안으로 들어서는 순간부터 나는 로베르의 근심스러운 기색을 분명히 간파하였다. 일찍이 발백에서는 우리들의 눈에 띄지 않았던 점이거니와, 에메가 자기의 평범한 동료들 한가운데서, 일종의 소박한 화려함으로, 자신도 모르게, 결 고운 머리칼과 그리스적 코에서 특정 연령기에 몇 해 동안 풍기는 소설적인 것을 발산하고 있었으며, 그 덕분에 다른 종업원들 무리에 둘러싸인 그가 돋보인다는 사실을 로베르가 즉각 간파하였기 때문이다. 거의 모두가 상당한 나이에 이른 다른 종업원들은, 위선적인 교구 사제들이나 신심 깊은 척하는 고해사제들, 그리고 특히 옛날 희극 배우들의, 몹시 추하고 두드러진 전형들을 보여주고 있었으며, 원뿔형 설탕 덩어리로 이루어진 듯한 희극 배우들의 이마는 이제, 그들이 침실 시종이나 고위 사제들의 역을 공연하는 모습으로 작은 구식 극장들의 초라하게 역사적인 분장실에나 전시된 초상화들 속에서밖에는 더 이상 다시 발견할 수 없건만, 그 음식점은, 선별적인 직원 채용 덕분에 그리고 아마 세습적인 익명 방식 덕분에, 그들의 엄숙한 유형을 일종의 복술(卜術) 학교[312] 형태로 보존하고 있는 것 같았다. 불행하게도 에메가 우리들을 알아보았던지라 우리의 주문을 받으러 온 사람은 그였고, 그 동안 희가극에 등장하는 고위 사제 행렬은 다른 식탁들로 흘러갔다. 에메가 내 할머니의 건강이 어떠시냐 물었고, 나는 그의 아내와 아이들 안부를 물었다. 그가 열렬한 어투로 나에게 그들의 소식을 전했다. 그가 매우 가정적인 사람이었기 때문이다. 그의 기색이 총명하고 단호하였으나 또한 공손했다. 로베르의 연인이 기이하게 주의를 집중하며 그를 바라보기 시작하였다. 그러나 가벼운 근시 때문에 일종의 감추어진 깊이가 주어진 에메의 움푹 들어간 두 눈은, 그의 미동도 하지 않는 얼굴 한가운데서 어떤 반응도 드러내지 않았다. 발백으로 오기 전에 여러해 동안 일하던 시골 호텔에서는, 그의 얼굴이었던, 그리고 그토록 여러 해 동안, 으젠느 대공[313]을 그린 판화처럼, 거의 항상 텅 빈 식당 안쪽 같은 자리에 있는 얼굴이었던, 이제는 조금 노랗게 변색되고 지친 그 예쁜 초벌그림이, 호기심 어린 시선을 별로 끌지 못하였을 것이다. 따라서 그가 오랫동안, 의심할 나위 없이 진정한 감정사가 나타나지 않아, 자기 얼굴의 예술적 가치를 모르고 지냈으며, 게다가 기질이 차가웠던지라, 그러한 가치를 사람들 앞에 드러낼 의향도 없었을 것이다. 고작 어느 빠리 여인 하나가 그 지방을 지나다 그 도시에 잠시 머물러, 그에게 눈길을 던졌고, 다시 기차를 타기 전에, 자기의 침실로 와서 봉사해 달라고 그에게 요청하였으며, 아무도 결코 그곳에까지 와서 들추어낼 리 없을 기약없는 짧은 사랑의 비밀을, 착한 남편이며 시골 호텔 종업원인 그가, 자신이 영위하던 생활의 희미하고 단조로우며 깊숙한 공허 속에 묻어 버렸을 것이다. 하지만 에메는 젊은 예술가 여인의 눈이 자신을 향해 집요하게 고정되어 있음을 알아차렸을 것이다. 여하튼 그 집요함이 로베르의 눈을 피하지 못하여, 내가 보자니 그의 얼굴 피부 밑에 홍조가 어리기 시작하였다. 그러나 급작스러운 감정에 사로잡혔을 경우 그의 얼굴을 진홍색으로 바꾸어 놓곤 하던 것과 같은 격렬한 홍조가 아니라, 약하고 분산된 홍조였다.

"저 웨이터가 매우 흥미롭지요, 제제프?" 에메를 상당히 퉁명스럽게 돌려보낸 다음 쌩-루가 연인에게 물었다. "당신이 그를 모델로 삼아 습작품 하나를 그리고 싶어한다고들 하겠어요."

"드디어 시작되는군, 그럴 줄 알았어요!"

"도대체 무엇이 시작된다는 거요, 나의 어린 것? 내가 틀린 말 하였다면 기꺼이 취소하겠어요. 하지만 나에게도, 내가 발백에서 알게 된(그렇지 않다면 신경 쓰지 않겠소만), 그리고 일찍이 지구가 자기의 등에 짊어진 적이 없었을 가장 비열한 야바위꾼들 중 하나인, 저 하인 녀석을 조심하라고, 당신의 주의를 촉구할 권한은 있어요."

그녀가 로베르의 뜻에 따르고자 하는 듯 보였고, 나와 문학적 대화를 시작하였으며, 그도 끼어들었다. 나는 그녀와 대화를 나누며 지루해하지 않았다. 그녀 또한 내가 좋아하던 작품들을 잘 알고 있었으며, 작품에 대한 평가에 있어서도 거의 나와 일치했기 때문이다. 하지만 일찍이 빌르빠리지 부인으로부터 그녀에게 재능이 없다는 말을 들었던지라, 나는 그녀의 그러한 교양에 큰 중요성은 부여하지 않았다. 그녀가 많은 것들에 대하여 재치 넘치는 농담을 하였고, 따라서, 특정 문인 집단들이나 화가 집단 내에서 사용되는 와어(訛語)들을 짜증 나게 하는 어투로 지나치게 자주 사용하지만 않았어도, 그 대화가 정말 유쾌했을 것이다. 게다가 그녀는 그 와어들을 아무 경우에나 사용하였으니, 예를 들자면, 어느 화폭이 인상파에 속하거나, 어느 오페라 작품이 바그너풍일 경우, '아! 그거 좋아요'라고 말하는 버릇이 생겼던지라, 어느 날 젊은이 하나가 그녀의 귀에 입을 맞춘 다음, 그녀가 짐짓 전율하는 척 하는 것을 보고 그가 겸사하자, 그녀가 그에게 말하였다. "정말이에요, 느낌 치고는 '좋다'고 생각해요." 그러나 특히 나를 놀라게 하였던 것은, 로베르 특유의 표현들을(그러나 그것들 역시 아마 그녀가 사귄 문인들로부터 왔을지 모른다) 그녀가 그 앞에서, 또 그 역시 그녀 앞에서, 마치 그것이 불가피한 언어 형태이기라도 한 듯, 그리고 누구나 사용하여 독창성 전혀 없다는 사실을 깨닫지 못한 채, 사용하였다는 사실이었다.

식사를 할 때 그녀의 손놀림이 어찌나 서투른지, 그녀가 무대 위에서 희극을 공연하면서 틀림없이 어색한 동작을 보일 것이라 추측할 수 있을 지경이었다. 그녀는 육체적 사랑을 나눌 때에만 능란함을 되찾았고, 그것은, 남자를 하도 좋아하여 자기들의 것과 그토록 다르건만 상대의 몸뚱이에 가장 큰 즐거움을 줄 수 있을 것을 첫 순간에 알아내는 여인들의 감동적인 예지 덕분이었다.

연극에 관한 이야기가 시작되었을 때 나는 대화에 참여하기를 멈추었다. 그 주제에 있어서는 라셸이 너무 악의적이었기 때문이다. 그녀가 진정 연민 섞인 어조로 베르마를 변호하면서—그렇게 쌩-루에게 맞선다는 사실 자체가, 그 앞에서 베르마를 그녀가 자주 비방하였다는 증거이다—그에게 말하였다. "오! 아니에요, 뛰어난 여인이에요. 물론 그녀의 예술이 더 이상은 우리들을 감동시키지 못하고, 그것이 우리가 추구하는 것과 전적으로 합치하지는 않아요. 하지만 그녀를 그녀의 초기 시절에 놓고 보아야 하며, 우리가 그녀에게서 입은 은혜가 많아요. 당신도 아시다시피 그녀가 '좋은' 것들을 이루었어요, 게다가 매우 착한 여자이고 위대한 심정의 소유자예요. 물론 그녀가 우리의 관심사들을 좋아하지 않지만, 상당히 감동적인 얼굴에 곁들여 하나의 멋진 지적 장점도 가지고 있었지요."[314] (손가락들이 모든 미학적 평가에 같은 식으로 동원되지는 않는다. 회화 작품을 평가할 경우에는, 물감을 두텁게 칠한 아름다운 작품이라는 말을 하기 위하여 흔히 엄지손가락을 불쑥 세우는 것으로 만족한다. 그러나 '멋진 지적 장점'이라는 말을 하기 위해서는 더 많은 것이 필요하다. 마치 먼지 한 점을 톡 쳐서 털어내야 할 때처럼, 손가락 들이, 아니 그보다는 손톱 둘이 필요하다.) 그러나―베르마를 제외하고는―쌩-루의 연인이 가장 널리 알려진 배우들에 대하여 조롱기와 우월감 섞인 어조로 이야기를 하였으며, 나는 그녀가 오히려 그들보다 열등하다고 믿었기 때문에―그 면에서는 내가 오류를 범하였다[315]―그러한 어조가 나의 심경을 불쾌하게 자극하였다. 그녀는, 내가 자기를 보잘것없는 배우 취급하고, 반대로 자기가 멸시하는 배우들을 높이 평가할 것이라는 사실을 잘 알고 있었다. 하지만 그녀는 그것을 언짢게 생각하지 않았다. 그녀의 것처럼 아직 인정 받지 못한 위대한 재능 속에는, 그 재능이 아무리 확실하다 해도, 어떤 겸허함이 있기 때문이고, 또한 우리는, 우리가 기대하는 다른 이들의 평가를, 우리의 감추어진 재능이 아니라 우리의 획득된 처지에 상응시키기 때문이다. (한 시간 후, 나는 극장에서 쌩-루의 연인이, 자기가 그토록 준엄하게 평가하던 바로 그 배우들에게 극진한 경의를 표하는 모습을 보게 되어 있었다.) 또한 그리하여, 나의 침묵이 그녀에게 의심의 여지를 거의 남기지 않았으련만, 그럼에도 불구하고 그녀는, 어떤 사람과의 대화도 일찍이 나와의 대화만큼은 자기에게 즐거움을 주지 못하였노라고 단언하면서, 우리 모두 저녁 식사를 함께 하자는 주장을 굽히지 않았다. 점심을 먹은 후 가기로 되어 있던 극장에 우리가 아직은 가지 못하고 있었던 반면, 빨레-루와얄 극단에 속했던 옛 단원들의 초상화들로 치장된 어느 극장의 '분장실'에 들어가 있는 것 같았으니, 음식점 종업원들의 모습이, 지난 세대의 탁월한 배우들과 함께 사라진 모습들과 하도 닮았기 때문이었다. 그들은 학술원 회원들의 기색을 띠기도 하여, 찬장 앞에 멈추어 서 있던 종업원 하나는, 쥐씨으[316] 씨가 보였을 모습과 무사무욕한 호기심을 드러내며, 그 속에 있던 배들을 살펴보고 있었다. 곁에 있던 다른 종업원들은, 미리 도착한 프랑스 학사원 회원들이 다른 사람들에게는 들리지 않는 말을 주고받으며 청중들에게로 던지는 호기심과 냉랭함이 스민 시선을 실내 이곳저곳으로 던지고 있었다. 단골 손님들에게는 잘 알려진 얼굴들이었다. 그러는 동안, 코에 주름이 잡혔고 신앙 깊은 체하는 입술을 가졌으며, 라쉘의 와어를 빌리자면 '교회당 제의실 티를 내는'[317] 신참 하나가 눈에 띄어, 모두들 그 새로 선출된 회원을 유심히 바라보았다. 그러나 얼마 아니 되어, 에메와 단 둘이 있기 위하여 로베르로 하여금 음식점을 떠나도록 하려 하였음인지, 근처 식탁에서 친구 하나와 함께 식사를 하고 있던 어느 젊은 증권 거래서 직원에게 라쉘이 추파를 던지기 시작하였다.

"제제뜨, 간곡히 부탁하거니와 저 젊은이를 그런 식으로 쳐다보지 말아요." 쌩-루가 그렇게 말하는데, 조금 전까지 그의 얼굴에 유동적으로 어리던 홍조들이 핏빛 구름 덩이처럼 응집되어, 내 벗님의 이완되었던 모습을 팽창시키며 짙게 물들이고 있었다. "당신이 기필코 우리들을 구경거리로 만들겠다면, 나는 차라리 따로 점심을 먹고 극장으로 가서 당신을 기다리는 것이 낫겠소."

바로 그 순간, 누가 와서 에메에게 말하기를, 어떤 신사 하나가 그에게, 자기 마차의 문까지 와 주었으면 좋겠다고 한다는 것이다. 항상 그러듯, 그것이 혹시 자기의 연인에게 건네질 연정 담긴 전갈 아닐까 불안해하고 염려하던 쌩-루가, 마차의 유리창을 통해 안을 들여다보았고, 검은색 줄무늬 장갑을 꼭 죄게 끼었으며 단추구멍에 꽂 한 송이를 꽂은 샤를뤼스 씨가, 자기의 꾸뻬 깊숙한 곳에 앉아 있는 것을 발견하였다.

"자네 보다시피, 내 가문이 나를 이곳까지 추적해 왔네." 그가 나지막한 음성으로 나에게 말하였다. "자네에게 소청하거니와, 내가 그럴 수는 없고, 또 틀림없이 우리를 팔아 넘길 웨이터를 자네가 잘 아니, 마차에 가지 말라고 요청해 보게. 나를 모르는 종업원 하나를 보내라고 하게나. 숙부님에게 나를 모른다고 하면, 내가 그 분의 성품을 알거니와, 당신께서 몸소 까페 안으로 들어와 확인하시는 일은 없을 걸세. 이러한 장소들을 몹시 싫어하신다네. 여하튼, 그분처럼 버릇을 고치지 못하신 늙은 난봉꾼께서, 나에게 끊임없이 훈계를 하시고 나를 염탐하시다니, 구역질 나는 일이야!"

나의 지시를 받은 에메가 심부름꾼 하나를 보냈고, 그러면서, 자기는 자리를 뜰 수 없는 형편이라고 말하되, 혹시 쌩-루 후작을 찾으면 그런 사람을 모르겠노라 대답하라고 일러주었다. 마차가 곧 다시 출발하였다. 그러나 우리가 나지막한 음성으로 속삭이듯 주고 받던 이야기를 듣지 못하여, 그것이, 자기가 추파를 던진다고 로베르가 나무라던 그 젊은이와 관련된 이야기일 것이라 믿은 쌩-루의 연인이, 심한 말을 하며 울화를 터뜨렸다.

"그래, 좋아요! 이제는 저 젊은이에요? 나에게 미리 알려주시니 잘 하시는 짓이에요. 오! 이런 상태에서 점심을 먹으니 참으로 감미롭군요! 그가 하는 말에 신경 쓰지 마세요." 그녀가 나를 향해 고개를 돌리며 말하였다. "그는 머리가 조금 이상해요. 그리고 특히 그가 그런 말을 하는 것은, 질투하는 기색을 드러내야 우아해 보이고 지체 높은 나리처럼 보인다고 믿기 때문이에요."

그녀가 자기의 두 발과 손으로 신경질 증세를 드러내기 시작하였다.

"하지만 제제뜨, 그것이 나에게는 불쾌하기 때문이오. 당신이 우리 두 사람을 저 신사분 보기에 우스꽝스럽게 만들고 있으며, 그는 당신이 자기에게 수작을 건다고 확신할 것인데, 그가 내 눈에는 가장 형편없는 사람 같소."

"저에게는 정반대예요, 그가 제 마음에 썩 들어요. 그의 눈은 고혹적인데다, 여인들을 바라보는 나름대로의 독특한 방법을 가지고 있어요. 그가 여인들을 정말로 좋아한다는 것이 느껴져요."

"혹시 당신이 미쳤다 해도, 내가 떠날 때까지만이라도 그 입 닥치시오. 웨이터, 내 소지품 가져와요." 로베르가 소리쳤다.

나는 그를 따라가야 할지 갈피를 잡을 수 없었다.

"아닐세, 홀로 있고 싶네." 이제 막 자기의 연인에게 말하던 때와 같은 어조로, 또한 마치 나에게도 화가 난 듯, 그가 나에게 말하였다. 그의 노여움은, 오페라에서 각본에 있는 대사들의 의미와 성격이 서로 완전히 다르나, 그것들을 하나의 동일한 감정으로 모으는 하나의 같은 악절 같았다. 로베르가 자리를 뜨자 그의 연인이 에메를 부르더니 이것저것을 물었다. 그런 다음 내가 그를 어떻게 생각하는지 알고 싶어하였다.

"그의 시선이 재미있어요, 그렇지 않아요? 당신은 이해하시겠지만, 그가 어떤 생각을 하고 있을지 아는 것, 자주 그의 봉사를 받는 것, 그를 데리고 여행하는 것등이 저에게는 재미있을 것 같아요. 하지만 그 이상은 아니에요. 마음에 드는 사람들을 모두 사랑해야 한다면, 사실 상당히 끔찍할 거예요. 로베르가 그릇된 상상을 하는 것은 잘못이에요. 그 모든 일들은 저의 머리 속에서만 형성되었다가 그 속에서 끝날 뿐, 따라서 로베르가 저토록 불안해해서는 아니 되어요. (그녀는 계속 에메를 바라보고 있었다.) 저 검은 눈을 보세요. 저는 그 밑에 무엇이 있는지 알고 싶어요."

얼마 아니 되어 종업원이 와서 전하기를, 로베르가 별실에서 그녀를 부른다고 하였으며, 그는 다른 입구를 통해 그곳으로 갔던지라 음식점 홀을 가로지르지 않고 그곳에 이르렀고, 그곳에서 식사를 마칠 생각이었다. 그리하여 나 홀로 남게 되었는데, 곧 이어 로베르가 사람을 보내어 나도 불렀다. 당도해 보니, 그의 연인은 그가 퍼붓는 입맞춤과 애무에 큰 소리로 웃으며 쏘파 위에 누워 있었다. 두 사람은 샴페인을 마시고 있었다. "안녕, 당신!" 그녀가 이따금씩 그렇게 말하였는데, 그녀에게는 애정과 기지의 결정체처럼 보였을 듯한 그 표현을 최근에 들어 배웠기 때문이다. 나는 점심을 제대로 먹지 못하였고 마음이 불편했으며, 아침에 들은 르그랑댕의 말에 내가 어떤 영향을 받지 않았다 하더라도, 내가 봄날의 첫 오후를 음식점의 별실에서 시작하여 극장의 무대 뒤 골방에서 마친다는 생각을 하며 애석해 하였다. 혹시 자기가 늦지 않을까 시계를 바라본 다음, 라쉘이 나에게 샴페인을 권하였고, 터키산 담배한 가치를 나에게 건넸으며, 자기의 블라우스에서 나를 위하여 장미꽃 한 송이를 떼어내었다. 그것을 보고 내가 속으로 나 자신에게 말하였다. "이렇게 보내는 오후를 내가 애석해 할 이유는 없어. 이 젊은 여인 곁에서 보낸 시간들이 허비되었다고는 할 수 없으니, 그녀로 말미암아, 장미 한 송이와 향기로운 담배 한 가치와 샴페인 한 잔 등, 우아하며 따라서 결코 너무 비싸다고 할 수 없는 것을 내가 얻었기 때문이야." 내가 그렇게 생각한 것은, 그러는 것이 그 지루했던 시간들에게 하나의 미학적 성격을 부여하고, 그럼으로써 그 시간들을 정당화 시키며 벌충하는 것처럼 보였기 때문이다. 하지만 아마, 나의 지루함을 달래 줄 명분의 필요를 느끼고 있었다는 사실 자체가 곧, 내가 미학적인 것은 전혀 느끼지 못하였음을 입증하기에 충분하였다는 점을 생각하였어야 할 것이다. 로베르와 그의 연인은, 자기들이 불과 몇 순간 전에 다투었다는 사실도, 내가 그 현장에 있었다는 사실도, 그 기억조차 간직하고 있는 것 같지 않았다. 그 다툼에 대해서는 아무 언급도 없었을 뿐만 아니라, 변명은 물론, 자기들이 내 앞에서 그 순간 보이던 행동과 다툼 사이에 드러난 현격한 대조에 대한 해명도 없었다. 그들과 함께 샴페인을 마셔댄 탓에, 내가 리브벨에서 느끼곤 하던 취기를 조금 느끼기 시작하였다. 그러나 아마 완전히 같은 취기는 아니었을 것이다. 태양이나 여행에 기인한 취기로부터 피곤이나 술에 기인한 취기에 이르기까지, 취기의 각 종류뿐만 아니라, 취기의 각 단계(그리하여 지도에 표시된 바다의 수심처럼 서로 다른 '표고'를 가졌음에 틀림없을) 역시, 한 사람이 도달한 취기의 정확한 단계에서 나타나는 그 단계 특유의 인간을 우리 내면에 적나라하게 내놓는다. 쌩-루가 들어가 있던 별실이 작았으나, 그 안에 걸려 있던 단 하나뿐인 거울은, 끝없는 시야 속에다 다른 방 삼십여개를 반사하는 것처럼 보이게 하는 특이한 것이었던지라, 거울틀 상단에 설치한 전등이 저녁이면, 즉 그것이 커져 자기와 유사한 삼십여개의 반사광이 행렬을 이루어 그것을 뒤따를 때면, 그 방에 있던 술꾼으로 하여금, 그가 비록 홀로 있어도, 자기 주위의 공간이 취기에 의해 고양된 감각들과 동시에 증대되고, 비록 그 작은 구석에 홀로 갇혀 있어도, 자기가 그 끝없이 이어지며 반짝이는 곡선 안에 있는, '빠리 공원'[318]의 산책로보다도 훨씬 길게 뻗어 있는 무엇 위에 군림한다는 생각을 갖게 해 줄 것이 틀림없었다. 그런데 그 순간에는 내가 바로 그 술꾼이었던지라, 그를 거울 속에서 찾던 중, 내가 문득, 나를 바라보고 있던 흉측스럽고 낯선 그를 발견하였다. 취기에서 비롯된 즐거움이 혐오감보다 강했던지라, 명랑함 때문이었는지 혹은 허세에 이끌렸음인지, 내가 그에게 미소를 보냈고, 그도 미소로 응답하였다. 그리고, 내가 그토록 강한 감각이 작용하던 순간의 덧없으되 강력한 지배하에 놓였음을 어찌나 절실히 느꼈던지, 나의 유일한 슬픔이, 조금 전에 발견한 그 흉측한 나의 모습이 아마 최후의 날을 맞았고 따라서 나의 생애 동안에는 그 낯선 존재를 내가 영영 다시 만날 수 없으리라는 생각에서 비롯되었던 것이었는지 여부는 분명치 않다.

로베르는 다만 내가 자기의 연인 앞에서 반짝이는 재치를 뽐내려 하지 않는 것만을 유감스럽게 여기고 있었다.

"이보게, 자네가 오늘 아침에 우연히 만났다는, 그리고 스노비즘과 천문학을 뒤섞는다는, 그 신사분 이야기를 그녀에게 들려주면 좋겠네. 나는 정확히 기억하지 못하네." 그러면서 그가 자기의 연인을 곁눈질로 바라보았다.

"하지만 나의 어린 것,[319] 자네가 지금 한 말 이외에 다른 아무것도 없네."

"자네 정말 사람 괴롭히는군. 그러면 샹젤리제에서 있었다는 프랑수와즈의 일화들을 그녀에게 들려주게. 매우 즐거워할 걸세!"

"오, 그러세요! 보비[320]가 저에게 프랑수와즈 이야기를 많이 하였어요." 그러더니 쌩-루의 턱을 손으로 잡아 불빛 쪽으로 이끌면서, 창의력이 결여되었던 탓인지, 그에게 같은 말로 애정을 표하였다. "안녕, 당신!"

배우들이, 그들의 화법과 연기 속에 담긴 예술적 진실의 절대적인 수탁자로 더 이상 보이지 않게 된 이후에는, 그들의 됨됨이 자체가 나의 관심을 끌게 되었다. 그리하여 나는 희극적인 어느 옛 이야기의 인물들을 응시한다고 믿으면서도, 이제 막 극장 안으로 들어선 젊은 귀족의 새로운 얼굴이 나타나자 작품의 주역을 맡은 젊은 미남 배우가 자기에게 쏟아내는 사랑의 고백을 건성으로 듣는 순진한 처녀역 맡은 여배우를, 그리고 그 동안, 연정 표하는 독백을 연속 사격처럼 퍼부어대는 그 경황에도, 무대 근처의 칸막이 좌석에 앉은 어느 늙은 귀부인에게, 그녀의 화려한 진주들에 강한 인상을 받았음인지, 열렬한 추파 던지기를 게을리하지 않는 주역 맡은 미남 배우를, 재미있게 구경하곤 하였다. 또한 그리하여, 특히 쌩-루가 배우들의 사생활에 관해 나에게 들려준 이야기들 덕분에, 나는 벙어리이되 표현력 강한 다른 하나의 극작품이 대화로 이루어진 작품 밑에서 동시에 공연되는 것을 발견하곤 하였으며, 그러나 대화로 이루어진 작품이 비록 보잘것없어도 나의 관심을 끌곤 하였다. 왜냐하면, 한 배우의 얼굴에 분과 판지로 이루어진 다른 얼굴 하나가 점착(粘着)되고 그의 독특한 영혼에 하나의 극중 역할에 부여된 대사가 점착되어 이루어진 개성 강한 인물들이, 하나의 작중 인물들이라는 덧없으되 생명력 강하고 매력적이기도 한, 관객들이 좋아하고 찬미하며 동정하는, 그리고 극장을 나선 다음에도 그들이 다시 보고 싶어하지만, 작품 속에서 누리던 신분을 더 이상 누리지 못하는 일개 배우로, 배우의 얼굴을 더 이상 보여주지 않는 하나의 대본으로, 손수건이 순식간에 지워 버리는 원색의 분 등으로 풍화된, 한 마디로, 공연이 끝난 직후에 발생한, 그리고 사랑하는 이의 소멸처럼 나 자신의 실재성을 의심케 하고 죽음의 신비에 대한 명상에 잠기게 하는 그것들의 와해 현상 때문에 그것들의 흔적조차 더 이상 간직하지 않은 요소들로 되돌아간 그 개성 강한 인물들이, 무대의 각광을 받아 작품 속에서 발아하고 한 시간 동안 한껏 피어나는 것을 내가 느끼곤 하였기 때문이다.

프로그램 중 하나가 나에게는 몹시 괴로웠다. 라셸과 그녀의 여러 친구들이 극도로 싫어하던 젊은 여인 하나가, 그 극장에서 옛 노래들을 가지고 처음으로 무대에 오르게 되어 있었으며, 그녀는 그 첫 무대의 성공에 자기와 자기 가족의 모든 희망을 걸고 있었다. 그녀의 엉덩이는 지나치게 돌출하여 거의 우스꽝스러울 지경이었으며, 음성은 아름다우나 너무 가늘어, 게다가 격한 감정 때문에 약해진지라, 그녀의 강력한 엉덩이 근육덩이와 대조를 이루었다. 라셸은 관람석 여기저기에 일정수의 남녀 친구들을 미리 배치하였고, 그들의 역할은 모욕적인 빈정거림으로 첫 무대에 오른 그 소심한 여인이 당황하게 하고, 그녀로 하여금 정신을 차리지 못해 완벽한 실패에 이르게 하며, 그로 인해 사장이 계약을 체결하지 않도록 하는 것이었다. 그 불운한 여인이 노래의 첫 구절을 부르기 무섭게, 그러한 목적으로 모집한 몇몇 남자 관람객들이 웃으면서 자기들끼리 서로에게 그녀의 몸 뒷면을 가리켰고, 공모 관계에 있던 몇몇 여인들은 아예 큰 소리로 웃어댔으며, 플루트 소리처럼 가는 음 하나하나가 그들이 원하던 폭소를 돋구어, 그것이 결국 소동으로 변하였다. 분 바른 얼굴에는 진땀이 흐르는데, 가엾은 여인이 잠시 저항하다가 자기 주위에 있는 관객들에게로 절망한 그리고 분개한 시선을 던졌고, 그러한 시선이 야유를 증폭시킬 뿐이었다. 모방하고자 하는 충동과 재치있고 용감하게 보이려는 욕망 등이, 미리 연통을 받지 않았음에도 다른 사람들에게 잔인한 공모자의 눈짓을 던지는가 하면 요란스럽게 깔깔거리면서 배를 잡고 웃던 예쁘장한 여배우들로 하여금 끼어들게 하였던지라, 두 번째 노래를 마쳤을 때 그리고 아직 프로그램에는 다섯 곡이 남았건만, 무대 감독이 그만 막을 내리라고 하였다. 심술궂은 악의라는 것이 나에게는 감당하기 벅찰 만큼 괴로운 무엇을 내포한 듯 보이는지라, 나는 종조부께서[321] 할머니를 짓궂게 괴롭히시기 위하여 할아버지에게 꼬냑을 권하실 때마다 할머니가 겪으시던 그 괴로움을 마음 속에 간직하던 것 이상으로는 극장에서 있었던 일을 마음 속에 담지 않으려 애를 썼다. 그러나 한편, 정작 불쌍한 사람은 괴로움과 맞서 싸우느라고 그 괴로움으로 인한 자기 연민에 빠질 겨를도 없건만, 우리가 상상력을 동원해 그 괴로움을 재창조하는지라 불쌍한 사람에게로 향한 우리의 연민이 아마 빗나갈 수도 있는 것처럼, 심술궂음 또한 마찬가지로 심술궂은 사람의 영혼 속에, 상상만 하여도 우리에게 그토록 괴로움을 주는 그 단순하고 게걸스러운 잔인함은 아마 불어넣지 않을지도 모른다. 증오가 심술궂음을 고취하고 노기가 그것에 일종의 열렬함을 부여하는 그러한 행위에는 큰 즐거움이 전혀 없는지라, 그것에서 즐거움을 추출하려면 가학 취미가 있어야 하며, 심술궂은 사람은 자기가 괴롭히는 사람 역시 심술궂다고 믿는다. 라셸은 틀림없이 자기가 고문 가하듯 괴롭히던 그 여배우에게 재능이 전혀 없다고 나름대로 생각하였을 것이며, 따라서 여하튼 그녀에게 야유가 쏟아지게 함으로써, 자신이 고상한 예술적 취향을 위하여 직접 복수를 하고 재능 결여된 동료 하나에게 가르침을 준다고 믿었을 것이다. 그럼에도 불구하고 나는 그 사건에 관해 아무 말 하지 않는 편을 택하였으니, 나에게는 그것을 막을 용기도 힘도 없었기 때문이다.[322] 희생물을 두둔함으로써, 신인 여배우를 처단한 망나니들을 부추기던 감정이 잔인한 욕구의 충족처럼 보이게 하는 것이, 나에게는 너무나 괴로웠을 것이다.

하지만 그 공연의 시작이 하나의 전혀 다른 이유로 나의 관심을 촉발하였다. 그것이 나로 하여금, 라셀을 대함에 있어서 쌩-루를 희생물로 만들어 버린, 그리고 바로 그날 아침 그와 내가 꽃 만발한 배나무들 밑에 서 있던 그의 연인을 바라볼 때 우리 두 사람 속에 형성되었던 그녀의 각 영상들 사이에 하나의 깊은 심연을 파 놓은, 그 환각의 본질을 부분적으로나마 이해하게 해주었다. 그날 오후 라셀은 짧은 작품 속의 단역에 가까운 역을 맡았다. 하지만 그렇게 공연 중에 보자니 전혀 다른 여인이었다. 라셀은 원거리가—유독 무대와 관객석 사이의 간격뿐만은 아니리니, 세상이란 하나의 더 큰 극장에 불과하기 때문이다—선명한 윤곽을 그려 드러내되, 가까이에서 보면 완전히 붕괴되는 특이한 얼굴들 중 하나를 가지고 있었다. 그녀의 곁에 서면, 주근깨들과 여드름들로 이루어진 하나의 성운(星雲), 하나의 은하수 이외에, 아무것도 보이지 않았다. 그러나 적당한 거리를 두고 보면 그 모든 것들이 보이기를 멈추고, 그것들을 몽땅 흡수하여 말끔히 치워진 두 볼 사이로, 어찌나 섬세하고 순결한 코 하나가 초승달처럼 떠오르는지, 그녀를 다른 식으로 또 가까이에서 이미 본 적이 없는 사람은, 자신이 라셀의 관심 대상이 되고, 그녀를 한없이 다시 보며, 자기 곁에 자기의 소유물로 두고 싶어 하였을 것이다. 그것이 나의 경우는 아니었으나, 쌩-루가 처음으로 그녀의 공연을 보았을 때에는 그러한 경우였다. 그리하여 어떻게 그녀에게 접근하여 그녀와 사귈 수 있을까를 스스로에게 물었고, 그의 내면에 경이로운 영지 하나가—즉 그녀가 살고 있는—활짝 열렸으며, 그곳으로부터 감미로운 방사선들이 분출하고 있었으나 그는 결코 그 속으로 침투할 수 없을 것 같았다. 그는 자기가 그녀에게 편지를 쓰는 것은 미친 짓이며 그녀가 답장을 보내지 않을 것이라 생각하면서, 그리고 지나치게 잘 알려진 우리의 현실보다 훨씬 우월하며 그의 욕망과 몽상에 의해 미화된 세계, 자기의 내면에 이제 막 생성된 그 세계 속에 사는 여인을 위하여 자기의 재산과 명성까지 바칠 각오를 하면서 (몇 해 전 처음 그 일이 발생하였던 어느 지방 도시의) 극장을 떠났는데, 바로 그 순간, 배우들의 퇴장 시각쯤에, 자체가 어느 무대 장식처럼 보이던 작고 낡은 건물이었던 그 극장의 문 하나를 통하여, 공연을 마친 그리고 명랑하며 멋지게 모자를 쓴 여배우들 무리가 문득 쏟아져 나오는 것이 그의 눈에 띄었다. 그 여배우들과 친분 있는 젊은이들이 그곳에서 그녀들을 기다리고 있었다. 인간 장기판 위에 있는 졸들의 수가 그것들이 운신할 수 있는 경우의 수보다 적은지라, 우리와 친분이 있을 수 있을 법한 사람이 전혀 없는 어느 실내에, 다시 만날 기회가 있으리라고는 생각하지 못하였던 사람이 우연히 또 어찌나 적시에 나타나는지, 그것이 하늘의 섭리에 의해 생긴 우연처럼 보이지만, 그럼에도 불구하고, 우리가 만약 그곳 아닌 다른 곳에, 즉 다른 욕망들이 태동하였을, 그리고 그 욕망들을 촉진시켜 주었을 어느 옛 지인을 만났을 다른 곳에 있었다면, 그 우연이 의심할 나위 없이 다른 어떤 우연으로 대체되었을 것이다. 라셸이 극장에서 나오는 것을 쌩-루가 미처 보기 전에, 몽상으로 이루어진 세계의 황금 문들이 그녀 뒤로 다시 닫혔던지라, 주근깨들과 여드름들이 별 중요성을 갖지 못하였다. 하지만 그것들이 그의 마음에 거슬렸고, 그가 더 이상 홀로 있지 않게 된지라, 극장에서와 같은 몽상의 힘을 더 이상 갖지 못하게 되어 더욱 그러했다. 하지만 그녀는, 비록 그가 더 이상 그녀를 볼 수 없어도, 우리의 눈에 보이지 않는 동안에도 자기들의 인력으로 우리들을 지배하는 별들처럼 그를 지속적으로 지배하고 있었다. 그리하여, 로베르의 추억 속에조차 없는 섬세한 윤곽선들을 구비하였다고 믿던 여배우에 대한 욕망이, 우연히 그곳에 있던 옛 동료 앞으로 그가 선뜻 나서면서, 그 옛 동료로 하여금 자기를 섬세한 윤곽선 없고 주근깨 투성이인 여인에게 소개하도록 하는—실은 같은 여인이었던지라, 두 모습 중 여배우의 실제 모습이 어느 것인지는 후에 알아낼 방도가 있으리라고 생각하면서—결과를 초래하였다. 그녀는 몹시 바쁘다고 하였으며, 쌩-루에게 말 한 마디 건네지 않았던지라, 그녀가 뜻을 굽혀 동료들과 헤어지게 한 다음, 쌩-루가 마침내 그녀와 함께 극장에서 돌아올 수 있게 된 것은 여러 날이 지나서였다. 그는 이미 그녀를 사랑하고 있었다. 몽상의 욕구나, 몽상의 대상이었던 여인으로 말미암아 행복해지고자 하는 열망 등이, 불과 며칠 전까지만 해도 무대 위에 우연히 나타난 낯설고 관심을 끌지 못하던 하나의 환영에 불과했던 여인에게, 우리가 행복의 모든 가능성을 몽땅 맡겨 버리는데 많은 시간을 필요로 하지 않게 만든다.

막이 내려져 우리가 무대 위로 갔을 때, 나는 쌩-루에게 활발한 어조로 말을 건네려 하였다. 그렇게 함으로써, 나에게는 새로웠던 그러한 부류의 장소에서 흔히 어떤 태도를 취해야 하는지 내가 모르고 있었던지라, 나의 태도가 몽땅 우리의 대화에 의해 점령당할 것이고, 그래야 내가 그것에 하도 몰두하여 넋을 빼앗겼다고들 생각하여, 대화에만 열중하느라고 어디에 와 있는지조차 깨닫지 못한 내가 그러한 곳에서 지어야 할 표정을 보이지 않는 것이 당연하다고들 여길 것 같았다. 그리하여, 서둘러 대화를 시작할 목적으로, 우연히 뇌리에 떠오르는 화제를 포착하여 로베르에게 말을 건넸다.

"내가 떠나던 날 자네에게 작별인사를 하러 갔었네만, 아직 우리가 그 일에 관한 이야기를 나눌 계기를 얻지 못하였네. 그날 길에서 내가 자네에게 인사를 하였다네."

"그 이야기는 다시 꺼내지 말게, 그 일로 인해 내가 정말 유감스러웠네." 로베르가 대꾸하였다. "우리가 병영 근처에서 마주쳤으나, 이미 귀대해야 할 시각을 훨씬 넘겼던지라 내가 멈출 수 없었네. 자네에게 확언하거니와, 그날 내가 몹시 상심하였다네."

그날 자기가 나를 알아보았다는 말이었다! 자기가 나를 안다는 사실을 드러내는 시선 한번 던지지 않고, 멈출 수 없음을 애석해한다는 동작 하나 보이지 않은 채, 자기의 께삐 군모에 손을 올려 가져다 대면서 나를 향해 하던, 개인적 감정 결여된 그의 경례가 다시 나의 시야에 선명히 되살아났다. 물론 그 순간 나를 모르는 척하며 그가 취한 허위적 행동이 그로 하여금 번거로움을 대폭 줄일 수 있게 해주었을 것이다. 하지만 그가 그토록 신속하게, 또 어떤 반사적 행동이 그의 첫 인상을 드러내기도 전에, 그러한 결정을 내릴 수 있었다는 사실에 나는 아연실색했다. 일찍이 발백에서도 나는, 투명한 피부를 통해 특정 감정들의 급작스러운 쇄도를 밖으로 드러내던, 그의 얼굴에 어린 특유의 천진스러운 솔직함 곁에서 대비되는 그의 몸뚱이가, 몇몇 예절상의 시치미에는 찬탄할만하게 조련되어 있었음을, 그리하여 완벽한 배우처럼, 병영 생활에서나 사교계 생활에서나, 서로 다른 역할들을 능숙하게 소화해 내는 것을 간파한 바 있었다. 그가 맡은 역할들 중 하나 속에서는 그가 나를 진심으로 극진히 좋아하였고, 나를 대함에 있어서는 마치 나의 친형제인 듯 처신하였다. 물론 나의 친형제였고 이제 다시 그렇게 되었으나, 어느 순간에는 그가 나를 전혀 모르는, 그리하여 마차를 몰면서 외알박이 안경을 쓴 채, 시선 한번 던지지 않고 미소 한 가닥 보내지 않으면서, 나의 인사에 군대식 경례로 답하기 위하여 자기의 께삐 챙으로 손을 올려 가져가는, 전혀 다른 인물이기도 했다!

내가 지나가던 곳에 여전히 배치되어 있던 무대장식들이, 그렇게 가까이에서 보니, 또한 그것들을 그린 뛰어난 화가가 정확히 계산하여 적정 거리와 조명으로 하여금 부여하게 하였던 모든 것이 제거된 상태에서 보니, 몹시 초라했고, 라셸 또한 내가 그녀에게 다가갔을 때에는 그러한 파괴력을 피하지 못한 상태였다. 그녀의 매력적인 콧방울들이 관객석에서 볼 때에는 무대장치들처럼 돋보이는 상태로 남아 있었다. 그러나 이제는 더 이상 그녀가 아니었고, 나는 그녀의 정체성이 피신해 있던 그녀의 눈 덕분에 겨우 그녀를 알아볼 수 있었다. 조금 전까지도 그토록 빛나던 그 젊은 별의 형태와 광채가 모두 사라졌다. 반면, 마치 우리가 달에 접근하면 그것이 분홍색과 황금빛으로 보이기를 멈출 것처럼, 조금 전에는 그토록 표면이 고르던 얼굴에서 나는 융기들과 반점들과 웅덩이들밖에 발견하지 못하였다. 가까이에서 보면 여인의 얼굴뿐만 아니라 붓으로 그린 배경막까지 뒤범벅이 된 그 지리멸렬함에도 불구하고, 나는 내가 그곳에 있는 것 자체에서, 또한 치장물들 사이로 거니는 것에서, 즉 자연에 대한 나의 사랑이 전에는 나로 하여금 따분하고 어색하다 여기게 하였을 그러나 『빌헬름 마이스터』[323] 속에서 괴테의 묘사가 그것 특유의 아름다움이라 할 수 있을 것을 부여한 그 모든 무대장치 사이로 거니는 것에서, 행복감을 느꼈다. 그리하여 나는, 서로 인사들을 나누고 한담을 하며 시내의 어떤 모임에서처럼 담배를 피우고 있는 기자들이나 여배우들의 친구들인 듯한 사교계 사람들 한가운데서, 검은색 벨벳 고깔 모자를 쓰고 수국꽃 빛깔의 프록코트 자락을 걸쳤으며 두 볼은 바또의 화첩 중 한 페이지처럼 붉은색 연필로 스케치해 놓은 듯한 젊은이[324] 하나를 발견하고 벌써부터 매혹되어 있었는데, 입가에 미소를 짓고 두 눈은 하늘로 향한 채 자신의 손바닥을 펴서 우아한 손짓으로 인사를 하며 날렵하게 펄쩍 뛰기도 하는 그가, 정장과 외투까지 차려입은 점잖고 지각있는 사람들 사이에서 자기의 황홀한 꿈을 미친 사람처럼 부지런히 쫓아다니는 그가, 그를 둘러싸고 있던 사람들과는 어찌나 다른 종족으로 보이던지, 그 사람들의 일상을 사로잡는 관심사들에는 어찌나 무심한 듯해 보이던지, 그 사람들의 문명에서 비롯된 관습들보다 어찌나 까마득히 먼 태곳적 존재로 보이던지, 그리고 자연의 법칙들로부터 어찌나 완전히 해방된 듯 보이던지, 그를 바라보는 것이, 군중 속에서 길을 잃은 나비 한 마리를 발견하여, 그것이 불규칙적이고 분가루 피어오르게 하는 날갯짓으로 굽도리 장식 천조각들 사이에 자연스러운 아라베스크 문양을 그리며 움직이는 것을 눈으로 따라가는 것만큼이나 편안하고 상쾌했다. 그러나 같은 순간, 쌩-루는 자기의 연인이, 출연할 막간 오페라에서 자기가 따라 움직여야 할 동선(動線)을 마지막으로 다시 지나가며 연습하고 있던 그 무용수에게 눈길을 주고 있다고 생각하였다. 그리하여 그녀에게 침울한 기색으로 말하였다.

"다른 쪽을 바라보는 것이 좋겠어요. 저 무용수라는 자들이란, 자기들이 올라갔다가 떨어져 허리가 부러져도 싼, 그 밧줄 값어치만도 못하다는 것을 당신도 잘 알고 있으며, 당신이 쳐다보면 즉시 다른 사람들에게 가서 당신이 자기들에게 눈길을 주었노라고 자랑할 자들이에요. 게다가 어서 의상실로 가서 옷을 갈아입으라고 하는 말이 당신에게도 들릴 거예요. 그러다가는 당신 또 늦겠어요."

신사 셋이─기자 셋이─쌩-루의 불같이 노한 기색을 보고 그것이 재미있었던지, 오가는 말을 들으려고 우리들 곁으로 다가왔다. 그런데 마침 다른 한 쪽에서 사람들이 무대 장식물을 설치하던 중이라, 그 세 사람과 우리들 사이가 조여진 듯 좁아졌다.

"오! 하지만 누군지 알겠어요, 저의 친구예요." 쌩-루의 연인이 무용수를 바라보며 호들갑스럽게 말하였다. "정말 잘 하는군. 저 손을 좀 보세요, 몸의 나머지 부분과 함께 춤을 추어요."

무용수가 그녀 쪽으로 고개를 돌렸고, 그리하여 그가 한창 형상화하려 연습하던 씰프[325]의 모습 밑으로부터 그의 인간 형상이 나타나는데, 직선을 이룬 두 눈의 회색 젤리[326]가, 빳빳하며 색 칠한 속눈썹들 사이에서 파르르 떨면서 반짝였고, 미소 한 가닥이 그의 입을 양쪽 귀퉁이로부터 은은한 붉은색으로 칠한 얼굴 전체로 연장시켰다. 그런 다음, 그 젊은 여인을 즐겁게 해주려는 듯, 자기가 부른 노래 중 우리가 어떤 구절을 특별히 좋아한다는 말을 듣고 우리에게 그 구절을 다시 콧노래로 들려주는 어느 여가수처럼, 자신을 모작자처럼 섬세하게 또 아이처럼 명랑하게 흉내내면서, 그가 손바닥 움직이는 동작을 다시 시작하였다.

"오! 친절하기도 해라, 자신을 흉내내다니!" 라셸이 손뼉을 치며 감탄하였다.

"나의 어린 것, 간곡히 청하건대, 당신을 그렇게 구경거리로 만들지 말아요, 당신은 지금 나를 죽을 지경으로 괴롭히고 있어요. 당신에게 확언하거니와, 만약 한 마디만 더 하면, 내가 당신을 의상실까지 데려가지 않고 이곳을 떠나겠소. 제발 못되게 굴지 말아요. 그렇게 엽궐련 연기 속에 서 있지 말게. 자네의 몸에 해를 끼치겠어." 우리가 발벡에서 만난 이후 나를 위해 표하던 염려의 기색을 감추지 못한 채, 그가 나를 향해 고개를 돌리며 그렇게 덧붙였다.

"오! 당신이 떠나면 얼마나 다행이겠어요!"
"당신에게 경고하거니와, 그러면 다시는 돌아오지 않을 거요."
"저는 감히 그것을 기대하지도 않아요."
"이봐요, 착하게 굴면 그 목걸이를 선사하겠노라 당신에게 약속하였지만, 당신이 나를 이런 식으로 대하는 이상…"
"아! 당신의 입에서 나오는 그따위 소리 놀랍지도 않아요. 당신이 나에게 약속을 할 때, 그 약속을 지키지 않을 것이라고 내가 생각해야만 했어요. 당신은 돈푼깨나 있다는 것을 온세상에 알리고 싶겠으나, 나는 관심 없어요. 나는 당신의 목걸이 따위에 신경쓰지 않아요. 그것을 나에게 선사할 사람이 있어요."
"다른 그 누구도 그것을 당신에게 선사할 수 없을 것이오. 내가 부슈롱의 보석상점에서 그것을 예약하였고, 그것을 오직 나에게만 팔겠다는 그의 언약을 받아 두었으니 말이오."
"그렇게 된 일이군요. 나를 협박하고 싶어서 미리 신중한 대비책을 마련하였군요. '마르상뜨 즉 마테르 쎄미타는 종족 냄새를 풍긴다'는 사람들의 말 그대로군요." 터무니없는 오역에 기초를 두었으나('쎄미타'가 '길'을 의미할 뿐 '셈족'을 뜻하지 않으니 말이다)327) 국가주의자들이 쌩-루의 드레퓌스파적 견해(하지만 그가 여배우에게서 빌린) 때문에 그에게 붙여 준 어원 하나를 그대로 반복하면서, 라셸이 그의 말에 대꾸하였다. (사교계의 민족학 연구자들이 겨우 찾아낸 유대인 흔적 같은 것이라야 고작 마르상뜨 부인이 레비-미르뿌와328) 가문과 인척관계라는 것뿐이었던지라, 그녀를 유대족 여인 취급하던 라셸이 그 누구보다도 환영을 받지 못하였다.) "그러나 아직 끝나지 않았어요, 두고 보세요. 그러한 조건에서 한 언약은 아무 효력도 없어요. 당신은 나를 배신하였어요. 부슈롱이 그러한 사실을 알게 될 것이고, 우리가 목걸이 가격의 두 배를 그에게 지불할 거예요. 누가 옳았는지 곧 아시게 될 것이니 안심하세요."
로베르가 백배는 옳았다. 그러나 상황들이라는 것이 언제나 하도 복잡하게 뒤얽혀 있어서, 백배 옳은 사람도 한번은 오류에 빠질 수 있다. (더비 경 자신도 아일랜드와의 관계에 있어서 잉글랜드가 언제나 옳은 것 같지만은 않다고 시인한다.)[329] 또한 나 역시 그가 일찍이 발백에서 하였던 불쾌하지만 지극히 순진한 다음 말을 다시 뇌리에 떠올리지 않을 수 없었다. "이러한 식으로 내가 그녀와의 관계에 있어 우위를 점할 수 있네."

"당신은 내가 목걸이에 관해 당신에게 한 말을 오해하였소. 내가 그것을 당신에게 정식으로 약속하지는 않았소. 내가 당신 곁을 떠날 수밖에 없도록 하는 온갖 짓을 당신이 저지르니, 잘 생각해 봐요, 내가 그것을 당신에게 주지 않음은 지극히 당연해요. 도대체 나의 어떤 행동이 배신적이며 내가 어떤 점에서 탐욕스럽다는 것인지 이해할 수 없소. 내가 돈자랑을 한다고는 말할 수 없을 것이니, 나는 당신에게 항상 말하기를 내가 돈 한 푼 없는 가엾은 녀석이라고 하였소. 나의 어린 것, 당신이 오해한 것이오. 내가 무엇에 그리 탐욕스러울까? 나의 유일한 관심 대상이 당신이라는 것을 당신은 잘 알고 있소."

"그래요, 그래요, 얼마든지 떠드세요." 진절머리가 난다는 듯한 동작을 해 보이면서 그녀가 빈정거리는 투로 말하였다. 그러더니 무용수 쪽으로 고개를 돌리며 다시 말하였다.

"아! 그의 손놀림이 정말 놀라워요. 여자인 나도 저런 동작은 할 수 없을 것 같아요." 그런 다음 무용수에게 조금 다가서면서, 그리고 로베르의 경련 일으킨 안면 윤곽선을 가리키면서, 일시적인 가학적 잔혹성의 충동에(그러나 쌩-루에게로 향한 자기의 진정한 애정과는 아무 관련이 없) 이끌려, 그에게 아주 나지막하게 말하였다. "보세요, 그가 고통스러워하고 있어요."

"잘 들어요, 마지막으로 당신에게 단언하거니와, 당신이 아무리 애를 써도 소용없으니, 여드레가 지나지 않아 당신은 모든 것을 후회할 것이고, 나는 돌아오지 않을 것이오. 잔에 물이 가득 찼으니 주의하시오. 후회막급일 것이오. 훗날 당신이 후회한다 해도 이미 너무 늦을 것이오."

아마 그의 말이 진실이었을 것이고, 특정 상황에서는, 연인 곁을 떠나는 괴로움이 그녀 곁에 머무는 괴로움보다 덜 혹독하게 여겨졌을 것이다.

"이봐, 나의 어린 것, 그곳에 서 있지 말게, 거듭 말하거니와 그러다가 기침하겠어." 그가 나를 쳐다보며 그렇게 덧붙였다.

내가 그에게 나를 막고 있던 무대장치를 가리켰다. 그가 자기의 모자에 가볍게 손을 가져다 대어 예의를 표한 다음 기자에게 말하였다.

"선생님, 이제 그만 엽권련을 던져 버리시지요, 연기가 저의 친구에게 해롭습니다."

그의 연인은 그를 기다리지 않고 자기의 분장실 쪽으로 가고 있었다. 그러다가 문득 돌아서더니, 극장 안쪽 구석으로부터, 순진한 처녀역 맡은 여인의 부자연스럽게 선율 아름답고 천진스러운 음성으로 무용수에게 소리쳤다.

"당신의 고 작은 손들이 여인들에게도 그렇게 하나요? 당신 자신도 여자 같아 보여요. 당신과 나 그리고 나의 여자 친구가 멋지게 어울릴 수 있을 것 같아요."

"내가 알기로는 이곳에서 담배 피우는 것이 금지되지 않았소. 몸이 불편하면 집에 있을 것이지." 기자가 말하였다.

무용수가 여배우에게 의미심장한 미소를 보냈다.

"오! 그러지 말아요, 당신이 나를 미치게 만들어요, 우리 모두 함께 즐겨요!" 그녀가 무용수에게 소리쳤다.

"여하튼, 선생님, 별로 친절하시지 않군요." 여전히 정중하고 부드러운 어조로, 또한 끝난 사건을 이제 막 돌이켜 판단한 사람의 확인하는 듯한 기색으로, 쌩-루가 기자에게 말하였다.

그 순간 나는, 쌩-루가 나의 눈에는 보이지 않는 어떤 사람에게 손짓을 하듯, 혹은 오케스트라의 지휘자처럼, 자기의 팔을 수직으로 자신의 머리 위로 쳐드는 것을 보았고, 실제로—어떤 교향곡이나 발레곡에서, 단순한 활의 움직임 하나로, 우아한 안단떼에 격렬한 리듬들이 이어질 때보다 더 긴 이행과정 없이—그가 한 정중한 말에 뒤이어, 그의 손이 요란한 따귀 형태로 기자의 볼을 후려쳤다.

외교관들의 절도 있는 대화에, 평화의 웃음 띤 예술에, 전쟁의 격노한 충동이 이어져 공격이 공격을 부르게 된 이제, 나는 전쟁 당사자들이 자기들의 피에 흥건히 젖는 것을 본다 하여도 별로 놀라지 않았을 것이다. 그러나 내가 이해할 수 없었던 것은(고작 국경선의 새로운 획정이 현안으로 제기되었을 때 두 나라 사이에 문득 전쟁이 벌어진다든가, 혹은 간이 좀 부었다는 말들을 하고 있을 때 죽음이 환자를 덮치는 것을 보고, 그러한 일들이 반칙330)이라고 생각하는 이들처럼), 쌩-루가 도대체 어떻게, 친절함의 색조까지도 존중하며 하던 자기의 말에, 그 말에서 나오지도 않고 그 말들이 예고조차 하지 않은 행위가, 즉 인권뿐만 아니라 인과율까지 무시하고 노기의 자연발생적 형태를 띤 그 팔을 쳐든 행위가, 무(無)에서 창조된331) 그 행위가, 어떻게 뒤따르도록 할 수 있었느냐 하는 것이었다. 그 격렬한 가격에, 비틀거리며 얼굴이 창백해져 한 순간 머뭇거리던 기자가, 다행히 반격을 하지 않았다. 그의 친구들을 보자니, 하나는 즉시 고개를 돌려 출연자 대기실 쪽을 유심히 바라보며 분명 그곳에 있지도 않은 누구를 찾는 척하였고, 다른 하나는 눈에 먼지가 들어갔다는 시늉을 하면서 괴로운 듯 얼굴을 한껏 찡

그리고 자기의 눈꺼풀을 꼬집기 시작하였으며, 나머지 하나는 다음과 같이 외치며 내닫기 시작하였다.

"맙소사, 막이 오를 모양이야, 우리 좌석을 잃겠어."

내가 쌩-루에게 무슨 말이든 건네고 싶었지만, 그가 무용수에게로 향한 노기로 하도 가득차 있었던지라, 그의 두 눈동자 표면이 그 노기로 도배되어 있었고, 그 노기가 마치 내부 골조처럼 그의 두 볼을 팽팽하게 만들어 놓았던지라, 그의 내면적 동요가 하나의 완벽한 부동성으로 표출되어, 그에게는 나의 말 한 마디를 받아들이고 그것에 답변하는데 필요한 느슨함이나 '움직임' 조차 없었다. 기자의 친구들이, 모든 것이 끝났음을 보고 그의 곁으로 돌아왔고, 아직도 떨고들 있었다. 그러나 그를 내동댕이친 것이 수치스러웠던지라, 그들은 기어코 그로 하여금, 자기들이 아무것도 몰랐다고 믿게 하려 애를 썼다. 그리하여 하나는 자기의 눈으로 들어간 먼지에 대하여, 다른 하나는 막이 오를 것이라 상상한 나머지 잘못 들은 경보에 대하여, 나머지 하나는 지나간 사람이 자기의 형제들 중 하나와 기이하게 닮았다는 점에 대하여, 각자 길고 상세한 설명을 늘어놓았다. 그들은 심지어, 그가 자기들의 놀라움에 동감을 표하지 않은 점에 대하여 언짢은 기분을 드러내기도 하였다.

"뭐라고? 자네는 놀라지 않았다고? 자네의 눈이 좋지 않다는 말인가?"

"말하자면 자네들 모두 거세한 수탉[332]들이란 뜻일세." 따귀 맞은 기자가 으르렁거리듯 중얼거렸다.

자신들이 꾸며댄 허구를 염두에 두어, 따귀 맞은 기자가 하는 말을 이해하지 못하는 척했어야 당연하건만—그러나 아예 그럴 생각조차 하지 않았다—그들은 경솔하게도, 그러한 상황에서 흔히들 하는 관습적인 말 한 마디를 큰 소리로 그에게 던졌다. "자네 말처럼 날뛰며 돌진하는군.³³³⁾ 파리 잡지 말게.³³⁴⁾ 자네가 이빨로 재갈을 물고 있다고들 하겠네."³³⁵⁾

그날 아침, 꽃 만발한 배나무들 앞에서, 나는 '라쉘 깡 뒤 쎄뉘에르'에 대한 로베르의 사랑이 환상에 기초를 두고 있음을 이해하였다. 하지만 그 사랑에서 태동한 괴로움들은 반대로 실제적인 무엇을 가지고 있음 또한 못지않게 깨달았다. 그가 한 시간 전부터 느끼던 괴로움이, 멈추지는 않았으되 움츠러들다가 결국 그의 내면으로 다시 들어갔고, 그의 두 눈에 융통성 있고 유연한 부분이 나타났다. 쌩-루와 나는 극장을 떠나 우선 조금 걸었다. 나는 옛날 질베르뜨가 도착하던 모습을 자주 볼 수 있었던 가브리엘 대로의 한 모퉁이에서 잠시 걸음을 멈추었다. 그러면서 그 멀어져 간 시절에 받았던 인상들을 상기해 보려 잠깐 애를 쓰다가, 앞서 가던 쌩-루를 '율동적인 구보'로 따라잡으려 하는데, 그에게 상당히 접근하여 무슨 말을 하는 듯한, 옷차림 상당히 허술한 신사 하나가 보였다. 나는 로베르의 개인적인 친구려니 생각하였는데, 그 동안에도 두 사람이 더 가까이 다가가는 듯 싶더니, 문득, 하늘에 별의 기이한 현상 나타내듯, 계란형 물체들이, 쌩-루 앞에 하나의 불안정한 별자리를 형성할 수 있도록 자기들에게 허용할 모든 지점들을 현기증 일으킬 지경으로 신속하게 점령하는 것이 보였다. 마치 투석기로 발사한 듯한 그 물체들의 수가 최소한 일곱은 되는 것 같았다. 하지만 그것들은, 외견상 이상적이고 장식적인 조화로운 전체 속에서 자리를 바꾸는 속도에 의해 수가 증가된, 쌩-루의 두 주먹일 뿐이었다. 나의 눈을 현혹시킨 그 장면은 쌩-루가 퍼붓던 주먹다짐에 불과했고, 미학적인 대신 공격적이었던 그 장면의 성격이 옷차림 허술한 그 신사의 모습에 의해 우선 밝혀졌으며, 그는 침착성과 턱뼈 하나와 많은 피를 동시에 잃은 듯 보였다. 그는 자기에게 다가와 곡절을 묻는 행인들에게 거짓말로 답변하였고, 나와 다시 합류하기 위하여 마침내 자기로부터 멀어져 가는 쌩-루 쪽으로 고개를 돌려, 원한과 절망 섞인, 그러나 노기는 전혀 없는 기색으로 그를 유심히 바라보며 우두커니 서 있었다. 반대로 쌩-루는, 어떤 공격도 받지 않았건만 몹시 격앙되어 있었고, 그리하여 그의 두 눈은, 그가 나와 다시 합류하였을 때에도 여전히 노기로 번득이고 있었다. 그 사건이, 내가 생각하였던 것처럼, 극장에서 따귀를 때린 사건과 어떤 관련이 있었던 것은 아니다. 그 남자는 산책을 하던 중, 용모 수려한 군인이었던 쌩-루를 보고 홀딱 반해, 그에게 은근한 제안을 하였던 것이다. 나의 벗님은, 그런 위험한 짓을 저지르기 위하여 밤의 어둠이 내리기를 기다리지도 않게 된 그러한 '족속'의 뻔뻔스러움에 몹시 놀랐다고 하였으며, 자기에게 한 '제안들'에 대하여, 빠리 중심가에서 대낮에 감행된 강도짓에 대하여 신문들이 그러듯, 매우 분개하였다. 하지만 가파르게 기울어진 경사면이 욕망을 향유 곁으로 상당히 신속하게 이끌어가는지라, 아름다움 그 자체가 이미 승낙처럼 보인다는 점을 감안한다면, 매를 맞은 신사의 행위가 용서될만 했다. 그런데 쌩-루의 용모가 아름다웠다는 것에는 이론의 여지가 없었다. 그가 퍼부운 것과 같은 주먹질들이, 조금 전 그에게 접근했던 신사와 같은 부류의 사람들에게 진지한 반성의 기회를 준다는 유용성은 가지고 있지만, 그들이 자신들의 행실을 고쳐 사법적 처벌을 면할 수 있도록 해주기 위해서는 그 반성의 시간이 너무 짧다. 그리하여, 쌩-루가 깊이 생각해 보지 않고[336] 연속적인 주먹다짐을 가했다 하더라도, 그러한 종류의 주먹다짐이 사법당국에 약간의 도움은 될지언정 모든 이들의 습성을 등질화하지는 못한다.

   그러한 사건들이, 그리고 의심할 나위 없이 가장 줄기차게 그의 사념을 사로잡고 있었을 사건이, 로베르에게 홀로 있고 싶은 욕구를 느끼게 하였을 것이다. 왜냐하면, 잠시 후 그가 나에게 일단 헤어지기를 요청하면서, 나는 나대로 먼저 빌르빠리지 부인 댁으로 가라고 하였으니 말이다. 자기가 그곳에서 나와 다시 합류할 것이지만, 우리가 이미 함께 오후 시간의 일부를 보냈다는 인상을 사람들에게 주기 보다는, 자기가 이제 막 빠리에 도착한 것처럼 보이기 위해서라도, 우리가 함께 들어서지 않는 편을 택한다고 하였다.

발백에서 빌르빠리지 부인과 처음 교분을 맺기 전에 내가 일찍이 추측하였던 바와 같이, 그녀가 속해 있던 집단과 게르망뜨 부인이 속해 있던 집단 간에는 커다란 차이가 있었다. 빌르빠리지 부인은, 영광스러운 가문에서 태어나 결혼이라는 형태로 못지않게 영광스러운 다른 가문으로 들어갔으되, 사교계에서의 큰 입지를 누리지 못하고, 자기들의 응접실에, 조카딸이나 동서지간 되는 몇몇 공작 부인 혹은 자기들 가문과 오랜 혈족관계인 왕비 두셋 이외에는, 중산층 평민들과 지방에 사는 혹은 결함 있는 귀족 등 삼류 인사들밖에 드나들지 않는, 그런 여인들 중 하나였으며, 그런 사람들로 인하여, 혈족관계나 유구한 친분관계라는 의무에 속박되지 않은 우아한 사람들과 우아한 척하는 사람들은 이미 오래 전부터 그녀의 응접실에 발길을 끊었다. 물론 얼마 아니 되어 나는, 빌르빠리지 부인이 발백에 있으면서도, 당시 나의 아버지가 노르뿌와 씨와 함께 계속하고 계시던 에스빠냐 여행에 관해 지극히 사소한 일까지도, 오히려 할머니와 나보다 더 잘 알고 있었던 까닭을 어렵지 않게 이해하였다. 하지만 그렇다 하더라도, 빌르빠리지 부인과 전직 대사의 20년 이상 된 연인 관계가, 그 대사보다 존경할 만하지 못한 정인들을 가장 화려한 여인들이 공공연히 대동하고 나타나는 사교계에서, 후작 부인의 명예가 실추되는 원인이었을 것이라 결론 짓기는 불가능했으며, 게다가 전직 대사가 아마 후작 부인에게는 이미 오래 전부터 옛 친구 이상의 그 무엇도 아니었을 것이다. 빌르빠리지 부인이 옛날에 다른 정분들을 겪었던 것일까? 그 시절에는 지금보다 성격이 더 열렬했던지라, 잔잔해지고 경건해졌으되 그 뜨겁던 그러나 소진된 세월의 색채를 혹시 조금이나마 간직하고 있던 노년기에, 그녀가 오랫동안 살았던 시골에서, 신세대에게는 알려지지 않은 몇몇 추문을 피할 수 없었고, 신세대 사람들은 단지, 그런 일이 없었다면 어떤 초라한 혼합물도 없는 가장 순수한 응접실들 중 하나였을 그 응접실의 잡다하고 불완전한 구성에서, 그 추문의 흔적을 확인하고 있었던 것일까? 그녀의 특징이라고 그녀의 조카가 말하던 특유의 '독설'이 그 시절에 그녀의 적들을 만들었던 것일까? 그녀가 남자들과의 관계에서 거둔 몇몇 성공을 여인들에 대한 복수에 이용하도록, 그 독설이 그녀를 이끌어갔던 것일까? 그 모든 것이 있을 수 있는 일이었고, 빌르빠리지 부인이 겸손함과 선량함에 대하여—표현들뿐만 아니라 어조들에게도 그토록 섬세한 색조를 부여하면서—말할 때의 감미롭고 민감한 화법이 그러한 추측을 약화시킬 수는 없었으니, 특정 미덕에 대하여 능숙하게 말할 뿐만 아니라 심지어 그것들의 매력을 느끼고 그것들을 기막히게 이해하는(그리하여 자기들의 회고록에 그것들의 그럴듯한 영상을 묘사할 수 있을) 사람들이, 묵묵하고 세련되지 못했으며 언어적 기교 없으되 그 미덕들을 실천하던 세대에서 나왔으나 그 세대에 속하지는 못하는 경우가 빈번하니 말이다. 그 세대가 그러한 사람들의 내면에 반사되긴 하나, 그 속에서 지속되지는 못한다. 그 세대가 가지고 있던 성격 대신 우리가 발견하는 것은, 실천에 아무 도움 되지 못하는 감수성과 총명함뿐이다. 또한 가문의 영광이 그 흔적을 지워버렸을지도 모를 추문들이 빌르빠리지 부인의 생애에 실제 있었건 없었건, 그녀가 사교계에서 실추된 확실한 원인은, 바로 그 총명함, 사교계 여인의 총명함이기보다 거의 이류 문인의 것에 가까웠던 그 총명함이었다.

물론 빌르빠리지 부인이 특히 설교하듯 권장하던 것은, 절제와 절도 같은 별로 열광적이지 못한 장점들이었으나, 절도에 대하여 온전히 적합한 방법으로 말하기 위해서는, 절도만으로는 충분하지 않고, 거의 절도 없는 하나의 열광을 전제로 하는 문인의 몇몇 자질들이 필요하다. 나는 일찍이 발백에서, 몇몇 위대한 예술가들의 천부적 재능을 빌르빠리지 부인이 도무지 이해하지 못하고, 그녀가 그들을 교묘한 말로 조롱하면서 자기의 몰이해에 하나의 재치있고 우아한 형태를 부여할 줄밖에 모른다는 사실을 간과하였다. 하지만 그러한 재치와 우아함도, 그녀의 내면에서 그것들이 성장하여 도달한 단계에서는, 그것들 자체가—다른 차원에서는, 그리고 비록 가장 우월한 작품들을 부인하기 위하여 발휘되었다 하더라도—진정한 예술적 장점으로 변하였다. 그런데, 그 진정한 예술적 장점들은 사교계의 모든 지위에 의사들이 말하는 선택적인 병리적 영향을 가하고, 또 그 영향이 그 지위를 어찌나 풍화시키는지, 가장 튼튼한 기반을 가진 지위들도 단 몇 년 견디지 못한다. 예술가들이 지성이라고 부르는 것이 상류 사교계의 눈에는 순전한 거들먹거림처럼 보이며, 예술가들이 모든 것을 판단하는 유일한 관점에 스스로를 놓을 능력이 없어, 그들이 하나의 표현을 선택하고 하나의 비유를 창안하면서 복종하는 특이한 매력을 결코 이해하지 못하는지라, 사교계는 예술가들이 곁에 있는 동안에 일종의 피곤과 짜증을 느끼며, 그 짜증에서 머지않아 반감이 태동한다. 하지만 대화에서는—그리고 후에 출간된 그녀의 회고록에서도 마찬가지이다—빌르빠리지 부인이 완전히 사교계적인 일종의 우아함만을 드러냈다. 커다란 사건들 곁을, 자세히 살피고 숙고하지 않은 채, 때로는 그것들을 식별조차 못하고 지나쳤던지라, 그녀는 자기가 겪었던, 그리하여 상당히 정확하고 매력적으로 묘사까지 한 세월로부터, 그 세월이 자기에게 제공한 가장 경박한 것밖에 기억해 두지 못하였다. 하지만 하나의 저작물이란, 그것이 비록 지적이지 못한 주제에만 기울어져 있다 할지라도 여전히 지성의 작품인지라, 한 권의 책 속에, 혹은 그것과 별로 다름없는 하나의 한담 속에,337) 경박함의 완벽한 인상을 부여하기 위해서는, 전적으로 경박한 사람에게는 없는 일정량 이상의 진지함이 필요하다. 한 여인이 썼고 또 걸작으로 간주되는 어떤 회고록에서는, 사람들이 가벼운 우아함의 전형으로 자주 인용하는 특정 구절이 나로 하여금 항상, 그러한 가벼움에 도달하기 위해서는 그 회고록의 저자가 전에 조금 둔중한 지식과 따분한 교양을 갖추고 있었을 것이고, 그리하여 처녀 시절의 그녀가 또래 친구들에게는 꼴불견의 블루-스타킹338) 처럼 보였으리라고 추측하게 해주었다. 또한 문학적인 몇몇 장점들과 사교적 실패 간에는 불가피한 연관성이 있는지라, 오늘날 빌르빠리지 부인의 회고록을 읽는 독자에게는, 게르망뜨 댁에 가면서 그녀의 집에 명함은 한 장 남기되, 혹시 의사나 공중인의 아내들과 어울리면 자신의 품격이 추락되지 않을까 저어하여 응접실에는 결코 발을 들여놓지 않던, 르루와 부인 같은 스놉이 어느 대사관저의 층계에서 늙은 후작 부인에게 허리를 굽혀 그러나 냉랭하게 인사하는 장면을 뇌리에 재현하고자 할 경우, 정확하게 사용된 특정 수식어 및 서로 이어지는 은유들을 포착하는 것으로 충분할 것이다. 빌르빠리지 부인 또한 젊음의 초기에는 아마 하나의 블루-스타킹이었을 것이며, 따라서 자기의 지식에 도취한 나머지, 자기보다 총명함과 교양이 부족한 사교계 사람들에게로 향하던, 그러나 상처를 입은 사람은 결코 잊지 못하는, 신랄한 독설을 아마 억제할 수 없었을 것이다.

게다가 재능이란, 모든 것을 갖추어 사교계 사람들이 하나의 '완전한 여인' 이라고 지칭하는 것을 만들기 위하여, 사교계에서 성공할 수 있도록 해주는 그 다른 장점에 인위적으로 덧붙여 주는, 사족과 같은 돌기물이 아니다. 그것은, 일반적으로 많은 장점들이 결여되었고 어느 감수성 하나가 지배하는, 특수한 기질의 살아 있는 산물이며, 우리가 책 속에서 인지할 수 없는 그 감수성의 다른 여러 발현(發顯)들은 일상생활에서 상당히 생생하게 느낄 수 있는 바, 예를 들자면 특정 호기심이나 환상, 사교적 관계의 증진이나 유지 혹은 단순한 작동을 위해서가 아니라 자신의 즐거움만을 위해 이곳 혹은 저곳에 가고자 하는 욕망 등이 그것들이다. 나는 발백에서 빌르빠리지 부인이 친지들에게만 둘러싸여 지내면서, 호텔 로비에 앉아 있던 사람들에게는 눈길 한 번 던지지 않는 것을 익히 보았다. 하지만 나는 그 당시에도 그러한 삼감이 무관심에서 비롯되지 않았음을 어렴풋이 느꼈는데, 그녀가 전부터 항상 자신을 그렇게 얽매지는 않았던 것 같다. 그녀는 자신의 집에 초대될만한 하등의 자격도 없는 이런 혹은 저런 사람과 교분을 맺고자 하는 강렬하고 일시적이며 기이한 취향을 가지고 있었는데, 때로는 그녀가 보기에 그 사람이 잘 생겨서, 혹은 단지 그가 재미있는 사람이라고들 해서, 또 혹은 그녀가 전부터 알던 이들과는 다른 것 같아서였지만, 한편 그 시절 자기를 결코 놓아버리지 않을 것이라 철석같이 믿었던지라 그녀가 아직은 높이 평가하지 않던 그 친분 있던 사람들은 모두 쌩-제르맹 구역 사교계의 정수들이었다. 그녀는 자기가 발탁한 어느 떠돌이나 소시민에게, 그는 그 가치조차 감별할 수 없는 초대장을 집요하게 보낼 수밖에 없었고, 그러한 사실로 인하여, 어느 집의 안주인이 초대하는 이들보다는 배제시키는 이들에 준하여 그 댁 응접실의 등급을 매기는데 익숙해진 스놉들의 눈으로 보기에, 그녀의 품위가 조금씩 추락하였다. 물론, 젊은 시절 한 때, 빌르빠리지 부인이, 귀족사회의 최상류층에 속한다는 자만심에 싫증을 느껴, 자기와 같은 부류의 사람들을 분노케 하며 자기의 신분을 공공연히 와해시키면서 거의 즐기다시피 하였지만, 훗날 그 신분을 상실한 후에는 그것에 중요성을 부여하기 시작하였다. 그녀가 전에는, 공작 부인들이 감히 말하지 못하고 행하지 못하던 것을 말하고 행함으로써, 자기가 그녀들보다 우월함을 그녀들에게 과시하고자 하였다. 하지만 그 공작 부인들이, 그녀와 가까운 인척관계에 있는 여자들을 제외하고는, 더 이상 그녀의 집에 오지 않게 된 이제, 그녀는 자신이 작아졌음을 느끼면서도 여전히 군림하기를 희원하였으며, 그러나 자기의 기지 아닌 다른 것을 이용하여 그러고 싶어하였다. 그녀는 자기가 일찍이 그토록 세심하게 멀리하던 그 여인들을 모두 자기 곁으로 이끌어 오고 싶었을 것이다. 얼마나 많은 여인들의 생애가, 실은 거의 알려지지 않은 생애가(왜냐하면 우리들이 각자의 나이에 따라 그 생애의 각자 다른 순간을 보았고, 노인들의 조심성으로 인해 젊은이들이 과거에 대하여 정확한 견해를 가질 수 없으며, 그 생애의 전과정을 한 눈에 볼 수 없기 때문이다), 그렇게 서로 대조를 이루는 시기들로—두 번째 시기에 그토록 유쾌하게 바람에 날려 버린 것을 수복하는데 몽땅 바치는 마지막 시기가 두 번째 시기와 이루는 대조처럼—분할되었던가! 또한 어떤 식으로 바람에 날려 버렸을까? 젊은이들은 자기들의 눈앞에 늙고 존경스러운 빌르빠리지 부인이 있음으로 해서 그만큼 그것을 상상하기 어렵고, 하얀 가발을 쓴 그토록 품위 있는 현재의 그 엄숙한 회고록 저자가, 옛날에는 밤참에 명랑한 모습으로 참석하여, 그 이후 무덤 속에 누운 남자들에게는 희열의 원천이 되었고, 아마 그들의 재산도 삼켰을 것이라는 생각은 하지 못한다. 그녀가 명문 출신임으로 해서 누리던 자기의 신분을 끈질기고 천부적인 재치로 와해시키는데 노력하였다는 사실이, 심지어 그 멀리 흘러간 시절에도, 빌르빠리지 부인이 자기의 신분에 큰 가치를 부여하지 않았다는 뜻은 결코 아니다. 마찬가지로, 고립과 활동정지 상태가, 그 속에서 사는 신경쇠약증 환자에 의해 아침부터 저녁까지 그물처럼 짜여질 수 있고(그런다고 환자에게 그 상태가 견딜만하게 보이지는 않더라도), 그리하여 그가 자신을 포로처럼 억류하고 있는 그 그물에 코 하나를 추가하려 서두는 동안에도, 그는 오직 무도회와 사냥과 여행만을 꿈꾸고 있을지 모른다. 우리는 매순간 우리의 삶에 그것의 형태를 부여하려 노력하지만, 그러면서도 우리의 의지와는 상관없이, 우리가 바라는 인물이 아닌, 우리의 현재 모습을 지닌 인물의 윤곽선을 스케치하듯 베끼기만 한다. 르루와 부인의 거만한 인사가 어떤 면에서는 빌르빠리지 부인의 진정한 천성을 나타낼 수 있었으나, 그것이 빌르빠리지 부인이 품고 있던 욕망과는 전혀 부합하지 않았다.

물론, 르루와 부인이 후작 부인을 '잘라' 버렸을 때(스완 부인이 즐겨 사용하던 표현이다), 후작 부인은 언젠가 왕비 마리-아멜리[339]가 자기에게 한 다음 말을 상기하면서 스스로를 위로하려 할 수 있었을 것이다. "내가 자네를 나의 딸처럼 사랑한다네." 하지만 왕비의 은밀하고 다른 이들에게 알려지지 않은 그러한 친절은, 국립음악원의 오래 된 일등 상장처럼 먼지를 뒤집어쓴 채, 후작 부인에게만 존재하던 것이었다. 사교계에서의 진정한 특혜란, 살아 있는 무엇을 창조하는, 그리고 단 하루 동안에도 다른 백여개의 특혜가 이어지는지라, 그것들을 누린 사람이 구태여 곁에 잡아두려 하거나 널리 공표할 필요 없이 사라질 수 있는, 그러한 특혜들뿐이다. 왕비의 그러한 말들을 선명히 뇌리에 떠올리면서도, 빌르빠리지 부인은 르루와 부인이 가지고 있던 초대 받을 수 있는 항구적인 능력과 그 말들을 기꺼이 교환하였을 것이다. 그것은 마치, 어느 음식점에서, 그의 천부적 재능이 수줍은 얼굴 윤곽선에도, 그가 입은 닳아 해진 옷의 구식 재단법에도 쓰여 있지 않은 무명의 위대한 예술가가, 사회의 최하층 계급에 속하지만 곁에 있는 식탁에서 여배우 둘과 함께 식사하는 젊은 장외 증권 중개인을 보고, 또한 그러는 동안 음식점 주인과 매니저와 웨이터들과 급사들과 심지어 부엌으로부터 열을 지어 나오는 요리사의 조수들까지, 마치 요정극 속에서처럼, 그에게 인사를 하기 위하여 아첨하듯 끊임없이 급히 몰려드는데, 다른 한편에서는 자신이 가지고 오는 병들 못지않게 먼지를 뒤집어쓴 포도주 담당자가, 마침 지하실에서 올라오던 중인지라, 밝은 곳으로 올라오기 전에 발목을 삐기라도 한 듯, 부신 눈을 제대로 뜨지도 못한 채 절룩거리며 그에게로 다가오는 것을 보고, 자신이 곧 그 증권 중개인이었으면 좋겠다고 생각하는 것과 같았다.

하지만 빌르빠리지 부인의 응접실에 르루와 부인이 나타나지 않는다는 사실이, 비록 그 댁 안주인의 마음을 괴롭히곤 하였어도, 그곳에 초대 받은 많은 사람들의 눈에 띄지 않았다는 점은 말해 두어야겠다. 그들은 오직 상류 사교계에만 알려진 르루와 부인의 특별한 지위를 까맣게 모르고 있었던지라, 빌르빠리지 부인이 주최하던 야회가, 오늘날 그녀의 회고록을 읽는 독자들이 그렇게 확신하듯, 빠리에서 가장 화려할 것이라는 점을 의심하지 않았다.

노르뿌와 씨가 아버지에게 해주신 권고에 따라, 쌩-루와 헤어진 후 내가 처음으로 빌르빠리지 부인 댁에 들어섰을 때, 그녀는 노란색 비단으로 도배한 응접실에 있었고, 보베산 융단을 씌운 까나뻬들과 안락의자들이 익은 나무딸기의 보라색에 가까운 분홍색으로 비단 위에 부각되고 있었다. 게르망뜨 가문과 빌르빠리지 가문 사람들의 초상화 옆으로, 모델 자신들이 보내 준, 마리-아멜리 왕비, 벨기에의 왕비, 주왱빌 대공,[340] 오스트리아 황후 등의 초상화도 보였다. 옛날에 유행하던 검은색 레이스 빵모자를 쓴 빌르빠리지 부인은(그녀는, 자기의 호텔에 투숙하는 손님들이 아무리 빠리 사람들 일색으로 변하였다 해도, 호텔 종업원 여자들로 하여금 그 고장 특유의 하얀 머리수건과 소매 넓은 의상을 착용하게 하는 것이 더 능란한 사업방침이라고 믿는, 브르따뉴 지방의 어느 호텔 경영자만큼이나 향토적 혹은 역사적 색깔에 대한 예민한 본능에 이끌려 그 빵모자를 고집하였다), 작은 책상 앞에 앉아 있었고, 그 위에는, 그녀가 사용하던 붓과 빨레뜨와 이미 그리기 시작한 수채화 옆에, 그 순간 쏟아져 들어온 방문객들 때문에 그녀가 그리기를 멈춘, 그리고 18세기의 어느 판화 속에서 어떤 꽃장수 여인의 판매대 위에 수북히 쌓이는 꽃들을 연상시키는, 솜털장미들과 백일홍들 및 베누스의 머리카락이라고 부르는 양치류 등이, 유리컵이나 받침접시 혹은 도자기 잔에 담겨 있었다. 후작 부인이 자기의 성에서 돌아오는 길에 감기에 걸려, 의도적으로 가볍게 덥혀진 그 응접실에는, 내가 도착하였을 때 이미 와 있던 사람들 중, 일찍이 그녀에게 보냈던, 그리하여 그녀가 집필하고 있던 회고록에 증거 서류로 '복사'하여 첨부하기로 한, 역사적 인물들의 친필 서한들을 빌르빠리지 부인과 함께 오전에 분류한 기록 보관소의 어느 문서관 하나와, 그녀에게 선조들로부터 물려받은 몽모랑씨 공작[341] 부인의 초상화 하나가 있다는 사실을 알게 된지라, 프롱드의 난[342]에 관한 자기의 저서에 삽화로 넣을 그 초상화를 복사하게 해 달라고 허락을 요청하러 온 엄숙하고 주눅든 사학자 하나가 있었는데, 이제는 젊은 드라마 작가이며, 빌르빠리지 부인이, 다음 오후 연회에서 공연할 배우들을 무료로 제공해 줄 것이라 기대하고 있던, 나의 옛날 학교 동료였던 블록이 도착하여 그들과 합류하였다. 사회적 만화경이 한창 돌아가고 있었으며, 따라서 드레퓌스 사건이 유대인들을 사회적 계층의 마지막 층위로 처박을 참이었던 것은 사실이다. 그러나 우선 드레퓌스 사건이라는 거센 바람이 광기를 띠어도 소용없으니, 파도가 난폭함의 절정에 이르는 것은 태풍의 초기가 아니다. 또한 빌르빠리지 부인은, 자기 가문 사람들의 일부가 유대인들을 상대로 일제히 천둥처럼 으르렁거리건 말건, 그때까지 그 사건에 완전히 무관심했고 그것에 전혀 신경 쓰지 않았다. 게다가, 자기네 집단을 대표할만한 세력 있는 유대인들은 이미 위협을 받았음에 반해, 아무도 모르는 블록 같은 젊은이는 누구의 눈에 띌 염려가 없었다. 이제 그의 턱에는 염소 수염 한 묶음이 선명했고, 그가 코안경을 썼으며, 긴 프록코트를 입은데다, 손에는 파피루스 두루마리 같은 장갑을 끼고 있었다. 로마인들이나 이집트인들이나 터키인들은 유대인들을 몹시 싫어하여 배척할 수 있다. 그러나 프랑스의 응접실에서는 그 민족들 간의 상이점이 별로 뚜렷하게 드러나지 않는지라, 어느 유대인 하나가 이제 막 사막으로부터 불쑥 나타난 듯 하이에나처럼 상체를 숙이고 목덜미를 비스듬히 기울인 채 수선스럽게 '쌀람'[343]을 외치며 들어서기만 하면, 동양적인 취향을 가진 이들을 충분히 만족시킬 수 있다. 다만 그러기 위해서는 그 유대인이 사교계 인사가 아니어야 한다. 그가 사교계 인사일 경우, 그의 외모가 어느 군주의 모습과 흡사할 수 있고 거조가 너무 프랑스풍으로 바뀌어서, 그의 고분고분하지 못한 코가 한련꽃처럼 전혀 예상치 못한 방향으로 뻗는 것을 보고는, 모두들 솔로몬의 코라고 생각하기 보다는 마스까리유[344]의 코를 뇌리에 떠올릴 것이다. 그러나 블록은 쌩-제르맹 구역 사교계에서 단련되지 않아 유연성을 얻지도 못하였고, 잉글랜드나 에스빠냐와의 교배를 통한 고아함도 얻지 못하였던지라, 이국 취향을 가진 사람의 눈에는, 그의 유럽풍 의복에도 불구하고, 데깡[345]…이 그린 어느 유대인의 모습만큼이나 바라보기에 기이하고 흥미로웠다. 까마득히 먼 세월의 저 구석으로부터, 현대의 머리 매무새에 하나의 양식을 부여하면서, 프록코트를 흡수하고 우리로 하여금 그것을 망각하게 하며 그것을 통제하면서, 다리우스의 궁전 출입문 앞에 있는 수사의 어느 역사적 건물 추녀 밑 외벽(프리기움)에 전통적인 예복 차림의 모습으로 그려 놓은 아씨리아의 율법학자 무리[346]와 영락없이 닮은 상태로 고스란히 남아 있는 일사불란한 무리 하나를, 현대의 빠리에까지, 우리 극장들의 회랑까지, 우리 사무실들의 창구까지, 어느 장례식에까지, 거리에까지 전진시키는 종족의 찬탄할만한 위력이여! (한 시간 후, 블록은 자칫, 샤를뤼스 씨가 혹시 자기의 이름이 유대인들의 이름이 아닌지 알아본 사실이 반유대인적 악의에서 비롯되었으리라 생각할 뻔하였으나, 샤를뤼스 씨가 그랬던 것은 단지 미학적 호기심과 향토적 색깔에 대한 사랑 때문이었다.) 그러나 여하튼, 종족들의 항존성에 대한 언급이, 유대인이나 그리스인이나 페르시아인 등, 그 다양성을 그들에게 맡겨두는 것이 좋을 그 모든 민족들로부터 우리가 받는 인상들을 부정확하게 표현하게 되어 있다. 우리는 고대 회화를 통해 옛 그리스인들의 얼굴을 알며, 수사의 어느 궁전 건물 정면에서 아씨리아인들을 보았다. 그런데, 사교계에서 이런 혹은 저런 종족 집단에 속하는 동방 사람들과 마주하면, 우리가 마치 강신술의 위력에 의해 나타난 초자연적인 존재들 앞에 있는 듯 여겨진다. 우리가 전에는 하나의 피상적인 영상만 알고 있었지만, 그 영상이 이제 깊이를 얻고 세 차원으로 팽창하며 드디어 움직인다. 부유한 은행가의 딸이며 현재 뭇 사람들로부터 환영 받는 젊은 그리스 귀부인은, 역사적이며 동시에 미학적인 어느 발레 속에서 육신으로 고대 그리스의 예술을 상징하는 여자 단역들 중 하나인 것 같아 보이고, 또한 극장에서는 연출이 전에 우리가 알고 있던 영상들을 진부하게 만든다. 하지만 반대로, 하나의 터키 여인이나 유대인 신사가 어느 응접실에 들어서는 순간 우리 앞에 펼쳐지는 광경은, 그들의 모습에 활기를 주면서, 마치 영매(靈媒)의 노력에 의해 불려 온 존재들인 양, 그들을 더욱 기이하게 만든다. 그것은 우리가 전에는 오직 박물관에서만 언뜻 본 영혼이고, 아니 그보다는 오히려, 적어도 지금까지는, 그런 종류의 현시(現示)들을 통해 영혼이 귀착한 약간의 하찮은 무엇이며, 보잘 것 없으며 동시에 초월적인 삶에서 뛰쳐나와 우리들 앞에서 우리를 당황케 하는 무언극을 공연하는, 옛 그리스인들의 영혼, 옛 유대인들의 영혼이다. 몸을 피하는 그 젊은 그리스 귀부인 속에서 우리가 헛수고를 하며 포옹하고자 하는 것은, 우리가 옛날에 고대 그리스의 질그릇 옆구리에 그려진 것을 보고 찬미하던 그 얼굴이다. 내가 만약 빌르빠리지 부인의 응접실 빛 속에서 블록의 사진들을 찍었다면, 그 사진들은 강신술 사진들[347]이 우리에게 보여주는 것과 똑같은 영상을, 즉 그것이 인간이 발산하는 것 같지 않아 그토록 불안하긴 하되 그러나 지나치게 인간을 닮아 그토록 실망감을 주는, 이스라엘의 영상을 보여주었을 것이다. 또한 더 일반적으로 말하거니와, 우리가 마치 교령(交靈) 원탁 주위에 둘러앉듯 자기 주위에 모여서, 무한의 존재 속에 있는 비밀에 관한 자기의 말 듣기를 잔뜩 기대하건만, 그러한 천재적인 사람 마저도 기껏 다음과 같은 말이나 지껄이는—블록의 입에서 조금 전 막 나온 것과 같은 말이다―우리의 일상적인 가엾은 세계에서는, 심지어 우리 주위의 평범한 사람들이 무심히 하는 말의 하찮음까지도, 우리에게 초자연적인 듯한 인상을 주지 않는 것이 없다. "나의 실크 해트 조심하시오."

"맙소사, 대신들을, 나의 친애하는 신사 양반," 내가 들어서는 바람에 중단되었던 대화를 재개하면서, 그리고 특히 나의 옛 학교 동료를 쳐다보면서, 빌르빠리지 부인이 말을 하는 중이었다. "그 대신들을 아무도 만나려 하지 않았다오. 그 시절 내가 비록 아주 어렸지만, 나는 아직도, 나의 아버님께서 베리 공작 부인과 춤을 추시게 되어 있던 무도회에서 드까즈 씨를 초대해 달라고, 국왕께서 나의 조부님께 간곡히 부탁하던 일을 기억한다오. 국왕께서 이렇게 말씀하셨다오. '홀로리몽, 그러면 나에게 큰 기쁨이 될 것이오.' 귀가 어두웠던 조부님께서는 가스트리 씨라고 들으셨던지라, 국왕의 그러한 요청을 지극히 당연한 것으로 여기셨다오. 그리고 그것이 드까즈 씨라는 사실을 뒤늦게 아시고는 잠시 반감을 느끼셨으나, 이내 국왕의 뜻에 따라 그날 저녁으로 즉시 드까즈 씨에게 서신을 보내시어, 다음 주에 개최된 당신의 무도회에 참석하는 은혜와 영광을 베풀어 주십사 간청하셨다오. 왜냐하면, 신사 양반, 그 시절에는 우리가 예의를 중시해, 어느 댁 안주인이라도 초대장을 보내면서 '차 한 잔', '차 한 잔과 무도회', 혹은 '차 한 잔과 음악'이라고 한 마디 손으로 초대장에 써 넣는 것으로는 만족하지 않았을 것이기 때문이라오. 하지만 우리가 예의를 알았다면, 무례함도 모르지는 않았다오. 드까즈 씨가 초청을 수락하였으나, 무도회 바로 전날, 나의 조부님께서 몸이 불편하다고 하시면서 무도회를 취소하신 것이 사람들에게 알려졌다오. 나의 조부님께서 국왕의 뜻에 따르셨으되, 드까즈 씨를 당신의 무도회에 받아들이지는 않으신 것이지요…그래요, 신사 양반, 몰레 씨도 기억에 생생한데, 그는 기지 넘치는 사람이었고, 비니 씨를 한림원에 받아들일 때 그것을 증명하였지만 매우 점잔 빼는 사람이었고, 자기의 집에서 만찬장으로 내려오면서 실크 해트를 손에 들고 있던 그의 모습이 아직도 눈에 선하다오."[348]

"아! 상당히 해로울 정도로 몰상식했던 시절을 상기시키는 행동이군요. 자기의 집에서도 모자를 쓰는 것이 의심할 나위 없이 보편화된 습관이었던 모양이니 말씀입니다." 직접 목격한 증인으로부터 옛 귀족들의 생활이 가지고 있던 특징을 들어 알 수 있는 그토록 희귀한 계기를 한껏 이용하기 원하던 블록이 말하였다. 반면 후작 부인의 잠정적인 비서 격이었던 고문서 보관서의 문서 담당자는 그녀에게 감동된 시선을 던지고 있었으며, 마치 우리들에게 이렇게 말하는 것 같았다. "보시다시피 그녀는 이런 분이오, 모든 것을 알고 계시며, 모든 사람들과 교분을 맺으셨으니, 당신들이 알고자 하는 것이 있으면 무엇이든 여쭈어 보시오. 비범하신 분입니다."

"천만에, 그것은 단지 몰레 씨만의 버릇이었어요." 잠시 후 다시 그리기 시작할 베누스의 머리카락을 꽂아 두었던 유리잔을 가까이 가져다 놓으면서, 빌르빠리지 부인이 대답하였다. "물론 국왕께서 오실 때를 제외하고는, 나의 아버님께서 댁에 계시면서 모자를 쓰시는 것을 뵌 적이 없어요. 국왕께서는 어디에 계시든 그곳이 곧 당신의 거처이니, 그럴 경우에는 집 주인도 자기의 응접실에 있건만 하나의 방문객에 불과하였다오."

"아리스토텔레스가… 제2장에서 우리에게 말하기를" 프롱드의 반란을 연구하는 사학자 삐에르씨가 그렇게 위험을 무릅쓰고 말을 꺼냈으나, 그 어투가 어찌나 조심스러웠던지, 아무도 귀를 기울이지 않았다. 여러 주 전부터 어떤 치료에도 말을 듣지 않는 신경성 불면증에 걸려, 그는 아예 잠자리에 눕기를 포기하였고, 극도로 지쳤던지라, 자기의 연구 때문에 이동이 불가피할 때에만 외출하곤 하였다. 다른 사람들에게는 그토록 간단하나 그에게는 달에서 지구로 내려오는 것만큼이나 비싼 대가를 치러야 했던, 외출이라는 그 모험을 자주 감행할 수 없었던지라, 그는 다른 사람들 각개의 생활이, 돌출 행동들에 최대한의 유익성을 확보해 주기 위한 항시적 방법으로 조직되어 있지 않음을 발견하고 자주 놀랐다. 그가 웰스의 작품[349] 속 어느 남자처럼 프록코트를 걸치고 선 채 밤을 지새운 후에야 겨우 찾아간 도서관이 때로는 닫혀 있었다. 다행이 그가 빌르빠리지 부인을 일찍이 그녀의 집에서 만났고, 따라서 그 초상화를 보러 가곤 하였다.

블록이 그의 말을 끊었다.

"정말이지," 빌르빠리지 부인이 조금 전 국왕의 방문에 합당한 의전례에 관해 한 말에 대꾸하면서 그가 말하였다. "저는 그것을 전혀 모르고 있었습니다."(자기가 그것을 몰랐다는 사실이 기이하기라도 하다는 듯).

"그러한 종류의 방문과 관련하여, 저의 조카 바쟁이 어제 아침 저에게 한 멍청한 장난을 알고 계세요?" 빌르빠리지 부인이 고문서 보관소 직원에게 물었다. "그가 통인을 시켜, 자기가 왔다고 알리는 대신, 스웨덴의 왕비가 저를 보자고 한다고 하였어요."

"아! 그렇게 태연히 그런 말을 부인께 전하게 하였단 말이지요! 농담도 잘 하시는군!" 블록이 요란하게 웃음을 터뜨리며 소리쳤고, 그 동안 역사학자는 엄숙함으로 수줍음을 감추며 미소를 지었다.

"시골에서 돌아온지 불과 며칠밖에 아니 되었던지라 제가 상당히 놀랐지요. 조금이나마 조용히 지내기 위하여, 제가 빠리에 있다는 말을 아무에게도 하지 말라고 당부해 두었던지라, 스웨덴 왕비가 도대체 어떻게 벌써 알게 되어, 여하튼, 이틀 동안이나 숨을 조금 돌리도록 저를 내버려 두지 않게 되었는지 궁금했어요." 스웨덴 왕비의 방문 그 자체가 그 댁 안주인에게는 전혀 특별한 일이 아니라는 사실에 놀란 방문객들을 내버려둔 채, 빌르빠리지 부인이 그렇게 덧붙였다.

그날 오전 빌르빠리지 부인이 고문서 보관소 직원과 함께 자기의 회고록에 관련된 참고자료를 열람하였다면, 내가 도달한 그 순간에는, 자신도 모르는 중에, 언젠가 형성될 독자층을 대표하는 일반적인 독자들을 상대로, 그 회고록의 작동과 마법을 실험하고 있었던 것은 사실이다. 빌르빠리지 부인의 응접실이, 그녀가 기꺼이 받아들이곤 하던 많은 중산층 평민 여인들은 없는 반면 르루와 부인이 이끌어들이는데 결국 성공한 내노라하는 귀부인들만 드나들던 진정 우아한 응접실과 구별될 수 있었으나, 그러한 미묘한 차이가 그녀의 회고록에서는 감지되지 않는 바, 저자가 맺고 있던 하찮은 관계들은 그 속에서 이야기될 계기가 없는지라 결국 모두 사라지기 때문이다. 또한 그녀의 응접실에 드나들지 않던 화려한 여인들이 회고록에 어떠한 공백도 남기지 않으니, 그러한 회고록들이 제공하는 불가피하게 한정된 공간 속에는 극소수 사람들만이 출현할 수 있는데, 그들이 왕족이나 역사적인 인물들일 경우, 그러한 회고록들이 독자들에게 줄 수 있는, 우아함의 최고치에 도달하였다는 인상은 성취되기 때문이다. 르루와 부인의 평가에 따르면 빌르빠리지 부인의 응접실은 삼류 응접실이었고, 따라서 빌르빠리지 부인이 르루아 부인의 평가에 항상 괴로워하였다. 그러나 오늘날에는 르루와 부인이 누구인지 아는 이 아무도 없고, 그녀가 내리던 평가 역시 자취를 감추었으며, 호메로스와 핀다로스 시대 이후 지금까지 전혀 변하지 않았으며,[350] 왕족이나 왕족에 가까운 찬연한 혈통 및 왕들과 백성들의 우두머리와 명성 떨친 인물들과의 우정을 가장 부러운 지위로 여기는, 그러한 후세대에 의해 19세기의 가장 화려한 응접실등 중 하나인 듯 간주될 응접실은, 스웨덴의 왕비, 오말 공작, 브로유 공작,[351] 띠에르,[352] 몽딸랑베르,[353] 뒤빵루 예하[354] 등이 드나들던 빌르빠리지 부인의 응접실일 것이다.

그런데 빌르빠리지 부인이, 자기의 응접실에 그리고 자기의 추억 속에, 그 모든 것들 중 일부를 가지고 있었으며, 때로는 가벼운 가필로 미화한 추억들의 도움을 받아, 그 잔여분을 과거 속으로 연장시키곤 하였다. 게다가, 자기의 연인에게 진정한 지위를 회복시켜 줄 능력이 없었던 노르뿌와 씨가, 그의 도움을 필요로 하던 그리고 그의 환심을 살 수 있는 유일한 방법이 빌르빠리지 부인 댁에 드나드는 것임을 잘 알고 있던, 외국의 혹은 프랑수의 정치인들을 그녀에게 데려왔다. 아마 르루와 부인 역시 전 유럽에 명성을 떨치던 그 뛰어난 인물들과 교분을 맺고 있었을 것이다. 그러나 상냥한 그리고 블루-스타킹 냄새 피우기를 좋아하지 않는 여인이었던지라, 그녀가 각국 수상들에게 동방의 문제들에 관하여 이야기하는 것을 소설가들이나 철학자들에게 사랑의 본질에 관해 이야기하는 것만큼이나 삼갔던 모양이다. "사랑이 무엇이라고 생각하시나요?" 언젠가 어느 잘난 체하는 귀부인이 그녀에게 그렇게 묻자, 그녀는 다음과 같이 대꾸하였다. "사랑이요? 저는 그것을 자주 하지만 그것에 관한 이야기는 결코 하지 않아요." 문학과 정치에 관련된 명사들을 자기 집에 초대하였을 경우, 그녀는 게르망뜨 공작 부인처럼 그들이 포커 놀이나 하도록 내버려두는 것으로 만족하였다. 그들은 대개의 경우, 빌르빠리지 부인이 자기들에게 강요하던 일반적인 관념 일색의 거창한 대화보다는 그렇게 즐기는 편을 더 좋아하였다. 그러나 상류 사교계에서는 우스꽝스럽게 여겨졌을 그러한 대화들이, 빌르빠리지 부인의 '추억'에는, 꼬르네이유의 비극 작품들[355] 속에서처럼 여러 회고록들 속에서 잘 어울리는, 그 탁월한 덩어리들을, 즉 정치적 장광설들을 제공하였다. 게다가 빌르빠리지 부인과 같은 여인들의 응접실들만이 후세에 전해질 수 있으니, 르루와 부인 같은 여인들은 글을 쓸 줄 모르고, 비록 쓸 줄 안다 할지라도 그녀들에게는 그럴 시간적 여유가 없을 것이기 때문이다. 또한 빌르빠리지 부인과 같은 여인들의 문학적 자질이 르루와 부인과 같은 여인들이 경멸적인 태도를 보이게 하는 원인이라면, 르루와 부인과 같은 여인들의 그러한 태도가 이번에는 기이하게도, 문학 수업에 불가결한 여가를 블루-스타킹인 귀부인들에게 마련해 줌으로써, 빌르빠리지 부인과 같은 여인들의 문학적 자질에 봉사한다. 그리하여, 잘 쓴 책이 몇 권이나마 존재하기를 바라는 신께서, 르루와 부인과 같은 여인들의 가슴 속에 그러한 경멸감을 불어 넣어 주시는 것이니, 그녀들이 만약 빌르빠리지 부인 같은 여인들을 만찬에 초대할 경우, 초대 받은 여인들이 즉시 필기도구들을 내버려둔 채, 저녁 여덟 시까지 가기 위하여 서둘러 마차를 대령시킬 것임을 잘 아시기 때문이다.

잠시 후, 키가 훌쩍 크고, 챙이 살짝 쳐들린 밀짚모자 밑으로 마리-앙뚜와네뜨의 머리 매무새를 연상시키는 하얗고 실한 머리채를 드러낸 늙은 귀부인 하나가, 느리고 엄숙한 걸음으로 들어섰다. 내가 그 순간에는 그녀가, 아직도 빠리의 사교계에서 볼 수 있고, 빌르빠리지 부인처럼 명문가 출신이면서도, 세월의 깊은 어둠 속으로 사라지고 있어 오직 그 시절에 미남이었던 어느 노인만이 우리에게 이야기해 줄 수 있을 이유 때문에, 다른 곳에서는 아무도

원하지 않는 사교계의 재강 같은 사람들이나 응접실에 맞아들이는 처지로 추락한 세 여인 중 하나라는 사실을 모르고 있었다. 그 귀부인들 모두에게, 각자 자기의 '게르망뜨 공작 부인'이, 즉 자기에게 의례적인 경의를 표하기 위하여 자기를 방문하는 화려한 조카딸이 있었으나, 어느 하나가 나머지 다른 두 귀부인의 '게르망뜨 공작 부인'을 자기의 집으로 유인하는데 성공하지는 못하였을 것이다. 빌르빠리지 부인이 그 세 귀부인과 깊은 교분을 맺고 있었으나, 그녀들을 좋아하지는 않았다. 자기의 처지와 상당히 유사했던 그녀들의 처지가, 아마 그녀에게는 유쾌하지 못하였을 영상을 자기에게 보여주었을 것이다. 또한 신경 날카로워진 블루-스타킹들이었던지라, 자기네 집에서 공연케 하던 막간 익살극들의 공연 횟수에 의지하여 자기들이 사교적 응접실을 보유하고 있다는 환상을 가지려 한 나머지, 그녀들 사이에 적대관계가 형성되었고, 안정되지 못한 생활을 영위하는 동안 상당히 황폐화된 형편이, 그녀들로 하여금 어떤 배우의 무료 출현을 기대하고 이용하지 않을 수 없게 만들었던지라, 그 적대 관계를 필생의 투쟁으로 변형시키고 있었다. 뿐만 아니라, 머리 매무새가 마리-앙뚜와네뜨의 것과 같았던 그 귀부인은, 빌르빠리지 부인을 볼 때마다, 게르망뜨 공작 부인이 자기의 금요일 연회에 참석하지 않는다는 생각을 억제하지 못하였다. 그녀의 위안거리는, 이를테면 자기의 '게르망뜨 공작 부인'이며 공작 부인의 가까운 친구임에도 불구하고 빌르빠리지 부인 댁에는 결코 가지 않는, 뿌와 대공 부인이, 착한 친척의 도리를 하려고, 자기의 그 금요일 연회에 빠지지 않는다는 것이었다.

그럼에도 불구하고, 말라께 강변로에 있는 저택으로부터 뚜르농 로 와 쉐즈 로 및 쌩-오노레 구역에 이르는, 서로 증오하는 것 못지 않게 질긴 인연의 끈이, 추락한 세 여신을 결합시켜 주고 있었던지라, 나는 아무 사회적 신화 사전이라도 뒤적여, 도대체 어떤 사랑 사건이, 혹은 어떤 신성 모독적인 오만이, 그녀들에게 그러한 벌을 초래하였는지 알고 싶어졌다. 똑같이 화려한 근본과 현재의 같은 실추가, 서로 중오하면서 동시에 교류할 수밖에 없도록 그녀들을 충동질한 그 필요성에, 아마 크게 작용하였을 것이다. 자매가 싸강 공작이나 리뉴 가문의 어느 대공과 혼인하였고, 온갖 작위를 구비한 어느 귀부인에게 자기들이 소개되는 순간, 자기들이 가장 폐쇄된 사교계 속으로 침투한다고 어찌 믿지 않았겠는가? 신문에서 사람들이, 진정한 응접실들보다 그 허울 좋은 응접실들에 대해 훨씬 더 떠들어대니 더욱 그러하다. 그러한 귀부인들의 '누룽지'[356]인 조카들조차, 혹시 어느 동료가 자기를 사교계에 소개시켜 달라고 요청하면(쌩-루가 그 대표적인 인물이다), 이렇게 말하곤 하였다. "당신을 나의 빌르빠리지 숙모님께, 혹은 X 숙모님께 데리고 가겠소… 괜찮은 응접실이라오." 그들은 특히, 그러는 것이 그들을 그 귀부인들의 세련된 질녀들이나 시누이들 댁에 침투시키는 것보다, 힘이 덜 든다는 것을 알고 있었다. 고령에 이른 남자들과, 그들로부터 이야기를 들은 젊은 여인들이 나에게 말하기를, 그 늙은 귀부인들이 사교계에서 축출된 것은, 그녀들의 처신이 보인 특이한 방탕성 때문이라고 하였으며, 그러한 방탕이 우아함에게 장애가 되지는 않는다고 내가 반론을 제기하자, 그 방탕이 오늘날 알려진 모든 규모를 초과하는 것처럼 나에게 묘사되었다. 꼿꼿이 앉아 있던 그 엄숙한 귀부인들의 방탕이, 그 이야기를 하던 사람들의 입 속에서는, 내가 상상조차 할 수 없던, 선사시대의 크기에, 매머드가 살던 시기에, 걸맞는 무엇 같은 양상을 띠었다. 한 마디로, 모발 희거나 푸르거나 혹은 분홍색인 그 세 파르카들이[357], 이루 헤아릴 수 없을 만큼 많은 신사들의 불운한 실을 자았다는[358]

것이다. 나는 오늘날 사람들이, 오랜 세월 후 이카로스와 테세우스와 헤라클레스를 신으로 받들게 된 평범한 사람들과 별로 다를 바 없는 사람들을 가지고 그들을 만들어낸 옛 그리스인들처럼,(그녀들이 젊었던)359) 전설 같은 시절의 방탕을 과장한다고 생각하였다. 그러나 흔히들, 어떤 사람이 저지른 악행들의 총화를, 그 사람이 더 이상 그런 짓을 거의 저지르지 못할 상태에 도달 하였을 때에야 집계하고, 이제 실현되기 시작하여 누구든 그것만을 사실로 인정하는 사회적 징벌의 크기에만 준하여, 실제로 저질러진 죄행의 크기를 측정하고 상상하며 과장한다. 상징적 형상들 즐비한 '사교계' 라는 갤러리에서는, 진정 방탕한 여인들이, 즉 완벽한 메쌀리나360)들이 항상, 나이 적어도 일흔 살은 되어 보이고, 거만하고, 자기가 원하는 사람들이 아니라 그럴 수 있는 사람들이나 받아들이고, 행실 조금 나무랄 데 있는 여인들은 방문하지 않고, 교황으로부터 어김없이 '황금 장미' 361)를 받고, 가끔 라마르뜨느362)의 젊은 시절에 관하여 프랑스 한림원의 상을 받을만한 저서를 집필하는, 어느 귀부인의 엄숙한 모습을 내보인다. "안녕하세요, 알릭스." 빌르빠리지 부인이 마리-앙뚜와네뜨의 하얀 머리 매무새를 한 귀부인에게 말하였고, 그 귀부인은, 그 응접실에 자기의 응접실에 유용할, 그리고 그러할 경우, 의심할 나위 없이 빌르빠리지 부인이 교활하게도 자기에게 감추려 하였을, 어떤 맛있는 덩어리 하나가 없을까 찾아내려고, 그곳에 모여 있던 사람들을 날카로운 눈으로 죽 둘러보았다. 바로 그러한 이유 때문에, 빌르빠리지 부인이 블록을 그 늙은 귀부인에게 소개하지 않으려 극도로 조심하였고, 그 이유란, 그가 자기의 응접실에서 공연케 한 것과 똑같은 막간 익살극을 말라께 강변로에 있는 저택에서도 공연케 하지 않을까 하는 두려움이었다. 빌르빠리지 부인의 그러한 조심이 하지만 하나의 대갚

음일 뿐이었다. 왜냐하면, 그 늙은 귀부인이 전날 저녁에 리스또리 부인[363]을 자기의 집에 모셔다가 시를 낭송토록 한 후, 그 이딸리아 여배우를 빌르빠리지 부인으로부터 슬쩍 가로채었으면서도, 그 낭송회가 끝날 때까지는 그녀가 전혀 눈치채지 못하도록 하였으니 말이다. 빌르빠리지 부인이 혹시 그 사실을 신문들을 통해 알고 불쾌감을 느끼지 않을까 하여, 마치 자기는 아무 죄책감도 느끼지 않는다는 듯, 그녀에게 그 이야기를 해주려고 온 것이다. 빌르빠리지 부인은, 나를 그녀에게 소개한다 해도 블록을 소개하는 것과 같이 위험을 초래하지는 않을 것이라 판단하고, 나를 말라께 강변로의 '마리-앙뚜와네뜨'에게 소개하였다. 그 귀부인은, 여러 해 전에 세련되고 우아한 젊은이들을 매료하였고 이제는 사이비 문인들이 운문 나부랭이들 속에서 찬양하고 있던, 꾸와즈보가 조각한 여신의 그 몸매를, 가능한 한 움직임을 최소화하여 자신의 노화된 몸뚱이 속에서도 간직하려 애를 쓰면서—게다가 유별난 불운으로 인하여 자신이 끊임없이 구애할 수밖에 없는 모든 사람들이 공통적으로 가지고 있는 거만하고 보상을 받으려는 듯한 뻣뻣한 거조까지 습관으로 갖게 되었던지라—냉랭한 위엄을 곁들여 고개를 가볍게 까딱한 다음, 얼굴을 다른 쪽으로 돌려, 마치 내가 존재하지조차 않는 듯 나를 더 이상 거들떠보지도 않았다.[364] 이중의 목적을 내포하고 있던 그녀의 태도는 빌르빠리지 부인에게 다음과 같이 말하는 것 같았다. "보시다시피 나에게 교류할 사람이 부족한 것은 아니며, 풋내기 젊은이들에게는—어느 면으로 보나 험담꾼인—관심이 없어요." 그러나 15분 후, 그녀가 돌아갈 때, 어수선한 틈을 타서 그녀가 나의 귀에다 대고, 다음 금요일 세 귀부인 중 다른 하나와 함께 자기의 칸막이 좌석으로 오라고 속삭이는 순간, 그녀가 일러준 가문의 찬연한 명칭이—게다가 그녀 자신도 슈와죌 가문365) 태생이었다—나에게 엄청난 인상을 남겼다.

"신사 양반, 제가 믿기로는 당신이 몽모랑씨 공작 부인에 관한 글을 쓰시려 하는 모양이에요." 자신도 모르는 사이에 그 활달하던 상냥함이 뿌루퉁한 쭈그러짐과 노년기의 용모적 앙앙불락 및 옛 귀족들의 촌스러움에 가까운 어조를 흉내내려는 부자연스러운 꾸밈 등에 의해 일그러진 빌르빠리지 부인이, 프롱드의 반란을 연구하는 역사학자에게 투덜대는 기색으로 말하였다. "제가 그분의 초상화를 보여드리겠어요. 루브르에 있는 복사본의 원본이에요."

그녀가 붓들을 자기가 그리던 꽃들 옆에다 놓고 일어섰으며, 그러자 물감이 혹시 옷에 튀지 않을까 허리에 둘렀던 자그마한 앞치마가 나타났고, 그녀의 빵모자와 투박한 안경이 그녀에게 주던 거의 촌여인과 같은 인상을 그것이 증대시켰을 뿐만 아니라, 차와 과자를 내오던 저택 집사 및 프랑스 동부 지방에서 가장 유명했던 수도회들 중 하나인 어느 수녀원 원장이었던 몽모랑씨 공작 부인의 초상화를 환하게 밝히도록 하기 위해 초인종을 눌러 부른 정복 입은 시종 등으로 이루어진 하인 집단의 화려함과 대조를 이루었다. 모든 사람들이 자리에서 일어섰다. 그녀가 말하였다. "상당히 재미있는 사실은, 저의 종조모님들께서 원장이셨던 많은 수녀원에, 프랑스 국왕의 딸들은 받아들여지지 않았다는 점이에요. 매우 폐쇄적인 수녀원들이었지요."

"왕의 딸들을 받아들이지 않다니요, 무슨 이유 때문이었습니까?" 블록이 어이없다는 듯 물었다.

"프랑스 왕실이 천한 신분인 가문과 혼인 관계를 맺은 이후에는 충분히 귀족답지 못했기 때문이지요."

블록의 놀라움이 점점 더 커졌다.

"프랑스 왕실이 신분 천한 가문과 혼인 관계를 맺다니요? 도대체 어떻게?"

"물론 메디치 가문과 혼인하였으니까 그렇지요."³⁶⁶⁾ 빌르빠리지 부인이 지극히 태연한 어조로 대꾸하였다. "초상화가 아름다워요, 그렇지 않아요? 그리고 보존상태도 완벽해요." 그녀가 덧붙인 말이다.

"나의 다정한 벗이여, 내가 그대에게 리스트를 데려왔을 때, 그가 그대에게 말하기를, 저것이 복사본이라고 한 것 기억하시겠지요." 머리 매무새가 마리-앙뚜와네뜨의 것과 같은 귀부인이 말하였다.

"제가 음악에 관해서는 리스트의 견해 앞에서 굽히겠으나, 회화에 관해서는 그러지 않겠어요! 게다가 그는 이미 망령이 든 상태였고, 나는 그가 그러한 말을 하였는지조차 기억하지 못해요. 하지만 그를 나에게 데려온 사람이 부인은 아니에요. 제가 일찍이 그와 함께 스무 차례나 자인-비트겐슈타인 대공녀³⁶⁷⁾ 댁에서 저녁 식사를 하였어요."

자기의 일격이 그렇게 실패로 끝나자, 알릭스가 입을 다문 채 꼼짝도 하지 않고 서 있었다. 분가루가 그녀의 얼굴을 회반죽처럼 켜켜이 덮고 있었던지라, 그 얼굴이 마치 석재로 이루어진 것 같았다. 하지만 용모의 윤곽선이 고아했던지라, 그녀는 짧은 반외투 자락에 감춰진, 이끼로 뒤덮인 삼각형 받침대 위에 놓인, 어느 거대한 정원의 풍화된 여신 같았다.

"아! 아름다운 초상화 하나가 더 있군요." 역사학자가 말하였다.

그 순간 출입문이 열리더니 게르망뜨 공작 부인이 들어섰다.

"아, 안녕하신가!" 빌르빠리지 부인이 고개 한 번 까딱하지 않은 채, 앞치마 주머니에서 손 하나를 빼내어 새로 들어선 여인에게 내밀어 악수를 청하더니, 그녀를 내버려두고 즉시 역사학자를 향해 돌아서면서 말하였다. "그것은 라 로슈푸꼬 공작 부인의 초상화…"

기색 당차고 얼굴 매력적인(그러나 완벽한 형태를 유지하기 위하여 어찌나 정확히 절삭하였던지, 코는 조금 붉었고 피부 또한 가벼운 염증에 덮여, 그것들이 마치 근자에 이루어진 조각가의 절개 작업 흔적을 얼마간 간직하고 있는 것 같았다) 젊은 하인 하나가 명함 한 장을 쟁반에 받혀 들고 들어왔다.

"후작 부인을 뵙겠다고 벌써 여러 차례 왔던 그 신사분이십니다."

"내가 방문객을 받는다고 말씀하셨는가?"

"안에서 대화하시는 소리를 그 분이 들으셨습니다."

"좋아요! 하는 수 없지, 들어오시게 해요. 어떤 사람이 나에게 소개한 신사분이에요." 빌르빠리지 부인이 말하였다. "이 응접실에 초대되기를 간절히 바란다고 그가 나에게 말하였지요. 하지만 이곳에 오는 것을 제가 한 번도 허락하지 않았어요. 그렇건만 이번이 그의 다섯 번째 방문이에요. 사람들의 마음을 상하게 해서는 아니 되겠지요. 신사분, 그리고 다른 신사분," 그녀가 나와 프롱드 반란 연구하는 역사학자를 가리키며 덧붙였다. "저의 조카딸인 게르망뜨 공작 부인을 두 분께 소개합니다."

역사학자가 나처럼 상체를 깊숙이 숙였고, 그러한 인사에 친절한 말 한 마디가 수반되어야 한다고 추측하였음인지, 그의 눈이 활기를 띠고 입이 벌어질 준비를 갖추고 있는데, 그 순간, 자신의 상체를 유연하게 움직여 그것을 마치 던지듯 과장된 예의를 곁들여 앞으로 숙였다가, 앞에 누가 있다는 사실을 전혀 알아차리지 못한 듯한 얼굴과 시선을 견지한 채, 상체를 정확히 원래의 자리에 가져다 놓은 게르망뜨 부인의 모습을 보자 그가 다시 차갑게 식었으며,

한편 그녀는 가벼운 한숨을 짓고 나서, 할 일 없어진 자기 주의력의 완전한 무기력증을 증언할 법한 정확성으로 자기의 콧방울들을 특이하게 움직이면서, 역사학자와 나의 모습이 자기에게 남긴 인상의 무가치함을 드러내는 것으로 만족하였다.

그 성가시게 군다는 방문객이 들어섰고, 그가 순진하고 열렬한 기색으로 빌르빠리지 부인을 향해 곧장 걸어갔는데, 그는 르그랑댕이었다.

"부인, 저를 받아주시니 깊이 감사드립니다." 그가 '깊이'라는 단어를 강조하며 말하였다. "부인께서 늙은 외톨이에게 베푸시는 기쁨은 지극히 희귀하고 정묘한 특질을 가지고 있는지라, 부인께 단언하거니와 그것의 파장이…"

나를 보자 그가 말을 문득 중단하였다.

"제가 저 신사분께 『격언집』[368]을 지은 분의 아내이신 라 로슈푸꼬 공작 부인의 초상화를 보여드리고 있었어요. 저의 집안에 대대로 전해지는 것이지요."

게르망뜨 부인이, 다른 해와 마찬가지로 그 해에도 문안 드리러 가지 못하여 죄송하다고 하면서, 알릭스에게 인사하였다. 그러고 나서 덧붙였다.

"마들렌느[369]를 통해 부인의 소식은 간간이 들었습니다."

"오늘도 그녀가 내 집에 와서 점심을 먹었지요." 빌르빠리지 부인은 그러한 말을 영영 할 수 없으리라는 생각에 만족스러워진 기색으로 말라께 강변로의 후작 부인이 말하였다.

그러는 동안 나는 블록과 이런저런 이야기를 나누었고, 그를 대함에 있어 그의 아버지가 태도를 바꾸었다는 이야기를 들었던지라, 그가 혹시 나의 생활을 부러워하지 않을까 염려하여, 나는 그의 생활이 더 행복할 것임에 틀림없다고 그에게 말하였다. 나로서는 그러한 말을 단지 친절을 표하기 위해서 하였을 뿐이다. 하지만 그러한 친절이 자부심 강한 많은 사람들로 하여금 자기들이 행운아라고 쉽게 믿도록 하거나, 더 나아가 자기들이 정말 그렇다고 다른 이들도 믿게 하고 싶은 욕망을 그들에게 불러일으킨다. "그렇다네, 사실 내가 감미로운 생활을 영위하고 있네." 황홀해 하는 기색을 드러내며 블록이 나에게 말하였다. "나에게는 지극히 친한 벗 셋이 있어 더 이상의 벗은 필요하지 않고, 사랑스러운 연인 하나가 있는지라, 측량할 수 없을 만큼 행복하다네. 아버지 제우스로부터 그토록 많은 천복을 허락 받은 인간은 지극히 희귀할 걸세." 그는 특히 자신을 칭송하고 나로 하여금 부러워 하도록 하려 애쓰는 것 같았다. 또한 아마 그의 낙천주의에는 독창성에 대한 얼마간의 욕망도 있었을 것이다. 그가 어떤 질문에 대하여 다른 모든 사람들처럼 평범하게 대꾸하는 것을 원하지 않는 기색이 역력했다. 그리하여, 그의 집에서 열렸고 내가 참석할 수 없었던 오후 무도회에 대해 '멋있었나?' 라고 묻자, '오! 아무것도 아니었네' 등과 같이 대답하지 않고, 마치 다른 사람의 일이었던 것처럼 단조롭고 무관심한 기색을 보이며 이렇게 대답하였다. "물론 그랬지, 매우 멋있었네. 그보다 더 성공적일 수는 없을 걸세. 정말 매력적이었네."

"부인께서 지금 우리에게 알려주신 그 사항이 저에게 무한한 관심을 불러일으킵니다." 르그랑댕이 빌르빠리지 부인에게 말하였다. "왜냐하면 공교롭게도 일전에, 문체의 민활한 명료함에 있어서, 그리고 제가 간결한 신속함 및 불후의 즉각성이라는 서로 모순되는 두 용어로 규정하고 싶은 무엇에 있어서, 부인께서 그와 무척 닮으셨다는 생각을 하였기 때문입니다. 저는 오늘 저녁 부인께서 하시는 모든 말씀을 일일이 적어 두고 싶으나, 차라리 그것을 모두 기억해 두겠습니다. 부인께서 하시는 말씀은, 아마 쥬베르가 한 말이라 생각합니다만, 기억의 친구들입니다.370) 쥬베르의 책을 아직 읽어 보신 적 없습니까? 오! 그가 부인을 얼마나 찬미하였을까! 오늘 저녁 당장, 그의 기지를 부인께 소개하는 것을 큰 자랑거리로 여기면서, 그의 책들을 부인께 보내드리겠습니다. 그의 문체가 부인의 문체만큼은 힘차지 않습니다. 그러나 부인의 문체처럼 우아합니다."

나는 즉시 르그랑댕에게로 다가가서 인사를 하고 싶었으나, 그가 끊임없이 가능한 한 나와 거리를 두려 하였고, 그것은 의심할 나위 없이, 자기가 극도로 표현을 정제하여 빌르빠리지 부인에게 입만 열면 끊임없이 퍼붓던 아부가 나의 귀에 들리지 않았으면 하는 기대 때문이었을 것이다.

그녀는, 그가 마치 자기를 놀리려고 그러는 것이라 생각하는 듯, 미소를 지으면서 어깨를 한 번 어이없다는 듯 으쓱한 다음, 역사학자에게로 고개를 돌리며 말하였다.

"그리고 여기 이 여인은, 처음 륀느 공과 혼인하였던 그 유명한 마리 드 로앙, 즉 슈브르즈 공작 부인이에요."371)

"나의 다정한 숙모님, 륀느 부인 말씀을 하시니 욜랑드 생각이 나네요.372) 그녀가 어제 저의 집에 왔어요. 숙모님께서 저녁에 그 누구와도 함께 계시지 않았다는 것을 알았다면, 숙모님을 모시러 사람을 보냈을 거예요. 예고 없이 저의 집에 왔던 리스또리 부인이 까르멘 씰바373) 왕비께서 지으신 시들을 그 필자 앞에서 낭송하였어요. 아름다움 그 자체였지요!"

'입에 발린 소리 하는군! 지난번에 볼랭꾸르 부인과 샤뽀네 부인에게 속삭이던 것이 그 일이었군' 빌르빠리지 부인이 그렇게 생각하였다. 하지만 그녀는 이렇게 대꾸하였다.

"내가 한가했지만, 자네가 사람을 보냈어도 가지 않았을 걸세.

리스또리 부인이 한창때였던 시절에 내가 그녀의 공연을 들은 적 있으나, 이제는 그녀도 하나의 폐허에 불과하니 말일세. 게다가 나는 까르멘 씰바의 운문을 매우 싫어한다네. 리스또리가 아오스따 공작 부인의 손에 이끌려 이곳에 한 번 와서 단떼의 〈지옥편〉을 낭송한 적이 있다네. 그 부분을 낭송할 때에는 아무도 그녀와 견줄 수 없었지."

알릭스는 그 충격을 끄떡도 하지 않고 견디었다. 그녀는 영낙없는 대리석 덩이였다. 그녀의 시선은 날카로웠으나 텅 비었고, 코는 고아하게 굽어 있었다. 그러나 볼 하나에는 비늘 모양의 각질이 생기고 있었다. 가볍고 기이하며 초록색과 분홍색을 띤 식물군이 그녀의 턱을 점령하고 있었다. 아마 또 한 번의 겨울이 그녀를 무너뜨릴 것 같았다.

"자, 신사분, 그림을 좋아하시면 몽모랑씨 부인의 초상화를 보세요." 다시 시작되고 있던 칭찬을 중단시키기 위하여 빌르빠리지 부인이 르그랑댕에게 말하였다.

그가 조금 멀리 간 틈을 타서 게르망뜨 부인이 빈정거리는 듯하고 묻는 듯한 눈짓으로 그를 자기의 숙모에게 가리켰다.

"르그랑댕 씨라네." 빌르빠리지 부인이 나지막하게 말하였다. "그에게 깡브르메르 부인이라는 누이 하나가 있다만, 자네라고 해서 나보다 더 많은 것을 알 수는 없을 걸세."

"천만에요, 제가 그녀를 잘 알아요." 게르망뜨 부인이 손으로 입을 가리며 호들갑스럽게 말하였다. "아니, 실은 제가 그 여자를 모르는데, 바쟁이 그녀의 남편을 도대체 어디에서 만나는지, 또 무슨 생각에서인지, 그 뚱뚱한 여자에게 저를 찾아가 보라고 하였어요. 그녀의 방문이 어떠했는지, 숙모님께 이루 다 말씀드릴 수조차 없어요. 그녀가 저에게 런던에 갔던 이야기를 하면서 대영 박물관에 있는 모든 그림들의 목록을 저에게 나열하였어요. 오늘도 숙모님 댁을 떠난 직후 그 괴물의 집에 초대장 하나를 쑤셔넣을 거예요. 하지만 쉬운 일이라고는 생각하지 마세요. 그녀가 곧 죽어간다는 핑계하에 항상 자기의 집에만 있고, 누가 자기를 저녁 일곱 시에 방문하건 오전 아홉 시에 방문하건, 언제나 딸기 파이를 내놓을 준비를 하고 있으니까요. 하지만 물론, 제 말씀 들어 보세요, 정말 괴물이에요." 자기 숙모의 의아해하는 시선을 보자 게르망뜨 부인이 덧붙였다. "정말 견디기 어려운 사람이에요. '펜쟁이'라든가 하는 말들을 사용하니까요."

"펜쟁이라니, 그것이 무슨 뜻인가?" 빌르빠리지 부인이 자기의 조카딸에게 물었다.

"저라 해서 어찌 알겠어요!" 공작 부인이 짐짓 분개한 듯한 어조로 말하였다. "저는 그것을 알고 싶지도 않아요. 저는 그따위 프랑스어를 아예 사용하지도 않으니까요." 그러더니, 자기의 숙모가 '펜쟁이'라는 말의 뜻을 정말 모른다는 사실을 알아채고는, 자기가 언어적 순수주의자이면서도 아는 것이 좀 있다는 점을 과시하는 만족감을 맛보기 위하여, 그리고 깡브르메르 부인을 비웃은 다음 이번에는 자기의 숙모를 비웃기 위하여, 짐짓 꾸민 불쾌감의 여운이 억누르고 있던 웃음을 약하게 터뜨리면서 다시 말하였다. "실은 저도 알아요. 모두들 알아요. 펜쟁이란 문인이에요.[374] 펜 하나를 움켜쥐고 있는 사람이에요. 하지만 단어 치고는 끔찍해요. 사랑니[375]가 빠지게 할 단어예요. 저는 어떤 경우에도 그따위 단어는 사용하지 않을 거예요…맙소사, 저 사람이 오라비라니! 아직도 실감할 수 없군요. 하지만 사실 수긍이 되어요. 그녀의, 침대 곁 깔개 같은 비천함과, 순회 도서관에서 얻어 가진 정신적 자산도, 저 사람의 것과 같아요. 그녀 또한 저 사람 못지않은 아첨꾼이고 귀찮은 여자예요. 이제야 그러한 혈연관계가 선명히 보이기 시작해요."

"앉게나, 그리고 차나 조금 마시도록 하세." 빌르빠리지 부인이 게르망뜨 부인에게 말하였다. "어서 들게, 자네는 선조 할머니들의 초상화를 나 못지않게 자주 보았으니, 새삼스레 볼 필요도 없으니 말일세."

빌르빠리지 부인이 잠시 후 책상 앞으로 돌아와 앉더니 다시 그림 그리기를 시작하였다. 모든 사람들이 그녀 곁으로 몰려들었고, 나는 그 틈을 이용하여 르그랑댕 쪽으로 갔으며, 그가 빌르빠리지 부인 댁에 와 있는 것이 하등 나무랄 바 아니라고 생각하였던지라, 나의 말이 그에게 얼마나 깊은 상처를 입힐 수 있을지, 또한 나에게 그러한 의도가 있다고 그로 하여금 믿게 할 수 있으리라고는 꿈에도 생각하지 못한 채, 그에게 불쑥 다음과 같이 말하였다. "자, 이제, 선생님, 사교계 응접실에 와 계신 것을 제가 직접 뵈었으니, 저 역시 이곳에 온 사실에 대해 거의 용서를 얻은 셈입니다." 르그랑댕 씨는 나의 그 말을 듣고, 내가 오직 악행에서만 기쁨을 얻는 근본적으로 고약한 어린 녀석이라는 결론을 내렸다(그가 며칠 후 나에 대하여 내린 평가는 최소한 그러했다).

"당신이 나에게 우선 인사말부터 건네는 예의를 갖출 수도 있었소." 그에게 있으리라고는 내가 전에 상상조차 못하던, 그리고 평소 그가 하던 말과는 전혀 합리적인 관계가 없으며 오히려 그가 느끼던 무엇과 더 즉각적이고 강렬한 관계에 있던, 미친 듯 노기 등등하고 상스러운 음성으로 대꾸하면서, 나에게 악수도 청하지 않았다. 그것은, 우리가 느끼는 것을 언제나 감추기로 작정하였던지라, 그것을 어떻게 표현할 것인지 그 방법은 단 한 번도 생각해 보지 않았기 때문이다. 그런데 문득, 우리의 내면에서 보기 흉한 미지의 짐승 한 마리가 우리에게까지 들리는 소리를 내어, 그 억양이 때로는, 우리의 단점이나 약벽의 무의지적이고 생략적이며 거의 억제할 수 없는 그 속내 이야기를 듣는 이에게, 죄인이리라고는 아무도 생각하지 못하였던 어느 범죄자가 자신이 저지른 살인 행위를 고백하지 않을 수 없어 별안간 간접적으로 또 기이하게 토설하는 자백이 느끼게 하는 것과 같은 두려움을 안겨주기도 한다. 물론 나는 이상주의가, 그것이 비록 주관적이라 할지라도, 위대한 철학자들이 식탐중에 사로잡히거나 한림원 회원 후보자로 끈질기게 출마하는 짓을 막아 주지 못한다는 사실은 잘 알고 있었다. 그러나 정말이지 르그랑댕의 경우, 그의 모든 노기나 친절의 발작적인 움직임이 이 혹성에서 좋은 자리를 차지하고자 하는 욕망에 의해 지배되는데, 자기가 다른 혹성에 속한다고 그토록 자주 다른 사람들에게 상기시킬 필요는 없었다.

"당연한 일이지만, 누가 나를 어떤 곳에 오라고 스무 번이나 연속적으로 들볶을 경우에는, 나에게 비록 자유를 누릴 권리가 있다 하더라도, 내가 상스러운 촌놈처럼 처신할 수는 없는 것이오." 그가 나지막한 음성으로 그렇게 덧붙였다.

게르망뜨 부인이 자리를 잡고 앉았다. 그녀의 성씨가, 그녀의 작위를 동반하고 있었던지라, 그녀 주위에 투사되어, 응접실 한가운데에, 그녀가 앉아 있던 원통형 쿠션 의자 둘레에, 게르망뜨 성 숲의 그늘진 황금빛 시원함이 감돌게 하고 있던 그녀의 공작령을, 그녀의 육체적 인격에 덧붙여주고 있었다. 나는 다만 공작 부인의 얼굴에 숲과의 유사점이 더 선명하게 나타나지 않는다는 사실에 놀랐는데, 그 얼굴에 식물적인 것이라곤 전혀 없었고 두 볼의—내가 보기에는 당연히 게르망뜨라는 명칭이 문장(紋章)으로 그려져 있어야 할 그 두 볼의—붉은 반점들도 고작 야외의 대기를 쐬며 계속한 긴 기마 여행[376]의 결과일 뿐 그것의 영상은 아니었다. 훨씬 훗날, 그녀가 나에게 무관심한 대상으로 변했을 때, 나는 공작 부인의 많은 특징들을, 특히(현재로서는 당시 내가 식별하지도 못하는 상태에서 그 매력에 사로잡히던 것에 한정하거니와) 하나의 화폭 속에서처럼 프랑스 전원의 어느 오후에 넓게 드러나 있고 햇볕이 없어도 반짝이는 빛에 젖어 있는 푸른 하늘이 그 속에 사로잡혀 있던 그녀의 두 눈, 그리고 꽁브레의 교회당이나 그곳 광장에 있는 과자점 앞 계단들 위에서처럼 시골 햇볕의 게으르고 끈적끈적한 황금빛이 그 속에서 어슬렁거리고 있던, 그 첫 소리만 들어도 누구나 거의 상스럽다고 믿었을 음성 등을 알게 되었다. 하지만 그 첫날에는 내가 아무것도 식별해 내지 못하였으니, 나의 타는 듯 열렬했던 관심이, 내가 거두어들일 수 있었을, 그리하여 그 속에서 게르망뜨라는 명칭 고유의 무엇을 다시 발견할 수도 있었을, 그 얼마 아니 되는 것을 증발시켰기 때문이다. 여하튼 나는, 게르망뜨 공작 부인이라는 모든 사람들 사이에 통용되는 그 명칭이 가리키는 것은 틀림없이 그녀이고, 그 명칭이 의미하던 상상조차 할 수 없을 만큼 불가해한 삶을 틀림없이 그 몸뚱이가 내포하고 있으며, 그 몸뚱이가 이제 막 그 삶을 전혀 다른 존재들 한가운데로, 그 삶을 사방에서 에워싸는 응접실 안으로 진입시켰다고 생각하였으며, 그 삶이 응접실 위에 어찌나 강렬한 반응을 유발시켰던지, 그 삶이 확산되기를 멈춘 곳에서, 즉 꽃무늬 그려진 하늘색 비단 스커트가 커다란 공처럼 부풀어 바다 카페트 위에 선명하게 그려 놓은 동그라미 속에서, 그리고 공작 부인의 맑은 눈동자들 속에서, 다시 말해 그 눈동자들을 가득 채우고 있던 근심들과, 추억들과, 이해할 수 없고 경멸적이고 재미있어 하고 호기심 어린 생각과, 그 눈동자들 위에 반사되고 있던 낯선 영상들이 서로 교차하는 지점에서, 비등성 열광의 가장자리 장식 하나가 그 삶의 경계선을 설정하고 있는 것이 나의 눈에 보이는 것 같았다. 만약, 이제 막 끝낸 쇼핑을 할 때 썼던 모자를 그대로 쓰고 있는지라 자기들이 방문하는 일련의 응접실들에 바깥 공기의 냄새를 그대로 가져다주고, 화려한 빅토리아 사륜 마차의 바퀴 구르는 소리가 실내에까지 들리게 해주는 열어 놓은 높직한 창문들보다 오히려 빠리의 오후 풍경을 더 많이 실내로 가져오는, 그러한 여인들에게는 외출하였다가 잠시 들러 멈추는 다과회들 중 하나에 불과했던 빌르빠리지 부인 댁 다과회에서가 아니라, 그 대신 후작 부인이 베푸는 야연에서 그녀와 마주쳤다면, 내가 아마 덜 감동하였을 것이니, 게르망뜨 부인이 수레국화꽃은 납작한 밀짚모자를 쓰고 있었기 때문인데, 하지만 그 꽃들이 나에게 상기시켜 주던 것은, 내가 그것들을 그토록 자주 꺾던 꽁브레의 밭고랑들 위에, 혹은 땅송빌의 생울타리에 나란히 인접해 있는 언덕길 위에 떨어지던 먼 옛 시절의 태양이 아니라, 조금 전 게르망뜨 부인이 뻬 로를 가로지르던 순간의 상태 그대로였던 황혼 녘의 냄새와 먼지였다. 미소 짓는 듯하고 멸시하는 듯하며 멍한 기색으로, 입술을 꼭 다물어 샐쭉해진 채, 그것이 마치 자기의 신비한 생활이 가지고 있는 더듬이 끝인 양, 그녀가 자기의 양산 끝으로 바닥의 카페트 위에 동그라미들을 그렸고, 자신이 바라보는 것과 자신 사이에 있는 모든 접촉점들을 우선 제거하는 것으로 시작되는 무관심한 조심성을 보이면서, 그녀의 시선이 우리들 위에 차례로 머물더니, 까나뻬들과 안락의자들을 면밀히 하나 하나 살폈는데, 하지만 이번에는 비록 하찮아도 낯익은 물건이 일깨우는, 즉 거의 어떤 인격체에 가까운 물건의 존재가 일깨우는, 그 특이한 인간적 친근감이 수반되었으니, 그 가구들은 우리들과 달리, 막연하게나마 그녀의 세계에 속하였고 그녀 숙모의 생활과 연관되었기 때문이었을 것이며, 그런 다음 그 시선이 보베산 가구 위에 앉아 있던 사람에게로 다시 옮겨가더니, 그 순간 그녀 특유의 예리한 기색과, 자기의 숙모에게로 향한 게르망뜨 부인의 존경심이 표출하지 못하도록 막았을, 그러나 만약 안락의자들 위에서 우리들 대신 기름 자국이나 먼지 덩이들을 발견하였다면 결국 그녀가 느꼈을, 찬성하지 않는 듯한 기색을 다시 띠었다.

  탁월한 문인 G…씨가 들어섰다. 빌르빠리지 부인에게 문안 인사를 드리러 온 것이었는데, 그는 그것을 일종의 부역으로 여기고 있었다. 그와 다시 만나게 되어 황홀했건만, 공작 부인은 그에게 어떤 신호도 보내지 않았다. 하지만 그가 지극히 자연스럽게 그녀 곁으로 다가왔으며, 그것은 그녀의 매력과 재치와 자연스러움이 그로 하여금 그녀를 기지 넘치는 여인으로 여기게 하였기 때문이다. 게다가 예의상 그녀 곁으로 갈 수밖에 없었으니, 그가, 대하기에 유쾌하고 명성 있던 사람이었던지라, 게르망뜨 부인이, 심지어 남편과 단 둘이 식사할 때에도, 그를 자주 오찬에 초청하였고, 혹은 가을에는 게르망뜨 영지377)로 초대하는가 하면, 그러한 친밀함 덕분에, 그에 대하여 호기심을 가지고 있던 왕족 여인들과 함께 그를 만찬에 초대하기도 하였기 때문이다. 공작 부인이 특정 저명인사들 초대하기를, 하지만 그들이 독신남이라는 조건에서, 좋아하였고, 그들이 결혼 후에도 그녀를 위해 여전히 그러한 조건을 충족시켰던지라, 또한 거의 예외 없이 다소 상스러웠던 그들의 아내들이 혹시 빠리의 가장 우아한 미인들만이 모이는 그 응접실을 칙칙하게 만들지 않을까 하여, 그녀들은 제쳐놓고 항상 그 명사들만 초대하였던지라, 공작은 어쩔 수 없이 홀아비 신세가 된 그들의 자존심이 상하지 않도록 예방하려는 뜻에서, 마치 그것이 의사의 처방이기라도 한 듯, 예를 들어, 그녀가 냄새 나는 방에 들어가거나, 너무 짜게 먹거나, 마차나 기차가 진행하는 반대 방향으로 놓인 의자에 앉거나, 코르셋을 착용해서는 아니 된다는 말을 하듯, 공작 부인이 여인들은 일체 초대하지 않으며 여인들과 어울리는 것을 견디지 못한다고, 그들에게 설명하곤 하였다. 물론 그 저명인사들이 게르망뜨 댁에서 빠르마 대공 부인이나 싸강 대공 부인을(그 명칭을 자주 들은 나머지, 프랑수와즈는 그것이 문법이 요구하는 여성형이라 믿어 '라 싸강뜨' [378]라고 부르게 되었다), 그리고 다른 많은 사람들을 보았으나, 그 사람들이 초대된 것은, 그들이 가문 사람들이기 때문에 혹은 멀리할 수 없는 어린 시절의 친구들이기 때문이라고 변명하곤 하였다. 공작 부인의, 여인들과는 교류할 수 없다는, 기이한 질환에 관한 게르망뜨 공작의 설명에 수긍하였건 그러지 못하였건, 저명인사들이 그 설명을 자기네들 아내에게 그대로 전하였다. 그 여인들 중 몇몇은, 공작 부인이 찬미자들로 형성된 궁정에 홀로 군림하고 싶은지라, 그 질환이라는 것이 단지 질투심을 감추기 위한 핑계에 불과하리라고 생각하였다. 그 여인들보다 더 고지식한 여인들은, 공작 부인이 기이한 생활방식을 고집하거나 심지어 추문에 관련된 과거를 감추고 있으며, 따라서 여인들이 그녀의 집에 드나들기를 원하지 않아, 그녀가 그러한 필연성에다 자기의 괴이한 질병이라는 명칭을 부여하는 것이라고 생각하였다. 가장 착한 여인들은, 자기네 남편이 공작 부인의 기지가 놀랄 만하다고 말하는 것을 듣고, 공작 부인이 여늬 여인들보다 하도 탁월하여, 그 무엇에 대해서도 말할 줄 모르는 그녀들과 어울리기를 싫어할 것이라고 평가하였다. 또한 여인들이 왕족이라는 특별한 신분으로 자기의 관심을 촉발하지 않는 한, 공작 부인이 여인들과 어울리기를 싫어한 것은 사실이었다. 하지만 그녀가 오직 남자들만 초청하는 것이 문학과 과학 및 철학에 관한 이야기를 하기 위해서일 것이라 상상하던, 그 초대 받지 못한 아내들의 생각은 오류였다. 왜냐하면 공작 부인이, 적어도 저명한 지성인들과는, 결코 그러한 것들에 대해 이야기하는 법이 없었으니 말이다. 위대한 군인들의 딸들이 가장 허영심 가득한 일들에 몰두하면서도 군대에 관련된 일에 대해서는 존경심을 간직하는, 군벌 가문의 전통과 같은 자기 가문의 전통에 따라, 띠에르와 메리메 및 오지에[379] 등과 친숙한 관계를 맺었던 여인들의 손녀로서, 그녀는 그 무엇보다도 자기의 응접실에 지성인들의 자리를 확보해 두어야 한다고 생각하였으나, 그러면서도 다른 한편으로는, 게르망뜨 가문이 그 명사들을 접대하던 겸손하며 동시에 친근한 방법으로, 즉 재능 뛰어난 사람들을 친숙한 지기로 간주하되, 그 재능에 현혹되지 않고, 그들에게는 별로 관심거리가 되지 못하리니, 그들의 작품에 관해서는 이야기하지 않는 습관을 고수하였다. 뿐만 아니라, 그녀 자신의 것이기도 했던 메리메나 메약 그리고 알레비 등의 기질적 유형이,[380] 그 이전 시절의 언어적 감상주의[381]와 좋은 대조를 이루면서, 거창한 문장들이나 고상한 감정의 표현 등을 거부하는 유형의 대화로 그녀를 이끌어갔고, 그녀로 하여금, 자기가 어느 시인이나 음악가와 함께 있을 때에는, 그 자리에서 먹고 있던 음식이나 그 후에 시작할 카드 놀이에 대해서만 이야기하는 것을 일종의 우아함으로 간주하게 하였다. 그러한 습관을 모르는 국외자가 보기에는, 그러한 삼감이 신비해 보일 수도 있는 당황스러운 무엇을 가지고 있는 것 같기도 했다. 게르망뜨 부인이 혹시 유명한 어느 시인과 함께 초대하면 좋겠느냐고 그 국외자에게 물으면, 호기심에 사로잡힌 그가 약속 시간에 맞춰 오곤 하였다. 그러나 공작 부인은 시인에게 날씨에 관한 이야기를 하였다. 그런 다음 식탁 앞으로 옮겨 앉으면, 그녀가 시인에게 물었다. "이런 식으로 요리한 계란을 좋아하시나요?" 그녀의 집에 있는 것이라면 모두, 심지어 그녀가 게르망뜨 영지에서 가져오도록 한 그 끔찍한 사과주 마저도, 감미로워 보였던 지라 그가 그렇다고 하면(그녀 또한 같은 생각이었다), 그녀가 집사에게 '신사분께 계란을 더 드리라고' 분부하였고, 그러는 동안 시인과 함께 초대된 국외자는, 시인과 공작 부인이 숱한 어려움에도 불구하고 만나는 자리를 마련하였으니, 시인이 돌아가기 전에 시인과 그녀가 틀림없이 나누려고 하였을 그 이야기를 초조하게 기다렸다. 그러나 식사는 계속되었고, 음식 접시들이 하나씩 차례대로 치워졌으며, 그 동안에도 게르망뜨 부인은 기지 넘치는 농담이나 예리한 일화들 선보일 기회를 놓치지 않았다. 시인은 여전히 태평스럽게 먹고 있건만, 공작이나 공작 부인은 그가 시인이라는 사실을 상기할 기미조차 보이지 않았다. 이윽고 식사가 끝나고, 모든 사람들이 좋아하지만, 일찍이 스완이 나로 하여금 어렴풋이 느끼게 하였던 그 조심성 때문에 아무도 입에 올리지 않은 시에 대해서는, 단 한 마디 말도 없이 작별인사를 나누었다. 그 조심성은 단지 우아한 태도에서 비롯되었을 뿐이었다. 그러나 국외자가 보기에는 그 조심성이, 조금만 생각해 보아도, 지극히 우수 어린 무엇을 가지고 있었으며, 게르망뜨 댁 사람들과 어울려 하는 식사가 그러한 경우에는, 소심한 연인들이 소심함이나 부끄러움이나 서투름 때문에, 서로에게 고백하였다면 두 사람이 더 행복했을 그 위대한 비밀이 자기들의 가슴으로부터 입술로 끝내 건너가지 못한 채, 헤어지는 순간까지 진부한 것들에 관한 이야기만 나누면서 보내는 그 긴 시간을 연상시켰다. 하지만, 언급될 순간을 항상 헛되이 기다리곤 하던 심오한 것들에 대한 침묵이, 공작 부인의 특징으로 간주될 수는 있었으되, 그녀가 절대적인 침묵을 고수하지는 않았다. 게르망뜨 부인은, 오늘날 자기가 처한 환경과 조금 다르되 못지않게 귀족적인, 그러나 덜 화려하고 덜 경박하며 풍부한 교양을 갖춘 환경에서 자기의 소녀시절을 보냈다. 그러한 환경이 그녀에게서 발견되는 현재의 경박함에, 보이지 않게 영양분을 제공하는 더욱 단단한 일종의 응회함(凝灰巖)을 남겼고, 그리하여 심지어 공작 부인이 그것에서 빅또르 위고나 라마르띤느의 어떤 구절을 인용하곤 하였으며(그러나 현학적인 태도를 몹시 싫어했던지라 극히 드물게), 매우 적절하고 그녀의 아름다운 눈에 확신 어린 시선이 어른거리게 하던 그 인용이, 사람들을 놀라게 하고 매료하지 않는 경우가 없었다. 때로는 심지어, 젠체하지 않고 타당하며 겸손하게, 한림원 회원인 어느 극작가에게 날카로운 조언을 해주어, 그로 하여금 어떤 극중 상황을 완화시키거나 대단원의 형태를 바꾸도록 하는 일도 있었다.

뻬르스삐에 아가씨의 결혼식이 거행되던 꽁브레의 교회당에서처럼, 빌르빠리지 부인 댁 응접실에서도, 내가 비록 게르망뜨 부인의 지나치게 인간적인 아름다운 얼굴에서 그녀의 명칭 속에 있을 법한 미지의 것을 다시 발견하기 어려웠어도, 그녀가 말을 하기 시작하면, 깊고 신비한 그녀의 한담이, 적어도 중세의 융단이나 고딕시대 그림 유리창의 기이함은 띨 것이라고 생각하였다. 그러나 내가 비록 사랑하지는 않았다 하더라도, 게르망뜨 부인이라고 불리우던 인물의 입에서 나온 말을 듣고 실망하지 않았으려면, 그 말이 세련되고 아름다우며 심오한 것으로는 충분하지 못했을 것이며, 내가 그 인물을 처음 본 날 그 사람의 용모에서 발견하지 못하여 놀랐고 또 그리하여 그 인물의 사념 속으로 도피하였으리라 생각하였던 그 색깔을, 즉 그녀의 명칭 마지막 음절이 가지고 있던 맨드라미꽃 색깔을, 그 말이 반사하여야 했을 것이다. 물론 빌르빠리지 부인이나 쌩-루 등 그 지성에 비범한 것이라고는 전혀 없는 사람들이, 게르망뜨라는 명칭을, 곧 방문차 들이닥칠 사람이나 혹은 함께 저녁 식사를 할 사람의 이름처럼 조심성 없이, 또 그 속에서 노란 색조를 띤 숲의 모습과 어느 신비한 두메 한 구석을 느끼는 듯한 기색 없이, 아무렇지도 않게 입에 올리는 것을 내가 이미 들은 바 있었다. 하지만 그것은, 깊은 의도를 이미 품었으면서도 그 것을 우리들에게 예고하지 않는 고전적 시인들의 겸손한 가식, 나 역시, 그것이 다른 것들과 다름없다는 듯, 지극히 천연덕스러운 억양으로 게르망뜨 공작 부인이라는 명칭을 입에 올리면서 모방하려 애쓰곤 하던, 그 가식이었음이 틀림없을 것 같았다. 게다가 모든 사람들이 단언하기를, 그녀가 매우 총명한 여인이고, 대화에 기지가 넘치며, 가장 관심을 끄는 소집단의 일원이라고 하였던지라, 그러한 말들이 내 몽상의 공모자 역할을 하곤 하였다. 왜냐하면, 사람들이 집단이니 기지 넘치는 대화니 하는 등의 말을 할 때마다 내가 상상하던 것은 전부터 알고 있던 그런 지성이 전혀 아니었고, 비록 가장 위대한 지성이라고들 할지라도, 베르고뜨와 같은 사람들로 내가 상상 속에서 그러한 집단을 구성하지는 않았기 때문이다. 결코 아니다. 내가 지성이라는 말을 들으며 생각하던 것은, 형언할 수 없고 황금빛 띠었으며 숲 특유의 서늘함이 배어든 하나의 능력이었다. 따라서 게르망뜨 부인이 가장 지적인 말을 하였다 해도(어느 철학자나 평론가와 관련되었을 때 내가 이해하던 '지적인'이라는 말의 의미로), 그녀가 아마, 무의미한 대화 중 요리법이나 자기의 성에 있는 가구들에 대해 이야기하거나, 자기의 삶을 나에게 상기시켜 주었을 이웃 여인들이나 자기 친척들의 이름들을 입에 올리는 것으로 만족하였을 때보다도 오히려 더, 그토록 특이한 능력을 기대하던 나를 실망시켰을 것이다.

"여기에서 바쟁을 만날 줄로 생각하였어요. 그 사람이 숙모님을 뵈러 이곳에 올 생각이라고 하였어요." 게르망뜨 부인이 자기의 숙모에게 말하였다.

"자네의 남편을 본 지 여러 날 되었네." 빌르빠리지 부인이 조금 격하고 화난 억양으로 대답하였다. "스웨덴 왕비를 자처하며 자기의 내방을 알린 그 매력적인 장난을 친 이후에는, 내가 그를 못보았네. 혹은 아마 한번쯤 보았을지도 모르지."

게르망뜨 부인이 미소를 짓기 위하여, 자기의 너울을 깨물기라도 한 듯, 입술 귀퉁이를 오므렸다.

"저희들이 어제 저녁 블랑슈 르루와의 집에서 그녀와 함께 식사를 하였어요. 숙모님께서는 그녀를 알아보시지 못할 거예요. 체구가 거대해졌더군요. 저는 그녀가 병에 시달린다고 확신해요."

"내가 마침 여기에 계신 신사분들에게, 그녀가 개구리를 닮았다고 한 자네의 이야기를 해 드렸다네."

게르망뜨 부인이 일종의 쉰 목소리를 냈고, 그 소리는 양심상의 짐을 말끔히 털어내기 위하여 바보처럼 히죽거린다는 뜻이었다.

"제가 그렇게 멋진 비유를 하였는지는 모르겠으나, 정말 그랬다면, 이제는 그녀가 황소만큼 큰 개구리로 변하는데 성공한 개구리입니다.[382] 아니 정확히 그렇게 된 것은 아닙니다. 그녀의 비대함이 몽땅 복부에 쌓였으니, 차라리 임신한 개구리라고 함이 옳을 것입니다."

"아! 자네의 비유가 참 재미있다고 생각하네." 방문객들 앞에서 자기 조카딸의 기지에 은근히 자긍심을 느낀 빌르빠리지 부인이 말하였다.

"특히 그것은 '터무니없는' 임신이에요. 왜냐하면, 솔직히 말씀 드리거니와, 제가 아직 분만하는 개구리는 본 적이 없으니까요." 게르망뜨 부인이, 스완 역시 그랬을 것처럼, 그 정선된 수식어를 빈정거리듯 강조하면서 대꾸하였다. "여하튼 왕을 보내 달라고 요구하지 않는 그 개구리가[383]—자기의 부군이 죽은 이후처럼 그녀가 쾌활했던 것을 제가 일찍이 본 적이 없으니까요—다음 주중에 저의 집에 오게 되어 있어요. 어찌 되든 간에 숙모님께 그 사실을 알리겠노라고 그녀에게 말하였어요."

빌르빠리지 부인이 투덜거리는 듯한 알아들을 수 없는 소리를 내다가 대꾸하였다.

"그녀가 그저께 메클렘부르크 부인 댁에서 저녁 식사 한 것을 내가 알고 있지. 그곳에 한니발 드 브레오떼도 있었다네. 그가 나에게 와서 그 이야기를 상당히 재미있게 해주었네."

"그 만찬에 바발[384]보다도 훨씬 더 기지 넘치는 사람도 참석하였어요." 자기가 브레오떼-꽁살비 씨와 아무리 친근한 사이일지라도, 그를 축약형 이름으로 지칭함으로써 그 사실을 보여주는 것이 필요하다고 여긴 게르망뜨 부인이, 그렇게 말하였다. "그 사람은 베르고뜨 씨예요."

나는 일찍이 베르고뜨가 기지 넘치는 사람으로 간주될 수 있으리라고는 상상조차 못하였다. 게다가 내가 보기에는 그가 총명한 인간 집단에, 다시 말해 브레오떼 씨가 공작 부인으로 하여금 웃음을 터뜨리게 하면서, 쌩-제르맹 구역 사교계 사람들 간의 대화라는 그 상상조차 할 수 없는 것을 그녀와 함께 신들의 언어로 이어가고 있던 곳으로부터, 즉 욕조형 칸막이 특별 관람석의 주홍빛 장막 밑에서 내가 발견한 그 신비한 왕국으로부터, 무한히 먼 인간 집단에 뒤섞여 있는 것 같았었다. 나는 균형이 무너져 베르고뜨가 브레오떼 위로 올라서는 것을 보고 마음이 몹시 상함을 느꼈다. 그러나 특히, 게르망뜨 부인이 빌르빠리지 부인에게 다음과 같이 말하는 것을 듣고는, 『화이드라』 공연이 있던 날 저녁에 내가 베르고뜨를 피하면서 그에게로 다가가지 않았던 것에 절망하였다.

"제가 교분 맺고 싶어할 유일한 인물이에요." 공작 부인이 그렇게 덧붙였고, 그녀의 내면에서는 항상, 정신적 조수(潮水)의 움직임이 활발할 때처럼, 유명한 지성인들에 대한 호기심이라는 밀물이 중도에서 귀족적 스노비즘이라는 썰물과 교차하는 것을 볼 수 있었다. "그것이 저에게는 큰 기쁨일 거예요!"

베르고뜨가 내 옆에 있는 상태, 나에게는 얻기가 그토록 쉬웠을, 그러나 게르망뜨 부인으로 하여금 나에 대해 나쁜 견해를 갖게 할 수 있으리라고 내가 믿었을 그 상태가, 의심할 나위 없이 오히려, 그녀가 나에게 자기의 칸막이 좌석으로 오라고 손짓을 한 다음, 그 유명한 문인을 언제 한번 오찬에 데려오라고 요청하는 결과를 초래하였을 것이다.

"그의 태도가 별로 친절하지 않았던 모양이에요. 그를 꼬부르 씨에게 소개하였건만 단 한 마디 말도 건네지 않았다는군요." 게르망뜨 부인이, 마치 종이로 코를 푼 어느 중국인에 대하여 이야기하듯, 베르고뜨의 그 신기한 태도를 강조하며 덧붙였다. "단 한 번도 그를 '예하'라고 부르지 않았다는군요." 그 작은 사실이 마치, 교황을 알현하는 도중에 성하(聖下) 앞에서 무릎 꿇기를 거부한 어느 신교도의 행위만큼이나 중요하다는 듯, 재미있어하는 기색으로 다시 그렇게 덧붙였다.

베르고뜨의 그러한 특징들에 흥미를 느낀 그녀가, 하지만 그것들이 나무랄만하다고 여기지는 않는 기색이었고, 오히려, 자신도 그것이 어떤 종류에 속할지는 정확히 모르면서, 여하튼 장점이라고 생각하는 것 같았다. 베르고뜨의 유별남을 이해하는 그 기이한 방식에도 불구하고, 많은 사람들에게 놀라움을 안겨주면서 게르망뜨 부인이 브레오떼 씨보다 베르고뜨가 더 기지 넘친다고 말한 사실을, 내가 훨씬 훗날에서야 전적으로 무시할 것이 아니라고 여기게 되었다. 기존의 것들을 전복시키는, 그래서 외톨이인, 그러나 그림에도 불구하고 정확한 그런 유형의 평가가, 다른 이들보다 우월한 몇몇 희귀한 사람들에 의해 사교계에서도 내려진다. 그리하여 그러한 평가들이, 다음 세대가 옛날의 것에 언제까지나 매달려 있는 대신 새로 수립할 가치 서열의 첫 윤곽을 그려 준다.

빠리 주재 벨기에 임시 대리대사이며 혼인관계상 빌르빠리지 부인과 재종간이었던 아르쟝꾸르 백작이 다리를 절룩거리며 들어섰고, 곧 이어 젊은이 둘이, 즉 게르망뜨 남작과 샤뗄르로 공작 전하가 들어왔으며, 샤뗄르로 공작에게 게르망뜨 부인이, 방심한 기색으로 또 원통형 의자에서 일어서지도 않은 채 이렇게 말하였다. "안녕하신가, 나의 귀여운 샤뗄르로!" 그녀가 젊은 공작의 모친과 아주 가까운 사이였고, 그로 인해 공작이 어린 시절부터 그녀를 극진하게 존경하였다. 체구 크고 날씬하며, 피부와 모발은 황금빛이어서 전형적인 게르망뜨 가문 사람들이었던 그 두 청년이, 그 큰 응접실에 넘쳐 흐르던 봄날의 석양빛을 응축하고 있는 것 같았다. 그 시절 유행하던 버릇에 따라, 두 젊은이가 실크 해트를 벗어 자기들 곁 바닥에 내려놓았다. 프롱드의 반란을 연구하는 역사학자는, 두 젊은이가, 읍사무소에 들어서는 촌사람들처럼, 자기들의 모자를 어찌 해야 좋을지 몰라 난감해한다고 생각하였다. 그들이 서툴고 소심하다 추측한 나머지, 그들을 자비롭게 도와야 한다고 생각하며, 그가 두 청년에게 말하였다.

"아녜요, 아녜요, 모자를 바닥에 내려 놓지 말아요, 자칫 그것들을 손상시킬 수 있어요."

게르망뜨 남작의 시선 하나가, 자기 눈동자들의 표면을 비스듬하게 만들면서, 문득 그 위로 강렬하고 날카로운 하늘색 한 가닥을 굴렸고, 그 색깔이 호의적인 역사학자를 얼어붙게 하였다.

"저 신사분의 존함이 무엇입니까?" 빌르빠리지 부인에 의해 나에게 소개된 남작이 나에게 물었다.

"삐에르 씨입니다." 내가 나지막하게 대꾸하였다.

"무슨 삐에르입니까?"

"삐에르가 그의 성씨입니다. 저명한 역사학자이십니다."

"아…! 놀랄 일이 아니군요."

"아니에요, 모자를 바닥에 내려놓는 것이 저 신사분들의 새로운 습관이랍니다. 저 또한 당신처럼 그것에 익숙하지 못해요." 빌르빠리지 부인이 역사학자에게 설명하였다. "저는 자기의 모자를 항상 부속실에 벗어 놓고 들어오는 저의 조카 로베르의 버릇이 더 좋아요.[385] 그렇게 들어서는 그를 볼 때마다, 제가 그에게 영낙없이 시계상 같다고 하면서, 벽시계들의 태엽을 감으러 오느냐고 묻곤 하지요."

"후작 부인, 조금 전 부인께서 몰레 씨의 모자에 대하여 말씀하셨지요. 우리가 머지않아 아리스토텔레스처럼 모자들에 관해 한 장(章)을 할애해야 할 것 같습니다."[386] 빌르빠리지 부인의 개입 덕분에 평정을 조금 되찾은 역사학자가 그렇게 말하였으나, 그 음성이 아직도 어찌나 약하던지, 나 이외에는 아무도 그의 말을 듣지 못하였다.

"저 귀여운 공작 부인 정말 놀랍습니다." 문인 G와 한담을 나누고 있던 게르망뜨 부인을 가리키며 아르쟝꾸르 씨가 말하였다. "어느 응접실에 저명한 사람이 나타났다 하면, 그가 항상 그녀 곁에 가 있습니다. 지금 저기 서 있는 사람도 저명한 고위 사제[387]임에 틀림없습니다. 그 고위 사제가 날마다 보렐리 씨나 슐륨베르거나 아브날일 수는 물론 없을 것입니다.[388] 하지만 그렇다면 삐에르 로띠 씨나 에드몽 로스땅 씨일 것입니다.[389] 어제 저녁 두도빌[390]의 집에서, 에메랄드로 장식한 머리띠와 자락이 꼬리처럼 바닥에 끌리는 분홍색 드레스가 눈부셨다는 것은 여담이고, 그녀가 한쪽에는 데샤넬391) 씨를 그리고 다른 한쪽에는 도이칠란트 대사를 대동하고 있었습니다. 그리고 중국에 관하여 그 두 사람과 당당히 이야기를 나누는데, 감히 그들 곁으로 다가가지도 못하던 많은 사람들은 그들이 하는 이야기를 들을 수 없어, 혹시 전쟁이 터지는 것 아닌가392) 하며 궁금증에 사로잡혔습니다. 정말이지 궁정인들에 둘러싸인 왕비 같았습니다."

모두들 빌르빠리지 부인이 그림 그리는 것을 구경하기 위하여 그녀 곁으로 다가갔다.

"이 꽃들은 진정한 천상의 분홍색입니다. 제 말씀은 분홍빛 하늘의 색깔이라는 뜻입니다. 하늘의 푸른색이 있듯이 하늘의 분홍색도 있으니 말입니다." 르그랑댕이 말하였다. 그러더니 다시, 후작 부인에게만 들리도록 하려는 듯 속삭였다. "저는 아직도 비단처럼 부드러운 것을, 부인께서 하늘의 분홍색을 모사하시면서 사용하시는 생생한 살색을 더 좋아하는 것 같습니다. 아! 부인께서는 삐사넬로393)와 반 호이슘394)을, 치밀하지만 죽은 그들의 식물도감을, 아주 멀찌감치 따돌리십니다."

예술가는 누구나, 그가 아무리 겸손하다 할지라도, 항상 경쟁자들보다 자기가 선택되는 것을 받아들이지만, 경쟁자들의 장점을 인정하려고 노력한다.

"댁에게 그러한 인상을 드린 것은, 우리는 더 이상 모르게 된 그 시절의 꽃들을 그들이 그렸기 때문이에요. 하지만 그들에게는 위대한 기예가 있었습니다."

"아! 그 시절의 꽃이라니, 정말 기발한 생각이십니다." 르그랑댕이 놀랍다는 듯 소리쳤다.

"부인께서는 정말 아름다운 벚꽃들… 혹은 5월의 장미들을 멋지게 그리십니다." 꽃에 관해서는 머뭇거리지 않을 수 없으면서도, 조금 전에 있었던 모자에 관련된 사건을 벌써 잊기 시작하였던지라, 프롱드 반란을 연구하는 역사학자가 자신감 있는 음성으로 말하였다.

"아니에요, 저것들은 사과꽃이에요." 게르망뜨 공작 부인이 자기의 숙모를 바라보며 말하였다.

"아! 자네가 정말 촌여인임을 알겠네. 나처럼 자네도 꽃들을 분별할 줄 아는군."

"아! 그렇습니다, 옳은 말씀입니다! 하지만 저는 사과꽃 철이 이미 지났다고 생각하였습니다." 역사학자가 변명하려는 듯 무턱대고 말하였다.

"천만에, 그 반대로 사과꽃은 아직 피지 않았고, 그럴려면 아직도 두 주 혹은 아마 세 주는 더 있어야 할 것입니다." 빌르빠리지 부인의 토지를 조금은 관리해 주는 처지라 전원의 일을 어느 정도 알고 있던 고문서 보관소의 문서 담당관이 말하였다.

"맞는 말씀이에요. 게다가 사과꽃이 일찍 피는 빠리 인근 지역에서나 그렇지요. 노르망디에서는, 예를 들어 해변 지역에 일본 병풍에 그려진 것과 같은 화려한 사과나무들을 가지고 계신 저 사람의 부친 댁에 있는 것들은, 5월 20일이 지나서야 진정 분홍색을 띠게 되어요." 빌르빠리지 부인이 샤뗄르로 공작을 가리키며 말하였다.

"저는 그것들을 결코 바라보지 않습니다. 그것들이 저에게 건초열[395]을 일으키기 때문입니다."

"건초열이라니요, 일찍이 들어 본 적 없는 단어입니다." 역사학자가 말하였다.

"요즘 한창 무슨 멋처럼 너나 할 것 없이 느낀다는 증세입니다." 문서 담당관의 말이었다.

"경우에 따라 다릅니다. 사과가 풍년인 해에는 그것이 아마 아무것도 주지 않을 것입니다.396) 모두들 노르망디 지방의 속담을 아실 겁니다. '사과가 풍년인 해에는…'" 프랑스인이 아니였던지라 빠리 사람 기색을 띠려 애쓰던 아르쟝꾸르 씨가 말하였다.

"자네의 말이 맞네. 이것들은 프랑스 남부지방에서 온 사과나무들이라네." 빌르빠리지 부인이 조카딸의 말에 대꾸하였다. "이 가지들을 선물이니 받아 달라고 하면서 나에게 보낸 사람은 어느 꽃장수라네. 발르네르 씨, 어느 꽃장수 여인이 저에게 사과나무 가지들을 보낸 것이 놀라운 일이라 생각하시나요?" 그녀가 문서 담당관 쪽으로 고개를 돌리며 말하였다. "하지만 제가 비록 늙었어도 많은 사람들과 교류하며, 그들 중에는 친구들도 몇몇 있답니다." 그녀가 미소를 지으면서 그렇게 덧붙였고, 대부분 사람들은 그것이 소박함에서 비롯되었다고 믿었으나, 내가 보기에는 오히려, 자기처럼 최상류층 사람들과 교제하면서도 일개 꽃장수 여인의 우정을 자랑스러워하는 것이 톡 쏘는 묘미라고 여겼기 때문인 것 같았다.

이번에는 블록이 빌르빠리지 부인이 그리던 꽃들을 찬미하러 오려고 자리에서 일어섰다.

"후작 부인, 프랑스의 역사를 그토록 자주 피투성이로 만들던 그 혁명들 중 하나가 다시 발발한다 해도 무슨 걱정이십니까?" 역사학자가 자기의 의자로 돌아가면서 말하였다. "그러나, 하느님 맙소사, 우리가 사는 이러한 시절에는 아무도 예측할 수 없습니다." 비록 전혀 그런 의심은 하지 않으면서도, 마치 '반체제적인 사람'이 혹시 응접실 안에 있지 않을까 확인이라도 하려는 듯, 조심스러워하는 시선을 주위로 던지면서 그렇게 덧붙였다. 그러고는 다시 말하였다. "여하튼, 탁월한 재능을 구비하시고 다섯 개 언어를 구사하시니, 부인께서는 언제나 난관을 돌파하실 것입니다."

역사학자는 그 동안 약간의 휴식을 맛보고 있었다. 자기의 불면증을 잊고 있었기 때문이다. 그러나 문득, 자기가 엿새 동안 잠을 자지 못하였다는 사실을 상기하였고, 그러자 자신의 뇌리에서 발생한 심한 피로가 그의 두 다리를 점령하였고, 두 어깨가 구부러지게 하였으며, 그 순간 그의 얼굴이 노인의 얼굴처럼 축 처졌다.

블록이 찬탄하는 마음을 표현하려고 어떤 동작을 취하였으나, 그의 팔꿈치가 꽃가지 꽂혀 있던 꽃병을 넘어뜨려, 물이 몽땅 카페트 위로 쏟아졌다.

"부인께서는 정말 요정의 손가락을 가지고 계십니다." 그 순간, 나를 향해 등을 돌렸던지라 블록의 그 서툰 짓을 보지 못한 역사학자가, 후작 부인에게 말하였다.

그러나 블록은 그것이 자기를 빗대어 하는 말이라 믿었고, 자기의 서툰 동작에 대한 수치심을 무례함으로 덮어 감추기 위하여, 역사학자에게 다음과 같이 말하였다.

"전혀 중요하지 않습니다. 저의 옷이 젖지 않았습니다."

빌르빠리지 부인이 초인종을 울리자 시종 한 사람이 와서 카페트의 물을 닦고 유리조각들을 주워 모았다. 그녀가 두 젊은이와 함께 공작 부인을 자기의 오후 연회에 초청하면서 공작 부인에게 당부하였다.

"지젤과 베르트(오베르종 공작 부인과 뽀르뜨팽 공작부인)에게, 오후 두 시 조금 전까지 와서 나를 돕도록 하라는 말 전하는 것 잊지 말게나." 임시로 고용한 웨이터들에게 미리 와서 과일 등을 준비하라고 지시하는 것과 같은 어투였다.

그녀는 자기의 왕족 친척들에게, 노르뿌와 씨에게도 마찬가지였지만, 역사학자나 꼬따르, 블록, 나 등에게 보이던 상냥함을 보이지 않았고, 그 친척들에 대해서는, 우리들이 품고 있던 호기심의 먹이로 그들을 제공한다는 것 이외의 다른 관심을 가지고 있는 것 같지 않았다. 그것은, 그녀를 어느 정도 화려한 보통의 여인쯤으로 간주하지 않고, 자존심 강하여 모두들 조심스럽게 대하는, 자기들의 부친이나 숙부의 누이로 여기는 사람들을 대함에, 자신이 거북해 할 이유가 없음을 잘 알고 있었기 때문이다. 그들의 눈에 자기가 화려하게 보이려 하는 것이 그녀에게는 아무 소용이 없었으리니, 그런다고 해서, 누구보다도 자기의 과거를 잘 알며 자기의 찬연한 혈통을 존중하는 그들에게, 자기 처지의 강점이나 약점을 감출 수 없었기 때문이다. 하지만 무엇보다도 그녀에게는 그들이 더 이상 소출이 없을 황폐한 잔재에 불과했으니, 그들이 그녀에게 자기들의 새로운 친구들을 소개하거나 자기들의 기쁨을 그녀와 함께 나눌 리 없었기 때문이다. 그녀가 그들로부터 얻을 수 있었던 것이란, 훗날 그녀의 회고록 속에서처럼, 오후 다섯 시 연회에 그들이 참석하는 것이나 그들에 관해 이야기할 수 있다는 가능성뿐이었고, 그 연회란 그녀가 쓸 회고록의 예행연습 내지 극소수 사람들 앞에서의 첫 낭송에 불과했다. 하지만 그녀의 지체높은 친척들이 그녀를 도와 관심을 끌고, 눈부시게 하고, 사로잡은 무리였어도, 즉 꼬따르나 블록, 명성 높은 극작가들, 온갖 유형의 역사학자 등으로 이루어진 무리 였어도, 빌르빠리지 부인을 위하여—그녀의 집에 드나들지 않던 사교계의 우아한 부분이 없었던지라—변혁 활동과 참신함과 오락과 삶이 이루어졌던 것은 그 무리 속에서였으며, 그녀가 사회적 이점들을(그녀가 그들로 하여금 게르망뜨 공작 부인을, 누구인지도 모르는 채, 가끔 만나게 해 준 것만큼이나 가치 있는) 이끌어낼 수 있었던 것 역시 그 사람들로부터였으니, 일찍이 저술로 그녀의 관심을 끌었던 저명한 사람들과의 만찬, 작가가 직접 그녀의 집에서 공연하도록 주선하고 준비한 희가극이나 무언극, 특이한 공연을 위하여 극장에 마련한 칸막이 좌석 등이 그것들이었다.

블록이 떠나려고 일어섰다.[397] 그가 조금 전에는 꽃병 쓰러뜨린 일에 하등의 중요성도 없다고 큰 소리로 말하였으나, 그가 아주 나지막하게 말한 것은 달랐으며, 그가 생각하던 것은 더욱 달랐다. "방문객들의 옷을 적시거나 그들에게 부상을 입힐 위험이 없도록 꽃병을 놓을 수 있을 만큼 숙달된 하인들이 없으면, 이러한 사치는 부리지 않는 법이야." 그가 아주 나지막하게 투덜거렸다. 그는 자신들이 저지른 서툰 짓을 솔직히 시인하지는 못하면서, 그것을 견디지 못하여 하루를 몽땅 망쳐 버리는, 자존심 강하고 '신경질적인' 사람들 중 하나였다. 미친 듯 격노하여 우울해진 그는 더 이상 사교계에 발을 들여놓고 싶지 않았다. 약간의 기분전환이 그에게 필요한 순간이었다. 다행히 바로 그 순간 빌르빠리지 부인이 그를 만류하였다. 그녀가 자기 친구들의 견해와 한창 고조되기 시작한 반유대주의 물결을 알고 있었기 때문이었는지, 혹은 부주의 때문이었는지, 그를 그곳에 있던 그 누구에게도 아직 소개하지 않은 상태였다. 하지만 사교계의 관례에 익숙하지 못했던 그는, 그럼에도 불구하고, 자리를 뜰 때에는 예의상 그러나 친절하지 않게 인사를 해야 된다고 생각하였으며, 따라서 냉랭하고 불만스러운 기색으로 자기의 코안경을 통해 사람들을 연속적으로 하나하나 바라보면서, 여러 차례 고개를 숙여 자기의 수염 달린 턱을 부착식 셔츠 깃 사이로 처박곤 하였다. 그러나 빌르빠리지 부인이 그를 멈춰 세웠다. 자기의 집에서 공연하기로 되어 있던 단막극에 대하여 아직 그와 상의할 것이 있었기 때문이며, 다른 한편으로는 그가 (아직도 들어서는 모습이 보이지 않아 그녀가 적이 놀라던) 노르뿌와 씨를 만나는 만족감을 맛보지 못하고 떠나는 것을 원치 않았기 때문이기도 했는데, 물론 그러한 소개가 꼭 필요했던 것은 아니지만 그러기를 바랐다. 왜냐하면 블로이, 앞서 이야기한 그 두 여배우를 설득하여, 그녀들의 영광을 위해서라도, 유럽의 명사들이 자주 드나드는 응접실들 중 하나인 후작 부인 댁에 와서, 무료로 공연하게 하기로 이미 마음을 굳혔기 때문이다. 뿐만 아니라 그는, 조형적 아름다움까지 살려 시적 산문을 낭송할, '청록색 눈에 헤라처럼 아름다운' [398] 어느 비극 여배우에게도 이미 제안을 해 두었다. 하지만 그녀의 이름을 듣자 빌르빠리지 부인이 사양하였다. 그녀가 쌩-루의 연인이었기 때문이다.

"더 좋은 소식이 있어요." 그녀가 나의 귀에다 대고 소곤거렸다. "제가 믿기로는, 한쪽 날개만이 퍼덕이는지라, 그들이 머지않아 갈라설 거예요. 그 모든 일에서 장교 한 사람이 가증스러운 역할을 수행하였음에도 불구하고." 그녀가 그렇게 덧붙였다. (이발사의 간청을 받아들여, 로베르가 브뤼즈에 갈 수 있도록 휴가를 허락한 보로디노 씨를, 로베르의 가문이 불구대천의 원수로 생각하기 시작하였고, 그 불결한 애정관계를 도왔다고 그를 규탄하고 있었기 때문이다.) "아주 못된 사람이에요." 게르망뜨 가문 사람들의, 심지어 그들 중 가장 타락한 이들조차 간직하고 있는, 고결한 억양으로 빌르빠리지 부인이 나에게 말하였다. "아주, 아주, 못된 사람이에요." 아주(tres)라는 말의 't'를 삼겹으로 강조하면서 그녀가 다시 말하였다. 두 남녀의 온갖 방탕한 짓들을 그가 수수방관하였음을 의심치 않는다는 어투였다. 그러나 상냥함이 후작 부인의 지배적인 습관이었던지라, 보로디노 대공이라는 이름을 과장되게 빈정거리듯 발음하면서 그 끔찍한 대위를 향해 드러내던 몹시 엄한 표정이, 제정 시절을 하찮게 여기는 여인 답게, 나에게로 향한 자애로운 미소로 귀결되었고, 그 미소에는 나와의 막연한 공모 관계를 함축한 듯한 기계적인 눈짓이 수반되었다.

"극도로 교육을 잘 받아 그가 못된 개임에도 불구하고, 저는 드 399) 쌩-루-앙-브레를 상당히 좋아합니다." 블록이 말하였다. "저는 극도로 교육 잘 받은 사람들을 무척 좋아합니다. 그토록 희귀하기 때문입니다." 그 자신이 몹시 버릇 없이 자랐던지라, 자신의 말이 얼마나 불쾌한지조차 깨닫지 못한 채, 그가 계속하였다. "그가 받은 완벽한 교육의 증거를, 제가 보기에는 충격적인 증거를, 하나 예로 들겠습니다. 언젠가 한 번 어느 젊은이와 함께 있던 그를 제가 우연히 만났는데, 그는 마침, 귀리와 보리를 충분히 먹였던지라 번쩍이는 채찍으로 격동시킬 필요조차 없는 말 두 필의 마구들을 손수 조정한 다음, 바퀴의 테 아름다운 자기의 전차 위로 오르려는 참이었습니다.400) 그가 우리 두 사람을 서로에게 소개하였으나, 저는 그 젊은이의 이름을 듣지 못하였습니다. 어떤 사람에게 자기가 소개될 때, 그 사람의 이름은 듣지 못하는 법이기 때문입니다." 그것이 자기 아버지가 자주 하던 농담이었던지라, 그 말을 덧붙이면서 그가 웃었다. "그런데 드 쌩-루-앙-브레는 덤덤한 채 그 젊은이에게 별 신경을 쓰는 것 같지 않았고, 조금도 거북해하는 것 같지 않았습니다. 그런데 며칠 후, 그 젊은이가 루퍼스 이스라엘즈 경의 아들이라는 사실을 제가 알게 되었습니다."

그 이야기의 끝 부분은 그 허두보다 덜 충격적으로 받아들여진 것 같았다. 그곳에 있던 사람들에게는 이해되지 않았기 때문이다. 사실, 블록이나 그의 아버지가 보기에는 그 앞에서 쌩-루가 당연히 벌벌 떨어야 할 거의 왕족 같은 인물이었던 루퍼스 이스라엘즈 경이, 반대로 게르망뜨 가문 사람들의 눈에는, 졸지에 출세한 일개 이방인, 사교계에서도 관용을 베풀어 겨우 받아들이는, 따라서 그와의 친교를 아무도 자랑스러워하지 않을 인물로 보였다.

"내가 그 사실을 루퍼스 이스라엘즈 경의 대리인으로부터 들어 알았는데, 그 사람은 우리 아버지의 친구로, 정말 비범한 사람이지." 블록이 말하였다. "아! 정말 신기한 사람이지!" 스스로 얻은 확신이 아닐 경우에만 드러내는, 특유의 단언하는 듯한 힘과 열광적인 억양으로 그렇게 덧붙였다. "하지만 말해 보게, 쌩-루의 재산이 얼마나 될까?" 블록이 한껏 작은 소리로 다시 말하였다. "자네도 이해하겠지만, 내가 그것을 묻는 것은, 내가 재산 따위는 우습게 여기지만, 발자의 관점에서야,[401] 자네 내 말 이해할 거야. 또한 그것을 어떤 형태로 가지고 있는지, 프랑스 채권이나 외국 채권 혹은 토지 형태로 가지고 있는지, 자네는 짐작도 못하는가?"

나는 그에게 아무것도 알려주지 못하였다. 나지막한 음성으로 말하기를 멈추더니, 블록이 언성을 높여 창문들을 열어도 좋으냐고 말하면서, 대답을 기다리지도 않고 창문 쪽으로 다가갔다. 빌르빠리지 부인이 창문을 열어서는 아니 된다고 하면서, 자기가 감기에 걸렸다고 하였다. "아! 부인께 해가 된다면!" 블록이 실망한 기색으로 말하였다. "하지만 누구든 덥다고 할 것입니다!" 그러더니 웃기 시작하면서 시선을 주위에 있던 사람들에게로 돌려, 빌르빠리지 부인에게 이의를 제기할 자기의 지지자를 탐색하였다. 그곳에 있던 예의 바른 사람들 중에는 그의 지지자가 없었다. 아무도 이탈시킬 수 없었던 그의 이글거리던 눈이 체념한 듯 다시 진지해졌고, 그가 자기의 패배를 선언하였다. "적어도 22도는 되겠어요. 25도 아닐까요? 그렇다 해도 놀랄 일은 아니지요. 저는 땀에 거의 흠뻑 젖었습니다. 그렇건만 저에게는, 깨끗한 욕조에 들어가 향유를 몸에 바르기 전에, 제가 흘리는 땀을 닦기 위하여, 알훼이오스 강의 아들인 지혜로운 안테노르처럼⁴⁰² 아버지의 물결에 제 몸을 적실 능력이 없습니다." 그러더니, 적용하면 자신의 편안함에 오히려 유용할 의학적 이론들을, 다른 이들을 위해 묘사할 욕구에 이끌려 이렇게 말하였다. "그것이 부인께 이롭다고 믿으시니! 저는 그 정반대를 믿습니다. 그것이 바로 부인께서 감기에 걸리시게 된 원인입니다."

블록은 노르뿌와 씨와 인사를 나누게 되었다는 생각에 황홀해진 기색을 보였다. 그로 하여금 드레퓌스 사건에 대하여 얘기하도록 하면 좋겠다고 하였다.

"세간에는 제가 이해하기 어려운 사고방식도 있어서, 그 저명한 외교관과 한 차례 회견을 갖는 것이 상당히 재미있을 것입니다." 스스로를 전직 대사보다 낮게 평가한다는 기색을 보이지 않으려고, 그가 빈정거리는 어조로 말하였다.

빌르빠리지 부인은 그가 그토록 큰 소리로 그런 말 하는 것을 듣고 당황하였으나, 변함없는 국가주의적 견해로 항상 자기를 속박하고 있던 고문서 보관소의 문서관이 그 말을 들을 수 없을 만큼 멀리 있는 것을 보고서는, 그 말에 더 이상 신경을 쓰지 않았다. 그녀는 블록이, 그를 이미 맹인으로 만들어 놓은 그 특유의 못된 가정교육이라는 악령에 이끌려, 자기 아버지처럼 농담조로 웃으면서 자기에게 다음과 같이 묻는 말에 오히려 더 충격을 받았다.

"어떤 부인할 수 없는 이유들로 인하여 러-일 전쟁이 러시아의 승리와 일본의 패배로 귀결될 수밖에 없는지를 논증한 그의 해박한 연구 논문을 제가 읽지 않았던가요? 또한 그가 조금 맛이 가지 않았나요? 작은 바퀴들 위에 얹힌 듯 굴러가서 그 위에 앉기 전에 먼저 자기의 자리를 '겨냥' 하던, 제가 이미 본 적 있는 그 사람인가요?"

"결코 아니에요! 잠시 기다리세요." 그러면서 후작 부인이 다시 말하였다. "도대체 무엇 하고 있는지 모르겠네."

그녀가 초인종을 울렸고, 하인이 들어오자, 자기의 옛 연인이 대부분의 시간을 자기의 집에서 보낸다는 사실을 전혀 감추지 않을 뿐만 아니라, 심지어 드러내기를 좋아하던 그녀가 하인에게 말하였다.

"서둘러 가서 노르뿌와 씨에게 오시라 하게. 지금 나의 집무실에서 서류들을 분류하고 계시네. 20분 이내에 오신다고 하시더니, 내가 기다리는지 벌써 한 시간 45분이나 되었네." 그러더니 토라진 어조로 이번에는 블록에게 말하였다. "그가 당신에게 드레퓌스 사건에 대하여, 당신이 원하면 무엇이든 이야기해 주실 거예요. 그는 현재 일어나는 일들에 별로 찬동하시지 않아요."

노르뿌와 씨가 당시의 외무성과 사이가 나빴고, 빌르빠리지 부인은, 그가 비록 그녀의 집에 정부 인사들 데려오는 것을 자신에게 허락하지 않았으나(그녀가 여전히 지체높은 귀족 부인의 오만함을 간직하고 있었으며, 따라서 그가 공무상 지속하고 있던 관계들을 내려다보며 국외자로 남아 있었다), 당시에 일어나고 있던 일들을 그를 통해 알고 있었기 때문이다. 마찬가지로, 당시 정부 내의 정치인들 또한, 자기들을 빌르빠리지 부인에게 소개시켜 달라고 노르뿌와 씨에게 감히 요청하지 못하였을 것이다. 하지만 그들 중 여러 사람은, 심각한 상황을 맞아 그의 도움이 필요할 때마다, 시골에 있는 그녀의 집으로 그를 찾으러 간 적이 있었다. 모두들 주소를 알고 있었다. 그리하여 그녀의 성으로 무작정 가곤 하였다. 그러나 성주 마님은 보지 못하였다. 하지만 저녁 식탁에서 그녀가 이렇게 말하곤 하였다. "오늘 사람들이 와서 당신에게 번거로움

끼친 것 알아요. 일들이 좀 수습되었나요?"

"너무 바쁘시지 않은가요?" 빌르빠리지 부인이 블록에게 물었다.

"아닙니다, 아닙니다, 건강 상태가 썩 좋지 않아 돌아가려 하였던 것입니다. 저의 담낭 때문에 비쉬에 가서 요양을 할까도 생각 중입니다." 그가 악마처럼 빈정거리듯 담낭이라는 단어를 또박또박 발음하면서 대꾸하였다.

"저런, 그런데 마침 저의 종손 샤뗄르로 역시 그곳에 가야 하는데, 두 사람이 함께 그 일을 추진해 보도록 해요. 그가 아직도 여기 있나? 아주 친절한 사람이에요." 빌르빠리지 부인이, 아마 선의로, 또 자기가 아는 두 사람이 교분을 맺지 못할 하등의 이유가 없다고 생각하여, 그렇게 말하였다.

"오! 그러는 것이 저의 마음에 들지 모르겠습니다. 이제 겨우 인사를 나누었는데… 그가 저쪽에 있군요." 블록이 송구스럽고 황홀해져 그렇게 말하였다.

노르뿌와 씨에게 보낸 집사가 심부름을 완벽하게 하지 못한 모양이었다. 왜냐하면, 노르뿌와 씨가, 마치 자기가 밖으로부터 이제 막 도착하였고 따라서 그 댁 안주인을 아직 뵙지 못한 척하느라고, 내가 즉시 알아볼 수 있었던 모자 하나를 대기실에서 손에 닿는대로 집어들고 들어와, 빌르빠리지 부인의 손에 지나치도록 격식을 차려 입을 맞춘 다음, 오랫동안 만나지 못한 사람에게 그러듯 저간의 안부를 물었으니 말이다. 그는 후작 부인이 바로 앞서 그 희극의 그럴듯함을 이미 지워 버렸다는 사실을 까맣게 모르고 있었다. 하지만 그녀가 노르뿌와 씨를 블록과 함께 옆에 잇대어 있는 다른 공간으로 데리고 들어가, 그 희극을 중단시켰다. 자기가 아직은 노르뿌와 씨인 줄 모르던 그 사람에게 다른 이들이 베풀던 그 모든 친절과, 전직 대사의 부자연스럽고 우아하며 정중한 답례를 목격한 블록이, 그 모든 의전례를 보고 열등감에 사로 잡혀, 또 자기에게는 결코 그가 그러한 예의를 표하지 않을 것이라는 생각에 마음이 상해, 편안한 척하기 위하여 나에게 말하였다. "저 멍청이는 도대체 뭐지?" 하지만 아마, 노르뿌와 씨의 그 모든 번잡한 예절이, 블록의 가장 큰 장점에, 즉 현대적인 계층의 더 직설적인 솔직성에 충격을 주었으리니, 그것을 우스꽝스럽게 여긴다는 그의 말에는 다소간의 진실이 있었을 것이다. 그러나 여하튼 블록이 그토록 정중한 인사를 받는 순간부터는, 그것이 그의 눈에 우스꽝스럽게 보이기를 멈추었고, 심지어 그를 매료하기까지 하였다.

"대사님, 이 신사분을 대사님께 소개하고 싶습니다." 빌르빠리지 부인이 말하였다. "블록 씨, 노르뿌와 후작님이세요." 그녀는 비록 평소에 노르뿌와 씨를 곰살궂게 대하지 않았지만, 예의상, 그리고 후작이 그녀에게 주입한 대사라는 지위에 대한 과장된 존경심에 이끌려, 그를 변함없이 '대사님'이라고 불렀으며, 그녀가 그랬던 또 다른 하나의 목적은, 특정 남자를 대할 때 드러내는 덜 허물없고 더 정중한 예절을 그에게 표하기 위함이었는데, 지체높은 여인의 응접실에서는 그러한 예절이, 그녀가 다른 손님들을 대하는 스스럼없는 태도와 선명한 대조를 이루면서, 즉각 그녀의 정인을 가리킨다.

노르뿌와 씨가 자기의 하늘색 시선을 자신의 하얀 수염 속에 잠기게 하였고, 블록이라는 명칭이 자기에게 상징하는 모든 저명하고 장중한 것 앞에서 그러기라고 하듯 자기의 우뚝한 상체를 깊숙이 숙인 다음 웅얼거렸다. "뵙게 되어 한없이 기쁩니다." 그러자 그의 인사를 받은 젊은이는, 몹시 감동하였으되 그 유명한 외교관의 정중함이 지나치다 여겨 서둘러 답례하였다. "천만의 말씀입니다. 반대로, 황홀한 사람은 저입니다!" 하지만 자기의 옛 연인이 소개하는 모든 낯선 사람들에게, 빌르빠리지 부인에 대한 우정에 이끌려 노르뿌와 씨가 매번 표하던 그 정중한 예의도, 블록에 대한 예의로는 충분해 보이지 않았던지, 그녀가 블록에게 말하였다.

"주저하지 말고 무엇이든 궁금한 것이 있으면 그에게 여쭈어 보세요. 그것이 더 편할 것 같으면 그를 한 길체로 모시고 가세요. 당신과 이야기 나누시는 것을 매우 좋아하실 거예요. 그에게 드레퓌스 사건에 대하여 이야기하기를 원하셨지요." 역사학자를 위하여 몽모랑씨 공작 부인의 초상화를 환하게 밝히기 전에, 혹은 차 한 잔을 대접하기 전에, 그래도 좋은지 다른 사람들의 동의를 얻을 생각을 하지 않은 것과 같이, 그것이 노르뿌와 씨에게 유쾌할지 여부는 전혀 고려하지 않고 그렇게 덧붙였다.

"큰 소리로 말씀하세요." 그녀가 다시 블록에게 말하였다. "귀가 조금 어두시지만, 당신이 원하시면 무엇이든 이야기해 주실 거예요. 비스마르크 및 까보르[403) 등과도 친하셨다고 해요. 그렇지 않아요, 대사님, 비스마르크와 친하셨지요?" 그녀가 큰 소리로 말하였다.

"본격적으로 집필하기 시작한 것이 있나요?" 노르뿌와 씨가 우리끼리만 통하는 눈짓을 하고 나의 손을 다정하게 잡으면서 나에게 물었다. 나는 그 틈을 이용하여, 그가 격식을 차리려면 써야 한다고 믿었던 모자를 친절하게 벗겨 드렸다. 그가 닥치는대로 집어든 것이 나의 모자였음을 확인하였기 때문이다. "전에 당신이 나에게 머리카락을 넷으로 쪼개듯 조금 지나치게 꾸민 짧은 글을 보여주셨지. 내가 당신에게 나의 견해를 솔직하게 말씀드렸는데, 당신이 그 때 쓴 것은 사실 지면에 눕힐 가치가 없는 글이었소. 다른 특별한 것을 준비하고 있나요? 나의 기억이 틀리지 않다면, 당신이 베르고뜨의 작품에 푹 빠져 있는 모양이던데."

"아! 베르고뜨를 헐뜯지 마세요." 공작 부인이 언성을 높였다.

"저는 그의 화가적 재능에 이의를 제기하지 않습니다, 공작 부인. 누가 감히 그러겠습니까? 그가 쉐르빌리에[404] 씨처럼 붓으로 거대한 작품은 그리지 못한다 하더라도, 끌로 파서 조각하거나 동판에 부식법(腐蝕法)으로 새길 줄은(에칭) 아니까 말입니다. 그러나 제가 보기에는 우리 시대가 예술의 유형을 혼동하고 있습니다. 소설가의 고유한 사명은, 조각용 칼로 건물 정면벽이나 천장에 매달린 장식물 따위를 공들여 손질하기 보다,[405] 이야기의 줄거리를 용의주도하게 엮어 뭇 심정들을 고양시키는 것입니다." 그러더니 나에게로 고개를 돌리며 다시 덧붙였다. "오는 일요일에, 그 착한 A.J의 집에서 당신의 부친과 만나기로 하였소."

나는 그가 게르망뜨 부인에게 말하는 것을 보면서, 한 순간, 내가 스완 부인 댁에 초대 받고 싶어할 때 일찍이 그가 거절하였던 도움을, 게르망뜨 부인 댁에는 갈 수 있도록 혹시 나에게 베풀지 않을까 기대하였다. 그리하여 내가 그에게 말하였다. "제가 찬미하는 또 다른 한 사람은 엘스띠르입니다. 게르망뜨 공작 부인께서 그의 경이로운 작품들을, 특히 제가 전시회에서 언뜻 본 적이 있는 그리하여 다시 보고 싶은 마음 간절한, 그 찬탄할만한 라디 한 단을 묘사한 그림을 소장하고 계신 모양인데, 그 화폭은 정말 걸작입니다!" 또한 사실, 내가 만약 저명한 사람이어서 혹시 누가 나에게 좋아하는 그림이 어느 것이냐고 물었다면, 틀림없이 그 라디 단 그림이라고 하였을 것이다.

"걸작이라고?" 노르뿌와 씨가 놀란 듯한 그리고 나무라는 듯한 기색으로 언성을 높였다. "그것은 하나의 화폭이라고도 할 수 없어요. 단순한 애벌그림에 불과해요."(그의 말이 옳았다.) "즉흥적으로 대강 그 윤곽만 그린 그 채색 스케치를 가리켜 걸작품이라고 한다면, 에베르인가 혹은 다냥-부브레[406)]가 그린 그 〈성처녀〉라는 작품에 대해서는 무슨 말씀을 하시겠소?"

"듣자니 로베르의 여자 친구를 거절하셨다더군요." 블록이 전직 대사를 데리고 한 길체로 간 후, 게르망뜨 부인이 자기의 숙모에게 말하였다. "제 생각에는 숙모님께서 아까워하실 것 전혀 없어요. 몹시 혐오스러운데다 재능이라고는 그 기미조차 보이지 않고, 게다가 기괴하기도 해요."

"하지만, 공작 부인, 그녀를 어떻게 아십니까?" 아르쟝꾸르 씨가 말하였다.

"그녀가 그 어느 댁에서보다도 먼저 저희들 집에서 공연한 사실을 모르셨습니까? 그렇다 해서 제가 더 자부심을 느끼는 것은 아니에요." 하지만, 그 여배우 이야기가 나온지라, 그녀의 우스꽝스러운 꼴의 맏물을 자기가 거두었다는 사실을 알리는 것이 만족스러운 듯, 게르망뜨 부인이 웃으면서 말하였다. "자, 이제 저에게는 돌아가는 일 밖에 없습니다." 그 말을 덧붙이면서도 그녀는 꼼짝도 하지 않았다.

그녀가 이제 막 들어선 자기의 남편을 보았던지라, 그 순간 그녀가 하던 말은, 혼례식 직후에 인사 드리러 오는 젊은 내외처럼 보였을 자기들의 희극적인 꼴에 대한 암시였지, 늙어가고 있었건만 여전히 젊은이의 생활을 영위하고 있던 그 쾌활한 거한과 그녀 사이의 자주 팽팽해지곤 하던 관계에 대한 암시는 전혀 아니었다. 탁월한 사격 솜씨를 가지고 있었던지라 그가 완벽하게 조준하여 명중시키던 '파리들'[407)] 처럼 둥글고 눈 속에 정확히 자리 잡은 눈동자들에서 발산되는 친절하고 짖궂으며 석양의 광선 때문에 조금 부서진 시선을, 차 마시는 탁자 주위에 있던 여러 사람들 위로 이리저리 던지면서, 마치 그토록 화려한 모임에 주눅이 들어 드레스 자락을 밟지 않을까 혹은 어떤 대화를 중단시키지 않을까 염려라도 하는 듯, 공작이 경탄하여 신중해진 사람처럼 느릿느릿 다가왔다. 가볍게 취한 이브또의 착한 왕[408]이 지었음직한 멈추지 않는 미소 한 가닥과, 상어의 지느러미처럼 그의 가슴팍 옆에서 부유하던 그리고 자기의 오래된 친구들이건 이제 막 소개 받은 낯선 사람들이건 가리지 않고 잡게 내버려둔 반쯤 편 손 하나가, 어떤 동작도 하지 않더라도 또 그의 온후하고 게으르며 장엄한 순시를 중단하지 않더라도, 단지 다음과 같이 중얼거림으로써, 모든 사람들의 열의에 충분히 부응케 해주었다. "안녕하신가 나의 착한 이여, 안녕하신가 나의 다정한 친구, 반갑소 블록 씨, 안녕하신가 아르쟝꾸르…" 그리고 가장 큰 혜택을 입은 나의 곁에 이르러서는, 나의 이름을 듣자 이렇게 말하였다. "안녕하신가, 나의 어린 이웃, 부친께서는 어찌 지내시는가? 정말 착한 분이시지! 우리 두 사람이 절친한 동무임을 당신도 아시겠지." 나의 마음을 즐겁게 해주려는 듯 그렇게 한 마디를 덧붙였다. 그는 오직 빌르빠리지 부인에게만 과장된 예의를 표하였고, 그녀는 앞치마 호주머니에서 손 하나를 꺼내면서 고개를 끄덕여 그 인사에 대꾸하였다.

  모두들 차츰 덜 부유해지던 세계 속에서도 엄청나게 부유하고, 그 거대한 부의 개념을 항상 자신이라는 인격체와 동일시하였던 지라, 그의 내면에서는 지체 높은 귀족의 자만심 밑에 부자의 자만심이 안감처럼 덧대에 있었으며, 그것은 귀족의 세련된 교양이 부자의 풍족함을 아슬아슬하게 억제하였기 때문에 가능했다. 또한, 그의 아내에게 불행을 안겨주던 그의 성공적인 여인 편력이 그의 가문과 재산에만 기인되지 않았음을 모두들 이해하였으니, 그가 아직도 용모에 어느 그리스 신의 순결함과 단호한 윤곽선 돋보이는 수려함을 간직하고 있었기 때문이다.
 "정말 그녀가 부인 댁에서 공연하였습니까?" 아르쟝꾸르 씨가 공작 부인에게 물었다.
 "물론이에요. 그녀가 백합꽃 한 다발은 손에 들고, 다른 백합꽃들은 드레스에 꽂고 와서 낭송을 하였어요.(게르망뜨 부인은 빌르빠리지 부인처럼, 비록 자기의 숙모가 그러듯 'ㅓ' 음을 굴려 발음하는 일은 결코 없지만, 특정 단어들을 발음할 때에는 매우 촌스러운 식으로 가장하곤 하였다.)[409]
 노르뿌와 씨가, 빌르빠리지 부인의 요청 때문에 마지못해, 함께 긴 이야기를 나누기 위하여 블록을 데리고 퇴창 쪽으로 가기 전에, 나는 잠시 그 늙은 외교관에게로 다시 가서, 나의 아버지를 위한 아카데미 회원석에 관해 한 마디를 넌지시 건넸다. 그가 처음에는 그 이야기를 훗날로 미루려고 하였다. 하지만 내가, 발백으로 떠나야 한다고 하면서 이의를 제기하였다. "뭐라고! 또 발백에 가시겠다고? 당신 지구를 주름잡는 진정한 여행가군!" 그렇게 대꾸한 다음 그가 내 말에 귀를 기울였다. 르루와-볼리으라는 이름을 듣더니 노르뿌와 씨가 나를 의혹 가득한 기색으로 바라보았다. 그 순간, 아마 그가 나의 아버지에 관해 무례한 말을 르루와-볼리으 씨에게 하였고, 따라서 그 경제학자가 그 말을 아버지에게 옮기지 않았을까 그가 저어한다는 생각이 들었다. 문득 그가 아버지에게로 향한 진정한 애정 때문에 활기를 띠는 것 같았다. 그러더니, 말하는 사람의 뜻에도 불구하고, 항거할 수 없는 확신이 입을 다물려고 더듬거리는 그의 노력을 무산시키는 것처럼, 말 한 마디가 문득 터져 나오기 전에 흔히 그러듯 그의 어조가 느려지더니, 그가 격정적으로 나에게 말하였다. "아니오, 아니오, 당신의 부친이 출마해서는 아니 되오. 그의 이권을 위해서, 그 자신을 위해서도, 매우 큰,

하지만 그러한 모험을 겪으면서 자칫 손상을 입을 수도 있는 그의 훌륭한 인품을 존중하는 의미에서도, 그래서는 아니 되오. 그 분은 훨씬 더 귀중한 사람이오. 당선된다 하더라도 모든 것을 잃을 지언정 아무것도 얻지 못할 것이오. 다행히 당신의 부친은 웅변꾼이 아니오. 그런데, 웅변꾼이 늘어놓은 말이 기껏 노래의 후렴처럼 항상 같은 소리일지라도, 나의 귀하신 학술원 동료들께서는 오직 그것만을 중시한다오. 당신의 부친에게는 더 중요한 생의 목표가 있는지라, 덤불들을 뒤지느라 길을 우회하지 말고, 그것이 비록 아카데무스[410] 정원의 덤불들이라 해도—게다가 꽃보다는 가시가 더 많은 덤불이오—한눈 팔지 말고, 목표를 향해 곧장 걸으셔야 하오. 게다가 부친께서는 겨우 몇 표밖에 얻지 못하실 것이오. 아카데미는 지원자를 자기의 품에 받아들이기 전에, 먼저 그로 하여금 훈련을 쌓게 하기를 좋아한다오. 현재로서는 아무 방도가 없소. 훗날에는 어찌 될지 모르겠소. 하지만 그 '회사'가 스스로 그를 찾아 나서야 하오. 그 회사는 알프스 산맥 너머에 있는 우리의 이웃들보다 그들의 신조인 '화라 다 쎄'[411]를 성공적이기 보다는 물신 숭배적으로 실천한다오. 르루와-볼리으가 그 모든 것에 대하여, 내 마음에 들지 않는 식으로 나에게 말하였소. 게다가, 짐작하거니와, 그가 당신의 부친과 굳게 맺어져 있는 것 같았소… 내가 아마 그로 하여금, 그가 목화와 금속들 취급하는데 익숙하여, 비스마르크가 자주 말하던 '예측할 수 없는 사람들'의 역할에는 문외한임을 조금 뼈아프게 느끼게 해주었을지 모르오. 그 무엇보다도 먼저 피해야 할 것은, 당신의 부친이 출마하는 것이오. 즉, '프린키피이스 옵스타'[412]라는 말처럼 해야 한다는 것이오. 만약 당신의 부친으로 인하여 그의 친구들이 이미 저질러진 일과 조우하게 된다면, 그들의 입장이 난처해질 것이오. 내 말 잘 들으시오," 자기의 하늘색 눈을 나에게로 고정시키면서 그가 솔직한 기색으로 불쑥 말하였다. "내가 당신에게, 당신의 부친을 그토록 좋아하는 나로부터 나온 것이라 당신을 더욱 놀라게 할 말을 하겠소. 자, 이제, 내가 그를 좋아한다는 바로 그 이유 때문에(우리는 결코 헤어질 수 없는 두 사람, 즉 '아르카데스 암보'[413]라오), 그가 자기의 나라를 위하여 할 수 있는 봉사와, 키를 잡고 있음으로써 자기의 나라가 피할 수 있도록 해 줄 암초들을 내가 안다는 바로 그 이유 때문에, 그에게로 향한 나의 애정 때문에, 그에 대한 높은 평가 때문에, 애국심에 이끌려, 나는 그에게 표를 주지 않을 것이오! 게다가 당신의 부친께 그러한 뜻을 이미 표한 것으로 믿고 있소." (그 순간 나는 그의 눈 속에 르루와-볼리으의 아씨리아적이고 엄한 모습이 어른거린다 상상하였다.) "따라서 당신의 부친에게 내가 찬성표를 던진다면, 그 행위가 곧 일종의 변절이 될 것이오." 노르뿌와 씨는 여러 차례에 걸쳐 자기의 학술원 동료들을 케케묵은 화석 취급 하였다. 다른 이유들은 차치하고라도, 어느 클럽이나 아카데미의 회원은 누구나, 자기의 것과 가장 상반된 유형의 성격을 동료 회원들에게 부여하기를 좋아한다. 그것은 물론 이렇게 말할 수 있는 유용성을 위해서가 아니다. "아! 그 일이 오직 나에게만 달려있다면!" 그보다는 오히려, 자기가 얻어 가지고 있는 직함을 가장 얻기 어렵고 멋진 것처럼 소개하는 만족감을 맛보기 위해서이다. "당신들 모두의 이익을 위해서는, 당신의 부친께서 십 년이나 십오 년 후에 승리하는 후보자가 되는 것이 낫다고 생각하오." 그가 결론적으로 말하였다. 나는 그 말이, 질투심에서 나온 것이 아니라면 적어도 도움을 주고자 하는 의지의 완전한 결여에서 비롯되었다고 판단하였고, 그 말은 훗날, 바로 그 일에 관련된 다른 의미를 부여받게 되어 있었다.

"프롱드의 난이 계속되던 시절의 빵 가격에 대한 연구 보고서를 프랑스 학사원에 제출하실 의도는 없으십니까?" 프롱드의 난을 연구하는 역사학자가 노르뿌와 씨에게 조심스러운 어조로 물었다. "그러면 상당한 성공을 거두실 것입니다(그 말 속에는 '그것이 저를 위하여 굉장한 선전을 해 줄 것' 이라는 뜻도 내포되어 있었다)." 그가 미소를 지으면서 전직 대사에게, 소심한 기색으로, 그러나 또한 다정하게 덧붙여 말하였고, 그 다정함이 그로 하여금 두 눈의 눈꺼풀을 처들게 하여 하늘처럼 큰 두 눈이 드러나게 하였다. 나는 내가 이미 그 시선을 본 적 있다고 생각하였다. 하지만 그 역사학자를 만난 것은 그날이 처음이었다. 그런데 문득 그것이 나의 기억 속에 되살아났다. 그것과 똑같은 시선을 내가 일찍이, 나에게 있던 호흡곤란 증세를 식물들의 농축물을 흡입하는 그 어처구니 없는 방법으로 치유할 수 있다고 주장하던, 어느 브라질 출신 의사의 눈에서 본 적이 있었다. 나는 그로 하여금 나에게 더 세심한 주의를 쏟도록 하기 위하여 내가 꼬따르 교수를 잘 안다 하였고, 그러자 그가, 마치 꼬따르를 위해서라는 듯한 어투로 내 말에 대꾸하였다. "이것이야말로, 당신이 그에게 이야기를 해주시면, 의학 아카데미에서 큰 반향을 일으킬 보고서의 자료를 그에게 제공할 치료법입니다!" 당시 그 의사가, 나에게 그러라고 감히 강권하지는 못하였지만, 내가 조금 전 역사학자에게서 발견하고 찬탄한 바로 그 소심하고 탐욕스러우며 애원하듯 묻는 기색으로 나를 응시하였다. 물론 그 두 사람이 서로 아는 사이도 아니었고 거의 닮은 점도 없었으나, 심리적 법칙 또한 물리적 법칙처럼 어떤 보편성을 가지고 있다. 그리하여 필요조건들이 같을 경우, 마치 하나의 아침 하늘이, 서로 멀리 떨어져 만난 적 없는 지점들을 같은 식으로 밝히듯, 서로 다른 인간적 동물들을 하나의 같은 시선이 밝혀 준다. 나는 전직 대사의 답변을 듣지 못하였다. 모든 사람들이 조금 웅성거리면서, 그녀가 그림 그리는 것을 구경하려고 빌르빠리지 부인 곁으로 다가갔기 때문이다.

"바쟁, 지금 우리가 누구 이야기 하고 있는지 알아요?" 공작 부인이 자기의 남편에게 말하였다.

"물론이오, 내가 짐작하고 있소." 공작이 말하였다. "아! 우리가 전통적인 여배우라고 부르는 그런 것에 대한 이야기는 아니겠지요."

"그보다 더 우스꽝스러운 것은 일찍이 상상도 못하셨을 거예요." 게르망뜨 부인이 아르쟝꾸르 씨에게로 고개를 돌리면서 중단되었던 이야기를 속개하였다.

"심지어 기이하리만큼 익살스럽기도 하였소." 게르망뜨 씨가 다시 대화에 끼어들었는데, 그가 사용하던 괴이한 어휘[414]로 인하여, 사교계 사람들은 그가 바보는 아니라고 생각하였던 반면, 문인들은 그가 형편없는 멍청이라고 생각하곤 하였다.

"도대체 로베르가 어떻게 그녀를 사랑할 수 있게 되었는지 이해할 수 없어요." 공작 부인이 말을 계속하였다. "오! 그러한 일을 가지고 이러쿵 저러쿵 해서는 아니 된다는 사실을 저도 알아요." 철학자의 그리고 환멸을 맛본 감상적인 여인의 귀엽고 뾰로통한 얼굴로 그녀가 덧붙였다. "누구를 막론하고 각자 무엇이든 사랑할 수 있음을 저도 알아요. 또한 사랑을 '신비롭게' 만드는 것이 그러한 현상이니, 사랑 속에 있는 가장 아름다운 것도 그 현상이라 할 수 있겠지요." 그녀가 비록 신세대 문학을 조금은 비웃으면서도, 그 문학이, 아마 그것을 대중화 시킨 신문들이나 대화를 통해, 그녀 속으로 스며들었기 때문이었는지, 그렇게 다시 덧붙였다.

"신비롭다니! 아! 나의 사촌 누이여, 솔직히 말해 나는 이해하기 조금 어렵군요." 아르쟝꾸르 백작이 말하였다.

"정말이에요, 사랑이란 신비로운 것이에요." 상냥한 사교계 여인의 부드러운 미소를 지으면서, 그러나 또한 어느 남자에게「발 귀러」속에 소음만이 있는 것은 아니라고[415] 단언하는 바그너 애호가로서의 변함없는 확신 가득한 어조로, 공작 부인이 대꾸하였다. "게다가, 엄밀히 말하자면, 한 사람이 다른 사람에게 왜 연정을 품는지는 알 수 없어요. 아마 우리가 흔히 믿는 그러한 이유 때문은 아닐 거예요." 자기가 막 발설한 생각을 문득 그러한 설명으로 부정하면서 그녀가 미소를 지었다. "게다가, 실은 우리가 영영 아무것도 알 수 없어요." 그녀가 회의적이고 지친 듯한 기색으로 그렇게 결론을 내렸다. "따라서, 아시겠지요, 연인의 선택에 대해서는 결코 왈가왈부하지 않는 것이 더 '총명해요'"

하지만 그러한 원칙을 내놓은 직후, 그녀가 쌩-루의 선택을 비판함으로써, 그것을 즉시 무너뜨렸다.

"하지만 우스꽝스러운 사람에게서 매력을 발견한다는 것이 놀라워요."

우리가 쌩-루에 대하여 하는 이야기를 듣고 그가 빠리에 와 있음을 눈치챈 블록이, 그를 어찌나 무시무시하게 헐뜯기 시작하였던지, 모든 사람들이 분개하였다. 그가 쌩-루에게로 향한 증오심을 드러내는 것으로 시작하였고, 그러한 욕구를 충족시키기 전에는 그 무엇 앞에서도 물러서지 않을 기세였다. 자기는 고매한 윤리적 인격의 소유자이고 불리 클럽(그가 우아하다고 믿던 스포츠 클럽이다) 따위에나 드나드는 족속들은 도형장으로 보내도 싸다고 전제한 다음, 그는 그들에게 어떠한 타격을 입혀도 자기가 보기에는 마땅하다고 하였다. 그는 심지어, 불리 클럽에 드나드는 자기의 친구들 중 하나를 상대로 소송을 제기하려 하였다는 이야기까지

하였다. 그리고 소송이 진행되는 동안, 피혐의자가 도저히 허위임을 입증하지 못할 공술서를 제출할 생각도 가지고 있었노라고 하였다. 물론 실행하지는 않았지만, 그러한 식으로 그 친구를 절망에 처박고 미칠 지경으로 만들 생각이었다고 하였다. 자기가 그렇게 타격을 입히려 하였던 친구는 멋부릴 생각이나 하는 불리 클럽 회원이었고, 그따위 사람들에게 타격을 가하기 위해서는 어떠한 무기도 허용되며, 특히 자기와 같은 성자에게는 더욱 그러하니, 자기가 생각하였던 소송에 무슨 잘못이 있느냐고 하였다.

"하지만 스완의 경우를 보시게." 자기의 사촌 누이가 조금 전에 한 말의 의미를 드디어 이해하고, 그 정확함에 놀라, 자기의 마음에는 들지 않았을 사람들을 사랑하였던 이들의 예를 자기의 기억 속에서 찾고 있던 아르쟝꾸르 씨가, 그렇게 이의를 제기하였다.

"아! 스완이요, 전혀 같은 경우가 아니에요." 공작 부인이 반박하였다. "하지만 매우 놀랄만한 일이었어요. 그가 사랑한 여자가 착한 백치였지만 우스꽝스럽지 않았고 예뻤으니까요."

"후! 후!"[416] 빌르빠리지 부인이 중얼거렸다.

"아! 숙모님은 그녀가 예쁘다고 생각하지 않으세요? 아니에요, 정말 예뻤어요. 예쁜 눈과 예쁜 머리카락 등 매력적인 것들을 갖추었을 뿐만 아니라, 전이나 지금이나 그녀의 인상은 경이로워요. 지금은 그녀가 보기 흉해졌음을 저도 시인하지만, 전에는 고혹적인 여자였어요. 그렇다 해도, 샤를르가 그녀를 아내로 맞아들였을 때 제 마음이 아팠던 것은 마찬가지였어요. 그것이 하도 부질없는 짓이었기 때문이에요."

공작 부인은 자신이 놀라운 말[417]을 하고 있다고는 생각하지 않았으나, 아르쟝꾸르 씨가 큰 소리로 웃기 시작하였던지라, 자기도 그 말이 우습다고 생각하였음인지, 혹은 다만, 자기의 기지가 발산하는 매력에 다정함의 매력을 추가하기 위하여 자기가 상냥한 기색으로 바라보기 시작한 그 웃는 남자가 친절하다고 여겼음인지, 마지막 구절을 반복하면서 자기의 말을 계속하였다.

"그래요, 그렇지 않은가요, 그럴 필요가 없었어요. 하지만 여하튼 그녀에게 매력이 없지 않았으니 저는 누가 그녀를 사랑하였다는 사실을 충분히 이해해요. 반면 로베르의 아가씨는, 제가 단언하지만, 그 꼴을 보면 웃다가 죽을 지경이에요. 물론 오지에의 다음과 같은 진부한 구절을 내밀면서 이의를 제기할 사람도 있으리라는 것을 잘 알아요. '취할 수 있을진대 술병의 생김새야 무슨 상관인가!'[418] 그래요, 로베르가 혹시 취했을지 모르겠어요. 하지만 그 아이가 술병을 고름에 있어 정말로 고아한 취향을 입증해 보이지 못하였어요! 우선, 그녀가 저에게 저희들 집 응접실 한가운데에 층계 하나를 설치하라고 감히 요구하였다는 점을 상상해 보세요. 하찮은 일이라고 하시겠지요, 그렇지 않아요? 그런데, 그 다음 그녀가 층계의 계단들 위에 배를 깔고 엎드리겠다고 하였어요. 게다가 당신이 그녀의 낭송을 들으셨다면! 저는 한 장면만 기억하고 있지만, 아무도 그따위 짓은 상상해낼 수 없으리라고 생각해요.『일곱 공주』[419]라는 작품이었어요."

"『일곱 공주』라, 오! 오일, 오일,[420] 심한 태부림이군!" 아르쟝꾸르 씨가 소리쳤다. "아! 그래, 제가 그 작품의 내용을 훤히 알아요. 지은이가 그것을 국왕께 보냈고, 국왕께서는 그것이 도무지 무슨 이야기인지 이해하시지 못하여 나에게 설명을 요청하셨어요."

"그것이 혹시 싸르 뻴라당[421]의 작품 아닙니까?" 자신의 통찰력과 시사에 민감함을 과시할 의도로 프롱드 반란 연구하는 역사학자가 물었으나, 그 목소리가 하도 나지막해서 그의 질문을 아무도 듣지 못하였다.

"아!『일곱 공주』를 모두 아세요?" 공작 부인이 아르쟝꾸르 씨의 말에 대꾸하면서 물었다. "축하해요! 저는 그녀들 중 하나밖에 모르지만, 그로 인해 나머지 여섯 공주에 대한 호기심조차 사라졌어요. 그녀들 모두 제가 본 그 공주를 닮았다면 어찌 하겠어요!"

'형편없는 말똥가리군!' [422] 그녀가 나를 냉랭한 기색으로 대한 것에 화가 나서 내가 그런 생각을 하였다. 나는 그녀가 메떼를랭크를 전혀 이해하지 못한다는 사실을 확인하면서 일종의 가혹한 만족감을 맛보았다. '저따위 여인 때문에 매일 아침 수 킬로미터나 걷다니, 내가 정말 어지간히 착하군! 이제는 내가 그녀를 받아들이고 싶지 않아.' 나 자신에게 내가 지껄이던 말은 그러했으나, 그것이 진정한 나의 생각과는 정반대였다. 그것은, 우리가 오직 우리 자신만을 벗삼아 머물러 있을 수 없을 만큼 너무 동요되었으되, 다른 대화상대가 없어, 마치 어느 낯선 사람과 그러듯, 진지함도 없이, 우리 자신과 한담 나눌 필요를 절실하게 느끼는 그 특이한 순간에 하는 말처럼, 순전히 대화를 이어가기 위해서만 하는 말이었다.

"그 꼴을 무엇에 비교해야 좋을지 모르겠어요." 공작 부인이 말을 계속하였다. "포복절도할 지경이었어요. 모두들 웃는 것을 삼가지 않았음은 물론, 심지어 지나치게 웃었어요. 고 어린 것이 그것을 불쾌하게 여겼기 때문인데, 그 일로 인하여 로베르가 마음 속으로는 저에게 항상 섭섭함을 품었어요. 하지만 저는 그 일을 유감스럽게 생각하지 않아요. 만약 그 일이 원만하게 끝났다면 그 아가씨가 아마 다시 왔을 것이고, 그것이 마리-에나르를 어느 지경까지 황홀하게[423] 만들었을지 저는 짐작조차 할 수 없어요."

그 가문에서는 에나르 드 쌩-루의 미망인이며 로베르의 모친인 마르상뜨 부인을, 또 다른 '마리'인 그녀의 사촌 게르망뜨-바이에른 대공 부인과 구별하기 위하여 그렇게 불렀고, 대공 부인의 세례명에다가는, 그녀의 조카들과 사촌들과 시동생들이, 역시 혼동을 피하기 위하여, 그녀 남편의 세례명이나 그녀의 세례명들 중 하나를 덧붙여, 마리-질베르나 마리-헤드비주[424]라고 부르곤 하였다.

"우선 전날 일종의 예행연습이 있었는데, 그것이 정말 걸작이었어요!" 게르망뜨 부인이 빈정거리듯 말을 계속하였다. "그녀가 한 구절을, 아니 사분의일 구절을 낭송하더니, 문득 멈춘 후, 제가 과장하는 것이 아니에요, 오 분 동안 아무 소리 내지 않고 가만히 있는 모습을 상상해 보세요."

"오일, 오일, 오일!" 아르쟝꾸르 씨가 탄성을 억제하지 못하였다.

"그러면 사람들이 아마 조금 놀랄 것이라고, 제가 최대로 예의를 갖춰 그녀에게 넌지시 귀띔해 주었어요. 그녀가 저에게 이렇게 대답하였어요. '어떤 구절을 낭송할 때에는 항상 마치 자신이 그 구절을 짓듯 해야 해요.' 생각해 보세요, 얼마나 터무니없는 대답인가요!"

"하지만 저는 그녀가 시 낭송에 상당한 재능이 있다고 믿었습니다." 두 젊은이들 중 하나가 말하였다.

"그녀는 시라는 것이 무엇인지 짐작조차 못해요." 게르망뜨 부인이 대꾸하였다. "게다가 저는 낭송을 들을 필요조차 없었어요. 그녀가 백합꽃들을 가지고 오는 것을 보는 순간 알아챘으니까요! 백합꽃들을 보았을 때 저는 그녀에게 재능이 없음을 짐작하였어요."

모든 사람들이 웃었다.

"숙모님, 일전에 스웨덴 왕비를 들먹이면서 제가 한 장난에 노하지 않으셨습니까? 숙모님께 아만[425]을 간청하러 왔습니다."

"아니, 노하지 않았네. 그리고 시장하면, 자네에게 간식 먹을 권리도 주겠네."

"발르네르 씨, 이 집 딸 노릇 좀 하시지요." 빌르빠리지 부인이 그들 사이에 이미 오래 전부터 통용되던 농담을 섞어 문서 담당관에게 말하였다.

자기의 모자를 바닥 카페트 위에 놓은 채 안락의자에 파묻히듯 주저앉아 있던 게르망뜨 씨가, 자기 앞으로 내민 과자 접시들을 만족스러운 기색으로 들여다보았다.

"기꺼이 먹겠습니다. 이토록 고아한 구호 활동에 친숙해지기 시작하였으니, 시럽에 적신 카스텔라 한 조각 받겠습니다. 맛이 뛰어날 것 같습니다."

"신사분께서 딸 노릇을 기막히게 해내십니다." 아르쟝꾸르 씨가 자기의 모방 습성에 따라 빌르빠리지 부인의 농담을 빌려 말하였다.

문서 담당관이 과자 접시를 역사학자 앞으로 내밀었다.

"임무를 경이롭게 수행하십니다." 역사학자가 소심하게, 또 사람들의 호감을 얻으려 그렇게 말하였다.

그러면서, 이미 자기처럼 말한 사람들 쪽으로, 공모자의 시선을 슬쩍 던졌다.

"나의 착하신 숙모님, 말씀해 주십시오, 제가 들어올 때 나간 그 상당히 잘 생긴 사람은 누구입니까?" 게르망뜨 씨가 빌르빠리지 부인에게 물었다. "저에게 정중하게 인사한 것으로 보아 제가 아는 사람인 모양인데, 누구인지 도무지 생각이 나지 않습니다. 숙모님도 아시겠지만, 제가 이름들을 자주 혼동하여 다른 이들에게 심한 불쾌감을 줍니다." 그가 만족스러운 기색을 띠며 말하였다.

"르그랑댕 씨라네."

"아! 하지만 오리안느의 사촌 동서들 중, 그 모친이 그랑댕 가문 출신인 분 하나가 있습니다. 제가 잘 압니다. 그랑댕 드 레프르비에 가문입니다."

"아닐세, 그 가문과는 아무 상관 없는 사람이라네." 빌르빠리지 부인이 대꾸하였다. "이 사람들은 그저 그랑댕일 뿐, 뒤에 아무것도 붙지 않은 그랑댕이라네.[426] 하지만 그 사람들은, 무엇이든 성씨 뒤에 붙기만 하면 더 이상 바랄 것이 없다고 생각할 것이네. 지금 나간 그 사람의 누이를 사람들이 깡브르메르 부인이라고 부른다네."

"하지만, 이보세요 바쟁, 숙모님이 누구 이야기 하시려는지 당신도 잘 알잖아요." 공작 부인이 분개한 듯한 어조로 말하였다. "지금 나간 사람은, 당신이 일전에 기괴한 생각에 이끌려, 나를 보러 가라고 보내신 그 거대한 초식동물의 오라비예요. 그녀가 한 시간 동안이나 머무는 바람에, 제가 곧 미쳐 버리겠구나 하는 생각에 사로잡혔었어요. 하지만 처음에는, 암소처럼 생긴 낯선 여자 하나가 들어서는 것을 보고, 그녀가 미쳤다고 생각하였어요."

"내 말 들어 보시오, 오리안느, 그녀가 전부터 당신이 방문객 접견하시는 날을 물었고, 나는 차마 무례하게 처신할 수 없었던 것이오. 그리고, 당신의 말씀이 과장되었소. 그녀가 한 마리 암소를 닮지는 않았소." 그가 나무라는 듯한 기색으로 그렇게 덧붙였으나, 모여 있던 사람들에게로 미소 어린 시선을 슬쩍 던지는 것은 잊지 않았다.

그는 자기 아내의 기지 넘치는 능변에 반론이라는 자극이, 예를 들면, 한 여인을 한 마리 암소로 간주할 수 없다는 상식에서 비롯된 반론과 같은 자극이, 필요함을 잘 알고 있었다(그렇게, 게르망뜨 부인이, 처음의 영상에 가치를 추가하여, 그녀의 가장 멋진 재담에 이르는 경우가 빈번했다). 그리하여, 열차 안에서 야바위꾼 곁에 바람잡이 나타나듯, 공작이 그녀를 돕기 위하여, 천연덕스러운 기색으로 등장하곤 하였다.

"그녀가 암소 한 마리를 닮지 않았다는 점은 시인해요. 그녀가 암소 여러 마리 같았으니까요." 게르망뜨 부인이 언성을 높였다. "당신에게 맹세코 단언하거니와, 모자를 쓴 채 저의 응접실로 들어와 저에게 안부를 묻는 그 암소 떼를 보고 제가 몹시 당황하였어요. 한편으로는 이렇게 대답하고픈 욕구가 치밀었어요. '이보게 암소 떼, 자네가 혼동한 모양인데, 자네와 나 사이에는 어떤 관계도 있을 수 없네. 자네는 암소 떼이니까.' 그러나 다른 한편으로는, 저의 기억을 더듬은 끝에, 당신이 보낸 그 깡브르메르가, 언젠가 저를 한 번 보러 오겠다고 한, 그리고 역시 못지않게 소과에 속하는,[427] 공주 도로떼인 줄로 믿어, 자칫 일개 암소 떼를 공주 전하로 부르면서 그녀를 삼인칭으로 가리킬 뻔하였어요.[428] 그녀 역시 스웨덴의 왕비와 같은 유형의 모래주머니[429]를 가지고 있어요. 게다가 그 강습은, 전술의 모든 규범에 따라, 원거리 사격으로 준비해 두었던 것이에요. 이미 오래 전부터 제가 포탄처럼 쏟아지는 그녀의 명함 세례를 받아, 그것들이 마치 광고 전단처럼 사방에, 모든 가구들 위에, 마구 흩어져 있어요. 저는 그 광고전단들이 무엇을 노리는지조차 까맣게 몰랐어요. 저의 응접실 어느 구석으로 눈을 돌려도, 제가 기억 못할 뿐만 아니라 영영 참고할 리도 없는 주소 곁들인, '깡브르메르 후작과 후작 부인'이라고 인쇄된 명함들만 보여요."

"하지만 어느 왕비를 닮았다는 것에 기분이 좋아질 수도 있을 것입니다." 역사학자가 말하였다.

"오! 맙소사, 신사 양반, 우리 시대에는 왕이나 왕비라는 것이 별

것 아니라오!" 자신이 자유주의적이고 현대적인 지성이라고 자부하는지라, 또한 자기가 귀하게 여기는 왕족과의 인척관계를 중시한다는 기색을 드러내지 않기 위해서도, 게르망뜨 씨가 그렇게 말하였다.

자리에서 일어선 블록과 노르뿌와 씨가 우리들 쪽으로 더 가까이 와 있었다.

"대사님, 그에게 드레퓌스 사건에 대한 말씀을 하셨나요?" 빌르빠리지 부인이 물었다.

노르뿌와 씨가, 자기에게 복종할 의무를 강요한 자기의 둘치네[430]가 일시적인 변덕에 이끌려 요구한 것이 얼마나 엄청난 일인지를, 마치 하늘에 증언하기 위해서인 듯, 그러나 미소를 지으면서, 두 눈을 하늘로 향해 쳐들었다. 하지만 그는, 프랑스가 겪고 있던 끔찍한, 아마 치명적일 수도 있을, 세월에 대하여 블록에게 매우 부드러운 어조로 이야기를 하였다. 그러한 어조가 혹시 노르뿌와 씨가(하지만 브록은, 자기가 드레퓌스의 결백을 믿는다고, 이미 그에게 말하였다) 아마 맹렬한 드레퓌스파일 수 있음을 의미하였던지라, 전직 대사의 그러한 친절이, 그리고 자기의 대화 상대자가 옳다고 인정하는 듯하고 자기들 두 사람의 견해가 일치함을 의심하지 않는 듯하며 정부에 타격을 입히기 위하여 자기와 공모 관계를 맺으려는 듯한 그의 기색이, 블록의 허영심을 우쭐거리게 하고 호기심을 한껏 자극하고 있었다. 노르뿌와 씨가 명시하지는 않았으되 블록과 자기가 그것에 의견을 같이 한다고 암묵적으로 인정하는 듯하던 그 중요한 점들이 무엇이었으며, 그 두 사람을 결탁시킬 수 있었을 드레퓌스 사건에 대한 그의 견해는 무엇이었던가? 블록은 자기와 노르뿌와 씨 사이에 존재하는 듯하던 그 불가사의한 의견의 일치가 정치적 현안에만 한정되어 있지 않았다는 점에 더욱 놀랐는데, 빌르빠리지 부인이 블록의 문학적 작업들에 대하여 노르뿌와 씨에게 상당히 길게 이야기 한 후에, 그가 블록에게 다음과 같이 말하였기 때문이다.

"당신은 당신의 시대에 속하지 않으며, 내가 그러한 점을 진심으로 축하하오. 당신은, 이해 관계에서 벗어난 연구가 더 이상 존재하지 않으며, 대중에게 외설스러움과 어리석음만을 판매하는 이 시대에 속하지 않소. 우리에게 제대로 된 정부가 있다면, 당신이 현재 기울이고 있는 것과 같은 그러한 노력들이 장려되어야 할 것이오."

블록은 범세계적 난파 사고 속에서도 홀로 생존하여 수면 위로 유영하는 만족스러운 기분에 사로잡혔다. 그러면서도 더 상세한 설명을 원하였고, 노르뿌와 씨가 말하는 어리석음이 어떤 것들인지 알고 싶어 하였다. 블록은 이제껏 자기가 많은 다른 사람들과 같은 방식으로 일한다는 감회만을 느꼈을 뿐, 자신이 그토록 예외적인 존재라고는 일찍이 생각하지 못하였다. 그가 다시 드레퓌스 사건 이야기를 꺼냈으나, 그 사건에 대한 노르뿌와 씨의 견해를 식별해 내지는 못하였다. 그리하여 그 무렵 여러 신문에 이름이 자주 오르내리던 장교들에 대하여 노르뿌와 씨가 무슨 말을 하도록 해보려 애를 썼다. 그 사건에 연루된 정치인들보다 그들이 더 일반의 호기심을 자극하고 있었으니, 그들은 정치인들처럼 이미 널리 알려진 상태에 있었던 것이 아니라, 백조 한 마리가 끄는 쪽배에서 내리는 로헨그린처럼, 하나의 다른 생활과 철저한 침묵의 깊은 바닥으로부터[431] 이제야 특별한 복장으로 돌출하여 입을 열었기 때문이다. 블록은 국가주의자였던 어느 변호사 덕분에 이미 여러 차례 졸라의 공판[432]을 참관할 수 있었다. 그는, 전국 고교 작문대회장이나 대학 입학 자격 논술 시험장에 갈 때처럼, 아침에 샌드위치와 커피 한 병을 꾸려 재판정에 들어갔다가 저녁에야 나오곤 하였고, 그러한 습관의 변화가, 커피와 재판이 야기시킨 걱정으로 인해 절정에 이르곤 하던 신경 과민증을 일깨웠던지라, 그가 재판정에서 나올 때에는 그곳에서 일어난 모든 일에 어찌나 애정 깊게 사로잡혀 있었던지, 저녁에 자기의 집에 돌아온 후에는, 그 아름다운 꿈에 다시 잠기고 싶어, 드레퓌스파에 속하는 동료들과 반드레퓌스파에 속하는 동료들 모두가 드나드는 음식점으로 달려가, 그날 있었던 일에 대하여 그들과 끊임없는 이야기를 나누었으며, 자기에게 권력의 환상을 주던 명령적인 어조로 주문한 밤참으로, 그토록 일찍 시작하여 점심까지 거르면서 보낸 하루의 피로와 허기증을 보완하곤 하였다. 인간은, 경험과 상상이라는 두 도면 사이에서 끊임없이 떠도는지라, 자기가 아는사람들의 이상적인 삶을 알아내려 하고, 어떤 삶을 영위하는지 상상할 수밖에 없던 사람들과 교분을 맺으려 한다. 블록의 질문에 노르뿌와 씨가 다음과 같이 대답하였다.

"지금 벌어지고 있는 사건에 관련된 장교가 두 사람인데, 뛰어난 판단력으로 저에게 커다란 신뢰감을 주며 그 두 장교를 매우 중시하는 사람이—미리벨 씨요—전에 한 말에 의하면, 그 두 장교가 앙리 중령과 삐까르 중령이라 하오."

"그렇다면, 제우스의 딸인 신성한 아테나가, 그 두 사람의 뇌리에다 상대방의 뇌리에 있는 것과 정반대의 것을 불어 넣었군요. 그리하여 그들이 서로를 상대로 하여 두 마리 사자들처럼 싸우는 것이군요. 삐까르 대령이 군 내부에 좋은 입지를 확보하고 있으나, 그의 모이라[433]가 그를 그의 것이 아닌 쪽으로 인도하였군요. 국가주의자들의 검이 그의 여린 몸뚱이를 토막낼 것이고, 그는 육식동물들과 시신들의 비계에서 영양을 취하는 새들의 먹잇감이 되겠군요."[434]

"그들은 저 구석에서 무엇에 대하여 입씨름을 하고 있습니까?" 노르뿌와 씨와 블록을 가리키면서 게르망뜨 씨가 빌르빠리지 부인에게 물었다.

"드레퓌스 사건에 대해서라네."

"아! 마귀같은! 마침 그 이야기가 나왔으니 여쭙니다만, 숙모님께서는 누가 드레퓌스의 열광한 지지자인지 아십니까? 짐작조차 못하실 겁니다. 저의 조카 로베르입니다! 죠키 클럽에 그 만용이 알려지자, 항의가 빗발치듯 했고 아우성이 터졌습니다. 다음 주에 열릴 신입 회원 선발 심사위원회에 그를 추천하려 하였는데…"

"물론," 공작 부인이 그의 말을 끊었다. "그들 모두가, 유대인들은 깡그리 예루살렘으로 돌려보내야 한다고 항상 주장해 온 질베르와 같다면…"

"아! 그렇다면, 게르망뜨 대공의 생각이 저의 생각과 완전히 같습니다." 아르쟝꾸르 씨가 공작 부인의 말을 중단시켰다.

공작이 평소 자기의 아내로 자신을 치장하면서도 그녀를 사랑하지는 않았다. 몹시 자만하는 사람이었던지라, 그는 누가 자기의 말에 끼어드는 것을 매우 싫어할 뿐만 아니라, 부부간의 관계에서도 아내를 포악스럽게 대하는 버릇을 가지고 있었다. 자기의 말에 대꾸를 하면 화를 내는 못된 남편의 노기와 자기의 말을 경청하지 않으면 화를 내는 능변가의 노기가 합쳐진, 즉 그 두 배로 증대된 노기에 몸을 부르르 떨면서, 그가 문득 말을 멈추더니 공작 부인을 힐끗 쳐다보았고, 그 시선에 모든 사람들이 당황하였다.

"도대체 무슨 생각으로 우리에게 질베르와 예루살렘 이야기를 하는 거요?" 이윽고 그가 다시 말하였다. "전혀 상관없는 일이오." 그러더니 다시 부드러워진 어조로 덧붙였다. "하지만, 혹시 우리

가문 사람 하나가, 특히, 그 부친이 십 년 동안이나 회장직을 역임하셨는데, 로베르가 죠키 클럽 입회를 거절 당한다면, 참으로 가관일 것이라는 점은 당신도 시인하실 것이오. 어찌 하겠소, 여보, 그것으로 인해 그 사람들이 노골적으로 불만을 표시하면서 눈을 휘둥그레 뜨는데. 그들을 비난할 수는 없지만, 내가 개인적으로는 종족들에 대한 편견을 전혀 가지고 있지 않다는 사실을 당신이 잘 아시며, 나는 그러한 편견이 우리 시대에 걸맞지 않다고 생각하고, 나 또한 내 시대와 보조를 맞춘다고 자부하지만, 여하튼 제기랄! 쌩-루 후작이라고 불리면 드레퓌스 파는 아니어야 하는 법이건만, 내가 당신에게 새삼스레 무슨 말을 하겠소!"

게르망뜨 씨는, '쌩-루 후작이라고 불리면' 이라는 말이 매우 중요하다는 듯, 그것을 힘 주어 발음하였다. 하지만 그러면서도 그는, '게르망뜨 공작' 이라고 불리는 것이 '쌩-루 후작' 이라고 불리는 것보다 더 크게 여겨진다는 사실을 잘 알고 있었다. 그러나, 그의 자존심이 게르망뜨 공작이라는 칭호의 우위를 자신에게 과장하는 경향을 가지고 있었음에도 불구하고, 그로 하여금 자기의 칭호를 오히려 낮은 것으로 여기게 한 것은 아마, 우아한 취향의 규범이기 보다는 상상 작용의 법칙들이었을 것이다. 누구든 먼 곳에 있는 것이나 다른 사람에게 있는 것은 더 미화해서 보기 마련이다. 상상 작용에서 관점을 조정하는 보편적 법칙들이란, 다른 일반인들에게와 마찬가지로 공작들에게도 적용되니 말이다. 상상의 법칙들뿐만 아니라 언어의 법칙들 또한 그러하다. 그런데 언어의 두 법칙들 중 이것 혹은 저것이 이 경우에 적용될 수 있었다. 그 법칙들 중 하나는, 누구든 자기가 속해 있는 혈통적 특권 계급의 사람들처럼이 아니라 자기와 같은 정신적 부류의 사람들처럼 말하기를 요구한다. 그렇기 때문에 게르망뜨 씨가, 그의 언어적 표현들에 입각해서 보면, 심지어 그가 귀족 신분에 대하여 말하고자 할 때에도, '게르망뜨 공작이라고 불리면'이라는 식으로 말하였을—반면 스완이나 르그랑댕 등 독서로 교양을 쌓은 사람들이라면 그러한 표현은 사용하지 않았을 것이다—지극히 하찮은 소시민 부류에 속할 수 있었다. 하나의 공작이, 상류 사교계의 풍습을 이야기하는 소설을 쓰면서도, 그러한 경우에는 오래된 양피지 문헌에 쓰여진 고아한 언어도 아무 도움 되지 못하는지라, 일개 식료품 상점 주인의 언사를 사용할 수 있는 반면, 어느 평민의 글이 오히려 귀족적이라는 찬사 어린 수식어를 얻을 수 있다. 그러한 경우에는, 게르망뜨 씨가 일찍이 어떤 소시민으로부터 '…라고 불리면'이라는 표현을 배웠는지는, 그 자신도 전혀 알 수 없었을 것임에 틀림없다. 그러나 또 다른 언어적 법칙 하나는, 특정 질환들이 창궐하였다가 슬그머니 사라져 더 이상 그 이야기를 하지 않게 되듯, 어떻게인지는 모르되, 자연발생적인지 혹은 여행용 덮개 보풀에 붙어 있던 아메리카 토종 잡초의 씨앗이 프랑스의 철로변 언덕에 떨어져 싹트게 하는 우연과 흡사한 어떤 우연에 말미암은 것인지는 모르되, 특정 연령대 사람들 사이에서, 그들 사이에 어떤 사전 모의도 없었건만, 그들만이 사용하는 표현 방식들이 가끔 생겨난다는 사실이다. 그리하여, 어느 해인가 블록이 자신에 관하여 말할 때 내가 자주 듣던 구절과 정확히 닮은 구절이("가장 매력적이고 가장 명석하고 가장 안정된 지위를 누리고 가장 까다로운 사람들이, 총명하고 호감 가며 따라서 한시도 없어서는 않될 존재가 오직 하나뿐임을 깨달았던 바, 그 존재가 바로 블록이라네."), 그를 전혀 모르는 많은 젊은이들의 입에서 들려와, 그들이 단지 블록이라는 이름만을 자기들 각자의 이름으로 대체한 것이나 다름없었던 것처럼, 마찬가지로 '…라고 불리면'이라는 표현을 내가 많은 이들의 입에서 자주 듣게 되어 있었다.

"어쩌겠소, 그곳을 지배하는 정신상태가 그러하니, 충분히 이해할 만하오." 공작이 말을 계속하였다.

"특히 익살스러워요." 공작 부인이 대꾸하였다. "입에 달고 사는 '조국 프랑스 연맹'435)을 가지고 아침부터 저녁까지 우리들을 무너뜨리듯 지치게 하는 그 아이의 모친이 가지고 있는 생각과 비교하면 더욱 그래요."

"그렇소. 하지만 그의 모친만 있는 것이 아니니 우리에게 허튼소리 늘어놓지 마시오. 그 아이에게 더 큰 영향을 끼치는 계집 하나가, 저질 곡예사 계집 하나가 있으며, 고것이 공교롭게도 드레퓌스 나리와 같은 족속이라 하오. 그녀가 로베르에게 자기의 정신상태를 고스란히 넘긴 것이오."

"공작님, 그러한 유형의 정신적 경향을 가리키는 새로운 단어가 있다는 사실을 아마 모르시는 것 같습니다." 드레퓌스 재심 반대 위원회의 서기였던 고문서 보관소 문서 담당관이 말하였다. "흔히들 '사고방식'이라고 합니다. '정신상태'라는 말과 정확히 같은 뜻이지만,436) 적어도 그 단어를 사용하면 우리가 무슨 말을 하는지 아무도 짐작하지 못합니다. 교묘함의 극치를 보여주는 단어이며, 흔한 표현을 빌리자면 '최신 상품'입니다."

그러면서도, 블록이라는 이름을 들었던지라, 그는 블록이 노르뿌와 씨에게 많은 질문을 하는 것을 불안한 시선으로 바라보았으며, 그것이 후작 부인에게 종류가 다르기는 하지만 못지않게 심한 불안감을 야기시켰다. 문서 담당관 앞에서는 자기도 그처럼 반드레퓌스파인 척하며 마음을 조리던 터라, 자기가 '협회'437)와 다소간이나마 관련이 있을지도 모를 유대인 하나를 응접실에 받아들였음을 눈치채고, 그가 자기를 나무라지 않을까 불안해하였다.

"아! '사고방식'이라, 적어두어야겠군, 그랬다가 다시 써먹어야지." 공작이 말하였다(공작이 적어두겠다고 한 것은 그냥 하는 말이 아니었다. 그에게는, 인용구들로 가득한, 그리고 중대한 만찬 직전에 그가 다시 읽곤 하던 수첩 하나가 있었다).[438] "사고방식이라는 말이 마음에 드는군. 그렇게 던져 놓는 새로운 말들이 있지만, 그것들이 오래 가지 못해요. 최근에 그것과 유사한, 어느 문인이 '재능 투성이'[439] 라고들 하는 말을 읽은 적 있어요. 이해할 수 있는 사람은 이해하라지. 그러더니 어느덧 자취를 감추었어요."

"하지만 '사고방식'이라는 말이 '재능 투성이'보다는 더 자주 사용됩니다." 대화에 끼어들고 싶어서였던지, 프롱드 반란을 연구하는 역사학자가 말하였다. "제가 교육부 산하의 한 위원회 의원인데, 그곳에서 '사고방식'이라는 단어가 사용되는 것을 여러 차례 보았고, 제가 속해 있는 볼네 클럽[440]과 에밀 올리비에[441] 씨 댁 만찬에서도 그 말을 들었습니다."

"교육부의 일원이 되는 명예를 누리지 못하는 저는," 공작이 겸손으로 가장하였으되 어찌나 오만 가득한 어투로 대답하였던지, 자신의 입 언저리에 감도는 미소와 자기의 두 눈이 즐거움으로 반짝이는 시선을 사람들에게 던지는 것을 막지 못하였고, 가엾은 역사학자는 그 시선에 감도는 빈정거림을 보고 얼굴을 붉혔다. "교육부의 일원이 되는 명예를 누리지 못하는 저는," 자신의 말을 음미하듯 그가 반복해 말하였다. "볼네 클럽의 회원도 아니고(저는 위니옹 클럽과 죠키 클럽의 회원일 뿐입니다), 혹시 죠키 클럽 회원 아니신지요?" 얼굴이 더욱 붉어지더니 그의 무례한 언사를 느꼈으되 그 곡절을 이해하지 못하여 사지가 부르르 떨리기 시작한 역사학자에게 덧붙여 물었다. "에밀 올리비에 씨 댁 만찬에도 참석하지 못하는 저로서는, 고백하거니와, '사고방식'이라는 단어를 모르고 있었습니다. 아르쟝꾸르, 내 확신하거니와 당신도 나와 같을 것이오. 드레퓌스가 저지른 반역 행위의 증거를 왜들 제시하지 못하는지 당신은 알 것이오. 그가 전쟁상의 아내와 내연의 관계를 맺고 있기 때문인 모양인데, 그러한 이야기가 은밀히 떠돌고 있소."

"아! 나는 그것이 국무총리의 아내인 줄 알았소." 아르쟝꾸르 씨가 대꾸하였다.

"저는 이 사건에 매달려 있는 사람들은, 어느 쪽이든 가릴 것 없이, 모두 지긋지긋하게 여겨요." 사교계적 관점에서는 자기가 그 누구에 의해서도 끌려가지 않는다는 점을 항상 과시하기 원하는 게르망뜨 공작 부인이 말하였다. "그 사건이 저에게는, 유대인들과 관련해서는, 아무 영향도 끼칠 수 없어요. 저와 친교를 맺고 있는 사람들 중 유대인이 없으며, 또한 앞으로도 언제까지나 이 다행스러운 무지 상태에 머물 작정이기 때문이에요. 그러나 다른 한편으로는, 생각이 올곧다거나 유대인 상인들에게서는 물건을 결코 구입하지 않는다거나 혹은 양산에 '유대인들에게 죽음을!'이라는 구절을 써 넣었다는 명분만으로, 우리와 어떤 교분도 맺지 않았을 뒤랑 부인이니 혹은 뒤부와 부인이니 하는 어중이떠중이 여자들이, 마리-에나르나 빅뛰르니엔느[442]에 의하여 우리에게 무더기로 떠안겨진다는 것이 견딜 수 없어요. 그저께 제가 마리-에나르의 집에 들렸어요. 전에는 매력적인 집이었어요. 이제는, 우리가 평생 피하던 사람들과, 누구인지조차 모를 사람들이, 반드레퓌스파라는 이유만으로 그 집에서 들끓어요."

"아니오, 전쟁상의 아내라 하오. 그것이 적어도 규방들을 쏘다니는 소문이라오." 자기가 구왕조 시절의 표현들이라고 믿는 것들을 그렇게 대화에서 사용하곤 하던 공작이 다시 말을 계속하였다.

"여하튼 나 개인적으로는 나의 사촌 질베르와 생각이 정반대라는 것을 모두들 알고 있소. 나는 그처럼 봉건적이지 않아서, 어떤 깜둥이 하고라도, 그가 내 친구들 중 하나라면, 함께 산책을 할 것이며, 그러면서 제3자 아니라 제4자의[443] 견해라도 공화국 40년쯤으로 여겨[444] 전혀 개의치 않겠지만, 아무리 그렇더라도, 누구든 쌩-루라고 불리면, 볼떼르보다 그리고 심지어 내 조카보다 더 지혜로운 '모든 사람'[445]의 생각과 정반대의 입장을 취하며 즐기는 법은 아니라는 내 말에 동의하실 것이오. 그리고 특히, 그 클럽에 자신을 소개하며 입회를 요청하기 한 주간 전에는, 내가 동정심의 곡예라 부르고 싶은 그따위 짓에 빠져드는 법이 아니오! 그 동정심이 조금 어색하오! 아니야, 그의 고 작은 두루미가 녀석의 머리통을 한껏 달구어 놓았을 거야. 그가 소위 '지식인들'이라고 하는 자들 축에 들어가게 될 것이라 하면서, 고것이 그를 구슬렸을 거야. 지식인들이란 그 신사분들[446]이 가지고 있는 '크림파이'[447]야. 게다가 그것이 상당히 멋진, 그러나 몹시 사나운, 말장난 하나를 만들게 하였지."

그러더니 공작이, 정말 이미 죠키 클럽 내에 떠돌고 있던 '마테르 쎄미타'[448]라는 말을, 공작 부인과 아르쟝꾸르 씨에게 나지막한 음성으로 들려주었다. 바람에 실려 이동하는 씨앗들 중, 꽃이 핀 지점으로부터 멀리 퍼지게 해주는 가장 단단한 날개를 갖춘 씨앗은 역시 농담이기 때문이다.

"우리가 '마테르 쎄미타'에 대해 설명해 달라고, '여성 석학'[449]처럼 보이는 저 신사분께 요청할 수도 있을 것이오." 그가 역사학자를 가리키며 말하였다. "하지만 그 이야기는 하지 않는 것이 바람직하며, 더구나 그것이 전적으로 허위이기 때문에 더욱 그렇소. 나는, 자기의 가문 혈통을 구세주 예수 이전까지, 심지어 레위족에 이르기까지, 거슬러 올라가 확인할 수 있다고 주장하는 나의 먼 친척 여인 미르뿌와[450]처럼 그토록 야심만만하지는 않지만, 유대인의 피가 단 한 방울도 우리 가문에 섞이지 않았음을 증명해 보일 수는 있다고 자부하오. 그러나 요컨대, 아무리 그렇더라도, 우리에게 싱아로 국을 끓인다고 해서는[451] 아니 되며, 분명한 것은, 내 조카 나리의 매력적인 견해들이 랑데르노에 상당한 소음을 일으킬 수 있다는[452] 사실이오. 프장싹이 지금 와병 상태이라 신입 회원 선발은 뒤라스가 총괄할 터인데, 그가 당황한 척하기를 얼마나 좋아하는지 다들 잘 아실 것이오." 특정 단어들의 정확한 의미를 끝내 이해하지 못하여, '당황한 척한다'는 말이 '허세 부린다'는 뜻이 아니라 '까다롭게 군다'는 뜻으로 생각한 공작이 그렇게 말하였다.

"여하튼 그 드레퓌스라는 사람이 혹시 결백할지는 몰라도, 그가 그것을 입증하지는 못하는군요." 공작 부인이 다시 끼어들었다. "그가 자기의 섬[453]에서 보낸 그 멍청하고 가장된 편지들이라니! 저는 에스테르하지 씨가 그보다 나은지 어떤지는 몰라요. 하지만 문장들을 매만짐에 있어 다른 하나의 멋과 다른 특색을 가지고 있어요. 그러한 사실이 드레퓌스 씨 편에 선 사람들의 마음에는 들지 않을 거예요. 결백한 사람을 바꿔치기 할 수 없으니,[454] 그들에게는 얼마나 큰 불행이겠어요!" 모든 사람들이 폭소를 터뜨렸다.

"오리안느가 하는 말을 들으셨지요?" 게르망뜨 공작이 빌르빠리지 부인에게 들뜬 음성으로 물었다.

"들었네, 매우 우습고 재미있군."

공작은 그 대답에 만족하지 못하였다.

"하지만 저는 그 말이 재미있다고 생각하지 않습니다. 아니, 그것이 재미있건 그렇지 않건 저에게는 마찬가지입니다. 저는 재치라는 것을 완전히 무시합니다."

아르쟝꾸르 씨가 이의를 제기하였다. 그러자 공작 부인이 중얼거리듯 조용히 말하였다. "그가 하는 말 중 단 한 마디도 그의 생각이 아니에요."

"아무 의미도 담겨 있지 않은 화려한 연설들을 듣곤 하던 여러 회의소에 내가 속해 있었기 때문임에 틀림없소. 나는 특히 그 연설들 속에 있는 논리 평가하는 법을 배웠소. 의심할 나위 없이 내가 다시 선출되지 않은 것은 그 덕분일 것이오. 재미있는 것들에는 이제 관심이 없소."

"바쟁, 나의 귀여운 이여, 죠제프 프뤼돔므[455] 흉내내지 말아요, 그 누구도 당신만큼은 재치를 사랑하지 못한다는 것을 당신이 잘 알잖아요."

"내가 하던 말 마치도록 내버려두시오. 내가 자주 내 아내의 재치를 높이 평가하는 것은, 내가 특정 부류의 익살스러운 농담에 무감각하다는 바로 그 이유 때문이오. 그녀의 재치는 대개의 경우 정확한 관찰에서 출발하기 때문이오. 그녀는 남자처럼 사유하고 문인처럼 표현하오."

그러는 동안에도 블록은 노르뿌와 씨를 삐까르 대령 이야기 쪽으로 이끌어가려 애를 쓰고 있었다.

"그의 진술이 필요했다는 것에는 이견의 여지가 없소." 노르뿌와 씨가 대답하였다. "내가 그러한 의견을 내놓자 나의 동료들이 흰꼬리수리처럼 날카로운 고함을 질렀으나, 나의 견해로는, 정부가 대령에게 진술할 기회를 허락해야 할 의무를 가지고 있었소. 단순한 얼버무림으로 그러한 난관에서 빠져나올 수는 없는 법, 자칫 진흙 구덩이에 빠질 위험이 있소. 그 장교 자신을 위해서도, 그 진술이 첫 공판에서 매우 호의적인 반응을 불러일으켰소. 경기병들의 멋진 제복을 단정하게 차려입고 등장하여, 자기가 보고 믿은 것을 지극히 순박하고 솔직한 어조로 이야기하면서, '군인의 명예를 걸고 맹세하거니와' (이 부분에서 노르뿌와 씨의 음성에 가벼운 애국적 트레몰로[456]가 감돌았다) '이상이 제가 확신하는 바입니다' 라고 말하는 것을 보았을 때, 사람들이 받은 인상이 깊었음은 부정할 수 없었소."

'그래, 그는 드레퓌스파야, 의심의 여지는 그 그림자조차 없어.' 블록의 뇌리를 스친 생각이었다.

"그러나 처음 그가 자기에게 집결시켰던 공감이 그로부터 몽땅 멀어지게 한 것은 그와 문서 담당관 그리블랭[457]과의 대질심문이었는데, 특히 사람들이 그 늙은 공무원의, 고지식한 그 사람의, 말을 들었을 때,"(그리고 노르뿌와 씨가 다음에 이어지는 말을 진정한 확신 가득한 힘찬 억양으로 이어갔다) "그가 자기 상관의 눈을 똑바로 바라보면서, 또한 그 상관으로 하여금 안달 내게 하기를 두려워하지 않으면서, 어떠한 반박도 허용하지 않는 어조로 다음과 같이 말하는 것을 보았을 때였소. '보십시오, 대령님, 제가 결코 거짓말 한 적이 없음을 대령님께서 잘 아시며, 지금 이 순간에도, 언제나 그랬듯이, 제가 진실을 말하고 있음을 잘 아십니다.' 바람의 방향이 바뀌어, 그 이후의 여러 공판에서는 삐까르 씨가 하늘과 땅을 몽땅 뒤집어도 헛일, 그가 멋지게 좌초할 수 밖에 없었소."

'아니야, 틀림없이 그는 반드레퓌스파야, 뻔해.' 블록은 다시 그러한 생각에 잠겼다. '하지만 그가 만약 삐까르를 거짓말 하는 반역자라고 믿었다면, 어떻게 그의 폭로를 중시할 수 있으며, 그 폭로에서 매력을 느끼고 그것이 진실하다고 여겨 나에게 그것을 상기시킬 수 있겠는가? 하지만 반대로 그가 삐까르에게서 자신의 양심을 해방시키는 하나의 의인을 보았다면, 도대체 어떻게 그리블

랭과의 대질심문에서 삐까르가 거짓말을 한다고 가정할 수 있단 말인가?

노르뿌와 씨가 블록에게 마치 자기들 두 사람의 견해가 일치하는 듯 그렇게 말하고 있었던 이유는 아마, 그가 하도 강경한 반드레퓌스파였던지라, 정부가 드레퓌스에 대하여 충분히 강경하지 못하다고 여겨, 그 역시 드레퓌스파들 못지않게 정부에 적대적이게 된 데서 비롯되었을지 모른다. 혹은 아마, 그가 중시하는 정치적 목표가 다른 차원에 있는 더 심오한 무엇이었던지라, 그 차원에서는 드레퓌스 지지 운동 따위는 중요하지 않은 현안으로 보였을 것이고, 따라서 굵직한 대외 문제들로 고심하고 있던 애국자의 관심을 끌만한 사안이 못되었기 때문일지도 모른다. 아니 그보다는 오히려 아마, 그의 정치적 지혜의 원칙들이 형태와 과정과 시의적 절함 등의 문제들에만 적용되었던지라, 그 원칙들이, 현안들을 근본적으로 해결함에 있어서는, 철학에서 존재적 문제들을 딱 잘라 해결하는데 순수 논리학이 그렇듯 못지않게 무능했기 때문이거나, 혹은 그러한 정치적 지혜 자체가 그로 하여금, 그러한 주제들에 대하여 이야기하는 것이 위험하다고 여기게 하여, 그가 신중함에 이끌려 부차적인 상황들에 대한 이야기만 하도록 하였기 때문일지도 모른다. 그러나 블록이 잘못 짚었던 것은, 노르뿌와 씨가, 비록 성격적으로 덜 신중하고 사고방식이 덜 편협하게 단호했다 할지라도, 자신이 원하기만 하였으면, 앙리와 삐까르와 빠띠 드 끌람[458] 각각의 역할 및 사건의 모든 상황에 관한 진실을 자기에게 말해 줄 수 있었으리라 믿었을 때였다. 그 모든 것들에 관한 진실을 노르뿌와 씨가 알고 있으리라는 점을 블록은 정말 의심할 수 없었다. 여러 장관들과 친숙했던 그가 어떻게 그 진실을 몰랐겠는가? 물론 블록 역시, 정치적 진실이란 가장 명석한 두뇌들에 의해 거의 비슷하게 재구성될 수 있다고 생각하면서도, 한편으로는, 대다수 대중처럼, 그것이 이론의 여지 없는 기록의 형태로, 공화국 대통령 및 내각수반이 가지고 있는 서류들 속에 있으며, 그 서류를 통해 장관들은 그 진실을 훤히 알것이라 상상하고 있었다. 그런데, 정치적 진실이 문서들을 포함한다 할지라도, 그 문서들이 X선 사진 한 장 이상의 가치를 갖는 경우는 지극히 드문 법이니, 문외한인 사람은 환자의 병명이 그 사진 속에 글자로 선명히 적힌다고 믿으나, 실은 그 사진이 단순한 판단 요소 하나만을 제공하고, 그것이 다른 많은 요소들과 합쳐진 다음, 그것들에 의사의 추론이 가해진 후에나 의사가 그것들을 근거로 진단을 내리게 된다. 그리하여 정치적 진실이란, 많은 정보를 가지고 있는 사람들에게 접근하여 드디어 그것에 닿았다고 믿는 순간 자취를 감추는 법이다. 심지어 훨씬 후에도, 드레퓌스 사건에 국한시켜 말하거니와, 앙리의 고백과 뒤따른 그의 자살[459] 같은 그토록 명백한 사실이 드러났을 때에도, 그 사실이 즉시, 드레퓌스파 장관들과, 다른 한편으로는 순수 위조 문건임을 밝혀내고 신문을 맡았던 까베냑 및 퀴녜에[460] 의해 정반대로 해석되었을 뿐만 아니라, 같은 사고방식으로 판단하던 드레퓌스파 장관들 사이에서도, 앙리의 역할이 정반대 방법으로 설명되어, 어떤 이들은 앙리가 에스테르하지의 공모자라고 주장하는 반면, 다른 이들은 그 역할을 반대로 빠띠 드 끌람에게 전가시켜, 결국 자기네들과 반대 입장에 있던 퀴녜의 주장과 합세하고 자기네들의 편인 라이나하[461]와 정면으로 맞서는 처지에 놓이게 되었다. 블록이 노르뿌와 씨로부터 알아낼 수 있었던 것은 고작, 참모총장부와 데프르 씨가 비밀 정보를 로슈포르 씨에게 전하라는 명령을 내렸다는 것이 사실이라면,[462] 특이하게 유감스러운 무엇이 틀림없이 있었을 것이라는 점뿐이었다.

"확실한 것은 전쟁상이, 적어도 인 뻬또(in petto, 속으로는), 자기의 참모총장을 지옥의 신들에게로 보내고 싶었을 것이오. 내 관점으로는 공식적인 부인(否認)도 불필요한 덧붙이기는 아니었을 것이오. 하지만 전쟁상이, 인테르 포쿨라(inter pocula, 사석에서는), 자기의 견해를 매우 노골적으로 개진하오. 게다가 어떤 사안들에 대해서는 통제하기 어려울 동요를 야기시키는 것이 몹시 경솔할 수 있소."

"하지만 그 증거 문건들⁴⁶³⁾이라는 것이 명백한 허위입니다." 블록이 말하였다.

노르뿌와 씨가 그 말에는 아무 대꾸 하지 않았으나, 앙리 도를레옹 대공의 공공연한 의사 표시⁴⁶⁴⁾에는 동의하지 않는다고 밝혔다.

"게다가 그러한 시위성 의사 표시는, 재판정의 평온을 깨뜨리고, 어떤 성향의 것이든 개탄스러울 수밖에 없는 소요사태를 촉발할 수 있을 뿐이오. 물론 반군부적 선동을 제지해야 하겠으나, 애국적 사상에 봉사하는 대신 그것을 이용할 생각만 하는 일부 우익 분자들에 의해 고취된 싸움질 또한 우리에게는 필요치 않소. 다행이 프랑스가 남아메리카의 어느 공화국이 아닌지라 쁘로눈씨아미엔또(Pronunciamiento, 항명 선언, 꾸데따)를 주도하는 장군의 필요성은 느끼지 않소."

블록은 그로 하여금, 드레퓌스의 유죄 여부에 관해 어떤 언급을 하거나, 당시 진행중이던 민사 재판의 판결에 대한 예측을 하도록 하는데 성공하지 못하였다. 반면 노르뿌와 씨는 그 판결에 뒤이어 일어날 일들에 대해 이야기하는 것에서 즐거움을 느끼는 것 같았다. 그가 이렇게 말하였다.

"그것이 유죄 판결일 경우 아마 파기될 것이오. 왜냐하면, 증인들의 진술이 그토록 많은[465] 재판에서는, 변호사들이 꼬집어 지적할 수 있을 절차적 결함이 없는 경우가 매우 드물기 때문이오. 앙리 도를레앙 대공의 돌출 행위에 대해 한 마디 더 하자면, 나는 그것이 그의 부친[466]의 취향에 맞을지 매우 의심스럽소."

"샤르트르[467]가 드레퓌스 편이라고 생각하시나요?" 눈을 동그랗게 뜨고 발그레한 볼에 기분이 상한 기색으로 과자 접시에 코를 처박은 채, 공작 부인이 미소를 지으면서 물었다.

"천만에요, 저는 다만 왕실의 그쪽 지파 가문 전체가 탁월한 정치적 감각을 가지고 있다는 말을 하려는 것이었으며, 그것의 넥 플루스 울트라(nec plus ultra, 극치)를, 찬탄할만한 끌레망띤느 대공녀[468]에게서 누구나 발견할 수 있었고, 그것을 그녀의 아드님 훼르디낭 대공[469]께서 귀한 유산으로 간직하셨습니다. 불가리아 대공이셨다면 에스테르하지 소령을 포옹하시지는 않았을 것입니다."

"그 장교보다는 평범한 병사를 택하셨겠지요." 주왱빌르 대공[470] 댁에서 그 불가리아인과 함께 자주 저녁 식사를 하던, 그리고 언젠가, 그 불가리아인이 그녀에게 혹시 질투심을 느끼지 않느냐고 묻자, 이렇게 대꾸한 적이 있던 게르망뜨 공작 부인이 나지막하게 중얼거렸다. "물론이에요, 각하, 끼고 계신 팔찌에 대해 질투심을 느껴요."

"오늘 저녁 싸강 부인 댁 무도회에 가시지 않습니까?" 블록과의 대화를 서둘러 끝맺기 위하여 노르뿌와 씨가 빌르빠리지 부인에게 물었다. 하지만 블록이 그 전직 대사의 마음에 거슬리지는 않았던 모양이니, 그는 후에 우리에게 순진함 결여되지 않은 어투로, 그리고 의심할 나위 없이, 자기는 이미 오래 전에 버렸지만 블록의 언사 속에 잔존해 있던 신호메로스적 유행의 몇몇 흔적[471] 때문에, 다음과 같이 말하였다. "조금 구식이며 조금 과장된 그의 화법이 상당히 재미있어요. 이를테면, 라마르띤느나 쟝-바띠스뜨 루쏘처럼, 그 역시 '해박한 누이들'[472]이라는 표현을 서슴지않고 사용할 거예요. 그러한 경우가 오늘날의 젊은이들 사이에서는 매우 드물며, 실은 이미 그 앞 세대에서도 이미 그랬지요. 우리들조차도 약간은 로망띠슴에[473] 젖어 있었지요." 하지만 자기의 대화 상대자가 아무리 특이해 보였어도, 노르뿌와 씨는 그와의 대화가 너무 길었다고 생각하였다.

"아녜요, 대사님, 저는 더 이상 무도회에 드나들지 않아요." 그녀가 늙은 여인의 예쁜 미소를 지으면서 대답하였다. "댁들은 가시겠지요? 댁들 나이에 어울리니까요." 그녀가 자기의 시선 속에 샤뗄르로 씨와 그의 친구 및 블록을 함께 감싸 넣으면서 덧붙였다. "나도 글쎄 초대를 받았다니까요." 그녀가 자랑하는 척하면서 농담조로 말하였다. "나를 초대하기 위하여 이곳까지 온 사람이 있어요."(그 '사람'은 싸강 대공 부인이었다.)

"저에게는 초대장이 없습니다." 빌르빠리지 부인이 자기에게 그것 한 장을 주리라고 생각하면서, 또한 손수 초대장을 들고 찾아왔던 여인의 친구를 맞게되어 싸강 부인이 기뻐할 것이라고 생각하면서 블록이 말하였다.

후작 부인이 아무 대꾸하지 않았고, 블록 또한 더 이상 고집하지 않았다. 그녀와 논의할 더 중요한 일이 있었고, 그것을 위해 방금 그녀와 다음 다음 날 만나기로 약속을 정한 터였기 때문이다. 하지만 아무나 방앗간 드나들 듯 하는 루와얄 로의 클럽에는 사표를 내었다고 하는 두 젊은이의 말을 듣더니, 그가 빌르빠리지 부인에게 자기가 그곳에 초대되도록 주선해 달라고 요청하려 하였다. 그리하여 빈정거리는 기색으로 한 마디 하였다.

"그 싸강 집안 사람들이 상당히 겉멋 부리며, 게다가 상당한 스놈들 아닙니까?"

"천만에, 그 분야에서는 우리가 이루어낼 수 있는 최고의 걸작이오." 빠리 고유의 농담들을 모두 체득한 아르쟝꾸르 씨가 그의 말에 대꾸하였다.

"그렇다면 그것이, 흔히들 말하는 '성대한 제전들' 중의 하나, 즉 '사교적 봉건 영주 회의들' 중 하나이겠습니다!" 블록이 반쯤 비꼬아서 말하였다.

그러자 빌르빠리지 부인이 게르망뜨 부인에게 명랑한 어조로 물었다.

"여보게, 싸강 부인 댁의 무도회가 정말 사교계의 성대한 제전인가?"

"그런 것은 저한테 물으실 일이 아니에요." 공작 부인이 빈정거리듯 대답하였다. "저는 아직 사교적 제전이라는 것이 무엇인지 알만한 단계에 이르지 못하였어요. 게다가 사교계와 관련된 것들은 저의 강점이 아니에요."

"아! 저는 그 반대로 생각하고 있었는데." 게르망뜨 부인의 대답이 진지하다고 믿은 블록이 말하였다.

그가 드레퓌스 사건에 대하여 계속 많은 질문을 던지는 바람에 노르뿌와 씨의 머리가 지끈거릴 지경이었다. 그리하여 선언하듯 말하기를, 자기가 '얼핏 보기에도' 빠띠 드 끌람 대령의 뇌수가 연기에 휩싸인 듯하여, 냉정함과 분별력이 요구되는 사건의 예심과 같은 까다로운 일을 담당하는 데는 적임자가 아니라는 인상을 받았노라고 하였다. 그러면서 이렇게 덧붙였다.

"사회당이 뿔피리와 고함을 섞어 요란하게 그의 머리를 요구하며, 악마의 섬에 유배된 죄수를 즉시 석방하라고 아우성 친다는 사실을 나도 알고 있소. 그러나 나는, 우리가 아직은 그렇다 해서 제로-리샤르⁴⁷⁴⁾ 및 그의 공모자들이 강요하는대로, 카우디움의 가랑이⁴⁷⁵⁾ 밑으로 기어 지나가야 할 처지까지 추락하지는 않았다고 생각하오. 이 사건이 지금까지는 잉크병 그 자체요.⁴⁷⁶⁾ 쌍방 모두가 감춰야 할 상당히 추한 치사함을 가지고 있지 않다고는 말하지 않겠소. 당신네들의 그 의뢰인⁴⁷⁷⁾을 위해 나선 다소나마 사심 없는 변호인들 중 일부는 좋은 의도를 가지고 있을 수 있으며, 나 또한 그 반대 주장을 펴고 싶지 않으나, 지옥의 바닥도 선의라는 포석으로 덮여 있다는 것을⁴⁷⁸⁾ 당신도 알 것이오." 그 말을 덧붙이면서 그가 예리한 시선을 던졌다. "정부가, 엄밀히 말해 국가의 군대도 아닌, 이것은 사실이오, 정체 모를 어떤 친위대의 경고에 손과 발이 묶여 굴복하는 일이 없듯, 좌파의 손아귀에도 들어가지 않는다는 인상을 주는 것이 매우 중요하오. 새로운 사실이 드러나면 재심 절차가 시작되는 것은 당연하오. 그토록 명백한 일인데, 아우성을 치며 재심을 요구한다면, 그것은 들어오라고 열어 놓은 문을 부수면서 들어가는 꼴이오. 그러한 날이 도래하면 정부가 당당하고 분명하게 자기의 견해를 밝혀야 할 것이며, 그러지 않으면 정부의 가장 중요한 특권이 실추되도록 내버려두는 일이 될 것이오. 수탉 이야기 하다가 당나귀 이야기 하는 식의 잡다한 아귀다툼으로는 아니 될 것이오. 드레퓌스를 심판할 판사들이 있어야 할 것이오. 그러면 그것은 아주 쉬운 일이 될 것이니, 우리가 비록, 모두들 스스로를 헐뜯기 좋아하며 살아가는 우리의 사랑스러운 프랑스에서, '진실' 이라든가 '정의' 같은 단어들을 이해하게 하려면 영불 해협을 건너는 것이 불가결하다고 믿거나 믿도록 하는데 익숙해졌다 하더라도,⁴⁷⁹⁾ 영불 해협을 건너는 것이 대개의 경우 슈프레에 합류하는 우회적인 방편에 불과할 뿐, 베를린에만 판사들이 있는 것은 아니기 때문이오.⁴⁸⁰⁾ 하지만 정부의 조치가 일단 작용하기 시작되었을 경우, 당신은 정부의 말에 귀를 기울이겠소? 정부가 당신에게 공민적 의무 이행을 요구할 경우, 당신은 그 말에 호응하여 정부 편에 설 수 있겠소? 애국심에 호소하는 정부의 부름에 귀머거리 행세 하지 않고 '나 여기 있소!' 라고 선뜻 대답할 수 있겠소?"

노르뿌와 씨가 블록에게 격렬한 어조로 그러한 질문들을 던졌고, 그럼으로써 나의 옛 학급 친구를 주눅들게 하면서 다른 한편으로는 우쭐하게 만들기도 하였다. 왜냐하면, 그 전직 대사가 그에게 말을 하면서도 그의 속에 있는 어느 당파 전체를 상대하는 듯한 기색이었고, 블록이 마치 그 당파의 비밀 지령이라도 받기나 한 듯, 그리하여 장차 내려질 결정들에 대한 책임을 그가 감당할 수 있다고 믿는다는 듯한 기색으로 그에게 따져 묻고 있었기 때문이다. "당신들이 만약 무장을 해제하지 않으면, 또한 만약, 사건의 재심 절차를 확정하는 법령의 잉크가 마르기도 전에, 정체를 알 수 없는 어떤 기만적인 지령에 복종하여 무장을 해제하지 않고, 어떤 자들에게는 정치적 울티마 라티오(ultima ratio, 최후의 설득 수단)[481]처럼 보이는 부질없는 반대에 몰두한 나머지, 당신들의 장막 아래로 물러가 당신들의 전함을 불태운다면, 그것은 당신들의 막대한 손실이 될 것이오." 블록의 '집단을 대표하는' 대답을 기다리지 않고 노르뿌와 씨가 계속하였다. "당신 혹시 무질서를 비호하는 자들의 포로요? 그들에게 무슨 맹약이라도 하였소?" 블록이 당황하여 아무 대답도 하지 못하였다. 노르뿌와 씨가 그럴 시간을 허락하지 않았다. "아니라고 하는 당신의 대답이 내가 믿고 싶은 바와 같이 사실이라면, 그리하여 당신의 우두머리들과 친구들 중 몇몇에게는 없는 정치적 감각을 당신이 약간이나마 가지고 있다면, 형사 법정이 열리는 바로 그날이,[482] 흐린 물 속에서 고기잡이를 일삼는 자들의 책동에 휩쓸리지 않을 경우, 당신네들이 승리를 쟁취하는 날일 것이오. 물론 국방 참모 본부 전체가 시의적절하게 손을 뗄 수 있으리라고 내가 장담할 수는 없지만, 그 일부만이라도 화약에 점화하지 않아 체면을 지킬 수 있다면, 그것만으로도 상당히 아름다운 일이오. 물론 법률을 선포하여 처벌되지 않은 범행들의 너무 긴 목록을 마감하는 것이 정부의 책무임은 새삼 말할 필요조차 없지만, 사회주의자들의 선동이나 군인의 탈을 쓴 정체불명의 오합지졸들의 압력에 못 이겨 그렇게 해서는 아니 되오." 그가 블록의 눈을 들여다보면서, 그리고 아마 반대파 진영에서도 지지자들을 마련하고자 하는, 모든 보수파 인사들이 가지고 있는 본능에 이끌려, 그가 마지막 말을 덧붙였다. "정부의 조치는, 끝없이 치닫는 경쟁적 호가(呼價)의 진원지가 어디이든, 그 호가에 개의치 말고 취해져야 하오. 현재의 정부는, 천만 다행으로, 드리앙 대령[483]의 뜻에도, 그 정반대 극점인 끌레망쏘[484] 씨의 뜻에도 따르지 않소. 직업 선동꾼들을 철저히 타도하여 그들이 다시는 머리를 쳐들지 못하도록 막아야 하오. 프랑스인들의 절대 다수는 질서 속에서 일하기를 갈망하오! 그것에 대한 나의 신조는 확고하오. 그러나 여론의 눈을 밝게 해주기를 두려워해서는 아니 되며, 혹시 일찍이 우리의 라블레 씨께서 그토록 속성을 잘 아신 것들과 같은 양 몇 마리가 고분고분 물 속으로 뛰어들 경우,[485] 그 물이 흐렸음을 그들에게 지적해 알려주고, 위험한 밑바닥이 보이지 않도록 하기 위하여, 우리 나라 사람들이 아닌 못된 족속들이 의도적으로 물을 흐려 놓았음을 깨우쳐 주는 것이 합당하오. 또한 정부는 자기의 핵심적인 권한을 행사할 때, 즉 정의라는 귀부인[486]께서 움직이시도록 할 때, 자신을 방어하는 식으로 수동성에서 겨우 빠져나오는 듯한 기색을 보여서는 아니 되오. 정부는 당신들의 모든 제안에 귀를 기울일 것이오. 사법적 오류가 확인될 경우, 거역할 수 없는 절대 다수가 정부로 하여금 시간을 두고 다시 생각할 수 있도록 기회를 확보해 줄 것이오."

"귀하께서는 물론 드레퓌스를 지지하시겠습니다. 외국에서는 모두 드레퓌스파이니까 말입니다." 다른 사람들과 함께 자기를 아르쟝꾸르 씨에게 소개하자, 블록이 그를 향해 고개를 돌리며 말하였다.

"그것은 오직 프랑스인들만의 관심을 끄는 그들간의 문제입니다, 그렇지 않습니까?" 아르쟝꾸르 씨는, 대화 상대자가 이제 막 정반대의 견해를 표명하였던지라, 누구든 그 사람이 공유하지 않음을 뻔히 알고 있는 견해 하나를 그 대화 상대자에게 전가하는, 그 특이한 무례를 서슴지않으면서 블록의 말에 대꾸하였다.

블록이 얼굴을 붉혔고, 아르쟝꾸르 씨는 자기의 주위를 둘러보며 미소를 지었다. 그가 다른 방문객들에게 그 미소를 보내는 동안에는 블록에게로 향한 악의가 그것에 가득했으나, 그것이 마침내 나의 학창 시절 친구에게 이르렀을 때, 그가 온정으로 그 악의를 완화시켰으며, 그것은 나의 친구로부터 이제 막 들은 말에 대하여 화를 낼 명분을 빼앗기 위함이었을 뿐, 그랬다고 해서 그 말이 덜 잔인해진 것은 아니었다. 게르망뜨 부인이 아르쟝꾸르 씨의 귀에다, 나에게는 들리지 않았으나 블록의 종교와 틀림없이 연관되었을—왜냐하면 그 순간 공작 부인의 얼굴에, 어떤 사람에 대하여 이야기하는 것이 그 사람에 의해 발각되지 않을까 하는 두려움에서 기인된, 주저하는 듯하고 위선적인 무엇 감도는 특이한 표정이, 그리고 우리와는 근본적으로 낯설게 느껴지는 인간 집단이 우리에게 불어넣어 주는 호기심 가득하고 악의적인 명랑함 뒤섞인 표정이, 어른거렸으니 말이다—무슨 말을 소곤거렸다. 블록이 손상된 체면을 회복하고자 샤뗄르로 공작 쪽으로 돌아섰다. "귀하께서는 프랑스인이시니, 비록 프랑스 내에서는 외국에서 무슨 일이 일어나는지 전혀 모른다고들 주장하지만, 외국에서는 모두가 드레퓌스파라는 사실을 틀림없이 아실 것입니다. 뿐만 아니라 귀하와는 이야기를 나눌 수 있음을 제가 알고 있습니다. 쌩-루가 저에게 말해 주었습니다." 그러나 모든 사람들이 블록에게 등을 돌린다고 느끼고 있었으며, 또 사교계에서는 흔히들 그러듯, 비겁했던 젊은 공작은, 격세유전을 통해 샤를뤼스 씨로부터 물려받은 것처럼 보이는 정교하고 깨무는 듯한 재치를 뽐내며 이렇게 대꾸하였다. "제가 당신과 드레퓌스에 관하여 토론하지 않음을 양해하시기 바랍니다. 그 문제에 대해서는 오직 야펫[487]의 후손들 하고만 이야기한다는 것이 저의 원칙입니다." 블록 이외의 모든 사람들이 미소를 지었다. 그가 자기의 유대인 혈통이나, 조금은 시나이 반도와 관련이 있는 자기 가문에 대하여, 평소에 빈정거리는 말을 하던 습관을 가지고 있었음에도 그랬다. 평소와는 달리 이번에는, 블록의 내면에 있는 기계의 시동 장치가, 의심할 나위 없이 준비되지 않았던 듯한 그러한 말들 중 한 마디 대신, 전혀 다른 말이 그의 입으로 올라가게 하였다. 그리하여 겨우 이러한 말밖에 들을 수 없었다. "도대체 어떻게 아셨습니까? 누가 당신에게 그 사실을 말하였습니까?" 그렇게 말하는 그가 마치 어느 도형수의 아들 같았다. 또한, 예수교도의 것으로 간주되지 않는 그의 이름과, 그의 얼굴[488] 때문에, 그의 놀라움이 얼마간의 순진함을 부각시켰다.

노르뿌와 씨가 해 준 말에 만족하지 못한 그가 문서 담당관에게로 다가가서, 혹시 빌르빠리지 부인 댁에 빠띠 드 끌람 씨나 죠제프 라이나하 씨가 가끔 모습을 나타내느냐고 물었다. 문서 담당관은 아무 대꾸도 하지 않았다. 그는 국가주의자였고, 머지않아 엄청난 사회적 투쟁이 시작될 것이니 교류할 사람들을 선별함에 더 신중해야 한다고, 후작 부인에게 그 무렵 끊임없이 충고하던 중이었다. 그는 블록이 혹시 그 유명한 '유대인 협회'의 밀정이 아닐까 생각하였고, 따라서 즉시 빌르빠리지 부인에게로 가서 블록이 자기에게 던진 질문을 그녀에게 그대로 옮겼다. 그녀는 블록이 여하튼 가정교육을 제대로 받지 못하였을 것은 틀림없으며, 따라서 아마 노르뿌와 씨의 사회적 지위에 위험 요소가 될 수도 있겠다고 판단하였다. 결국 그녀가, 자기에게 약간이나마 두려움을 주는 유일한 사람, 비록 큰 성공은 거두지 못하면서도 자기를 교화하려 애쓰던 사람인 문서 담당관을(그는 매일 아침, 〈쁘띠 주르날〉[489])에 게재된 쥐데 씨의 논설문을 그녀에게 읽어 주었다) 만족시켜 주기로 작정하였다. 따라서 그녀는 블록에게 더 이상 자기의 집에 올 필요가 없음을 환기시키기로 작정하였고, 지체 높은 귀부인이 어떤 사람을 자기의 응접실에서 내쫓는 장면을, 물론 흔히들 상상할 수 있을, 삿대질을 하며 이글거리는 눈을 부릅뜨는 행위 따위가 내포되지 않은 극적 장면을, 자기의 '사교적 공연 목록'에서 자연스럽게 찾아내었다. 블록이 작별인사를 하려고 다가가자, 그녀는 자기의 커다란 안락의자에 깊숙이 처박힌 채, 희미한 반수상태에서 겨우 깨어나는 듯한 모습을 보였다. 졸음 속에 잠긴 듯한 그녀의 시선에서는, 진주의 약하고 매력적인 미광만이 발산될 뿐이었다. 또 뵙겠다는 블록의 인사말이, 후작 부인의 얼굴에 한 가닥 나른한 미소를 그려 놓았을 뿐, 그녀로부터 단 한 마디 말도 이끌어내지 못하였고, 그녀가 그에게 악수를 청하지도 않았다. 그녀의 그러한 연극에 블록의 놀라움이 그 절정에 달하였으나, 주위에 있던 사람들이 그 장면을 보고 있었던지라, 그것이 계속되면 자기에게 불리함이 초래될 것이 불가피하다고 생각한 나머지, 후작 부인이 회피하지 못하도록 하기 위하여 자기가 불쑥 손을 내밀어 악수를 청하였으나,

그녀는 그 손을 잡지 않았다. 빌르빠리지 부인은 블록의 그러한 행동에 마음이 상하였다. 그러나 의심할 여지 없이, 문서 담당관 및 반드레퓌스파들에게 즉각적인 만족감 안겨주는 것을 중시하면서도, 미래를 다독거리고 싶었음인지, 그녀는 단지 눈꺼풀을 내려 눈을 반쯤 감는 것으로 만족하였다.

"주무시는 모양이군요." 블록이 문서 담당관에게 말하였고, 자신이 후작 부인의 지지를 받고 있음을 느낀 문서 담당관은 분개한 기색을 띠었다. "안녕히 계십시오." 블록이 큰 소리로 인사를 하였다.

후작 부인은, 입을 벌려 무슨 말을 하려고 하나 시선은 더 이상 아무것도 알아보지 못하는 죽어가는 여인처럼, 입술을 약하게 움직였다. 그러더니, 되찾은 활기 넘치는 모습으로 아르쟝꾸르 후작 쪽을 향해 돌아앉았으며, 그러는 동안 블록은 그녀에게 '노망기가 있다고' 확신하며 그곳을 떠났다. 그토록 이상한 사건에 대한 호기심과 그 사건의 본질을 밝히고자 하는 의도에 이끌려, 그가 며칠 후 그녀를 보러 다시 왔다. 그녀가 그를 환대하였다. 그녀가 착한 여인이었고, 마침 문서 담당관이 그곳에 없었고, 블록이 그녀의 집에서 공연하도록 주선하기로 되어 있던 에스빠냐풍 단막극을 그녀가 중요시하였고, 무엇보다도 그녀가 갈망하던 귀부인의 연기를 멋지게 해냈기 때문이었는데, 그 연기가 모든 사람들의 찬사를 받으면서 바로 그날 저녁으로 여러 응접실에서 화제에 올랐지만, 이미 사실과는 아무 관련 없는 내용에 근거한 것들이었다.

"공작 부인, 『일곱 공주』에 대하여 말씀하셨는데, 그것의, 어찌 말해야 좋을지 모를 그 풍자적 비방문의 작자가(그렇다 해서 제가 자랑스러워하는 것은 아닙니다) 저의 나라 사람들 중 하나입니다." 방금 화제에 올랐던 작품의 작자를 다른 이들보다 더 잘 안다는 만족감에 빈정거림을 섞어 아르쟝꾸르 씨가 말하였다. "그렇습니다, 그의 국적이 벨기에입니다." 그가 다시 덧붙였다. "정말이에요? 아니에요, 우리는 당신이 『일곱 공주』와 조금이라도 연관이 있다고는 생각하지 않아요. 당신이나 당신의 나라 사람들을 위해서는 다행스럽게도, 당신은 그 멍청한 작품의 작자를 닮지 않았어요. 저는 당신을 비롯해, 조금 소심하지만 기지 넘치는 당신의 국왕, 리뉴 가문의 제 사촌들, 그리고 다른 매력적인 벨기에 사람들을 알고 있지만, 다행스럽게도 제가 아는 분들이 『일곱 공주』의 저자와는 언사가 같지 않아요. 게다가 솔직히 말씀 드리자면, 그 작품에 대해 이야기하는 것 자체가 지나친 대우예요. 그것이 아무것도 아니기 때문이에요. 자기들에게 사상이 없다는 사실을 감추기 위하여, 모호한 척하려 하며, 필요한 경우 스스로 우스꽝스럽게 보이려 하는 부류에 속하는 사람이에요.[490] 작품 밑에 숨겨진 무엇이 있다면, 그 속에 사상이 있기만 하다면, 저는 작품의 대담성을 염려하지 않을 것 같아요." 그녀가 덧붙였다. "보렐리의 극작품을 관람하셨는지 모르겠어요. 그 작품을 보고 충격 받은 사람들이 있지만, 저는 비록 돌팔매질을 당해 죽는다 해도"(그러한 위험이 없다는 사실을 간과한 채 그렇게 덧붙였다) "그것이 무한히 신기하다고 솔직히 말하겠어요.[491] 하지만 『일곱 공주』라니! 그녀들 중 하나가 저의 조카에게 호의를 보인다 해도 소용 없으니, 저는 가족의 정을 그녀에게까지 연장시킬 수는 없을 것…"

공작 부인이 문득 말을 멈추었다. 귀부인 하나가 들어오고 있었기 때문이며, 그 귀부인은 로베르의 모친 마르상뜨 여자작이었다.[492] 쎙-제르맹 구역 사교계에서는 마르상뜨 부인이 선함과 천사적 체념의 화신인 탁월한 존재로 간주되고 있었다. 일찍이 사람들이 나에게 그런 이야기를 해주었고, 또 그 순간에는 그녀가 게르망뜨 공작의 친누이라는 사실을 몰랐던지라, 내가 그러한 사실에 놀랄 특별한 이유가 없었다. 훨씬 훗날 나는 사교계를 드나들면서, 우수 가득하고 순결하며 희생된 처지라서 교회당의 그림유리창에 있는 이상적인 성녀들처럼 존경 받는 여인들이, 난폭하고 음탕하며 비루한 오라비들과 같은 혈통의 그루터기에서 피어났음을 알게 될 때마다 항상 놀라곤 하였다. 오라비들과 누이들이 게르망뜨 공작과 마르상뜨 부인처럼 같은 판에 찍어낸 듯 닮은 얼굴을 가졌을 경우, 어떤 사람이 착할 때도 있고 못될 때도 있으되 그의 생각이 편협하면 그에게서 넓은 안목을 기대할 수 없고, 심성이 모질면 숭고한 자기 희생을 기대할 수 없듯, 그 오누이들이 같은 지성과 심성을 공통적으로 가지고 있어야 할 것 같았다.

그 무렵 마르상뜨 부인은 브륀느띠에르[493]의 강의를 듣곤 하였다. 그리하여 쌩-제르맹 사교계를 열광시켰고, 자신의 성녀와 같은 생활로 그 사교계를 감화하였다. 그러나 예쁜 코와 날카로운 시선 등의 형태학적 연관성이 나로 하여금, 마르상뜨 부인을 그녀의 오라비인 공작과 같은 지적 그리고 윤리적 과(科)로 분류하지 않을 수 없게 하였다. 나는, 단지 여인이라는 사실이, 그리고 아마 불행한 일을 당하였고 모든 사람들의 존경을 받는다는 사실이, 중세의 영웅전들[494]에 등장하는 사나운 오라비들의 누이 속에 모든 미덕과 우아함을 집결시켜 놓듯, 한 여인을 자기의 오라비들과 그토록 다르게 만들어 놓을 수 있으리라고는 도저히 믿을 수 없었다. 옛 시인들보다 덜 자유로워, 자연은 거의 전적으로 한 가문의 공통인자들만을 사용할 수밖에 없었을 것 같았고, 따라서 나는 자연이, 하나의 멍청이나 상스러운 남자를 빚는데 사용된 것과 유사한 재료로, 멍청함이라는 결함 전혀 없는 위대한 지성이나, 난폭함이라는 얼룩 전혀 없는 성녀를 빚어 낼 쇄신 능력을 구비하였으리라고는 생각할 수 없었다. 마르상뜨 부인은 커다란 종려수 무늬 찍힌 하얀 수라트산 비단 드레스를 입고 있었으며, 종려수들 위에 천으로 만든 꽃들이 선명히 부각되었는데, 꽃들은 검은색이었다. 그녀가 3주 전에 사촌인 몽모랑씨 씨를 잃었기 때문이었다. 하지만 그렇다 하여 그녀가 일상적인 방문이나 조촐한 만찬에 참석하기를 멈추지는 않았으되, 상복 차림이었다. 그녀는 진정 지체 높은 귀부인이었다. 격세유전으로 인하여, 그녀의 영혼은 피상적인 것과 엄격한 것들이 혼재되었던 옛 궁정 생활의 경박함으로 가득 차 있었다. 마르상뜨 부인에게 자기 부친과 모친의 죽음을 오랫동안 슬퍼할 힘은 없었으나, 어떠한 일이 있어도, 자기의 사촌이 죽은 지 한 달도 아니 되어 색상 화려한 옷은 결코 입지 않았을 것이다. 그녀가 나를 대함에 있어 보여준 것은 친절 이상이었으니, 내가 로베르의 친구였고 또 내가 로베르와 같은 세계에서 살고 있지 않았기 때문이었다. 그러한 친절에, 가장된 수줍음, 그리고 음성이나 시선이나 혹은 너무 많은 자리를 차지하지 않기 위하여 또 좋은 가정 교육이 요구하듯 유연함 속에서도 단정한 자세를 유지하기 위하여 늘어진 치마 자락 여미듯 다시 자신에게로 후퇴 시키듯 이끌어가는 사념 등의, 간헐적인 위축 같은 현상이 수반되었다. 하지만 좋은 가정 교육이라고 곧이 곧대로 믿어서는 아니 되는 바, 그러한 귀부인들 중 많은 여인들이, 거의 어린 아이처럼 가시적 예절은 정확히 지키되, 방종한 풍습 속으로 쉽게 휩쓸려들기 때문이다. 마르상뜨 부인이, 대화 중에 듣는 이들의 신경을 자극하는 일이 생기곤 하였다. 가령 베르고뜨나 엘스띠르와 같은 평민들에 관해 이야기할 때마다, 그녀가 단어를 떼어 그것을 돋보이게 하면서, 그리고 서로 다른 두 어조를 이용하여 게르망뜨 가문 사람들 특유의 억양으로「시편」읊조리듯 그것을 발음하곤 하였기 때문이었는데, 예를 들면 이러했다. "제가, 베르고뜨 씨를 만나는, 그리고 엘스띠르 씨와 초면 인사를 나누는 '영광'을, 커다란 '영-광'을 누렸습니다." 그것은 자신의 겸손에 다른 이들이 찬탄하도록 하기 위함이거나, 혹은 구시대의 예법으로 회귀하려는 게르망뜨 씨의 취향에 이끌려, 누구로 말미암아 '영광을 누렸다' 는 겸사가 드물어진, 현대의 천한 교육에 말미암은 언어관습에 저항하기 위함이었을 것이다. 그 두 이유들 중 어느 것이 진정한 이유였든, 여하튼 마르상뜨 부인이 '영광을, 커다란 영광을 누렸다' 고 말할 때마다, 누구든 그녀가, 자신이 하나의 커다란 역할을 수행한다고 믿으며, 또 재능 뛰어난 인사들이 근처에 있었다면 그들을 자신의 성에 받아들였을 것처럼 그들의 이름을 대우할 줄 안다는 것을 보여주는 것이라 믿고 있음을 직감할 수 있었다. 다른 한편으로는, 그녀의 가문이 번창했고, 그녀가 자기의 가문을 매우 사랑하였는데, 말이 느리고 설명하기를 좋아하였던지라, 친척 관계들을 이해시키고자 한 나머지(누구에게 강한 인상을 주려는 욕구 따위는 전혀 없었을 뿐만 아니라, 기껏 감동적인 촌사람들이나 자기 영지의 탄복할만한 밀랍 감시인들에 대해 진지하게 이야기하는 것을 좋아하였을 뿐이건만), 그녀가 자신도 모르게 매순간 신성 로마 제국[495]에 일찍이 충성을 맹세하였던 유럽 각지의 모든 가문들을 들먹이게 되었고, 따라서 그녀보다 덜 영광스러운 가문 출신들은 그녀를 용서하지 못하였으며, 그들이 약간이나마 지식인 층에 속할 경우, 그것이 어리석은 언동이라고 야유하곤 하였다.

시골에서는, 그녀가 베풀던 자선 때문에도 그랬지만, 특히 무엇보다도, 프랑스 역사에서 가장 위대하다고 할 수 있을 것들만을 누대에 걸쳐 그 속에서 만나게 되는 그 특수한 혈통의 순결함이, 그녀의 태도에서, 백성들이 흔히 '거드름' 이라고 부르는 것을 제거하여 그녀에게 완벽한 소박함을 부여하였기 때문에, 마르상뜨 부인이 찬양을 받았다. 그녀는 불행에 빠진 가난한 여인을 다정하게 포옹하기를 꺼리지 않았고, 그런 다음 자기의 성으로 와서 장작 한 수레를 가져가라 하였다. 사람들은 그녀를 가리켜 온전한 예수교인이라고 하였다. 그녀는 로베르가 엄청나게 부유한 집안의 딸과 혼인하기를 간절히 바랐다. 지체 높은 귀부인으로 산다는 것은 지체 높은 부인 행세를 한다는 것을, 다시 말해, 부분적으로는 소박한 사람 행세도 한다는 것을 가리킨다. 그것은 엄청난 비용이 드는 연극이며, 특히 소박함이라는 것은, 당사자가 소박하지 않을 수 있다는 사실을, 다시 말해 매우 부유하다는 사실을, 다른 사람들이 안다는 조건에서만 매력을 발산하기 때문에 더욱 그렇다. 훗날 내가 그녀를 보았노라고 하자, 어떤 사람이 나에게 말하였다. "그녀가 매혹적임을 틀림없이 깨달으셨을 것입니다." 그러나 진정한 아름다움이란 하도 특이하여, 하도 새로워, 그것이 아름다움임을 알아채지 못하는 법이다. 그녀를 처음 보던 날, 나는 단지 그녀의 코가 아주 작고, 눈이 매우 푸르고, 목이 길고, 기색이 슬프다는 생각만 하였다.

"이보게," 빌르빠리지 부인이 게르망뜨 공작 부인에게 말하였다. "잠시 후, 자네가 상종하고 싶지 않을 여인 하나가 나를 방문할 것 같아, 혹시 자네가 거북하지 않을까 하여 미리 알려주네. 그러나 안심하게, 내가 차후로는 그녀를 받아들이지 않을 것이니. 또한 그녀가 오늘 한 번만 오게 되어 있다네. 스완의 아내라네."

스완 부인은, 드레퓌스 사건이 전방위적으로 비화되는 것을 보고, 또 자기 남편의 유대인 혈통이 자신에게까지 해를 끼치지 않을까 두려워하여, 그 단죄된 사람의 결백함에 대해서는 절대 아무 말도 하지 말라고 남편에게 이미 간곡하게 당부해 두었다. 남편이 곁에 없을 때에는 한 걸음 더 나아가, 가장 열렬한 국가주의를 선언하기도 하였는데, 그녀가 하지만 그 면에 있어서는, 잠재되어 있던 평민적 반유대인주의가 깨어나 그 노기의 절정에 달해 있던 베르뒤랭 부인을 모방하는 것에 불과했다. 그러한 태도 덕분에 스완 부인이, 그 무렵 형성되기 시작한 반유대인적 사교계 여인들 연합 몇몇에 가입하게 되었고, 따라서 귀족 계층의 여러 사람들과 교분을 맺게 되었다. 따라서, 스완과 그토록 친밀한 관계에 있던 게르망뜨 공작 부인이, 다른 귀족 여인들을 모방하기는커녕, 반대로, 자기의 아내를 그녀에게 소개하고자 하던, 그리고 그녀에게 감추지 않던, 스완의 열망에 끄떡도 하지 않은 사실이 이상해 보일 수도 있다. 하지만 그것은, 타의에 의해 이런 혹은 저런 일을 할 의무가 자기에게 없다고 판단하곤 하며, 몹시 임의적인 자기의 사교적 '자유의지'가 결정한 것을 폭군적으로 강요하곤 하던, 공작 부인의 특이한 성격에서 비롯된 결과였음을 누구든 후에 알게 될 것이다.

"미리 알려주셔서 고마워요." 공작 부인이 대답하였다. "사실 그녀와 마주치면 매우 불쾌할 거예요. 하지만 제가 그녀의 얼굴을 아니까 때맞춰 이곳을 떠나겠어요."

"오리안느, 자네에게 단언하네만, 매우 호감 가는 멋진 여인이라네." 마르상뜨 부인이 말하였다.

"저도 의심하지 않아요. 하지만 제가 그것을 확인할 필요는 느끼지 않아요."

"자네 레이디 이스라엘즈 댁으로부터 초대장을 받았나?" 대화를 다른 쪽으로 돌리기 위하여 빌르빠리지 부인이 공작 부인에게 물었다.

"하지만 천만 다행히 제가 그녀와는 교분이 없어요." 게르망뜨 부인이 대답하였다. "그런 것은 마리-에나르에게 물으셔야 해요.

그녀와 교분을 맺고 있으니까요. 저는 그 이유가 무엇인지 항상 궁금해요."

"사실 제가 그녀와 교류하였어요." 마르상뜨 부인이 대답하였다. "저의 실수를 고백하겠어요. 하지만 그녀와 다시는 교류하지 않기로 작정하였어요. 그녀가 그 족속들 중 가장 못된 축에 속하는 것 같고, 그녀는 그러한 점을 아예 감추려 하지도 않아요. 뿐만 아니라 우리들 모두 그녀를 지나치게 신뢰하였고, 지나치게 대접하였어요. 저는 이제 그 종족이라면 그 누구와도 상종하지 않을 거예요. 우리가 시골에 사는 같은 피를 나눈 유구한 친척들을 문전박대할 때에도, 유대인들에게는 문을 활짝 열어 주었어요. 그런데 우리가 현재 보고 있는 것이 그들의 보은이에요. 아! 저는 아무 할 말이 없어요. 저에게도 무척 사랑스럽지만, 아직 젊은 미치광이인지라, 어리석은 말만 늘어놓는 아들 하나가 있으니까요." 아르장꾸르씨가 로베르를 암시하는 말을 하였다는 사실을 전해 듣고 그렇게 덧붙였다. "하지만, 로베르 이야기가 나왔으니 여쭙는데, 그 아이를 못 보셨어요?" 그녀가 빌르빠리지 부인에게 물었다. "오늘이 토요일이니 그 아이가 빠리에 와서 스물네 시간 동안 머물 것이라 생각하였어요. 그럴 경우 틀림없이 숙모님을 뵈러 왔겠지요."

마르상뜨 부인이 실제로는 자기의 아들이 휴가를 얻지 못하였을 것이라 생각하고 있었다. 그러나, 여하튼, 즉 그가 휴가를 얻었다 하더라도, 빌르빠리지 부인 댁에는 오지 않았을 것이 뻔했던지라, 그녀는 자기가 아들을 그곳에서 만날 수 있으리라고 믿는 척함으로써, 유난히 자존심 강한 자기의 숙모로 하여금, 한 동안 그곳에 모습을 보이지 않은 자기 아들을 용서하시게 할 수 있으리라 기대하였다.

"로베르가 여기에 오다니! 오기는커녕 편지 한 줄 못받았네. 발백에서 본 이후 그만일세."

"그 아이가 무척 바빠요. 할 일이 어찌나 많은지!" 마르상뜨 부인이 말하였다.

자기의 양산 끝으로 카페트 위에 그리고 있던 동그라미를 바라보는 게르망뜨 부인의 속눈썹을, 한 가닥 미소가 일렁이게 하였다. 공작이 너무 공공연히 자기의 아내를 푸대접할 때마다, 마르상뜨 부인은 자기의 친오라비에게 맹렬히 맞서며 올케의 편을 들곤 하였다. 공작 부인은, 그러한 비호에대하여 고마워하는 그러나 원한 섞인 감회를 간직하고 있었으며, 따라서 로베르의 탈선에 대해 그리 심하게 화를 내지는 않았다. 그 순간 출입문이 다시 열리더니 로베르가 들어왔다.

"이런, 쌩-루 이야기를 하면496)…" 게르망뜨 부인이 말하였다.

등을 출입문 쪽으로 돌리고 있던 마르상뜨 부인은 자기의 아들이 들어서는 것을 미처 보지 못하였다. 그녀가 그를 보는 순간, 그 어머니 속에서 기쁨이 날개의 퍼덕임처럼 진정으로 요동하였고, 그 바람에 마르상뜨 부인의 몸뚱이가 반쯤 치솟았으며, 그녀의 얼굴이 경련을 일으켰는데, 그녀는 경탄한 눈을 로베르에게서 떼지 못하였다.

"아니, 네가 오다니! 이런 행복을! 뜻하지 않은 행복을!"

"아! '쌩-루 이야기를 하면'이라, 무슨 뜻인지 저도 알아요." 벨기에 외교관이 큰 소리로 웃으며 말하였다.

"그것 참 재미있겠군요."497) 동음이의어를 가지고 하는 말장난을 평소에 몹시 싫어하지만, 이번에는 자신을 비아냥거리는 투로 우연히 그 말을 꺼냈던 게르망뜨 부인이 냉랭하게 대꾸하였다. 그리고 다시 로베르에게 말하였다. "잘 지내니, 로베르. 그래! 이토록 자기의 숙모를 잊다니!"

두 사람이 잠시 무슨 이야기를 나누었고, 틀림없이 나에 관한 이야기인 것 같았다. 쌩-루가 이야기를 마치고 자기의 모친에게로 다가가는 동안 게르망뜨 부인이 나에게로 고개를 돌렸으니 말이다.

"안녕하세요, 어찌 지내시는지요?" 그녀가 나에게 말하였다.

그녀가 자기의 하늘색 시선으로부터 빛이 내 위로 빗발처럼 쏟아지게 하였고, 잠시 머뭇거린 다음, 길고 가는 자기의 팔을 펴서 나에게로 내밀더니, 몸뚱이를 앞쪽으로 숙였으며, 그 몸뚱이가, 땅바닥에 눕혔다가 놓아주면 즉시 제자리로 돌아가 꼿꼿이 서는 어린 나무처럼, 신속하게 뒤쪽으로 튕겨져 다시 꼿꼿해졌다. 그녀를 유심히 살피면서 멀리서나마 자기의 숙모로부터 조금 더 얻어내려고 필사적인 노력을 하고 있던 쌩-루의 이글거리는 시선 아래에서, 그녀가 그렇게 행동하고 있었다. 우리 두 사람의 대화가 혹시 중단되지 않을까 저어하여, 그가 다시 우리들 곁으로 돌아와 대화에 활기를 주면서, 내 대신 말을 하기도 하였다.

"제 친구의 건강이 좋지 않은 편이에요. 조금 피로에 지쳤어요. 하지만 숙모님을 더 자주 뵈면 아마 건강이 좋아질 거예요. 왜냐하면, 솔직히 말씀 드리는데, 저의 친구가 숙모님 뵙는 것을 무척 좋아하기 때문이에요."

"아! 정말 친절하시군요." 게르망뜨 부인이, 마치 내가 자기에게 외투를 가져다 주면 그랬을 것처럼, 짐짓 평범한 어조로 말하였다. "기분이 좋군요."

"이보게, 나는 나의 어머니 곁으로 조금 더 다가가야겠네. 내 의자를 자네에게 양보하지." 그렇게 나를 억지로 자기의 숙모 옆에 앉히면서 쌩-루가 나에게 말하였다.

우리 두 사람은 잠시 아무 말도 하지 않았다.

"아침이면 가끔 제가 당신을 보아요." 마치 나에게 어떤 새로운 소식이라도 전해 주듯, 그리고 나는 그녀를 보지 못하였을 것이라는 듯, 그녀가 나에게 말하였다. "아침 산책이 건강에 아주 유익해요."

"오리안느," 마르상뜨 부인이 나지막하게 말하였다. "쌩-훼레올 부인을 보러 갈 예정이라 하셨는데, 그녀에게 저녁 식사 때 나를 기다리시지 말라고 말씀해 주실 수 있겠는가? 로베르가 왔으니 나는 집에 있겠네. 그리고 감히 지나친 부탁 하나만 더 하겠는데, 가는 길에 우리 집에 들러, 로베르가 좋아하는 엽궐련을 즉시 사다 놓으라고 일러 주시게. '꼬로나'라는 엽궐련일세. 집에 그것이 더 이상 없어서 그러네."

로베르가 자기의 모친에게로 다가갔으나 그가 들은 것은 쌩-훼레올 부인이라는 명칭뿐이었다.

"쌩-훼레올 부인이라니요, 그건 또 무엇입니까?" 그가 놀라움과 결연함 어린 어조로 물었다. 사교계와 관련된 모든 것을 까마득히 모르는 체하는 어투였다.

"하지만 내 사랑하는 아들아, 너도 잘 알지 않느냐, 베르망두와의 누이란다." 그의 모친이 말하였다. "네가 그토록 좋아하던 그 멋진 당구 장비 일습을 너에게 선사한 그 분이란다."

"뭐라고요, 그 분이 베르망두와의 누이분이시라니, 저는 꿈에도 생각하지 못하였어요. 아! 우리 가문이 정말 놀랄만하군요." 그가 나를 향해 고개를 반쯤 돌리면서, 그리고 블록의 생각을 차용하듯 부지불식간에 그의 어조까지 빌려 그렇게 말하였다. "우리 가문이 대략 쌩-훼레올이라고 하는 전대 미문의 사람들과 교류하고[498](그러면서 마지막 자음을 떼어서 발음하였다), 무도회에 가고, 빅토리아를 타고 어슬렁거리고, 전설 같은 삶을 영위하다니, 굉장한 일이에요."

게르망뜨 부인이, 억지 미소를 억누를 때 나는 소리처럼 가볍고 짧으며 강한, 그리고 혈족 관계가 요구하는 만큼은 자기 조카의 기지에 동감한다는 것을 보여주기 위한, 목구멍 소리를 내었다. 마침 하인 하나가 들어와, 화펜하임-뮌스터부르크-바인이겐 대공이, 노르뿌와 씨에게 자기가 도착하였음을 알리라고 하였다는 말을 전하였다.

"어서 그를 모시러 가세요." 빌르빠리지 부인이 전직 대사에게 말하였고, 그가 즉시 도이칠란트의 수상을 맞으러 나섰다.

그러나 후작 부인이 그를 다시 불렀다.

"기다리세요, 대사님, 제가 그분에게 샤를로뜨 황후의 세밀화 초상을 보여드려야 할까요?"

"아! 그가 매우 기뻐할 것이라 생각합니다." 전직 대사가, 확신에 찬 어조로, 또한 특별한 배려가 기다리고 있던 그 운 좋은 재상을 부러워하는 듯한 투로 말하였다.

"아! 저는 그가 매우 '올곧은 생각을 가진' 사람이라는 것을 알아요." 마르상뜨 부인이 말하였다. "외국인들 중에는 아주 드문 경우예요. 하지만 제가 자세히 알아보았어요. 그는 반유대인주의의 화신이에요."

대공의 이름은, 그것의 첫 음절들이 발성될 때—어떤 곡의 연주를 시작할 때처럼—나타나는 명쾌함 속에, 그리고 그 음절들이 또박또박 끊어져 연주되듯 발성될 때의 머뭇거리는 반복 속에, 게르만적 격정과 부자연스러운 순진성과 둔중한 '섬세함' 등을 간직하고 있었으며, 그것들이 실한 연초록색 가지들처럼, 게르만적 18세기의 창백하고 섬세하게 세공된 금박 뒤로 라인 강 유역에서 볼 수 있는 어느 교회당 그림 유리창의 신비성을 펼치고 있던, 짙은 하늘색 에나멜로 이루어진 '하임'이라는 음절 위로 투사되어 있었다.⁴⁹⁹⁾ 그 이름은, 그것을 구성하고 있던 다양한 이름들 속에, 내가 아주 어렸던 시절 할머니와 함께 갔었고, 괴테가 자주 산책하여 영광스러워진 어느 산 발치에 있으며, 그 산에 있는 포도원에서 생산되며 호메로스가 자기의 작품 속 영웅들에게 붙여주는 수식어들처럼⁵⁰⁰⁾ 복합적이고 쟁쟁한 명칭 가진 명성 높은 포도주들을 우리가 쿠르호프(Kurhof, 요양원)에서 마시곤 하던, 도이칠란트의 어느 작은 온천 도시 명칭도 내포하고 있었다. 그리하여 대공의 이름이 돌리기 무섭게, 또한 내가 그 온천장을 미처 뇌리에 떠올리기도 전에, 그 도시의 명칭이 스스로 축소되고 인간적인 정에 젖어들어, 나의 기억 속에 있는 좁은 자리도 자기에게는 충분히 넓다고 여겨, 문득 친숙하고, 세속적이고, 생생하고, 감미롭고, 가볍고, 허용되거나 처방된 무엇을 가지고 그 자리에 자신을 접착시키는 것처럼 보였다. 게다가, 그 대공이 누구인지를 설명하면서, 게르망뜨 씨가 그의 작위들 중 여럿을 예로 들었던지라, 나는 저녁마다 온천 요법이 끝난 후 내가 달려가 모기 떼 사이로 쪽배를 젖곤 하던 큰 개천이 관류하는 어느 마을의 명칭과, 너무 멀리 떨어져 있었던지라 그곳까지 산책하는 것은 의사가 나에게 허락하지 않았을 어느 숲의 명칭도, 그 작위들 속에서 발견하였다. 또한 실제로, 영주의 지배권이 인근의 여러 곳으로 원형을 그리며 확장되었던지라, 그의 작위 목록 속에서 그 지배권이 다시, 우리가 지도 위에서 읽을 수 있는 서로 인접된 지명들을 연결시키는 것은 당연했다. 그렇게, 신성 게르만 제국의 대공이며 프랑켄⁵⁰¹⁾ 지역의 젊은 기사였던 상상 속 인물의 면갑 밑에서 내가 본 것은, 적어도 라인 강 연안 지역을 다스리던 영주였으며 라인 백작 작위를 가지고 있던 그 대공이 응접실로 들어서기 전까지는, 저녁 여섯 시 경의 햇살들이 나를 위해 자주 멈추곤 하였던 사랑스러운 대지의 얼굴이었다. 왜냐하면, 그가 들어선 이후 단 몇 순간이 지나지 않아, 그가 그노무스[502]들과 옹딘느[503]들의 흔적 가득한 숲과 강에서, 혹은 루터와 게르만 왕 루이 2세[504]의 추억을 간직하고 있는 고색 창연한 성 우뚝 서 있는 마법의 산에서 거둬들이는 돈을, 샤롱 회사[505] 제품 자동차 다섯 대를 구입하고, 빠리와 런던에 각각 저택 하나를 마련하고, 빠리 오페라의 월요일 칸막이 좌석과 '떼아트르 프랑세'의 화요일 칸막이 좌석 확보하는데 쓴다는 사실을 내가 알게 되었기 때문이다. 내가 보기에는 그가, 그보다 덜 시적인 혈통에서 태어난, 그와 같은 행운을 누리고 같은 나이에 이른 다른 사람들과 다르지 않은 것 같았고, 그 역시 자기가 그들과 다르지 않다고 믿는 것 같았다. 그 또한 다른 사람들의 문화와 이상을 가지고 있었으며, 자기의 신분에 긍지를 느낀 것은 오직 그것이 자기에게 이윤을 가져다 주었기 때문일 뿐, 그에게 필생의 야망 하나가 있었으니, 그것은 윤리학 및 정치학 아카데미의 통신회원으로 선출되는 것이었으며, 그가 빌르빠리지 부인 댁에 온 것은 그러한 이유 때문이었다. 자기의 아내가 베를린에서 가장 폐쇄적인 파벌을 이끌고 있음에도 그가 후작 부인의 응접실에 소개되기를 간청하였던 것은, 처음부터 그런 욕구를 느꼈기 때문이 아니었다. 프랑스 학사원[506]에 입성하고픈 야망이 여러 해 전부터 그를 쏠 듯 괴롭혀 왔으나, 자기를 위하여 표를 던질 준비가 되어 있는 것처럼 보이는 아카데미 회원들의 수가 다섯 이상으로 올라가는 것을 불행하게도 그는 볼 수 없었다. 반면 그는, 노르뿌와 씨 홀로 확보하고 있던 표만 하더라도 십여 장이 넘고, 능란한 뒷거래 덕분에 다른 표들도 추가될 수 있음을 알고 있었다. 그리하여 두 사람이 러시아 주재 대사였던 시절에 그와 친교를 맺게 되었던 대공은, 몸소 그를 방문하는 등 그의 마음을 얻기 위하여 모든 정성을 쏟았다. 그러나 후작에게 러시아 정부 훈장이 수여되게 한다든가, 외교에 관한 자기의 논설문에 그의 글을 인용하는 등, 온갖 친절을 거듭 베풀었건만, 대공 앞에 남은 것은, 그 모든 친절한 배려를 하찮게 여기는 듯하고, 대공의 입후보 여건을 단 한 걸음도 진척시켜 주지 않을 뿐만 아니라, 자신의 표조차 약속하지 않는 하나의 배은망덕한 사람 뿐이었다! 물론 노르뿌와 씨가 극도의 예절을 갖춰 그를 대하곤 하였고, 심지어 그가 번거로움을 감수하며 '자기의 집 출입문'까지 오는 일이 없도록 하기 위하여 몸소 대공의 저택으로 가곤 하였으며, 그 튜튼족[507] 기사가 반가워하면서, '내가 당신의 동료가 되었으면 좋겠소'라고 한 마디 던지면, 확신에 찬 어조로 이렇게 대답하곤 하였다. "아! 그러면 저도 매우 행복할 것입니다!" 그럴 경우, 고지식한 사람이었다면, 가령 의사 꼬따르였다면, 이렇게 생각하였을 것이다. '그렇지, 그가 내 집에까지 몸소 걸음을 하였어. 내가 자기보다 더 중요한 인물이라고 생각하기 때문에 오고 싶어하였던 것이지. 그가 나에게 말하기를, 내가 아카데미의 일원이 되면 자기가 행복할 것이라고 했어. 젠장! 말이란 여하튼 어떤 의미를 내포하고 있지. 그가 나에게 한 표를 던지겠다고 나서지 않는 것은, 틀림없이 미처 그 생각을 하지 못하기 때문일 거야. 나의 큰 권력에 대해 그가 지나치리만큼 자주 말하는 것으로 보아, 종달새들이 아예 구워져서 내 위로 떨어지고 내가 원하기만 하면 표는 얼마든지 얻을 수 있다고 믿어, 나에게 구태여 자기의 표까지 주겠다는 말을 하지 않는 것이 틀림없어. 하지만 내가 그를 궁지로 몰아넣은 다음, 단 둘이 있을 때, 나를 위해 표를 던지라고 하면 그는 그럴 수밖에 없을 거야.'

그러나 화펜하임 대공은 고지식한 사람이 아니었다. 그는 꼬따르 의사가 '영리한 외교관'이라고 불렀을 그러한 사람이었던지라, 노르뿌와 씨가 자기보다 덜 영리하지도 않으며, 어떤 후보에게 표를 던지면 자기가 그 사람에게 기분 좋은 사람으로 보일 것이라는 사실을 깨닫지 못할 사람도 아님을 잘 알고 있었다. 대공은, 대사직을 수행하면서 그리고 외무상 직을 수행하면서, 지금처럼 자신을 위해서가 아니라 자기의 나라를 위해서 많은 대화를 주도하였고, 그러한 대화에서는 쌍방이 모두 어디까지 갈 수 있는지 그리고 서로에게 언급을 요구하지 말아야 할 것이 무엇인지를 미리 알 수 있었다. 따라서 외교적 언어에서는 무엇에 대해 이야기함이 곧 제공함을 의미한다는 사실도 모르지 않았다. 또한 그러한 연유로 그가 일찍이 노르뿌와 씨에게 성 안드레야 대훈장[508]이 수여되도록 주선하였다. 그러나 만약 그가 그 이후에 노르뿌와 씨와 가진 대담 내용을 본국에 보고해야 하는 처지에 놓였다면, 그의 전보 내용은 이러했을 것이다. "저의 접근 방법이 틀렸음을 깨달았음." 왜냐하면, 그가 프랑스 학사원에 관한 이야기를 다시 꺼내자 마자, 노르뿌와 씨가 그에게 다음과 같은 말을 반복하였기 때문이다.

"제가 그것을, 특히 저의 학술원 동료들을 위하여 무척 좋아하였을 것입니다. 귀하께서 그들을 생각하셨다는 사실에 그들이 진정 영광스러워하였을 것이라고 생각합니다. 그것은 우리의 일상 관례와 조금 다른 정말 흥미로운 입후보입니다. 아시다시피 아카데미란 하도 판에 박힌 듯 인습에 젖어, 무엇이든 조금 새로운 소리만 내도 그것을 두려워합니다. 제가 개인적으로는 그러한 현상을 나무랍니다. 저의 동료 위원들에게 제가 그러한 현상을 지적하기 몇 번인지 모릅니다. 저의 입술들 사이로 '회반죽 밑에 덮인 자들' 이라는 말이, 죄송하지만, 부지불식간에 한 번쯤은 나왔을 것입니다." 분개한 듯한 미소를 지으면서, 무대 위에서 자기의 연기 효과를 판단하고 싶어하는 어느 늙은 배우처럼, 자기의 푸른 눈으로 신속하고 비스듬히 대공을 바라보면서, 그가 나지막한 음성으로, 거의 독백처럼 덧붙였다. "대공, 귀하와 같은 탁월한 인물이, 미리부터 망가진 영역으로 뛰어들도록 내버려두고 싶지 않은 저의 심정을 이해하실 것입니다. 저의 동료 위원들의 생각이 지금처럼 시대에 뒤떨어진 상태로 머물러 있는 한, 기권하는 것이 곧 현명함이라고 생각합니다. 하지만 하나의 기념비적 묘역으로 변하려고 하는 그 유식한 집단 속에, 조금 더 새롭고 조금 더 생생한 지성 하나가 어른거리는 것이 저의 눈에 혹시 보이면, 그리하여 제가 판단하기에 귀하에게 좋은 기회라 여겨지면, 귀하께 그 소식을 제가 제일 먼저 전하리라는 점을 믿으십시오."

그러한 말을 들으면서 대공은 이러한 생각에 잠겼다. '성 안드레야 대훈장은 하나의 오류였어. 협상은 단 한 걸음도 진척되지 않았어. 그가 원하던 것은 그것이 아니었어. 내가, 맞는 열쇠에 손을 대지 못하였어.'

그것은, 대공과 같은 교육을 받은 노르뿌와 씨 역시 능히 펼칠 수 있었을 추론의 유형이었다. 거의 무의미한 공식적인 언급에 대해 노르뿌와 같은 외교관들이 황홀경에 빠지면서 늘어놓는 현학적인 바보 소리를, 누구나 야유하기 쉽다. 하지만 그들의 그 유치한 장난이 다른 하나의 측면을 가지고 있으니, 외교관들은 흔히들 평화라고 부르는 그 안정을—그것이 유럽 내의 것이든 다른 지역의 것이든—확보해 주는 세력 균형 속에서는, 좋은 감정이나 아름다운 연설이나 탄원 따위의 영향력이 지극히 미미한 반면, 실질적이고 결정적인 무게는 다른 것에, 즉 상대방이(그가 충분히 강력할 경우) 교환이라는 방법으로 하나의 욕망을 충족시켜 줄 가능성을 가지고 있느냐 혹은 그렇지 못하느냐와 같은 것에 있다는 사실을 잘 알고 있다. 예를 들어 나의 할머니처럼 전적으로 무사무욕한 사람은 이해하지 못하였을 그러한 종류의 진실들을 상대로, 노르뿌와 씨나 화펜하임-뮌스터부르크-바인이겐 대공509)이 싸움질을 벌이곤 하였다. 우리와 일촉즉발의 전쟁 상태에 돌입하게 되어 있는 나라들에 대리대사로 파견되었던 노르뿌와 씨는, 정세가 어떤 양상을 띠게 될지 근심하면서도, 그것이 자기에게 '평화'나 '전쟁'이라는 등의 단어 형태로 통보되지 않고, 무시무시하건 축복 받았건 외견상으로는 지극히 평범한 단어로, 즉 외교관이 자기 고유의 암호 해독법에 의지하여 즉시 읽어낼 수 있을 다른 단어로 통보되며, 그 역시 프랑스의 품위를 지키기 위하여 못지않게 평범한 단어로 답변하더라도, 적국의 재상이 그 단어 밑에서 즉시 '전쟁'이라는 단어를 읽어낼 것이라는 사실을 알고 있었다. 또한 심지어, 혼약 이루어진 두 남녀의 최초 상면에, '짐나즈 극장'510)에서의 어떤 공연 때 우연히 마주치게 하는 형태를 부여하던 것과 유사한 옛 관습에 따라, 운명이 '전쟁'이라는 단어 혹은 '평화'라는 단어를 구술하게 되어 있던 대화가, 재상의 집무실에서가 아니라 대개는, 그 재상과 노르뿌와 씨가 각자 약수 몇 잔 마시려고 갔던 온천장의 샘터 옆 쿠르가르텐(Kurgarten, 온천장 정원)에 있는 어느 벤치 위에서 이루어지곤 하였다. 일종의 암묵적인 합의에 따라 그 두 사람이 온천 요법을 시행하는 시각에 만났고, 우선 함께 몇 걸음 산책을 하였으나, 두 대화 상대자들은, 외견상 온화한 그 산책이 동원령만큼이나 비극적이라는 것을 알고 있었다. 그런데, 프랑스 학사원의 회원 후보로 나서는 그 사적인 일에서도, 대공은 자기가 공적인 직무를 수행할 때와 같은 귀납적 추론 체계를, 그리고 중첩된 상징들을 읽어내는 데 사용하던 것과 같은 방법을 동원하였다.

그리고 물론 나의 할머니 및 할머니를 닮은 극히 드문 사람들만이 그러한 종류의 계산에 문외한이라고 주장할 수는 없다. 부분적으로는, 미리 정해진 길을 따라 기계적으로 생업을 영위하는 평균

수준의 사람들 대다수가, 직관력의 결여로 인하여, 나의 할머니께서 고매한 무사무욕 덕분에 도달하신 그 무지 상태에 합류한다. 외견상 가장 순진한 행동이나 말의 진정한 동기를 이권이나 생존에 필요한 조건들 속에서 찾고자 한다면, 그들이 남자이건 여자이건, 이성에게 얹혀사는 이들[511]에게까지 자주 내려가 보아야 한다. 금전으로 어떤 여인을 사려는 순간 그 여인이 '금전 이야기는 하지 말자'고 대꾸할 때, 그 말이 음악 용어를 빌리자면 '쉬는 마디'로 간주되어야 하고, 또 혹시 훗날 그녀가, '당신이 나에게 자주 진실을 숨기면서 너무나 많은 고통을 주셔서 더 이상 참을 수 없다'고 선언하면, 그 말을 '어느 다른 후견인이 나타나 더 많은 금액을 제안한다'는 뜻으로 해석해야 함을 어떤 남자가 모르겠는가? 하지만 그것은 사교계 여인들과 상당히 흡사한 어느 갈보의 말에 지나지 않는다. 대도시의 강도들이 더 인상적인 예들을 제공한다. 그러나 노르뿌와 씨나 도이칠란트의 대공은, 그들에게 대도시의 강도들이 낯설었던 반면, 여러 국가들과 같은 차원에서 사는 습관을 가지고 있었는데, 그 국가들 역시, 자기들의 위대함에도 불구하고, 오직 무력과 이해득실로만 억제할 수 있는 이기주의와 간계를 속성으로 가지고 있는 존재들인지라, 이권이 그 존재들을 고의적인 살해 행각으로까지 내몰 수 있으나, 싸우기를 주저하거나 거부하는 것 자체가 하나의 국가에게는 '멸망'을 의미할 수 있는지라, 그것도 대개의 경우 상징적 살해일 뿐이다.[512] 하지만 그 모든 것들이 각종 '황색 문건'[513]에 언급되어 있지 않기 때문에 국민은 기꺼이 평화를 택하지만, 그 국민이 혹시 호전적이라면, 그것은 증오심이나 원한에 기인한 본능적인 것이지, 노르뿌와 같은 외교관들의 보고를 접한 국가원수들로 하여금 결단을 내리게 하는 이유들로 인한 것이 아니다.

다음 해 겨울, 대공이 심하게 앓은 끝에 쾌유되었으나, 그의 심장은 돌이킬 수 없을 정도로 타격을 입었다. 그가 이러한 생각에 잠겼다. '젠장! 학사원 문제를 지체시켜서는 아니되겠군. 너무 오래 끌면 위원으로 선정되기도 전에 내가 먼저 죽겠어. 그리 되면 정말 불쾌한 일이야.'

그는 최근 20년간의 정책에 관한 논설문 한 편을 〈두 세계〉지에 발표하였고, 그 논설문 속에서, 노르뿌와 씨의 비위를 맞출만한 가장 호의적인 견해를 여러 차례 반복해 표명하였다. 노르뿌와 씨가 그를 방문하여 고맙다는 인사를 하였다. 그러면서 감사의 마음을 어찌 표현해야 할지 모르겠노라는 말을 덧붙였다. 대공은, 이제 막 다른 열쇠 하나를 자물쇠에 꽂아 본 사람처럼, 이런 생각에 잠겼다. '이것도 맞지 않는군.' 그리고 노르뿌와 씨를 배웅하면서 자기의 숨이 가빠짐을 느끼고는 다시 이렇게 생각하였다. '빌어먹을! 그 우스꽝스러운 녀석들이, 나를 받아들이기 전에 내가 거꾸러지도록 내버려둘 작정이군. 서둘러야겠어.'

그날 저녁 오페라 극장에서 그가 노르뿌와 씨를 만났고, 그에게 다음과 같이 말하였다.

"대사님, 오늘 아침에 말씀하시기를, 저에게 고마움을 어떻게 표해야 좋을지 모르겠다고 하셨습니다. 귀하께서 저에게 고마움 표하실 일이 없는지라 지나치게 과장된 말씀이긴 하지만, 제가 상스러움 무릅쓰고 그 말씀을 곧이 곧대로 받아 들이겠습니다."

노르뿌와 씨 역시, 대공이 그의 재치를 높게 평가하는 것에 못지않게 대공의 재치를 높게 평가하고 있었다. 그는 화펜하임 대공이 자기에게 무엇을 요청하려는 것이 아니라 공여하려는 것임을 즉각 간파하였고, 따라서 부드러운 미소를 지으며 고분고분 그의 말에 귀를 기울였다.

"이런 말씀 드리면 공께서는 제가 몹시 분별 없다 여기실 것이오. 얼마 전부터 빠리에 정착하여 이제 아예 이곳에 눌러 살기로 작정한, 저에게 매우 귀한, 그러나 공께서 곧 이해하시겠지만 서로 다르게 귀한, 두 사람이 있는데, 그 사람들은 저의 아내와 쟝 대공녀입니다. 그 두 여인이 잉글랜드의 국왕과 왕비를 위하여 만찬을 베풀려고 하는데, 그녀들의 꿈은, 아직 자기들과 교분은 없으나 항상 커다란 찬미의 대상이었던 어느 인물 하나를 국왕 내외에게 소개하는 것이었소. 솔직히 말해 나는, 그녀들의 열망을 무슨 수로 충족시킬 수 있을지 막막했는데, 조금 전, 아주 우연히, 공께서 그 인물과 교분이 있다는 사실을 알게 되었소. 또한 그 인물이 매우 한적하게 물러나 살며, 극소수의 '행운아'들만 접견한다는 것도 알고 있소. 하지만 공께서 저에게 표하신 호의로 저를 지지해 주신다면, 확신하거니와, 공께서 저를 그 댁에 소개하여 제가 그분께 대공녀와 제 아내의 열망 전하는 것을 그분께서 윤허할 것이오. 그러시면 아마 잉글랜드의 왕비와 함께 만찬에 참석하실 것이고, 더 나아가, 우리들이 지나치게 따분하다고 여기시지 않으면, 볼리으에 있는 쟝 대공녀 댁에서 우리와 함께 부활절 휴가 보내시는 것에도 동의하실 것이오. 솔직히 고백하거니와, 그러한 '지성의 사무실'에 드나들 수 있는 사람들 중 일원 된다는 희망이, 저를 위로해 주고, 저로 하여금, 학사원 회원 후보로 출마하기를 비통함 느끼지 않고 포기하게 해줄 것이오. 그분 댁에서도 지성과 세련된 대화를 주고 받을 수 있다 하니 말이오."

형언할 수 없는 기쁨에 휩싸인 채, 대공은 자물쇠가 저항하지 않음을, 그리고 드디어 이번에는 열쇠가 들어감을 직감하였다.

"그러한 양자 택일이 전혀 필요하지 않습니다, 저의 다정한 대공이시여." 노르뿌와 씨가 대꾸하였다. "공께서 말씀하시는, 그리고 아카데미 회원들의 진정한 묘상(苗床)인 그 응접실보다, 학사원과 더 잘 어울리는 것은 없습니다. 공의 요청을 제가 빌르빠리지 후작 부인에게 전하겠으며, 그분 또한 틀림없이 기뻐하실 것입니다. 다만 공의 댁 만찬에 참석하시는 것은, 외출을 거의 하시지 않는 편이라, 아마 더 어려울지 모르겠습니다. 하지만 제가 공을 그분께 소개해 드릴 터이니, 공께서 직접 사연을 말씀 드려 보시지요. 특히 아카데미를 포기하시면 아니 됩니다. 마침 두 주 후 내일, 르루와-볼리으와 그의 집에서 점심을 먹은 후 함께 중요한 회합에 참석하기로 되어 있는데, 그 사람의 도움 없이는 아무도 회원으로 선출될 수 없습니다. 제가 이미 공의 존함을 그에게 슬쩍 비쳤고, 그 역시 물론 공의 존함을 잘 알고 있었습니다. 당시에는 그가 몇몇 이의를 제기하였습니다. 하지만 그가, 다음 회원을 선출할 때에는, 저의 편 사람들의 지지가 필요한 처지에 있는지라, 이번에 다시 한 번 시도해 볼 작정입니다. 제가 그에게 공과 저를 이어 주는 친밀한 관계를 솔직히 설명한 다음, 공께서 이번에 후보로 나서신다면 제가 저의 모든 친구들에게 요청하여, 공에게 표를 던지게 하겠다는 뜻을 그에게 감추지 않을 것인데(대공이 안도의 깊은 한숨을 내쉬었다), 그 또한 저에게 친구들이 있음을 잘 압니다. 예측하거니와, 제가 그의 협조를 확보하는데 성공하면, 공께서 선출되실 가능성은 거의 확실합니다. 그날 저녁 여섯 시에 빌르빠리지 부인 댁으로 오시지요. 제가 공을 부인께 소개하고, 이울러 그날 오전의 대담 결과를 알려드리겠습니다."

화펜하임 대공이 빌르빠리지 부인을 보러 오게 된 것은 그러한 사연 때문이었다. 나의 깊은 환멸은 그가 처음 말을 할 때 나의 가슴 속에 형성되었다. 하나의 시대란 하나의 국적보다 더 두드러진 고유의 그리고 보편적인 특징들을 가지고 있는지라, 미네르바의 진영(眞影))까지도 수록하고 있는 삽화 곁들인 사전 속에서는, 가발과 주름 장식깃 차림의 라이프니츠가 마리보나 사뮈엘 베르나르와 별로 다르지 않을지언정,515) 하나의 국적이 하나의 카스트보다 더 두드러진 특징들을 가지고 있으리라고는 내가 일찍이 상상조차 하지 못하였다. 그런데 그가 말을 시작하는 순간 국적 고유의 특징들이 내 앞에서 표출되었으며, 그것도 엘프들의 가벼운 스침 및 코볼트들의516) 춤추는 소리가 들려올 것이라 내가 미리부터 믿고 있던 언사를 통해서가 아니라, 그 시적인 근원517)을 못지않게 입증해 주는 음절의 치환을 통해서였으니, 그것은 키 작고 안색 붉으며 배 불룩한 그 라인 강 연안 지역 영주가, 빌르빠리지 부인 앞에서 상체를 깊숙이 숙이면서, 알자스 지방 출신인 어느 건물 수위의 억양으로 이렇게 말하는 순간이었다. "퐁츄르, 마탐 라 마르키즈."518)

"차 한 잔 혹은 파이 좀 드릴까요? 파이가 맛있어요." 한껏 친절함을 보이고 싶었음인지, 게르망뜨 부인이 나에게 말하였다. "마치 저의 집인 양 제가 이 댁 주인 행세를 하네요." 마치 그녀가 쉰 듯한 웃음 소리를 억제한 듯, 자기의 음성에 약간의 목구멍 소리 같은 것을 가미하는 빈정거리는 어조로 그렇게 덧붙였다.

"대사님, 잠시 후 아카데미와 관련하여 대공께 드릴 말씀이 있음을 착념해 두세요." 빌르빠리지 부인이 노르뿌와 씨에게 말하였다.

게르망뜨 부인이 두 눈을 아래쪽으로 향하더니, 시계를 보기 위하여 자기의 손목을 조금 돌렸다.

"오! 맙소사, 저의 숙모님께 작별인사 드려야 할 시각이에요. 아직 쌩-훼레올 부인 댁에 들려야 할 일도 있고, 르루와 부인 댁에서 저녁을 먹기로 되어 있어요."

그러더니 나에게는 작별인사도 하지 않고 일어섰다. 그녀가 스완 부인을 보았기 때문이며, 스완 부인은 그곳에서 나와 마주치게 되어 상당히 당황하는 기색이었다. 의심할 나위 없이, 드레퓌스의 결백을 확신한다고 그녀가 제일 먼저 나에게 말한 사실을 뇌리에 떠올렸기 때문일 것이다.

"나의 어머니께서 나를 스완 부인에게 소개하시지 않으면 좋겠네." 쌩-루가 나에게 말하였다. "과거에 두루미였던 여자일세. 그녀의 남편은 유대인이지만, 그가 마치 국가주의자인 양 그녀가 우리에게 허세를 부린다네. 이런, 저기 빨라메드 숙부님이 오셨군."

며칠 전에 있었던 일 때문에, 그리고 훨씬 훗날 그 일에서 초래된 여러 결과들로 인해—그 세부적인 것들은 때가 되면 접하게 될 것이다—그 이야기를 여기에서 하는 것이 필요하거니와, 스완 부인의 출현이 나에게는 특별한 관심거리였다. 여하튼, 빌르빠리지 부인 댁에 가기 며칠 전에, 나는 전혀 뜻밖의 방문을 받았고, 그것은 나의 종조부님 댁에서 일하던 시종의 아들(나에게는 알려지지 않았던) 샤를르 모렐의 방문이었다. 그 종조부님은(내가 분홍색 드레스 입은 귀부인을 우연히 그분 댁에서 보았다)) 한 해 전에 타계하셨다. 그 이후 시종이 여러 차례에 걸쳐 나를 방문하겠다는 의사를 표하곤 하였다. 그의 방문 목적이 무엇인지는 몰랐으나, 그가 종조부님을 숭배하고 또 기회 있을 때마다 성지 순례 하듯 묘를 찾는다는 말을 프랑수와즈로부터 들었던지라, 나 역시 그를 기꺼이 만날 생각이었다. 하지만 그가 신병 치료차 자기의 고향으로 돌아갈 수밖에 없게 되었고, 그곳에 장기간 머물 생각이었던지라, 나에게 자기의 아들을 대신 보냈던 것이다. 나는 그날, 세련되기보다는 호사스러운 복장에, 시종의 기색이라곤 전혀 보이지 않는, 나이 열여덟쯤 되어 보이는 용모 수려한 소년 하나가 들어서는 것을 보고 매우 놀랐다. 게다가 그는 첫 순간부터, 자기가 국립음악원에서 1등을 차지하였다는 사실을 나에게 만족스러운 미소를 지으며 알려주어, 자기의 태생인 하인 신분과의 관계를 단절하려고 애를 썼다. 그의 방문 목적은 이러했다. 아돌프 숙부님께서 남기신 기념물들 중, 나의 부모님께 보내 드리기에는 합당치 않으나 내 나이 또래 젊은이의 관심을 끌 성질의 것들이라 생각하여, 그의 부친이 특정 기념물들을 따로 떼어 놓았다는 것이다. 기념물들이란, 나의 숙부님께서 일찍이 사귀셨던 유명 여배우들과 명성 높던 갈보들의 사진, 즉 당신의 가문과는 방수벽으로 완전히 차단하셨던 그 늙은 난봉꾼의 생활상이 담긴 마지막 영상들이었다. 아들 모렐이 나에게 그것들을 보여주는 동안, 나는 그가 자기와 동등한 사람에게 말하는 티를 내려 한다는 사실을 깨달았다. 그가 나를 '당신'이라고 지칭하며 '나리'라는 칭호를 최소한으로 줄이면서 얻던 즐거움은, 나의 집안 어른들을 오직 '삼인칭'으로만 호칭하던 사람의 아들이 느낄 바로 그 즐거움이었다. 거의 모든 사진들에 이러한 헌사가 있었다. "나의 가장 다정한 벗에게." 더 배은망덕하고 더 빈틈없는 어느 여배우는 이렇게 쓰기도 하였다. "벗들 중 가장 다정한 이에게." 그러한 헌사가 그녀로 하여금, 나의 숙부께서 어떠한 면에서건 자기의 가장 다정한 벗일 수 없으나, 자기에게 온갖 자질구레한 도움들을 가장 많이 준 벗, 자기가 한껏 이용한 벗, 그야말로 착한 남자, 거의 늙은 짐승에 가까운 남자라고 말 할 수 있게 해주었다고, 어떤 사람이 나에게 확언하였다. 아들 모렐이 자기의 태생으로부터 탈출하려 해도 소용 없었으니, 늙은 시종의 눈에 존엄하고 광대하게만 보이던 아돌프 숙부님의 그림자가, 거의 신성한 무엇처럼 그 아들의 유년기와 소년기 위로 감돌고 있음이 느껴졌으니 말이다. 내가 사진들을 유심히 바라보는 동안, 샤를르 모렐은 나의 침실을 구석구석 살펴보았다. 그러더니, 내가 마침 그 사진들을 어디에 보관할까 궁리하고 있는데, 그가 나무람 섞인 어조로(그것이 말 자체 속에 내포되어 있었던지라 구태여 표출될 필요조차 없었건만) 나에게 말하였다. "당신의 침실에 당신 숙부님의 사진이 단 한 장도 없다니, 도대체 어찌 된 일입니까?" 나는 얼굴이 화끈거림을 느꼈고, 우물거리듯 그 말에 대꾸하였다.

"하지만 저에게는 숙부님의 사진이 없습니다."

"당신을 그토록 좋아하시던 아돌프 숙부님의 사진 한 장 가지고 있지 않으시다니요! 저의 아버지에게 있는 많은 사진들 중 한 장 보내 드리겠으니, 마침 당신의 숙부님으로부터 물려받으신 저 서랍장 위 중앙에 그것을 놓으시기 바랍니다." 나의 침실에 아버지나 어머니의 사진조차 없었으니, 아돌프 숙부님의 사진이 없었다는 것이 전혀 놀랄 일 아니었음은 사실이다. 하지만 아버지 모렐에게는 나의 숙부가 우리 가문에서 가장 중요한 인물로 보였고, 나의 부모님도 기껏 숙부님으로부터 희미한 영광이나 얻어 가지신 것처럼 보였는데, 그가 자기의 아들에게 그러한 시각을 전해 주었을 것은 짐작하기 어려운 일이 아니었다. 또한 숙부님께서, 내가 장차 라씬느나 볼라벨[520] 같은 사람이 될 것이라는 말씀을 날마다 하셨던지라, 부모님보다는 내가 더 숙부님의 신임을 얻었다고 믿어, 아버지 모렐이 나를 숙부님의 양아들 내지 선택된 아들로 여겼을 것이다. 나는 모렐의 아들이 심한 '출세 제일주의자'임을 얼마 아니 되어 간파하였다. 그날, 작곡에도 약간의 소질이 있어 운문 몇 구절에 곡을 붙일 수 있는 능력을 갖추었다고 하면서, 그가 나에게, '귀족적인' 사교계에서 중요한 지위를 누리고 있는 시인을 혹시 아느냐고 물었다. 내가 그에게 시인의 이름 하나를 알려주었다. 그러자, 그 시인의 작품을 모를 뿐만 아니라 이름도 아직 들어본 적 없다고 하면서, 그 이름을 적어 두었다. 그런데 얼마 후, 나는 그가 그 시인에게 편지를 보내어, 자신이 그의 작품들을 열렬하게 찬미하는 나머지 쏘네[521] 한 편에 곡을 붙였으며, 그 곡의 각본작가[522]가 백작 부인 댁에서 첫 연주를 주선해 주면 기쁘겠다고 하였다는 사실을 알게 되었다. 조금 서두른 탓에 자기의 계획이 들통나게 한 경우였다. 시인은 불쾌감을 느껴 그 편지에 답하지 않았다.

게다가 샤를르 모렐은, 그러한 야심과 더불어, 그보다 더 구체적인 현실들에 대해서도 강렬한 성향을 가지고 있는 것 같았다. 그가 앞서 안뜰에 들어설 때, 마침 조끼를 만들고 있던 쥐삐앵의 질녀를 보았고, 그가 비록 나에게는 마침 '기발한' 조끼 하나가 필요하다고만 말하였으나, 내가 느끼기에는 그 아가씨가 그에게 깊은 인상을 주었던 것 같았다. 그는 조금도 주저하지 않고 나에게 요청하기를, 자기와 함께 내려가 자기를 그녀에게 소개해 달라고 하였다. 그러면서 이렇게 말하였다. "하지만 당신 가문과의 관계에 대해서는 언급하지 마시고, 제가 드리는 말씀 이해하시겠지만, 저의 아버지에 대해서는 함구하시고, 다만 당신의 친구들 중 하나이며 위대한 예술가라고만 소개하십시오. 이해하시겠지만, 상인들에게는 좋은 인상을 주어야 합니다." 내가 아가씨 앞에서(자기를 '다정한 벗'이라 부를 수 있을 만큼 내가 자기를 잘 알지 못하니, 그것은 이해한다고 하였다) 자기를 '친애하는 위대한 예술가'나 그와 비슷한 어떤 칭호로 부를 수도 있을 것이라고 그가 나에게 넌지시 속내를 드러냈음에도("물론 친애하는 '거장'은 아니더라도…여하튼, 그러나 괜찮으시다면…" 그러면서 그가 덧붙인 말이다) 불구하고, 쥐삐앵의 상점 안에서 나는 그에게 다른 '칭호 부여하기'(쌩-시몽이 사용하였을 어휘이다) 피하면서, 그가 나를 지칭하며 사용하던 '당신'이라는 말에 다만 '당신'으로만 대꾸하는 것으로 그쳤다.[523] 그가 몇몇 벨벳 조끼들 중에서 눈에 충격을 줄 만큼 강렬한 붉은색을 골랐던지라, 취향 저질이었던 그조차도 그 조끼는 결코 다시 입지 않았다. 아가씨가 자기의 두 '견습공 소녀'와 함께 다시 일을 하기 시작하였으나, 주고 받은 인상이 상호적이었던지, 그녀가 아마 나와 같은 계층에 속하리라고 믿었을(다만 나보다 더 우아하고 부유할 뿐) 샤를르 모렐이 그녀에게 특이한 매력을 발산하였다. 그의 부친이 나에게 보낸 사진들 중에서 엘스띠르가 그린 미쓰 싸크리빵의(즉 오데뜨의) 초상화 사진을 보고 몹시 놀란 내가, 마차 출입문까지 그와 함께 걸어가면서 그에게 말하였다.

"제가 궁금해하는 것을 저에게 말씀해 주실 수 있을지 모르겠습니다. 저의 숙부님과 이 부인과의 친분이 깊었습니까? 숙부님 생애 어느 시기쯤에 찍은 것인지 짐작을 할 수 없는데, 그것이 저의 관심을 끄는 것은 스완 씨 때문입니다…."

"저의 아버지께서, 당신으로 하여금 이 부인을 유의해 보시도록 하라고, 저에게 당부하신 것을 마침 잊고 있었습니다. 사실, 당신이 당신의 숙부님을 마지막으로 뵌 그날, 이 화류계 여인이 그 댁에서 점심을 먹고 있었답니다. 저의 아버지는 당신을 들어오시게 하여도 좋은지 몰라 당황하셨답니다. 당신이 그 경박한 여인의 마음에 무척 들었나 봅니다. 그리하여 그녀가 당신을 다시 볼 수 있기를 기대하였다고 합니다. 하지만, 저의 아버지 말씀에 의하면, 바로 그 무렵에 집안의 불화가 생겨, 당신이 숙부님을 다시는 뵙지 못하였다고 합니다." 그 순간 그가, 쥐삐엥의 질녀에게 작별인사를 하기 위하여 미소를 지었다. 그녀 또한 그를 바라보았고, 틀림없이 그의 야위었으나 윤곽 뚜렷한 얼굴과 결 고운 모발 및 명랑한 눈을 찬미하고 있었을 것이다. 나는 그와 악수를 나누면서 스완 부인을 생각하였고, 나의 추억 속 두 여인이 어찌나 서로 달랐던지,

놀라움을 금치 못한 채, 이제 그녀와 '분홍색 드레스 차림의 귀부인'이 동일인임을 확인해야 하는 일이 생겼다는 생각에 잠겼다.

얼마 아니 되어 샤를뤼스 씨가 스완 부인 옆에 앉았다. 그가 참석하던 모든 모임에서, 남자들을 하찮게 여기고 또 여인들의 환심을 자신에게로 집중시키던 그는, 그녀들 중 가장 우아한 여인에게 신속히 들러붙어, 그녀의 치장물로 자신이 화려하게 장식됨을 느끼곤 하였다. 남작의 프록코트나 연미복은, 그로 하여금 검은색 정장 차림이되 곁에 있는 의자 위에 가장무도회에 입고 갈 화려한 외투를 놓아둔 어느 남자의, 채색에 능한 화가가 그린, 초상화를 닮게 하곤 하였다. 대개 어느 왕족 여인과 이루어지곤 하던 그러한 단독 면담이, 샤를뤼스 씨에게 그가 좋아하던 차별화를 확보해 주었다. 예를 들자면, 그러한 단독 면담이 어떤 축연에서, 그것을 베푼 댁 안주인으로 하여금, 다른 남자들은 안쪽에서 뒤죽박죽 서로 뒤엉켜 있는 동안에도, 남작에게만은 여인들의 열 전면에서 홀로 의자 위에 앉아 있도록 내버려두게 하는 결과를 초래하였다. 게다가, 황홀해진 귀부인에게 재미있는 이야기들을 큰 소리로 해주는 데 몰두해 있었던지라,―적어도 외견상으로는 그런 것 같았다―샤를뤼스 씨는 다른 사람들에게로 가서 인사할 의무를, 따라서 다른 이들의 인사에 답례할 의무도, 면제 받았다. 그는 극장의 칸막이 좌석에 들어가 있는 것처럼, 어느 응접실 한가운데서도, 자기가 고른 미인이 만들어 주는 향기 짙은 울타리 뒤에 격리되어 있었던지라, 어떤 사람이 다가와, 이를테면 그와 함께 있던 여인의 아름다움을 가로질러 그에게 인사를 할 경우, 그가 지극히 간략하게, 또 여인에게 말하기를 중단하지 않은 채, 답례하는 것도 양해되었다. 물론 스완 부인이, 그가 공표하듯 어울리기를 좋아하던 여인들의 반열에 들지는 못하였다. 하지만 그는 그녀에게로 향한 찬미의 정과 스완에게로 향한 우정을 즐겨 공언하였고, 자기의 그러한 배려에 그녀가 기뻐하리라는 것을 알고 있었으며, 그 자신 또한, 그곳에서 가장 예쁘장하다고 할만한 여인으로 인해 자기의 평판이 손상되는 것에 으쓱해지곤 하였다.

한편 빌르빠리지 부인은 샤를뤼스 씨의 방문을 그리 만족스러워하지 않았다. 샤를뤼스 씨는 자기의 숙모에게 큰 결점들이 있다고 생각하면서도 그녀를 매우 좋아하였다. 그러나 가끔, 어떤 노여움이나 순전히 상상적인 불만에 이끌려, 자기의 충동을 억제하지 못하고, 그가 극도로 난폭한 편지들을 그녀에게 보냈으며, 그때까지는 미처 간파하지 못하였던 것 같은 자질구레한 일들을 편지에 늘어놓았다. 다른 여러 예들 중 내가 다음 일화를 이야기할 수 있는 바, 발백에 체류하던 중 그것이 나에게 알려졌기 때문이다. 빌르빠리지 부인이, 발백에서의 휴양 기간을 연장하려면 가져온 돈이 혹시 충분하지 못할까 우려하여, 그러나 인색한 성격인지라 불필요하다고 여기는 추가 경비가 두려워 빠리로부터 송금 받는 것이 싫어, 샤를뤼스 씨로부터 삼천 프랑을 차용하였다. 그런데 한 달 후, 지극히 하찮은 이유로 자기의 숙모에게 불만을 품은 그가, 그 돈을 전신환으로 즉시 갚으라고 요구하였다. 그가 받은 금액은 이천 구백 구십 구하고 몇 프랑이었다. 며칠 후 빠리에서 자기의 숙모를 만나 그녀와 다정하게 한담을 나누던 중, 송금 업무를 맡았던 은행이 저지른 실수를 그가 지극히 부드러운 어조로 지적하였다. 그러자 빌르빠리지 부인이 그 말에 대꾸하였다.

"천만에, 실수는 없었네. 전신환 비용이 6프랑 75쌍띰이라네."

"아! 그것이 의도적이셨다면 아무 문제 없습니다." 샤를뤼스 씨가 응수하였다. "혹시 모르실까 하여 말씀 드렸는데, 그러한 경우, 만약 은행이 저보다 숙모님과 덜 친근한 사람들에게 같은 식으로 일을 처리하였다면, 그것이 불쾌감을 줄 수도 있기 때문입니다."

"아닐세, 아니야, 오류는 없었네."

"엄밀히 보자면 숙모님의 처사가 전적으로 옳았습니다." 자기 숙모의 손에 다정하게 입을 맞추면서 샤를뤼스 씨가 쾌활한 어조로 그렇게 결론을 내렸다. 사실 그는 그녀에 대하여 언짢은 마음을 전혀 품지 않았고, 다만 그 하찮은 쩨쩨함에 미소를 지을 뿐이었다. 그러나 얼마 후, 가문의 어떤 일에서 자기의 숙모가 자기를 속이려고 '음모를 꾸미려' 하였다고 믿었는데, 그녀가 상당히 미련하게도, 그에게 맞서기 위하여 그녀와 연합하지 않았을까 그가 의심하던 바로 그 사업가들을 방패로 삼자, 그가 노기와 방약무인함 가득한 편지 한 통을 그녀에게 보냈다. "제가 복수하는 것으로 만족하지 않고, 숙모님을 우스꽝스럽게 만들겠습니다." 추신 형태로 덧붙인 말이었다. "당장 내일부터 모든 사람들에게, 전신환 및 제가 빌려드렸던 삼천 프랑 중 숙모님께서 저에게 갚지 않으신 6프랑 75쌍띰에 관한 이야기를 떠들어댈 것이며, 그렇게 숙모님의 명예를 실추시키겠습니다." 하지만 그러는 대신, 다음 날 그는 자기의 빌르빠리지 숙모를 찾아가 용서를 빌었는데, 진정 끔찍한 구절들이 있었던 그 편지를 후회하였기 때문이다. 게다가 당시 그가 누구에게 전신환 이야기를 할 수 있었겠는가? 복수가 아닌 진정한 화해를 원하였으니, 그 시점에서는 그 전신환 이야기에 관해서는 그가 철저히 함구하였을 것이다. 그러나, 이전에는 자기의 숙모와 사이가 좋았던지라, 또한 그가 경솔함 그 자체였던지라, 사람들을 웃기려고 사방으로 다니면서 악의 없이 그 이야기를 떠들어댔다. 하지만 빌르빠리지 부인은 그러한 사실을 모르고 있었다. 그리하여, 자기에게는 멋지게 조치하셨다 해 놓은 다음, 그 일을 폭로하여 자기의 명예를 실추시킬 심산이라는 사실을 그의 편지를 통해 알게 된 그녀는, 그가 당시에 자기를 속였고, 자기를 좋아하는 척하면서 자기에게 거짓말을 하였다고 생각하였다. 그 모든 일이 가라앉았으나, 두 사람 모두 상대편의 자기에 대한 견해를 정확히 알지 못하였다. 물론 그 사건은 조금 특별한 간헐적 불화들 중 하나이다. 다른 양상의 불화는 블록과 그의 친구들 사이에 발생한 것들이었다. 그것과도 다른 양상의 불화는, 훗날 우리가 보게 되겠지만, 샤를뤼스 씨와, 빌르빠리지 부인과는 전혀 다른 사람들 사이에 야기되는 것들이다. 그럼에도 불구하고, 우리들이 서로 상대방에 대하여 가지고 있는 견해나, 우정관계, 가족관계 등은 표면적인 부동성만 가지고 있을 뿐, 실은 바다만큼이나 영원히 유동적이라는 사실을 염두에 두어야 할 것이다. 그토록 완벽하게 결합된 듯 보였으나 갈라섰고, 그러다 얼마 아니 되어 서로에 대하여 다정한 어조로 말하는, 어느 부부의 그토록 시끄러운 이혼 소문, 결코 헤어질 수 없으리라 우리가 믿었으나 불화가 생겼고 하지만 우리가 놀라움에서 미처 벗어나기도 전에 화해하여 함께 있는 두 친구들이 서로에게 퍼붓는 그 야비한 말들, 민족들 간에 맺어졌다가 삽시간에 도괴되는 그 숱한 동맹들, 그 모든 현상들이 그러한 유동성에서 비롯된다.

"맙소사, 나의 숙부님과 스완 부인 사이가 뜨거워지는군." 쌩-루가 나에게 말하였다. "그런데 엄마는 천진스럽게 두 사람을 방해하시는군. 순결한 이의 눈에는 모든 것이 순결하도다!"

내가 샤를뤼스 씨를 바라보았다. 그의 회색 머리 타래와, 외알박이 안경에 밀려 눈썹이 치켜 올려진 채 미소를 짓던 그의 눈, 그리고 붉은 꽃이 꽂혀 있던 장식용 단추 구멍이, 꿈틀거리며 인상적인 삼각형의 유동적인 세 꼭지점 같은 것을 형성하고 있었다. 나는 감히 그에게 인사를 하지 못하였다. 그가 나에게 어떤 신호도 보내지 않았기 때문이다. 그런데, 비록 그가 나를 향해 고개를 돌리지 않았어도, 나는 그가 나를 보았음을 확신하였다. 스완 부인이 입은 짙은 보라색의 화려한 외투 자락이 남작의 한쪽 무릎 위에까지 늘어져 있는 상태에서, 그가 어떤 이야기를 그녀에게 열심히 들려주는 동안에도, 경찰이 불시에 들이닥칠까 두려워하는 노점 상인의 눈처럼 끊임없이 두리번거리던 그의 눈이, 응접실의 모든 부분들을 틀림없이 샅샅이 탐조하여, 그곳에 있던 모든 사람들을 발견하였을 것이니 말이다. 샤뗄르로 씨가 그에게 인사를 하러 다가왔건만, 그가 자기 앞에 와서 멈추기 전까지는, 샤를뤼스 씨의 얼굴에 자기가 젊은 공작을 알아보았다는 어떤 징후도 나타나지 않았다. 그렇게, 그날의 경우처럼 참석자 수가 다소 많은 모임들에서는, 샤를뤼스 씨가, 정해진 방향도 특정인이라는 행선지도 없는 상태로, 새로 도착하는 이들이 인사도 하기 전부터 이미 존재하던 미소가, 따라서 그들이 자기의 영역 안으로 들어설 때에는, 그들에게로 향한 일체의 친절이 결여된 채 그 영역 안에 이미 와 있던 그 미소가, 거의 지속적인 방법으로 자신의 얼굴에서 어른거리게 하였다. 그럼에도 불구하고 나는 당연히 스완 부인에게 인사를 하러 가야 했다. 하지만 내가 마르상뜨 부인 및 샤를뤼스 씨와 교분이 있는지 여부를 알지 못하여, 내가 혹시 나를 그들에게 소개해 달라고 요청하지 않을까 틀림없이 저어한 나머지, 그녀가 나를 상당히 냉랭하게 대하였다. 그리하여 내가 다시 샤를뤼스 씨 쪽으로 다가섰고, 나는 이내 그렇게 한 것을 후회하였다. 왜냐하면, 그가 나를 분명히 보았음에 틀림없건만, 전혀 그런 내색을 하지 않았기 때문이다. 내가 그의 앞에서 상체를 숙여 예를 표하는 순간, 그가 나로 하여금 그의 몸뚱이에 접근하지 못하도록 하기 위하여 한껏 뻗은 그의 팔 끝에서, 나는 주교의 반지만이 결여되었을 뿐인 손가락 하나를 발견하였고, 그가 사람들로 하여금 그것에 입맞추게 하도록 하기 위하여 그것의 축성된 부분을 내밀고 있는 것 같았으며, 그 순간 내가, 남작 모르게, 따라서 그가 책임을 나에게 전가시킬 불법 침입의 형태로, 그의 미소 속에 있던 그 항존성과 이름 없고 텅 빈 분산성 속으로 침투한 것처럼 보였을 것임에 틀림없다. 남작의 그러한 냉랭함이 스완 부인으로 하여금 그녀의 냉랭함을 포기하도록, 그녀를 크게 격려하지는 못하였다.

"무척 지치고 동요된 기색이구나." 샤를뤼스 씨에게 인사를 드리러 다가온 자기의 아들에게 마르상뜨 부인이 말하였다.

그런데 정말 로베르의 시선이 가끔 어느 심연으로 내려가는 듯하다가, 마치 그 밑바닥에 도달한 잠수부처럼 즉시 그곳을 떠나곤 하였다. 그 밑바닥, 그가 도달할 때마다 로베르에게 하도 큰 고통을 주어 그가 즉시 떠났다가 잠시 후 다시 돌아가곤 하던 그 밑바닥은, 그가 자기의 연인과 헤어졌다는 상념이었다.

"괜찮다," 그의 모친이 그의 볼을 쓰다듬으며 덧붙여 말하였다. "상관없다, 어린 아들 보니 기쁘구나."

하지만 그러한 다정함이 오히려 로베르의 신경을 자극하는 듯하자, 마르상뜨 부인이 아들을 데리고 응접실 깊숙한 안쪽으로, 즉 노란색 비단으로 벽면을 도배한 퇴창 안쪽 공간으로 갔으며, 그곳에는 몇몇 보베산 안락의자들의 융단들이, 황금빛 미나리아재비꽃 가득한 들판에 피어 있는 붉은 색조 감도는 붓꽃들처럼 집결되어 있었다. 스완 부인이, 마침 자기 곁에 아무도 없고 또 내가 쌩-루와 교분이 있음을 간파하였음인지, 나에게 자기 곁으로 오라는 신호를 보냈다. 하도 오래전부터 그녀를 만나지 않아, 나는 그녀에게 무슨 말을 해야 좋을지 몰랐다. 나는 카페트 위에 있는 모자들 사이에 놓아둔 나의 모자에서 눈을 떼지 않으면서도, 게르망뜨 공작의 것은 아니건만 모자의 씌우개 부분에 공작관 장식과 함께 G 라는 글자를 수놓은 모자 하나를 발견하고, 그것이 누구의 것일까 하는 궁금증을 품었다. 그곳에 있던 방문객들이 누구인지 내가 모두 알고 있었지만, 그 모자가 누구의 것인지는 짐작할 수 없었다.

"노르뿌와 씨가 정말 친절합니다." 내가 그를 가리키며 스완 부인에게 말하였다. "로베르 드 쌩-루가 저에게 말하기를 흑사병 같은 사람이라고는 하지만…"

"그의 말이 옳아요." 그녀가 대꾸하였다.

그런데, 그녀의 시선이, 그녀가 나에게 감추고 있던 무엇을 회상하는 듯한 기색을 보이는지라, 내가 거듭 질문을 던져 그녀를 다그쳤다. 아는 이 아무도 없는 그 응접실에서 어떤 사람에게 붙잡혀 있는 듯한 기색 보이게 된 것이 아마 기꺼웠던지, 그녀가 나를 한 구석으로 데리고 갔다.

"쌩-루 씨가 당신에게 말하고 싶었던 것이 틀림없이 이것일 거예요." 그녀가 내 질문에 대답하였다. "하지만 그에게 지금 제가 하는 말을 옮기지는 마세요. 그가 저를 경솔하다 여길 테니까요. 저는 그로부터 존경 받고 싶으며, 당신도 아시다시피 제가 예모를 매우 중시해요. 근자에 샤를뤼스가 게르망뜨 대공 부인 댁에서 저녁 식사를 하였어요. 하지만 그 자리에서 사람들이 어떤 연유로 당신 이야기를 하게 되었는지는 모르겠어요. 그 자리에서 노르뿌와 씨가 그들에게 말하기를—하지만 어리석은 말에 불과하니 그것 때문에 근심하지 마세요. 아무도 그 말을 귀담아 듣지 않았어요. 그 말이 어떤 입에서 나오는 것인지 모두들 너무나 잘 알고 있었기 때문이에요.—당신이 반쯤 히스테릭한 아첨꾼이라고 하였다는군요."

나는 훨씬 앞에서, 노르뿌와 씨 같은 아버지의 친구가 나에 관해 이야기하면서, 그러한 식으로 말할 수 있었다는 사실이 나에게 안겨준 심한 놀라움을 이미 술회한 바 있다. 하지만 내가 스완 부인과 질베르뜨에 관해 이야기하면서 일찍이 느꼈던 그 먼 옛날의 감동이, 내가 존재한다는 사실조차 모르리라고 믿던 게르망뜨 대공 부인에게까지 알려졌음을 알게 되는 순간, 나는 더 큰 또 다른 하나의 놀라움에 휩싸였다. 우리의 행동과 말과 태도 하나하나는, 우리가 결코 알 수 없을 만큼 변화무쌍한 투과성 가진 하나의 환경에 의해 '세상'으로부터, 즉 그것들을 직접 인지하지 못한 사람들로부터 격리되어 있어, 유포되기를 우리가 열렬히 희구하던 우리의 중요한 말이(옛날 내가, 그렇게 뿌려진 그 숱한 좋은 씨앗들 중 발아할 것이 틀림없이 있으리라고 생각하면서 모든 사람들에게 기회만 있으면 스완 부인에 대하여 쏟아 놓던 그 열광적인 말들처럼), 대개의 경우 우리의 열망 자체 때문에 즉시 곡식 저장통 밑에 놓여지곤[524] 한다는 사실을 경험을 통해 우리가 이미 알았으니, 하물며, 우리의 뇌리에서조차 사라졌거나 우리의 입에서 나온 적조차 없으되 중도에서 다른 말의 불완전한 굴절에 의해 형성된 미세한 말 한 마디가, 멈출 줄 모르고 까마득히 먼 곳까지—이 경우에는 게르망뜨 대공 부인 댁까지—운반되어, 우리를 희생시켜 가며 신들의 향연에 파적거리로 제공되리라는 것을 우리가 어찌 상상이나 할 수 있겠는가! 우리의 행위들 중 우리가 기억하고 있는 것이 우리의 가장 가까운 이웃에게조차 알려져 있지 않은 반면, 우리가 발설한 사실 자체까지 벌써 잊혀졌거나 아예 발설조차 하지 않은 말이 다른 천체에까지 이르러 뭇 사람들의 미친듯한 폭소를 자아내는 바, 우리와 관련된 일들과 우리의 거조들에 관하여 다른 이들이 멋대로 만들어 가지고 있는 영상이란, 그것들에 대하여 우리 자신이 가지고 있는 영상과 하도 판이하여, 마치 하나의 여백이 검은 선 하나로 혹은 설명될 수 없는 하나의 윤곽이 하나의 여백으로 나타나는, 실패한 복사본이 원본과 닮지 않은 것에 못지않다. 그러나, 제대로 복사되지 않은 부분이 오직 우리의 자만심 때문에 우리에게 보일 뿐 실제로는 정말 존재하지 않으며, 터무니없이 덧붙여진 것처럼 보이는 것이 반대로 정말 우리에게 속하건만, 그것이 하도 본래부터 우리의 타고난 특질이라 우리의 눈에 보이지 않는 경우도 있다. 따라서 우리와 그토록 닮지 않은 것처럼 보이는 그 기이한 복사본이 때로는, 물론 우리의 마음에는 들지 않으나 심오하고 유용한 진실을, 예를 들면 X선이 찍은 사진이 가지고 있는 것과 같은 종류의 진실을 내포하기도 한다. 하지만 그러한 진실 때문에 우리가 그 사진 속에서 반드시 우리 자신을 알아보는 것은 아니다. 거울 앞에서 그 속에 보이는 자기의 수려한 얼굴과 멋진 상반신에 미소를 보내곤 하는 버릇을 가진 사람에게, 누가 그것들의 X선 사진을 보여준다면, 그는 자기의 영상이라고 표시된 그 일련의 뼈대 앞에서, 어느 미술 전람회장을 찾은 사람이 젊은 여인의 초상화 앞에 이르러, 〈누워 있는 단봉낙타〉라는 제목을 그림 목록에서 읽는 순간에 그럴 것처럼, 그 표시가 오류일 것이라는 의혹에 사로잡힌다. 우리 자신에 의해 그려졌느냐 혹은 다른 이들에 의해 그려졌느냐에 혹은 다른 이들에 의해 그려졌느냐에 따라 우리의 영상들 사이에 생기는 편차를, 나는 훗날 나 이외의 다른 사람들에게서도, 즉 자신들이 손수 뽑아 놓은 자신들의 사진들 한가운데서 아주 만족스럽게 살고 있으되, 그 동안 그들 주위에서는, 그들 자신에게는 평소 보이지 않으나 혹시 어떤 우연이 '이것이 당신이오' 라고 하면서 그들에게 보여줄 경우, 그들을 경악 속에 처박을 무시무시한 그들의 영상들이 얼굴을 찌푸리고 있음을 확인하게 되어 있었다.

    몇 해 전이었다면, 스완 부인에게 '어떤 동기로' 노르뿌와 씨를 내가 그토록 다정하게 대하였는지 이야기하면서 무척 행복해하였으리니, 그 '동기'란 그녀와 교분을 맺고 싶은 욕망이었기 때문이다. 하지만 이제 나는 더 이상 그러한 욕망을 느끼지 못하였고, 질베르뜨를 더 이상 사랑하지도 않았다. 또한 스완 부인이 내가 어린 시절에 본 분홍색 드레스 입은 그 귀부인과 같은 인물인지 확인하지도 못하였다. 그리하여 나는 그 무렵 나의 마음을 사로잡고 있던 여인에 관한 이야기를 꺼냈다.

"조금 전에 게르망뜨 공작 부인을 보셨습니까?" 내가 스완 부인에게 물었다.

그러나 공작 부인이 스완 부인에게 인사를 하지 않았던지라, 스완 부인은 그녀를 대수롭지 않은, 따라서 그 누구의 주의도 끌지 못하는, 인물 취급하는 기색을 드러내려 하였다.

"모르겠어요, '깨닫지' 못하였어요." 번역된 영어 단어를 사용하면서,[525] 그녀가 상당히 불쾌해진 듯한 기색으로 대꾸하였다.

하지만 나는 게르망뜨 부인뿐만 아니라 그녀와 가까운 모든 사람들에 관한 사항들을 알고 싶어하였으며, 그리하여 블록과 다름없이, 어떠한 대화에서건 상대방에게 즐거움을 주기보다는, 이기주의자의 모습을 드러내면서 자기들의 관심사항들을 밝혀 내려하는 이들처럼 요령 없이, 오직 게르망뜨 부인의 생활을 정확하게 뇌리에 떠올려 보려는 욕심에 이끌려, 르루와 부인에 대하여 빌르빠리지 부인에게 심문하듯 캐물었다.

"그래요, 누구인지 알겠어요." 그녀가 경멸한다는 듯한 기색을 드러내며 내 말에 대꾸하였다. "그 부유한 목재 상인들 집안의 딸이지요. 그녀가 현재 사람들을 만나고 다니는 것은 알지만, 솔직히 말씀 드리거니와, 제가 새로운 사람들과 사귀기에는 너무 늦었어요. 제가 하도 훌륭하고 인품 좋은 이들과 사귀었던지라, 진정으로 말하거니와, 르루와 부인이 제가 이미 가지고 있는 것에 전혀 보탬 될 것 같지 않군요."

후작 부인의 시녀 역할을 하던 마르상뜨 부인이 나를 화펜하임 대공에게 소개하였고, 그녀의 소개가 채 끝나기도 전에 노르뿌와 씨 역시 가장 열렬한 어조로 나를 그에게 소개하였다. 내가 이제 막 다른 사람에 의해 소개되었던지라, 자기의 신용에 하등의 위해가 되지 않을 예의를 나에게 표하는 것이 합당한 일이라고 아마 생각하였거나, 어떤 외국인이든, 비록 저명 인사라 할지라도, 프랑스 사교계에 밝지 못하여, 누가 자기에게 최상류 사교계의 젊은이 하나를 소개한다고 믿을 수 있으리라 아마 생각하였기 때문이거나, 아마 자기의 특권들 중 하나를, 즉 대사의 직접 추천이라는 무게를 추가하는 특권을, 행사하기 위해서였거나, 혹은 아마 그 왕족에게 소개되기를 원할 경우 추천인 둘이 필요하다는, 그 왕족에게는 매우 기분 좋을 수 있는 관례를, 대공을 위해 되살리려는 고풍스러운 취향에 이끌렸기 때문일 것이다.

빌르빠리지 부인이, 자기가 르루와 부인과 교분 맺지 않는 것을 유감스럽게 여기지 않는다고 노르뿌와 씨의 입을 빌려 나에게 말할 필요를 느꼈음인지, 그를 큰 소리로 불렀다.

"대사님, 르루와 부인은 변변찮고, 이곳에 드나드는 모든 사람들보다 훨씬 열등하며, 따라서 제가 그녀를 이끌어들이지 않음이 옳아요. 그렇지 않은가요?"

자기의 독립성을 지키기 위함이었는지 혹은 피곤 때문이었는지, 노르뿌와 씨가 정중함 가득하나 아무 의미 없는 인사의 몸짓으로 대꾸하는 것으로 그쳤다.

"대사님," 그녀가 웃으며 다시 말하였다. "정말 우스꽝스러운 사람들도 있어요. 젊은 여인의 손보다 제 손에 입맞추는 것이 더 즐겁다고 하면서, 저로 하여금 그 말을 믿게 하려던 어느 신사께서, 오늘 저를 방문하였다는 사실을 믿으실 수 있겠어요?"

나는 그 사람이 르그랑댕이었음을 즉시 간파하였다. 노르뿌와 씨는 그러한 언동이 마치, 하도 필연적이라 그것에 휩싸이는 사람을 나무랄 수 없는, 그러한 욕망과 관련되었다는 듯, 더 나아가 자기가 부와즈농이나 크레비용(아들)처럼[526] 패륜적인 관용[527]으로 용서할 뿐만 아니라 심지어 격려할 준비까지 되어 있는 어떤 사랑의 시작과 관련되어 있다는 듯, 가볍게 눈을 찡긋하면서 미소를 지었다.

"젊은 여인들의 손이라 할지라도 제가 저쪽에서 본 것을 만들어 낼 수는 없을 것입니다." 빌르빠리지 부인이 그리다 중단한 수채화를 가리키면서 대공이 말하였다.

그러더니, 얼마 전에 전람회에 전시된 팡땡-라뚜르[528]의 꽃 그림들을 보았느냐고 그녀에게 물었다.

"최고의 작품이며, 요즘 흔히들 말하듯, 진정 아름다운 화가의 손에서, 빨레뜨의 대가 손에서 탄생한 작품입니다." 노르뿌와 씨가 선언하듯 말하였다. "하지만 제가 보기에는 빌르빠리지 부인께서 그리신 꽃들에는 비할 바 못 됩니다. 부인의 작품 속에서 발견되는 꽃들의 색조가 더 선명합니다."

인연 깊은 정인의 편파성과 아부 습관 및 특정 집단 내에서만 통용되는 견해 등이 전직 대사에게 그러한 말을 구술하였으리라 짐작하더라도, 그러한 말들이 하지만, 사교계 사람들의 예술적 평가에 진정한 취향이 얼마나 결여되어 있는지를 입증해 주었는데, 그러한 평가란 하도 임의적이어서, 지극히 하찮은 요소 하나가 그 평가로 하여금 최악의 터무니없는 결론에 이르도록 할 수 있으며, 그러는 동안 그러한 평가에 제동을 걸 진정으로 느낀 인상은[529] 단 하나도 만나지 못한다.

"제가 꽃들을 좀 안다고 해서 찬양받을 일은 아니에요. 저는 항상 촌에서 살았으니까요." 빌르빠리지 부인이 겸손한 어조로 대꾸하였다. "그러나 혹시 제가 아주 어릴 때부터 다른 시골 아이들보다 조금 더 진지하게 꽃들에 관해 생각하게 되었다면, 그것은 대공님과 같은 나라 분이신 저명한 슐레겔[530]씨 덕분이에요." 그녀가 화펜하임 대공을 바라보면서 우아한 어투로 덧붙였다. "저는 그 분을, 저의 꼬르들리아 숙모님(까스뗄란 대원수 부인이신)께서 저를 데리고 가셨던 브로유에서 처음 뵈었어요. 르브렁 씨와 쌀방디 씨 및 두당 씨가 그 분으로 하여금 꽃들에 관한 이야기를 하시게 하던 일을 지금도 생생히 기억하고 있어요. 저는 어린 소녀였던지라 그 분이 하시는 말씀을 제대로 이해할 수 없었답니다. 하지만 그 분은 제가 노는 것을 즐겨 돌보셨으며, 대공님의 나라로 돌아가신 후, 우리가 파에톤[531] 마차를 타고 발 리쉐르[532]까지 갔다가 그 분의 무릎 위에서 제가 잠이 들기까지 했던 그 소풍을 기념하시는 뜻에서, 저에게 아름다운 식물도감 한 권을 보내주셨어요. 저는 항상 그 식물도감을 곁에 간직하였고, 그 책은 저에게, 그것이 없었다면 저의 시선을 끌지 못하였을 여러 꽃들의 특징들을 관찰하는 법을 가르쳐주었답니다. 바랑뜨 부인께서 브로유 부인의 편지[533] 일부를 출판하였을 때―그 편지들 또한 그것들을 쓰신 분처럼 아름답고 꾸밈이 많았지만―저는 그 편지에서 슐레겔 씨의 대화 중 일부나마 발견할 수 있으리라 기대하였어요. 그러나 편지를 쓴 분은, 자연 속에서 종교를 위한 설득 수단만을 찾던 여인이었어요."

자기의 모친과 함께 응접실 안쪽에 있던 로베르가 나를 불렀다.

"자네의 친절한 배려에 어떻게 감사를 표해야 할지 모르겠네." 내가 그에게 말하였다. "내일 우리 함께 점심 식사 할 수 있을까?"

"내일? 좋지, 그러나 블록과도 함께 하세. 내가 조금 전 들어오는 길에 출입구에서 그와 마주쳤다네. 그가 나에게 보낸 편지 두 통을 받고도 어쩔 수 없는 사정 때문에 답장을 못 하였는데, 그로 인해 한 순간 냉랭한 기색을 보이더니(그의 기분을 구겨 놓은 것이 그 일이라고 그가 나에게 말하지는 않았으나 나는 간파하였네), 즉시 어찌나 다정하게 대하던지, 나는 그러한 친구에게 배은망덕하게 굴 수는 없네. 그와 나 사이의 우정이, 적어도 그로서는, 필생의 것임을 확실히 느낄 수 있네."

지금 돌이켜 보거니와, 로베르가 전적으로 착각한 것은 아니라고 생각한다. 블록이 쏟아내곤 하던 미친듯한 비방이, 대개의 경우, 다른 사람이 자기에게 갚지 않는다고 그가 생각한, 그의 열렬한 호의에서 비롯되었으니 말이다. 또한 그가 다른 이들의 생활을 상상해 보는 일이 거의 없어, 어떤 사람이 병에 걸렸었다든가 혹은 여행을 떠났었다든가 하는 등의 생각은 전혀 못하였던지라, 일주일 간의 침묵이 그에게는 즉시 의도된 냉랭함에서 비롯된 것처럼 보이곤 하였다. 그리하여 나는, 그가 친구로서, 그리고 훗날 문인으로서, 드러내던 난폭함이 가슴 깊숙한 곳에서 나온 것이라고는 결코 믿지 않았다. 혹시 어떤 이가 차가운 위엄으로 혹은 그를 더욱 격동시키는 일종의 진부함으로 응대할 경우, 그 난폭함이 심화되기도 하지만, 반대로 뜨거운 호감으로 자주 변하곤 하였다. "자네가 말한 나의 친절에 대해 말하거니와," 쌩-루가 말을 계속하였다. "자네는 내가 자네에게 친절을 베풀었다고 야단이지만, 내가 실은 아무것도 한 일이 없네. 숙모님이 나에게 말씀하시기를, 숙모님을 피하는 사람은 자네이고, 자네가 숙모님에게 단 한 마디 말도 건네지 않는다더군. 숙모님은 혹시 자네가 어떤 반감을 품고 있지나 않은지 궁금해 하신다네."

나에게는 다행스럽게도, 내가 비록 쌩-루의 그러한 말에 속아 넘어갔다 하더라도, 임박해졌으리라 내가 믿고 있던 발백으로의 떠남이, 내가 게르망뜨 부인을 다시 만나, 그녀에게 하등의 반감도 품지 않았노라 확신시켜 주어, 나에게 반감을 품은 사람은 오히려 그녀 자신이었음을 나에게 입증해 보일 필요를 그녀가 느끼도록 해주려는 나의 시도를 막았을 것이다. 하지만 나는 그녀가 나에게 자기의 집으로 엘스띠르의 작품을 보러 가자는 제안조차 하지 않은 사실을 상기하면 그만이었다. 게다가 내가 느끼던 것은 실망이 아니었다. 나는 그녀가 나에게 그 이야기를 하리라고는 전혀 기대조차 하지 않았다. 나는 내가 그녀의 마음에 들지 않음을, 따라서 내가 그녀의 사랑 얻기를 기대할 수 없음을, 잘 알고 있었다. 내가 희원할 수 있었던 것이라야 기껏, 그녀의 착함 덕분에, 빠리를 떠나기 전에 그녀를 다시 만나지 못할 것이니, 불안과 슬픔 뒤섞인 추억 대신 무한히 연장되고 온전한 상태로 발백으로 가지고 갈, 전적으로 다정한 인상 하나를 그녀에게서 포착하여 간직하는 것이었다.

마르상뜨 부인은, 로베르가 자기에게 얼마나 자주 내 이야기를 하였는지, 또 그가 나를 얼마나 좋아하는지 모른다는 말을 나에게 하기 위하여, 그와의 정담을 자주 중단하였다. 나를 배려하는 그녀의 간절한 태도가 나의 마음을 거의 아프게 할 지경이었으니, 온종일 볼 수 없었던지라 어서 아들과 함께 단 둘이서만 있게 될 시각을 초조하게 기다리면서도, 자기가 믿기에 자기의 영향력보다 강하여 조심스럽게 다루어야 할 나의 영향력 아래에 놓인 듯한 그 아들과 자기 사이에, 혹시 나로 인하여 불화가 생기지 않을까 하는 두려움에서 그러한 태도가 비롯된 듯 느껴졌기 때문이다. 앞서 내가 블록에게 그의 숙부 니씸 베르나르 씨의 안부 묻는 것을 들은 마르상뜨 부인이, 그 분이 혹시 니쓰에 사신 적 있느냐고 물었다.
 "그렇다면, 마르상뜨 씨가 저와 혼인하기 전에, 그 분이 그곳에서 그와 교분을 맺었어요." 마르상뜨 부인이 말하였다. "저의 남편이, 심정 섬세하고 너그러운 선량한 분이라면서, 저에게 자주 그 분 이야기를 하였어요."
 '즉, 그 늙은이가 모처럼 거짓말을 하지 않았다는 뜻인데, 정말 믿을 수 없군!' 블록이 들었다면 아마 그렇게 생각하였을 것이다.
 나는 시종 마르상뜨 부인에게, 로베르가 나보다는 그녀에게 비교할 수 없을 만큼 깊은 애정을 품고 있으며, 비록 그녀가 나에게 적대감을 표했다 할지라도, 나는 그로 하여금 그녀에게 반감을 품게 하여 그가 그녀로부터 멀어지게 할 그러한 천성의 소유자가 아니라는 말을 하고 싶었다. 그러나 게르망뜨 부인이 그곳을 떠난 이후, 내가 로베르를 관찰할 여유가 더 생겼고, 나는 그 때야 비로소 일종의 노기가 그의 굳어져 침울해진 얼굴에 어른거리면서, 그의 내면에 치솟고 있음을 다시 간파하였다. 나는 그가 혹시, 오후에 있었던 불화 장면이 되살아나, 자신이 반격도 못 하고 자기의 연인으로부터 그토록 심한 대우를 일방적으로 받은 사실 때문에, 내 앞에서 모욕감을 느끼지 않을까 두려웠다.
 그가 갑자기, 팔 하나로 자기의 목을 감싸고 있던 자기 모친 곁을 와락 떠나 내 곁으로 오더니, 빌르빠리지 부인이 앉아 있던 꽃들로 뒤덮인 작은 책상 뒤로 나를 데리고 간 다음, 곁에 있던 작은 응접실로 들어가면서 자기를 따라오라고 눈짓을 하였다. 내가 상당히 서둘러 그곳으로 향하고 있는데, 내가 출구 쪽으로 간다고 믿었을 샤를뤼스 씨가, 함께 이야기를 나누던 화펜하임 씨 곁을 갑자기 떠나더니, 신속히 우회하여 내 앞을 막아섰다. 나는 그가 G자와 공작관 문양 수높은 모자를 이미 집어든 것에 마음이 불편했다.

작은 응접실 입구에서 그가 나에게로 시선도 돌리지 않은 채 말하였다.

"내 보거니와 당신도 이제 사교계를 출입하니, 나를 보러 오시면 그것이 나의 기쁨이겠소. 하지만 그것이 상당히 복잡하오." 그가, 부주의하지만 무엇을 계산하는 듯한 기색으로, 또한 나와 함께 그 실현 방법 모의할 기회를 일단 놓치면 다시 얻지 못할까 두려워하는 어떤 쾌락에 관련된 일인 양, 그렇게 덧붙였다. "내가 거의 집에 없으니, 나에게 편지를 보내야 할 것이오. 하지만 그 일을 당신에게 더 차근차근 설명하고 싶소. 나는 잠시 후 떠나려 하오. 나와 함께 잠시 걷지 않겠소? 당신을 잠시만 지체시키겠소."

"주의하시는 게 좋겠습니다." 내가 그에게 말하였다. "실수로 다른 방문객의 모자를 집으셨습니다."

"나의 모자를 쓰지 못하게 하실 작정이오?"

불과 얼마 전 내가 그러한 일을 겪었던지라, 나는, 어떤 사람이 그의 모자를 가져가 버려, 맨머리로 돌아가지 않으려고 그가 아무 모자나 하나 집어들었다고, 또 그러한 그의 잔꾀를 내가 지적하여, 그를 난처하게 만들었다고 추측하였다. 그리하여 더 이상 아무 말도 하지 않았다. 다만 쌩-루에게 먼저 몇 마디 할 말이 있다고 하였다. "그는 지금 멍청이 게르망뜨 공작과 이야기하고 있습니다."[534] 내가 그렇게 한 마디 덧붙였다. ─"당신이 지금 하시는 말씀 참으로 매력적이오. 내가 나의 형님께 전하겠소." ─"아! 제가 한 말이 샤를뤼스 씨의 관심을 끌 수 있다고 생각하십니까?"(나는, 그에게 형제가 있다면, 그 형제 역시 당연히 샤를뤼스라고 불릴 것이라 생각하였다. 그의 호칭에 대하여 쌩-루가 일찍이 발백에서 대략 설명해 주었지만, 내가 잊고 있었다. ─"누가 당신에게 샤를뤼스 씨라고 하였단 말이오?" 남작이 거만한 기색을 띠면서 나에게 말하였다. "어서 로베르에게 가 보시오. 나는 당신이 오늘, 그가 자기에게 수치를 안겨주는 여자와 함께 한, 전형적으로 방탕한 오찬에 참석하셨음을 알고 있소. 그로 하여금, 자기가 우리 가문의 이름을 진흙 구덩이 속으로 끌고 들어가, 자기의 가엾은 모친과 우리들에게 안겨주는 슬픔을 깨닫게 하도록, 당신이 그에게 영향력을 행사해 주셔야 할 것이오."

나는, 그 품위를 떨어뜨린다는 오찬에서, 우리가 에머슨과 입센과 똘스또이에 관한 이야기만 하였고,535) 그 젊은 여인이 로베르에게 물만 마시라고 간곡히 타일렀노라, 그에게 대꾸하고 싶었다. 로베르의 자긍심이 상처를 입었으리라 생각하여, 나는 조금이나마 그것을 치유해 주려고, 그의 연인을 변호할 방도를 찾았다. 나는 그가, 그녀에게로 향한 노여움에도 불구하고, 그 순간에 자신을 나무라고 있었음을 알지 못하였다. 선량한 남자와 못된 여인 간의 다툼에 있어서도, 그리고 한쪽 당사자가 전적으로 옳을 때에도, 못된 여자가 어느 한 점에 있어서는 그르지 않다는 기미를 제공하는, 작은 일 하나가 불거지는 일이 항상 생기는 법이다. 그러한 경우, 다른 나머지 모든 사항들은 그녀가 아예 무시하는지라, 선량한 남자가 조금이라도 그녀를 필요로 하거나 결별로 인해 의기소침해지면, 약화된 그의 심기가 그로 하여금 가책감에 사로잡히게 하고, 그는 자기에게 쏟아졌던 어처구니없는 비난들을 다시 뇌리에 떠올리면서, 그러한 비난들에 어떤 근거가 있는 것이 아닐까 자문하게 된다.

"이 목걸이 사건에서는 내가 잘못했다고 생각하네." 로베르가 나에게 말하였다. "물론 내가 못된 의도를 가지고 그러한 잘못을 저지른 것은 아니지만, 다른 사람들은 우리와 같은 관점에서 보지 않는다는 것을 내가 잘 알고 있네. 그녀는 매우 혹독한 어린 시절을 보냈다네. 그녀가 보기에는 여하튼 내가, 돈으로 모든 것을 이룰 수 있다고 믿는 자신만만한 부자, 그리고 부슈롱에게 영향력을 행사한다든가 혹은 어떤 재판에서 승소한다든가 하는 일에서 가난한 사람은 맞서 싸울 수 없는 그러한 부자일세. 물론 자기에게 이로울 것만을 추구한 나에게 그녀가 가혹했던 것은 의심할 여지가 없네. 그러나 지금 분명히 깨닫거니와, 그녀는 내가 그녀로 하여금, 누구든 돈으로 그녀를 수중에 잡아둘 수 있음을 느끼게 하려 하였다고 믿는다네. 나를 그토록 사랑하는 그녀가 그러니 무슨 생각을 하겠는가! 가엾은 내 사랑, 자네가 어찌 다 알겠냐만, 그녀가 어찌나 섬세한지, 자네에게 이루 다 이야기할 수는 없네만, 그녀가 나를 위해 찬탄할만한 일들을 하기 빈번했다네. 지금 이 순간에도 얼마나 슬퍼하고 있을까! 여하튼, 무슨 일이 닥치든, 나는 그녀가 나를 상스러운 놈으로 취급하는 것을 원치 않는지라, 지금 당장 목걸이를 찾으러 부슈롱의 상점으로 달려가겠네. 내가 이렇게 처신하는 것을 보고 혹시 그녀가 자기의 잘못을 시인하게 될지 누가 알겠는가. 지금 이 순간 그녀가 괴로워하고 있다는 생각을 내가 감당할 수 없네! 우리 자신을 괴롭히는 것이 무엇인지 우리가 알 경우, 그것은 아무것도 아니라네. 하지만 그녀는, 자기가 괴로워한다고 생각하면서도 그것을 선명히 뇌리에 떠올리지 못할 테니, 내가 미쳐 버릴 것 같네. 그녀를 괴로움 속에 내버려두느니, 차라리 영영 다시는 그녀를 만나지 않는 편을 택하겠네. 피요하다면 나 없이 그녀가 행복한 것, 그것이 내가 원하는 전부일세. 내 말 들어 보게, 자네 알다시피, 나에게는, 그녀와 관련된 모든 것은 광대하여, 그것들이 삼라만상과 같은 면모를 띤다네. 이제 내가 보석상의 집으로 간 다음, 그녀에게 용서를 구하겠네. 내가 그곳에 도착할 때까지 그녀가 나에 대하여 무슨 생각을 할까? 내가 도착하리라는 것을 그녀가 제발 알기만이라도 하였으면! 어찌 되든 간에 자네도 그녀의 집에 올 수 있네. 누가 알겠는가, 혹시 모든 것이 해결되지 않을지. 아마," 마치 그러한 꿈이 실현되리라고는 감히 믿지 못한다는 듯, 그가 겸연쩍게 미소를 지으면서 덧붙였다. "그러면 우리 세 사람이 함께 전원지역으로 저녁 식사를 하러 갈 수도 있을 걸세. 하지만 아직은 알 수 없네. 내가 그녀를 구슬리는 데 하도 서툴기 때문이라네. 가엾은 어린 것, 내가 아마 그녀에게 다시 상처를 줄 수도 있을 걸세. 게다가 그녀의 결단이 아마 돌이킬 수 없을지도 모르네."

로베르가 나를 데리고 불쑥 자기의 모친 곁으로 갔다.

"안녕히 계십시오." 그가 그녀에게 말하였다. "어쩔 수 없이 떠나야 합니다. 언제 휴가를 얻어 다시 올지 모르나, 한 달 안에 올 수 없는 것은 분명합니다. 휴가 날짜를 알게 되는 즉시 편지 드리겠습니다."

물론 로베르가, 자기들의 모친과 함께 사교적 모임에 참석할 때에는 그녀를 대하는 자기들의 성가신듯한 태도가 다른 이들에게 보내는 미소나 친절한 인사와 균형을 이루어야 한다고 믿는, 그러한 아들들의 부류에 속하였던 것은 결코 아니다. 자기의 친족들에게로 향한 무례함이 자신의 의례적 몸가짐을 자연스럽게 보완해 준다고 믿는 듯한 이들의 그 혐오스러운 앙갚음보다 더 보편화된 것도 없다. 가엾은 모친이 무슨 말을 하든, 그녀의 아들은, 마치 자기가 그곳에 억지로 끌려오기라도 한 듯, 그리하여 자기의 참석 대가를 어머니로 하여금 비싸게 치르도록 하기로 작정한 듯, 그녀가 조심스럽게 어떤 견해 하나를 표하기 무섭게, 야유적이고 정확하며 잔인한 이견으로 반격을 가하고, 그러면 그의 모친이 즉시, 자기가 후에도 그가 없는 자리에서 모든 사람들 하나하나에게 진정 매력적인 천성이라고 자랑하기를 계속할 그 탁월한 존재[536]의 견해를 받아들이지만, 그를 누그러뜨리지 못하여, 그는 자기의 날 선 화살들을 그녀에게 남김없이 퍼부어댄다. 쌩-루는 그들과 전혀 다른 사람이었으나, 라셸이 곁을 떠나 야기된 괴로움으로 말미암아, 이유는 달랐으되, 그 또한, 그러한 아들들이 자기들의 모친에게 그러는 것 못지않게, 자기의 모친에게 가혹했다. 또한 그가 한 말에, 자기의 아들이 도착하자 마르상뜨 부인이 억제할 수 없었던, 새의 날갯짓과 유사한 그 전율이, 이번에도 그녀의 몸 전체를 벌떡 일으켜 세우는 것이 내 눈에 보였으나, 이제 그녀가 집요하게 그를 향하도록 하고 있던 것은, 초조해진 얼굴과 두 눈이었다.

"그게 무슨 말이냐, 로베르, 떠나다니? 정말이냐? 나의 어린것! 내가 너를 곁에 둘 수 있는 유일한 날인데!"

그러더니, 거의 나지막하게, 가장 태연한 어조로, 또한 자기의 아들에게는 아마 가혹했을 혹은 아예 부질없어 그의 신경질이나 돋울 연민을 그에게 불어넣지 않으려고 일체의 슬픔을 애써 지워버린 음성으로, 단순한 상식에 입각한 말처럼 이렇게 덧붙였다.

"지금 네가 하는 짓이 착하지 못하다는 것은 너도 알고 있겠지."

하지만 그러한 순박함에, 자기가 그의 자유를 침해하지 않음을 그에게 보여주기 위하여 어찌나 심한 소심함을 덧붙였던지, 그가 즐거움을 방해한다고 자기를 나무라는 일이 없도록 어찌나 깊은 애정을 곁들였던지, 쌩-루는 자기의 내면에서 연민의 태동 같은 것을, 즉 자기의 연인과 함께 저녁 시간 보내는 것을 막을 수도 있는 장애물 하나를, 언뜻 발견하지 않을 수 없었다. 그리하여 그가 화를 내며 대꾸하였다.

"유감스러운 일입니다만, 착하건 그렇지 않건, 할 수 없습니다."

그러고는, 그가 아마 자신이 받아야 마땅하다고 틀림없이 느꼈을 비난을 자신의 모친에게 퍼부었으니, 이기주의자들은 항상 그렇게 논쟁에서 이기며, 그들은 우선 자기들의 결심이 흔들릴 수 없다는 것을 전제로 삼는지라, 그 결심을 포기하라는 우리의 호소가 그들의 내면을 건드려 감동을 일으키면 일으킬수록, 그들은 그 호소에 저항하는 자신들이 아니라 자신들을 그러한 처지에 놓이게 한 이들이 그만큼 더 비난 받아 마땅하다고 여겨, 그들의 무정함이 극단적인 잔혹성으로까지 치달을 수 있건만, 그들의 눈에는 그러한 현상이, 괴로워하거나 사리에 밝을 수 없을 만큼 상스러운 사람의 죄의식을 심화시키며, 그렇게, 자신들의 연민에 반하여 행동하는 슬픔을 그들 내면에 비겁하게 유발시키는 것으로는 보이지 않는다. 게다가 마르상뜨 부인이 간청하기를 스스로 멈추었으니, 그를 더 이상 잡아둘 수 없음을 직감하였기 때문이다.

"나 가네." 그가 나에게 말하였다. "그러나 엄마, 그를 너무 오래 잡아두지 마세요. 곧 어떤 사람을 방문해야 하니까요."

나는 내가 더 머문다 해도 그것이 마르상뜨 부인에게 하등의 기쁨이 되지 못함을 느꼈으나, 로베르와 동시에 그곳을 떠나지 않음으로써, 그를 자기로부터 빼앗아 가는 쾌락들에 나도 연루되었으리라고 그녀가 생각하지 않도록 하는 편을 택하였다. 나는 그러한 아들의 행위를 다소나마 변호해 주고 싶었으며, 그것은 그에게로 향한 나의 우정 때문이 아니라 그녀에 대한 연민 때문이었다. 하지만 먼저 말문을 연 사람은 그녀였다.

"가엾은 어린 것," 그녀가 나에게 말하였다. "제가 그에게 괴로움을 주었음에 틀림없어요. 엄마들은 몹시 이기적이랍니다. 아주 모처럼 빠리에 오건만 그 아이에게는 기쁜 일이 별로 없어요. 맙소사! 아직 이 집 밖으로 나가지 않았으면 좋겠어요. 다시 부르고 싶어요. 물론 잡아두기 위해서가 아니라, 내가 조금도 섭섭해하지 않으며 그 아이가 옳다고 생각한다는 말을 해주기 위해서예요. 우리 함께 층계에 가서 살펴보아도 괜찮겠어요?"

우리가 그곳까지 갔다.

"로베르! 로베르!" 그녀가 소리쳤다. "없군요, 떠났어요, 너무 늦었어요."

나는, 불과 몇 시간 전에 그가 아예 멀리 떠나 자기의 연인과 함께 살도록 해 줄 소임을 맡고 싶었던 것에 못지않게, 이제는 로베르와 그녀의 관계를 끊는 소임을 기꺼이 맡을 수 있을 것 같았다. 그렇게 하였을 경우, 쌩-루가 나를 배신적인 친구라고 단죄하였을 것이고, 반대의 경우 그의 가문이 나를 그의 못된 정령[537]이라고 불렀을 것이다. 하지만 그 몇 시간의 거리를 두고 있던 서로 다른 나는 같은 사람이었다.

우리가 응접실로 돌아갔다. 쌩-루가 함께 돌아오지 않은 것을 보자, 빌르빠리지 부인이 노르뿌와 씨와 함께, 질투 심한 어느 아내나 지나치게 다정한 어느 어머니(그러한 여인들은 다른 이들에게 구경거리를 제공한다)를 가리키면서 드러내는, 의아한 그리고 조롱기 넘쳐 연민이라곤 없는, 시선을 주고 받았으며, 그 시선의 의미는 이러했다. '보세요, 폭풍우가 지나갔음에 틀림없어요.'

로베르가, 두 사람 사이에 이루어진 협약에 따르면 그녀에게 주지 말아야 할 화려한 보석을 가지고, 자기의 연인 집으로 갔다. 그러나 결과는 마찬가지였으니, 그녀가 보석을 원치 않았기 때문이며, 그 이후에도 그가 그녀로 하여금 그것을 받도록 하는데 영영 성공하지 못하였다. 로베르의 몇몇 친구들은, 그녀가 보인 재물에 대한 그 무관심이, 그를 자기에게 영영 붙잡아두려는 그녀의 술책이라고 생각하였다. 하지만, 혹시 잔돈푼에 신경 쓰지 않고 지출할 수 있기 위해서라면 모를까, 그녀가 금전을 중요시하지 않았다. 자신이 가난하다고 생각하는 사람들에게 그녀가 뒤죽박죽 무분별하게 적선하는 것을 나도 본 적이 있다. "지금 그녀가 틀림없이 폴리-베르제르[538]의 뒤쪽 입석에서 오락가락하고 있을 걸세. 그 라셸 말일세, 그녀는 하나의 수수께끼, 하나의 진정한 스핑크스야." 자기들의 험담으로 라셸의 무사무욕한 선행의 무게를 반감시키기 위하여, 로베르의 친구들이 그에게 하던 말이다. 하지만 타산적인 연인관계를 맺는 여인들 중, 그러한 삶 속에서도 피어나는 섬세한 심정에 이끌려, 정인의 후함에 자기들이 오히려 제약을 가하는 여인들이―그녀들이 얹혀 사는 여인들이기 때문에 그것이 우리의 눈에 보이지는 않지만―얼마나 많은가!

로베르는 자기의 연인이 저지르던 훼절 행위의 대부분을 모르고 있었으며, 라셸의 실생활에 비하면 아무 의미 없는 하찮은 것에 온통 머리를 썩히고 있었는데, 그녀의 실생활은 날마다 그가 그녀 곁을 떠난 후에나 시작되곤 하였다. 그는 그 모든 훼절 행위를 거의 까마득히 모르고 있었다. 누가 그에게 그 모든 것을 알려주었더라도 라셸에 대한 그의 신뢰는 흔들리지 않았으리니, 사랑하는 것에 대한 완벽한 무지 속에 사는 것이, 가장 복잡한 사회 속에서 모습을 드러내는 하나의 매력적인 자연의 법칙이기 때문이다. 유리 칸막이 한쪽에서는 연정에 사로잡힌 남자가 이렇게 중얼거린다. "그녀는 천사인지라 그녀가 나에게 결코 몸을 허락하지 않을 것이니, 이제 나는 죽는 수밖에 없어. 하지만 그녀는 나를 사랑해. 나를 하도 사랑하는지라 아마… 천만에, 아니야, 그럴 리 없을 거야!" 그리하여, 욕정의 열광과 기다림의 극심한 괴로움에 휩싸인 채, 그가 얼마나 많은 보석을 그녀의 발치에 공손히 바치며, 그녀의 근심을 제거하는데 필요한 돈을 빌리기 위하여 얼마나 바삐 뛰어다니는가! 하지만 그 동안, 산책하던 사람들이 수족관 앞에서 나누는 말처럼 그의 그러한 독백이 통과하지 못할 유리 칸막이의 저쪽 편에서는, 사람들이 이렇게 말한다. "그녀가 어떤 사람인지 모르시오? 그렇다면 진실로 축하하오. 그녀는 이루 헤아릴 수 없을 만큼 무수한 사람들을 상대로 절도 행각을 벌였고, 그들을 파산시켰으며, 그 이상 더 못된 여자는 없을 것이오. 전형적인 야바위꾼 여자라오. 게다가 영악스럽소!" 그런데 그러한 말을 하는 사람들이 아마 최소한 마지막 수식어만은 잘못 사용한 것이 아니리니, 그 여인에 대하여 진정한 연정은 느끼지 못하고 다만 일시적 즐거움을 느낄 뿐인 회의적인 남자일지라도, 자기와 친구간인 그 사람들에게 하는 말은 이럴 것이니 말이다. "천만에, 나의 친구여, 그녀는 마구 놀아나는 암탉이 아니라네. 물론 그녀가 평생 두세번쯤 일시적인 사랑을 자신에게 허락하지 않았다는 말은 아니지만, 돈으로 살 수 있는 여인은 아니며, 혹시 그러고자 한다면 너무 비쌀 걸세. 그녀를 상대하려면 5만 프랑은 있어야 하거나 혹은 아무것도 필요 없네." 그런데 바로 그가, 그녀를 위하여 5만 프랑을 지출하였고, 그 대가로 그녀를 한 번 수중에 넣었지만, 그녀는 마침 그 자신 속에서, 즉 그의 자존심 속에서, 적합한 공모자 하나를 발견하였던지라, 그로 하여금 자기가 그녀를 공짜로 수중에 넣었다고 믿도록 하는데 성공한 것이다. 사회란 그러하여, 그 속에서는 모든 사람들이 이중적이며, 따라서 가장 훤히 드러나 평판 나쁜 사람도, 다른 어느 특정인에게는 하나의 조개껍질이나 아늑한 고치 속 깊숙이 보호된, 하나의 매력적인 자연의 진기한 보배처럼만 알려진다. 빠리에는 쌩-루가 더 이상 인사조차 건네지 않을 뿐만 아니라, 관련된 이야기를 할 때마다 그의 음성이 분노에 떨며, 그가 여인 착취꾼들이라고 부르던 점잖은 사람 둘이 있었는데, 그들은 일찍이 라셸에 의해 거덜난 사람들이다.

"제가 후회하는 것은 오직 하나, 그 아이에게 착하지 못하다고 말한 거예요." 마르상뜨 부인이 아주 나지막한 음성으로 나에게 말하였다. "이 세상에 둘도 없을 유일한 그 사랑스러운 아들에게, 모처럼 만나서, 착하지 못하다고 말하다니, 제가 차라리 한 차례 몽둥이질을 당하였다 하더라도 이보다는 덜 괴로울거예요. 오늘 저녁 그 아이가, 즐거움이라고는 별로 모르는 그 아이가, 무슨 즐거움을 맛본다 하더라도, 저의 그 부당한 말로 인해 그것이 틀림없이 변질될 것이기 때문이에요. 하지만, 바쁘시다니, 댁을 더 이상 잡아두지는 않겠어요."

마르상뜨 부인이 근심 가득한 어조로 나에게 작별인사를 하였다. 그러한 감정들은 로베르와 관련되어 있었고, 그녀는 진지했다. 하지만 이내 그러기를 멈추고 다시 지체높은 귀부인의 모습으로 변하였다.

"댁과 함께 잠시 이야기 나누게 되어 '재미있고 행복했으며 기꺼웠어요.' 고맙고, 또 고마워요!"

그런 다음, 나와의 대화가 마치 자기가 평생 맛본 가장 큰 기쁨들 중 하나라는 듯, 겸허한 기색을 띠면서, 고마운 정 가득하고 도취한 듯한 시선으로 나를 그윽히 바라보았다. 그 매력적인 시선이 꽃가지 무늬 그려진 그녀의 하얀 드레스의 꽃들과 썩 잘 어울렸고, 그 시선은, 어떻게 처신해야 하는지를 잘 아는 지체높은 귀부인의 전형적인 시선이었다.

"하지만 저는 바쁘지 않습니다, 부인. 게다가 함께 떠나기로 하신 샤를뤼스 씨를 기다리고 있는 중입니다." 내가 그렇게 대답하였다.

빌르빠리지 부인이 내 말의 마지막 부분을 들었다. 그녀는 그 말에 난처해진 듯한 기색을 보였다. 그것이 만약 그러한 종류의 감정과 관련이 있을 수 있는 일이었다면, 그 순간 빌르빠리지 부인의 내면에서 소스라치듯 놀라던 그것이, 나에게는 그녀가 느끼던 수치심이리라 여겨졌을 것이다. 하지만 그러한 가정은 나의 뇌리에 어른거리지조차 않았다. 나는 게르망뜨 부인, 쌩-루, 마르상뜨 부인, 샤를뤼스 씨, 빌르빠리지 부인 등, 그 모든 이들에 만족한 나머지, 아무 생각 하지 않고 두서없이 명랑하게 지껄이고 있었다.

"저의 조카 빨라메드와 함께 떠나시기로 되어 있다고 하셨나요?" 그녀가 나에게 말하였다.

그녀가 그토록 높이 평가하는 조카 하나와 교분을 맺고 있다는 사실이 그녀에게 매우 유쾌한 인상을 남길 수 있다는 생각에, 내가 기뻐하며 대꾸하였다. "함께 돌아가자고 그분이 저에게 요청하셨습니다. 저는 매우 기쁩니다. 게다가, 부인, 저희들은 부인께서 생각하시는 것 이상으로 친밀한 사이이며, 저희들이 더욱 가까워지도록 하기 위해서라면, 저는 무슨 짓이든 가리지 않을 각오가 되어 있습니다."

빌르빠리지 부인이 난처해 하다가 무엇을 걱정하는 듯한 모습으로 변하였다. 그녀가 나에게 근심에 사로잡힌 듯한 기색으로 말하였다. "그 사람을 기다리지 마세요. 화펜하임 씨와 이야기를 나누고 있으니. 그 사람은 벌써 자기가 당신에게 한 말을 까마득히 잊었어요. 그러니 떠나세요, 그가 등을 돌리고 있는 동안을 서둘러 이용하세요."

다른 상황에서였다면 빌르빠리지 부인의 그 첫 동요가 수치심에서 비롯된 것과 유사해 보였을 것이다. 그녀의 얼굴만을 보고 판단하였다면, 그녀의 집요함과 완강한 반대가 미덕에 의해 구술된 것처럼 보일 수 있었을 것이다. 나로서는 로베르와 그의 연인을 다시 만나러 가는 것이 별로 급하지 않았다. 그러나 빌르빠리지 부인이 하도 내가 떠나기를 바라는 것 같아, 자기의 조카와 중요한 일에 관해 할 이야기가 아마 있는 모양이라고 생각하면서, 나는 그녀에게 작별인사를 하였다. 그녀 곁에는 풍채 당당하고 올림포스의 신처럼 위엄있는 게르망뜨 공작이 묵직하게 앉아 있었다. 그의 사지에 두루 편재하여 있던 막대한 부의 개념이 그에게 유난히 높은 밀도를 부여하고 있어, 그토록 비싼 사람을 주조해 내기 위하여, 그 부가 도가니 속에서 녹아 단 하나의 인간 금괴로 변한 것 같았다. 내가 그에게 작별인사를 하자 그가 예의바르게 자리에서 일어섰고, 그 순간 나는, 유구한 프랑스식 가정교육이 움직이게 하고 일으켜서 내 앞에 서 있게한 삼천만 프랑어치의 무기력한 덩어리가 내 앞에 있음을 느꼈다. 훼이디아스가 순금으로 주조하였다고 하는 올림포스의 신 유피테르의 그 조각상을 보는 것 같았다.[539] 예수회파의 교육이 게르망뜨 씨에게, 적어도 그의 몸뚱이에 끼치고 있던 영향력이 그러했다. 하지만 그 교육의 힘이 공작의 사고방식은 지배하지 못하였다. 게르망뜨 공작이 자기가 한 농담에는 크게 소리내어 웃었지만, 다른 이들의 농담에는 이마의 주름살 하나 펴지 않았다.

내가 층계로 접어들었을 때 나를 부르는 소리가 뒤에서 들려왔다.

"나를 기다린다는 것이 기껏 이러하군."

샤를뤼스 씨였다.

"나와 함께 잠시 걸으셔도 괜찮겠소?" 안뜰에 이르렀을 때 그가 냉랭하게 말하였다. "내가 합당한 삯마차를 만날 때까지 함께 걸읍시다."

"저에게 하실 말씀이 있다고 하셨지요?"

"아! 그렇지, 사실 당신에게 할 말이 있었는데, 하지만 내가 그 이야기를 당신에게 할지 잘 모르겠소. 물론 그것이 당신에게는 이루 가격을 매길 수 없을만한 특혜의 시발점이 될 수 있으리라 믿소. 하지만 그러한 일들이, 누구나 평온함을 중시하기 시작하는 내 나이에는, 많은 시간 낭비와 매사의 혼란을 초래할 것으로 예감되는데, 우선 당신을 위하여 내가 그 모든 번거로움을 감당할만한 가치가 당신에게 있는지 의문이며, 그에 관해 결단을 내릴 수 있을 만큼 내가 당신을 충분히 아는 기쁨을 누리지 못하고 있소. 발백에서는, '해수욕객'이라는 인격체 그리고 해수욕화라고 하는 물건과 불가분의 관계를 가지고 있는 그 멍청함을 참작한다 할지라도, 내가 보기에 당신이 매우 초라했소.[540] 게다가 아마, 내가 당신을 위해 할 수 있을 일에 대해, 내가 그토록 숱한 어려움을 감수해야 할 만큼 당신이 충분히 절실한 욕망을 가지고 있는지도 모르려니와, 신사 양반, 솔직히 반복 말하지만 그 일이 나에게는 성가시기만 할 것이기 때문이오."

그렇다면 그 일을 염두에 두시지 말아야 한다고 내가 극구 사양하였다. 하지만 그러한 흥정의 결렬이 그의 취향은 아닌 것 같았다.

"그러한 예의는 별 의미가 없소." 그가 거친 어조로 나에게 말하였다. "그럴만한 가치가 있는 사람을 위하여 성가심을 감수하는 것만큼 유쾌한 일은 없소. 우리들 중 가장 탁월한 이들에게는 예술에 대한 연구라든가, 골동품에 대한 취향, 수집, 정원 가꾸기 등이 대용 식품이나 의약품 혹은 기분 전환에 불과하오. 우리의 통 깊숙한 곳에서 우리는 디오게네스처럼 하나의 인간을 요구하오.[541] 부득이한 경우 우리가 베고니아를 가꾸고 주목들을 전지하여 다듬지만, 그것은 주목들과 베고니아가 고분고분 우리가 하는대로 스스로를 내버려두기 때문이오. 그러나 우리는, 수고할 가치가 있다고 확신할 수 있을 경우, 우리의 시간을 인간이라는 관목에 바치는 편을 택하오. 모든 문제는 그것에 있으며, 따라서 당신이 당신 자신을 조금이나마 알아야 하오. 그러한 수고를 마다하지 않을만한 가치가 당신에게 있소 혹은 없소?"

"이 세상의 그 무엇을 위해서도 제가 귀하에게 근심의 원인이 되는 것은 원하지 않으나, 제가 느끼는 기쁨에 대해 말씀 드리거니와, 그것이 귀하로부터 말미암을진대, 저에게는 그것이 매우 크다는 점을 믿으시기 바랍니다. 귀하께서 그토록 저에게 관심을 쏟으시어 저에게 유익함을 끼치려 하신다는 사실에 저는 깊이 감동하였습니다."

놀랍게도 나의 그러한 말에 그는 감사한다는 말을 거의 분출시키듯 쏟아냈다. 이미 발백에서 나를 몹시 놀라게 하였고 억양의 냉혹함과 대조를 이루던 그의 간헐적인 친숙함으로, 자기의 팔을 나의 팔 밑으로 밀어 넣으면서 그가 나에게 말하였다.

"당신 연령대의 무분별함으로, 당신이 때로는, 우리 두 사람 사이에 건너뛸 수 없는 심연을 파 놓을 수 있을 말을 지껄일 수도 있소. 하지만 이제 막 하신 말씀은 반대로, 나를 감동시킬 수 있고 나로 하여금 당신을 위하여 많은 것을 하도록 할 수도 있소."

나와 팔짱을 끼고 걸으면서도, 또한 거만함 섞였지만 그토록 다정한 말을 나에게 건네면서, 샤를뤼스 씨가, 그 특유의 강렬한 부동성 어린 시선을, 즉 내가 그를 발백의 카지노 앞에서 보았던 첫날 아침에, 아니 그보다 훨씬 여러 해 전, 땅송빌의 정원 안에, 당시에는 내가 그의 정부라고 믿던 스완 부인 곁에 있는 것을 분홍색 산사나무꽃 옆에 서서 본 그날, 나에게 충격을 주었던 날카로운 냉혹함 어린 그 시선을, 나에게 고정시키다가는 자기 주위로 정처없이 이리저리 옮기면서, 마침 교대시간이라 그 수가 상당히 많던,

지나가는 삯마차들을 어찌나 유심히 살폈던지, 그가 마차를 타려고 하는 줄로 생각하고 몇몇 마차들이 멈추곤 하였다. 하지만 샤를뤼스 씨가 그것들을 번번이 즉각 보냈다. 그러면서 나에게 말하였다.

"어느 마차도 내가 가는 방향과 맞지 않는데, 그것들이 돌아가는 구역을 램프들이 말해 주고 있소.542) 신사 양반, 나는 이제 내가 당신에게 내놓을 제안의 온전히 무사무욕하고 자비심에서 비롯되었다는 성격을, 당신이 오해하시지 않기를 바라오."

나는 그의 어투가 스완의 것을 닮았음에 몹시 놀랐고, 그러한 유사성은 그가 발백에서 나에게 말 할 때보다도 더 완연했다.

"내 추측하거니와, 당신은 나의 제안이 '교분의 결핍'이나 고독과 권태에 대한 두려움에서 비롯되었으리라고는 믿지 않을 만큼 충분히 총명하시오. 나의 가문에 대해서는 내가 구태여 당신에게 말하지 않으려니와, 소시민 계층(그가 만족스러운 기색으로 이 단어를 강하게 발음하였다)에 속하는 당신 또래의 소년이라면 프랑스의 역사를 잘 알고 있으리라 생각하기 때문이오. 아무것도 읽지 않아 시종들처럼 무식한 이들은 내가 속해 있는 계층 사람들이오. 옛날에는 왕의 침실 시종들을 세력 큰 나리들 중에서 모집하였고, 이제는 나리들이 시종들보다 별로 낫지 못하오. 그러나 당신과 같은 젊은 중산층 사람들은 책을 많이 읽으니, 당신도 틀림없이 미슐레가 우리 가문에 대하여 언급한 이 아름다운 구절을 알고 계실 것이오. '그 강력한 게르망뜨 가문이 진정 위대함을 알겠노라. 그런데, 그들에 비할진대, 빠리의 궁궐에 갇혀 있는 프랑스의 왜소한 왕은 도대체 무엇이란 말인가?' 543) 나 개인에 대해 말하자면, 신사 양반, 내가 언급하기를 별로 좋아하지 않는 주제이긴 하지만 여하튼, 당신도 아마 들어서 알고 있을지 모르나, 〈타임즈〉544)지의 엄청난 반향 일으킨 논설문 하나가 넌지시 비친 이야기이거니와, 영광스럽게도 항상 나에게 호의적이셨고 나와 친척관계를 기꺼이 유지하기 바라시는 오스트리아 황제께서, 일찍이 어느 공개된 대담 중에 언명하시기를, 샹보르 백작[545]께서 만약 유럽 정치의 내막을 나처럼 깊이 아는 사람을 측근으로 두셨다면, 그분이 오늘날 프랑스 국왕이 되셨을 것이라 하셨소. 내가 자주 생각하기를, 신사 양반, 나의 속에는, 나의 변변찮은 재능 덕분이 아니라 당신이 언젠가는 아시게 될 특수한 사정 덕분에 얻게 된 경험의 보물 하나가, 즉 내가 개인적으로 사용해서는 아니 된다고 생각하였으나, 얻는데 삼십 년 이상이 걸렸고 아마 오직 나만이 소유하고 있을 법한 그것을 나로부터 불과 몇 개월 만에 몽땅 넘겨받을 하나의 젊은이에게는 이루 그 가격을 매길 수조차 없을 가치를 지닌, 비밀스럽고 가치 산정 불가능한 일종의 서류가 있노라 하였소. 나는, 오늘날의 또 다른 어느 미슐레가 알아내려면 자기 생애 중 여러 해를 바쳐야 하며, 그리하여 특정 사건들이 완전히 다른 면모로 그의 눈에 보이게 해줄, 몇몇 비밀들을 알게 되어 당신이 맛볼 지적 즐거움에 대해 말하는 것이 아니오. 또한 이루어진 사건들에 대해서만이 아니라 '상황들의 연속'(그것은 샤를뤼스 씨가 애용하던 표현들 중 하나였고, 그가 그것을 발음할 때에는 기도를 하고자 할 때처럼, 그러나 손가락들을 뻣뻣이 편 채, 그리고 그가 명시하지 않던 상황들과 그것들의 연속을 그러한 결합 행위로 이해시키고자 하려는 듯, 두 손을 자주 모으곤 하였다)에 대해서도 말하는 것이오. 내가 당신에게, 과거뿐만 아니라 미래에 대해서도 전대미문의 설명을 드릴 수 있을 것이오."

샤를뤼스 씨가 문득 말을 중단하더니 나에게 블록에 관한 질문들을 던졌다. 빌르빠리지 부인 댁에서 우리가 블록에 관해 이야기할 때에는 그가 우리의 이야기를 듣는 기색도 보이지 않았다. 그러더니, 자기가 말하는 내용으로부터 하도 능란하게 분리시키는지라 그가 다른 생각에 잠겼으며 단지 예의상 기계적으로 말하는 듯한 기색을 띠게 하는 그 억양으로, 나의 학창 시절 동료가 젊은지, 잘 생겼는지 등을 나에게 물었다. 블록이 그의 말을 들었다면, 노르뿌와 씨의 말을 들을 때보다, 그러나 전혀 다른 이유 때문에, 샤를뤼스 씨가 드레퓌스를 옹호하는지 혹은 적대시하는지를 알아내는데 더 어려움을 겪었을 것이다. "당신이 더 많은 경험을 쌓으려 할진대, 친구들 중 외국인 몇몇 섞이는 것은 잘못이 아니오." 블록에 관해 그러한 질문들을 던진 다음 샤를뤼스 씨가 나에게 말하였다. 나는 블록이 프랑스인이라고 대답하였다. "아!" 샤를뤼스 씨가 말하였다. "나는 그가 유대인이라고 생각하였소." 그러한 양립 불가를 선언하는 말을 듣고 나는, 샤를뤼스 씨가 일찍이 내가 만났던 어떤 사람보다도 더 심한 반드레퓌스파라고 생각하였다. 하지만 그는 드레퓌스를 반역 혐의로 기소한 것에 격렬하게 이의를 제기하였다. 그러나 이의는 이러한 형태였다. "내가 믿기로는 드레퓌스가 자기의 조국을 배신하는 범죄를 저질렀다고 신문들이 보도하고 있소. 그렇게들 말하고 있는 모양인데, 나는 신문들에 별로 관심이 없소. 그것들이 나의 관심 끌만한 가치를 가지고 있지 않다고 여겨, 나는 손 씻듯 그것들을 읽소. 여하튼 범죄는 존재하지 않소. 당신 친구의 동국인이 혹시 유대 나라를 배신하였다면 그가 자기의 조국에 대한 반역죄를 저질렀다고 할 수 있겠으나, 그가 프랑스와 무슨 상관이 있단 말이오?" 그러나 만약 전쟁이 발발하면 유대인들도 다른 사람들처럼 동원될 것이라고, 내가 이의를 제기하였다. "아마 그럴지도 모르오. 또한 그러한 짓이 경솔한 짓이 아닐지는 확실하지 않소. 그러나 만약 세네갈 사람들이나 마다가스카르 사람들을546) 소집하여 참전시킨다면, 그들이 열성적으로 프랑스를 수호하려 하지 않을 것이며, 나는 그것이 지극히 당연하다고 생각하오. 당신네들의 그 드레퓌스는 차라리 난민 수용소 내규 위반 혐의쯤으로 단죄될 수 있을 것이오. 하지만 그 이야기는 그만둡시다. 당신이 혹시 당신의 친구에게 부탁하여, 유대교 신전에서 벌어지는 축제나 할례식 혹은 유대인들의 가창회 등을 내가 구경할 수 있도록 주선할 수 있을지 모르겠소. 그가 아마 공연장 하나를 빌려, 쌩-씨르 기숙학교의 소녀들이 라씬느에 의해 「시편」에서 발췌된 이야기들을 루이 14세의 무료함을 달래 주기 위해 공연하였듯이,547) 성서적 오락거리를 나에게 제공할 수도 있을 것이오. 당신이 혹시 파적거리 놀이까지도 주선할 수 있을 것이오. 예를 들자면, 당신의 친구와 그의 아비가 싸우는데, 다윗이 골리앗에게 그랬듯이, 당신의 친구가 자기 아비에게 상처를 입히는 장면 같은 것 말이오. 상당히 재미있는 익살극이 될 것이오. 당신의 친구가 심지어 공연 중에 샤론뉴 같은, 혹은 나의 늙은 하녀가 '까론뉴'라고 할,548) 자기 어미에게 연거푸 매질을 가할 수도 있을 것이오. 그러면 멋진 작품이 될 것이며, 그것이 우리의 마음에 거슬리지 않을 것이니, 그렇지 않소! 어린 친구, 우리가 이국적인 광경들을 좋아할 뿐만 아니라, 그 비유럽 계집을 두들겨패는 것이 곧 늙은 낙타549) 한 마리에게 체벌을 가하는 격이 될 것이니 말이오." 끔찍하고 거의 미친듯한 그 말들을 늘어놓으면서, 샤를뤼스 씨가 나의 팔을 어찌나 조이던지, 내가 통증을 느꼈다. 나는 그 순간, 몰리에르 투의 사투리 사용한다는 그 늙은 하녀를 대하는 남작의 찬탄할만한 선량함의 면모를, 샤를뤼스 씨 가문 사람들이 자주 칭송하던 것이 기억에 되살아나, 내가 보기에 이제까지 별로 연구되지 않은 듯한 관계를, 즉 하나의 심정 속에 공존하는 선량함과 악 사이의 관계를, 그것이 아무리 다양하다 할지라도, 명료하게 밝히는 일이 흥미로울 것이라 생각하였다.

나는 그에게 알려주기를, 블록 부인은 더 이상 존재하지 않으며, 블록 씨의 경우, 자기의 눈을 완전히 멀게 할 수도 있을 그 놀이가 그에게 어느 정도까지 즐거울지 의문이라고 하였다. 샤를뤼스 씨가 화를 내는 듯하더니 이렇게 말하였다. "죽다니, 큰 잘못을 저지른 여자이군. 먼 눈에 관해 말하자면, 유대교가 바로 소경인지라, 그것에게는 '복음'의 진리들이 보이지 않는다오. 여하튼, 생각해 보시오, 가엾은 모든 유대인들이 예수교도들의 멍청한 광기 앞에서 벌벌 떨고 있는 지금과 같은 시절에, 나와 같은 사람이 스스로 몸을 낮춰 그들의 놀이를 재미있게 구경하는 것을 보면, 그들에게 얼마나 큰 영광이겠는지!" 바로 그 순간, 의심할 나위 없이 아들을 마중하러 나온 듯한 블록 씨가 지나가는 것이 내 눈에 띄었다. 그가 우리들을 보지 못하였으나, 내가 샤를뤼스 씨에게 제안하기를, 그에게 블록 씨를 소개하겠노라 하였다. 나는 그런 제안을 하면서 내가 나의 동무550) 내면에 폭발시킬 노기를 의심하지 않았다. "나에게 그를 소개하다니! 당신에게는 가치 변별 능력이 거의 없는 모양이오! 나와 그리 쉽게 수인사 할 수 있는 것이 아니오. 이 경우에는 부적절함이 두 배이리니, 소개하는 사람의 젊음과 소개되는 사람의 무자격 때문이오. 앞서 대강 언급한 아시아적 광경을 그들이 혹시 언젠가 연출한다면, 그 때에나 비로소, 그 몹시 추한 늙은이에게 내가 친절함 어른거리는 말 몇 마디 건네는 것이 고작일 것이오. 하지만 그것도 그가 자기의 아들로부터 흠씬 두들겨 맞는다는 조건에서요. 그러면 내가 나의 만족감을 표현할 수도 있을 것이오." 게다가 마침 블록 씨가 우리들에게는 전혀 신경을 쓰지 않고 있었다. 그는 싸즈라 부인에게 정중히 인사를 하고 있었으며, 그녀가 그 인사를 흔쾌히 받았다. 나는 몹시 놀랐다. 왜냐하면, 옛날 꽁브레에서는, 그녀가 하도 유대인들에게 적대적이었던 나머지, 나의 부모님께서 아들 블록을 집에 받아들이시는 것에 분개하였기 때문이다. 그러나 드레퓌스 지지 운동이, 한 가닥 강력한 돌풍처럼, 불과 며칠 전에, 블록 씨로 하여금 그녀에게로 날아가게 하였던 것이다. 내 친구의 부친은 싸즈라 부인이 매력적이라 여기게 되었고, 그 부인의 반유대인주의에 특히 만족스러워했는데, 그는 그 반유대인주의가 곧 그녀의 드레퓌스파적 견해 속에 있는 신념과 진실이 솔직하다는 증거라 여겼고, 또한 그것이, 그녀가 자기에게 허락한 방문의 가치를 높여 준다고 생각하였다. 그는 자기 앞에서 그녀가 경솔하게 이런 말을 하여도 상처를 받지 않았다. "드뤼몽 551) 씨는 드레퓌스 사건 재심파들을 개신교도들 및 유대인들과 같은 자루 속에 처넣어야 한다고 뻔뻔스럽게 주장하고 있어요. 멋진 잡탕이 되겠어요!" 그날 저녁 집에 돌아온 후 그가 니씸 베르나르 씨에게 의기양양한 어투로 이렇게 말하였다. "베르나르, 아시겠어요, 그녀가 편견을 가지고 있어요!" 그러나 니씸 베르나르 씨는 아무 대꾸 하지 않고 천사의 시선을 쳐들어 하늘을 바라보았다. 유대인들로 인해 슬픔에 잠기고, 예수교도들과 나누던 우정을 회상하면서, 세월이 흐름에 따라 점점 더 부자연스럽게 태를 부리더니, 그가 이제는, 우리가 훗날 알게 될 이유들 때문에, (모발들이 어느 오팔 속에 잠긴 머리카락처럼 불결하게 심어졌음직한), 라파엘로전기파(pre-Raphaelite) 화폭 속 어느 유령의 기색을 띠게 되었다. 552)

"이 소란스러운 드레퓌스 사건이 초래하는 것이라야 고작 하나의 부정적인 측면밖에 없소." 여전히 나의 팔을 잡고 있던 남작이 말하였다. "즉, 그것이, 낙타 같은, 낙타의 짓 서슴지 않는, 낙타 부리는, 신사 및 숙녀들의 범람으로 사회를(상류 사회를 말하는 것이 아니오. 사회가 그러한 찬양성 수식어 받을 자격을 상실한 지는 오래 되었소.) 파괴한다는 것인데, 그러한 사람들이, 유대인에게 적대적인, 여하튼 무엇인지 잘 모를, 프랑스 '조국' 연맹이라던가 하는 것의 일원이라 하여, 하나의 정치적 견해가 마치 어떤 사회적 자격이라도 준다는 듯, 그 생면부지의 사람들이, 심지어 내 사촌 누이들의 집에도 범람하고 있소."553)

샤를뤼스 씨의 그러한 경솔함이 그와 게르망뜨 공작 부인 간의 인척관계를 더욱 부각시켰다. 내가 두 사람 간의 유사성을 지적하였다. 내가 그녀를 모른다고 믿는 것 같아, 그가 나를 피하려 하는 것처럼 보였던 오페라 극장에서의 저녁 공연을 그에게 상기시켜 주었다. 자기가 나를 보지 못하였노라고 하도 강변하는지라, 잠시 후 아주 작은 일 하나가 나로 하여금, 샤를뤼스 씨가 하도 오만하여, 나와 함께 있는 것이 다른 사람들 눈에 띄는 것을 아마 좋아하지 않을 것이라고 생각하도록 하지 않았다면, 내가 그의 말을 믿고 말았을 것이다.

"당신의 이야기로, 그리고 당신과 관련하여 내가 가지고 있는 계획들에 대한 이야기로 돌아갑시다." 그가 나에게 말하였다. "신사 양반, 몇몇 사람들 사이에 결성된 프리메이슨단 하나가 존재하는데, 그 전모를 당신에게 밝힐 수는 없으나, 현재 그 단원들 중 네 사람이 유럽의 군주들이오. 그런데, 그들 중 하나인 도이칠란트 황제의 측근들이 황제의 몽상벽을 치유하려 하오. 그것은 매우 심각한 일이며 우리를 전쟁으로 이끌어갈 수도 있소. 그렇소, 신사 양반, 틀림없소. 중국의 공주를 병 속에 넣어 간직하고 있다고 믿던 남자의 이야기를 당신도 알고 계시오. 물론 그것은 하나의 광기였소. 그리하여 사람들이 그 광기를 치료하였소. 하지만 광기가 사라지기 무섭게 그는 멍청이가 되었소. 치유하려 애쓰지 말아야 할 질환들이 있으니, 오직 그것들만이 더 심각한 질환으로부터 우리를 보호해 주기 때문이오. 내 사촌들 중 하나가 위장병을 앓아 아무것도 소화시킬 수 없었소. 가장 해박한 위장 전문가들이 그를 치료하였으나 허사였소. 내가 그를 어느 의사에게 데려갔소(여담이지만, 그 또한 매우 기이한 사람이었고, 그에 대해 말하자면 할 이야기가 많을 것 같소). 의사가 즉시 위장병이 신경성임을 간파하였고, 환자를 설득하여, 원하는 것은 무엇이든 두려워하지 말고 먹을 것이며, 그러면 소화도 항상 잘 될 것이라 하였소. 그러나 내 사촌은 신장염도 앓고 있었소. 위장이 완벽하게 소화한 것을 신장이 더 이상 배출 시키지 못하게 되었고, 그리하여 내 사촌은, 그에게 절식을 강요하던 상상적인 위장병을 지닌 채 연노할 때까지 사는 대신, 위장은 치유되었으나 신장을 망쳐, 나이 마흔에 죽었소. 당신의 생애는 엄청난 특혜를 입은지라, 옛날 어느 뛰어난 사람이, 다른 이들은 까맣게 모르던 수증기와 전기의 법칙들을 어느 친절한 정령이 그에게 가르쳐 주었더라면 도달할 수 있었을 것에, 누가 알겠소만, 당신이 아마 도달할 것이오. 멍청하게 굴지 마시오. 신중함 때문에 거절하지 마시오. 내가 당신에게 커다란 도움을 주는 것은, 당신이 나에게 그보다 작은 것으로 갚은 것이라고는 내가 예상하지 않기 때문임을 깨달으시오. 사교계 사람들이 나의 관심 끌기를 멈춘 지 오래 되었고, 내가 열망하는 것은 오직 하나, 아직 순결하여 미덕에 의해 활활 타오를 수 있는 영혼 하나로 하여금 내가 알고 있는 것을 이용하게 함으로써, 내가 평생 저지른 잘못들을 속죄할 방도를 찾는 것이오. 신사 양반, 나는 큰 슬픔들을 겪었으며, 아마 언젠가는 내가 당신에게 그 이야기를 해주겠소만, 나는 가장 아름답고 가장 고결하며 인간이 꿈꿀 수 있는 가장 완벽한 존재였던 나의 아내를 잃었소. 나에게 젊은 친척들이 있지만, 그들이, 내가 당신에게 이야기하고 있는 윤리적 유산을 물려받을 자격이 없다고는 할 수 없으되, 그들에게는 그럴 능력이 없소. 그 유산을 수중에 넣을 사람이, 즉 내가 그 생을 인도하여 높은 곳에 이르도록 할 그 사람이, 바로 당신 아닐지 누가 알겠소? 게다가 나의 삶도 그것에서 얻을 것이 있을 것이오. 당신에게 커다란 외교적 사안들을 가르쳐줌으로써, 아마 나 자신도 그것들에 다시 취미를 느껴, 내가 결국에는 흥미로운 일들에 착수하게 될 것이며, 그 일들에서 당신의 몫이 반은 될 것이오. 하지만 그러한 결단을 내리기 위해서는 내가 당신을 자주, 매우 자주, 날마다 보아야 하오."554)

나는 샤를뤼스 씨의 기대하지 못하였던 호의적 의향을 이용하여, 그가 혹시 나와 그의 형수가 만날 수 있도록 주선해 줄 수 없겠느냐고 요청하려 하였으나, 바로 그 순간, 전기 충격과 흡사한 충격에 의해 나의 팔이 거세게 이동하였다. 샤를뤼스 씨가 자기의 팔을 나의 겨드랑이에서 급히 빼냈던 것이다. 말을 하면서도 사방으로 끊임없이 시선을 던지고 있었음에도 불구하고, 우리 앞을 가로지르는 길로부터 불쑥 나타난 아르쟝꾸르 씨를 그가 그 순간에야 발견한 것이다. 우리를 보자 아르쟝꾸르 씨가 난처해진 기색이었고, 나에게 경계심 어린 눈길을 던졌으며, 그 시선은 게르망뜨 부인이 블록을 처다볼 때처럼 다른 종족에 속하는 사람에게로 향하는 것과 거의 흡사했고, 그가 우리들을 피하려 하였다. 하지만 샤를뤼스 씨는, 자기가 그의 눈에 띄지 않으려 애쓰지 않는다는 것을 기필코 보여주려 하는 듯했으니, 그가 아르쟝꾸르 씨를 불러 지극히 하찮은 말이나 지껄였기 때문이다. 또한 아마 아르쟝꾸르 씨가 나를 알아보지 못할까 저어하였음인지, 샤를뤼스 씨가 그에게 말하기를, 내가 빌르빠리지 부인 및 게르망뜨 공작 부인, 로베르 드 쌩-루 등과 절친하고, 자기 샤를뤼스는 내 할머니의 오랜 친구인지라, 그녀에게로 향한 자기의 다정한 마음을 그녀의 손자에게 조금이나 표하게 되어 다행이라고 하였다. 하지만 나는 아르쟝꾸르 씨가, 빌르빠리지 부인 댁에서 내가 자기에게 겨우 이름이나 들릴 정도로 소개되었고, 샤를뤼스 씨가 이제 막 나의 가족에 대해 길게 설명하였건만, 한 시간 전보다도 더욱 차갑게 나를 대한다는 사실을 간파하였으며, 또한 그 이후로는, 아주 오랜 세월 동안, 나와 마주칠 때마다 그가 나를 그렇게 대하곤 하였다. 그날 저녁 그는 호의적인 것이라곤 전혀 섞이지 않은 호기심 어린 시선으로 나를 관찰하였고, 우리들과 헤어지면서, 잠시 머뭇거린 끝에, 나에게 손 하나를 내밀었다가 즉시 내 손에서 뺄 때에도, 내키지 않는 마음을 힘들여 억누르는 것 같았다.

"뜻하지 않았던 이러한 마주침이 유감스럽소." 샤를뤼스 씨가 나에게 말하였다. "좋은 가문에서 태어났으되 버릇없이 자랐고, 무능한 것 이상으로 초라한 외교관이고, 가증스러운 난봉꾼 남편이고, 극작품 속 인물처럼 음흉한 저 아르쟝꾸르는, 이해할 능력은 없으되 진정 위대한 것들은 능히 파괴할 수 있는 사람들 중 하나라오. 나는 우리의 우정 또한, 언젠가 우리 두 사람 사이에 그것의 초석이 놓인다면, 그 진정 위대한 것들 중 하나가 되기를 희원하며, 당신이 나와 못지않게 그 우정을, 존속하기 위하여 만들어진 듯한 것을, 할 일 없고 서투르며 심보 사나워 짓이겨 버리는 당나귀들 중 하나의 발길질로부터 보호하는 영광을 나에게 베풀어 주기 바라오. 불행하게도 사교계 사람들 중 대부분은 그러한 당나귀 유형이라오."

"게르망뜨 공작 부인은 매우 이지적인 것 같습니다. 조금 전 우리들은 혹시 발발할지 모르는 전쟁에 대해 이야기를 나누었습니다. 그녀는 그 사안에 관해 특별한 혜안을 가지고 계신 듯합니다."

"그녀는 아무것도 모르오." 샤를뤼스 씨가 내 말에 냉담하게 대꾸하였다. "여인들은, 뿐만 아니라 많은 남자들도, 내가 말하고자 하는 것들을 전혀 이해하지 못하오. 나의 형수님은, 여인들이 정치에 영향력을 행사하던 발쟉의 소설 속 시대에 자기가 살고 있는 줄로 상상하는, 하나의 매력적인 여인이오. 그녀와의 교제는, 모든 사교적 교제가 그렇듯, 당신에게 유감스러운 영향만 끼칠 뿐이오. 또한 그것이, 조금 전 그 바보가 내 말을 중단시키던 순간, 내가 당신에게 제일 먼저 이야기하려던 것들 중 하나였소. 나를 위하여 당신이 감수해야 할 첫 번째 희생은—나는 그것을 내가 당신에게 베푸는 것만큼 당신에게 요구할 것이오—사교계에 드나들지 않는 것이오. 나는 오늘 오후 당신이 그 우스꽝스러운 모임에 참석한 것을 보고 괴로워하였소. 나 역시 그곳에 있지 않았느냐고 말씀하시겠지만, 나에게는 그것이 사교적 모임이 아니라 친척 방문이오. 훗날, 당신이 성공한 사람이 되었을 때, 스스로를 낮춰 잠시 사교계에 내려가 보는 것이 재미있으면, 그런다 해도 아무 지장 없을 것이오. 그럴 때 내가 당신에게 얼마나 유용할지는 구태여 말할 필요를 느끼지 않소. 게르망뜨 저택의, 그리고 당신 앞에 출입문이 활짝 열릴 가치가 있을 모든 저택들의 '참깨'555)를 수중에 넣고 있는 사람은 나요. 그 때에는 내가 판관일 것이며, 모든 것을 주도할 생각이오. 당신이 현재는 하나의 초심자일 뿐이오. 오늘 당신이 저 위에 나타난 사실에는 뻔뻔스러운 무엇이 감돌고 있소. 무엇보다도 먼저 무례를 피해야 하오."

샤를뤼스 씨가 나의 빌르빠리지 부인 댁 방문에 대해 이야기를 하는지라, 나는 그와 후작 부인과의 정확한 혈족 관계와 그녀의 출생에 관해 그에게 묻고자 하였으나, 질문이 내가 원하던 것과는 다른 형태로 나의 입술에서 만들어져, 결국 그 대신 빌르빠리지 가문이 어떤 가문이냐고 물었다.

"맙소사, 답변하기가 그리 쉽지 않소." 샤를뤼스 씨가, 마치 단어들 위로 미끄러지는 듯한 음성으로 대꾸하였다. "그것은 마치, 아무것도 아닌 것이라는 것이 무엇이냐고 설명을 요구하는 것과 같소. 그 무엇이든 서슴지 않는 나의 숙모님께서는, 무슨 환상에 사로잡히셨었는지, 띠리옹 씨라는 미미한 인물과 재혼하시어, 프랑스에서 가장 위대한 가문의 명칭을 비천함 속으로 처박으셨소. 그 띠리옹이라는 사람이, 소설들 속에서 그러듯 자손 끊긴 귀족 가문 명칭 하나를 자기의 것으로 만들어도 괜찮을 것이라 생각하였소. 그가 라 뚜르 도베르뉴라는 가문 명칭에 이끌렸다든지, 뚤루즈라는 가문 명칭과 몽모랑씨라는 명칭 사이에서 머뭇거렸다든지 하였다는 이야기는 전하지 않소.[556] 여하튼 그가 다른 선택을 하였고, 그렇게 빌르빠리지 씨가 된 것이오. 빌르빠리지 가문의 대가 1702년부터 끊겼던지라, 그가 빌르빠리지라는 빠리 근처의 소읍에[557] 마침 소송 대리인 사무실이나 이발소를 가지고 있어, 그 가문 명칭을 사용한다 해도 그것이 '빌르빠리지에 사는 신사분' 정도의 뜻만을 갖는다고 여겼을 것이라는 것이 나의 생각이었소. 그러나 나의 숙모님께서는 그러한 뜻으로 이해하시지 않았소—게다가 그분께서는 이제 아무것도 이해하지 못할 연세에 이르셨소. 그분께서는 그 후작의 작위가 그 신사분 가문의 것이라 주장하시면서 우리들 모두에게 서한을 보내셨고, 모든 절차에 차질이 없기를 바라셨는데, 나는 지금도 그 영문을 모르겠소. 아무 권한 없이 어떤 가문 명칭을 취할 경우, 우리의 멋진 친구이며, 알퐁스 로췰트 부인[558]의 거듭된 조언에도 불구하고 그것이 거짓 작위를 더 진품으로 만들어 주지는 못한다고 생각하여 '바티칸의 푼돈'[559] 불려주기를 거절한 엉터리 M.백작 부인처럼, 소란 피우기를 삼가는 것이 최선이오. 우스운 점은, 그 이후부터 나의 숙모님께서, 이젠 고인이 되신 띠리옹 씨와 아무 인척 관계가 없는 원래의 빌르빠리지 가문과 관련된 그림들을 독점하듯 몽땅 사들이셨다는 사실이오. 내 숙모님의 성은, 진품이건 아니건, 그들의 초상화들이 차지한 일종의 점령지가 되었고, 대수롭지 않다고 할 수 없는 게르망뜨 가문과 꽁데 가문560)의 몇몇 초상화들이, 점증하는 그것들의 물결에 덮여 사라질 수밖에 없게 되었소. 게다가 그림 장사치들이 매년 그녀를 위해 초상화들을 마구 만들어내고 있소. 또한, 쌩-시몽의 질녀가 첫 결혼을 빌르빠리지 공과 하였다는 이유 때문에,561) 그리고『회고록』의 저자가 마치 띠리옹 씨의 증조부가 아니었다는 것 이외에 방문객들의 관심을 끌만한 다른 자격들은 가지고 있지 않다는 듯,562) 나의 숙모님은 시골 저택의 식당에 심지어 쌩-시몽의 초상화도 한 점 간직하고 계시오."

빌르빠리지 부인이 기실 띠리옹 부인에 불과했던지라, 그녀의 응접실에 있던 잡다한 사람들을 보는 순간 나의 뇌리에서 시작되었던 추락이 완성되었다. 나는, 작위와 가문 명칭 일천한 여인이 자기 시대 사람들에게 환상을 주고, 왕족들과의 친분 덕분에 후세인들에게도 환상을 주게 되어 있다는 것이 부당하다고 생각하였다. 그녀가 나의 어린 시절에 나의 눈에 비쳤던 인물로, 즉 귀족적인 것이 전혀 없는 인물로, 다시 돌아가는 순간, 그녀를 둘러싸고 있던 당당한 친척 관계들이 그녀와는 상관 없는 것처럼 보였다. 그 이후에도 우리에게는 그녀가 매력적이기를 멈추지 않았다. 나는 가끔 그녀를 뵈러 갔고, 그녀가 간혹 나에게 기념품을 보내기도 하였다. 하지만 나는 그녀가 쌩-제르맹 구역의 사교계에 속한다는 인상은 전혀 느끼지 못하였던지라, 만약 그 사교계에 대해 내가 혹시 알고 싶은 것이 있다 하더라도, 그녀는 내가 도움을 청할 마지막 사람들 중 하나일 것 같았다.

"현재로서는," 샤를뤼스 씨가 다시 자기의 말을 속개하였다, "사교계에 드나드는 것이 당신의 처지에 해나 끼치고, 당신의 지성과 성격이 일그러지게 할 뿐이오. 게다가 심지어, 그리고 특히, 사귀는 동료들을 감시해야 할 것이오. 혹시 당신의 가정에서 괜찮다 하시면 차라리 정부들을 두시오. 그것은 나와 상관없으며, 젊은 건달이여, 머지않아 면도를 해야 할 필요를 느끼게 될 젊은 건달이여, 나는 오히려 그것을 당신에게 권장할 뿐이오." 나의 턱을 슬쩍 건드리면서 그가 말하였다. "그러나 남자들 중에서 친구를 고르는 일은 또 다른 중요성을 가지고 있소. 젊은 것들 열 중 여덟은, 당신에게 영영 회복할 수 없을 피해를 안겨줄 수 있는 미천하고 가엾은 파렴치한들이오. 반면 나의 조카 쌩-루는 엄밀히 말해 당신에게 어울리는 좋은 동료라 할 수 있소. 당신의 장래와 관련시켜 생각하면 그가 하등 유용할 것 없으나, 그 점에 있어서는 나 하나로 족할 것이오. 그리고, 요컨대, 내가 믿기에는, 당신이 나에게 싫증을 느낄 때 그와 어울린다 해도, 그가 심한 지장은 초래하지 않을 것으로 보이오. 적어도 그는 하나의 진정한 남자이지, 오늘날 우리가 흔히 볼 수 있는 계집 같은 녀석들, 미천한 야바위꾼들 기색 띤 그리고 내일이면 자기들에게 걸려든 무고한 희생자들을 처형대로 보낼, 그 계집 같은 녀석들 축에 들지는 않소." (나는 '야바위꾼' [563]이라는 속어적 표현을 그 시절 이해하지 못하였다. 누구든 그 표현을 알았다면 나 못지않게 놀랐을 것이다. 사교계 사람들은 기꺼이 속어 사용하기를 좋아하고, 비난 받을 일들을 가지고 있는 이들은 그것들에 관해 이야기하는 것이 두렵지 않음을 과시하기 좋아한다. 그들이 보기에는 그것이 곧 결백의 증거이다. 하지만 그들은 척도를 상실한 나머지, 특정한 농담이 어느 단계에서부터 지나치게 특이하고 충격적으로 들려 이내 순진함보다는 타락의 증거로 변할지 가늠하지 못한다.) "그 아이는 다른 젊은이들 같지 않아, 매우 친절하고 진지하오."

나는 '진지하다'는 수식어를 듣고 미소를 짓지 않을 수 없었다. 그것을 발음하는 샤를뤼스 씨의 어조가 그 수식어에, 어느 어린 직공 아가씨에 대해 말하면서 그녀가 '진지하다'고 하는 것처럼, '정숙하다'든가 '단정하다'는 의미를 부여하는 것 같았기 때문이다. 그 순간 제멋대로 구르는 삯마차 한 대가 우리들 앞을 지나갔고, 젊은 마부 하나가 마부석을 비운 채 객석 깊숙이 방석 위에 편안히 앉아, 반쯤 얼큰해진 듯한 기색으로 마차를 몰고 있었다. 샤를뤼스 씨가 서둘러 마차를 세웠다. 마부가 잠시 그와 교섭을 하였다.

"어느 방향으로 가십니까?"

"당신 가는 방향으로."(그 말에 내가 놀랐다. 같은 색 램프를 단 삯마차들을 샤를뤼스 씨가 이미 여러 대 거절하였기 때문이다.)

"하지만 다시 마부석에 앉고 싶지 않습니다. 제가 마차 안에 머물러도 괜찮겠습니까?"

"좋소, 다만 포장은 내리시오." 샤를뤼스 씨가 떠나기 전에 나에게 이렇게 말하였다. "그러니 나의 제안에 대해 생각해 보시오. 며칠 간의 말미를 드리겠으니, 숙고한 후에 서한을 보내시오. 거듭 말하거니와, 내가 당신을 매일 만나, 당신으로부터 신의와 신중함의 담보를 받아야겠소. 하기야, 솔직히 말해, 당신이 신중함은 갖추고 있는 듯 보이지만. 그러나 내 평생 동안 외양에 하도 자주 속아서, 이제는 더 이상 그것에 기대고 싶지 않소. 제기랄! 내가 그것을 어떤 수중에 넘기는지조차 까맣게 모르면서 보물 하나를 포기하는 꼴이군! 여하튼, 내가 당신에게 제공하는 것이 무엇인지 항상 염두에 두시오. 당신은 헤라클레스처럼—당신에게는 불행한 일이려니와, 내가 보기에 당신은 헤라클레스의 강력한 근육 조직을 갖지 못한 것 같소만—두 가닥 갈림길 위에 서 있소.564) 당신을 미덕으로 인도하는 길을 택하지 않아 평생 동안 후회하는 일이 없도록 노력하시오." 그러더니 다시 마부에게 말하였다. "어찌 아직도 포장을 내리지 않았소? 그것의 용수철을 내가 손수 접겠소. 또한 당신의 용태를 보아하니 마차는 내가 몰아야 할 것 같소."

그러면서 마차 안에 앉아 있던 마부 옆 좌석으로 성큼 올라가 앉았으며, 마차가 즉시 서둘러 출발하였다.

한편 나는, 집에 겨우 돌아오기 무섭게, 조금 전 블록과 노르뿌와 씨가 나누던 대화의 잔재를, 그러나 퉁명스럽고 전도되었으며 잔인한 형태로, 다시 발견하였다. 그 대화의 잔재란, 드레퓌스파였던 우리의 집사와 반드레퓌스파였던 게르망뜨 댁 집사 사이에 벌어진 언쟁이었다. 사회의 상층부에 있는 '프랑스 조국 연맹'과 '인권 연맹'의 지식인들 사이에서 대립하고 있던 '진실들'과 '허위들'이 실제로 기층민들의 심층부에까지 전파되고 있었다. 자기에게는 드레퓌스 사건이 단지 부인할 수 없는, 그리고 일찍이 전례가 없었던 합리적 정책의 가장 놀랄만한 성공(어떤 이들은 프랑스의 국가 이익에 반하는 성공이라고 하였다)으로 자기가 '실제로 증명해 보인', 하나의 정리(定理)처럼 자기의 이성 앞에 제기되었을 뿐이건만, 라이나하 씨는, 자기를 단 한번도 본 적 없는 사람들의 감정을 이용해 그들을 조정하고 있었다.565) 그리하여 단 두 해 동안에 그는 비요 내각을 끌레망쏘 내각으로 갈아치웠고, 여론을 그 밑바닥까지 완전히 뒤집어 놓았으며, 그 배은망덕한 삐까르를 감옥에서 이끌어내 국방부에 복귀시켰다.566) 그 합리주의적인 군중 조정꾼 자신 또한 아마 자기의 조상에 의해 조정되었을 것이다.567) 가장 많은 진실들을 내포하고 있다는 철학체계들을 수립하는 이들조차 결국에는 감정적 논거들에 의해 지배되는데, 하물며 드레퓌스 사건과 같은 단순한 정치적 사건에서 그런 종류의 논거들이 논객 자신도 모르는 사이에 그를 지배하지 않으리라 어찌 가정한단 말인가? 블록은 자신이 오직 논리에만 의지하여 드레퓌스를 지지한다고 믿었으나, 그러면서도 자기의 코와 피부와 모발은 자기의 종족에 의해 불가항력적으로 주어진 것임을 알고 있었다. 물론 이성이 더 자유로우나, 그럼에도 불구하고 이성이란 자신이 스스로 선택하지 않은 특정 법칙들에 순종한다. 게르망뜨 댁 집사와 우리 집사의 경우는 특이했다. 프랑스를 상층부로부터 하층부까지 갈라놓고 있던 드레퓌스파와 반드레퓌스파라는 두 조류의 물결들은 상당히 조용했으나, 그 물결들로부터 가끔 들려오는 반향들은 진지했다. 드레퓌스 사건에 대한 이야기는 의도적으로 피하는 대화 석상에서, 어떤 사람이, 대개는 낭설이되 그가 희원하던 정치 관련 소식 하나를 슬그머니 꺼낼 경우, 누구든 그의 말을 들으면서, 그의 열망이 어느 쪽으로 향하고 있는지를, 그가 예언하는 것들로부터 귀납적으로 유추할 수 있었다. 그리하여 몇몇 사안을 놓고, 주저하는 사상적 선전과 신성한 강개함이[568] 양편으로 나뉘어져 대립하곤 하였다. 그러나 내가 집에 돌아오는 순간 나에게 들려오던 두 집사의 언쟁은 그러한 통례에서 벗어나 있었다. 우리 집사는 드레퓌스에게 죄가 있다고 넌지시 말하였고, 게르망뜨 댁 집사는 드레퓌스가 결백하다는 것이었다. 그것은 자기들이 확신하는 바를 감추기 위함이 아니라, 언쟁 자체에 흔히 수반되는 심술궂음과 악착스러움 때문이었다. 드레퓌스에 대한 재심이 이루어질지 확신할 수 없었던 우리 집사는, 그러한 시도가 무산될 경우에 대비해, 게르망뜨 댁 집사로부터, 자기의 주장이 패하였다고 생각할 즐거움을 미리 박탈하려 하였던 것이다. 한편 게르망뜨 댁 집사는, 드레퓌스에 대한 재심이 무산될 경우에 대비해 그의 결백을 미리 주장해 두면, 결백한 사람 하나가 '악마의 섬'에 계속 처박혀 있는 것을 보고 우리 집사의 마음이 더욱 상할 것이라 생각한 것이다. 저택의 수위는 그들을 그저 바라보기만 하였다. 따라서 그 순간 내가 받은 느낌으로는, 그가 게르망뜨 댁 하인들 간에 불화를 일으키는 장본인은 아닐 것 같았다.

집에 다시 올라가 보니 할머니께서 더 편찮으셨다. 얼마 전부터 할머니는 무슨 연유인지 모르겠으나 당신의 건강 상태가 여의치 않다고 하셨다. 우리가 홀로 사는 것이 아니라, 우리와는 다른 계(界)에 속하며 숱한 심연들에 의해 우리들로부터 분리되어 있고, 우리를 알지 못하며, 우리들을 이해시키기 불가능한 어떤 존재에 얽매여 살고 있음을 깨닫는 것은 우리가 질환에 시달릴 때이니, 그 존재란 우리의 몸이다. 우리가 길에서 어떤 강도와 마주친다 해도, 우리의 불행에 대해서까지는 그럴 수 없다 해도 자신의 개인적 이권에 대해서만은 혹시 민감해지도록, 그를 설득할 수 있을 것이다. 그러나 우리의 몸뚱이에 연민을 간구하는 것은 한 마리 문어 앞에서 연설을 늘어놓는 격이니, 문어에게는 우리의 장황한 말이 물결의 소음 이상으로 들릴 수 없으며, 우리가 그러한 문어와 함께 살아야 한다는 선고를 받는다면 극심한 공포감에 사로잡힐 것이다. 할머니의 불편함이, 대개의 경우, 항상 우리에게로 향하고 있던 할머니의 관심을 끌지는 못하였다. 하지만 그 불편함이 너무 괴롭다고 느끼실 때에는, 그것을 치유하시려고 할머니가 부질없이 애를 쓰시기도 하였다. 할머니의 몸을 무대로 삼아 펼쳐지던 병리적 현상들이 할머니의 사념에게는 모호하고 포착할 수 없는 상태에 머물렀던 반면, 그 현상들과 같은 물질계에 속해 있는 존재들에게는, 즉 어느 외국인이 한 대답을 듣고 통역사 역할 맡을 그의 동국인을 찾으러 가듯 자기의 몸이 하는 말을 이해하기 위하여 인간의 오성이 결국 도움을 청할 수밖에 없게 된 그 존재들 중 일부에게는, 그 현상들이 명료했고 또 이해될 수 있었다. 그 존재들은 우리의 몸과 우호적인 대화를 나눈 다음, 우리 몸의 노여움이 심각한지 혹은 곧 가라앉을 것인지를 우리에게 말해 줄 수 있다. 우리가 할머니를 위하여 왕진을 요청하였던, 그리고 할머니께서 편찮으시다는 우리의 말을 듣는 첫 순간부터, '편찮으세요? 적어도 꾀병은 아니겠지요?'라고 우리에게 물으면서 우리의 신경질을 돋운 꼬따르가, 자기 환자의 동요를 가라앉히기 위하여 우유요법을 시도하였다. 그러나 우유 넣은 수프를 끊임없이 섭취하셔도 아무 효험 없었으니, 할머니께서 수프에 다량의 소금을 첨가해 드셨기 때문이며, 그 시절에는(비달[569]이 아직 의학적 발견들을 완성하지 못하여) 사람들이 소금의 유해성을 모르고 있었다. 의학이란 의사들이 범하는 연속적이고 모순적인 오류들의 집약인지라, 혹시 가장 뛰어난 의사들을 부른다 해도, 몇 해 후에는 오류로 판명될 어떤 의학적 이론에나 우리가 애걸하며 매달릴 가능성이 크다. 그리하여—그러한 오류들의 축적으로부터 종국에는 약간의 진리나마 추출되었으니 의학을 신뢰하지 않는 것이 오히려 더 심한 광기라고들 할지는 모르되[570]—의학을 신뢰하는 짓은 극도의 광기이다. 꼬따르가 우리에게 할머니의 체온을 측정해 보라고 하였다. 체온계 하나를 가져오게 하였다. 대롱 속에는 수은이 거의 없었다. 자기의 작은 통 밑바닥에 납작 엎드려 있는 은도롱뇽이 겨우 보일 뿐이었다. 죽은 듯한 모습이었다. 유리 대롱을 할머니의 입 속에 밀어 넣었다. 그것을 입 속에 오랫동안 놓아 둘 필요도 없었다. 그 작은 무녀가 자기의 점괘를 얻어내는 데 긴 시간이 걸리지 않았다. 우리가 보자니, 무녀는 자기의 탑 중간 높이에서 더 이상 움직이지 않고 홰 위의 새처럼 앉아, 우리가 자기에게 알려주기를 요구한, 그리고 할머니의 영혼이 자신에 대해 펼쳤을 모든 사유도 할머니에게 제공하지 못하였을, 그 숫자를 우리에게 정확히 보여주고 있었다. 그 숫자는 38.3도였다. 우리는 처음으로 얼마간의 불안을 느꼈다. 마치 그러면 우리가, 표시된 온도와 신열을 동시에 낮출 수라도 있는 듯, 그 운명의 징후를 지워 버리기 위하여 체온계를 거세게 흔들었다. 애석한 일이었다! 이성 결여된 그 작은 씨뷜라가 그러한 답변을 임의적으로 내놓지 않은 것이 분명했으니, 다음 날 체온계가 할머니의 두 입술 사이에 겨우 놓이기 무섭게, 그 작은 점쟁이 무녀가 단걸음에, 우리에게는 보이지 않는 사실에 대한 확신과 직관 넘치는 기세로, 전날과 같은 지점에 와서 가차없는 부동성을 드러내며 멈추더니, 자기의 반짝이는 막대로 다시 한번 38.3도라는 숫자를 우리에게 가리켰기 때문이다. 그 무녀가 다른 아무 말은 하지 않았으나, 우리가 갈망하고 희구하거나 간청하여도 소용없었으니, 그녀는 아예 귀가 막힌 듯했으며, 그녀가 가리키는 숫자가 마치 경고적인 그리고 위협적인 최후통첩 같았다. 그리하여, 무녀로 하여금 점괘를 수정하지 않을 수 없도록 압박을 가하려 애쓰던 끝에, 우리는 그녀와 같은 물질계에 속하되 더 강하며, 몸에 질문을 던지는 것으로는 만족하지 못하고 그것에 명령을 내릴 수 있는 존재에게, 즉 그 시절에는 아직 상용되지 않았으나 아스피린과 같은 종류에 속하는 해열제에게 호소하였다. 우리가 체온계로 하여금 37.5도 이하를 가리키게는 하였으되, 그로 말미암아 그것이 다시는 그 이상을 가리키지 않으리라는 희망을 품었던 것은 아니다. 할머니께서 그 해열제를 복용하시게 한 다음 우리가 체온계를 다시 할머니의 입에 밀어넣었다. 우리들로부터 보호 요청을 받은 상부 당국자가 발부한 명령서를 보여주자, 그것이 규정에 합당하고 유효하다고 생각하여 다음과 같이 대답하는 엄격한 감시인처럼, 그 세심한 수도원 접수계 수녀[571]가 이번에는 움직이지 않았다. "좋아요, 명령서가 그러하니 저는 아무 할 말 없어요, 통과 하세요." 하지만 그녀가 침울한 기색으로 이렇게 말하는 것 같았다. "그것이 당신들에게 무슨 소용 있겠어요? 당신들이 키니네와 친분이 있으니, 키니네가 나에게 움직이지 말라는 명령을 한 번이 아니라 열 번 혹은 스무 번도 내릴 수 있어요. 그러다가 지칠 거예요, 내가 그 속성을 알아요, 통과하세요. 언제까지나 지속되진 않을 거예요. 그러면 당신들 모두 후회막급일 거예요."

해열제를 복용하신 직후 할머니는, 인간의 몸을 할머니보다 더 잘 아는 존재, 사라진 종족들과 동시대에 살던 존재, 사유하는 인간을 창조하기 훨씬 앞서 최초로 지구를 점령했던 그 존재가 당신 속에 출현하였음을 느끼셨고, 아주 오래된 그 동맹군이 당신의 머리와 심장과 팔꿈치 등을 심지어 조금 거칠게 더듬는 것을 직감하셨는데, 그 동맹군은 이곳저곳을 정찰하는 한편 곧 이어 벌어진 태고의 전투를 준비하고 있었다. 순식간에 퓌톤[572]이 궤멸되고, 강력한 화학적 요소에 의해 신열이 제압되었던지라, 할머니께서는 모든 동물계와 식물계 등 무수한 물질계를 거슬러 올라가, 그 화학적 요소에 고마움을 표하고 싶으셨을 것이다. 또한 할머니는, 그 무수한 세기들을 건너뛰어 식물 창조기 이전의 한 요소와 가지신 상봉에 감격하셨다. 그 동안 체온계는, 어느 더 늙은 신에 의해 잠정적으로 제압된 운명의 여신 파르카처럼, 자기의 은빛 방추가 움직이지 못하도록 잡고 있었다. 그러나 애석한 일이다! 자신의 내부 깊숙한 곳까지 추격할 수 없는 신비한 사냥감들을 잡기 위하여 인간이 훈련시킨 다른 하등의 존재들[573]이, 약하지만 그러나 우리가 식별하지 못하는 어떤 완강한 병세와 관계가 있는 듯 보일 수 있을 만큼 일정한 알부민 수치를 우리에게 날마다 잔인하게 가져다 주었다. 베르고뜨가 일찍이 나에게 불봉 의사에 대하여 말하면서, 그 의사가 나를 성가시게 하지 않을 것이고, 외견상 괴이하긴 해도 나의 총명함이 가지고 있는 특성에 적합한 치유 방법들을 찾아낼 것이라고 하였을 때, 그 순간 그는, 나로 하여금 나의 총명함을 변변찮게 여기게 하던 나의 양심적인 본능[574]에 충격을 주어 그것을 뒤흔들어 놓았다. 그러나 사념들이란 우리의 내면에서 스스로 변형되고, 우리가 처음에 내세워 자기들과 대립시키던 저항들을 극복하며, 그것들을 위해 준비된 것임을 우리 자신조차 까맣게 모르던 풍부한 지적 비축물에서 영양을 섭취한다. 그리하여, 생면부지의 사람들에 관해 들은 이야기들이 매번 우리의 내면에 '위대한 재능'이니 혹은 '일종의 천재'니 하는 등의 생각을 일깨워 놓았던 것처럼, 이제 나의 오성 깊숙한 곳에서, 나는 불봉 의사로 하여금, 다른 사람들보다 더 심오한 눈으로 진실을 지각하는 이가[575] 우리에게 불어넣는 그 무한대의 신뢰를 누리게 하고 있었다. 물론 나는 그가 신경성 질환 전문의이며, 샤르꼬[576]가 작고하기 전에 그를 가리켜 신경학과 정신의학계에 군림할 사람이라고 하였음도 알고 있었다. "아! 모르겠어요, 정말 그럴 수도 있겠지요." 곁에 있던, 그리고 불봉이라는 이름처럼 샤르꼬라는 이름도 생전 처음 들은 프랑수와즈가 그렇게 말하였다. 그녀는 처음이건만 '그럴 수 있다'고 말하기를 서슴지않았다. 그러한 상황에서 그녀가 하던 '그럴 수 있어요', '아마', '모르겠어요' 등과 같은 말들을 들으면 몹시 짜증이 났다. 그녀의 말에 이렇게 반박하고 싶었다. "무슨 일인지 당신은 아무것도 모르니 당신이 그것을 몰랐던 것은 당연해요. 아무것도 모르면서 도대체 어떻게 당신이 가능하다느니 그렇지 않다느니 하는 말이나마 할 수 있지요? 여하튼 이제는 당신도 샤르꼬가 불봉에게 한 말이나 기타의 것을 모른다고 할 수는 없어요. 우리가 당신에게 이미 이야기하였으니 당신도 그것을 알게 되었고, 또한 그것이 확실하니, 당신이 입에 달고 사는 '아마' 니 '그럴 수 있어요' 니 하는 등의 말들은 적절하지 않아요."

그가 뇌 및 신경 분야 전문가라는 사실에도 불구하고, 불봉이 위대한 의사이며, 창의적이고 심오한 지성을 갖춘 탁월한 사람임을 알고 있었던지라, 나는 어머니에게 그를 모셔 오자고 간청하였으며, 그가 증세를 정확히 짚어 아마 병을 치유할 수도 있으리라는 희망이, 왕진 의사를 부를 경우 할머니에게 두려움을 안겨 드리지 않을까 하는 우리의 염려를 물리쳤다. 어머니가 그러한 결단을 내리시게 된 것은, 할머니께서 꼬따르의 권고를 무의식 중에 따르시어, 더 이상 외출도 아니 하시고 심지어 침대에서조차 일어나시지 않았기 때문이다. 할머니가 우리에게, 라 화이에뜨 부인에 관해 언급한 쎄비네 부인의 편지 중 다음 구절을 인용하시면서 대꾸하셨지만 소용없었다. "사람들이 말하기를, 그토록 외출을 원하지 않으니, 그녀가 미쳤다고들 하였어요. 그토록 서둘러 판단을 내리는 사람들에게 저는 이렇게 말하였어요. '라 화이에뜨 부인은 미치지 않았어요.' 그 말만 하고 입을 다물었어요. 그녀가 세상을 떠난 후에야 그녀가 외출하지 않은 것이 옳았음을 모두들 깨닫게 되었어요."[577] 우리의 부름을 받고 달려온 불봉이, 우리가 그에게 쎄비네 부인의 편지 이야기는 하지 않았던지라 그녀를 나무라지는 않았으나, 적어도 할머니의 잘못이라고 하였다. 그는 청진기를 꺼내는 대신 할머니에게로 특유의 아름다운 시선을 던지면서―그 시선에는 아마 자기가 환자를 샅샅이 살핀다는 환상 내지 환자에게 그러한 환상을 주려는 욕구(무의식적이지만 이미 기계적으로 변하였을), 혹은 자기가 전혀 다른 것을 생각하고 있음을 환자에게 내보이지 않으려는 욕구, 혹은 환자에게 절대적인 영향력을 행사하고자 하는 욕구등이 있었을 것이다―베르고뜨에 관한 이야기를 시작하였다.

"아! 부인, 제가 생각하기에도 멋진 작가입니다. 부인께서 그의 작품들을 좋아하심은 당연합니다! 하지만 그의 책들 중 어느 것을 특히 좋아하십니까? 아! 정말 그렇습니다! 맙소사, 그것이 아마 정말 가장 뛰어난 작품일 것입니다. 그것이 여하튼 가장 훌륭한 구성을 보여주는 소설입니다. 그 소설에 등장하는 끌레르는 정말 매력적입니다. 등장하는 남자들 중에서는 어느 인물에 대해 가장 큰 호감을 느끼십니까?"

나는 처음, 그가 할머니로 하여금 그렇게 문학에 대하여 말씀하시도록 한 것이, 의학에 대해 자기가 지루함을 느꼈기 때문이며, 또한 아마 자기의 정신적인 폭을 과시하기 위해서, 그리고 심지어 그보다는 치료 목적으로 환자에게 자신감을 돌려주면서, 자기는 병세를 조금도 염려하지 않는다는 것을 보여드려, 할머니께서 병세에 대해 신경 쓰시지 않도록 하기 위해서였을 것이라 생각하였다. 하지만 그 이후 나는, 그가 특별히 주목 받고 있던 정신병 전문의였고, 그리하여 뇌에 관한 자기의 연구를 위해, 그러한 질문들을 이용하여 할머니의 기억력이 온전한지를 확인해 보려 하였다는 사실을 깨달았다. 그는 침울하며 고정된 눈으로 할머니를 바라보면서, 마치 내키지 않는다는 기색으로 할머니의 일상생활에 대해 질문을 던졌다. 그러더니 문득, 진실을 언뜻 발견하고 어떤 대가를 치르더라도 그것에 도달하려 작정한 듯, 물에서 갓 나온 짐승처럼 몸을 흔들어 그것들을 털어버리는 것이 힘든 듯, 먼저 머리를 끄덕인 다음, 자기에게 매달려 있었을 법한 마지막 망설임들과 우리가 혹시 제기할 수도 있었을 모든 반대의 물결을 멀찌감치 밀쳐 버리면서, 나의 할머니를 형형한 눈으로, 구애됨 없이, 그리고 드디어 탄탄한 육지에 오른 듯 유심히 바라보면서, 지성의 색채가 그 모든 굴절부에 스며든, 부드럽고 사람의 마음 사로잡는 어조로 단어들을 또박또박 떼어 발음하면서(게다가 그의 음성은 방문 시간 내내 자연스러움을 견지하여 쓰다듬는 듯했고, 그의 덤불처럼 수북한 눈썹 밑에 있는 빈정거림 감도는 눈에는 선량함이 가득했다), 그가 이렇게 말하였다.

"조만간 부인께서는 건강을 회복하실 것이며, 그러한 일이 당장 오늘 일어날 수도 있으되, 그것은 오직 부인께서 하시기에 달렸으니, 부인께서는 건강상의 문제가 전혀 없음을 깨달으실 것이고, 일상의 생활을 다시 계속하실 것입니다. 부인께서는 저에게 말씀하시기를, 식사도 외출도 못하신다고 하셨지요."

"하지만 의사 선생님, 저에게는 신열이 조금 있어요."

그가 할머니의 손을 잠시 만져 보았다.

"여하튼 지금은 신열이 없습니다. 게다가 그럴듯한 핑계이십니다! 체온이 39도까지 오르는 결핵 환자들에게 과도한 영양을 섭취하게 한 다음, 우리들이 그들을 한데에 내놓는 것을 모르십니까?"

"하지만 저에게는 알부민이 조금 있어요."

"그것은 부인께서 판단하실 일이 아닙니다. 부인에게 있는 것은 제가 정신적인 알부민이라 지칭하는 바로 그것입니다. 우리 모두 몸이 불편할 때에는 약간의 알부민 문제에 봉착하는데, 의사가 그것을 꼬집어 우리에게 보여주어 결국 서둘러 증상을 만성화 시키는 결과를 초래합니다. 의사들이 약으로 치유하는 질환 하나 때문에(그러한 일이 종종 발생하였음을 확언하는 이가 있습니다), 건강한 사람들에게 그 어떠한 세균보다도 수천 배나 악성인 병원체를, 즉 자기가 환자라는 생각을, 접종하여 의사들이 그들의 몸에 열 가지 질환을 만들어 냅니다. 모든 이들의 기질에 강력하게 작용하는 그러한 생각이, 신경 예민한 사람들 속에서는 특히 효력을 발휘합니다. 그러한 사람들에게, 그들 등 뒤에 있는 창문이 열렸다고 해 보십시오. 창문이 닫혀 있건만 그들은 즉시 재채기를 합니다. 그들이 먹고 있는 죽에 산화마그네슘을 넣었다고 해 보십시오. 그들은 즉시 복통을 느낄 것입니다.[578] 그들이 마시는 커피가 평소 마시던 것보다 짙다고 해 보십시오. 그들은 밤새도록 눈을 붙이지 못할 것입니다. 부인의 눈을 보고, 부인의 어투를 듣는 것만으로는,―내가 무슨 말을 하고 있지?―그리고 부인을 쏙 빼닮은 부인의 따님과 손자분을 보는 것만으로는, 제가 지금 어떤 분을 대하고 있는지 알아내는데 충분하지 않았으리라 생각하십니까?"

"의사 선생님께서 허락하신다면, 전에 네가 그 앞에서 놀곤 하던, 샹젤리제 공원의 어느 조용한 오솔길에 있는 월계수 무더기 곁에 가서, 너의 할머니께서 휴식을 취하실 수도 있겠구나." 나의 어머니께서, 그렇게 간접적으로 불봉의 조언을 구하시면서 나에게 말씀하셨고, 그로 인하여 어머니의 음성에는, 오직 나에게만 말씀하셨다면 없었을 조심스럽고 공손한 무엇이 감돌았다. 의사가 할머니를 향해 고개를 돌렸고, 그가 의학에 못지않게 문학에도 조예가 깊었던지라, 이렇게 말하였다.

"부인, 손자분이 좋아하시는 샹젤리제의 월계수 무더기 곁으로 가십시오. 월계수가 부인의 건강에 유익할 것입니다. 월계수는 정화하는 효능을 가지고 있습니다. 괴독사 퓌톤을 죽인 후, 아폴론은 손에 월계수 가지 하나를 들고 델포이에 개선하였습니다. 그렇게, 독 품은 짐승의 치명적인 병균으로부터 자신을 보호한 것입니다. 월계수는 아시다시피 가장 유구하고 가장 거룩하며, 덧붙이거니와―특유의 치료 효과와 예방 효과를 가지고 있는―가장 탁월한 살균제입니다."

　의사들이 알고 있는 것들 중 대부분은 환자들에게서 배운 것이라, 그들은 '환자들'에서 비롯된 그 지식이 모든 이들에게 적용되리라고 쉽게 믿는 경향을 가지고 있으며, 따라서 자기들이 전에 치료한 이들에게서 배운 어떤 사실 하나를 가지고 이제 처음 대하게 된 환자를 놀라게 하면서 우쭐거리기도 한다. 그리하여, 어느 시골 사람과 한담을 나누면서 방언 한 마디를 사용하여 그 사람을 놀라게 하리라 기대할 어느 빠리 사람의 미묘한 미소를 지으며, 불봉 의사가 나의 할머니에게 말하였다. "가장 강력한 수면제들이 효험을 거두지 못하는 경우에도, 바람 부는 날씨가 아마 부인께서 잠드시게 하는 데 성공할 것입니다." — "그 반대예요, 의사 양반, 바람이 불면 잠이 완전히 달아난답니다." 의사들은 자존심에 상처를 입기 쉬운 사람들이다. "아약!" 누가 자기의 발을 밟기라도 한 듯, 그리고 폭풍우 심한 밤마다 할머니께서 겪으시는 불면증이 마치 자기에 대한 모욕이기라도 한 듯, 불봉이 눈살을 찌푸리며 웅얼거렸다. 하지만 그는 자존심이 지나치게 강한 사람이 아니었고, '탁월한 지성'으로서 의학을 맹신하지 않는 것이 자기의 의무라고 생각하였던지라, 그가 즉시 철학적 평온을 되찾았다.

　어머니는 베르고뜨의 친구를 통해 안도감을 얻고자 하는 열망에 이끌려, 그가 한 말을 뒷받침하기 위하여, 할머니의 부계(父系) 친척 여인[579] 하나가 신경성 질환에 시달리면서 일곱 해 동안이나, 한 주간에 겨우 한두 번 자리에서 일어날 뿐, 꽁브레에 있는 자기의 침실에 유폐되어 있었다는 이야기를 덧붙였다.

　"보십시오, 부인, 제가 그 사실을 전혀 몰랐지만 부인께 그 이야기를 할 수 있었을 것입니다."

　"하지만, 신사 양반, 저는 전혀 그녀와 같지 않으며, 반대로, 저의 의사는 저로 하여금 자리에 누워 있게 할 수 없다고 한다오." 불봉 의사의 장황한 이론에 조금 짜증이 나셨는지, 혹은 그가 즉시 반박하리라는 기대를 가지고 다른 사람들이 제기할 수 있는 이견들을 미리 그의 앞에 내놓아, 그가 돌아간 후, 그의 고무적인 진단에 대한 추호의 의심도 남지 않게 하시려는 열망 때문이었는지, 할머니가 그렇게 대꾸하셨다.

"물론입니다, 부인, 한 사람이, 이러한 단어 사용하는 것 용서하십시오, 모든 광기를 다 가질 수는 없으며, 부인에게는 그 친척분에게 있는 그 증상이 없습니다. 어제 저는 신경쇠약증 환자들을 치료하는 요양원을 방문하였습니다. 정원에서 어떤 남자 하나가, 고행 수도하는 회교도 행자처럼 꼼짝도 하지 않고, 몹시 괴로울 듯한 자세로 고개를 숙인 채 벤치 위에 서 있었습니다. 무엇을 하고 있느냐고 제가 묻자, 꼼짝도 하지 않고 심지어 고개도 돌리지 않은 채, 그가 이렇게 대꾸하였습니다. '의사 선생님, 저는 심한 류머티스 환자이며 따라서 툭하면 감기에 걸리는데, 지금 막 지나친 운동을 하였고, 제가 그렇게 저의 몸에 멍청하게 열을 공급하는 동안, 저의 목이 운동복의 플란넬 천에 기대어 있었습니다. 따라서 만약 열을 식히기 전에 이 플란넬 천으로부터 저의 목을 분리시키면, 틀림없이 저의 목 근육이 뒤틀리고 제가 아마 기관지염에 걸릴 것입니다.' 또한 실제로 그의 목 근육이 뒤틀릴 수도 있었을 것입니다. '당신 진정한 신경쇠약증 환자이시군, 그것이 당신의 실상이오.' 제가 그에게 말하였습니다. 자기는 신경쇠약증 환자가 아니라는 증거랍시고 그가 저에게 한 말이 무엇인지 아십니까? 그 증거라는 것이 이러합니다. 요양원의 다른 모든 환자들이 자신의 체중을 달아 보는 기벽을 가지고 있어, 그들이 온종일 그 짓만 하는 것을 막기 위해 저울을 자물쇠로 채워 두어야 할 지경인 반면, 자기는 그것이 하도 싫어, 자기를 억지로 앉은뱅이 저울에 올려놓아야 한다는 것입니다. 그는 자기에게도 자기의 기벽이 있으며 그것이 다른 기벽으로부터 자기를 보호해 준다는 생각은 하지 못한 채, 자기에게 다른 사람들의 기벽이 없음을 자랑스러워 하고 있었습니다. 이러한 비교를 불쾌하게 여기지 마십시오, 부인. 감기에 걸릴까 두려워 감히 고개를 돌리지 못하던 그 사람이, 우리 시대의 가장 위대한 시인이니 말씀입니다. 그 가엾은 편집증 환자가 제가 알고 있는 가장 고매한 지성인입니다. 신경질적인 사람이라는 호칭을 감수하십시오. 부인께서는, 이 지상에서 소금 역할 수행하는, 찬연하지만 딱한 그 사람들 중 하나이십니다. 우리가 알고 있는 모든 위대한 것은 신경질적인 이들로부터 옵니다. 뭇 종교의 초석을 놓고 걸작품들을 만들어 낸 이들은 다른 사람들이 아닌 그들입니다. 세상은 자기가 그들로부터 입은 은혜를, 특히 그것을 자기에게 베풀기 위하여 그들이 감당한 고초를, 영영 모를 것입니다. 우리들은 섬세한 곡들과 아름다운 화폭들을 비롯해 수천 가지 감미로운 것들을 맛보면서도, 정작 그것들을 창안한 이들이 불면증과 눈물과 발작적인 웃음과 두드러기와 천식증과 간질과, 그 모든 것들보다 더 괴롭고 부인께서도 아마 겪으셨을—제가 이곳에 도착하였을 때, 시인하시겠지만, 부인께서는 두려움을 떨쳐버리지 못하셨으니 말씀입니다(그 말을 덧붙이면서 그가 할머니에게 미소를 지어 보였다)—죽음에 대한 공포 등의 형태로 지불한 대가는 전혀 모릅니다. 부인께서는 자신이 병에 걸렸다고, 아마 위험한 병에 걸렸다고 믿으십니다. 부인께서 발견하셨다고 믿으시는 증상들이 어떤 질환의 것인지는 신만이 압니다. 또한 부인께서 착각하신 것도 아닙니다. 실제로 그 증상들을 가지고 계셨습니다. 신경과민증은 천재적인 모방꾼입니다. 그것이 경이롭게 흉내내지 못할 질환은 없습니다. 소화불량증 환자의 위확장, 임신으로 인한 구역질, 심장병 환자의 고르지 못한 맥박, 결핵 환자의 발열 상태 등을 사실과 혼동되리만큼 모방합니다. 의사조차 속일 능력을 가지고 있는데, 그것이 어찌 환자 자신을 속이지 못하겠습니까? 아! 제가 부인의 병환을 비웃는다고는 생각하지 마십시오. 제가 그것을 이해하지 못한다면 치료할 엄두를 내지 못할 것입니다. 그리고, 제 말씀 들어 보십시오. 진정한 고백은 상호 주고 받는 고백뿐입니다. 신경성 질환 없이는 위대한 예술가도 없다고 제가 부인께 말씀 드렸습니다만, 더욱 중요한 사실은(그가 집게손가락을 엄숙하게 쳐들어 보이며 덧붙였다) 위대한 학자도 없다는 것입니다. 덧붙여 말씀 드리거니와, 의사 자신이 신경성 질환에 걸리지 않으면, 좋은 의사는커녕, 그 질환에 적합한 의사라고도 할 수 없습니다. 신경성 병리학에서는 멍청한 말을 지나치도록 하지 않는 의사를 반쯤 치유된 환자 취급 합니다. 이를테면, 더 이상 시를 쓰지 않는 시인을 평론가라 칭하고, 더 이상 훔치는 일에 종사하지 않는 도둑을 경찰관이라 칭하는 것과 같습니다. 저의 경우, 부인, 저는 부인처럼 제가 단백뇨 환자라고는 믿지 않으며, 음식과 바깥 공기에 대한 신경질적 두려움도 없습니다만, 출입문이 잘 닫혔는지 확인하기 위하여 스무 번 이상 다시 일어나지 않고는 잠을 이루지 못합니다. 그리고, 제가 어제 고개를 돌리지 않던 시인을 발견한 그 요양원에는, 저를 위해 방 하나를 예약하러 가던 중이었습니다. 왜냐하면, 부인과 저 사이의 비밀입니다만, 다른 이들의 병을 치료하느라고 과로하여 제가 저의 병을 악화시키면, 그곳에 가서 요양하며 휴가를 보내기 때문입니다."

"하지만 신사 양반, 저도 그러한 식으로 치료를 받아야 하나요?" 할머니가 두려운 기색으로 말씀하셨다.

"그럴 필요 없습니다, 부인. 부인께서 보이시는 증상들은 저의 말 한 마디에 스스로 물러갈 것입니다. 게다가 부인께서는 매우 강력한 존재 하나를 곁에 두고 계시며, 이제부터 제가 그를 부인의 의사로 지명합니다. 그 존재는 부인의 질환, 다시 말해 부인의 신경성 과잉활동입니다. 제가 부인을 쾌유시킬 방도를 찾아낼 수도 있겠으나, 그러한 짓은 결코 하지 않을 것입니다. 저로서는 그 존재에 명령을 내리는 것으로 충분합니다. 부인의 탁자 위에 베르고뜨의 작품 한 권이 있군요. 부인께서 신경과민증에서 벗어나시면 그 즉시부터 그 작품을 더 이상 좋아하시지 않을 것입니다. 그런데, 그 작품이 가져다 주는 기쁨들을, 부인께 그것들을 드릴 능력 없는 신경의 온전함과 맞바꾸게 할 권한이 저에게 있다고 제가 어렴풋이나마 생각하겠습니까? 그 기쁨들 자체가 하나의 강력한, 그리고 아마 모든 치료제들 중 가장 강력한 치료제입니다. 저는 결코 부인의 신경성 에너지를 탓하지 않습니다. 저는 다만 그 에너지에게 저의 말에 귀기울이기를 요구할 뿐, 부인을 그것에게 위탁합니다. 그것이 자신을 후진시켜야 합니다. 그리하여 부인께서 산책하시고 충분한 음식을 섭취하시지 못하도록 하는데 쏟던 힘을, 부인으로 하여금 잠수시고 읽고 외출하시도록 하는데, 그리고 어떻게 해서든 부인을 즐겁게 해 드리는데 사용해야 합니다. 저에게 피곤하다는 말씀은 하지 마십시오. 피곤이란 미리 형성된 사념의 생체적 구현입니다. 우선 그것을 염두에 두지 않는 것부터 시작하십시오. 그리고 혹시 조금 불편함을 느끼시더라도, 그것은 누구에게나 생길 수 있는 일인지라, 그것을 느끼지 못하시는 것처럼 여겨질 것이니, 신경성 에너지가 부인을, 딸레랑 씨의 심오한 말을 빌리자면, '상상적인 건강한 사람'으로 만들어 놓을 것이기 때문입니다. 보십시오, 그 에너지가 벌써 부인을 치유하기 시작하여, 부인께서는 무엇에 기대지 않고 똑바로 앉으셔서 활기찬 눈과 건강한 안색으로 제가 드리는 말씀에 귀를 기울이시며, 그러시기 시작한지 반시간이나 되었건만 그 사실조차 눈치채지 못하셨습니다. 부인 이제 그만 하직 인사 올립니다."

불봉 의사를 배웅한 후, 어머니가 홀로 계시던 방으로 돌아왔을 때, 여러 주 전부터 나를 짓누르던 슬픔이 바람결처럼 사라졌고, 나는 어머니께서 당신의 기쁨이 터져 나오도록 내버려두시고 나의 기쁨도 보시게 되리라 어렴풋이 느꼈고, 우리 곁에서 한 사람이 바야흐로 감격할 순간을 기다리는 것이, 비록 다른 종류이긴 하나 어떤 이가 우리에게 겁을 주기 위하여 아직 닫혀 있던 문으로 들어오리라는 것을 알 때 느끼는 두려움과 조금 비슷한 그 기다림이, 견디기 불가능함을 절감하였고, 내가 엄마에게 무슨 말을 하려 하였으나 나의 음성이 힘없이 끊겨, 눈물을 펑펑 쏟으면서 나의 머리를 엄마의 어깨에 얹은 채, 슬픔이 나의 생활로부터 나가 버렸음을 알게 된 이제, 상황이 그 실천을 허락하지 않을 때 우리 내심에 있던 고결한 의도에 우리가 열광하기를 좋아하듯, 그 슬픔을 애도하고 음미하며 귀하게 여기면서 오랫동안 머물러 있었다. 프랑수와즈가 우리의 기쁨에 참여하지 않아 나는 몹시 화가 났다. 심부름꾼 시종과 고자질꾼 수위 사이에 무시무시한 다툼이 벌어져, 그녀가 몹시 동요되어 있었기 때문이다. 결국 공작 부인이 착한 마음에 이끌려 중재에 나섰고, 표면적인 화해를 성사시켰으며, 심부름꾼 시종을 용서하였다. 그녀가 착했기 때문이며, 그녀가 '고자질'에 귀를 기울이지만 않았어도 그것이 그녀의 이상적인 역할이었을 것이다.

벌써 여러 날 전부터 할머니께서 편찮으시다는 사실이 사람들에게 알려지기 시작하였고, 그리하여 할머니 안부를 묻기 시작하였다. 쌩-루가 나에게 편지를 보냈으며, 편지에 이러한 구절이 있었다. "자네가 그토록 사랑하는 자네의 할머니께서 편찮으신 차제에, 그분과는 아무 상관 없는 일로 자네에게 비난 이상의 비난을 퍼붓고 싶지는 않네. 그러나, 비록 역언법(逆言法)으로라도,[580] 내가 자네 행위의 배신성을 혹시 잊을 것이라고 혹은 자네의 교활함과 배반에 대한 용서가 혹시 있을 것이라고 말한다면, 내가 거짓말을 하는 꼴이 될 걸세." 그러나 몇몇 다른 친구들은, 할머니의 환후가 중하지 않은 것으로 생각하고 혹은 그러한 사실조차 몰랐던 탓에, 다음 날 샹젤리제 공원에서 자기들과 합류하여, 근교에 사는 어떤 사람을 방문하고 내가 흥미로워할 만찬에 참석하자고 나에게 제안하였다. 그러한 제안을 받았을 때 나는 그 두 즐거움을 포기할 하등의 이유가 없다고 생각하였다. 불봉 의사의 처방에 따라 이제 산책을 많이 하셔야 한다고 말씀 드렸을 때, 할머니께서 즉시 샹젤리제 공원 이야기를 하신 바 있었다. 할머니를 그곳으로 모시고 가는 것이 나에게는 쉬운 일이었고, 할머니께서 앉아 책을 읽으시는 동안 친구들과 상의하여 다시 만날 장소를 정하는 것 또한 어렵지 않을 것 같았다. 그러면 내가 조금만 서둘러도 그들과 함께 빌-다브레[581] 행 기차를 탈 시간이 충분할 것 같았다. 약속한 시각이 되었음에도, 피곤하다고 하시면서, 할머니가 밖으로 나오시려 하지 않았다. 불봉의 처방을 귀담아 들으신 어머니가 용기를 내시어 역정을 내시듯 할머니를 다그치셨다. 할머니께서 다시 신경성 허약증에 빠지시면 영영 잃어나시지 못할 수도 있다는 생각에, 어머니는 거의 울상이 되셨다. 할머니의 외출을 위해서 그보다 더 청명하고 따스한 날씨는 없을 것 같았다. 태양이 위치를 바꾸면서 발코니의 부서진 견고함 여기저기에 자기의 아른거리는 모슬린 천 조각들을 끼워넣고 있었으며, 그렇게 건물 석재에 미지근한 표피

하나를, 선명하지 못한 황금빛 후광 하나를, 부여하고 있었다. 자기의 딸에게 미처 '전보' 보낼 시간을 내지 못하였다고 하면서, 프랑수와즈는 점심 식사를 마치기 무섭게 우리들 곁을 떠났다. 외출하실 때 할머니께서 입으실 소매 없는 반외투에 시침질 한 번 해 달라고 하면서, 그녀가 훨씬 앞서 쥐삐앵의 작업실에 들렀던 것은 다행스러운 일이었다. 마침 그 순간 아침나절 산책에서 돌아오던 나도 그녀와 함께 조끼 제조인의 작업실로 들어섰다. "당신을 이곳으로 모시고 온 분이 당신의 젊은 주인이신가요? 혹은 그분을 당신이 모시고 오셨나요? 그렇지 않다면 어떤 좋은 바람과 행운의 신께서 두 분을 함께 모시고 왔나요?" 쥐삐앵이 프랑수와즈에게 말을 건넸다. 비록 학교에 다닌 적은 없으나, 쥐삐앵이 문장의 구성법을 자연스럽게 존중하는 것은, 게르망뜨 씨가 많은 노력을 기울임에도 불구하고 그것을 자연스럽게 어기는 것과 같았다. 프랑수와즈가 떠났고 외투 손질도 끝나, 할머니가 외출복을 입으셔야 할 순간이 도래하였다. 어머니가 곁에서 도와드리겠다고 하시는 것을 완강히 거절하시더니, 홀로 치장을 하시며 한없이 긴 시간을 보내시는지라, 또한 이제 할머니가 편찮으신 것이 아니라는 사실을 알게 되었던지라, 나는, 집안 어른들이 생존해 계시는 동안 우리가 그분들을 대할 때 드러내는, 그리하여 우리로 하여금 그분들을 다른 모든 사람들만큼 배려하지 않게 하는, 그 기이한 무심함에 이끌려, 내가 친구들과 만나기로 약속하였고 빌-다브레에서 그들과 저녁 식사를 하기로 되어 있음을 아시면서도 그토록 늑장을 부리시어, 자칫 내가 약속 시간을 지키기 못할 수도 있게 만드시는 할머니가 매우 이기적이라고 생각하였다. 할머니의 외출 준비가 곧 완료될 것이라는 말을 두 번 들은 후, 나는 조바심이 나서 먼저 내려와 버렸다. 내가 유리창 낀 출입문 근처에 도달하였을 때—살짝 열어놓은 그 문이 저택의 차가운 벽돌 사이로 저수조 하나를 열어 놓은 듯, 액상이고 졸졸거리는 소리 내며 미지근한 바깥 공기가 들어오게 하였으나, 그 공기로 벽들은 조금도 덥히지 못하였다―드디어 할머니가 나와 합류하셨는데, 그러한 경우 평소에는 나에게 미안하다고 하셨으나 이번에는 그러한 말씀 한 마디 없었으며, 너무 다급하여 소지품을 반쯤 잊은 사람처럼 벌겋게 달아오른 얼굴에 멍한 기색이 역력했다.

"맙소사, 네가 친구들을 만난다는데, 내가 다른 외투를 입을 걸 그랬구나. 이걸 입으니 내가 조금 불쌍해 보이는 것 같구나."

나는 할머니의 얼굴이 심하게 달아오른 것에 몹시 놀랐고, 당신께서 지체하시면서 무척 서두르셨음을 깨달았다. 샹젤리제에 이르러 가브리엘 대로 입구에서 삯마차에서 내렸을 때, 할머니가 아무 말씀 없이 돌아서시더니, 일찍이 내가 프랑수와즈와 함께 가서 그녀를 기다린 적이 있던, 초록색 철책으로 둘러싸인 작은 건물로 향하셨다. 의심할 나위 없이 구토증 때문에 손으로 입을 가리신 할머니를 따라, 정원들 한가운데 지어 놓은 작은 시골 극장 같은 건물 앞 계단들을 올라가자니, 옛날의 그 공원 감시인이 아직도 '후작 부인'이라고들 부르던 여인과 함께 있는 것이 보였다. 표를 받는 입구에는, 장터를 떠도는 곡예단의 광대가, 공연 준비를 마쳐 얼굴이 밀가루로 뒤덮인 상태로, 무대에 오르기 직전 입구에서 자신이 직접 입장료를 받듯, 옛날의 그 '후작 부인'이, 회반죽 거칠게 입힌 거대하고 기괴한 짐승의 주둥이 같은 얼굴로, 적갈색 가발 위에 붉은색 꽃들과 검은 레이스로 장식한 빵모자를 얹은 채, 여전히 입장료를 징수하고 있었다. 하지만 그녀가 나를 알아본 것 같지는 않았다. 초목들의 색깔과 어울리는 제복 입은 공원 감시인은, 초목들 감시하는 일은 제쳐둔 채, 그녀 곁에 앉아 있었다.

"그래, 여전히 자리를 지키시는군요. 은퇴하실 생각은 없는 모양이군요." 그가 말하였다.

"도대체 제가 왜 은퇴를 합니까? 제가 이곳에서보다 더 편안하고 안락하게 지낼 수 있는, 더 나은 곳을 저에게 알려주시겠어요? 게다가 항상 오가는 사람들과 작은 파적거리들이 있어, 저는 이곳을 저의 작은 빠리라고 부르며, 저의 고객들이 매일 일어나는 일들을 저에게 알려주기도 해요. 참, 이곳에서 나가신지 채 오 분도 안 되는 그 고객 말인데요, 그 사람은 비할 데 없이 높은 자리에 있는 고위직 관리라고들 해요. 정말이에요!" 혹시 공원 감시인이 의구심을 드러냈다면 자기의 주장을 끝까지 굽히지 않을 기세로, 그녀가 열렬한 어조로 언성을 높였다. "팔 년 전부터, 제 말씀 알아들으시겠지요, 신께서 만드신 모든 날들마다, 정확히 세 시만 되면 이곳에 오시는데, 항상 예의 바르시고, 어조에 변함이 없으며, 그 무엇도 더럽히시지 않으면서, 일을 보시는 동안 반시간 이상 머물러 신문을 읽으세요. 그런데 어느 날 단 하루 그분이 오시지 않았어요. 그 시각에는 제가 그 사실을 깨닫지 못하였으나, 저녁나절에 제가 문득 이렇게 생각하였어요. '이런, 그 신사분께서 오시지 않았네. 아마 돌아가신 모양이야.' 저의 마음이 편치 않았어요. 제가 좋은 사람들에게 애착하기 때문이에요. 그리하여 다음 날 그를 다시 보았을 때 제가 매우 기뻤고, 그에게 물었어요. '어제 아무 일도 없었어요?' 그러자 태연히 대답하기를, 자기에게는 아무 일도 없었으나, 자기의 아내가 작고하여 충격을 받았고, 그리하여 올 수 없었다고 하더군요. 그가 물론 슬픈 기색이었어요. 이해하시겠지만, 이십오 년 전부터 결혼한 사람들이었으니까요. 하지만 그래도 이곳에 다시 오는 것이 기쁜 것 같았어요. 그의 일상생활이 몽땅 흩어진 것을 느낄 수 있었어요. 제가 그의 기분을 북돋우려 애를 쓰면서 이렇게 말하였어요. '자포자기하시면 아니 됩니다. 전처럼 이곳에 오세요. 슬프시더라도 그것이 작은 위안이 될 거예요.'"

'후작 부인'의 어조가 더욱 부드러워졌다. 공원의 관목 무더기들과 잔디 보호하는 책무 맡은 사람이, 자기의 말에 이의를 제기하지 않고, 정원사의 연장이나 어떤 원예 도구인양 검을 칼집에 넣어둔 채, 그 말에 호의적으로 귀를 기울이는 것을 확인하였기 때문이다.

"그리고," 그녀가 다시 말하였다. "저는 고객들을 선별해요. 제가 응접실이라고 부르는 이곳에 모든 사람들을 받아들이지는 않아요. 저의 꽃들이 있는 이곳이 응접실 같지 않은가요? 저에게는 매우 친절한 고객들이 있어서, 아름다운 라일락 꽃이나 재스민 혹은 제가 특히 좋아하는 장미꽃 한 가지나마 들고 오시는 분이 항상 있어요."

우리가 그 부인에게 라일락 꽃도 장미꽃도 결코 가져다준 일이 없었던지라, 그녀로부터 아마 좋지않은 판정을 받으리라는 생각에 내가 얼굴을 붉혔고, 따라서 우선 신체적으로나마 불리한 판결을 모면하기 위하여—혹은 궐석 판결에 그치도록 하기 위하여—내가 출구 쪽으로 다가갔다. 그러나 실제 생활에서는, 아름다운 장미꽃을 가져오는 사람들이 항상 환대를 받는 것은 아닌 듯하다. 내가 급한 욕구에 괴로워하는 줄로 생각한 듯, '후작 부인'이 나에게 먼저 말을 건넸으니 말이다.

"작은 화장실 하나 열어 드리기를 원하지 않으세요?"

내가 거절하자 그녀가 미소를 지으며 다시 말하였다.

"싫어요? 원하지 않으세요? 선의로 열어 드리려고 했는데. 하지만 욕구라는 것이 비용을 지불하지 않는다 해서 생기는 것이 아님은 내가 잘 알아요."

그 순간, 바로 그 욕구를 느낀 듯한, 옷차림 남루한 여인 하나가

허겁지겁 들어왔다. 하지만 그녀는 '후작 부인'과 친숙한 사람들 축에 들지 못하는 것 같았다. '후작 부인'이 태부림 하는 여인의 사나움을 드러내며 다음과 같이 쌀쌀하게 대꾸하였으니 말이다.
"빈 칸이 없어요, 부인."
"오래 기다려야 하나요?" 노란색 꽃으로 장식한 모자 밑 얼굴이 붉게 달아오른 가엾은 여인이 물었다.
"아! 부인, 다른 곳으로 가시라고 권하겠어요. 왜냐하면, 보시다시피, 여기 계신 두 분 신사들께서도 기다리시는 중이니까요." 그녀가 나와 공원 감시인을 가리키며 말하였다. "게다가 사용할 수 있는 화장실은 하나뿐이고, 나머지 다른 것들은 수리중이에요…"
"상관을 보니 요금도 제대로 지불하지 않을 여자예요." 그녀가 나가자 '후작 부인'이 말하였다. "이곳에 어울리는 부류가 아니에요. 청결하지 못하고, 조심성도 없어서, 자칫 저런 마님 때문에 제가 한 시간이나 걸려 청소를 해야 하는 일이 생길 수도 있어요. 그녀가 지불할 두어 푼은 아깝지 않아요."
드디어 할머니가 나오셨고, 나는 할머니께서 그토록 긴 시간 화장실에 머무신 결례를 팁으로 무마시키려 하시지는 않을 것이라 생각하면서, '후작 부인'이 틀림없이 할머니에게 드러낼 경멸의 한 몫을 받지 않으려는 심산으로 후퇴를 시작하여 오솔길로 접어들었으나, 할머니께서 나와 쉽사리 다시 합류하여 산책을 계속하실 수 있도록, 발걸음을 서서히 옮겼다. 이내 그렇게 되었다. 나는 할머니께서 이렇게 말씀하실 것이라 생각하고 있었다. "내가 너를 오래 기다리게 하였구나. 하지만 친구들과의 약속 시간에 늦지 않았으면 좋겠다." 그러나 할머니는 단 한 마디 말씀도 하시지 않았고, 그러시는 것이 조금 섭섭하여 나 또한 먼저 할머니에게 말씀을 건네려 하지 않았다. 그러다 어느 순간 할머니 쪽으로 눈을 돌려

보자니, 할머니께서는 내 옆에서 걸으시면서도 고개를 다른 쪽으로 돌리고 계셨다. 나는 아직도 구토증 때문에 그러는 것 아닌가 하고 염려하였다. 더 자세히 바라보니 할머니의 걸음걸이가 불규칙했다. 쓰고 계신 모자가 비뚤어졌고, 외투는 더럽혀졌으며, 지나가는 마차에 부딪쳤거나 그리하여 도랑에서 다시 끌어올린 사람처럼, 흩어지고 불만스러운 모습에, 벌겋게 달아오른 안색은 무엇에 골몰하시는 것 같았다.

"할머니, 또 구토증 느끼시지 않을까 염려스러워요. 조금 나아지셨어요?" 내가 할머니에게 여쭈었다.

틀림없이 할머니께서는, 내 말에 대꾸를 하시지 않을 경우, 내가 불안해할 것이라 생각하셨던 것 같다.

"그 '후작 부인' 이라는 여자와 공원 감시인 사이에 오가던 대화를 내가 모두 들었단다." 할머니가 나에게 말씀하셨다. "게르망뜨 가문 사람들이나 베르뒤랭 내외의 그 '작은 핵'을 이루는 사람들 간의 대화 못지 않더구나. 맙소사! 그러한 것들을 어쩌면 그리 우아한 말 속에 담는단 말이냐!"582)

그러시더니 당신께서 좋아하시는 후작 부인 즉 쎄비녜 부인의 다음 구절을 덧붙이셨다. "그들의 말을 들으면서 나는 그들이 나를 위하여 작별의 즐거움을 준비하고 있다는 생각을 하였단다."583)

할머니께서 나에게 하신 말씀이 그러했고, 할머니는 그 속에 당신의 지극한 섬세함과 인용의 취향과 고전 작품들에 대한 기억 등을, 평소보다도 조금 더, 그리고 그 모든 것들을 아직도 온전히 간직하고 계시다는 것을 과시하시려는 듯, 몽땅 포함시키셨다. 하지만 그 구절들을 내가 분명히 듣기 보다는 짐작하였을 뿐이니, 할머니의 음성이 그토록 웅얼거리는 듯했고, 토할까 그러시는 것 이상으로 이를 악물고 계셨기 때문이다.

"속이 메슥거리는 것 같은데, 원하시면 집으로 돌아갑시다. 소화불량에 시달리시는 할머니를 모시고 샹젤리제 공원을 쏘다니기는 싫어요." 할머니의 증세를 심각하게 여기는 듯한 기색을 보이지 않기 위하여, 할머니에게 가벼운 어투로 말씀 드렸다.

"너의 친구들 때문에 그러자고 감히 너에게 제안하지 못하였단다. 가엾은 어린것! 하지만 네가 기꺼이 그러자고 하니, 돌아가는 것이 현명할 것 같구나."

나는 할머니께서 혹시 당신의 발음 양태를 알아차리시지 않을까 두려웠다. 그리하여 할머니에게 불쑥 이렇게 말씀 드렸다.

"제발 아무 말씀 하시지 말아요. 속이 메슥거리는데 그러시면 안돼요. 집에 도착할 때까지만이라도 기다리세요."

할머니가 나에게 구슬픈 미소를 보내시더니 나의 손을 꼭 잡으셨다. 내가 즉시 알아차린 것을, 즉 할머니에게 가벼운 발작 증세가 있었음을, 더 이상 나에게 감출 필요가 없다는 점을 깨달으셨기 때문이다.

옮긴이 주

1부

1) 눈에 익숙해진다는 뜻이다. 낯선 방에 익숙해지는 과정이 주인공에게는 몹시 괴로운 일이었다(「스완」, 「소녀」).
2) '물리적 세계(l'univers physique)'는 '자연적' 혹은 '가시적' 세계를 가리키며, '사회적 세계(l'univers social)'와 대칭 관계에 있는 것으로 인식한 듯하다.
3) 뤼지냥 가문은, 프랑스 서부 뿌와뚜 지방에서 일어나, 키프로스 섬을 약 3백년 동안(1192~1489) 다스리다가 대가 끊긴 가문이다. 쟝 다라스(Jean d'Arras, 14세기)라는 사람이 '1393년 8월 7일 목요일'에 완성하였노라 밝힌 『멜뤼진느 이야기 혹은 뤼지냥 가문 역사』에는, 멜뤼진느가 뤼지냥 가문 청년과 혼인하여 그녀의 아들들이 십자군 원정에 오르게 된 과정이 상세히 기록되어 있다. 한편 멜뤼진느는 비비안느와 함께 켈트 전설에 가장 자주 등장하는 요정이다. 켈트인들의 피안인 아발론 섬을 다스리는 아홉 자매 중 하나인 프레진느와 스코틀랜드의 왕 엘리나스 사이에서 태어난 세 자매들 중 맏이가 멜뤼진느이다. 하지만 그녀 역시 자기의 모친 프레진느처럼, 혹은 마리 드 프랑스(12세기) 등 중세 문인들의 작품 속 요정들처럼, 인간 청년들과 가연을 맺지만 중도에 자취를 감춘다.
4) 연주자의 음악을 완벽하게 재생하는 기능을 갖추었던 피아노를 가리킨다. '삐아놀라' 혹은 '삐아니스따'로 불리웠고, 녹음기가 출현하기 이전 시절의 유명한 피아니스트들(드뷔씨, 라흐마니노프 등)의 연주 솜씨를 알 수 있는 것도 그러한 피아노 덕분이라고 한다. 흔히 '자동 피아노'라고 한다.
5) 그 시절 주인공이 본 게르망뜨 부인의 눈은 하늘색이었으며, 빈카꽃(vinca)들 또한 엷은 하늘색을 띤 것들이 있다(vinca minor). 한편 '빈카'로 옮긴 pervenche를 '협죽도'로 옮기는 사전들이 있으나, 그것이 초본식물임에 반해 협죽도는 목본식물에 속하는 관목이며, 그 꽃의 색도 '하늘색'과는 관련이 없다.
6) 바그너의 비극 『로엔그린』에 감도는 우수 어린 고결함을 가리킬 듯하다. 그 혼례식 이야기를 하면서(「스완」) 주인공은 까르빠쵸의 화폭들도 함께 언급하였다.
7) 성벽이나 망루 상단에 조성한 방어용 요철을 가리킬 듯하다.

8) 빠리의 주교좌 대교회당(Notre-Dame de Paris)을 짓기 시작한 해는 1163년이고, 샤르트르의 대교회당 축조 역시 12세기에 시작되었다고 한다.
9) 노아가 방주에 태운 이들은 그의 처와 세 아들 및 며느리들뿐이다(「창세기」, 6~7장). 그런데 '족장들'이나 '의인들'은 다 무엇이란 말인가? 그들은 랑(Laon)의 주교좌 교회당을 지을 때 헌금한 사람들이며, 그들의 뜻을 기리기 위하여 건축가들이 그들의 모습을 조각하여 벽감(壁龕)이나 난간 받침틀에 석상들을 배치하였다고 한다. 황소들의 석상 또한, 인근 채석장에서 돌을 운반해 온 그 짐승들의 노고를 기리기 위하여 건축가들이 조각한 것이라고 한다(『모작과 잠문』, 〈교회당들의 죽음〉, 1905). (한편 랑의 교회당 종루에 있는 황소들의 조각상과 그것들의 전설은 러스킨이 『아미앵의 성서』에서 이미 상세하게 소개한 바 있다.)
10) 랑의 노트르-회당의 신도석 내지 교회당 자체를 가리킨다.
11) 보베(Beauvais)는 랑 서쪽 약 120Km되는 곳에 있다. 그곳 주교좌 교회당(cathédrale Saint-Pierre)은 13세기에 축조되기 시작하였다고 한다.
12) 파르나쏘스 산의 남쪽 기슭에 델포이 신전이 있었고, 아폴론과 디오뉘소스에게 바쳐졌던 산이다. 그 산이 무사(musa, moûsa)들의 거처이며 시적 영감의 장소로 간주된 것은 후세에 이르러서이다. 원래 무사들이 즐겨 모이던 곳은 헬리콘 산에 있는 히포크레네 샘터(말의 샘, 천마 페가수스의 발굽에 의해 파인 샘이라 한다)이며, 그 샘물이 시적 영감을 고취하였다고 한다. 무사들을 모시는 성소 무세이온(Mouseion)도 헬리콘 산에 있었고, 4년마다 개최되던 시가(詩歌) 경연대회 무세이아(Mouseia)의 개최지도 그곳이었다고 한다.
13) 프랑스 왕실이나 귀족 가문들의 문장(紋章) 기초 문양은 방패꼴이며, 귀족 가문들의 문장은 방패가 보통 4등분되어 각 칸에 역사적 상징물들을 그려 넣었다.
14) 각 지역 영주들이 스스로 와서 복속하였다는 말일 듯하다.
15) '짙은 하늘색 바탕'은 1211년부터 1831년까지 프랑스 왕실이 사용하던 문장의 방패 색깔이다.
16) 메로베 왕조의 제5대 왕 쉴드베르 1세(재위, 511~558)를 가리킨다. 끌로비스 1세(재위, 481~511)의 넷째 아들이다.
17) 진한 자주색이며 왕권 및 불멸(a-maranthos 시들지 않는)을 상징한다.
18) la dame du lac. 비록 소문자로 표기하였으나(일반적으로는 Dame du Lac로 표기한다), 메를랭이 사랑하였고 원탁의 기사 랑슬로(Lancelot)의 양모였던, 브로셀리앙드 숲의 비비안느를 가리키는 것이 틀림없다.

19) Boucher(1703~1770). 우아한 로꼬꼬풍의 대가로, 루이 15세의 총희 뽕빠두르 부인의 호의를 얻어 왕실 제1의 화가 대접을 받았다. 또한 보베(Beauvais) 시와 빠리 외곽 고블랭(Gobelins)에 있던 융단 생산업자들에게 장식용 융단 밑그림을 제공하기도 하였다고 한다.
20) '교회' 혹은 '교회당'을 의미하는 'église'가 '백성들의 모임'을 뜻하던 고대 그리스어 에클레시아(ecclesia)에서 온 사실을 염두에 둔 언급이다. 초기 예수교도들이 자기네들의 모임을 가리켜 '에클레시아'라고 하였다 한다.
21) 원전에는 '종자매'로 되어 있으나 바로잡아 옮긴다.
22) 루브르 궁이 까뻬 왕조 제7대 왕인 필립 2세(재위, 1180~1223) 시절에는 성벽으로 둘러싸이고 망루를 갖춘 요새였고, 그 북쪽에 농경지가 있었다고 한다.
23) 대혁명 이후 가건물들이 마구 들어서던 무질서한 풍정을 암시한다. 조금은 야유적인 언급이다.
24) 오귀땡 띠에리가 『메로베 왕조 시절 이야기』에 묘사해 놓은 왕들이나 영주들의 거처를 연상시키는 언급이다("본채 둘레에는 왕의 막료들 거처가 포진해 있고… 그 주위의 더 허름한 집들에는, 온갖 종류의 생업에 종사하는 많은 사람들이 살고 있었으며…" 제1화). 게르망뜨 가문을 메로베 왕조와 연관시켜 상상하던 주인공의 몽상이 아직 남아있음을 엿보게 하는 언급이기도 하다.
25) 찬송가를 곁들이지 않은 미사를 가리키며, 흔히 '독백'이나 '비밀 이야기'를 뜻하기도 한다.
26) 프랑수와즈의 얼굴에 아를르적(arlésienne) 순수함이 어려 있다는 언급이 매우 느닷없고 이해하기 어렵다. 우선 '아를르적'이라는 형용어가 어떤 사람이나 사물의 특질을 규정할 경우에는, '기다리나 영영 도래하지 않는다'는 뜻으로만 사용되며(보편화된 뜻이 아니며 일반 사전에서도 사라진 뜻이다), 그 형용사가 알퐁스 도데의 단편 『아를르의 여인』이 한창 유행하던 시절(19세기 말 ~ 20세기 초)에 일부 문인들 사이에서 회화적인 의미로 사용되었던 것 같다. 여하튼 이 형용사에서 아를르(Arles)라는 도시로 향한 작가의 찬미하는 듯한 정은 느낄 수 있다. 혹은 작가가 이 형용사를 사용하는 순간, 플루트 곡인 비제의 「아를르의 여인」이, 특히 그리움과 애틋함 어린 곡의 음색이 뇌리에 어른거렸을지 모르겠다.
27) '프랑스 남부 사람들의 어조로 말하는 사람들'을 환유적으로 가리킬 듯하다.
28) 예를 들어 빠리 지역 사람들은 밀가루 반죽을 가리키는 pâte나 짐승의 발(다리)을 가리키는 patte 모두, 발음규칙에도 불구하고, 거의 비슷하게 발음하는 반면

(빠뜨), 프랑스 남부 지방 사람들은(아마 이딸리아인들의 노래하는 듯한 발음 관행의 영향 때문일 듯하다) '빠-뜨(pâte)'와 빠뜨(patte)를 엄밀히 구별해 발음한다.

29) 오늘날 '우수'나 '근심'이라는 등의 뜻으로 사용되는 ennui가, 꼬르네이유(17세기) 시대뿐만 아니라 그 이후에도 '비통함'이나 '절망감' 등의 뜻으로 사용되었던 듯하다. 즉, 프랑수와즈가, 다른 이들의 귀에는 '우수' 쯤으로 들릴 ennui를, '절망감'이라는 뜻으로 사용하였다는 말이다.

30) 프랑수와즈가 쥐삐앵(Jupien)이라는 이름을 쥘뤼앵(Julien)이라는 이름으로 알아들었다는 말이다.

31) 'avoir de l'argent' 및 'apporter de l'eau'가 어법에 맞는 형태이다.

32) "그가 저의 아버지는 아니에요." 특별히 대접할 필요가 없거나 놀려도 좋을 사람을 가리킨다고 한다. 죠르주 훼도(1862~1921)의 『막심의 집에 온 귀부인』(1899년 초연)이라는 희극에서 크르베뜨(Crevette)라는 인물이 한 말이라고 한다(한편 '막심의 집'이 현재는 빠리에서 가장 유명한 음식점들 중 하나이지만, 1893년 개점할 당시에는 주로 화류계 여인들이 모이던 선술집이었다고 한다).

33) 사교계에서 오가는 '재담' 중 허튼 신소리가 얼마나 많은지, 이미 「스완」편에서 상당히 구체적인 예들이 제시되었고, 그러한 인식이 프루스트의 예술론에 끼친 영향 또한 클 듯하다.

34) 프랑스 제3공화국(1870~1940) 시절에 선포된, 교회와 국가의 완전한 분립에 관한 법령(1905년)을 가리킬 듯하다.

35) 선뜻 이해되지 않는 언급이다. 빠스깔의 『명상록』에서 시종일관 발견되는 것은, 그가 인간의 이성을 전적으로 무시하지는 않되 그것에 전적으로 의지하지도 않는다는 시각이다.

36) '큰' 가문(자손 번창한)과 '위대한' 가문을 동일시하였다는 뜻이다.

37) '대답하다(faire réponse)'라는 표현이 '회신한다'는 뜻으로 사용되는 것은 오늘날에도 마찬가지이다. 즉, 그 표현이 쎄비녜 부인의 문체적 특징을 드러내는 무엇일 수 없다.

38) '양심적'이라는 뜻 정도일 것이다.

39) 프랑수와즈는, 1870년 전쟁 시절에는 사람들이 '사자들'(즉 사나운 짐승들) 같았노라고, 꽁브레에서 정원사에게 말한 바 있다(「스완」, 제1부).

40) '샤누와네쓰 로(rue Chanoinesse)'라는 명칭은 길(rue)이라는 여성 명사에 샤누

완느(chanoine)라는 남성 명사가 덧붙여져 만들어진 것인데, 옛 프랑스 사람들이 그 명사를 마치 형용사인 양 여성형으로 변형시켰고, 그것은 프랑수와즈가 '앙뚜완느' 라는 사람의 아내를 '앙뚜와네쓰' 라고 부르는 것 만큼이나 어법에 맞지 않는다.
41) 읍면장이나 시장(maire, 메르)의 아내 혹은 그 직을 수행하는 여자를 가리키는 단어 메레쓰(mairesse)가 사용되기 시작한 것은 18세기이다.
42) '개구리가 노래한다' 는 말은 지극히 파격적이다. 프랑수와즈의 세계관을 드러내는 또 하나의 언어적 특징일 듯하다.
43) 어린 혹은 젊은 남자를 다정하게 부를 때 사용하는 호칭이다(mon fils, mon garçon).
44) 동사 plaindre가 원래는 '한탄하다' 혹은 '불쌍히 여기다' 라는 뜻으로 사용되었으나, 일부 지방에서 13세기부터 '아까워하면서 주거나 사용한다' 는 뜻으로 사용되었다고 한다. 물론 라 브뤼에르(1645~1695)의 작품(『성격』)에서만 발견되는 용법은 아니다.
45) 분주히 오가게 한다는 뜻이다.
46) 어떠한 '일' 인지 불분명하다.
47) 매우 중대하다는 뜻일 듯하다.
48) 아마 혼잣말일 것이다.
49) 휘슬러의 1865년 작품인 「하늘색과 은색의 조화 : 트루빌」을 가리킨다.
50) 주인공이 '게르망뜨' 라는 명칭과 연상시키던 색깔은 맨드라미꽃 색깔 즉 불후성과 왕권을 상징하는 색깔과 오렌지색이었는데, 게르망뜨 부인을 처음 꽁브레 교회당에서 보던 순간, 그녀의 얼굴에서 지극히 평범한 측면밖에 발견하지 못하였던 사실을 가리킨다(「스완」, 제1부).
51) 오비디우스가 『변신』이라는 작품에 소개한 뭇 짐승들과 식물 및 기타 사물들의 기원을 암시하는 언급이다. 신들이나 뉨파들 혹은 인간들이 어떤 계기로 식물이나 짐승이나 바위로 변하여, 그것들의 자연적 속성을 지니게 된다. 즉 평범한 존재가 된다.
52) 작가는 가구들(meubles)이라는 단어를 사용하였으나, 문장의 내용을 참작하여 카페트(carpette)로 옮긴다.
53) 쌩-제르맹 구역이 실제로는 쎈느 강 좌안에 있다.
54) 영락(零落)한 세습 귀족의 후예들을 가리킨다.

55) 쌩뜨-샤뻴은 '성스러운 예배당'이라는 뜻이며, 루이 9세(루이 성왕, 재위 1226~1270)가 예수의 유품을 보관하기 위하여 빠리의 씨떼(Cité) 섬에 세우게 한 교회당이다. 그 교회당 내부에 벽면을 따라 세운 열두 사도의 황금빛 조각상이 있다.

56) Figuig. 모로코 동쪽 끝 사하라 사막에 있는 도시로, 그곳 기후가 주변 지역의 기후와 완연히 다른 국지(局地) 기후라는 점으로 유명하며, 그곳 오아시스가 역사 유구하고 아름답지만 외부 세계로부터 고립되어 있다고 한다. 그 오아시스에 게르망뜨 가문을 비유한 이유일 듯하다.

57) 1789년 7월, 입헌국민의회가 교회 및 망명 왕족이나 귀족들의 재산(주로 토지)을 몰수하였다가, 국가 재정에 충당하기 위하여 그것을 부유한 도시 중산층이나 농민들에게 매각할 때, 그 재산을 취득한 사람들을 가리킨다. 프랑스 역사상 가장 대대적인 재산 이동의 계기가 되었으며, 그들이 왕정 복고를 극렬히 반대하였음은 물론이다.

58) 빠리의 사립 고등 음악원인 스콜라 칸토룸(Schola Cantorum)을 가리킨다. 그레고리오 성가 등 옛 종교음악의 복원 및 전수를 목적으로 1894년에 설립되었으나, 1896년부터 일반 음악원으로 성격이 바뀌었으며, 에릭 싸띠(1866~1925)와 에드가 바레즈(1885~1965) 등 작곡가들이 그 음악원 출신이라 한다.

59) citoyen. 고대 도시국가나 근대 민주 공화국 내에서 공민권을 행사할 수 있는 사람을 가리킨다. 프랑스 대혁명 시절, 특히 제1공화국 시절, 모든 사람이 평등하다는 생각에서, 종래 사용되던 존칭들(Monsieur, Madame, Mademoiselle 등) 대신 씨뚜와이앵과 씨뚜와이앤느(여자의 경우)라는 호칭만을 이름이나 성씨 앞에 붙여 사용하던 때가 있었다. 심지어 공포정치 시절(특히 1793~1794년간)에는, 종래의 존칭들을 무심히 사용하였다가 반혁명 용의자로 몰려 처형된 사람들도 있다고 한다. 동무(camarade)라는 말이 공산주의 국가에서 사용되던 양상과 비슷하였던 모양이다.

60) 옛날, 특히 메로베 왕조 시절에는, 왕이 암살되는 경우가 빈번했던지라, 왕실의 주방장이나 왕의 침실 시종장 직은 왕의 최측근 인물이 맡았고, 많은 세습 귀족 가문이 그렇게 생겼음을 회화적으로 암시하는 언급일 듯하다. '싹싹함'이나 뒤이어 언급된 '고급 매춘부'(어원은 '궁정인'을 뜻하는 courtisan이다) 모두 귀족의 본질적 측면들 중 하나를 가리킨다.

61) 프랑스의 마지막 왕 루이-필립의 넷째 아들 오말 공작(1822~1897)은 샹띠이 성

의 주인이었다. 그가 베풀던 오찬이 유명했으며, 그 모임에 저명한 귀족들과 군인들, 학술원 회원들, 예술가들이나 정치인들이 초대되었다고 한다.
62) 이자벨 도를레앙 대공녀(1878~1961)가 기즈 공작(1874~1940)과 1899년에 결혼하였다고 한다.
63) 게르망뜨 댁 심부름 담당 시종이 비록 '우리들'이라고 하였지만, 그가 상전들과 함께 극장 안으로 들어갈 수는 없었을 것이다.
64) 어원적 의미(baignoire, 욕조)대로 옮긴다. 1층에 있는 칸막이 특별석을 가리킨다. 오케스트라 좌석(fauteuil d'orchestre) 바로 뒤 측면에 있으며 욕조형이다.
65) '분신'은 영혼(혼백, anima)을 가리키며, 고대 이집트 사람들은 인간의 육신과 영혼이 같은 운명을 가진 일종의 쌍둥이어서, 육신이 해체되면 영혼도 함께 해체된다고 믿었다 한다. 시신을 방부 처리하여 오래 보관하려 한 것은 그 때문이며, 그것의 '분신'인 영혼에게도 '영양'을 공급하였다고 한다. 그 '영양'을 공급하는 행위가 곧 각종 제례였을 것이다.
66) '욕조형 칸막이 좌석'을 가리키는 baignoire의 원의는 목욕통(욕조)이다. 1862년부터 1875년에 걸쳐 겹입된 '오페라 극장'의 복도 벽이나 천장에 벌써 금이 가고 습기가 찼을리 없건만, '욕조형 칸막이 좌석'이라는 단어가 주인공에게 여인들 가득한 욕조를 연상시켰고, 나아가 수중 님파들(테티스 같은 네레이스나 쿠레네 같은 나이아스 등)까지 뇌리에 떠올랐던 모양이다.
67) '그리스 전사'는 오뒷세우스를, '보이지 않는 신'은 여신 아테나를 가리킬 듯하다. 『오뒷세이아』에서 아테나가 오뒷세우스를 위하여 수행한 여러 역할(보호자, 뚜쟁이, 안내자 등)을 암시한다.
68) 『롤랑전』이나 『알비 성전』 등 12~13세기의 프랑스 에포포이아들처럼, 라씬느의 극작품들을 구성하고 있는 구절들 역시 12음절 정형 운문(알렉쌍드랭, alexandrin)이다. '고전적 구절'은 라씬느의 작품 속 구절을 가리킬 듯하다.
69) 귀에 거슬리던 운율이 그렇게 느껴졌단 말일까?
70) 부자연스럽게 끼어든 음절이(운문에서건 산문에서건) 우리의 내면에 일으키는 불편함을 과장한 듯하다.
71) 「출애굽기」, 14장.
72) 어떠한 정서적(심리적) 요소도 개입되지 않았다는 말일 듯하다.
73) 네레이스들 및 오케아니스들을 가리킨다.
74) 트리톤(Triton)은 포세이돈과 암피트리테 사이에서 태어난 아들이다. 상반신은

인간이고 하반신은 물고기인 형상으로 조각되곤 하였다.
75) 프랑스어로는 알씨용이라 하는 고대 그리스어이며(alcyon, ἀλκυων), 바람의 신 아이로로스의 딸 알퀴오네가 제우스의 노여움을 사 그 새로 변하였다고 한다. 하지만 제우스가 그녀를 불쌍히 여겨, 바닷가에 둥지를 트는 그 새가 알을 품는 기간에는 바람이 멈추게 하였다고 한다. 잔잔한 바다의 전조로 여기던 전설적인 새이다.
76) '흰색 꽃'은 대공 부인이 손에 들고 있는 깃털 부채일 듯하다.
77) 언청이를 가리킨다.
78) 서양 여인들 중에는, 일정한 나이가 지나면, 코 밑에 가는 수염이 자라는 경우가 흔하다. 여성적 매력을 상실한 징표로 여러 작품에 등장한다.
79) 이딸리아의 모데나 출신인 바르베리(Barberi)라는 사람이 만든 악기로, 악보가 기입된 원통과 풀무를 돌려 연주하는, 손잡이 달린 휴대용 오르간이라고 한다. 바르바리(Barbarie)는 바르베리가 와전된 것이라고 한다.
80) 메이약(Merlhac, 1831~1897)의 많은 희극곡을 오펜바하가 작곡하였으며, 메리메의 문체가 간결하다는 것은 널리 알려진 사실이다. '의도된 냉담함'은 '간결함'을 가리킬 듯하고, '냉담함'을 '건조함'으로도 읽을 수 있을 것이다. 한편 메이약의 문체는 확인하지 못하였다.
81) 메이약과 뤼도빅 할레비가 함께 쓴 희극이며, 1879년에 처음 공연되었다고 한다.
82) 오로스만느는 예루살렘의 술탄으로, 노예인 쟈이르에게 연정을 품는다. 그러나 심한 질투심에 사로잡혀 그녀를 단검으로 살해한 다음 스스로 목숨을 끊는다. 볼떼르의 비극 『쟈이르』(1732년 초연)의 두 주인공이다.
83) 유럽 사람들이 오랜 세월 동안 '서인도 제도'라고 부르던 중앙아메리카의 군도를 가리킨다.
84) 'plaque sensible'을 옮긴 것이다. 은판 사진기의 감광판을 가리킬 듯하다. 실제로 핼리 혜성(Halley's comet)이 1910년 봄에 출현하였을 때 은판 사진기를 이용하여 많은 사진을 찍었다고 한다.
85) 『화이드라』, 제2막 4장. 테세우스의 아내 화이드라가 남편의 전실 소생인 히폴뤼토스에게 연정을 고백하는 장면이다.
86) 『화이드라』에 등장하는 인물들로서, 아리키아는 히폴뤼토스가 사랑하는 아테네의 왕족 아가씨이고, 이스메네는 그녀의 지밀시녀이다.

87) 모든 사람의 음성은 그 사람의 선천적 특질 및 후천적 교양('사회적 현상'이다)의 복합체라는 말일 듯하다. 배우의 음성에 대한 이 언급은, 문필가의 기질 및 세계관이 그 문인의 문체를 결정짓는다는 프루스트의 일관된 견해를 연상시킨다.
88) peplon. 옛 그리스 여인들이 어깨에 걸쳐 입던 소매 없는 긴 옷이다. 프랑스어로는 뻬쁠롬(péplum)이라 한다.
89) 태고의 즉 신화시대의 풍경을 그린 화폭들을 가리킬 듯하다.
90) 라씬느의 『화이드라』와 『안드로마케』 등이 그리스적(즉, '이교도적') 정염(情炎)과 청교도적(얀센주의를 카톨릭 속의 청교주의라 할 수 있을 것이다) 금욕이 혼재하여 갈등을 일으키는 대표적인 작품들일 것이다.
91) équivalent intellectuel. 감각 및 인지의 주체인 오성(悟性, esprit)이 하나의 대상에서 추출해내는(혹은 대상에 부여하는) '개념'을 가리킨다. 다음에 이어지는 '미지의 존재' 역시, 아직 존재하지 않는 '개념'을 가리킬 듯하다. 오성이 하나의 대상(현상)에서 포착하여 그러한 '지적 등가물'로 변환시키는 작업이 프루스트에게는 곧 새로운 은유(métaphore)의 창조를 의미하며, 그 작업이 예술가의 핵심적 사명이다(「되찾은 시절」).
92) 마르스(Mars)는 화성, 베누스(Venus)는 금성, 싸투르누스(Saturnus)는 토성을 가리키는데, 로마 신화에서는 각각 '전쟁의 신'과 '미의 여신' 및 '농경의 신'이다.
93) 의미가 모호한 문장이지만 그대로 옮긴다. '그것들'이 무엇을 가리키는지 분명치 않다.
94) 전날 느끼지 못한 기쁨을 잔뜩 기대하였다는 말일 듯하다.
95) 어떤 작가나 작품에 대한 찬사를 늘어놓는 것이 마치 작가나 작품에 대한 설명인 줄로 착각하는 연구자나 번역자들이 얼마나 많은가! 국내외를 막론하고, 특히 프루스트를 소개하는 이들 중에서 흔히 발견되는데, 프루스트가 맹렬히 비판하던 쌩뜨-뵈브와 같은 부류들의 잔재이다.
96) 게르망뜨 공작(바젱)의 사촌인 게르망뜨 대공(질베르)의 부인은 도이칠란트의 바이에른 출신이며 바이에른 공작의 누이이다.
97) 게르망뜨 대공 부인과 게르망뜨 공작 부인 등이 있던 욕조형 칸막이 특별석(baignoire)은 1층에 있고, 모리앙발 남작 부인과 깡브르메르 부인이 있던 칸막이 좌석(loge)은 발코니 좌석(3층 및 4층) 뒤에 있다.
98) 다뉴브 강을 가운데 두고 남북으로 걸쳐 있는 바이에른 지방에 애초에는 켈트족이 살았으나, 5~6세기에 프랑크족의 지배하에 들어갔고 9세기 초에 카롤루스 왕

조의 제4대 왕(서로마 제국의 제2대 황제)인 루이 1세(경건한 왕, 재위 814년~840년)가 그곳에 최초의 왕국을 세웠다. 한편 꽁데 가문은 부르봉 왕조의 지파로, 꽁데 대공 루이 1세(1530~1569)는 프랑스 국왕 앙리 4세(1553~1610)의 부친이다. 결국 주인공의 몽상이 한결같이 향하는 대상은, 메로베 왕조로부터 카롤루스 왕조를 거쳐 까뻬 왕조로 이어지던 게르만적 성격을 간직한 프랑스 왕족들이며, 게르망뜨(Guermantes)라는 명칭 역시 게르마너(Germane, 게르만 사람)를 연상시킨다.

99) 유노(Juno)는 그리스 신화 속 헤라(Hera)의 로마식 명칭이며, 공작새가 헤라의 상징으로 간주된 것은 그리스 신화 속에서이다.

100) 미네르바는 아테나 여신의 로마식 명칭이다. 그 여신의 '술 장식 달린 방패' 라는 표현이 호메로스의 『일리아스』에 자주 등장한다.

101) 『일리아스』에 묘사된 올림포스 산정의 신들을 연상시키는 언급이다.

102) courant을 직역한 것이다. 무엇을 가리키는지 의미가 모호하다. '시선의 흐름'을 전기나 빛의 흐름처럼 여긴 것일까?

103) 소녀들(여인들)을 가리킨다.

104) 독수리(vautour, 禿鷲, 머리와 목에 털이 없는 수리)는 전통적으로 음흉하고 탐욕스러우며 더러운 사람을 비유적으로 가리켰는데, 게르망뜨 부인을 그 새에 비유한 것이 의외이다. 참수리(aigle)에 비유하는 것이 자연스러워 보이지만, 작가의 의중을 모르겠다. 두 새를 혼동한 것일까? 작품의 허두(「스완」)에서도 작가는 '밭고랑 잔등에서 한들거리는 박새' 라 하였는데, 당연히 박새(mésange) 대신 할미새(bergeronette, hoche-queue)라 했어야 마땅하다.

105) 같은 문장 안에서 고용인들(personnel)이라 하다가 하인(domestique)이라 하였다. 엄연한 '하인' 신분이지만 자신은 '고용인' 이라고 생각하는 사람들이 나타나던 시대적 특징이 반영된 문장일 듯하다.

106) 으젠느 쒸(1804~1857)의 『빠리의 신비』라는 풍속 소설에 등장하는 인물(수위이다)의 이름인데(Pipelet), '수위' 그리고 '수다쟁이' 를 뜻하는 보통명사(le pipelet)로 변하였다. 또한 그 이름은 목동의 피리를 가리키는 삐쁘(pipe)나 삐뽀(pipeau)를 연상시킨다.

107) '왕' 은 루이 14세(재위, 1643~1715)를 가리키는 듯하고, 쌩-시몽의 『회고록』 1714~1715년 편에, 베르사이유 궁을 더 이상 떠나지 않던 왕과 조신들 간에 일어난 기이한 사건들이 상세히 기록되어 있다.

108) 「갇힌 여인」 및 「탈주하는 여인」에 길게 술회된 알베르띤느에 관한 괴로운 이야기를 가리킬 듯하다.
109) 귀족계급이 쇠퇴하고 신흥 산업사회에 등장하기 시작한 평민계급 출신의 재벌을 가리킬 듯하다.
110) dingo. 19세기 말부터 사용되기 시작한 속어로, 미친 사람(fou)을 가리킨다. 요즈음에는 그것의 변형인 댕그(dingue)가 널리 통용된다.
111) balancer. 머뭇거린다(hésiter)는 뜻이다. 한편 그 말이 그러한 뜻으로 사용된 것은 쌩-시몽의 『회고록』에서 뿐만이 아니며, 그 용례가 17세기의 거의 모든 문인들의 글에서도 발견된다고 한다(따니에 교수의 말이다).
112) 일반 프랑스인들에게도 낯설게 보일 듯한 어법이다. 요약하면, 빠리로 되돌아가고 싶은 욕구로 인해 그 도시에 머물고자 하는 뜻이 약해졌지만, 그곳에 머물지 말아야 한다는 뜻 역시 약해졌다는 말이다. 한편 '어떤 할머니도 기다리지 않는 여행자'란, 집에서 할머니가 기다리고 계심을 의식하지(느끼지) 못하는 무심한 ('삭막한 영혼') 여행자를 가리킨다. 할머니에게로 향한 주인공의 애틋한 정이 스며있는 언급이다.
113) '형성한다'는 faire를, '닮았다'는 avoir l' air를 각각 옮긴 것이다.
114) élégances를 옮긴 것이다. 합당한 표현들과 순수하고 조화로운 언어 등으로 이루어진 문체의 특질을 가리킬 듯하다.
115) 어느 탐미주의자들(문인들)을 염두에 두고 한 말인지 선뜻 단정하기 어렵다.
116) '움직이다' 혹은 '꿈실거리다'를 뜻하는 'se grouiller'를 어원적 의미(crouler) 대로 옮긴 것이며, 속어적 의미로는 '급히 서두르다'이다.
117) képi. 프랑스의 육군 장교 및 부사관들, 헌병들, 경찰관들이 19세기 초부터 사용하는 군모이다.
118) 「쏘크라테스의 죽음」, 「호라티우스 형제들의 맹세」, 「그랑-쌩-베르나르에 선 나뽈레옹」 등을 그린 쟈끄 루이 다비드(1748~1825)의 화폭들을 연상시키는 묘사이다.
119) 물론 나뽈레옹 1세 시절 군대의 전통을 물려받은 군인이라는 뜻일 것이다(napoléonide). 프루스트가 만든 단어일 듯하다.
120) 나뽈레옹이 프랑스 제1공화국(1792~1804)을 종식시킨 사람이긴 하나, 그 사람이 프랑스 대혁명의 진정한 계승자라는 측면도 가지고 있다는 점을 고려하면, 선뜻 수긍하기 어려운 언급이다.

121) liberty. 영국산 피륙일 듯하다.

122) corbeille. 벽난로의 화상(火床)을 가리키는 듯하다.

123) 전차의 경적 소리일 듯하다. 자기가 연모하는 게르망뜨 부인의 조카이며 자기의 친구인 쌩-루가 있는 도시의 전차가 내는 소리이니, 그것이 경적 소리일지라도 '음악' 처럼 들리지 않겠는가!

124) 물론 프로메테우스가 불을 창조하지는 않았다. 그가 헤파이스토스의 대장간에서 불을 훔쳐 인간에게 주었을 뿐이다.

125) 『구약』의 「출애굽기」, 14장. 히브리인들이 파라오의 군대를 피해 홍해를 건널 때, '주님께서 물결을 멈추게 하셨다' 는 이야기이다. 합당한 비유일 수 있을지, 선뜻 수긍하기 어렵다. '전류' 와 '물결' 간에 존재하는 이질감 때문이다.

126) 이 지상에 태어난 적이 없었던 사람이라는 뜻이다. 프랑스의 많은 글에서 발견되는 재미있는 표현인지라 직역한다.

127) '그' 는 '소령' 을 가리키며, 그가 '고해하러 가지 않기 때문에 아무도 그와 가까이 교류하지 않는다' 는 말은, 당시 사회의 보편적인 위선을 암시한다.

128) '보로디노 대공' 은 중대장을 가리킨다. 그 이름의 출현이 조금은 느닷없으며, 로베르의 말이 별로 정돈되지 못하였다. 그의 말이 내포하고 있는 자가당착적인 측면을 드러내는 징후일 듯하다. 한편 '보로디노' 는 모스끄바 서쪽에 있는 마을로, 1812년 9월에 나뽈레옹의 군대가 러시아군을 격파한 곳이다.

129) '스승들' 중 대표적인 인물이 앞에 언급된 프루동일 것이다. 한편 '제정 시절 귀족' 은, 전공을 세워 작위를 얻거나 심지어 한 나라의 왕으로 봉해진 평민 출신의 군인들을 가리키며, 그들이 '자유' 와 '평등' 과 '박애' 의 기치 아래 싸우던, 대혁명의 진정한 자식들인데, 로베르가 그러한 사실을 깨닫지 못한 채 그들을 멸시하였다는 말이다.

130) 백조로 변신한 제우스가 아이톨리아의 공주 레다와 야합하여 카스토르와 폴뤼데우케스가 태어났다는 신화를 연상시키는 언급이다.

131) 참수리(왕수리)가 제우스의 상징임은 주지하는 바와 같다. 또한 '영광' 이란, 황금 양털을 찾으러 떠났던 야손의 모험에 참가하여 혁혁한 무공을 세운 카스토르와 폴뤼데우케스 형제의 영광을 암시할 듯하다. 게르망뜨 가문의 '영광' 또한 군사적(무사적) 영광 아닌가?

132) 매우 기이한 묘사이다. 프랑스에서 흔히 사용되는 다음 욕설을 연상시키는 풍경이다. "Va te faire enculer!(가서 비역질이나 당하거라!)" 그리고 다음에 이어지

는 햇살들의 작용을 보고 '발을 구르며 노래하는' 주인공의 열광은 무엇에 기인하며, 그 본질은 무엇인가?

133) 「스완」 편에서는 습관을 가리켜 '능란하되 몹시 느리게 정돈하는 일꾼' 이라고 하였다. "그리하여 습관은 우리의 오성이 임시 거처에서 여러 주 동안 고통스러워하도록 내버려두는 일부터 시작한다."

134) 그 궁전의 주인들이 아마 불가피하게 그 은밀한 계단들을 거쳐 드나들면서 그것들에게 '위탁하였을' '안온함' (혹은 달콤함)이, 도대체 어떻게 주인공으로 하여금 그 계단들에게서 '친숙함' 을 느끼도록 할 수 있단 말인가? 한 폭의 그림이나 풍경, 어떤 곡이나 사람에게서 낯설지 않음을 느끼는, 일종의 무의식적 추억의 재현 현상과 같은 범주에 속하는 몽상인 듯하지만, 실은 질료적 윤회까지도 우리의 뇌리에 떠오르게 하는 언급이다. 한편 '노력' 이란, 주인공이 새로운 방에 들어설 때마다 그곳에 있는 물건들과 친숙해지는데 필요한 괴로운 노력을 가리킨다.

135) 5인 집정관 정부 시절(1795~1799)의 예술이란 1790~1803년 간에 유행하였던 가구 및 장식물의 양식(style)을 가리킨다. 형태가 단순해진 것이 그 특징이며(로꼬꼬 양식이나 루이 16세 시절풍 양식과 대조된다), 옛 그리스나 로마의 간결한 양식을 본받은 듯하다.

136) 매우 기이한 언급이다. 우선, 붓꽃의 그 작은 씨앗으로 어떻게 묵주를 만든단 말인가? 또한 '관능적인 묵주' 란 도대체 무슨 뜻인가? 그리고 붓꽃의 씨앗에서 향기가 발산된다는 말인가? 붓꽃의 종류가 매우 다양하지만, 일부 붓꽃의 근경(根莖, 뿌리줄기)에 있는 성분을 채취하여 향료로 사용하였다고 한다. 하지만 그 향료가 최음제로 사용되었다는 기록은 발견되지 않는다. 여하튼 '붓꽃 씨앗' 을 붓꽃 뿌리(orris-roots)로 옮기는 분이 계심은 그러한 이유 때문일 듯하다(Mark Treharne, Penguin Books).

137) '붓꽃 향기 감돌고 독서와 몽상과 눈물과 관능적 쾌락 등, 불가침의 고독이 요구되는' 일에 주인공이 몰두하던, 꽁브레의 '지붕 밑 방' 을 연상시키는 언급이다 (「스완」, <꽁브레>). 진정한 관능적 쾌락 역시 독서나 몽상(명상)처럼 불가침의 고독이 요구된다는 말이며, 그러한 측면에서는 '관능적인 묵주' 라는 말의 의미도 짐작될 수 있을 것이다. 평소 두 남녀(개체)가 서로를 아무리 살뜰하게 아끼고 존경한다 할지라도, 두 몸뚱이가 어우러져 관능적 쾌락의 절정으로 진입하는 순간에는, 각 개체가 오직 자신의 질료적 동요에만 몰입하니, 그 본질이 '경건한 명상' 과 같지 않은가! 프루스트의 언급이 가지고 있는 해학적인 측면이다.

138) 키네라리우스(꽃의 색은 진하나 잎이 잿빛인 국화과 식물)의 이딸리아(및 에스빠냐)식 표기이다.
139) œil-de-bœuf. 벽이나 천장에 뚫어 놓은 원형 혹은 타원형의 작은 창문을 가리킨다.
140) 그 위에 십자가를 올려놓은 지구의로, 왕권을 상징하는 물건이라고 한다.
141) 주인공이 동씨에르의 호텔에서 잠들었지만, 잠에서 깨어나기 직전에는, 옛날 꽁브레에서 휴가를 보내던 시절이 꿈 속에 재현되었던 모양이다.
142) fifre. 유럽의 군악대에서 오랜 세월 사용되던 나무로 만든 작은 플루트이며 음이 날카롭다고 한다. 어원은 '피리'를 뜻하는 라틴어 pipare(프랑스어 pipeau나 chalumeau 등도 같은 뜻이다)라고 한다.
143) étroite interruption을 직역한 것이다. '짧은 중단'을 가리킬 듯하다. 청각적 대상을 시각적 대상처럼 묘사하기 위한 어휘 선택(étroite, 폭 좁은)일 듯하다.
144) 열대 지역 원산의 독성 강한 풀이며, 마취제의 원료로 사용된다고 한다.
145) 마리후아나 등 환각제의 원료라 한다.
146) 아름다운 귀부인(bella dona)이라는 뜻을 가진 독초이며, 약재로 사용된다고 한다.
147) 프랑스인들은 고양이풀(herbe-aux-chats)이라고 부르며, 그 뿌리가 고대 로마 시대부터 경련 치료제로 사용되었다고 한다.
148) 채석장으로 구하러 오는 물질(substances)이 무엇일까? 그곳에서 항시적으로 들리는 소음을 가리킬 듯하다. 한편, 지그프리트가 '도끼질'을 하는 장면은 『니벨룽엔전』(13세기)에도 『니벨룽엔의 반지』(바그너)에도 없다. 말할 나위 없이 지그프리트의 망치질을 가리킨다. 지그프리트의 채근에 못이겨, 그의 친부를 자처하던 미머가 지그문트(지그프리트의 생부)의 유품인 부러진 검(노퉁, Notung)을 내어 주자, 지그프리트는 그것을 다시 벼리려고 육중한 망치를 미친듯이 휘두른다(『니벨룽엔의 반지』, 「지그프리트」, 제1막 1장).
149) 정치가였던 키케로(B.C 106~43)가 오늘날까지도 웅변가로 유명함은 주지하는 바와 같다.
150) 역자 임의로 괄호 안에 넣어 옮긴다.
151) 뉨파(님프)들은 산과 들과 강과 바다의 정령이며, 그러한 자연의 풍요로움과 우아함을 상징한다. 즉, 비록 호메로스의 작품들 속에서는 그녀들이 가이아의 혹은 제우스의 딸들로 이야기되고 있지만, 여하튼 그녀들은 토양의 산물이다. '식물성

의 날렵한 힘'이라는 표현이 식물의 잔 뿌리들 및 그것들의 작용을 연상시키면서 동시에 넘파들의 역할에 비유될 수 있는 소이연이다. 그러나 넘파들이 헤라클레스에게 젖을 먹였다는 언급은 어느 전설(작품)에서 유래하였는지 확인할 수 없다.

152) 물론 질료적 기억(질료적 자극에 의해 촉발된) 현상을 가리키지만, 우리의 육신이 파괴됨과 동시에 영혼도 파괴된다고 한 루크레티우스(『자연에 대하여』) 등과 같은 이들의 주장과는 조금 다른 시각이며, '진일보한' 유물론적 세계관처럼 보인다.

153) 아편이나 마리후아나 등을 피우는 담뱃대일 듯하다.

154) '개양귀비꽃의 심장부'로 들어가는 것이 무엇을 뜻할까? 혹시 아편을 피울 때처럼 '새로운 세계'를 보게 된다는 뜻일까?

155) 앞에서 '어린 헤라클레스에게 젖을 먹이던 넘파들과 비슷한 식물성의 날렵한 힘'이라고 묘사한 것과 유사한 현상이다.

156) 실은 이미 그러한 예들을, 마들렌느 과자 일화나 마르땡빌의 종각 일화 및 위디메닐의 세 그루 노목 일화뿐만 아니라 기타 많은 일화들에서 보았고, 그러한 일화들이 프루스트의 작품 세계에서 일종의 골격 혹은 이정표 역할을 맡고 있다. 주인공의 어투로 보아, 작품을 처음 구상하던 시기에 써 두었던 문장일 듯하다.

157) 어떤 부류의 소설들을 가리키는지 선뜻 추측되지 않는다. 따디에 교수는 몬딸보(가르씨아 로드리게스 데)의 작품인 『갈리아의 아마디스』(1508), 아리오스또(루도비꼬)의 『분기탱천한 롤랑(오를란도)』(1516, 1532), 따쏘(또르꾸와또)의 『해방된 예루살렘』(1593) 및 프랑스 문인의 작품으로는 오노레 뒤르페(1567~1625)의 작품들(대표작은 『아스트레』이다)을 예로 제시하지만, 그 작품들의 성격이 주인공의 언급과는 별로 일치하지 않는다.

158) 초가을에 파종한 밀의 싹이 파릇파릇 돋아난 풍경을 가리킬 듯하다.

159) 실존했던 인물이며, 쟈끄 드 크뤼쏠(1868~1893) 공작이라고 한다.

160) 프랑스의 마지막 왕 루이-필립의 증손자이며 샤르트르 공작의 아들인 앙리 필립 마리(1867~1901)를 가리킨다고 한다.

161) Café de la Paix('평화의 까페'라는 뜻이다). 빠리의 까쀠씬느 대로 12번지에 있었던 까페라고 한다.

162) 주인공의 할머니가 꽁브레의 교회당(쎙-일레르) 종루에서 발견한 멋이기도 하다(「스완」).

163) '속인다'는 뜻을 가진 방언이다(la faire à l'oseille). 옛날에는 프랑스 사람들이 싱아(oseille)로 국을 끓여 먹었다고(soupe à l'oseille) 하는데, 그 표현이 항간에 사용되기 시작한 것은 1860년 경이라 한다.
164) 새로운 어법뿐만 아니라 속어나 방언 따위의 새로운 단어까지 가리킨다. Comment que tu le sais…?(어찌 아는가? 방언에 가까운 어형이되 옛 어투이기도 하다), cabot('하사'를 뜻하는 caporal의 속어적 어휘이다. 머리 큰 개를 가리키던 말이다) 등이 그 예이다.
165) 메르쿠리우스가 원래 로마 신화에서는 상인들과 여행자들의 보호신으로 등장하나, 후세에 유피테르의 사자(심부름꾼)로 변한다. 플라우투스의 『암피트뤼온』에서는 유피테르의 난봉질을 돕는 역을 맡으며, 그의 신발에 날개가 달렸다(그리스 신화 속의 헤르메스이다).
166) 빗물을 머금어 햇빛에 반짝이는 밀밭 이랑들을 가리킬 듯하다.
167) "…niellait un poignard de paillettes etincelantes…". 이 부분에서 nieller(검은색 에나멜을 상감하다)를 incruster(상감하다)로 바꾸어 옮긴다. 작가가 nieller라는 동사를 단순히 '상감(象嵌)한다'는 뜻으로 사용한 듯하다. 성립되지 않는 표현이다.
168) 렘브란트의 어느 화폭을 염두에 두고 한 말인지 확인하기 어렵다. 그의 1627년 작품인 「환전상」을 예로 드는 이도 있으나(에릭 카펠리스), 그 화폭은 이 묘사에 등장하는 모든 요소들을 담지 못하고 있다. 프루스트의 작품에서 자주 발견되는 언어회화(word-painting, 에릭 카펠리스 씨의 표현이다)의 한 예일 듯하다(바로 앞 문장에 묘사된 '선술집' 또한 같은 경우일 듯하다).
169) 고트족의 주거지 유적이 오늘날까지 남아있는데(브뤼셀 대광장 주위와 바르셀로나에 있는 것들이 특히 인상적이다), 높은 석조 건물들 사이로 미로처럼 뚫린 골목들이 어찌나 좁은지, 대낮에도 어둑할 지경이다.
170) 브뢰겔(피테르)의 어떤 작품들을 염두에 둔 언급인지 선뜻 단정하기 어렵다. 오히려 「즐거운 술꾼」(1628경)이나 「참회 화요일에 흥청거리는 사람들」(1615) 등, 할스(F. Hals, 1585경~1666)의 젊은 시절 작품들을 연상시킨다.
171) 브뢰겔이 그렸다는 「베들레헴의 인구 조사」(1566)라는 화폭(1566)을 자세히 들여다보면, 눈 덮인 한겨울에 펼쳐지던 일상생활 풍경에 더 가깝다(그림의 제목이 잘못 부여된 듯하다). 한편 '사람들의 범람' 현상은 피테르 브뢰겔(1530경~1569)의 대부분 작품들(「사육제 및 사순절 동안의 법석」, 「플랑드르의 지혜」, 「아이들

의 놀이」, 「십자가를 지고 가는 예수」, 「반란한 천사들의 추락」 등)에서 발견되는 특징이다. 한편 그러한 현상은 보슈(Bosch, 1450경~1516경)의 여러 화폭에서도 발견되는데, 주인공이 '플랑드르의 거장들'이라고 한 것이 그 때문이 아닌지 모르겠다.

172) 어느 화폭을 염두에 둔 언급인지 확인하지 못하였다. 혹시 플랑드르 지방 화가들의(15~16세기 원초주의 화가들의) 보편적인 특징을 가리키는 언급 아닌지 모르겠다.

173) 동료들로부터 이탈된 듯 홀로 몽상에 잠겨 있는 식당 종업원, 호텔 종업원, 어느 저택 시종의 모습에 주인공의 시선이 어김없이 멈춘다. 그러한 현상이 무엇을 암시하는지, 차츰 추단이 가능해질 것이다.

174) '신성한 일들'이 무슨 일을 가리키는지 분명치 않다.

175) 수수께끼 같은 언급이다. '신성한 존재'가 누구를(무엇을) 가리키는가?

176) Cherubin. 어린 아이의 얼굴에 날개 달린 모습으로 묘사되던 제2서열의 천사를 가리키던 중세 라틴어이다.

177) seraphim. 날개 세 쌍 달린 제1서열의 천사.

178) 반 데어 베이든(1400~1464)이나 알브레히트 부츠(1415경~1475) 등의 「성모 영보」에서는, 마리아의 수태 소식을 전하러 온 천사 가브리엘의 날개가 제비나 칼새 및 일부 갈매기들의 뾰족한 날개를 연상시킨다.

179) '정체 모호한 지역'이 무슨 뜻을 내포하고 있으며, 그 지역을 왜 피한단 말인가?

180) '예지가 뛰어나지는 않아도'라는 뜻이다.

181) 빠스깔(1623~1662)이 1654년 11월 23일 밤에 신의 은총을 느끼고 양피지에 적어 자기 웃옷 안감에 숨겨두었다고 전하는 그의 말은 이러하다. "기쁨, 기쁨, 기쁨, 기쁨의 눈물."

182) crétin de Valais. 크레땡(crétin)은 크레띠앵(chrétien 예수교도)의 발레 지방 사투리이며, 열성적인 신앙으로 인하여 멍청해진 사람을 가리킨다.

183) "…je le détestai." 부분을 완화시켜 옮긴 것이다. détester(미워하다, 몹시 증오하다, 참지 못하다…등)라는 동사가 이상하게 사용되었다.

184) "…ses amis étaient en tiers." 직역하면 '그의 친구들이 제3자의 입장에 섰을 때'인데, 바로 앞의 예(détester)와 마찬가지로 'en tiers'가 일반적인 의미로는 사용되지 않은 듯하다. 두 경우 모두, 어린 아이나 변덕스러운 여인이 사용하였음직

한 어법이다.
185) 발백 휴양지에서 본 르 망(Mans)의 공증인 블랑데(Blandais) 씨의 아내이다 (「소녀들」).
186) 쏘떼른느(Sauternes)는 프랑스 서남부 지롱드 지방의 백포도주 산지이며, 그곳 백포도주가 풍부한 생과일 맛과 감미로움으로 유명하다. 대화가 얼마나 감미로웠길래 그 백포도주 마시는 것조차 잊었단 말인가! 은근한 해학처럼 들린다.
187) 고대 그리스어로는 '인화성이 있음'을 뜻하는 플로기스토스(phlogistos)이며, 가연성 물질에 함유되어 있다고 믿었던 성분(물질 구성 요소로서의 불)으로, 18세기까지 서양 학자들은 연소(燃燒) 현상을 '플로지스톤'이 그 물질에서 빠져나가는(소위 영혼이라는 존재가 육신을 떠난다고 믿었듯) 운동 현상으로 간주하였다고 한다. 그것이 가연성 물질에 함유되어있는 성분일진대, 어떻게 '일체의 물질적 관계와 분리될' 수 있단 말인가!(물론 플로지스톤은 옛 사람들이 상상한 허구적 성분이며, 18세기 말에 프랑스의 화학자 라부와지에가 산소의 작용을 밝힌 후 사라진 이론이다).
188) 그 '교감' 속에 있던 '더욱 놀라운' 것이 무엇일까? 주인공은 그것에 대한 이야기를 더 이상 펼치지 않는다. 이 작품의 중추적 골격을 형성하고 있는 '어렴풋한 추억'의 부활과 관련된 일화들의 공통적인 특성을 고려하건대, 그 '놀라운' 것은 아마 프루스트가 괴테의 소설 제목을 빌려 표현한(『쟝 쌍떼이유』에서) '선택친화력'일 듯하다. 혹은 역시 그가 자주 인용하던 쇼펜하우어의 『의지와 표상으로서의 세계』에서 이야기된 그 '의지'일 듯하다. 여하튼, 어느 경우이든, 다음 권에 이어지는 동성애 현상의 본질에 대한 이야기를 암시하는 듯하다.
189) 주인공이 그러한 소문을 들은 것은 발백에서이다(「소녀들」).
190) 바로 앞 문장으로 시작된 주인공의 말에서 일종의 쾌재가 느껴진다. 기이한 언급이다. 앞 단락에 언급된 '교감'과도 무관하지 않을 듯하다.
191) 드레퓌스 대위가 간첩 혐의로 군법회의에 회부되었을 때(1894), 부와데프르 장군(1839~1919)은 프랑스 군 참모총장이었다(재임, 1893~1898). 피의자였던 드레퓌스 자신 마저도 그 참모총장이 자기의 복권을 허락하리라고 철석같이 믿었다고 한다. 한편 '교권주의자들'은 반드레퓌스파의 한 축을 이루고 있었다.
192) 빠리 지역 군사령관이었던 쏘씨에 장군은 드레퓌스 사건 초기부터 소추를 중단하라고 전쟁상에게 진언하였지만, 명령에 따라 어쩔 수 없이 1894년 12월에 자신이 예심에 착수할 수밖에 없었다. 그런데 1896년 3월, 프랑스 군 정보국의 삐까

르 소령이 사건의 진범은 드레퓌스가 아니라 에스테르하지 소령이라는 주장을 내세웠고, 1897년 쏘씨에 장군이 진상 조사를 요구하여 사건의 재심이 이루어졌으나(1898년 11월 10일~11일), 에스테르하지가 무혐의 판결을 받았다.

193) 스땅달의 『빠르마의 수도원』에 등장하는 화브리스(델 동고)는 천둥벌거숭이 같은 젊은이의 전형이다. 반면 그의 숙모 뻬에뜨라네라 백작 부인(후에 싼세베리나 공작과 재혼한다)을 한결같이 사랑하는 모스까 백작은, 비록 사랑을 위해 가끔 음모도 꾸밀 줄 알지만 몹시 소심하고, 나이 팔순에 이르러서도 자기의 연인 뻬에뜨라레나 백작 부인이 혹시 다른 남자의 젊음에 유혹되지 않을까 전전긍긍한다. 그에게 노르뿌와 씨 비슷한 무엇이 있다고 한 것은, 늙은 노르뿌와 후작이 젊은 날부터 한결같이 빌르빠리지 부인(쌩-루의 외대고모)을 사랑하고 있다는 사실을 암시하는 것 같고, 쌩-루가 그 암시를 포착한 듯하다.

194) 4부작 『니벨룽엔의 반지』 제3편 「지그프리트」. 자기 선친의 부러진 검을(노퉁) 손수 다시 벼려, 파프너를 죽인 후 반지를 되찾고 발퀴러인 브륀느힐더와 사랑을 맺는 등, 지그프리트가 영원한 젊음 혹은 자연의 본능을 표상하는 이야기를 염두에 둔 언급일 듯하다.

195) 페르시아어로는 샤르쟈드(Sharzad)라고 한다. 하지만 『천일야화』를 최초로 번역한 앙뚜완느 갈랑(1646~1715)의 표기(Schéhérazade)를 따른다. 약간의 변형을 거친 것들도 있으나, 현재 가장 널리 통용되는 표기이다.

196) 프랑스 군 정보처장이었던 뻬까르(1854~1916) 소령이 사건의 진범으로 에스테르하지 소령을 지목하여(1896년) 제1차 재심(1898년)의 계기를 열어 놓았다. 하지만 그는 의혹을 제기한 후 튀니지 임지로 보내졌다.

197) 뻬까르를 가리킨다.

198) 종이가 아직 없었던 시절에는 양가죽(양피지)에 글을 썼으며, 다른 글을 써야 할 경우, 먼저 쓴 글을 지우고 그 위에다 썼다고 한다. 하지만 가죽 속에 잉크가 깊이 스며들어 글자가 완전히 지워지지 않고, 결국 여러 차례 거듭 사용된 양피지는 많은 사연들을 간직하게 되었다 한다. 프루스트(및 그의 작품)를 그러한 양피지(palimpseste)에 비유하는 학자들도 있다.

199) 바덴-뷔르템베르크 지방 울름(Ulm)에서 1805년, 나뽈레옹의 군대에 포위당한 오스트리아 장군 카를 막크(K. Mack)가 항복하였다고 한다. 롱바르디아 지방의 로디(Lodi)에서 1796년 5월에 나뽈레옹이 오스트리아 군을 상대로 승리를 거두었다고 한다. 라이프찌히 인근에서 1813년 10월 16일부터 19일까지 계속된 나뽈

레옹의 군대와 연합군(오스트리아, 프러시아, 러시아, 스웨덴) 사이의 전투에서 쌍방 도합 10여만이 전사하였다고 한다. 한편 이딸리아 남동부 아풀리아(오늘날의 뿌글리아) 지역 칸나이(Cannæ)에서 기원전 216년 8월 2일에, 한니발이 이끄는 카르타고 군과 카이우스 테렌티우스 바로가 이끄는 로마 군 사이에 벌어진 전투에서도, 카르타고 측의 수적 열세에도 불구하고, 한니발의 교묘한 작전에 말려들어 로마의 대군이(보병 8만, 기병 6천) 궤멸되었다고 한다. 전술적 걸작품으로 꼽히는 그 전투를, 22세기가 지난 오늘날에도 유럽의 여러 군사학교에서 연구한다고 한다. 티투스-리비우스(B.C 59~A.D 10경)가 『로마의 역사』에 그 이야기를 상세히 기술하고 있다.

200) 슬라브코프(체코, 프랑스인들은 '오스떼를리츠'라고 부른다) 전투는, 나뽈레옹이 1805년 12월에 러시아-오스트리아 연합군을 격파한 전투로, 그의 가장 혁혁한 승리를 상징하는 전투들 중 하나이다. 슬라브코프의 프라쓰(프라첸) 고원을 거점으로 삼고 있던 러시아-오스트리아 연합군이 나뽈레옹의 속임수에 넘어가 그 지리적 이점을 버린 것이 패인으로 지적된다. 나뽈레옹이 1815년 6월 18일 워털루 전투에서도 같은 전술을 펼쳤으나, 고지대를 선점하고 있던 웰링턴이 이번에는 꿈쩍도 하지 않았다고 한다(빅또르 위고, 『레 미제라블』).

201) 7년 전쟁 기간에, 프러시아의 프리드리히 2세(1712~1786)가 그곳에서 쑤비즈 장군 휘하의 프랑스 군대를 격파하였다고 한다.

202) 알프레드 폰 슐리펜(1833~1913) 대원수는 1905년에 프랑스를 상대로 한 가상 전쟁 계획을 수립하였고, 그 요체는, 도이칠란트의 주력군으로 하여금 벨기에로 진격하여, 프랑스 동북 지역에 포진한 프랑스 주력군을 포위하는 것이었다고 한다. 제1차 대전이 발발하였을 때 그 전략이 그대로 사용되었다고 한다.

203) 루드비히 폰 활켄하우젠(1869~1936) 장군은 제1차 대전 동안 벨기에 지역 사령관이었다고 한다.

204) 프리드리히 폰 베른하르디(1849~1930) 장군은 프러시아 왕 프리드리히 2세(1712~1786)의 전술을 최고의 모델로 삼았다고 한다.

205) 7년 전쟁 기간 동안 프리드리히 2세가 슬라스크(씰레지) 지방의 로이텐에서 오스트리아 군을 격파하였다고 한다.

206) 체코의 모라비아 지방 슬라브코프(오스떼를리츠)에서 1805년 12월 2일 오스트리아-러시아 연합군과 프랑스 군이 접전을 벌일 때, 오스트리아-러시아 연합군이 선점하고 있던 전술적 요충지(고원)였으며, 나뽈레옹이 기만전술로 그 고지대를

빼앗아 그 날 전투를 승리로 이끌었다고 한다.
207) 1797년 1월 14~15일 간에 이딸리아 서북부 베로나 근처 리볼리(또리노 지방)에서, 젊은 보나빠르뜨가 이끄는 프랑스 군이 오스트리아 대군을 격파하였다고 한다. 어떤 '중앙 돌파'인지, 전투의 자세한 전개 양상은 확인하지 못하였다.
208) 『일리아스』에 이야기된 숱한 전투들의 양상을 가리킬 듯하다. 그 작품에 묘사된 전투 양상이 서양의 가장 오래된 전투의 전형임은 주지하는 바와 같다.
209) 1870년의 프랑스-프러시아 전투에서, 프랑스 군이 수비로만 일관하였다는 사실을 가리키는 듯하다.
210) 망쟁(Mangin, 1866~1925)은 1차 대전 당시 혁혁한 전공을 세운 장군이며 전략가로, 그가 1920년 4월 1일자 〈두 세계〉(Revue des Deux-Mondes)에 기고한 글에 다음과 같은 구절이 있다고 한다. "어떤 시대에든, 전쟁터의 어느 부분에서는, 공격하는 편이, 최소한 잠정적으로나마, 방어 태세를 취하면서 작전의 결과를 기다려야 하는 처지에 놓이게 된다. 하지만 거의 항상 방어에는 예정된 반격이 수반되고, 그 반격으로부터 제한적인 전진이 이루어지거나, 예를 들자면 슬라브코프에서처럼, 위대한 승리로 귀결될 진정한 공격이 시작된다."
211) 참으로 모호한 말이다. 포도주의 술기운을 가리킬까?
212) 슬라브코프 전투는 1805년 체코의 모라비아 지방에서 벌어진 전투를 가리키고, 1806년 전투는 도이칠란트의 예나(Jena) 시에서 벌어진 전투를 가리킨다. 한편 나뽈레옹이 란느(Lannes, 1769~1809) 장군에게 보낸 '훈령'의 내용은 확인하지 못하였다.
213) Mme de Thèbes(1865~1916). 손금을 보아 점을 치던 유명한 점장이였다고 한다. 프루스트 자신도 그녀에게 점을 보러 간 적이 있다고 한다.
214) 지극히 격의없음을 드러내는 친근한 말이라 짐작되지만, 주인공과 쌩-루 간의 일천한 교분을 감안하면 매우 느닷없고 이상한 어투이다. 쌩-루가 취했단 말인가?
215) '가능성의 세계'가 실제의 세계보다 훨씬 다양하다는 이론을 펼친 책으로 널리 알려진 것은 라이프니츠의 『모나드론(단자론) Monadologie』(1714)인데, 주인공과 쌩-루가 발백에서 그 책을 읽었다는 술회는 없었다.
216) 오스트리아 장군 막크(1752~1828)가 1805년 10월 20일 울름(Ulm)에서 나뽈레옹의 군에 포위되어 항복하였다고 한다.
217) 당대의 가장 위대한 수학자들 중 하나였던 앙리 뿌앵까레(1854~1912)가 그러

한 말은 하지 않았다고 한다. 반대로 그는 수학이 '진정 과학적인 유일한 언어'라고 하였다 한다.

218) 화를 펄펄 낸다는 뜻이다.

219) 모젤 지방의 쌩-프리바 마을에 주둔하고 있던 프랑스 군(4만)을 프로이시아 군(20만)이 공격하여, 그 마을 묘지에서 벌어진 처절한 백병전 끝에 프로이시아 군이 많은 사상자를 내었다고 한다(1870년 8월 18일). 또한 그 전투가 벌어지는 동안, 프랑스 군 사령관 바젠느(1811~1888) 원수는 사령부에서 당구를 즐기고 있었다 한다. 그 패배가 프로이시아 군에 의한 메츠(Metz) 포위로 이어졌고, 결국 제2제정의 붕괴를 초래하였다고 한다. 한편 1870년 8월 4일, 두에 장군 휘하의 1개 사단이 비쎔부르크에서 궤멸되었고, 다음 날, 근처 후뢰슈빌러에서 마끄-마옹 장군의 응원군이 수적으로 절대 우위에 있던 프로이시아 군에게 패하였는데, 그 두 전투에서 알제리 출신 보병 저격수들이 백병전을 벌여 용맹을 떨쳤다고 한다.

220) 베르나르 빨리씨(1510~1590)라는 도공이 1566년 경에 짐승들과 식물들 및 광물들 문양을 오지 그릇에 양각하였다고 한다.

221) 선뜻 이해되지 않는 언급이다.

222) le jour des morts. 뭇 영혼들의 날(le jour des âmes)이라고도 하며, 카톨릭 교회의 만성절(la Toussaint) 다음 날(11월 2일)이다. 전설에 의하면 제노아의 대주교였던 야꼬뽀 다 바라체(라틴어, 야코부스 데 바라기네, 1228~1298, 유명한 『황금전설, Legenda aurea』의 저자이다)가 제정하여 교황청의 승인을 얻었다고 한다.

223) 벨기에 출신 소설가 로덴바하(G. Rodenbach, 1855~1898)의 『브뤼즈, 죽은 여인』(1892년)이 출간되었을 당시, 브뤼즈(브루거, 벨기에 서북부 북해 근처의 도시)가, 그 소설의 애틋한 사랑 이야기로 인해 많은 여인들의 순례지였다고 한다. 죽은 아내를 잊지 못하여 그 도시에 와서 살다가, 아내의 모습을 닮았으되 상스럽고 성질 고약하며 소란한 무희를 만나 결국 그녀를 죽이기에 이르는 한 남자(비안느, Viane) 이야기이다. 쌩-루의 연인이 그곳에 매년 간다는 이야기는 매우 혹독한 비아냥거림이다.

224) vates. '점쟁이', '예언가', '신에게서 영감을 받는 시인' 등을 뜻하던 고대 라틴어이다. 쌩-루가 그 단어를 프랑스어 형태(vatique)로 바꾸어 사용하였으나 통용되지 않는 말이다.

225) '해빙'을 뜻하는 dégel을 의역한 것이다. 조금 의외로 보이는 단어이다. 사물들 앞에서 신비감에 사로잡히곤 하던 어린 주인공이 느끼던 긴장감을 가리킬지 모

르겠다.
226) 빠리 서북쪽 외르(Eure) 지역 쎈느 강변에 있는 도시이다. 쟈끄 블랑샤르, 니꼴라 뿌쌩 등 화가들의 고향이다.
227) 샤르트르의 주교좌 대교회당 노트르-담므의 그림유리창을 염두에 둔 언급일 듯하다.
228) 'l'eau de Portugal 귤(bergamote) 향을 주원료로 삼아 만든 화장수라 한다.
229) l'eau des souverains. 빠리에 있던 르그랑(Legrand)이라는 향수 제조업체가 실제로 그러한 명칭을 가진 화장수를 생산하였다고 한다.
230) 헤어 아이언(curling iron)을 가리킨다. 일반에서 널리 사용되는 단어인지라 '고대기' 라는 번역어를 취한다.
231) 나뽈레옹이 출신보다는 개인의 능력을 보아 인재를 기용하였고, 그가 진정한 혁명의 계승자임을 상기시키기도 하는 언급이다. 또한 중대장 보로디노 대공이 쌩-루 등과 같은 세습 귀족들 사이에서 느꼈을 외로움까지도 상상해 볼 수 있게 하는 표현이기도 하다.
232) marquis de Galliffet(1830~1909). 제3공화국 시절(1899~1900)에 전쟁상을 역임하였으며, 특히 1871년 빠리 꼬뮌느 시절, 그 주동자들을 사납게 진압한 것으로 유명한 사람이다.
233) Négrier(1839~1913). 1870년 전쟁에 참가하였으며, 인도차이나 및 알제리에서 명성을 떨쳤다고 한다.
234) Pau(1848~1932). 프러시아와의 1870년 전쟁 때 오른쪽 손을 잃었으나, 1914년 1차 대전 때 알자스 군을 지휘하였다고 한다.
235) Geslin de Bourgogne(1847~1910). 기병대 전술 및 보병 전술 전문가였다고 한다.
236) Thiron(1830~1891). 금융인이나 노인 역에 뛰어났던 배우라고 한다(「스완」편과 「소녀」 편에 이미 언급된 사람이다).
237) Febvre(1835~1916). 꼬메디-프랑쎄즈 국립극장 소속 배우였다고 한다. 「스완」편에 이미 언급된 사람이다.
238) Amaury(1849~1910). 에르네스뜨-휄릭스 쏘께(E-F. Socquet)의 별명이며, 1880년부터 1900년까지 오데옹 극장 전속 단원이었다고 한다.
239) 프랑스 제2공화국 대통령 루이 나뽈레옹 보나빠르뜨(나뽈레옹 3세)에 의해 1851년 12월 3일에 감행되어, 제2제정(1852~1870)을 연 꾸데따이다.

240) Hohenzollern. 1918년까지 프러시아를 지배한 왕가이다.
241) 프러시아와의 전쟁 중, 1870년 9월 2일 아르덴느 지방의 쎄당(Sedan) 전투에서 패하여, 나뽈레옹 3세가 항복하고 포로 신세가 되었으며, 카쎌 근처에 있는 빌헬름쉐어 성에 갇히게 되었다.
242) 나뽈레옹 1세 시절에 일반 병사가 장군으로 진급하여 대원수 직에 오르거나 심지어 유럽 여러 곳의 국왕이 되기도 하였다는 것은 주지하는 바와 같다. 한편 나뽈레옹 3세 재위 시절에 여러 재상 직을 역임한 풀트(Fould, 1800~1867)와 루에르(Rouher, 1814~1884) 역시 모두 평민 출신이다.
243) 선뜻 수긍하기 어려운, 일견 신비주의적 색채가 짙은 언급이다. 주인공은 문인 베르고뜨의 죽음에 임하여서도 유사한 명상을 펼치는데(「갇힌 여인」), 그 의미를 더욱 명료하게 포착하려는 노력이 필요할 듯하다.
244) 베르띠에(1753~1815) 원수와 마쎄나(1756~1817) 원수는 나뽈레옹의 모든 전투에 참가하였으며, 최측근 참모였다고 한다.
245) 딸레랑(1754~1838)은 원래 사제였으나, 오땅(Autun) 주교 시절 교회 분리주의자로 단죄되었으며, 그 이후 카멜레온을 방불케 하는 변신을 거듭하면서, 5인 집정관 시절부터 루이-필립 치세기까지 요직을 두루 거쳤고, 특히 외교에 능하였다고 한다.
246) 러시아 황제 알렉상드르 1세(1777~1825)를 가리킨다. 많은 세월을 나뽈레옹에 대항하여 싸우면서 보낸 사람이다.
247) 도이칠란트 및 이딸리아의 통일(합)에 나뽈레옹 3세가 결정적인 역할을 하였다고 한다.
248) 쎄브르(Sèvres, 빠리 서쪽 쎈느 강 인근)는 18세기부터 도자기 생산의 중심지였다. 왕실 도자기 생산 공장이 그곳에 세워진 것은 1760년이다. 지금도 국립 도자기 제조소가 그곳에 있다.
249) '명문가'는 나뽈레옹 1세로부터 작위를 받은 제정 시절 귀족 가문들을 가리킬 듯하다. 또한 '부당한 배척'이란 왕정 복고 이후 그들이 받았을 냉대를 가리킬 듯하다.
250) 에드몽 드 뿌르딸레스 백작 부인(1832~1914)은 나뽈레옹 3세의 황후 에우게니아(으제니) 마리아 데 몬띠호(1826~1920)의 시녀였다고 한다.
251) 여인숙 주인의 아들로 태어나 사병으로 군에 입대하여 나뽈레옹 1세의 여러 전쟁에서 혁혁한 공을 세워, 프랑스 대원수 직에 오르고, 나뽈레옹의 누이 까롤린느

보나빠르뜨와 혼인하였으며, 나뽈리 왕이 되었던 요아킴 뮈라(1767~1815)를 가리킨다.

252) 『천일야화』의 어느 이야기일 듯하다. 그리운 이의 생생한 모습을 보여주는 거울 이야기이다.

253) 다나이스들(Danaides)은 '다나오스의 딸들'이라는 뜻이다. 그녀들이 혼인 첫날 밤에 신랑들을 죽여, 저승에서 밑 빠진 단지에 물을 길어 채우라는 형벌을 받는다.

254) 옛날에는 교환식 전화로 통화하는 도중에 교환수 아가씨들의 말이 가끔 들려오기도 하였다. "통화중!", "듣고 있음! 그러니 말씀하세요!" 등이 그 예이다.

255) Furia. 고대 로마의 민간신앙에서는 저승에 사는 괴물들을 가리켰으나, 고대 그리스 신화 체계에서는 에리뉘스(복수 형태는 에리뉘에스) 혹은 에위메니스라는 명칭으로 변하여, 범죄자들을 끝까지 추격하여 징벌하는 복수의 여신들로 등장한다. '후리아'의 원의는 '광증'이다.

256) '들린다'는 동사는 역자가 보충한 것이다. 그 동사가 없으면 문장이 성립되지 않는데, 아마 작가의 실수였을 듯하다.

257) Polichinelle. 나뽈리의 익살극 주인공인 뿔치넬라(Pulcinella)에서 온 말이긴 하나, 이미 17세기 중엽부터 프랑스의 장터 극장에서 공연되던 익살 꼭두각시극의 주인공을 가리킨다. 혹 둘 달리고 끝이 갈고리처럼 구부러진 붉은 코를 가진 꼭두각시이다.

258) 사랑하는 에우뤼디케를 저승에 내려가 이승으로 데리고 나오던 중 이승 문턱에 이르러, 그녀가 자기를 정말 따라오고 있는지 확인하려 오르페우스가 고개를 돌리는 순간, 그녀가 저승의 망령들 사이로 영영 사라졌고, 오르페우스는 그녀의 이름을 애절하게 부르며 일곱 달 동안 내내 울었다고 한다(비르길리우스, 『농경시』, 제4장).

259) 바그람 가문의 마지막 대공이었던 알렉상드르 베르띠에 대공(1883~1918)은 자동차 운전을 즐기고 현대 회화 작품 수집하기를 좋아하는 것으로 유명했다고 한다.

260) '구텐베르크'와 '바그람'은 각각 1893년과 1892년에 처음 문을 연 빠리의 전화국 명칭이라고 한다. 그 두 전화국 개국 당시 등록된 전화의 수는 각각 육천 대와 삼천 대였다고 한다.

261) 조금 이상한 화법이다. 주인공의 의중을 자기는 알고 있다는 말일 듯하다.

262) 달리 말하면 '도시와 도시간의 전화' 즉 '시외 전화'라는 뜻이다.
263) tilbury. 그 마차를 처음 제작한 영국인의 이름에서 유래한 명칭이다. 좌석이 둘인 2륜 무개 마차이다(프랑스인들이 그 움직임이 가볍다 하여, 즉 노루처럼 뛴다 하여, '까브리올레'라 부르는 경마차의 일종이다).
264) Penguern-Stereden. 켈트어 계통인 브르따뉴어의 형태가 뚜렷한 이 지명을, 브르따뉴 사람의 발음에 의지하여 표기한 것이다. 실존하는 지명이 아닌듯한데, 그 형태로 보아 휘니스떼르 서북쪽 해안지역에 있었던 옛 지명일 듯하다.
265) "우리는 날마다 죽는다." 프루스트가 이 말을 통해 지적하는 현상은, 우리의 한 부분이 날마다 소멸하여 드러내는 변화이다.
266) 'le monde du temps'을 직역한 것이다. '세월 속에 놓인 세계'를 가리킬 듯하다.
267) 부단히 변화하는(연속적인 죽음의 과정에 놓인) 상태로 인지된 사람들을 가리킬 듯하다.
268) '장담하다', '보증하다' 쯤의 뜻이다.
269) 휘아킨토스(라틴어로는 히아킨투스라고 하며, 영어로는 히아신스라고 한다)의 꽃봉오리 모양이 종을 닮았다.
270) '다른 의미'가 무엇일까? '길은 모든 이들의 것'이라는 당연한 말에, 19세기 중반부터 거지들이나 소매치기 및 야바위꾼들이 '다른 의미'를 부여하였다고 한다. 즉 '길'은 사람들이 많이 모이는 교회당을 가리키며, 못된 의도를 가지고 그곳에서 서성거리다가 혹시 누가 자기들을 쫓아버리려 하거나 홀대할 경우, 그들이 항변조로 하던 말이라고 한다. 게르망뜨 부인이 문득 성녀처럼 여겨졌으니, 주인공이 자신을 그러한 못된 녀석들 중 하나로 여길 수 있었음직하다. 가벼운 농담처럼 들리는 말이다.
271) 선뜻 이해되지 않는 언급이다. 주인공의 뇌리에 어느 화폭 속의 풍경이 어른거리지 않았나 모르겠다.
272) 가령 피아노의 페달음(note de pédale)을 연상시키는 언급이다. '빛의 마지막 색조'라고 옮긴 부분(la dernière note de lumière)에서 'note'는 음(조)으로 읽을 수도 있다.
273) cité gothique. '중세 도시'를 의미할 수도 있고, '12~16세기 건축 양식으로 지어진 도시'를 의미할 수도 있다.
274) 「스완 댁 쪽으로」, 제1부, 〈꽁브레〉.

275) 원전에는 사촌 누이(사촌 형수, 사촌 제수 등, cousine)라고 되어 있으나 바로잡아 옮긴다. 그리고 이 단락 끝까지 이어지는 오리안느에 대한 쌩-루의 언사도, 이전의 것들과는 너무나 이질적이다. 단락 전체가 서투르게 덧댄 조각처럼 보인다.
276) l'ile du Diable. 프랑스령 기야나 군도의 세 섬들 중 하나로, 알프레드 드레퓌스가 1895년 2월 21일부터 1899년 6월 9일까지 그 섬에 유배되었었다고 한다.
277) 게르망뜨 댁의 시종이 외출하지 못하는 것을 딱하게 여기니 그녀 또한 차마 외출할 수 없었어야 한다는 뜻인가? 조금 이상한 문장이며, 「게르망뜨 쪽」 편에서 특히 빈번하게 발견되는 언어적 이상증세들 중 하나이다.
278) 꽁브레 인근에 있는 쌩-앙드레-데-샹 교회당의 출입문 상단 위쪽에는 '성자들과, 손에 백합꽃 한 송이를 든 기사 왕들과, 혼례식 및 장례식 장면들… 아리스토텔레스나 비르길리우스 등에 관련된 일화들이… 프랑수와즈의 영혼 속에서 그럴 수 있었을 것처럼 뒤섞여' 조각되어 있다(「스완」). '법칙'이란, 중세 조각가들로 하여금 표면상 연관 없어 보이는 사실들을 뒤섞어 조각하게 한 '시각'을 가리킬 듯하다.
279) 〈L'Intran〉. 1880년에 창간되었던 일간지 〈L'Intransigeant, 비타협적인 사람〉의 축약형이다.
280) 흥미롭다(intéressant)는 말이 '유리한'이라는 뜻으로 사용되기 시작한 것은 1910년 경이라고 한다.
281) 휘렌체가 내려다보이는 동산 위에 있는 고대 도시이며, 에트루리아 문명의 발상지이다.
282) 다음 문장에서 언급될 수선화 및 아네모네를 가리킬 듯하다.
283) 주인공의 부친이 옛날, 부활절 기간 동안 휘렌체와 베네치아 여행을 결정하였을 때, 주인공은 자신이 '백색 수선화와 황수선화와 아네모네 꽃들 수북한 뽄떼 베키오(옛날 다리)를 부지런히 건너는 장면을 뇌리에 떠올렸다(「스완」, 〈고장들의 명칭-명칭〉).
284) 구근을 투명한 유리잔에 넣어 키운 꽃들을 가리킬 듯하다.
285) bureau d'espirit. 심한 빈정거림이 느껴지는 말이다. 귀부인들의 응접실(salon)을 가리키며, 그곳에 모여 문예나 기타 예술, 정치, 역사, 과학 등에 관한 담론을 펼치며 기지(재치)를 뽐내곤 하던 관행이 이미 17세기부터 있었던 모양이다.
286) bureau가 '사무실'이나 '사무용 책상'을 모두 가리킬 수 있는지라 주인공이 '재치 사무실'이라는 말을 듣는 순간 '사무용 책상'을 뇌리에 떠올린 모양인데,

훗날 빌르빠리지 부인의 응접실에 처음으로 들어서는 순간, 그녀가 정말 사무용 책상 앞에 앉아 있는 모습을 발견하게 된다.
287) 멜린느(1838~1925)는 1896년부터 1898년까지 프랑스의 수상이었고, 1897년에 (1896년 이후 드레퓌스의 재심 청원 운동이 활발했던 무렵이다) '드레퓌스 사건이란 존재하지 않는다'는 말을 한 것으로 유명하다.
288) 국가주의자(nationaliste)라고 칭하던 사람들은 반유대주의자 및 우익 교회주의자들과 함께 '프랑스 조국 연맹'이라는 기치 아래 반드레퓌스파를 형성하고 있었다.
289) 국민병 제도가 처음 도입된 것은 1789년 대혁명 직후이며(1871년까지 존속), 만 60세까지는 모든 남자들이 징집 대상이었다고 한다.
290) '아라비아의 옛날 이야기들' 즉 『천일야화』의 이야기들 속에서는, 진귀한 피륙 궤짝들이 외간 남자가 하렘에 들어가는 수단으로 이용되는 경우가 있으며, 『천일야화』 제145화~제146화(〈바그다드의 상인 이야기〉)가 그 대표적인 예이다. 음식점이 미지의 세계로 이어지는 통로라는 뜻인 모양인데, 표면적으로는 다음에 이어지는 발백과 에메에 관한 언급을 염두에 둔 비유일 듯하다.
291) 오후 다과회를 가리킬 듯하다.
292) 라 퐁텐느의 『우화』(제11권, 제7장, 〈다뉴브 강변의 농부〉)에 등장하는 농부의 솔직한 언사에 자신의 언사를 비교하는 것이다. 로마인들이 야만인 취급하던 다뉴브 연안 지역 사람들(아마 켈트인들일 것이다)의 대표가, 로마 원로원에서 로마인들의 탐욕과 타락한 풍습을 지적하는 연설을 하였고, 그의 용기와 언변에 감동한 로마인들이 그의 연설을 기록하여 귀감으로 삼았다고 한다.
293) 『신약』, 「루가」, 10장 28절.
294) 크레타 섬에서 20세기 초에 발굴된 궁들은 '크노소스' 및 '파이스토스'이며, '태양궁'은 존재하지 않는다고 한다. 크레타의 전설적인 왕 미노스가 태양의 딸 파시파에를 아내로 맞아들였다는 전설에 기인된 몽상일 듯하다.
295) mât de cocagne. 직역하면 '풍요의 돛대'이다. 축제 마당에 돛대처럼 높고 매끈거리는 기둥을 세우고, 그 꼭대기에 보물(맛있는 음식이나 기타 물건)을 매달아, 꼭대기까지 기어오를 수 있는 사람이 그것을 차지하게 하였다고 한다.
296) 라틴어로는 '피티아'라고 하며, 고대 그리스의 델포이 신전에서 아폴론의 신탁(그 신의 예언이나 뜻)을 해석하여 주던 무녀를 가리킨다.
297) 'passé la petite barrière blanche'를 옮긴 것이다. 문법적으로 성립되지 않는 구절

이며, 1954년 갈리마르 판본에서는 삭제되었던 부분이다. 쟝 미이 교수의 판본(가르니에)과 따디에 교수의 판본(갈리마르, 1988년)에 입각하여, 그 의미를 유추해 삽입 형태로 옮긴다.

298) "Rachel! Quand du Seigneur…" 주인공이 매춘부에게 붙여준 별명이다(『소녀들』, 제1부, 역주 292) 참조).

299) '여인의 마지막 호의'란 그녀가 남자에게 몸을 허락하는 행위를 가리킨다.

300) louis. '20프랑'을 가리킨다.

301) 'les deux infinis'를 옮긴 것이다 '무한(무궁)한 것'으로도 옮길 수 있는 말이다. 선뜻 단정하기 어려우나, 일차적으로는 주인공과 로베르를 가리킬 듯하다.

302) 「요한 복음」 제20장(11절~15절)에 수록된 일화이다. "무덤 밖에 서서 울고 있던 마리아가 몸을 굽혀 무덤 속을 들여다보니, 흰 옷 입은 두 천사가 앉아 있었다…예수께서 막달라 마리아에게 '왜 울고 있느냐고 물으셨다…' 마리아는 그분이 정원지기인 줄 알고…" 주인공이 '낯선 신들'이라고 지칭한 존재들은 「요한 복음」의 '두 천사'일 듯하다. 그러나 '기념일'은 무엇을 가리키는지 분명치 않다. 한편 '정원지기'는 '묘지기'를 가리킬 듯하다.

303) 『구약』의 「창세기」 제19장 1~23절 이야기를 연상시키는 언급이다. 하지만 라셀이 사는 마을이 '유황과 불'(「창세기」)에 의해 파괴된 소돔 및 고모라에 비유되는 것이 타당한지는 모르겠다.

304) grue. '매춘부'를 가리키는 속어이다.

305) poule. 행실 가벼운 여자들이나 매춘부를 가리키는 속어이다.

306) 계절을 감안하면 롤러 스케이트를 가리킬 듯한데, 1875년 경에 그 스케이트장이 처음 빠리에 설치되었다고 한다.

307) 으젠느 스크리브(1791~1861)의 희극 『산들 간의 전투, 혹은 보종의 미친 짓』에 등장하는 신상품 판매원의 이름이라고 한다(Calicot). 흔히 '거들먹거리는 점원 녀석들'을 가리킨다.

308) Place Pigalle. 빠리 북쪽 몽마르트르 교회당 남쪽 밑에 있는 광장으로, 19세기 말부터 유명 화가들의 화실과 문학 까페들이 그 주변에 몰리기 시작하였고, 그 유명한 물랭-루즈도 근처에 있다.

309) 빠리 서북쪽에 있는 끌리쉬 관문으로부터 삐갈 광장까지 이어지는 대로(boulevard)이며, 그 '대로에서 시작되는 길들' 중 주인공의 뇌리에 어른거렸음직한 것들은, 르삑 로, 우동 로, 순교자들의 길 등일 것이다.

310) 빠리 국립 오페라 극장 앞 광장을 스쳐 지나가는 까퓌씬느 대로변에 있던 나이트 클럽이라고 한다.
311) rue Caumartin. 마들렌느 대로에서 북쪽으로 뻗어 오쓰만 대로에 이르는 길이며, 주변에 많은 극장들이 있고, 근래에도 그 거리에는 매춘부들이 흔히 보였다.
312) 'collège augural'을 옮긴 것이다. 물론 그러한 '학교'가 있었는지는 모르겠으나, 전후 문맥으로 보아 '복술'은 '관상술'을 가리킬 듯하다.
313) 어느 '으젠느 대공'을 가리키는지 분명치 않다. 으젠느 드 보아르네 대공(1781~1824)을 가리킬 수도 있다는 가설을 제시하는 이도 있으나, 여하튼 더 구체적인 부가어와 함께 사용했어야 할 비유이다.
314) 쌩뜨-뵈브가 발쟉, 네르발, 플로베르, 보들레르 등에 대하여 하였다는, 프루스트가 『쌩뜨-뵈브 논박』에 격렬한 비판을 곁들여 인용한 말들을 연상시키는 언급이다. 라쉘이 쌩뜨-뵈브의 어법을 흉내내어 베르마를 비방하였다는 말이다.
315) 라쉘이 훗날 유명한 배우로 변신하고, 게르망뜨 공작 부인의 친구가 된다(『되찾은 시절』).
316) 쥐씨으(Jussieu) 가문은 18세기부터 19세기에 걸쳐 여러 식물학자들을 배출하였다. 앙뚜완느(1686~1758), 베르나르(1699~1777), 죠제프(1704~1779), 앙뚜완느 로랑(1784~1836), 아드리앵(1797~1853) 등이 그들이다.
317) 사제처럼 생긴(faire sacristie).
318) Jardin de Paris. 쎈느 강 우안에 있던 야외 음악 연주회장의 명칭이라고 한다.
319) mon petit. 쌩-루가 자기의 연인을 부를 때나 지칭할 때에 '사랑스러운 어린것'이라는 뜻으로 사용하는 표현임을 주인공이 잘 알건만, 그가 그것을 사용하였다. 기이한 일이다. 취했기 때문이라고 이해할 수도 있겠으나, 또 다른 정서적 실체도 보이는 듯하다.
320) Bobby(원전의 표기는 Bobbey이다). 영어권에서는 로버트(Robert)의 애칭으로 사용된다고 한다. 라쉘이 그 사실을 염두에 두고 로베르(Robert)를 그렇게 부른 모양이다.
321) 꽁브레에서 주인공의 할머니를 '짖궂게' 괴롭히던 사람은 그의 외대고모(레오니 숙모님의 모친)이며, 그의 종조부는 등장하지 않는다(『스완』).
322) 누구에게 무슨 말을 하여 주인공이 그 사태를 막는단 말인가? 이 언급은, 다음에 이어지는 문장과 함께, 꽁브레에서 있었던 일 및 그 시절에 느꼈던 감회에 연관된 것처럼 들린다.

323) 괴테가 1777년과 1785년 사이에 쓴 것으로 추정되는 교양(교육) 소설(Bildungsroman) 『빌헬름 마이스터의 수련 시절』 제1부(〈빌헬름 마이스터의 연극에 대한 선천적인 취향〉)에, 주인공이 극장의 무대 장치와 출연자 대기실에 대하여 품었던 열정이 묘사되어 있다고 한다.
324) 앙뚜완느 바또가 종이 위에 검은색과 붉은색 및 흰색 크레용으로 스케치한 〈외투 차림으로 서 있는 기사(무관심한 사람)〉(1716)을 염두에 둔 언급일 것이라는 견해가 있다(에릭 카펠리스).
325) sylphe. 갈리아 및 게르마니아 신화에 등장하는 대기의 정령이다. 쉐익스피어(『폭풍우』), 쟈끄 까죠뜨(『사랑에 빠진 마귀』), 아나똘 프랑스(『천사들의 반란』) 등의 작품에서 발견되는 씰프의 모습들이 프루스트가 묘사하고 있는 무용수의 초월 의지 두드러진 특질과 유사하다. 스칸디나비아 신화 속의 엘프(Elfe)와 같은 존재이며, 라틴어로는 씰푸스(sylphus)라고 한다.
326) 진주의 질감과 점성(粘性)을 띤, 아이-라인(eye line)을 그리는데 사용되는 화장품을 가리킬 듯하다.
327) 쌩-루의 부친 마르상뜨(Marsantes) 백작의 영지 이름을 라틴어로 표기한 것이 마테르 쎄미타(Mater Semita)인데, '터무니없는 오역'에서 비롯된 그 라틴어 명칭 또한 간선로(어머니-길)를 의미할 뿐, 사람들이 생각하듯 셈족 모친(즉 유대인 모친)을 가리키지는 않는다는 말이다.
328) 빠리 서쪽 이블린 지역의 레비(Lévi) 마을에서 일어났고 12세기부터 몽포르(Monfort) 가문의 가신으로 알려진 레비 가문을 가리키는데, 그들이 유대인과는 아무 관계가 없으나, 자기네 가문의 명칭이 노아의 아들들 중 하나인 레위(Lévi, 프랑스인들은 '레비'라 읽는다)와 같다 하여, 일부 후손들이 주장하기를 자기들이 예수의 모친 마리아의 혈통을 이어 받았노라 하였다고 한다. 한편 미르뿌와(Mirepoix)는 그들이 몽포르 가문으로부터 하사받은 영지 이름이다.
329) 판본에 따라 괄호 안의 이 문장을 아예 삭제하거나 각주에 제시하거나 그대로 본문 속에 살려 놓았다. 있어도 좋고 없어도 무방하다 여겨져 괄호로 묶어 옮긴다. 한편 '더비 경'은 1918년부터 1920년까지 빠리에 대사로 주재하였고 프루스트와 만난 적이 있는, 더비 백작일 가능성이 크다고 한다(따디에).
330) '사리에 맞지 않는다'는 뜻으로 사용한 듯하다. 터무니없는 이유로 전쟁이 일어나거나 하찮은 병으로 누가 죽을 경우, 흔히들 운명의 장난이라고 하는데, 그 운명(의 신)이 '반칙'을 범하였다는 말이다.

331) 'crée ex nihilo'를 번역한 것인데, 에피쿠로스와 루크레티우스의 유물론적 학설을 요약하는 유명한 말이다. "그 무엇도 무에서 오지 않는다(Ex nihilo nihil)." 쌩-루의 그러한 노기 어린 행위가 이미 존재하던 그 무엇에서 비롯되었음이 분명하니, 그것은 일종의 반어법이며, 그 행위의 느닷없음을 꼬집는 해학적인 말이다.
332) capon(chapon). '겁쟁이' 혹은 '비겁한 사람'을 가리킨다.
333) 몹시 흥분한다는 말이다.
334) '화내지 말게'.
335) 말이 재갈을 물어뜯듯 화를 내고 조바심한다는 뜻이다.
336) 동성애자들이, 소돔성 위로 쏟아진 불벼락 속에서도 절멸하지 않은, '태초의 실수'에서 비롯된 존재라는 주인공의 언급(「소돔과 고모라」)을 고려하면, 쌩-루의 행동이 무지나 경솔함의 소치라는 듯한 비아냥거림처럼 들리는 말이다.
337) 여기에서 말하는 그것(책)은 물론 경박한 이야기를 늘어놓은 책을 가리킬 듯하며, 특히 쌩뜨-뵈브의 『월요 한담』을 연상시킨다. 진정한 책이란 대화와 상극관계에 있다는 것이 프루스트의 일관된 주장이다.
338) blue-stocking. 학자연하는 혹은 문학을 애호하는 여인을 경멸적으로 지칭하는 말이며, 프랑스인들은 bas-bleu라고 직역하여 사용한다.
339) Marie-Amélie de Bourbon(1782~1866). 프랑스의 마지막 국왕 루이-필립 1세의 아내였다.
340) 루이-필립 왕과 마리-아멜리 왕비 소생인 프랑수와 훼르디낭 필립 도를레앙(1818~1900)을 가리킨다.
341) 12세기부터 17세기 초까지 이어지던 프랑스의 유명한 세습 귀족 가문인 몽모랑씨(Montmorency) 가문에는 공작 작위 가진 사람이 넷 있었는데, 특히 리슐리으에게 대항하다가 체포되어 뚤루즈에서 처형 당한 마지막 공작 앙리 2세(1595~1632)의 부인을 가리킨다고 한다(따디에).
342) Fronde. 루이 14세가 모후(안느 도트리슈)의 섭정하에 있던 시절에 일어난 반란을 가리킨다(1648~1652).
343) salam. as-salam alaykum(당신들 위에 평화가 임하기를!)이 축약된, 아랍인들 및 이슬람 교도들이 포옹을 하면서 서로에게 건네는 인사말이라고 한다.
344) Mascarille. 몰리에르의 희극 『앙앙불락하는 연정』 등에 등장하는 뻔뻔스럽고 쾌활하며 모사에 능한 하인이다.
345) 알렉상드르-가브리엘 데깡(1803~1860)은 동방 풍속을 그린 화가로, 〈형제들에

의해 팔려간 요셉〉, 〈물에서 구출된 요셉〉, 〈착한 사마리아인이 있는 풍경〉, 〈자신의 점포에서 담배를 피우고 있는 터키 상인〉 등 작품을 남겼다.

346) 다리우스 1세(B.C 522~486)가 수사 및 페르세폴리스 등 도시들을 건설하였는데, 프랑스의 고고학자 디올라푸와(Dieulafoy)가 1884년에 수사에서 다리우스 궁전 유적을 발견하여 그 편린들을 루브르 박물관으로 가져왔으며, 궁전의 추녀 밑 외벽(phrygium, frise)에 근위대의 궁수들 모습이 새겨져 있다고 한다. 프루스트가 '율법학자'라고 한 인물들은 그 궁수들을 가리키는 듯하며, '프록코트를…통제한다'는 등의 언급은, 궁수들이 입은 도포처럼 길고 소매 넓은, 마치 사제들의 제례복 같은 복색을 염두에 둔 말일 듯하다.

347) photographie spirite. 유럽에서 강신술이 유행하기 시작한(1850년 경) 이후, '강신술 사진'이라는 것이 출현하였고(1861년 경), 사랑하는 이를 잃은 사람들의 사진을 찍으면, 그들의 뒤에 죽은 이의 모습이 나타나 희미한 영상으로 남는다고 속여, 사진사들이 돈벌이를 하였다고 한다. 사진사들은 물론 조수의 도움을 받아 그러한 사진을 조작하였으며, 그러한 사진들이 오늘날까지도 전한다.

348) 베리 공작 부인(1798~1870), 드까즈 공작(1780~1860), 가스트리(1756~1842) 등은 모두 실존했던 인물들이다. 한편 작가는, 빌르빠리지 부인이 한 이 말을, 사교계에서 오가는 '한가한 잡담'의 전형으로 제시한 것 같다. 「되찾은 시절」편에 거의 야유적으로 인용해 놓은 공꾸르 형제의 일기 중 한 대목을 연상시키기도 한다.

349) 허버트 조지 웰스의 『보이지 않는 남자』(1897)을 가리킨다고 한다.

350) 호메로스의 『일리아스』와 『오뒷세이아』는 모두 신들이나 신들의 후예인 사람들의 이야기로 이루어져 있다. 한편 핀다로스의 올림픽 경기 승리자들이나 델포이 경기(Jeux pythiques)승리자들에게 바치는 찬가들(ôdê)(『올륌피오니콘』, 『퓌티오니콘』) 속에서 찬미의 대상이 된 사람들은 모두 왕자들이나 대지주들이다. 그 두 문인이 살았던 시기(B.C 10세기, 6세기) 이후 '지금까지 변하지 않은 후세대'란, 신들이나 왕들에 관한 이야기에 귀가 솔깃해지는 속성을 가진 뭇 사람들의 성향을 가볍게 조롱하는 말처럼 들린다.

351) duc de Broglie(1821~1901). 프랑스 제3공화국 시절에 정부의 수반이었던 정치가이다.

352) Thiers(1797~1877). 제3공화국의 초대 대통령이었다.

353) Montalembert(1810~1870). 기자 출신 정치가였다고 한다.

354) Dupanloup(1802~1878). 오를레앙의 주교였다고 한다.

355) 꼬르네이유의 『호라티우스』, 『킨나』 등을 특히 염두에 둔 언급처럼 보이는데, '정치적 장광설'로 말하자면 빅또르 위고의 『웃는 남자』를 능가할 작품은 별로 없을 것 같다.
356) 작위와 우아함과 부유함이 특이한 상류 사회의 한 부분을 가리키는 속어이다.
357) Parca. 복수형태는 파르카이(Parex)이다. 고대 로마 신화에서, 출생을 주관하는 운명의 여신 클로토(Clotho)와 결혼을 주관하는 라케씨스(Lachesis)와 죽음을 주관하는 아트로포스(Atropos)를 파르카라 불렀으며, 그 명칭은 '운명'을 뜻한다. 따라서 '파르카이'를 가리켜 트리아 화타(Tria Fata)라고도 한다. 하지만 '모발'의 세 가지 색깔은 무엇을 가리키는지 분명치 않다.
358) "...avaient filé le mauvais coton d'un nombre incalculable de messieurs"라는 구절을 의역한 것이다. 선뜻 수긍되지 않는 문장이다.
359) 혼동을 피하기 위하여 역자가 덧붙인 언급이다.
360) Valeria Messalina(?~48). 클라우디우스 황제의 아내로, 그 음탕함으로 인해 전설의 반열에 오른 여인이다. 음탕한 여인의 대명사로 통한다.
361) rose d'or(Dominica rosarum). 사순절 네 번째 일요일에 교황이 카톨릭 국가의 공주 하나를 선정하여 선물로 주던 보석이라고 한다. '주님의 장미'라는 뜻일 듯하다.
362) Lamartine(1790~1869)의 '젊은 시절'에 관해 언급할 경우, 그의 종교적 열정과 쥘리(Julie)라는 여인과의 기약 없는 사랑, 그 사랑의 소산이라 알려진 『시적 명상』(1820) 등이 흔히 화제에 오른다. 특히 『시적 명상』 속에 있는 〈호수〉는 오늘날까지도 널리 알려진 시편이다.
363) 1855년부터 1866년까지 프랑스에서 활동하며 큰 성공을 거둔 이딸리아의 비극 배우라고 한다. '부인'은 명성 높은 여배우에게 붙여 주던 경칭이다.
364) 이 구절이 즉시 연상시키는 꾸와즈보(A. Coysevox, 1640~1720)의 작품은 베르사이유 궁 정원에 있는 〈웅크린 베누스〉이다. 그 청동 베누스상은, 마주 앉은 사람을 외면하려는 듯, 얼굴을 자기의 오른쪽 어깨 방향으로 살짝 돌리고 있다. 한편 늙은 귀부인의 '움직임을 최소화하려는' 동작은, 〈아기를 안고 있는 성처녀〉, 〈페가소스를 탄 국왕의 훼메〉, 〈꼴베르의 묘비〉 등 작품에 조각된 여성들뿐만 아니라, 심지어 가장 활력 넘치게 묘사되었어야 할 남자들(〈페가소스를 몰고 가는 메르쿠리우스〉, 〈루이 14세〉, 〈카스토르와 폴뤼데우케스〉 등)에게서도 발견된다. 또한 더욱 기이한 점은, 루이 14세나 카스토르 등의 허리와 팔에 스며 있는 운

동감이 풍만하고 요염한 여인의 그것을 방불케 한다는 사실이다.
365) 샹빠뉴 지방의 명문이다.
366) 메디치 가문은 은행가(고리대금업자)들 및 상인들이었던 사람들이 또스까나 지방에서 세력을 이루어 형성된 가문으로, 프랑스 왕실이 두 차례에 걸쳐 그 가문과 혼인하였다. 까트린느 드 메디치와 앙리 2세가 1533년에, 마리 드 메디치와 앙리 4세가 1600년에 결혼하였는데, 까트린느 드 메디치를 가리켜 프랑스의 세습 귀족들이 '휘렌체의 식료품 상인들의 딸'이라고 하면서, 그 혼인을 '어울리지 않는 혼인'이라고 조롱하였다고 한다.
367) la princesse Sayn-Wittgenstein(1819~1887). 폴랜드의 대공녀이며 리스트의 '두 번째 연인'이었고, 두 사람이 1847년부터 바이마르에서 12년 동안 함께 살았다고 한다.
368) 라 로슈푸꼬(1613~1680)가 1665년에 발표한 작품으로, 연정을 비롯한 기타 뭇 감정 및 사회적 관계들 속에 있는 이기적 동기를 폭로하고 있다. 어떤 면에서는 뷔씨-라뷔땡 백작(1618~1693)의 풍자 소설 『갈리아인들의 사랑』(1665년)과 유사한 성격을 가지고 있는 작품이다. 그 두 작품 모두 루이 14세의 궁정인들을 비롯한 당시 최상위 지배계층의 풍정을 묘사하고 있다.
369) 앞에 언급된 뿌와 대공 부인의 이름이다(Madeleine du Bois de Courval, 1870~1944).
370) 쥬베르(Joseph Joubert, 1754~1824)가 이렇게 말하였다고 한다. "정선된 단어들은 곧 문장들의 요약이다. 능란한 문인은 기억의 친구인 단어들을 중시하고, 그렇지 못한 단어들은 거부한다."(『명상, 수상록, 금언』)
371) 마리 드 로앙(1600~1679)이 프롱드의 반란 동안 중요한 역할을 수행하였다고 한다.
372) 바이에른 왕국의 대공녀 욜랑드(Yolande, 1849~1905)가 1867년에 샤를르 달베르(Charles d'Albert)와 혼인하여 뤼느 및 슈브르즈 공작 부인이 되었다고 한다. 여기에서 그녀가 말하는 '뤼느 부인'은 17세기의 뤼느 부인, 즉 마리 드 로앙을 가리킬 듯하다.
373) Carmen Sylva. 루마니아의 왕비로 빠리에 와서 살았던 엘리자벳 뽈린느 오띨리 루이즈(1843~1916)의 필명이라고 한다.
374) 흔히 사용되지 않는 plumitif를 '펜쟁이'라고 옮겼으나, 일반적으로는 '서기'라는 뜻으로 사용되었다.

375) '사랑니'를 프랑스어로는 지혜의 이(dents de sagesse)라고 한다. '지혜의 이가 빠진다'는 말은 '멍청해진다'는 뜻이 될 듯하다.
376) 이 집 저 집 방문하느라고 거리에서 오랜 시간을 보낸 사실을 희화적으로 암시하는 말일 듯하다.
377) '게르망뜨 성'이라 옮겨도 무방할 듯하다(invitait…à Guermantes…).
378) 프랑수와즈는 싸강(Sagan)이라는 가문 명칭의 철자가 Sagant인 줄 알았던 모양이고, 따라서 그것에 'e'를 붙여 여성형을 만들면 여성형 정관사와 함께 라 싸강뜨(la Sagante)가 된다고 믿은 것 같다.
379) 띠에르(1797~1877)는 정치가, 기자, 역사학자였으며 메리메(1803~1870)는 소설가였고, 오지에(1820~1889)는 풍속극 작가였다.
380) 메약(1831~1897)과 알레비(1834~1908)는 공동으로 희가극 대본(주로 오펜바하의)를 주로 썼다고 한다(『아름다운 엘렌느』, 『빠리 생활』 등). 한편 메리메의 대부분 작품들(『까르멘』, 『일르의 베누스』, 『로키』, 『마떼오 활꼬네』, 『꼴롬바』 등)에서 발견되는 특징은, 간결한 문체와 은근한 해학이다.
381) 라마르띤느(1790~1869)나 샤또브리앙(1768~1848) 같은 이들을 연상시키는 언급이지만, 빅토르 위고(1802~1885) 역시 연상된다.
382) 어느 날, 황소의 우람한 체구를 보고, 자기도 그렇게 커지고 싶어 자신의 몸을 끊임없이 부풀리다가 터져 죽었다는, 어느 개구리 이야기를 암시하는 듯하다(라 퐁뗀느, 『우화』, 제1권, 3장)
383) 역시 〈왕을 요구하는 개구리들〉이라는 라 퐁뗀느의 이야기로, 민주적인 체제에 싫증을 느낀 개구리들이 유피테르에게 군주를 보내달라고 하였다는 내용이다(『우화』, 제3권, 4장).
384) '한니발'의 축약형이다(Hannibal→Babal).
385) 무도회나 연회가 개최될 때를 제외하고는 모자를 부속실에 놓고 응접실에 들어가지 않았으며, 들어간 후에는 모자를 탁자나 기타 가구 위에 올려놓지 않는 것이 19세기 말의 예절이었다고 한다.
386) 아리스토텔레스의 어떤 책을 가리키는지 확인하지 못하였다.
387) pontife. 권위를 부리면서 자신이 무엇인 양 으스대는 사람을 빈정거리는 투로 지칭하는 말이다.
388) 보렐리(1837~1906)는 극작가, 슐룸베르거(1844~1929)와 아브넬(1855~1939)은 역사학자였다고 한다.

389) 삐에르 로띠(1850~1923)는 소설가, 에드몽 로스땅(1868~1918)은 극작가이다.
390) 리뉴 대공녀의 남편이며 잉글랜드 주재 프랑스 대사를 역임한 두도빌 공작 (1825~1908)을 가리킨다고 한다.
391) 뿔 데샤넬(1855~1922)은 프랑스 국회의장(1885)과 대통령(1920)을 역임하였으며, 특히 『통킹 문제』라는 저술을 남겼다고 한다(1883).
392) 통킹 지역에 프랑스 군이 진주하자 중국과 프랑스 사이에 군사적 충돌이 생겼으며, 그 분규가 1885년 톈진 조약이 체결될 때까지 계속되었다고 한다.
393) 안또니오 삐사노(1395경~1455경, 삐사넬로는 별칭이다)는 이딸리아의 화가이며 메달 원형 조각가로 명성을 떨쳤으며, 사물의 세밀하고 정확한 묘사로 유명하다. 그 대표적인 작품이 〈에스떼왕가 공주의 초상화〉이다(루브르).
394) 얀 반 호이슘(1682~1749)은 꽃과 과일을 즐겨 그리던 홀랜드파 화가이다. 그의 〈꽃과 과일〉, 〈꽃병〉, 〈꽃바구니〉 등 작품들이 루브르 박물관에 있다.
395) 'la fièvre des foins'을 직역한 것이다. 아마 화분증(花粉症, 꽃가루병)을 가리키는 듯하다.
396) 노르망디 지방의 다음 속담을 인용한 듯하다. "사과가 풍년인 해에는 사과가 없고, 사과가 흉년인 해에는 사과가 있다." '아무것도 주지 않는다'는 아무 증세도 일으키지 않는다는 뜻일 듯하다.
397) 역자가 줄바꿈하여 옮긴다.
398) 호메로스의 작품에서는, 특히 『일리아스』에서는, '청록색 눈'이 아테나 여신의 대명사처럼 사용되는 형질어이다.
399) 옛날에 세습 귀족의 성씨 앞에 붙이던 '드(de)'이다. 매우 부자연스러운 화법이며, 블록이 쌩-루의 신분을 자랑삼아 드러내려는 것처럼 들린다.
400) 미친 녀석의 말 같은 이 어투는 호메로스의 『일리아스』와 『오뒷세이아』에서 자주 발견되는 것으로, 19세기 중반부터 르꽁뜨 드 릴르가 헤싱도스의 『떼오고니아』(신통계보) 및 호메로스의 작품들을 번역하면서 한 때 유행하였던 어투라고 한다. 르꽁뜨 드 릴르 자신의 작품들(특히 『태고의 노래』, 『비극적 노래』 등)에서 발견되는 어투이기도 하다.
401) 발쟉의 어떤 관점을 두고 하는 말인지 선뜻 단정하기 어렵다. 발쟉의 많은 소설들이(『으제니 그랑데』, 『곱쎅』, 『고리오 영감』, 『근심스러운 가죽』, 심지어 『올빼미 당원들』이나 『계곡의 백합』, 『베아트릭스』 등까지도) 금전에 대한 일종의 편집중적 관심을 드러내는데, 그러한 현상을 가리키는 것일까?

402) 호메로스가 『일리아스』(제5장)에서 언급한 알훼이오스 강의 아들은 오르실로 코스이다. '지혜로운 안테노르'는 트로이아의 왕 프리아모스의 친구이며, 전쟁을 하지 말고 헬레네를 그리스인들에게 돌려주자고 주장하던 사람이다.
403) Cavour(1810~1861). 이딸리아 통일을 위해 노력한 정치가라고 한다.
404) Cherbuliez(1829~1899). 스위스 출신의 소설가이며, 작품들 속에 세계주의적 사회를 주로 그렸는데, 역사와 허구적 사건들을 혼합시켜 거대한 벽화를 꾸미는 것이 그의 특기였다고 한다. 빅또르 위고의 작품들(『레 미제라블』, 『93년』 『웃는 남자』 등)이 가지고 있는 특징이기도 하다.
405) 부분적으로는 프루스트의 작품에도 적용될 수 있는 지적이다.
406) 에베르(Hébert, 1817~1908)와 다냥-부브레(Dagnan-Bouveret, 1852~1929) 모두 초상화를 즐겨 그렸으며, 각자 〈성처녀〉라는 작품을 남겼다고 한다.
407) 과녁 중앙의 흑점을 가리킨다.
408) '이브또의 왕'은 삐에르-쟝 드 베랑제(1780~1857)라는 사람이 1813년에 지은 유명한 노래의 제목이며, 그 노래는 나뽈레옹이 주도하던 끊임없는 전쟁에 지친 당시 프랑스인들의 회원을 소박한 언어로 표현하고 있다. 총 6연으로 이루어진 그 노래의 제1연은 이렇게 시작된다. "이브또의 왕 하나가 있었네 / 역사 속에 이름 없는,/ 늦게 일어나고 일찍 잠자리에 들며,/ 영광 없어도 태평스럽게 잠드는…" 각 연의 후렴은 이러하다. "얼마나 착한 작은 왕이었던가!" 한편 이브또(Yvetot)는 노르망디의 쎈느-마리띰프 면소재지이며, '이브또의 왕'은 14세기부터 16세기까지, 완전 사유지를 소유하고 있던 그 지역의 농민들을 가리키는 말이었다고 한다.
409) 게르망뜨 부인이 '드레스에'라는 말('sur sa robe') 중 쒸르(sur)를 쒸(su)로 발음하였다. 아이들이나 시골 사람들에게서 발견되는 현상이다. 한편 'r'음을 심하게 굴리는 현상은 프랑스 남부 지방에서 자주 발견된다.
410) Academus. 아티께 출신의 전설적인 영웅 아카데모스(Akadémos)의 라틴어 표기이다. 아테네 성 밖 6스타디온(약1080m) 되는 지점에 그의 무덤이 있었고, 그 무덤을 둘러싸고 있던 '신성한 숲'에 플라톤이(기원전 387년) 학교를 세웠다고 한다(아카데미아).
411) L'Italia farà de sé(이딸리아는 스스로 해낼 것이다)의 축약형이다. 외세의 개입 없이 자신들의 힘만으로 이딸리아의 통일을 성취하겠다고 선언한, 19세기 국가주의자들의 신조였다고 한다.

412) Principiis obsta. 오비디우스(B.C 43~A.D 17)가 『연정의 치유법, Remedia amoris』에서 한 말이며, '질환을 그 근본부터 막으라' 는 정도의 뜻일 듯하다.
413) Arcades ambo. 직역하면 '두 사람 모두 아르카디아 사람' 이다. 비르길리우스의 『목가, Bucolica』 제7장 〈멜리보이우스〉 제1연에 등장하는 두 목동 티르시스와 코리돈을 가리킨다. 제1연 제4행(Ambo florentes aetatibus, Arcades ambo,) 마지막 부분이다.
414) 게르망뜨 공작이 사용한 drolatique(기이하리만큼 익살스러운)이라는 말을 염두에 둔 언급일 듯하다. 중세의 잔영이 느껴지는 소박한 어휘로, 유식한 체 하는 이들은 사용하지 않았던 모양이다. 중세(특히 12~14세기)에 널리 유행하던 화블리오(fabliau)를 비롯해 라블레의 작품들에 이르기까지, 즉 12세기부터 16세기까지 주류를 이루던 익살스러운 문예를 규정할 수도 있을 어휘이다. 또한 공작의 말을 듣는 순간, 주인공의 뇌리에 발쟈의 작품집 『우스꽝스러운 이야기들, Contes drolatiques』이 어른거렸을지도 모른다.
415) 「발퀴러」는 『니벨룽엔의 반지』를 구성하는 두 번째 작품이다. 한편, 바그너의 가극(음악)이 유행하던 시절(19세기 말~20세기 초)에도, 그의 퓡음을 지적하는 사람들이 있었던 모양이다.
416) Hou! 빈정거림을 표하는 간투사이다. '우' 라 읽어도 좋다.
417) 샤를르 스완이 오데뜨와 결혼한 것이 '부질없는 짓' 이라고 한 공작 부인의 말은 술꾼들이 무람없이 지껄이는 농담을 연상시킨다. 즉, 아내로 삼지 않아도 언제든 수중에 넣을 수 있고, 자신의 아내라 해도 어차피 다른 이들과 공유하게 될 여자라는 뜻이 담겨 있다. 중세 떠돌이 이야기꾼들(jongleurs)의 어투를 연상시키는 말이다.
418) 알프레드 드 뮈쎄의 운문 희곡 『술잔과 입술』의 긴 헌사 속에 있는 구절이다(1832년 8월).
419) 모리스 메떼를랭크(1862~1949)의 단막극인데, 작가 자신이 머리말에 제시한 무대 장치에 관한 설명 중 다음과 같은 설명이 있다고 한다. "일곱 계단으로 이루어진 백색 대리석 층계 하나가 실내를 세로로 양분하고, 하얀 드레스를 입고 팔을 드러낸 일곱 공주가 각 계단 위에서 잠들어 있다…"
420) oïl. '바로 그거야', '그렇지', '그래' 등을 의미하던 프랑스 북부 지방의 중세어(langue d'oïl)이다. 『롤랑전』이나 『여우 이야기』 등 중세 프랑스 문예의 대표작들은 그 언어군에 속하는 앙글로-노르망어나 프랑시앵으로 쓰여졌다. 아르쟝꾸르

씨가 그 말을 사용한 것은 아마 『일곱 공주』라는 작품이 중세적 성격을 지니고 있기 때문일 듯하다.

421) 전형적인 퇴폐적 문인이었던 죠제프 뻴라당(1858~1918)을 가리킨다고 한다. 싸르(Sâr)는 '국왕 전하'를 뜻하는 경칭이며, 그는 칼데 지역의 점성술사들이 자기에게 그런 호칭을 붙여 주었노라 하였다고 한다.

422) '말똥가리'는 멍청하고 무지한 사람을 가리킨다.

423) 물론 반어법이다.

424) Hedwige. 폴랜드 성씨인 야드비가(Jadwiga)의 프랑스식 표기이다.

425) aman. 항복한 적에게 용서를 베풀고 목숨을 보장한다는 뜻을 가진 아랍어라고 한다. 게르망뜨 가문 남자들의 무사적 잔영을 드러내기 위하여 사용한 어휘일 듯하다.

426) de와 지명이 어우러지지 않은 성씨, 즉 귀족의 성씨가 아니라는 말이다.

427) '소과에 속한다'는 말은 미련하다는 뜻이다.

428) 옛 프랑스에서는 아랫 사람이 윗사람에게 말할 때, 상대를 가리키는 호칭(가령 나리, 부인, 도련님, 폐하, 전하 등과 같은)을 앞에 놓은 다음, 다시 그 호칭에 맞는 3인칭 대명사를 사용하였다.

429) 복부를 가리킨다.

430) 물론 돈끼호떼의 한결같은 존경과 사랑의 대상이었던, 『돈끼호떼 델라 만챠』에 등장하는 여인을 가리킨다. 빌르빠리지 부인을 노르뿌와 씨가 젊은 시절부터 변함없이 사랑하였다는 사실은 앞에서 이미 언급한 바 있다.

431) 중세의 기사도 소설 속에서나(에쉔바하의 『파르치발, Parzival』) 바그너의 가극(『로헨그린』, 1859)에서나, 브라방의 대공녀를 역도들로부터 보호하기 위하여 '백조 한 마리가 끄는 쪽배를 타고' 홀연히 나타났다가, 훗날 같은 식으로 떠나는 로헨그린의 모습을 감싸고 있는 것은 일종의 우수와 고독과 신비이다. 진정한 군인의 영원한 표상이기도 하다.

432) 에밀 졸라가 1898년 1월 13일자 〈여명, l'Aurore〉지에 발표한 대통령에게 보내는 공개 서한('나는 규탄한다!')으로 인해, 당시의 전쟁성 장관에 의해 명예훼손 죄로 피소되었다. 공판은 1898년 2월 7일부터 23일까지 계속되었다고 한다.

433) Moïra. 파르카에 해당하는 그리스 신화 속 운명의 여신이다.

434) 헤시오도스(『신통계보』)나 호메로스(『일리아스』)의 어투를 연상시키는 르꽁뜨 드 릴르의 글을 모방한, 미친 녀석의 말로 간주될 만한 어투이다.

435) La ligue de la patrie française. 에밀 졸라의 재판 직후(1898년 12월), 반드레퓌스파 문인들에 의해 결성되었던 연맹이다. 훼르디낭 브륀느띠에르, 프랑수와 꼬뻬, 쥘르 르메트르, 모리스 바레스, 쥘르 베른느 등이 참여하였다.
436) '사고방식'은 mentalité를 옮긴 것이다. 영어 mentality의 영향을 받아 1877년 경부터 프랑스에서 사용되기 시작하였다고 하며, 그 의미 또한 영어적의미(mode or way of thought)와 일치하지만, 많은 프랑스인들(사전들)이 état d'espirit(정신 상태)와 혼용한다. 여하튼 mentalité의 어원 mental은 '뇌리에서 일어나는' 것을 가리키는 형용사이다. 따라서 mentalité를 '정신상태' 라 읽을 수도 있을 듯하다.
437) 드레퓌스 사건이 터지던 시절, 프랑스의 유대인 배척주의자들은, 강력하고 은밀한 '유대인 협회'의 음모에 의해 프랑스가 희생된다고 생각하였다 한다.
438) 사교적 모임에서 재담으로 기지를 뽐내기 위하여 누구나 그러한 수첩 하나씩을 가지고 있던 것은 오래된 전통인 것 같다. 이미 샤를르 쏘렐의 풍속 소설 『프랑시옹』(17세기 초)에도 그러한 수첩과 관련된 해학적인 일화가 나타난다.
439) '재능'을 뜻하는 talent의 형용사형 talenteux(더 이상 사용되지 않는다)의 변형인 talentueux를 옮긴 것이다. '재능을 가진 사람'을 뜻하며, 19세기 후반부터 사용되기 시작한 말이다. 자연스러운 어형이 아니며, 지금도 흔히 사용되지는 않는다.
440) 볼네(Volney) 로에 있었으며, 1874년에 결성되었던 화가 및 문인들의 모임이었다고 한다.
441) Emile Ollivier(1825~1913). 1870년에 '흔쾌히' 선전포고를 주장했다고 알려진, 제2제정 시절 재상이라고 한다.
442) Victurnienne. 뒤에 등장하는 에삐네 대공 부인의 세례명이다. 허구적인 인물일 듯하다.
443) 즉 '모든 사람의'.
444) 프랑스 대혁명 시절과 그 이후에 왕당파들이 사용하던 표현으로(Comme de l'an quarante), '영영 도래하지 않을 것'을 가리켰다고 한다. 실제로 제1공화국은 공화국 13년(1804년)에, 제2공화국은 공화국 5년(1852년)에 막을 내렸다.
445) 딸레랑(1754~1832)이 1821년 7월 24일 귀족원에서 출판물의 검열에 반대하고 언론의 자유를 옹호하는 연설을 하였는데, 그 연설문에 이러한 구절이 있다고 한다. "볼떼르보다, 부오나빠르떼보다, 집정관들보다, 과거와 현재와 미래의 재상들보다 더 많은 지혜를 가진 이 하나가 있으니, 그는 '모든 사람' 입니다."

446) 드레퓌스파들을 가리킬 듯하다.
447) 알맹이 없는, 그러나 매우 거만하고 우쭐대는 어투나 관용구 혹은 경구 등을 가리킨다.
448) 본권 역주 327) 참조.
449) une érudit를 옮긴 것이다. 역사학자가 조금 전에 얼굴을 붉힌 사실을 염두에 두고 하는 말일 듯하다.
450) Lévi-Mirepoix. 본권 역주 328) 참조.
451) '싱아로 국을 끓인다고 하다'는 '속이다'라는 뜻이다.
452) faire du bruit dans Landerneau. '커다란 야침은 자칫 방해 받기 쉽다'는 경고적 의미를 내포한 관용적 표현이다. 한편 랑데르노는 휘니스떼르에 있는 작은 항구인데, 이 관용구와는 아무 상관이 없다고 한다.
453) 드레퓌스가 1895년부터 1899년까지 유배되었던 '악마의 섬'을 가리킨다.
454) 에스테르하지는, 드레퓌스가 간첩 행위를 저질렀다는 물증이 되었던 우편물을 조작한 혐의로 삐까르에 의해 고발 당하여 군법회의에 회부되었으나, 무혐의 판정을 받았다.
455) 앙리 모니에(1799~1877)가 자기의 희극 작품들(『죠제프 프뤼돔므의 영광과 몰락』, 『죠제프 프뤼돔므 씨의 회고록』 등) 속에 등장시킨 인물이다. 자기의 무능과 무지에 만족하고 거드름 피우기 좋아하는 소시민이다.
456) 약간의 해학적 빈정거림이 감도는 말이다. 정치인들의 연설에서 자주 발견되는 떨리는 음성을 가리킨다. 그러나 이 지적은 다른 이들의 약점을 결코 놓치지 않는 영악스러운 기지의 측면도 가지고 있다.
457) 휄릭스 그리블랭은 에밀 졸라의 명예 훼손 혐의에 대한 공판에 검찰측 증인으로 출석하였고(1898년 2월 11일), 그 때 그의 상관이었던 삐까르와 그의 대질심문이 이루어졌다고 한다.
458) 빠띠 드 끌람 후작(1853?~1916)은, 프랑스 국방 참모본부 직속 제3부서의 책임자(소령)였던 시절(1894), 드레퓌스 대위 사건을 최초로 수사한 사람이다. 1898년 에밀 졸라에 대한 공판이 열렸을 때 그도 증언대에 섰다. 한편 위베르 죠제프 앙리(1846~1898)는, 1893년부터 프랑스 군 정보국에 근무하던 중(당시 대령이었다), 빠리 주재 이딸리아 대사관의 무관이었던 알레싼드로 빠니짜르디가 도이칠란드 무관 슈바르츠코펜에게 보낸 편지를 발견하였다고 주장하였던 사람이다. 삐까르에 관해서는 본서 역주 192), 196) 참조.

459) 위베르 죠제프 앙리가 1896년에는 드레퓌스 대위의 단죄에 결정적인 역할을 하였던 문건(이딸리아 무관의 편지)을 자신이 발견하였노라고 주장하였으나, 1898년 에밀 졸라 공판 당시 그것이 위조된 것임을 밝혔고, 그 직후 자살하였다고 한다.

460) 전쟁상의 부관이었던 루이 뀌네 대위가 1898년 8월 13일에, 이딸리아 무관 빠니짜르디의 편지라고 하는 것을 검토하다가 그것이 위조된 문건임을 알아차렸고, 그 사실을 전쟁상인 까베냑(1853~1905)에게 보고하였으며, 그가 직접 죠제프 앙리를 신문하여 자백을 받았다고 한다. 그러나 뀌네 그러한 사실에도 불구하고 반드레퓌스적 입장을 고수하였다고 한다.

461) 죠제프 라이나하(1856~1921)는 드레퓌스의 재심을 강력히 주장하던 국회의원이었다고 한다.

462) 신문 〈앵트랑지쟝〉의 편집장 로슈포르(빅토르 앙리, 로슈포르-뤼쎄 후작, 1831~1913)가 1897년 11월에 당시의 참모총장 부와데프르를 비난하는 기사를 게재하자, 부와데프르가 로슈포르에게 사람을 보내어, 아직 공개되지 않은 증거가 있다는 말을 전하게 하였다고 한다.

463) 즉 참모총장(부와데프르)이 로슈포르에게 자신이 가지고 있는 것처럼 알리도록 한 '비밀'을 가리킨다.

464) 루이-필립 왕의 증손자 앙리 도를레앙 대공(1867~1901)이, 드레퓌스의 단죄에 결정적인 역할을 한 문건을 위조한 것으로 지목되었던 에스테르하지가 1898년 2월 18일에 무혐의 처분을 받자, 그를 공공연히 포옹하였다는 기사가 〈여명, Aurore〉지에 게재되었다고 한다.

465) 에밀 졸라의 재판('민사 재판'을 가리킨다) 과정에 공판정에 출석하였던 증인들의 수가 200에 가까웠다고 한다. 또한 졸라에게 내려졌던 구금형(1년)은 1898년 4월 2일에 파기되었다고 한다.

466) 앙리 도를레앙 대공은 샤르트르 공작(1840~1910)의 아들이었다고 한다.

467) 물론 샤르트르 공작을 가리킨다.

468) 루이-필립 왕의 딸 끌레망띤느 도를레앙(1817~1907)은 혼인을 통해 작센-코부르크-고타(Sachsen-Coburg und Gotha) 대공 부인이 되었고, '훼르디낭 드 불가리아'의 모친이다.

469) 작센-코부르크-고타 대공 훼르디낭 1세(1861~1948)를 가리킨다. 1887년에 불가리아 대공이 되었고, 1908년에 불가리아 황위에 올랐다가 1910년에 퇴위하였

다.
470) 루이-필립 왕의 아들, 즉 그 '불가리아인' (훼르디낭 1세)의 외숙이다.
471) '몇몇 흔적' 이란 일종의 완곡한 표현이다. 호메로스의 『일리아스』 및 『오뒷세이아』, 헤시오도스의 『신통 계보』, 르꽁뜨 드 릴르의 『태고의 노래』 등을 우스꽝스럽게 모방한 듯한 것이 블록의 언사이니 말이다.
472) 시인들에게 영감을 준다고 믿었던 파르나쏘스 산정의 무사(mousa, 뮤즈)들을 가리킬 듯하다. 이 표현(Doctes Sœurs)이 쟝-바띠스뜨 루쏘(1671~1741)의 〈뤽 백작님에게 바치는 노래〉 속에서 '상냥하고 고분고분하며 해박한 누이들' 이라는 형태로 사용되었다고 한다.
473) 소위 로망띠슴이라는 말로 흔히들 규정하는 감성 내지 시각과 호메로스적 특색 간의 상이점과 유사점에 대해 논의할 필요가 있을 듯하다.
474) 알프레드 레옹 제로-리샤르(1860~1911)는 국회의원이었으며 동시에 사회주의적 신문인 〈작은 공화국, La Petite République〉의 편집장이었다고 한다.
475) fourches caudines를 옮긴 것이다. 카우디움은 라티움 동쪽에 위치한 쌈니움 지방의 도시로(오늘날의 몬떼사르키오), 기원전 321년에 그 인근의 협곡에서 로마 군이 포위되었고, 쌈니움 군사들이 로마 군사들을 풀어 주면서 멍에 밑으로 기어 지나가게 하였다고 한다. 그 치욕스러운 사건 이후 그 협곡을 '카우디움의 가랑이' 라고 부르게 되었으며, 그 명칭이 곧 굴종을 상징한다. 오늘날의 아르빠야 협곡이다.
476) 모호하고 복잡하다는 뜻이다.
477) 에밀 졸라를 가리킬 듯하다.
478) 좋은 의도로만 남아 있을 뿐 실천되지 않은 의도를 가리키는 프랑스 속담이다. 선의로 가장한 언행을 꼬집는 말이다.
479) 선뜻 이해하기 어려운 언급이지만, 몽떼스끼유가 『로마인들의 위대함과 몰락의 원인』(1732)을, 그리고 볼떼르가 『철학적 편지』(1734)를 집필할 당시, 그들이 영국으로부터 돌아온지 몇 해 지나지 않았었다는 사실과, 에밀 졸라가 1898년에 런던으로 잠시 피신하였던 일 등을 상기시킨다.
480) 슈프레(Spree)는 베를린을 지나가는 강이다. 옛날 어느 왕이, 자기의 궁전 앞에 있는 물방앗간이 보기 싫다고, 그것을 없애려 하자, 방앗간 주인이 그곳(포츠담) 판사들이 아닌 베를린의 판사들에게 억울함을 호소하였고, 그 판사들이 방앗간 주인의 손을 들어 주었다고 한다. 방앗간 주인이 홀로 이렇게 말하였다고 한다.

"그래, 만약 베를린에 우리의 판사들이 없었다면…"
481) 흔히 협박용 무기(내지 전쟁)를 가리킨다.
482) 드레퓌스 사건을 재심하게 될 법정을 가리킬 듯하다.
483) 드리앙(1855~1916)은 1886년에 전쟁상을 역임한 극우파 인물이었다고 한다.
484) 죠르주 끌레망쏘(1841~1929)는 프랑스 의회에서 극좌파의 수장으로 활약하였으며, 잡지 〈여명〉을 통해 드레퓌스를 지원한 사람이었다.
485) 빵따그뤼엘과 그의 참모 빠뉘르주가 탄 여객선에 있던 댕드노라는 상인이 빠뉘르주의 행색을 보고, 자기의 동료 하나에게 그를 가리키면서 오쟁이 짐꾼의 상판을 좀 보라 하였고, 그 말에 앙심을 품은 빠뉘르주가 그 상인에게서 양 한 마리를 사 바다 속으로 던진다. 그러자 상인의 나머지 모든 양들이 그 양을 따라 바다로 뛰어든다. 양의 속성을 이용한 복수이다(『제4의 책』, 5~8장).
486) 옛 로마인들이 정의를 의인화하여, 눈을 띠로 가리고 한 손에는 검을, 다른 한 손에는 죄의 무게를 다는 저울을 든 여인으로 형상화하였다. 유스티티아(Justitia)라 부르던 그 여인을 염두에 둔 언급일 듯하다. 그리스 신화 속에서는 테미스(Thémis)가 유사한 역할을 수행한다.
487) 노아의 셋째 아들이며 백인종의 선조라고 한다(「창세기」, 10장).
488) 스완은 블록의 얼굴이 젠띨레 벨리니가 그린 메헤멧 2세의 초상화를 닮았다고 하였다(「스완」).
489) Le petit journal. 1863년에 창간된 일간지로, 쥐데(E. Judet)라는 사람의 주도하에 그 신문이 국가주의적 노선을 취하였으며, 드레퓌스 사건이 터졌을 시기에는 발행부수가 100만에 이르렀다고 한다.
490) 메떼를랭크(1862~1949)가 젊은 시절에는 상징주의적인 시나 극작품들도 썼으나(『노래 열다섯 편』, 『레아스와 멜리장드』, 『몬나 반나』, 『푸른 새』 등), 그의 주요 작품들은 형이상학적 명상들에서 비롯된 수상록들이다.
491) 보렐리(1837~1906)는 『알랭 샤르띠에』라는 극작품을 남긴 사람으로, 빠리 사교계에서 잠시 명성을 얻었던 모양이다. 15세기에 상당한 명성을 떨쳤던 시인 알랭 샤르띠에(1385경~1433경)가 당시의 세자빈(훗날의 루이 11세 왕비)에게, 세자를 칭송하는 노래를 지어 주고 그 대가로 그녀의 입맞춤을 얻었다는 일화가 그 작품의 줄거리라고 한다.
492) 마르샹뜨 백작의 미망인이니 당연히 '마르샹뜨 백작 부인' 이라 해야 마땅하지만, '여자작' 이 혼인 이전의 작위들 중 하나일 수도 있어 그대로 옮긴다.

493) 브륀느띠에르(1849~1906)는 쏘르본느의 교수였으며, 진화론을 문예의 유형 변화에 적용하였다고 한다. '문예는 호메로스 이후 조금도 변화하지 않았다'는 프루스트의 말을 상기시키는 언급이다.
494) chansons de geste를 옮긴 것이다. 어느 작품을 염두에 두고 한 말인지 선뜻 짐작하기 어렵다.
495) 오토 1세로부터 962년에 시작되었고, 나뽈레옹 1세가 1806년에 해체한, 이름뿐인('신성한 제국') 제국이었다. 라틴어 명칭으로는 '신성한 게르만 제국'(Sacrum Imperium Nationis Germanicae)일 뿐, '신성 로마 제국'이라는 명칭 속의 '로마'는, 게르만의 왕 오토 1세가 교황(요한 12세)으로부터 황제 칭호를 받은(962년) 사실을 부각시키기 위하여 게르만 왕국 측에서 붙인 듯하다((Römisches Reich).
496) '늑대 이야기를 하면 늑대의 꼬리를 보게 된다'는 프랑스 속담의 첫 부분을 꺼내다 만 것이다. '쌩-루'라는 명칭을 직역하면 '신성한 늑대'이다. 어떤 사람에 대한 이야기를 한창 하고 있는데 그 사람이 뜻하지 않게 불쑥 나타나는 경우를 두고 하는 말이다.
497) 경멸감 감도는 반어법이다.
498) 쌩-훼레올이나 베르망두와 모두 미미한 가문들인 듯하다. 물론 허구적 가문들일 가능성이 더 크다.
499) 주인공에게 그러한 몽상을 촉발시키니 이름을 구성하고 있는 화펜하임(Faffenheim)은 '괴물 같은 수도사들의 소굴'을, 뮌스터부르크(Münsterburg)는 '대교회당이 있는 성'을, 그리고 바인이겐(Weinigen)은 '포도주 풍성한'쯤의 의미 등을 갖는다. 따라서 '화펜하임-뮌스터부르크-바인이겐'이라는 명칭은 유럽의 중세 사회를 해학적이며 동시에 야유적으로 요약하고 있다.
500) '번쩍이는 투구 쓴 헥토르', '신들의 경쟁자 오뒷세우스', '어느 신을 방불케 하는 아킬레우스' 등이 그 예이다. 여신들을 수식하는 말들도 유사하다. '암송아지 눈 가진 헤라', '올빼미 눈 가진 아테나', '은빛 발 가진 테티스' 등.
501) Franken. 라인 강 양안 지역(Rheinlande)을 가리킨다.
502) gnomus(gnome, 프랑스식 표기). 지하의 보물들을 지키는, 체구 작고 용모 추한 정령들을 가리킨다.
503) ondine. 북유럽(스칸디나비아, 게르마니아) 신화에 등장하는, 강이나 냇물의 여신이다. 그리스 신화 속의 나이아스(강이나 냇물에 사는 뉨파)와 유사하다.
504) Louis le Germanique(804~876). '경건한 황제'(Louis le Pieux, 778~840)의 아

들이며, 카롤루스 황제의 손자로, 라인 강 서안 지역(바이에른)을 다스렸다.
505) 빠리 서북쪽 외곽 뿌또라는 곳에 훼르디낭 샤롱(1866~1928)이 자동차 제조 회사를 세웠다고 한다(1907).
506) 5개 아카데미(금석학 및 문예 아카데미, 과학 아카데미, 예술 아카데미, 윤리학 및 정치학 아카데미, 아카데미 프랑세즈 즉 '프랑스 한림원')로 구성되어 있다 (Institut de France)
507) Teuton. 북부 게르만족을 지칭하던 라틴어 테우토니(Teutoni)에서 온 말로, 현대에는 우악스럽되 순박한 도이췰란트 사람들의 일면을 가리킬 때 사용한다.
508) 성 안드레야 대훈장은 1698년에 뾰뜨르 대제(1672~1725)가 제정한 러시아 제국 최고 훈장이었다고 한다.
509) 원전에는 'le prince von＊＊＊'으로 되어있으나, 전후 문맥에 입각하여 'le prince de Faffenheim…' 형태로 옮긴다.
510) 1820년 경에 세워진 극장이며, 희극을 주로 공연하였다고 한다.
511) '얹혀 사는 이들' 중 남자는 '기둥서방', 여자는 '첩'이 대표적인 예일 것이다.
512) 매우 모호한 문장이다. 이 단락의 끝까지 이어지는 다음 문장 또한 그러하나, 그대로 옮긴다. 혹시 역자의 이해가 부족한 탓일지도 모르니, 독자들께서는 유보적인 시각으로 읽으시기 바란다.
513) Livre Jaune. 프랑스 정부가 대외정책을 보고하기 위하여 의회에 제출하는 문서철의 표지가 황색이었던 데서 유래한 명칭이라 한다.
514) 미네르바의 진영(portrait authentique)이 어찌 존재할 수 있겠는가? 그 여신의 모습을 그린 화가나 그려진 시대에 따라 제각각인 초상화를 여신의 실제 모습이라고 믿는 순진한 사람들을 가볍게 꼬집는 언사로 들린다.
515) 라이프니츠(1646~1716)는 도이췰란트 사람이고, 마리보(1688~1765)와 사뮈엘 베르나르(1651~1739)는 프랑스인들이다. 그들이 거의 같은 시기에 살았음인지, 프루스트 당대에 출판된 라루쓰(Larousse) 사전에 수록된 그들의 모습이 놀랄 만큼 닮았다고 한다(따디에 교수).
516) '엘프'는 씰푸스(씰프, 대기의 정령)의 스칸디나비아식 표기이고, 코볼트(kobold)는 지하에서 귀금속을 지키고 있는 정령(게르만 신화)이다. 앞서 주인공은 '화펜하임'이라는 명칭을 듣는 순간 '씰푸스'와 '옹딘느'를 뇌리에 떠올린 바 있다. 그 순간 그의 뇌리에는 라인 강 깊숙한 곳에서 황금(반지)을 지키고 있던 화프너(Fafner,「지그프리트」,『니벨룽엔의 반지』)도 아마 어른거렸을 것이다.

517) 『니벨룽엔전, Nibelungenlied』이나 『니벨룽엔의 반지, Tetralogie』 등의 주요 배경인 라인 강을 가리킬 듯하다.
518) 정상적인 발음은 이러하다. "봉쥬르, 마담 라 마르끼즈. (Bonjour, madame la marquise, 후작 부인 안녕하십니까)" 영어권이나 게르만어권 출신들에게서 자주 발견되는 현상이며, 앞에서 '음절의 치환(transposition)'이라고 한 말은 그러한 현상을 가리킬 듯하다. '꾸데따'를 '쿠데타', '뽕빠두르'를 '퐁파두르', '뿔레(닭고기)'를 '풀레' 등으로 발음하는 양상이, 이미 중세부터(『여우 이야기』) 문인들의 가벼운 조롱거리가 되곤 하였다. 특히 모빠상의 많은 단편들 속에서 그러한 예가 자주 발견된다.
519) '아돌프 숙부'라고도 호칭되는 인물이다(「스완」).
520) 앞에서는 '꼬마 빅또르 위고나 볼라벨'이라고 하였다(「스완」, 〈꽁브레 2〉, 역주 71).
521) sonnet. 가창을 염두에 두고 짓던 14행(4·4·3·3) 운문이다. '짧은 노래'라는 뜻을 가진 쏘네또(sonneto)에서 온 말이다.
522) librettiste. 오페라(가극)의 대사 작가를 가리키며, 여기에서는 물론 쏘네를 지은 시인을 과장된 어휘로 지칭한 것이다.
523) 깔끔하게 완성되지 못한 문장이라, 역자가 괄호들을 첨가하여 재구성하였다.
524) '빛을 곡식 저장통 밑에 놓는다'는 프랑스 속담(진실을 감춘다는 뜻이다)을 원용한 것이다. 소년 주인공의 간절한 뜻을 알아차렸음에 틀림없었던, 그 아나카르씨스나 멘토르처럼 날카로운 노외교관 노르뿌와가 스완 댁 사람들 앞에서 아예 함구하였던 사실을 암시하는 구절이다(「소녀들」).
525) 스완 부인이 사용한 단어는 'réaliser'인데, 그 단어가 프랑스어에서는 '실현한다' 및 그 파생적 의미로만 사용되지만, 1900년 경부터 일부 프랑스인들이 그 단어에 영어의 'realize'(깨닫다)라는 단어의 의미를 부여하여 사용하였다고 한다. 당시에 그러한 용법에 대한 비판이 많았다고 하며, 오늘날에도 매우 어색하게 들린다.
526) 부와즈농(1708~1775)과 크레비용(아들, 1707~1777) 모두, 그 시절의 다른 숱한 문인들처럼, 자유분방하고 음탕했던 풍속도를 그린 사람들이다. 뒤끌로(『어느 백작의 고백』)나 루베(『포블라 기사의 사랑』), 싸드(『쥘리에뜨의 이야기』) 등처럼, 브랑 (『여인 열전』), 라 화이예뜨 부인(『끌레브 대공 부인』), 뷔씨-라뷔땡(『갈리아인들의 사랑』) 등의 문예적 전통을 이어 받은 이들이다. 특히 크레비용의 『심정

과 지성의 방황』에서는, 프루스트의 『잃어버린 시절』 중 몇몇 일화의 맹아임직한 이야기도 발견된다.

527) '패륜적인 관용'은 기실 프루스트가 언급한 두 문인이나 그들 세대의 다른 문인들에게서만 발견되는 특징이 아니다. 그것은, 『화이드라』나 『안드로마케』 등에서 잠시 눈살을 찌푸리는 척 하던 라씬느를 제외하고는, 『트리스탄』이나 『여우 이야기』, 숱한 패설(fabliaux), 『홀라멘까』 등을 남긴 중세의 문인들로부터 오늘날의 문인들에 이르기까지, 거의 모든 프랑스 문인에게서 발견되는 하나의 기질이다. 또한 그것이 오늘날의 일반 프랑스인들 속에서도 발견되는 가장 눈에 띄는 특질이기도 하다.

528) 앙리 팡땡-라뚜르(1836~1904)는 주로 정물(꽃, 과일 등)과 초상화를 즐겨 그렸다고 한다.

529) 관람객, 청중, 독자 등이 작품을 대하는 순간에 그것으로부터 받는 인상을 가리킨다. 쌩뜨-뵈브 같은 이들의 '실증주의 평론'에 가하는 또 하나의 비판처럼 들리는 말이다.

530) 시인이며 문예 연구가였고 번역가였던 빌헬름 폰 슐레겔(1767~1845)은, 로망띠슴 운동의 선구자들 중 하나였으며, 스딸 부인의 자식들을 가르치던 가정교사였다고 한다.

531) 4인승의 작고 높직한 작은 마차라고 한다. 태양의 아들 파에톤(Phaeton)의 이름을 딴 마차이다.

532) 노르망디 지방 깔바도스 근처의 지명이라 한다. '리쉐르(Richer) 계곡(Val)'이라는 뜻일 것이다.

533) 브로유 부인은 곧 스딸 부인의 딸 알베르띤느 드 스딸-홀슈타인을 가리킨다고 한다. 얼굴에 '천사같고 순결하며 이상적인 무엇'이 감돌곤 하였다는 그녀가, 신앙에 관한 책 여러 권을 지었다고 한다.

534) 매우 느닷없는 말이다. 부자연스럽게 삽입된 일화처럼 보인다. 작가의 실수에서 비롯된 것 같다.

535) 실천적이고, 관습과 타협하지 않으며, 초월을 꿈꾸던, 다시 말해 가장 투철한 윤리를 주장하던 사람들 이야기만 하였다는 말이다. 니체와 러스킨이 예술론 측면에서 프루스트에게 상당한 영향을 끼쳤다면, 실천적 윤리에 있어서는 입센과 에머슨 및 똘스또이 등의 영향이 컸던 모양이다.

536) 못된 자식을 가리키는, 우리네의 '상전'과 비슷한 야유적인 말일 듯하다.

537) 한 사람의 내면에서 그에게 행동지침을 구술해 주는 존재로, 쏘크라테스는 그것을 가리켜 자기의 다이몬(daimon)이라 하였다.

538) Folies-Bergère. 19세기 후반(1872년)에 빠리 제9구역(리쉐르 로)에 들어선 극장 겸 뮤직홀이다. '양치기 소녀의 미친 짓' 쯤으로 번역될 수 있는 그 명칭 때문이었는지, 그곳이 문란한 환락의 장소로 잘못 알려졌지만, 실은 평범한 극장 겸 연주회장일 뿐이다.

539) 훼이디아스(B.C 490경~B.C 430경)가 기원전 433년 경에, 올륌피아(펠로폰네소스 북서쪽 엘리스에 있던 지성소)에 황금과 상아를 섞어 만든 제우스의 조각상을 세웠으며, 그 높이가 18m 50cm에 달했다고 한다.

540) 쟝-미이 교수의 판본과 (가르니에) 따디에 교수의 판본(갈리마르)에서는 이 문장이 삭제되었으나, 삐에르 끌라락 씨와 앙드레 훼레 씨의 1954년 판(갈리마르)에 따라 그것을 살려 번역한다. 샤를뤼스가 이미 유사한 말을 발백에서 하였으며(『소녀들』), 특히 그의 괴이한 언동을 부각시키는데 도움이 되는 구절이다. 더구나 이 일화의 전개과정에서 주인공이 알라딘의 모습을, 그리고 샤를뤼스가, 알라딘을 눈여겨 보아둔 아프리카의 마법사 모습을 띤다는 점을 감안하면, 누락시킬 수 없는 언급이다(『천일야화』, 〈알라딘 이야기〉).

541) 디오게네스(퀴니코스, B.C 413~327)가 통 속에 살았고, 대낮에 등불을 들고 아테네 시가지를 돌아다니며 사람을 찾는 중이라고 말하였다는, 그 일화를 빌려 한 말이다. 일견 터무니없는 말 같지만, 디오게네스가 찾던 것은 '진정 사람다운 사람'이었을진대, 여기에서 샤를뤼스가 말하는 '인간'은 앞서 그가 말한 '탁월한 이들'을 가리킬 듯하다. 디오게네스가 살았던 시절에 탁월한 인간으로 간주되었던 이들은 철인들과 정치가들이었으며, 그들 중 대부분은 자웅동체적 인간이라는 언급이 플라톤의 『향연』(제4장, 아리스토파네스의 말)에 보인다.

542) 마차들의 차고가 있는 구역에 따라 마차의 등 모양이나 색깔이 달랐던 모양이다.

543) 게르망뜨 가문이 허구적 존재이니, 이 구절 역시 미슐레의 글을 모방해 썼을 것이다. 비록 짧은 구절이지만 미슐레의 어투와 숨결이 느껴진다. 한편 미슐레(1798~1874)는 『프랑스 역사-기원부터 19세기까지』 및 『프랑스 대혁명』 등 방대한 역사서들 외에, 『새』, 『바다』, 『사랑』, 『여인』, 『무녀』 등 문예 작품들도 남겼다. 소년 프루스트에게 상당한 영향을 끼쳤음직한 흔적이 『잃어버린 시절』에서 자주 발견된다.

544) 1785년에 창간된 영국의 일간지.
545) 보르도 공작이며 샹보르 백작인 앙리 드 부르봉(1820~1883)을, 샤를르 10세 (1757~1836, 루이 16세의 아우이며 루이 18세의 형)의 퇴위(1830) 후 프랑스 국왕으로 추대하려 하였다고 한다.
546) 세네갈과 마다가스카르가 19세기 말에는 모두 프랑스의 식민지였다.
547) 베르사이유 근처 쌩-씨르에, 가난한 귀족 가문의 딸들을 교육하기 위하여, 루이 14세의 총희 맹뜨농 부인이 1686년에 기숙학교를 세웠고, 그곳 학생들이 왕 앞에서 라씬느의 『에스테르』와 『아달리아』를 공연하였다고 한다. 그 두 작품은 각각 『구약』의 「에스테르 서」와 「열왕기(하)」에서 발췌한 이야기이며, 「시편」과는 무관하다. 샤를뤼스가 혹시 라씬느의 1694년 작품인 〈영적인 찬가〉를 뇌리에 떠올렸을지 모르나, 총 4연으로 이루어진 그 찬가 또한 「시편」과는 무관하고, 파울루스가 코린토스인들이나 로마인들에게 보낸 편지(1연, 3연) 혹은 「잠언」이나 「이사야」 등에서 차용한 내용들로 이루어져 있다.
548) 샤론뉴(charogne)는 원래 '짐승의 썩은 시체'를 가리키는 말이었으나, 이미 몰리에르(1622~1673) 시절부터 '성마른 여자' 심지어 '화냥년'이라는 뜻으로 사용되었다고 한다. 한편 까론뉴(carogne)는 '샤론뉴'의 노르망디 및 삐까르디 지방 발음이라 하는데, 쉬앵(chien, 개)을 키앵(kien), 샤(chat, 고양이)를 캇(cat, kat)으로 발음하는 것도 유사한 예이다.
549) 혐오스럽고 성질 고약한 사람(남녀 동형이다. chameau)을 가리키는 욕설이다.
550) 언뜻 보기에 합당하지 않은 듯한 단어(compagnon)이다. 하지만 두 사람이 팔짱을 끼고 걷는 기이한 행태를 참작하면 수긍될 수도 있을 것이다.
551) Drumont(1844~1917). 외국인 배척주의자였고, 반드레퓌스파 운동을 이끌었다고 한다.
552) 니씸 베르나르 씨의 시선이나 구슬픈 기색을 연상시키는 요소들은, 라파엘로 전기파 화가들 중 특히 단떼 가브리엥 로쎄띠(1828~1882)의 화폭들에서 발견할 수 있다. 「백일몽」이라는 작품 속 오팔빛 가까운 백색 드레스 입은 여인의 우수 어린 시선, 「아스타르테」라는 화폭에서 그 여신의 시녀인듯한 두 여인의 시선, 「프로세르피나」의 구슬프게 응시하는 시선 등이 그 예이다. 그러나 이 문장은 프루스트가 미처 완성하지 못한 것 같다. 우선 역자가 괄호 속에 넣어 옮긴 부분은 의미적으로 성립되지 않는 구절이다. 또한 '유령'이라는 말도 'larve'('폐허에 출현하는 원귀'와 '곤충의 유충'이라는 이중의 의미를 가지고 있는)를 옮긴 것이

다. 만약 이 단어로 앞서 언급한 화폭들 속의 인물들을 가리키려 하였다면, 합당치 않은 용어 사용이다. 프루스트가 이 문장을 완성시켰다면 훨씬 많은 회화적 요소들이 포함되었을 것이다.
553) '평생 피하던', '누구인지조차 모르는' 사람들이, 반드레퓌스파라는 이유만으로, 마르상뜨 부인 댁에서 들끓는다고 한 게르망뜨 공작 부인의 말과 유사하다.
554) 샤를뤼스가 주인공에게 늘어놓는 이 알쏭달쏭한 이야기는, 아프리카에서 온 마법사가 자기의 야망을 달성하기 위하여, 그 수단으로 이용할 사람을 물색하던 중 알라딘을 발견하고 그에게 접근하는 양태를 연상시킨다. 또한 「게르망뜨」 2부 2장에서는, '알라딘의 궁전' 이라는 명시적인 언급이 보이기도 한다. 샤를뤼스의 해학적인 측면이 『천일야화』라는 주물틀을 빌어 그려졌다.
555) 막대한 보물이 감추어져 있는 도둑들의 동굴 문을 여는데 사용되는 주문(열려라, 참깨!)을 가리키는 것이다(『천일야화』). 이미 샤를뤼스는, 역시 막대한 보물이 감추어져 있는 동굴의 비밀을 알고 있는, 아프리카에서 온 마법사가 알라딘에게 한 말과 유사한 암시를 주인공에게 늘어놓았다.
556) 세 가문 모두 프랑스의 유서 깊은 명문이다.
557) 빌르빠리지(Villeparisis)는 빠리 동쪽 쎈느-에-마른느 지역에 실존하는 소읍이다. '파리시이족의 마을' 이라는 뜻이다. 켈트족의 일파인 파리시이(Parisii)족이 쎈느 강의 씨떼 섬에 촌락을 이루고 살았던지라, 카이사르가 그곳을 가리켜 파리시이 족의 수도(Lutetia Parisiorum)라 하였는데(『갈리아 전쟁』), '루테티아' 는 진흙 구덩이(Lutum)에서 온 말이다.
558) 프랑스 중앙은행 이사인 알퐁스 드 로췰트 (1827~1905)의 부인이며 유대인이었던 레오노라 드 로칠드(1837~1911)를 가리킨다고 한다.
559) 'derniers de Saint-Pierre'를 옮긴 것이다. 신도들이 교황에게 바치는 헌금을 가리킨다.
560) Condé(maison de). 부르봉 왕가의 지파 가문이다.
561) 쌩-시몽의 『회고록』에 물론 빌르빠리지 가문에 대한 언급은 없다.
562) 심한 빈정거림이다. 빌르빠리지 부인이 순전히 허구적인 인척관계만을 염두에 두고 시골 저택 식당에 쌩-시몽의 초상화를 간직하고 있다는 말이다.
563) truquer. '남자들에게 몸을 파는 젊은 남자' 를 가리키는 말로 사용된 시절이 있으며, 대략 1930년 경부터 사라지기 시작하였다고 한다.
564) 쏘크라테스의 제자들 중, 시속에 잘 적응하고 부를 마다하지 않으며 세인들의

평에 무심하던 아리스티포스에게, 그의 스승 쏘크라테스가 '절제'의 이점들을 역설하는 이야기를 크세노폰이 전한다(『잊지 못할 사람들』, 제2권, 1장, 21절~34절). 쏘크라테스는 헤시오도스가 『노동과 나날들』에서 피력한, 그리고 희극 작가였던 에피카르모스가 작품들 속에서 언급한, 미덕 및 노동의 이점들을 예시한 후, 프로디코스라는 사람이 지었다는 우화 〈갈림길에 서 있는 헤라클레스〉의 이야기를 들려준다. 소년기를 벗어나 청년기로 진입하려는 시기에 이른 헤라클레스 앞에 어느 날 두 여인이 나타나는데, 그 하나는 '유열' 혹은 '방종'이라고 자신을 소개하고, 다른 한 여인은 자신을 '미덕'이라 소개하면서, 각각 자기의 길을 따르라고 헤라클레스에게 권한다. 특히 '미덕'이라는 여인은, 자신이 권하는 길이 비록 험난해도, 그 끝에 이르면 신들의 반열에 오를 수 있다고 한다. 그러한 일화를 들먹이는 샤를뤼스의 말이 일견 어처구니 없어 보일지 모르나(세인들의 눈에는 그가 남색가일 뿐이다), 그러한 암시가 샤를뤼스라는 인물의 여러 측면을 함축적으로 드러내기도 한다.

565) 죠제프 라이나하(1856~1921)가 〈프랑스 공화국〉이라는 신문의 주필이던 시절에 드레퓌스를 적극적으로 옹호한 사실을 염두에 둔 언급일 듯하다.

566) 삐까르는 국방부 정보국장이던 시절에 드레퓌스의 결백을 주장하다가 아프리카 주둔 부대로 좌천되었으나, 훗날 끌레망쏘 내각에서 전쟁상으로 봉직하였다 (1906~1909).

567) 죠제프 라이나하는 도이칠란트에서 프랑스로 이주한 유대인이었다고 한다.

568) 주저하는 사상적 선전(timide apostolat)은 국가주의자들의 주장을, 신성한 강개함(sainte indignation)은 드레퓌스파의 주장을 가리키는 듯한데, 그 두 표현에 가벼운 빈정거림이 감돈다.

569) 프랑스의 세균학자이며 의사였던 훼르낭 비달(1862~1929)이, 신장염 환자들에게 끼치는 소금의 해로운 영향을 밝혀내었다고 한다(1903년). 그는 신장병 환자들에게 무염식 요법을 권하였다고 한다.

570) 이 부분은 판본마다 제각각이며 문장 또한 모호하다. 전후 문맥에 미루어 의미를 유추하여 삽입문 형태로 옮긴다.

571) 체온계의 수은주를 가리킨다.

572) 아폴론이 파르나쏘스 산 발치에서 죽였다는 독사를 가리킨다.

573) créatures inférieures를 직역한 것이다. 시약(試藥)들을 가리킬 듯하다.

574) 칭찬을 들을 때 본능적으로 느끼는 송구스러움 혹은 민망함을 가리킬 듯하다

(l'instinct scrupuleux). 한편 '변변찮게 여기다' 는 원전의 'subordonner' (종속시키다)라는 모호한 동사를 'sous-estimer' 쯤으로 유추하여 옮긴 것이다.
575) 물론 베르고뜨를 가리킨다.
576) Jean-Martin Charcot(1825~1893). 근대 신경학의 초석을 놓은 사람으로,『신경계 질환』이라는 저서를 남겼으며, 지그문트 프로이트 또한 그의 제자였다고 한다.
577) 자기와 절친했던 라 화이예뜨 부인의 타계 직후, 쎄비녜 부인이 기또 백작 부인에게 보낸 편지의 일부라고 한다(1693년 6월 3일).
578) 산화마그네슘이 옛날부터 하제(下劑)로 사용되었다고 한다.
579) 이 친척 여인이 레오니 숙모를 가리킨다는 것은 누구나 짐작할 수 있을 것이다. 그러나 그녀는 '할머니' 의 사촌 시누이(주인공의 외대고모)의 딸이다. 따라서 그녀가 '할머니' 의 부계 친척일 리 없다. 작은 혼동일 듯하다.
580) 역언법(逆言法, prétérition)이란, 어떤 것에 대해 말하는 것이 아니라고 전제(선언)함으로써, 상대방의 주의를 오히려 그것에 집중시키는 수사법을 가리킨다. 즉, 쌩-루가 하고자 하는 말은, '영원히 잊지 않겠다' , 그리고 '영원히 없을 것이다' 이다.
581) Ville-d'Aray. 빠리 서남쪽 근교에 있는 소읍으로, 특히 화가 꼬로(1796~1876)가 그곳에 살았으며, 그곳 교회당에 벽화를 그렸다고 한다.
582) 몰리에르의『인간 혐오자』1막 2장에서, 오롱뜨가 지은 짧은 노래(쏘네또)를 듣고 휠랭뜨가 감탄조로 대꾸하는 말이다.
583) 쎄비녜 부인이 자기의 딸인 그리냥 부인에게 보낸 편지(1680년 6월 21일)의 한 구절을 조금 변형시킨 것이라 한다.